日治時期台灣現代文學辭典

柳書琴——主編

陳萬益——總顧問

鳴謝

本書獲得以下機構的經費資助，謹此致謝：

2014年韓國教育部及韓國學中央研究院（韓國學振興事業團）海外韓國學重點研究基地專案（AKS-2014-OLU-2250004）
The Core University Program for Korean Studies through the Ministry of Education of the Republic of Korea and Korean Studies Promotion Service of the Academy of Korean Studies (AKS-2014-OLU-2250004)

財團法人曹永和文教基金會
The Tsao Yung-ho Foundation of Culture & Education

教育部高等教育深耕計畫特色領域研究中心、國立交通大學「文化研究國際中心」
The International Center for Cultural Studies, National Chiao Tung University from The Featured Areas Research Center Program within the framework of the Higher Education Sprout Project by the Ministry of Education (MOE) in Taiwan

鳴謝

本書感謝以下文化機構、財團法人、作家家屬與學者授權圖片（依筆畫排序）：

中央研究院台灣史研究所檔案館
王明理／王育德先生次女
王凌洋、王奕心／王昶雄先生長男、孫女
目宿媒體股份有限公司
石婉舜／清華大學台灣文學研究所副教授
何賴彩碧／賴慶先生長女
吳佩珍／政治大學台灣文學研究所副教授兼所長
吳南河、吳南圖、高婉琪／吳新榮先生次子、三子、長媳
吳潮聰／財團法人賴和文教基金會
吳燕和／吳坤煌先生長子、中央研究院民族所兼任研究員
East-West Center, Honolulu, Hawaii, U.S.A.
呂芳雄／呂赫若先生次子
呂美親／台灣師範大學台灣語文學系專案助理教授
巫宜蕙／財團法人台北市巫永福文化基金會
李梅樹紀念館
私人蒐藏家／姓名不公開
林太崴／類比音聲藏家
林良哲／社區大學講師
林建享／劉吶鷗先生外孫、紀錄片導演和製作人
林慶文／林修二先生長子
邱坤良／台北藝術大學名譽教授
邱若山／靜宜大學日本語文學系教授

邱煥三／邱淳洸先生三子

河原功／日本資深台灣文學研究者

柳書琴／清華大學台灣文學研究所教授

徐秀慧／彰化師範大學台灣文學研究所副教授

財團法人陳澄波文化基金會

秦賢次／現代文學史料研究者

國立台灣文學館

國立台灣圖書館

國立台灣歷史博物館

張正武／張良典先生次子

張玉園／張文環先生次女

張良澤／真理大學榮譽教授、真理大學台灣文學資料館名譽館長

張昭平／張星賢先生四子

陳允元／台灣師範大學台灣語文學系兼任助理教授

陳淑容／中央研究院台灣史研究所博士後研究員

傅月庵（林皎宏）／掃葉工房

黃亞歷／導演

黃華馨、黃華容／黃鑑村（青釗）先生二子、六子

楊　翠／楊逵先生長孫女、楊逵文教協會

楊恭熙／楊雲萍先生四子

楊綺芬／楊熾昌先生孫女

葉蔚南／葉榮鐘先生次子

劉抒苑／龍瑛宗文學藝術教育基金會

劉美蓮／《江文也傳：音樂與戰爭的迴旋》（台北：印刻，2016）
　　　　作者

劉恆興／暨南大學中國語文學系副教授

蔣朝根／財團法人蔣渭水文化基金會

鍾鐵鈞／財團法人鍾理和文教基金會

藤田梨那／郭沫若先生孫女

總編審

柳書琴

總顧問

陳萬益

辭目編輯

張郁璟、蔡佩均、洪麗娟、徐淑賢、白春燕

編輯助理

葉慧萱、許容展、吳俊賢、陳卉敏
黃琬婷、汪維嘉、邱純輔、高沛生

辭目作者

丁鳳珍／台中教育大學台灣語文學系副教授

八木瑞希／文化工作者

三澤真美惠／日本大學文理學部中國語中國文化學科教授、日本台灣學
　　　　　會理事長

下村作次郎／日本天理大學名譽教授

中島利郎／日本岐阜聖德學園大學名譽教授

王欣瑜／《自由時報》文字編輯

王品涵／台灣大學台灣文學研究所博士候選人、「內容力」內容平台副
　　　　總編輯

王惠珍／清華大學台灣文學研究所教授

王敬翔／聯合大學語文中心兼任助理教授

申惠豐／靜宜大學台灣文學系助理教授

白春燕／清華大學台灣文學研究所博士候選人

石廷宇／台灣大學台灣文學研究所博士生

石婉舜／清華大學台灣文學研究所副教授

吉田光／交通大學亞際文化研究國際碩士學位學程碩士

朱惠足／中興大學台灣文學與跨國文化研究所特聘教授兼所長

江寶釵／中正大學中文系教授兼系主任、台灣文學與創意應用研究所兼
　　　　任教授

余育婷／輔仁大學中國文學系助理教授

吳亦昕／中山大學通識教育中心助理教授

吳佩珍／政治大學台灣文學研究所副教授兼所長

呂政冠／清華大學台灣文學研究所博士候選人

呂美親／台灣師範大學台灣語文學系助理教授

呂淳鈺／美國 William and Mary College 現代語言與文學系客座助理教授

呂焜霖／台北市私立復興實驗高級中學教師

李文茹／淡江大學日本語文學系副教授

李文卿／名古屋外國語大學外國語學部兼任講師

李台元／國家教育研究院原住民族教育研究中心助理研究員

李昭容／彰化女中歷史教師、中興大學歷史學博士

李敏忠／國立台灣文學館研究典藏組專案助理、高雄科技大學通識中心
　　　　兼任助理教授

汪亭存／清華大學台灣文學研究所博士生

汪俊彥／台灣師範大學台灣語文學系助理教授

汪維嘉／清華大學台灣文學研究所碩士生

沈夙崢／中興大學台灣文學與跨文化研究所碩士

辛佩青／政治大學台灣文學研究所博士生

阮美慧／東海大學中國文學系副教授

松尾直太／實踐大學應用日文學系助理教授

林巾力／台灣師範大學台灣語文學系教授兼系主任

林太崴／類比音聲藏家

林以衡／佛光大學中國文學與應用學系助理教授

林佩蓉／國立台灣文學館研究典藏組副研究員

林淑慧／台灣師範大學台灣語文學系教授

林瑞明／故成功大學名譽教授

林肇豊／國立台灣文學館研究典藏組計畫專員、成功大學台灣文學研究
　　　　所博士

林慧君／長庚科技大學通識教育中心兼任副教授

林瓊華／台北藝術大學通識教育中心兼任助理教授

河原功／日本一般財團法人台灣協會理事

邱函妮／台灣大學藝術史研究所助理教授

邱坤良／台北藝術大學名譽教授

邱若山／靜宜大學日本語文學系教授兼主任

金　林／中國社會科學院研究生院文學系博士生

金　瑾／清華大學台灣文學研究所碩士

垂水千惠／橫濱國立大學國際戰略推進機構教授

施懿琳／成功大學中文系退休教授、台灣文學系兼任教授

柯榮三／雲林科技大學漢學應用研究所副教授

柳書琴／清華大學台灣文學研究所教授

胡　明／交通大學社會與文化研究所博士生

唐顓芸／日本同志社大學國際交流學院助教

徐秀慧／彰化師範大學台灣文學研究所副教授

徐淑賢／清華大學台灣文學研究所博士候選人

秦賢次／現代文學史料研究者

翁聖峰／台北教育大學台灣文化研究所教授兼所長

高嘉勵／中興大學台灣文學與跨國文化研究所副教授

崔末順／政治大學台灣文學研究所副教授

張文薰／台灣大學台灣文學研究所副教授

張明權／中興大學人文與社會科學研究中心專任助理

張　泉／北京社會科學院研究員

張郁璟／台陽文史研究學會專任助理、清華大學台灣文學研究所碩士

張莉昕／清華大學台灣文學研究所碩士

張詩勤／政治大學台灣文學研究所博士生

張靜茹／靜宜大學台灣文學系副教授

莊怡文／中央研究院台灣史研究所博士後研究員

莊勝全／中央研究院台灣史研究所博士後研究員

許芳庭／靜宜大學通識教育中心兼任講師、成功大學台灣文學研究所博
　　　　士生

許金時／清華大學台灣文學研究所碩士生

許俊雅／台灣師範大學國文學系特聘教授兼主任

許倍榕／成功大學台灣文學系博士

許容展／清華大學台灣文學研究所碩士

許秦蓁／中央大學中國文學系博士、《劉吶鷗全集》主編

許雅筑／政治大學台灣文學研究所博士

郭誌光／台南大學通識教育中心兼任助理教授

陳允元／台灣師範大學台灣語文學系兼任助理教授

陳令洋／台北藝術大學專任助理、清華大學台灣文學研究所碩士

陳沛淇／靜宜大學台灣文學系博士後研究員

陳怡君／成功大學台灣文學研究所碩士

陳明柔／靜宜大學台灣文學系教授兼圖書館館長

陳芳明／政治大學講座教授

陳采琪／清華大學台灣文學研究所碩士

陳俊益／清華大學台灣文學研究所博士生

陳淑芬／台東大學英美語文學系助理教授

陳淑容／中央研究院台灣史研究所博士後研究員

陳莉雯／清華大學台灣文學研究所博士生、中央大學行政專員

陳瑜霞／南台科技大學應用日語系助理教授

陳萬益／清華大學榮譽退休教授

陳龍廷／台灣師範大學台灣語文學系教授

彭瑞金／靜宜大學台灣文學系榮譽退休教授、《文學台灣》雜誌主編

曾士榮／政治大學台灣文學研究所副教授

曾品滄／中央研究院台灣史研究所副研究員兼副所長

童偉格／台北藝術大學戲劇學系講師、作家

黃惠禎／聯合大學台灣語文與傳播學系教授兼人文社會學院院長

黃琪惠／台灣師範大學藝術史研究所兼任助理教授

黃琪椿／華僑大學文學院教師

黃琬婷／清華大學台灣文學研究所碩士生

黃毓婷／交通大學通識教育中心助理教授

楊智景／中正大學台灣文學與創意應用研究所副教授兼所長

楊順明（羊子喬）／國立台灣文學館退休助理研究員

楊　翠／東華大學華文文學系教授

葉慧萱／清華大學台灣文學研究所碩士生

鳳氣至純平／中央研究院台灣史研究所博士後研究員、文藻大學日本語
　　　　文系助理教授
劉怡臻／日本明治大學教養設計研究科博士生
劉姵均／清華大學台灣文學研究所碩士、中央書局書店編輯
劉恆興／暨南大學中國語文學系副教授
歐人鳳／清華大學台灣文學研究所碩士
蔡佩均／靜宜大學閱讀書寫暨素養課程研發中心助理教授
蔡明諺／成功大學台灣文學系副教授
蔡盛琦／國史館退休協修
蔡寬義／清華大學台灣文學研究所博士生
鄧慧恩／清華大學通識教育中心兼任助理教授、作家
橋本恭子／日本社會事業大、津田塾大學、東洋大學等兼任講師
薛建蓉／輔英科技大學共同教育中心助理教授
謝惠貞／文藻外語大學日本語文系專案助理教授
鍾怡彥／中央大學中國文學系兼任助理教授
簡中昊／屏東大學應用日語學系助理教授
藍建春／靜宜大學台灣文學系副教授兼台灣研究中心主任
魏心怡／台北藝術大學傳統音樂學系助理教授
羅景文／中山大學中國文學系助理教授
羅詩雲／致理科技大學通識教育中心助理教授
蘇碩斌／台灣大學台灣文學研究所教授、國立台灣文學館館長
顧振輝／清華大學台灣文學研究所博士生
顧敏耀／中央大學中國文學系博士

總目次

心史

林梵

時光囂喧走過半世紀
外頭島嶼風聲不絕

我們被迫接受新國家
被迫接受國語教育
以習得的日文
望眼新世界
掙扎走向民族自決

新霸權取而代之
我們從斷簡殘篇開始
慢慢貫串斷裂的五十年
潛在的台灣精神
台灣是殖民地

多重政權流轉
挾持政經文化優勢
以新的語言政策
一再霸凌在住民
我們歷經挖掘

　　形塑全新的台灣人
　　轉型正義之必要
　　文學深化之必要
　　多元文化之必要

2018.10.30

作者林瑞明，筆名林梵，故成功大學名譽教授。此詩為作者生平最後一首詩歌創作。

知識建設的基礎工程

國立故宮博物院院長／吳密察

　　2000年，我在遠流出版公司的支持下，監修了《台灣史小事典》。可能是因為其內容正好可以滿足社會上的需求，也可能是因為該辭典的版式設計兼具辭典與年表的功能，所以頗受好評，甚至有日本出版社將之翻譯出版成日文版。如今，中、日文版都已經多次再刷。可能是受到《台灣史小事典》的影響，國立台灣文學館也由彭瑞金教授領銜編輯出版了《台灣文學史小事典》（2014），其版式幾乎與上述《台灣史小事典》一致，兩書可謂是姊妹之書。

　　除了輕便、短小的「小」辭典之外，也有比較大部頭的辭典編輯出版計畫。其中，以許雪姬教授在台灣省文化處、行政院文建會的支持下，策劃編輯出版的《台灣歷史辭典》（2004），最為重要，它並且也已經推出網路版。文建會在2005年以後，甚至進而發展出包含各領域的《台灣大百科》（網路版）。專門主題方面，則不能不提張炎憲教授領銜編輯出版的《二二八事件辭典》（國史館、二二八事件紀念基金會，2008）。

　　辭典提供簡便的入門知識與資訊，它也同時呈現一種知識、資訊的架構和標準，因此是一項知識建設的基礎工程。透過編纂辭典可以將知識重新整理架構化和標準化，因此不少辭典的編纂工作是長期持續，並定期出版新版本的。其中，最廣為人知的或許是收錄英語辭彙的《牛津英語大辭典》（*Oxford English Dictionary*）吧。

　　此次，柳書琴教授領銜編輯的《日治時期台灣現代文學辭典》

是她參與『東亞殖民地文學事典』計畫的一環。也就是說，這個《日治時期台灣現代文學辭典》應該是在「東亞殖民地文學」這樣的知識架構之下，或者是意識到這種比較視角之下，做出來的一項知識建設工程。當前的台灣史也好、台灣文學史也好，固然需要面對台灣社會，提供台灣社會自我認識的養分，同時也已須要擴大視野地與鄰近地區，甚至世界各地做比較、相互發明了。希望這部《日治時期台灣現代文學辭典》不只在台灣國內提供我們自我認識的養分，也同時可以將台灣的殖民地時期文學介紹到國外去。

　　編輯辭典，在目前的台灣學術表現評鑑來說，被認為是「苦勞多、功勞少」的工作，但就如前述它卻是知識建設的基礎工程。書琴在教學、研究之餘，還領導同志、學生們做這件大事，不能不給予嘉許，爰註數語為序。

2018.10.18

日本時代台灣文學的戰後傳承與研究

清華大學榮譽退休教授／陳萬益

　　這是第一部中文的日本時代台灣文學辭典，以《東亞殖民主義文學事典》台灣篇作基礎，承繼台灣歷史、文化、文學相關辭典體例，兼收中島利郎《日本統治期台灣文學小事典》成就。全書收錄411個辭目，28萬餘字釋文，206張相片和圖說，形成體例清晰、檢索方便的主題性辭典，是一本適時合用的入門工具書，堪稱當前東亞殖民主義批判與地域文學史遺產整理的重要業績。

　　日本時代台灣文學進入學術視域主要在解嚴後的1990年代，柳書琴恰在此時完成其碩、博士論文，多年來從現代小說、漢文通俗文藝、「滿洲國文學」等角度，探索文學生產與殖民主義的關聯，亦推動台灣文學與日、韓等東亞文學之互涉研究。二十年來，她不僅個人成就斐然，也與跨國有志同道密切合作，回溯與前瞻，為荒廢沉消的日本時代台灣新文學重綻輝光。辭典定稿之後，她謙稱這是台灣文學研究界前仆後繼的、令人蕭然起敬的驚人成長之集結，其自序以〈上一代，我們，下一代〉自我定位，並以這一部辭典「作為禮物」傳承給後繼者。我很欣喜她和清華大學台灣文學研究所的研究生們，願意主動肩負起編纂工具書的工作。

　　書琴及其「我們」所指涉的日本時代台灣文學研究者，多數是目前任教於台灣文學系所的中堅學者，他們或出身中文系、台文系、歷史系、日文系，或從日本或他國留學歸來，沉潛於新出土的文學史料，也注意當代蓬勃發展的文學理論與文化研究，在東亞跨

國性交流中形成視野，對日帝時期的殖民地和占領區文學、文化進行全面的重估與批判，完全破除了戒嚴時期封閉的孤島思維。眾所周知，紀錄片《日曜日式散步者》就從風車詩社殘存文獻裡，耙梳出現代文學初期非寫實性的摩登潮流，而與1923年東京大地震後的新感覺主義、新心理主義、象徵主義、超現實主義，以及1920年代末期，興起於上海的「現代派」交互激盪。這些震盪若再與書琴這些年持續探求的1930年代中期的「東亞左翼文化走廊」相互參照，顯然該時代文學之奧義與興味正大大地吸引著學者與大眾的目光。

　　作為「我們」的上一代，呂興昌和我都出身中文系，從事中國古典文學教研，解嚴以後方始「半路出家勤撞鐘」，走出學院，踏向田野，四處尋訪調查，也參加「益壯會」傾聽垂垂老矣的前輩細訴，在欲言又止的話語中推敲那些時代的風雨。史料的搜集、整理、翻譯與出版，是我們搬開「台灣文學」禁忌之後的第一要務，「讓它們出土」也是本土化時代社會的普遍期待。從中央的文建會到縣市的文化中心，以至於當時的平面媒體，都參與了日本時代台灣現代文學的重建運動。這個運動在1994年11月清華大學的「賴和及其同時代作家：日據時期台灣文學國際學術會議」三天的會議中達到高峰，也因此有「顯學」與「險學」的雙關語流傳。

　　事實上，除了林瑞明從1970年代就一頭栽進日本時代的文史研究，對楊逵到賴和的時代精神給予建構，展現史家的扎實和詩人的慧識之外，整體說來，90年代以前的日本時代台灣現代文學研究才剛要起步。在迫切需要大量史料搜集、作家訪談、作品出土解讀和文學史脈絡梳理的情況下，我和呂興昌、胡萬川、林瑞明幾個好朋友，很自然地就投入了這個工作。從1991年起，在清華大學月涵堂舉行為期三年多的「台灣文學研討會」，直到2000年成功大學台灣文學系成立之前，我們不斷邀請作家、學者和年輕人，一起討論、關心台灣文學的各種議題，還是碩士生的書琴就是那時代主動參加的新血輪之一。

　　那些年，我們幾位大學老師為了搶救、編纂、翻譯、出版，推

動大專學院台灣文學教學研究的體制化，幾乎每週都南奔北跑，在沒有高鐵的時代相互商量討論，但那也是我們最快樂的時光。尤其難忘和感謝的是，已故的摯友葉笛，還有陳千武先生（帶領其公子陳明台教授）、林至潔等人，在日文作品中譯方面，夜以繼日伏案奮筆，給予我們最大的支持。這些成果立即進入大學課堂，成為逐漸匯集剛啟動的台灣文學研究生們追逐捧讀的教材，迄今亦為讀者閱讀和學者研究仰賴的資源。前述葉笛等譯者，加上鍾肇政、葉石濤、邱振瑞、涂翠花、鍾美芳（鍾瑞芳）……等前仆後繼的熱心者，也譯介了日本學者的研究，包括尾崎秀樹、松永正義、河原功、塚本照和、下村作次郎、岡崎郁子……等先驅的成果，加上愛知大學黃英哲教授在其中的奔走聯繫，大大促進了台、日學者在台灣文學體制化過程中的交流與合作。我、老呂、瑞明、萬川在一起時，常常懷念起「我們的90年代」！

　　當然，早在我們之前，已經有一批勇士在未解嚴的時代出發了。其中，張良澤在1970年代整理和出版鍾理和、吳濁流、楊逵、吳新榮、王詩琅等作家的文集或全集，堪稱是「回歸現實」之鄉土文學思潮中最大的貢獻者。他的工作為當時中文系的師生開啟了極其陌生，卻深具鄉愁的父祖輩時代訊息，可惜在美麗島事件後被迫離台。十四年後他重返故鄉，任教於真理大學台文系，持續整理、翻譯「皇民文學」，想要在民主時代開啟更多的解讀，不料又遭左翼人士強力批判，導致報紙連載中斷。很遺憾，這個日本時代台灣歷史與文學的重要課題，在意識形態對立下無從深究，至今仍難以說清。張良澤在戒嚴時期，在「只有中國，沒有台灣；只有古典，沒有現代」的中文系任教，冒著生命危險搶救史料、再現歷史事實的勇氣，令人讚佩。今後日本時代的台灣現代文學研究的發展，仍亟待他奉獻珍藏的史料與獨到的詮解。

　　在日本時代台灣文學領域影響最深遠的前輩，無庸贅言，首推葉石濤先生。1987年他出版的《台灣文學史綱》，上承黃得時、王詩琅、廖漢臣等人為台灣文學「撰史」的未竟之志，在戰後台灣以

不屈意志薪傳一絲如縷的香火，為台灣文學的自主性發展勾勒出軌跡。葉石濤親炙過眾多前輩作家，閱讀過廣泛的日文作品及歷史文獻，從1960年代便開始對同時代作家作品提出評論，且每每有獨到見解。譬如，他指出龍瑛宗的客家情結，批判張文環、呂赫若的「糞寫實主義」，迄今都還是待解的高論。當代研究者倘能彙整其評論，進一步求索，必有新義再現。踵繼葉先生之後，在1970年代到80年代之間，致力於日本時代台灣作家作品研究和文獻出土的，還有施淑、林瑞明、鍾肇政、張恆豪、羊子喬、彭瑞金、林載爵、羅成純……等人，他們的洞見與功績迄今也未曾被忘記。最後，尊敬的故友黃武忠先生在台灣文學體制化過程中，積極向政府文化部門報告和推動，尤其令我感動。當時他僅是文建會的科長，但勇於任事，從「賴和及其同時代作家」國際學術會議、「台灣地區民間文學調查、采集、整理、研究計畫」到國立台灣文學館的籌建等等，親力親為，勞心勞力，是啟動多種重要事業的關鍵人物。除此之外，在台灣文學體制化之前，各領域、族群、國籍都有耕耘者和貢獻者，他們的心血和事蹟，但願未來有暇再以專文紀念。

　　在所有一切日本時代新文學運動精神的傳承者中，最感人的身影、最有力量的發言，則是老作家。從1950年代到1980年代解嚴前，王白淵、王詩琅、廖漢臣、葉榮鐘、吳濁流、楊逵、巫永福、黃得時、楊雲萍、張文環、劉捷、王昶雄、龍瑛宗、林芳年、陳千武……等，以及吳新榮哲嗣吳南圖、吳南河兄弟，出錢出力、捐文獻、捐手稿照片、辦文學獎、辦聚會、編雜誌、作翻譯，無私的付出，勇敢的為歷史作證言，不屈不撓，功不可沒。

　　日本殖民時期，台灣現代文學在台、日作家亦敵亦友的複雜曖昧情境下展開的繁華盛景，這微細的一線香火克盡劫難，終究在書琴這一世代，在《日治時期台灣現代文學辭典》中再現風華。這部辭典的特色，書琴說，包括新出土、新條目，是現代文學疆域的持續拓展；新世代、新詮釋，則是傳承而創新，再來，就是「下一代」的事了！我衷心期待這本辭典能為本階段的台灣文學研究帶來

新動能。我也盼望還有源源不斷的下一個階段的「日治時期台灣文學辭典」增補、新修或資料庫建置，屆時我們再一起來歡呼！報戰功！

2018.11.7於水木清華

專家推薦

一本劃時代的文學辭典誕生了。這本辭典在台灣文學於學術界取得地位以來的四分之一個世紀的現在，俯瞰了那些從禁忌的年代累積而來的研究成果。編者序中詳細介紹了過去累積的研究成果，也明確地提及本辭典的出發點是《東亞殖民主義文學事典・台灣篇》一事。

——下村作次郎（日本／天理大學名譽教授）

本辭典辭目豐富，解說細緻嚴謹，展現了日治時期台灣文學發展的深層脈絡與多重樣貌，宛如一幅細描的文學地圖，既可鳥瞰台灣文學研究新視角，也可按圖查考日治時期台灣文學的複雜紋路。

——向陽（台北教育大學台灣文化研究所教授、吳三連獎基金會秘書長）

本所陳萬益教授和柳書琴教授帶領一批優秀博碩士生投入編輯工作，集結國內外各方的資源與智識，展現台灣文學界豐沛的力量和跨世代的視野，終於完成這部絕對必看的台灣文學知識辭典。

——李癸雲（清華大學台灣文學研究所教授兼所長）

《日治時期台灣現代文學辭典》是一部關於日治時期台灣新文學，以及與文學界相關的民間文學、戲劇、流行歌等的綜合性辭典。作為透視日治時期台灣文學景觀的重要窗口，本書兼顧海內外專家與一般讀者的不同需要，既是一部專業權威的參考書，也是一部便於查閱的案頭書。

——李海英（中國海洋大學朝鮮語系教授、韓國研究中心主任）

本辭典是從東亞視域論析台灣文學的一次全新嘗試，將成為今後學習、研究台灣文學以及東亞文學的學生、學者們的必讀書目。

　　　　　　　　──金在湧（韓國／圓光大學國語國文學部教授）

本辭典為台灣文學重要的基礎工程，主編柳教授史料功夫扎實，治學嚴謹，邀請台灣文學界資深學者與年輕世代共寫，見證台灣文學自1990年代學院建置以來累積的研究能量與實力。辭典不僅涵蓋日治時期重要作家、作品，並特闢「媒介」分類介紹出版刊物及管道，並以「思潮與運動」介紹文藝事件和運動等，勾勒當時文藝創作的場域及關注議題，堪稱面面俱到，是一部有高度參考價值的工具書。

　　　──邱貴芬（中興大學台灣文學與跨國文化研究所特聘教授、台灣
　　　　　文學學會理事長）

陳萬益教授、柳書琴教授長年對台灣文學研究之熱忱，令世界各國諸多研究者「團結」起來，於是有了深具意義的本辭典之誕生。在享受珍稀研究成果的同時，也期望有更多的讀者、作家、研究者繼續推動台灣文學得到更大發展。

　　　　　　──垂水千惠（日本／橫濱國立大學教授、日本台灣學會理事）

這本詳盡嚴謹、用心良苦編纂的辭典，呈現了當今海內外學者探討日治時期台灣文學的多重詮釋角度。辭目分明，圖文並茂，值得每位關心台灣的民眾精讀，更是從事台灣文學研究不可或缺的參考文獻。

　　　──Bert Scruggs／柏特‧斯克魯格斯（美國／加州大學爾灣分校
　　　　　副教授）

專業辭典的編成，代表專科知識的成熟。有了這本詳備的攻略本，接觸日治時期台灣現代文學，就不再是黑暗中的摸索，而轉成了對整體傳統的省思！

　　　　　　　　　　　　　　──柯慶明（故台灣大學名譽教授）

這將是探索台灣文學的指南針，也將帶著我們走向更寬廣的文學天地。

——封德屏（文訊雜誌社長兼總編輯）

這是進入台灣文學版圖的重要入口，通過最簡約的文字，到達最豐富的知識寶庫。這不是一部工具書，而是重要的研究指引。握有這把鑰匙，可以開啟多少台灣文學的奧秘。

——陳芳明（政治大學台灣文學研究所講座教授）

主編是一個有效率的人，慎選樂手，在她的指揮下敲準每一個音符，使他們合奏出一套易懂、實用的台灣現代文學知識體系，不論當它是具體而微的書逐條閱讀，或當它是工具書隨手翻查，都兩相宜。

——許雪姬（中央研究院台灣史研究所特聘研究員兼所長）

本辭典為讀者們開啟了通向台灣近現代文學園地的新窗口。透過四百多則精選條目的釋文與圖說，編者們提供了深入認識作家、作品，媒介及思潮的重要知識地圖，更反映了當代台灣文學史研究的最新趨勢及代表成果。

——張隆志（中央研究院台灣史研究所副研究員兼副所長）

我不僅在這部辭典的內容中識得國內研究者穩步精進的最新成果，也於此書的編纂動因和與東亞鄰國的合作實踐中，看到試圖跨越疆界、重構譜系、拓展台灣文學研究視域的苦心經營和可貴契機。

——張誦聖（美國／德州大學亞洲研究與比較文學教授）

近年來台灣文史著作蠭出，本書以辭典條目編列日治時期台灣文學知識，旨於扼要彰顯文學史要點，且內容求真求確，是格外值得信任之作。

——黃美娥（台灣大學台灣文學研究教授兼所長）

《日治時期台灣現代文學辭典》由柳書琴教授邀集台灣與日本的台灣文學研究者撰寫，涵蓋作家、作品、媒介三大部分的有機架構，展現東亞文學研究者的合作動能，不但吸納近年研究成果，並有不少青年學者加入執筆陣容，可預期將對台灣文學研究、推廣，帶來不少的貢獻。

　　——廖振富（國立台灣文學館前館長、中興大學台灣文學跨國文化研究所兼任教授）

這是一本讀者期待已久的辭典。每一個辭條有如不同交錯路徑的索引，指向日治時期台灣作家背後複雜的文藝體制與思潮論爭，讓台灣文學的研究者可以一窺較為動態而立體的文藝生態。

　　——劉紀蕙（交通大學社會與文化研究所教授、文化研究國際中心主任）

作為一名日本殖民文學與文化的研究者，日據時代的台灣文學與文化一直是我最關注，卻最生疏的領域之一。本辭典通過對該時期文學現象全方位的介紹及解讀，使我們第一次真正從整體上瞭解了台灣現代文學與文化豐富而又複雜的內涵。它的出版不僅對於台灣，對於大陸，乃至對日本的學術界都可謂是前所未有的貢獻。

　　——劉建輝（日本／國際日本文化研究中心教授兼副所長）

收到柳書琴老師寄來的辭典目錄，我翻閱了一下，賴和、楊逵、劉吶鷗、張文環、龍瑛宗、呂赫若、周金波、葉石濤等大家的名字躍然紙上。這些作家也收錄於日本一般國民使用的國語辭典《広辭苑》第7版及《世界人名大辭典》（皆由岩波書店出版）。本書與日本的辭典對這些作家的評價有何不同呢？建議讀者也可以抱著這樣的好奇心來閱讀。

　　——藤井省三（日本／東京大學名譽教授）

作為本書的撰稿一員，很知道編纂的苦心、流程的嚴謹。以及追求深入淺出的可讀性。以致書名雖為文學辭典，卻耐讀如一冊日治時代的故事書，生動描寫著一腳跨進現代的台灣文學。

　　──蘇碩斌（國立台灣文學館館長、台灣大學台灣文學研究所教授）

上一代，我們，下一代
作為禮物的《日治時期台灣現代文學辭典》

主編／柳書琴

　　本辭典為主題性辭典，我們希望透過專家撰述形成的交互詮釋，呈現台灣文學領域迄今為止的專業知能。它是一部工具書，也是特定知識的濃縮與入口，不只反映台灣文學研究三十多年來的積累，也表現出本學門向新階段探索，銳意求精求變的欲望與動能。這部辭典集合眾人之力，在知識建構與導引的實踐過程中，展示詮釋者各異其趣的社會理念與政治立場，並共同描繪詮釋共同體本階段的歷史理解與現實關懷。在本辭典關切的20世紀前期東亞殖民主義批判與地域文學史遺產整理方面，不論是深化內部的文化理解，或擴大跨國性的歷史問題討論，各國都有長足的突破。這不僅是台灣的進步，也是東亞社會整體的進步。本辭典踵繼2000年以後各國歷史辭典或文學辭典的出版行動與社會自覺，盼能成為前進中的後殖民與後戰爭工作之一步。

　　2000年以後，台灣和韓國首開辭典編修風氣，下列辭典對迄今為止的學術研究與文化發展貢獻卓著。筆者正是在這些先行辭典的培育和啟發下，展開這次的編修工作。在台灣方面，許雪姬教授擔任總策劃的《台灣歷史辭典》（台北：行政院文化建設委員會，2004）、《線上台灣歷史辭典》（台北：遠流出版事業股份有限公司‧智慧藏學習科技股份有限公司，2005）；林初乾教授擔任總編

輯的《台灣文化事典》（台北：國立台灣師範大學人文教育研究中心，2004），以及國立台灣文學館以陳萬益教授2005年起主持的「《台灣文學辭典》編纂計畫」為基礎，擴大架設的《台灣文學辭典資料庫檢索系統》（2013），最值一提。三者分別為台灣第一部的歷史辭典、文化事典與文學辭典，而別具意義。筆者有幸在研究生時代躬逢其盛，參與了其中第一和第三部的辭條撰述工作。

　　《台灣歷史辭典》，由行政院文化建設委員會委請中研院許雪姬教授策劃，召集141位專家，依據嚴謹體例撰寫，每條以400字為上限，收錄4,600餘筆辭目，搭配1,200餘幅珍貴圖像，包括政治、外交、軍事、經濟、社會、教育、文化、風俗、舊地名、重要歷史性文獻等，首開台灣研究領域之辭典編修風氣，影響尤其深遠。《台灣文化事典》，收錄1,399筆辭目，被譽為「以台灣為主體的綜合性文化百科全書」，廣受稱揚。《台灣文學辭典資料庫檢索系統》，則以「供研究者、教師、學生及社會大眾便利查考，更有效地推廣台灣文學」為訴求，收錄4,240筆辭目，每條以1,000字為限，目前仍持續編修中，堪稱台灣文學學門最重要的研究工具之一。這三部辭典皆上溯台灣有史，下迄20世紀之交，具通史意義，古今皆備，內容豐贍，廣受海內外各界人士利用。

　　在韓國方面，首爾大學權寧珉教授繼其《韓國現代文人大事典》（首爾：亞細亞文化社，1991）之後，也完成了重量級的辭典編纂計畫，出版《한국현대문학대사전（韓國現代文學大事典）》（首爾：首爾大學出版社，2004）。內容涵蓋韓國日治時期到當代，蒐羅主要作家、小說、詩、戲曲等作品和用語485條，詳述作家、作品等基礎資訊，亦旁及歷史背景和文化思想等。該辭典隨後獲得日本學者田尻浩幸翻譯，由明石書店於2012年推出日譯本《韓国近現代文学事典》。在日本方面，則有貴志俊彥、松重充浩、松村史紀等人編纂的《二〇世紀滿洲歷史事典》（東京：吉川弘文館，2012）。該辭典以呈現20世紀滿洲的全體像為目標，針對東北地方政權、「滿洲國」到中華人民共和國期間的政治、經濟、環境、民

族、文化等現象，嚴選 8,002 個辭目進行闡釋，深具學術性。此外，值得期待的尚有位於京都的國際日本文化研究中心，劉建輝教授籌備多年的《「滿洲國」文學辭典》。

在《韓國現代文學大事典》出版次年的 2005 年，當時任職於日本岐阜聖德學園大學的中島利郎教授，以驚人的獨力編修方式，推出了全球第一部以「日治時期台灣文學」為主題的辭典。《日本統治期台灣文學小事典》（東京：綠蔭書房，2005），收錄約 300 個辭目，包含十餘筆與日治時期代台灣現代文學密切相關的古典文人、事件及中國作家等。該辭典突破了綜合性、通史性辭典《台灣歷史辭典》、《台灣文化事典》的收錄量，以斷代史、現代文學專類的方式，大幅擴充了日治時期台灣文學辭目的收錄範圍。中島教授為台灣文學的權威學者，通過每篇數百字之菁華篇秩，具體呈現了台／日人作家共構的殖民地文壇之多元風貌。此外，這部辭典附錄了〈日本統治期台灣新劇略史〉、〈台灣戲劇年表〉，並在第二部分收錄〈照片所見的日本統治期台灣文學小史〉（共九章含附錄一篇）一文，該文又延伸擴大為《台灣文學百年顯影》（台北：玉山社，2003）一書中的第二至十二章，以生動的歷史圖像與豐富的研究線索，成為專業人士不可或缺的案頭書。

另一部廣受愛用的辭典，為彭瑞金、藍建春、阮美慧、王鈺婷等教授共同編著的《台灣文學史小事典》（台南：國立台灣文學館，2014）。該事典在同樣為台灣文學權威學者、資深貢獻者的彭瑞金教授策劃下，以台灣文學發展為縱軸，上溯荷治以前，下迄 2012 年 12 月，由「台灣文學編年大事記」及「辭條解說」兩部分相輔相成。讀者可循大事記建立整體文學史輪廓，再從辭目釋文深入文壇現象與作品內涵，具有快速應用於教學、研究、考試、文化工作等方面的優點。《台灣文學史小事典》同時在國立台灣文學館官網上，提供免費資料庫檢索，極為便利。

上述辭典各領風騷，皆以台灣研究的工具書、文化百科、最新研究指南、成果薈萃等功能，為利用者擴大視野，加速知識連結與

多元應用。本辭典矢志延續這個精神，以提供知識服務為目的，期許為教學、研究、考試、文化工作等各類型的利用者，提供方便正確的資訊。特別是，在跨國交流與比較研究增加，鄉土教育、社區營造、文創事業、策展、影像、戲劇、美術等工作推陳出新之際，深耕地方知識，加強歷史縱深，提高文化理解，熟稔台灣文學的遺產，將如虎添翼。不論是在跨國跨文化合作的學術場合，或跨領域社區交流共創的場域，面對汗牛充棟之自我與他者，豈不是經常浩嘆在歷史交錯下對話的我們，對彼此的認識如此不足？當然，現有辭典已大幅減少了知識利用的障礙，並實際助益了台灣文學研究這十幾年的發展，不過日治時期台灣文學方面的辭目向度未全，則是文學研究者責無旁貸的工作。

在迫切需要更多地方知識的背景下，筆者因而和幾位長期從事東亞殖民主義文學研究的朋友團結起來，希望提供一部專屬這個特殊歷史時期的文學辭典。我們渴望一部以共時性形式、空間性視野，揭示台灣、韓國、「滿洲國」文學及其交涉現象的辭典。在這樣的背景下，東亞殖民地文學事典國際共同編纂計畫誕生了；隨後，本辭典《日治時期台灣現代文學辭典》也以《東亞殖民主義文學事典‧台灣篇》為基礎，逐步獲得實現。

沒有《東亞殖民主義文學事典》就沒有本辭典，絕非虛言。這一群心懷四海、充滿夢想的朋友們，不厭其煩地來回飛行或寫信協調跨國合作諸事宜，創造了本辭典編修的最初契機和第一筆經費。筆者由衷感謝補助單位、計畫主持人及並肩前進的夥伴們，並十分榮幸地能在此介紹這一群熱情的學人。「東亞殖民地文學事典國際共同編纂計畫」隸屬「海外韓國學重點研究基地專案」（AKS-2014-OLU-2250004），補助單位為韓國教育部及韓國學中央研究院（韓國學振興事業團）。由韓國圓光大學金在湧教授發起與聯繫；中國海洋大學朝鮮語系教授兼韓國研究中心主任李海英教授主持、執行；華東師範大學劉曉麗教授、日本首都大學東京大久保明男教授、台灣清華大學柳書琴教授共同協助策畫，並負責擔當「朝

鮮」、「間島」、「滿洲國（滿系、俄系、蒙系、鮮系作家）」、「滿洲國（日系作家）」、「台灣」的各篇主編與推動者。2017年12月，東亞殖民地文學事典國際共同編纂計畫已完成約當40餘萬中文字的內容，並於2018至2019年著手進行韓文翻譯與編輯出版準備，預計2020年首先以韓文版推出全球第一部《東亞殖民主義文學事典》。跨國編輯團隊的我們，共同期待這部強調東亞文壇的共時性與交涉性現象的辭典，能夠提供學術、教育、文化、社會應用、藝術創作領域的各國人士更多線索及啟發。

　　《東亞殖民主義文學事典》不只是一個工具，也是一項知識服務與學術傳承。它是在這個領域探索二、三十年，透過各自師承致力鑽研戰前文學史，並深受歷史教訓與文藝精神啟發的各個主編們，在為期十年愉快的「東亞殖民主義與文學研究會」（2005-2014）合作期間的產物。這是我們共同決定，送給下一代人的禮物。因此除了必要的稿費之外，各篇主編們多以義務或半義務的方式，逐一執行辭目設計、品類規劃、體例制定、專家邀稿、審查勘定、修改溝通、編輯設計、圖片蒐集、撥付稿費和請求授權等工作。

　　筆者自2016年1月開始，正式投入這個跨國辭典編纂計畫，啟動編修工作。在2016至2017年的兩年間，首先完成《東亞殖民主義文學事典》台灣篇的工作，接著在2018年繼續擴大進行《日治時期台灣現代文學辭典》新增部分。本辭典的執筆群以本地專家為主，兼及日本、中國等地學者，總計128人投入，共完成411個辭目，28萬餘字的釋文，並收錄206張圖片，圖說文字約18,000字。其中，約占57%的一級辭目共16萬字，由《東亞殖民主義文學事典》台灣篇收錄，支付稿費，經韓文翻譯後，將收錄於未來出版的韓文版。一級辭目完成後，筆者正愁煩於遺珠之憾，幸得時任中央研究院台灣史研究所副所長的張隆志教授鼓勵，申請「財團法人曹永和文教基金會」補助，獲得支持後，立即再接再厲推動二級辭目的編修。最後因所欠辭目甚多，經費仍不足支應，幸蒙劉紀蕙教授

主持的教育部高教深耕計畫特色領域研究中心、國立交通大學「文化研究國際中心」大力支持，補足所需。總計前後透由三個單位的補助，匯集總經費新台幣50萬元，完成了一、二級辭目的編修。一級辭目的重要性自不待言，二級辭目雖略遜一籌，但因多為未曾有辭典詮釋者，或為近年新出土成果，對於敏求新知者更形重要。由於總數約12萬字的二級辭目僅收錄於台灣出版的中文繁體版，因此本辭典可謂目前收錄辭目最多、訊息量最新的台灣現代文學辭典。

筆者擔任總編審的《日治時期台灣現代文學辭典》編修工作，在我敬愛的指導教授陳萬益先生的指導下順利推進，並受到海內外學界前輩、同事及各校台灣文學研究生們前仆後繼的支持。這部辭典集眾人智力，希望最下限能回饋給現在和未來從事台灣文學研究的工作者使用，它的編纂目的有二：一、提供給已有台灣文學相關知識者，深入台灣文學本體研究與跨文化研究的新知與線索；二、提供給外國人或本國教學者、文化工作者，查考日治時期台灣現代文學最新關鍵知識的途徑。

本辭典的編纂方向，以日治時期台灣新文學作家、作品為主要對象，旁及民間文學、劇本、流行歌及與文壇密切相關的若干文化團體等。在辭目建置方面，筆者根據陳萬益、林瑞明、吳密察等恩師傳授，輔以先行紙本辭典之辭目進行規劃。《台灣歷史辭典》（90條左右）、《日本統治期台灣文學小事典》（300條左右）、《台灣文化事典》（80條左右）為本辭典提供了堅實的基礎。資料庫類型的「台灣文學辭典資料庫檢索系統」，日治時期現代文學辭目總量不詳，與本辭典標題相同者約有120條（2018年5月線上查核結果），也提供我們重要參考。本辭典對重要辭目的認定與先行辭典相當一致，此外則積極進行數量與向度的擴充，包括新增從未被詮釋者及近年出土者。在內容方面，本辭典重視跨國、跨文化、跨語言、跨時代等交涉現象，也關心遭受壓迫、取締、禁止、解散、削除、強制徵用等歷史傷痕，希望多角度地呈現在翻天覆地之東亞藝術史、思潮史與抗爭史中，掙扎茁壯的台灣文學。在篇幅方面，採用500

至1000字的中長篇幅，以便容納日新月異的新出土文獻、研究觀點，並舉例推薦若干復刻本、翻譯本、文獻資料集、電子資源等研究輔助工具。在執筆者方面，除了廣邀代表性學者，也透過青年作者、新血輪的加入，擴大詮釋群體的世代、風格和向度。在照片與文獻圖片方面，同樣選擇若干重要、少見或新出土者，提供對物質狀態、歷史情境認識和想像的條件。因此，整體而言，本辭典具有新條目、新世代、新出土、新詮釋、圖像豐富、體例統一、易掌握延伸工具等特點。

　　本辭典揭示「作家」、「作品」、「媒介」、「思潮與運動」四大範疇，並儘量在其下廣納不同類別。遺憾的是，筆者能力微薄，加之受限於經費、人力、學術成果分布狀態等現實因素，因此無法一次兼顧所有品類。筆者有鑑於數十年來作品論已有長足進展，研究資訊容易取得，故本階段優先拓展作家方面的詮釋，而在本地相關之台灣人作家方面又比日本人作家用力更多。藉此，我們衷心盼望讀者能從各有所愛、各領風騷的文學者身上，得到新的啟示。當然我們不曾忽視任何一個範疇，更不會忘記職責未了。畢竟，在我們微小的編輯團隊通力合作，審校作者初稿、調閱原始文獻、核查數位資源、訪求照片撰寫圖說時，都一再被辭條作者精采的詮釋所感動，對歷來台灣文學研究者眾志成城的文化事業致敬。與此同時，我們也不斷發現有新的資料可補充，或有小疵必須修正，而深感這個領域的波瀾壯闊。理想而言，這部辭典應當再加上二、三倍辭條，才能約略對應現行學科的研究成果，這411條不過是冰山一角；此外，一些學者因分身乏術，一些青年因聯繫無門，故此次未能邀集參與，筆者深以為憾。而這些不足更使我們對數十年來台灣文學研究界前仆後繼的驚人成長，肅然起敬；同時，深感在資料庫檢索工具進步和老照片持續出土之下，下一世代的研究者定能開創更大格局。在此，我們衷心期許下一代研究者，以更具可視性、更富思想性的文學史，對這部半創期的辭典進行批判和超越。

　　筆者多有未逮之處，錯誤亦恐不少，對此本人願負全部責任，

尚祈海內外專家先進、作家後人不吝來鴻指正。盼望未來在各界指導下，有修正和續修第三級辭目，乃至建置數位資料庫的機會。在階段性工作完成的此刻，首先深深感謝最大功勞者——韓國教育部、韓國學中央研究院（韓國學振興事業團）、中國海洋大學韓國研究中心主任李海英教授、財團法人曹永和文教基金會、教育部高教深耕計畫特色領域研究中心、國立交通大學「文化研究國際中心」，以及一群無私付出的學者與研究生——所有的辭目作者們。其次，感謝支持這個學術基礎性工作，以完全無償或學術出版優惠等方式，賜予珍貴照片圖檔的政府文化部門、圖書館、文學館、基金會、作家後嗣、收藏家、導演、文史工作者和學者們，照片授權者芳名詳見卷首清單。第三，感謝聯經出版公司林載爵發行人、胡金倫總編輯，二十年來對筆者從事的台灣文學研究工作一貫的提掖和鼓勵。第四，感謝無償義務擔任本書顧問的恩師陳萬益教授，協助紓解計畫推動困境的張隆志教授、劉紀蕙教授，以及給予我最多歡樂和最大勇氣的清華大學台灣文學研究所優秀的畢業校友及在校博碩士生們。最後，感謝不吝為本辭典付出最多專業努力的一群幕後英雄，他們是張郁璟、蔡佩均、徐淑賢、洪麗娟、白春燕五位編輯，葉慧萱、許容展、吳俊賢、陳卉敏、黃琬婷、汪維嘉、邱純輔、高沛生等八位校對、編目、攝影、剪輯、授權、核銷方面的執行者，以及新竹女中高擇雨、程素宇、六家高中曾宥甄等校對志工。

《日治時期台灣現代文學辭典》的完成，仰賴學界前輩、文化先進、作家家屬、青年學生們的鼎力支持和無私付出。末學在此衷心感謝諸機構與先進在百忙中同心同願，用心撰著，慷慨惠予圖像，以專業詮釋，成就台灣文學辭典。最後，期盼廣大的專家和讀者們繼續惠予指教，一起傳續新文學運動精神，為下一代人創造更多禮物。

辭典特色與體例說明

主編／柳書琴

壹、編纂方向

　　《日治時期台灣現代文學辭典》以日治時期台灣新文學為主要對象，旁及若干與文學界相關的民間文學、戲劇、流行歌等。編纂目的有二：一、提供給已有台灣文學相關知識者，深入台灣文學本體研究與跨文化研究的新知與線索；二、提供給外國人或本國教學者、文化工作者，查考日治時期台灣文學關鍵知識的途徑。本辭典廣泛考量外國人及一般讀者易於入門掌握，國內外專家便於深耕精進等不同需要，除了提供正確的基礎資訊之外，特別重視跨境／跨語／跨民族間的文藝交流與互涉層面。包括：

（一）作家的跨地域交流（譬如：留學、旅行、移居、訪問、任官、工作、座談、流亡、參與共黨或社運組織、出席會議、從軍……等）。

（二）作品的跨文化流動（譬如：文藝思潮傳播、翻譯、評論、特輯、跨地域出版、改寫、節選、改編、演出……等）。

（三）文學發展與創作（鄉土文學、普羅文學、報告文學、外地文學、翻譯文學、地方文學、時局文學、跨語文學、後殖民時期寫作……等）。

（四）戰爭體制下特殊的文藝組織、會議或口號（文藝作家協會、「文學奉公會」、「文學報國會」、「大東亞文學者大會」、「決戰文學會議」、「皇民文學」……等）。

貳、辭典特色

　　本辭典具有新條目、新作者、新詮釋、新出土、新研究、體例統一等特點，茲說明如下：

（一）內容特點：

1. 重視台灣觀點，邀請台灣為主的作者，或境外長期從事台灣文學研究的代表性學者，根據最新研究成果，重新撰述。

2. 先行研究充足之經典辭目，作者在綜合學界共識或引述權威學者意見的基礎上提出詮釋。現有研究少的新辭目，或本身即是作者專精議題者，則由作者直陳在該議題上的最新發現。

3. 兼重台灣現代文學「本體研究」之基礎資訊與「跨文化研究」之東亞互涉資訊並提供代表性的文獻書目、譯本書目或資料庫資訊。

4. 重視原創性，三分之二以上辭目為首次詮釋者，其餘曾為既有辭典詮釋者，亦皆依本辭典之體例、精神與方向，另邀作者根據學界最新研究進展，強化深廣度。只有5%左右，研究成果較少的日本人作家相關辭目，獲得中島利郎教授慨允，由其權威性的《日本統治期台灣文學小事典》翻譯並調整格式後收錄。

（二）類型特點：

本辭典雖以日治時期台灣現代文學為主體，但兼顧台灣作家在日本、中國、「滿洲國」的刊載、出版、轉載、翻譯情況，同時關注遭到台灣總督府檢閱制度刪削的作品、戰後出版作品、跨語創作、後殖民時期寫作、日本文壇的台灣題材作品等。在類別方面，包括作家（165條）、作品（78條）、媒介（110條）、思潮與運動（58條）等四大類。以新文學作家、作品和刊物為主，廣納純文學、通俗文學、兒童文學、民間文學、戲劇（劇本）、語言運動、文藝論戰、思潮、論說、事件、團體、文學獎、文藝欄、特輯、書店、出版商、進口

商、禁書、唱片公司、流行歌作曲者、文藝沙龍、俱樂部……
等。文學者，以台灣人作家和在台日人作家為主，兼及少數
日本、中國的訪台作家，亦旁及當時台灣一些與文學領域交
流較深的戲劇、電影、民俗、音樂領域之團體或人士。

（三）作者群特點：

本辭典的作者組成，均為該項議題之代表性教授、研究員、
學者、作家，或以該議題撰寫博、碩士論文的台灣研究生、
海外留學生、外國學生，以具大學教師資格和已取得博士學
位的作者為主要執筆群。在特殊議題上邀請中國籍（包含學
者、研究生）、日本籍、韓國籍專家參與撰寫，總計17位，
約占13%。作者群涵蓋資深、新進、青年等三代學人，以不
同世代觀點，反映台灣文學研究自1990年代學科化後的累積
與創新。

（四）體例特點：

本辭典仿效許雪姬教授《台灣歷史辭典》、陳萬益教授《台灣
文學辭典》編纂計畫的體例格式進行調整，擬定體例表與示
範辭目，具有未來易於轉換為數位資料庫格式的統一體例。
每一辭目皆經主編柳書琴審查，帶領張郁璟、蔡佩均、徐淑
賢、洪麗娟、白春燕五位編輯，逐一校對勘誤、辨識闕漏、
調閱文獻查核、審校日語，提請作者商榷，經過作者再三嚴
整內容和方向後定稿。最後，主編在統一格式與用字之前提
下，尊重不同作者的撰述觀點與風格，使釋文內涵兼融並蓄。

（五）照片特點：

本辭典為提供讀者對物質狀態和歷史情境之認識和想像，透
過機關、團體、圖書館、基金會、收藏家、作家賢嗣、學
者，募集珍貴老照片或文獻圖檔授權，總計206張，以點綴
式的圖文參照方式呈現，由於獲得家屬和某位收藏家慷慨義
助，其中不乏初次公開者。

叁、辭目闡釋重點

（一）作家：

姓名、生卒年、主要創作類型、筆名（字號）、籍貫（出生地）、學歷、經歷、重要作品、文學史評價、跨文化交涉現象。例舉若干全集、選集、譯本、研究資料集狀態。

（二）作品：

1. 單篇作品：

標題名稱（日文原題）、使用語言、文類、作者、發表刊物（書籍）、時間、地點、作品梗概與特點、文學史意義、跨文化交涉現象。

2. 單行本（含合集、選集、全集）：

標題名稱（日文原題）、使用語文、文類、作者／編者／譯者、出版地、出版者、時間、地點、版本、卷數、出版目的、連載狀況、作品梗概與特點、文學史意義、跨文化交涉現象。例舉若干復刻本、譯本、電子資源狀態。

（三）媒介：

1. 文藝團體：

團體名稱、成立與起訖時間、地點、發起人、創辦者、成立宗旨、宣言、主要成員、業務項目、出版品、附屬事業、支部、重要活動、文學史意義、跨文化交涉現象。

2. 文藝雜誌、刊物：

標題名稱（日文原題）、刊物性質、創刊時間、地點、休／復／停刊時間、出版總卷期、創辦人、發行人、主編、創刊宗旨、特色、主要內容、使用語言、發展變化、重要參與者、文學史意義、跨文化交涉現象。例舉若干復刻本或電子資料庫資源。

3. 報刊文藝欄、專欄：

標題名稱（日文原題）、報刊簡介、設欄背景或目的、知名主編、專欄特色、使用語言、重要作品舉例、文學史意

義、跨文化交涉現象。

4. 雜誌文藝特輯

標題名稱（日文原題）、文藝雜誌或綜合雜誌概介、特輯背景或目的、知名主編、特輯特色、使用語言、重要作品舉例、文學史意義、跨文化交涉現象。

5. 出版社、書局：

名稱、創辦人、經營者、地點、起訖時間、成立宗旨、業務項目、沿革、行銷策略、重要活動、附屬事業、文學史意義、跨文化交涉現象。

6. 文學獎：

名稱、創辦單位、地點、時間、成立宗旨、徵選規則、創作類別、得獎者與作品、文學史意義。

7. 文藝沙龍：

名稱、發起者、宗旨、地點、時間、參與者、活動概況、文學史意義。

（四）思潮與運動（口號、理論、運動與論爭）

1. 文藝事件：

名稱、別稱、簡稱、概括語、發起者、地點、時間、出席者、重要內容、發展過程、主要參與者或代表人物、重要決定、文學史意義、跨文化交涉現象。

2. 文藝口號、運動：

名稱（日文原題）、別稱、簡稱、異稱、概括語、理念或主張、發展過程、代表作家或作品、文學史意義、跨文化交涉現象。

3. 文藝論爭：

名稱（日文原題）、別稱、簡稱、異稱、概括語、理念或主張、發展過程、主要參與者或代表人物、文學史意義、跨文化交涉現象。可參考之文獻集狀態。例舉若干文獻資料集、譯本。

4.重要文論：

標題名稱（日文原題）、語言、文體性質、作者、發表刊物（書籍）、時間、地點、作品梗概與特點、文學史意義、跨文化交涉現象。

肆、編輯凡例

（一）為便索引，戰前日式漢字中的「臺」一律簡化為「台」，戰後使用之「台」或「臺」字亦統一使用為「台」。

（二）日文作品、雜誌、團體之標題，以中、日文並陳。在通用之中譯名稱第一次出現時加注日文標題，如《燃燒的臉頰》（燃える頰）；之後續稱時皆採用原文標題，但《台灣文學》、《台灣時報》、《無軌道時代》、《愛書》、《南方移民村》……等以日文漢字顯示、淺顯易解的標題除外。多條辭目反覆提及者逕用日文名稱，不再並列中譯名，譬如《フォルモサ》。

（三）外國人名，標注原文姓名或通行之英文姓名。日本人名中的漢字，維持日式舊漢字，譬如藏原惟人。日文作品、刊物、組織標題中的漢字，以新式漢文標記，如〈無医村〉。姓名或作品中的舊式假名，一律維持原樣，譬如《いしずゑ》等。

（四）年代

A.作家生卒年一律以西元紀年，略去月日，如：賴和（1894-1943），生年或卒年不詳者，逕行闕疑，以（？-1943）或（1894-？）表示。

B.年份：年月日皆以阿拉伯數字表示。民國或日本紀元皆改為西元年號，但泛稱時可用，如「大正民主時期」。

（五）作品類辭目的著作時間，在報紙刊出者標註年、月、日，單行本及在雜誌刊出者則僅標註年、月。

（六）作家之筆名、職業、身分眾多時，擇最具代表性者三至五種左右陳述。

（七）出版物，如作品全集、書籍、雜誌、報紙、已公演或播映的

戲劇及電影作品，以《》標記；未出版者以〈〉標記。

（八）凡提及政府機關、法人機構、社會運動、文化團體、文藝欄、文學結社、文學獎、書局、論戰、事件、條約、法條……等名稱，除非前後文敘述上易致誤解，一律不加引號。譬如：台灣民報社、台灣總督府。

（九）年齡與量詞：十以下以國字以「一、二、三……」表示，十以上以阿拉伯數字表示。歷史事件中的數字皆以國字表示，如「二二八事件」、「四一六檢舉」。

（十）收錄若干與辭目相關之圖片或文獻，附圖說，並經授權處理。

伍、檢索方式

（一）本辭典為同時呈現文學史趨勢與研究線索，特別提供海內外不同背景讀者「兩類三種」之檢索路徑，包括卷首「目次」一種，與卷末「索引」兩種。

（二）卷首「目次」採分類編年排序。即在「作家」、「作品」、「媒介」、「思潮與運動」四大類之下，依人物出生、作品出版或事件發生之時序排列。惟少數作家因生年月份不可考，集中排於該項最末。

（三）卷末「關鍵字索引」採用漢語拼音排序，又細分為辭目類、非辭目類兩種索引。「辭目類」為本辭典中設有辭目者，此類關鍵字下，首先以陰影標列出該辭目所在頁數，再逐次列出其他頁數分布。「非辭目類」為頻繁被各辭目提及的人、事、時、地、物、事件、概念等。

（四）卷末「辭目索引」採用筆畫排序，方便檢索。

目次

（分類編年排序）

二、作品

（一）單篇創作

四、思潮與運動

（一）文藝事件

一、作家

（一）台灣人作家

蔡惠如（1881-1929）

漢詩人、報刊創辦人、民族運動者、實業家等。名江柳，字惠如，號鐵生等。台灣台中人。曾接受漢學私塾教育。1896年參與台中米穀會社營運，1908年合組台灣米穀會社，1909、1911年先後創設牛罵頭輕鐵會社及員林輕鐵會社，經營鐵道運輸業。1913年出任台中區長。1914年與日本自由民權運動領導者坂垣退助及林獻堂等人籌組台灣同化會，爭取消除日台差別待遇。次年同化會遭強制解散，辭退公職投身台灣民族運動，並將工商經營重心移往中國，在福州開辦拓墾、漁獲等事業。1929年在福州腦溢血，送返台灣醫治無效棄世。蔡氏於1906年加入櫟社，1913年創設鰲西詩社，作品包括古典詩、詞、文三類。早年詩作以課題、唱酬為多，如〈墩山雅集〉、〈用丘念台君韻寄伊若社兄〉，後期轉以感懷為主，如〈獄中有感〉系列，詞作乃於獄中抒懷所作，如〈渡江雲（乙丑春日下獄

1923年2月，蔡惠如、黃朝琴、黃呈聰（右一、二、三）擔任第三次台灣議會設置請願委員前往東京請願，在東京的蔣渭水、蔡培火、蔡式穀、陳逢源、林呈祿（左一、二、三、四、五）等人趁此創立《台灣民報》，此為創立合影。（蔣渭水文化基金會提供，柳書琴解說）

懷南北同志〉〉。此外亦以白話文從事評論或社論，譬如〈台灣青年
之大責任〉、〈祝台灣民報創刊〉、〈論中國將來之興亡〉等。1918
年蔡氏為振興漢文，倡議籌設組織與刊物，促成台灣文社成立，並
出版《台灣文藝叢誌》，為日治時期台灣第一份漢文雜誌。1920年
在東京與台灣留學生共創新民會，出資籌辦會誌《台灣青年》，為
台灣新文學與白話文發展之搖籃。1921年台灣文化協會成立時被推
為理事，1923年參與《台灣民報》創辦，同年因治警事件入獄。此
外，因在中國經商之故，也與在華台灣學生，於1922、1923年籌組
北京台灣青年會、上海台灣青年會，鼓吹研究中國文化、聲援台灣
文化協會活動，支持台灣民族運動。蔡惠如在倡議現代社會運動團
體、凝結傳統文人及創設報紙雜誌方面，首開風氣。他以發起人或
金援者角色，扶助台灣人媒體發揮社會改造與文化振興功能，對台
灣政治社會運動與文化發展有重要貢獻。（張明權）

林獻堂（1881-1956）

民族運動者、政論家、漢詩人、實業家等。族名朝琛。字獻堂，號
灌園。台中霧峰人。1889年於蓉鏡齋接受漢學教育，1893年又於萊
園研讀。1895年率全家40多人至泉州避難，一年多後返台。1898
年與楊水心結婚，1899年接掌家業。台灣總督府委任阿罩霧參事、
區長，並於1905年授予紳章。1910年加入櫟社，1914年與中部士
紳發起成立台中中學校（今台中一中），鼎力贊助教育文化。1921
年至1935年間為台灣議會設置請願運動領袖，曾任新民會會長，並
籌組成立台灣文化協會，參與台灣民眾黨、台灣地方自治聯盟等組
織。曾任《台灣民報》、《台灣新民報》社長、大東信託株式會社社
長、大安產業株式會社社長、總督府評議會員、皇民奉公會台中州
支部大屯郡事務長、貴族院敕選議員、首屆台灣省議員、彰化銀行
首任董事長、台灣省通志館長、台灣省文獻會主任委員。台灣光復
後政局丕變，1949年9月以養病為由流亡日本，直至辭世。曾將

此為林獻堂擔任議長及顧問的台灣地方自治聯盟，辦理全島巡迴講
演會的現場情景。時任聯盟書記長的葉榮鐘正在台上主持。林獻堂
也親自上陣，講題為「自治制改革乃內台人共通之利益」。（葉蔚
南、徐秀慧提供，柳書琴解說）

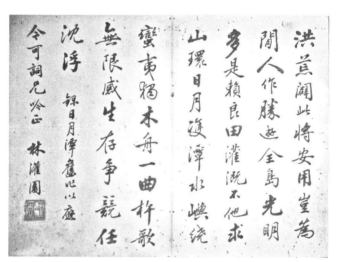

林獻堂贈曾今可墨寶，約1948年所作。內容為林獻堂詩作〈日月
潭〉：「洪荒闢此將安用，豈為閒人作勝遊？全島光明多是賴，良
田灌溉不他求。山環日月雙潭水，嶼繞蠻夷獨木舟。一曲杵歌無限
感，生存爭競任沈浮。」（私人蒐藏，柳書琴解說）

1927年5月起約一年的旅外見聞，以〈環球一週遊記〉為名，於
《台灣民報》連載152回。1956年，其秘書葉榮鐘主編《林獻堂先
生紀念集》中收錄的《環球遊記》，除旅遊實錄之外，也包括自治
啟蒙、民生經濟等論述，具有日治時期遊記代表作的地位。其作品
包括詩、散文等文類，現存四百餘首詩作。現有許雪姬編《灌園先
生日記》27冊（台北：中央研究院台史所、近史所，2000-2013），
收錄其1927年至1955年間的日記，為台灣歷史上重要私人文獻之
一，在文學研究上亦具有了解時人文化活動、文人網絡之重要價
值。（林淑慧）

蘇璧輝（1884-1937）

漢詩人、貿易商、世界語推動者、社會運動者等。筆名有S生等。
台北艋舺人。公學校畢業後，進入台灣總督府國語學校實業部農業
科，1906年畢業。之後曾任台北監獄第一課雇員、太平公學校等
職。之後與兄弟共同創業，開設四壁商行，經營貿易，銷售台灣農
產品。1934年赴廈門並任職於南國貿易公司。1937年盧溝橋事件爆
發，依日本駐廈門領事館撤僑要求安排女兒及女婿返台，與兒子續
留廈門照顧房產與女婿醫院。國民黨廣東軍進駐後大規模肅清日本
間諜，與長子被指為間諜而一起被捕，同年10月遭槍斃。1904年
及1907年曾在《台灣日日新報》發表漢詩。蘇璧輝於1908年自修
長谷川二葉亭《世界語》一書而習得世界語，為台灣第一位世界語
者。日本三井物產會社兒玉四郎1913年任職台北支社之初，即因獲
得蘇的協助，得以順利於大稻埕展開講習會，擴展世界語運動。
1919年與連溫卿等人組織台灣世界語學會，學會事務室即設於蘇
宅。蘇璧輝亦曾任學會機關雜誌《La Verda Ombro》（綠蔭）編輯及
發行人，並於台北設立世界語商業仲介所。1921年台灣文化協會設
立期間，蘇亦參與文協籌備討論，後任理事，與蔡培火等人往來密
切。1923年因治警事件入獄，1924年曾於文協「通俗學術土曜講

座」進行專題演講「國際語之過去現在及將來」。1915年台灣發行
《組織的研究：世界語講習書》（組織的研究—エスペラント講習
書），號稱當時最大部的世界語講習書，其中收錄其論述〈我對於
世界語研究的感想〉（予のエスペラント語研究に就ての感想）一
文；另曾於《台灣日日新報》發表〈因飢寒而哭泣的兒童們〉（饑
寒に泣く児童達）譯文、〈國際語的問題　世界語的發達與研究過
程〉（国際語の問題　エスペラントの発達と研究過程）等文，為
日治時期台灣活躍的世界語倡導者，影響廣大。日本左翼社會運動
家比嘉春潮在沖繩推行世界語，即受到他的啟發。《近代日本社會
運動史人物大典》中，記載蘇璧輝為具有民族主義與社會主義思想
者。（呂美親）

鄭坤五（1885-1959）

漢詩人、畫家、小說家、通譯、教師、庄長等。字友鶴，號虔老、
駐鶴軒主人。筆名有鄭軍我、不平鳴生等。高雄楠梓人。曾入中國
福建的漳浦中學就讀，後於台灣鳳山國語傳習所速成科畢業。日治
時期先後擔任法院通譯、代書、第一任鳳山郡役所大樹庄庄長。戰
後被推為臨時鄉政代表、九曲堂消費者保護會會長；也曾受聘為省
立高雄中學及屏東女中專任教師，歷任《光復新報》（1945年12月
21日創刊）總編輯與《原子能報》（1946年7月13日創刊）主筆。
鄭氏工於詩歌，參與各類詩會，作品散見於《詩報》等刊，曾發表
〈准詩話〉、〈也是詩話〉、〈滑稽詩話〉、〈蓬萊清籟〉等評論。雜文
〈讀史管見〉、〈墨戲〉、〈實若虛〉、〈話柄〉、〈顯微鏡下的宗教〉、
〈海口博士講座〉等，則披載於《三六九小報》、《詩報》等刊物。
主編《台灣藝苑》（1927年4月創刊）時，首創以「台灣國風」之
名整理台灣歌謠，將台灣歌謠與《詩經・國風》並談，定位台灣歌
謠的價值。在1920年代的新舊文學論爭中，鄭坤五與連橫、黃文虎
為舊文學的代表，強調古文對文學基礎的重要性。1930年代提出

「鄉土文學」的口號，主張以台灣語寫作，是台灣話文運動重要論者。戰後發表〈活地獄〉，是描寫日治時期日本警察苛待台人的史實小說。此外科幻小說〈火星界探險奇聞〉、傳奇小說〈華胥國遊記〉、鄉土小說〈大樹庄勇士黃輕〉、〈瞎訟棍〉等，均有可觀。小說創作豐富，代表作為1942年9月起於《南方》連載的長篇章回小說〈鯤島逸史〉，以淺近文言文與白話文寫成，是台灣文學史上首見以地方史為背景，廣引縣誌，採錄故老口述寫成的歷史小說，1944年由南方雜誌社出版。此作呈現台灣早期開發階段的民眾生活，反映傳統鄉土民情。1960年代有人擅改為《台灣逸史》翻印，台灣電視台亦改編為《鳳山虎》連續劇演出，但任意竄改情節且未提及原著作者。鄭氏亦擅繪畫，與北部林玉山並稱「南北畫虎雙傑」，以畫虎、蘭和山水見長，1924年曾以〈雞聲茅店月〉一作獲第五回日本東洋藝術院金牌獎，創下台灣畫家首次在海外得金牌獎的紀錄。《鯤島逸史》現收於吳福助編《日治時期台灣小說彙編》第21、22卷（台中：文听閣圖書有限公司，2008）。（鄧慧恩）

黃呈聰（1886-1963）

評論家、記者、實業家、民族運動者等。號劍如。教名黃以利沙。台灣彰化人。早稻田大學政治經濟科畢業。1921年要求廢除連坐的保甲制度，1924年在台中州彰化郡線西庄組織甘蔗耕作組合反抗殖民政策，為台灣最早由農民自主成立的農運組織。1925年在大稻埕開設益豐商事會社。1932年4月《台灣新民報》發行日刊之際，出任論說委員兼社會部長，以激烈論說展開對日本殖民統治的抗衡。1934年辭《台灣新民報》職務至日本經商，並在神戶設商事會社分社。1944年返台將老家改為教堂。1960年代擔任淡江英專董事等職。黃呈聰擅長論說與時事評論，中、日文皆擅。從1920年代初期在《台灣青年》、《台灣》雜誌批評台灣社會經濟問題、提倡通俗白話文與婦女參政等開始，即為台灣文化協會啟蒙運動旗手之一。直

到1934年赴日前，曾發表台灣政治、社會、經濟、婦女、文化、文
學等議題文章，如鴉片吸食特許制度、對原住民居住區開墾以人道
主義等議題，以及主張語體改革的〈論普及白話文的新使命〉、〈應
該著創設台灣特種的文化〉等，以剖析深刻、言論鋒利著稱。此
外，1925年赴廈門、漳州，輾轉遊歷南京、上海兩地期間，成為真
耶穌教會的虔誠教徒。次年開始將真耶穌教會從中國引進台灣，成
立真耶穌教會在台灣第一個布道地點，1926年舉行布道會，各地支
部隨後設立。（翁聖峰）

謝國文（1887-1938）

小說家、漢詩人、民間文學作家、民族運動者等。字星樓，號省
廬、醒如，又號稻門老漢、旭齋主人、彧齋、蕉園。詩文筆名謝耶
華、赤崁暢仙、空庵、小阮、江戶野灰、新羿、小暢仙。曾以柳裳
君、鷺江TS為筆名寫作白話小說。台灣台南人。1915年與楊宜綠
赴日求學，於1926年取得早稻田大學經濟學士。據吳毓琪研究，其
早年曾與叔父謝維巖、謝鯉魚及趙雲石、陳瘦雲等人組織傳統詩社
「南社」。在日期間加入新民會、台灣文化協會，致力民族運動及社
會改革。1926年返台後，轉而提倡燈謎，自創「醒廬文虎社」，欲
藉由燈謎活潑的形式強化台灣人對於漢文化及漢學的興趣。1938年
辭世。謝氏於新、舊文學皆有作品。在舊文學方面，其子謝汝川於
1954年將其詩、詞、聯、文稿及燈謎編輯為《省廬遺稿》付梓傳
世；在新文學創作方面，〈犬羊禍〉（《台灣》，1923）、〈家庭怨〉
（《台灣民報》，1924）兩篇譏刺時事的社會寫實小說，為台灣新文
學運動啟蒙實驗時期的代表作品。〈犬羊禍〉為採用舊章回小說形
式寫作的白話文小說，內容諷刺林獻堂為御用士紳，從語體上顯示
1920年代初期的作家已有能力寫作頗具水準的白話文作品。黃佳雯
的研究認為謝氏是新、舊學修養兼具的「二世文人」，其生平經驗
對於了解傳統知識分子如何兼融新舊文學的議題極具參考價值；其

嘗試藉由推廣燈謎以保存漢文化的努力，更常為後世研究者矚目。
（陳令洋）

黃旺成（陳旺成，1888-1978）

教師、記者、編輯、評論家、議員等。筆名菊仙。台灣新竹人。
1895年起接受八年漢文私塾教育，1903年進入新竹公學校，1907
年進入台灣總督府國語學校師範部乙科。1911年進入新竹公學校擔
任訓導，與該校及新竹女子公學校教師張麟書、鄭家珍、曾吉甫、
李良弼、吳萬來等人組成亂彈會，研究傳統詩文。1912年開始用日
文寫日記。1918年辭去教職。1920年赴台中大地主蔡蓮舫家任職，
逐漸支持台灣文化協會訴求。1925年辭職回鄉，成立新竹青年會，
加入文協並投入全島的文化啟蒙演講。1926年擔任台灣民報社記者
兼編輯，撰寫社論及時論短評〈冷語〉，亦積極引介中國時事動
態。1927年文協左傾後退出，成為台灣民眾黨創立者之一。1930年
中，遊歷華北、華中，同年以〈新中國一瞥的印象〉連載其觀察記
於《台灣民報》共15回（1930年6月14日至10月11日）。1932年
被迫退出《台灣新民報》，之後兩度赴華創業未果。1933年中赴日
本探視就讀京都帝國大學法學院的長子黃繼圖，適逢京大瀧川事件
尾聲。1935年底當選新竹市議會民選議員。1939年因議會質詢的
「失言」風波，不再尋求連任，同年涉入反日的「新竹事件」，被拘
留於新竹警局三百日。1945年戰後前往台北市擔任中文的《民報》
總主筆，撰寫社論及時論短評〈熱言〉，具批判性。1946年參選台
灣省參議員，名列當選候補。1947年二二八事件爆發，《民報》被
查封，因受指控為「三十要犯」之一而遭通緝，化名藏匿並避難上
海。1948年返台自首。同年稍後，受聘擔任台灣省通志館編纂兼編
纂組長。1950年初因省參議員蔣渭川轉任省府，遞補為省參議員。
隔年尋求議員連任失利，轉任新竹縣文獻委員會主委，主編《新竹
縣誌》，1957年完成。黃旺成為台灣新文化運動推動者之一，在文

化啟蒙、時事評論、社會運動、地方政治方面皆有貢獻。現有許雪姬主編《黃旺成先生日記（1912-1973）》（台北：中央研究院台灣史研究所，2008年起迄今）共計48冊（其中缺13個年份），書寫文字包括日文（1912-1915）及漢文（1915-1973），教會羅馬字短暫使用於1929年，除書面出版外亦收錄於中研院台史所「台灣日記知識庫」，為研究台灣史與近代東亞殖民地的第一手史料。長子黃繼圖也留下《黃繼圖律師日記》37冊（1929-1972），尚未出版。（曾士榮）

陳逢源（1893-1982）

漢詩人、評論家、報人、企業家、省議會議員、民族運動者等。本名陳塗。字南都。台灣台南人。七歲時，塾師取其學名為逢源，便沿用為本名。1907年台南第一公學校畢業後，考取國語學校，1911年畢業後進入三井物產台南支店。1913年加入南社，寫詩成為生活的一部分。1920年辭職，至日本東京及中國蘇州、南京、杭州、上海等地遊歷。1923年擔任台灣文化協會理事，並積極投入台灣議會設置請願運動，曾因違反治安警察法入監服刑。1927年台灣文化協會分裂後，於1928年加入台灣民眾黨，並於此間任職大東信用會社、台南信用組合。1930年參與台灣地方自治聯盟成立大會，致力於體制內改革。1932年任《台灣新民報》經濟部長，1934年9月帶團前往廈門、香港、廣州等地遊歷十餘日。1938年9月下旬前往華中、華北、「滿洲國」、朝鮮各地旅遊，11月中旬返台。之後以兩次遊歷期間的觀察為基礎，出版日文隨筆集《新支那素描》（新支那素描，1939）、《雨窗墨滴》（雨窓墨滴，1942）。戰後初期，出任華南銀行常務董事。1951年、1954年當選台灣省臨時省議會議員。卸任後，接掌台灣自行車公司董事長，並陸續擔任多家公司的董事、常務董事、監察人、常務監察人，是知名企業家。晚年以詩文自娛。1982年病逝，享壽90歲。曾出版漢詩集，《溪山煙雨樓詩存》（1962）、《南都詩存》（1972）為其文學代表作；經濟相關著

1924年1月14日，台灣議會設置請願運動幹部在台中市歡迎「治警事件」被告辯護律師日本眾議員清瀨一郎法學博士。後排右起：陳逢源、林呈祿、羅萬俥、楊基先。前排右起：陳炘、清瀨一郎。（葉蔚南、徐秀慧提供，柳書琴解說）

陳逢源於1926年起進入大東信託株式會社，1932年受聘為台灣新民報社經濟部長，1944年擔任台灣信託株式會社經理。《台灣經濟問題の特質と批判》（台北：台灣新民報社，1933年11月）、《台灣經済と農業問題》（台北：萬出版社，1944年2月），為其長期對台灣經濟與金融事業的分析觀察。（私人蒐藏，柳書琴解說）

作有《台灣經濟問題的特質與批判》（台湾経済問題の特質と批判，1933）、《台灣經濟與農業問題》（台湾経済と農業問題，1944）等。陳氏一生深受古典文學薰陶、投入文化運動或跨足商界，都成就斐然，亦積極支持新文學運動。尤其《溪山煙雨樓詩存》收錄詩作多達千餘首，寫作年代橫跨數十年，記錄了諸多對時代、社會的觀察與省思，與個人生命歷程息息相關，也是重要的歷史見證。現有黃頌顯編譯《陳逢源選集》（台北：海峽學術，2006）。（張靜茹）

賴和（1894-1943）

詩人、小說家、編輯、民族運動者、醫師等。原名河、又名葵河。筆名懶雲、甫先、走街仔先等。台灣彰化人。童年時期同時接受傳統書房和現代學校教育，後就讀總督府醫學校。1918年至1919年間曾在廈門鼓浪嶼日人開設之博愛醫院任職，返台後都在彰化「賴和醫院」懸壺濟世，有仁醫之名。1921年10月台灣文化協會成立，獲選為理事，積極為台灣人政經、社會、文化地位的提升與解放奔走，生平兩度入獄。先生新舊學俱佳，先以漢詩為騷壇矚目，後受時代思潮影響，轉為白話新文學創作，1925年發表隨筆〈無題〉和新詩〈覺悟下的犧牲〉，1926年主持《台灣民報》學藝欄，擔任編輯，鼓勵新文學創作，扶掖後進，至1935年為止。是年發表小說〈鬥鬧熱〉、〈一桿「稱仔」〉，皆為文學史上里程碑之作。賴和的其他新文學創作包括新詩〈流離曲〉（1930）批判帝國的土地政策、〈南國哀歌〉（1931）聲援霧社事件受迫害的原住民、〈低氣壓的山頂〉（1931）、〈日光下的旗幟〉（1935）則深切反映知識分子對殖民地時局的悲憤，這些長篇寫實敘事詩，迭遭官方出版審閱食割（刪削），多數未能完整發表；散文篇章有〈前進〉（1928）鼓舞文化協會的同志、〈無聊的回憶〉（1928）反思傳統與現代教育問題、〈我們地方的故事〉（1932）敘說彰化城的歷史與佚事；小說創作舉其知名者有〈蛇先生〉（1930）、〈浪漫外紀〉（1931）、〈歸家〉

（1932）、〈豐作〉（1932）、〈惹事〉（1932）、〈善訟的人的故事〉
（1934），及未刊稿〈阿四〉、〈赴會〉、〈富戶人的歷史〉等，作品
多以1930年代以降日本殖民統治下台灣青年的覺醒、身分的認同、
對殖民體制的批判、社會運動的熱情與矛盾、傳統與現代的反思、
自由平等與人權的追求，以至於對台灣歷史文化的記憶敘說，充分
展現弱小民族抗議的精神。這些篇章全數以漢語書寫，混合文言、
白話與日本漢字，形成特有的語言與文體風格，為台灣新文學展開
極具特色的一頁，再加上他參與編輯雜誌、鼓舞和指導後進的創
作，開展文學運動的進程，為同時代人所景仰，尊稱為「台灣新文
學之父」。部分作品已被譯為數種外國語言。現有李南衡編《日據
下台灣新文學‧明集1：賴和先生全集》（台北：明潭，1979）；林
瑞明編《賴和全集》六卷（台北：前衛，2000）；林瑞明編《賴和
手稿影像集》（彰化：賴和文教基金會，2000）；以及封德屏總策
劃、陳建忠編選《台灣現當代作家研究資料彙編1：賴和》（台南：
國立台灣文學館，2011）等。作品外譯例舉："A Mournful Song of
the South," Trans. Kuo-ch'ing Tu and Robert Backus. *Taiwan Literature*

1941年賴和攜子賴燊、外甥林鍊成，與友人李中慶攜子李崇仁，
前往日本求學途中遊歷奈良。（賴和基金會提供，柳書琴解說）

in English Series, No. 13. 2003. Ed. Kuo-ch'ing Tu and Robert Backus. Santa Barbara: UCSB, CA: US-Taiwan Literature Foundation. 洪健昭英譯《Lai He Fiction 賴和全集》（台北：中央通訊社，2010）；金惠俊、李高銀韓譯《蛇先生（等）》（뱀 선생，서울：지식을만드는지식，2012）；金尚浩韓譯《台灣現代小說選集2：木魚》（타이완현대소설선2：목어소리，서울：한걸음더，2009）；Angel Pino et Isabelle Rabut（安必諾、何璧玉）法譯《台灣現代短篇小說精選第一冊》（*Le Petit Bourg aux Papayers: Anthologie Historique de la Prose Romanesque Taïwanaise Moderne Volume 1*, Paris: You Feng, 2016）。（陳萬益）

連溫卿（1895-1957）

社會運動者、世界語提倡者、評論家、民俗研究者等。本名連嘴，筆名Lepismo（蠹魚）、L・S. Ren、溫・連、廉人、越無、陳規懷、史可乘等。台灣台北人。公學校畢業。連溫卿參加在台日本人兒玉四郎的講座而習得世界語，1915年加入日本世界語協會。1919年與蘇璧輝等人創設台灣世界語學會並發行《La Verda Ombro》（綠蔭），致力推行世界語，因從事世界語運動與日本左翼知識分子產生連結，且將運動的組織經驗活用在台灣文化協會的創立過程中。另曾參與組織「馬克斯研究會」與「社會問題研究會」、發起「俄國飢饉救濟運動」。世界語運動的參與，不僅形塑連溫卿的語言觀、文化觀及左翼思想，也影響他的民族觀點與政治論述。1927年文協分裂，他雖掌握新文協的主導權，卻在1929年的新文協全島大會遭除名，從此退出社會運動第一線。1930年代以後，他發行台灣世界語學會通訊及初級世界語教科書，以文化運動之姿繼續主張階級鬥爭，從事「普羅世界語運動」。往後因言論控制強化，而致力於民俗研究，在《民俗台灣》發表多篇台灣民俗考察文章。重要論述有〈怎麼是世界語主義〉、〈言語之社會的性質〉、〈台灣殖民地

1936年連溫卿與友人攝於彰化市北門口陳虛谷宅邸。前排右起：
莊垂勝、連溫卿、葉榮鐘。後排右起：楊木、陳虛谷、賴和。虛
谷手抱四男，三男逸雄中立。（賴和基金會提供，柳書琴解說）

政策的演進〉、〈台灣社會運動概觀〉、〈台灣民族性的一考察〉（台
湾民族性の一考察）、《台灣政治運動史》等。連溫卿也曾以世界語
翻譯台灣民間故事及原住民傳說，並介紹西方文學作品，於翻譯文
學上有極大貢獻。1924年他發表的〈將來之台灣話〉，更被當時的
評論家劉捷視為新文學運動導火線文章之一，也是首篇具體提出台
灣話文法建構意見的論述。僅公學校畢業的連溫卿成為台灣社會運
動領導者，在日本左翼雜誌《大眾》中以筆名陳規懷刊出的兩篇論
述，以及其信件於朝鮮的左翼雜誌《朝鮮時論》中刊出，都與他從
事世界語運動所累積的知識與組織經驗，以及世界的連結網絡有極
大關連。原欲發表於台北市志的「社會志：政治運動篇」，後經張
炎憲、翁佳音編校，以《台灣政治運動史》之題出版（台北：稻
鄉，1988）。（呂美親）

張耀堂（1895-1982）

詩人、翻譯家、教師、兒童文學提倡者等。創作兼擅中日文。台灣

台北人。1914年國語學校師範部乙科畢業後，赴日就讀東京高等師範學校文科。1921年畢業返台，先後任教於台北工業學校、台北師範學校、台北第二師範學校。戰後於政府機關任職。赴日期間結識詩人生田春月，交誼甚篤。返台後於《台灣教育》發表日文創作，1922年〈致居住在台灣的人們〉（台湾に居住する人々に，1922年8月）為目前可見台灣作家最早的新詩。1924年後創作重心由新詩轉向隨筆、短文，現代文學相關的短論尤多。重要文章有〈作為新興兒童文學的童話之價值探究〉（新興児童文学たる童話の価値探究，1926年12月至1927年5月）、〈小說的過去現在與未來〉（小説の過去現在及び未來，1927年10月）、〈新詩的萌芽及其發育〉（新しい詩の芽生と其の発育，1927年11月）等。1935年編纂《新選台灣語教科書》，由台北新高堂書店出版。張耀堂為日治時期最早從事現代文學創作的本島人之一，創作囊括漢詩、漢文短論、新詩、小說、戲劇、隨筆等。他通曉中、日、英語，經常發表外國作品或理論的翻譯，例如將英語詩人C.G. Rossetti、Joseph Parry的詩作譯為日文、將日本評論家高須梅溪、梅澤和軒的評論譯為漢文，又曾以日文及漢文介紹日本文學名家等，在文化譯介上扮演重要角色。他的新詩顯現大正時期日本民眾詩派的影響及其自許為南島詩人的強烈意識，他的隨筆則流露廣博的文學素養與普及文藝教育的志向。張耀堂透過創作、翻譯、隨筆引介外國文學與知識，並致力推動現代文學教育，為台灣新文學萌芽期不可忽視的先驅。（張詩勤）

陳虛谷（1896-1965）

詩人、小說家、社會運動者等。本名陳滿盈，號虛谷。筆名一村。台灣彰化人。早歲入私塾研習漢文，1911年彰化公學校畢業，1920年入日本明治大學政治經濟科專門部就讀。深受革新思潮影響，積極參加社會文化運動。1923年畢業返台後，成為彰化重要的文協成員，曾多次公開演講，並擔任文協夏季學校講師。1925年11月參

1923年陳虛谷自明治大學政經科畢業返台後加入台灣文化協會，這是文協人士的合影，包括林獻堂（坐左三）、傅錫祺（坐左四）、莊遂性（坐左一）、莊幼岳（立左五）等多位。圈者左為陳虛谷，右為賴和，為未出席者。（葉蔚南、徐秀慧提供，柳書琴解說）

與中央俱樂部之籌創。1926年起陸續在《台灣民報》發表新詩及小說，同時發表〈為台灣詩壇一哭〉批駁諂媚日本總督的舊詩人，為新舊文學論戰中的健將。1932年擔任《台灣新民報》學藝部客員。1939年攜子女東渡日本求學，與林獻堂、蔡培火等人共組東京詩友會，彼此切磋詩藝。同年彰化應社成立，與賴和、楊守愚等跨越新舊文學的作家皆為該社社員。戰後，於1948年受聘為台灣省通志館顧問委員，次年辭去該職。1951年腦溢血，致半身癱瘓，但仍創作不輟。1959年八七水災時，開放其庭園「默園」收容數百位災民，表現悲憫襟懷。處於新舊時代夾縫中的陳滿盈，既有舊詩的涵養，也具有新詩的視野，二十多首新詩，如〈澗水和大石〉、〈敵人〉等為台灣新文學開展了宏闊的視野；而淺白清新的古典詩，如鑴刻在其墓碑上的〈偶成〉詩，也能一掃擊缽詩僵化陳腐的弊端，開拓台灣古典詩的新氣象。小說創作數量雖然只有四篇，卻能生動貼切地描摹出日本統治者透過警察階層對台灣民眾的欺凌壓迫，比如〈他發財了〉、〈無處申冤〉、〈放炮〉；以及台灣新舊仕紳向殖民政權趨

附傾斜的醜陋面，如〈榮歸〉，皆為日治初期反殖民小說的典型代表。現有陳逸雄編《陳虛谷選集》（台北：鴻蒙，1985）、張恆豪編《陳虛谷・張慶堂・林越峰合集》（台北：前衛，1991）、陳逸雄編《陳虛谷作品集》二冊（彰化：彰化縣立文化中心，1997）、顧敏耀選注《陳虛谷・莊遂性集》（台南：國立台灣文學館，2013）等。作品外譯例舉："Return in Glory," Trans. Sue Wiles. *Taiwan Literature in English Series*, No. 19. 2006. Ed. Kuo-ch'ing Tu and Robert Backus. Santa Barbara: UCSB, CA: US-Taiwan Literature Foundation.（施懿琳）

莊垂勝（1897-1962）

古典詩人、評論家、編輯、書局經營者、民族運動者、圖書館長等。字遂性，號負人，又號了然居士。台灣彰化人。出身書香世家。1906年公學校畢業。1915年以公費考入大目降糖業研習所，1917年任日本製糖公司蒜頭工場農務技工。同年，與鹿港友人洪炎秋、葉植庭等創《晨鐘》月刊，持續六、七期後終止。1919年3月，隨林獻堂渡日。1920年入明治大學經濟科，先後加入新民會、台灣文化協會。1924年畢業返台，1925年與林獻堂等人推動中央俱樂部，次年開辦中央書局。1932年與葉榮鐘等主編《南音》雜誌，從事文化與思想啟蒙工作。1937年中日戰爭爆發後，莊垂勝遭扣押，拘禁40多天始獲釋。1941年與林陳琅、莊幼岳等加入櫟社，為該社第二代社員。戰後初期擔任省立台中圖書館首任館長，二二八事件後被免職，並經審問、羈押，最後雖全身而退，卻從此不再積極參與時事，晚年隱居霧峰萬斗六山。莊氏著有古典詩集《徒然吟草》，用字淺白，少用典故，在意象的經營上，也往往與傳統文人構思不同。莊氏相當關懷新文學的發展，主編《南音》雜誌時，以筆名負人與幾位主張台灣話文運動者對話，重要的文章有〈台灣話文雜駁〉，以廣闊的視野，對各論點分別予以犀利的批判和斥駁，主張以漢字書寫台灣白話文，屬「屈文就話」派。葉榮鐘稱他

1931年攝於台中，前排左起為莊垂勝、張梗、張煥珪。後排左起為葉榮鐘、張聘三。除了早逝的張梗之外，莊垂勝、張煥珪、葉榮鐘、張聘三皆參與《南音》的創刊。（葉蔚南、徐秀慧提供，柳書琴解說）

為「台灣文化的戰士」，對1930年代台灣新文學運動的推展與台灣話文的思考貢獻頗大。莊垂勝留學日本時期，受到大正民主思潮的刺激；明治大學畢業後，曾轉道韓國，至中國北平、上海考察十餘日，對其返台後新文化運動的推展具有一定的影響。現有林莊生、林敬生編《徒然吟草》（自印本，1991）、顧敏耀選注《陳虛谷・莊遂性集》（台南：國立台灣文學館，2013）。（施懿琳）

莊傳沛（1897-1967）

詩人、教師、兒童文學提倡者、鄉長等。台南學甲人。1913年學甲公學校畢業，1920年台北師範學校講習科修了。1916年起擔任公學校代用教師，1920年升為正式教師，任教於學甲公學校。戰後歷任學甲鄉鄉長、新營糖廠專員、嘉南大圳鹽水站站長等職。1922年起以日文發表童謠作品，屢次獲獎，得獎作品有〈大理花〉（ダリヤ，《台灣教育》，1922年5月）、〈小星星〉（お星さま，《台灣教育》，1922年6月）等。他的童謠細膩捕捉兒童心理，融匯日本童

謠的語言、歐洲童話的情調和台灣農村的風土民情。1933年以七五調定型詩〈排練之夜〉（御稽古の夜，《台灣教育》，1933年10月）獲得台灣教育會的國語普及歌唱徵文佳作。莊傳沛為最早創作童謠的詩人之一，創作時間雖只持續兩年但質量俱豐，以盎然詩意與清新風格獨樹一幟，為具代表性的早期台灣童謠詩人。他的童謠創作與理論受到日本童謠詩人的影響，如〈甘蔗田〉（甘蔗畑，《台灣教育》，1922年8月）模仿野口雨情〈番茄田〉（トマト畑，收錄於《中秋夜的月兒》（十五夜お月さん，1921年6月）寫成；〈關於作為藝術教育的童謠〉（芸術教育としての童謠に就いて，《台灣教育》，1923年3月）一文則承襲北原白秋的童謠創作理論。顯示早在野口雨情、北原白秋等人訪台之前，他們的作品已是台灣童謠創作者的典範，由此亦可窺見1920年代日本童謠運動對台灣的影響。（張詩勤）

周定山（1898-1975）

漢詩人、散文家、小說家、教師、報紙編輯等。本名火樹，字克亞，號一吼，又號公望，銕魂、悔名生、半閒老人。彰化鹿港人。1908年入鹿港公學校就讀，同時於私塾學習漢文；1912年因家貧無以納稅，輟學至木工廠學習工藝。畢業後輾轉謀職於陶器商、布莊與染坊，又遭逢失業、重病、母親服毒、妻子流產等災厄，1924年棄商從儒，在花壇李家任教。1925年渡廈門、廣東，任職漳州中瀛協會，兼《漳州日報》編輯等職，創作漢詩與白話雜文。此後陸續擔任教職，以及《台中新報》、《東亞新報》等報紙編輯。戰爭期再度陷入貧病交迫的窘境，但仍積極參與鹿港洛江吟會、彰化聲社等詩社活動，常任詞宗。戰後曾任虎尾區民政課課長、省立台中圖書館編目、台北民政廳地方自治編目委員會委員等職。1952年返回故鄉鹿港，以教授漢文維生。古典文學活動方面，周氏於1947年加入櫟社，1951年加入台北詩壇，1953年起擔任《詩文之友》雜誌社社

務委員，1957年集結鹿港青年成立半閒吟社並擔任社長，1960年代於雜誌上發表多篇詩話，更於1963年間為雜誌社主編《台灣擊缽詩選》。1975年逝世，享年78歲。其重要作品，戰前有古典詩集《一吼劫前集》、《大陸吟草》、《倥傯吟草》；小說〈旋風〉、〈乳母〉；雜文〈草包ABC〉等。戰後則有漢詩集《一吼劫後集》。陳盈達的研究指出，周氏為日治時期橫跨新、舊文學領域的作家。早年痛苦的生活經驗，使得他對人生、人性與社會抱持消極負面的態度，卻同時展現出悲天憫人、嫉惡如仇的性格，透過寫作大力宣揚

周定山（後排右一）與鹿港友人，和赴日前的葉榮鐘（前排蹲者左一）合影，時間可能在1927年。（葉蔚南、徐秀慧提供，柳書琴解說）

「反道統」、「反迷信」的理念。《大陸吟草》與《倥傯吟草》記述他1920、30年代赴中國大陸的見聞與交遊，為日治時期台灣文人中國經驗的重要文學史料。現有施懿琳編《周定山作品選集》（彰化：彰化縣立文化中心，1996）、張靜茹選注《周定山集》（台南：國立台灣文學館，2013）等。（陳令洋）

江肖梅（1898-1966）

漢詩人、歌人、俳人、小說家、民間文學作家、教師、雜誌編輯等。本名江尚文。字質軒，號肖梅。台灣新竹人。1913年新竹公學校畢業後，進入台北的總督府國語學校師範部就讀。1917年畢業

江肖梅1943年11月以日文書寫的暢銷小說《包公案》。（私人蒐藏，柳書琴解說）

後，輾轉於新竹公學校、新埔公學校、香山公學校、住吉公學校就職。雖曾計畫赴日留學，但因師範學校的義務服務年限而放棄。中、日文俱佳，亦擅台語。1921年加入古典詩社「竹社」和「青蓮詩社」，1922年和鄭嶺秋、劉頑椿等人一起發行和歌、俳句、自由詩、漢詩的研究誌。1928年轉任新竹第一公學校，約莫此時於《台灣新聞》上發表小說〈議婚〉、劇本〈黃金魔〉、〈病魔〉等。劇本〈病魔〉在《台灣民報》上引發葉榮鐘的論爭。1941年9月，結束二十年的教師生涯，接受招聘擔任《台灣藝術》總編輯，對於提升發行量有所貢獻，並親自在該刊執筆通俗小說。其中，將中文通俗小說以日文改寫的單行本《包公案》（台灣藝術社，1943）尤其熱銷，四個月中再版了三次。戰後持續教師生涯及民間故事寫作，曾任新竹市政府與新竹縣政府督學。1958年出版隨筆集《質軒墨滴》（台北：大華文化社）。作品外譯例舉："Seven Strange Brothers," Trans. John A. Crespi. *Taiwan Literature in English Series*, No. 9. 2001. Ed. Kuo-ch'ing Tu and Robert Backus. Santa Barbara: UCSB, CA: US-Taiwan Literature Foundation.（中島利郎）

洪炎秋（1899-1980）

散文家、日語學者、民族運動者、校長、大學教師、立法委員等。

本名洪槱。筆名芸蘇。台灣彰化人。曾赴日讀中學一年半。1922年
隨父赴大陸遊歷，1923年考入北京大學預科乙組英文班，改為中國
國籍。1924年秘密加入國民黨。1925年升入北京大學教育系，並與
宋斐如、蘇薌雨一起加入北京台灣青年會。1927年與宋文瑞創辦雜
誌《少年台灣》，與張我軍同為基本執筆人。1929年畢業，擔任河
北省教育廳職員。1932年轉任北平大學附屬高中、北平大學農學院
教員。1933年至1940年經營人人書店，經售日本書籍，代訂歐美
雜誌，出版日本翻譯著作和自修日語教科書，如《日文與日語》雜
誌。1937年七七事變後滯留北京，留任北平大學。張深切創辦《中
國文藝》後曾在該刊發表十餘篇散文。譬如：〈就〈河豚〉而言〉
（1940年1卷6期）表露出對於故鄉台灣的深摯情意；〈我父與我〉
（1940年2卷1期）弘揚在淪陷區堅持、固守中國傳統文化的知識分
子的民族氣節。也有小說創作。〈復仇〉（《藝文雜誌》，1943年1
卷5期）講述了一個本性並不惡劣的女孩子，由於輕信和不能自
持，在學生圈子裡屢屢受騙，最終發出人生無常的感喟與唏噓，帶
有較為濃重的舊文人情調。1945年任北平台灣同鄉會會長，1946年

1934年1月由洪炎秋「人人書店」創刊、發行的《日文與日語》
雜誌。張我軍主編，編輯顧問為周作人、錢稻蓀，撰稿者包括
張我軍、洪炎秋、游彌堅等人。（私人蒐藏，柳書琴解說）

返台。先後出任台中師範學校校長、台灣省國語推行委員會副主任委員、國語日報社社長、台灣大學中文系教授、立法委員等。結集出版的散文有《閑人閑話》、《廢人廢話》、《淺人淺言》、《忙人閒話》、《常人常談》等十餘種；選集有陳萬益編《閒話與常談：洪炎秋文選》（彰化：彰化縣立文化中心，1996）等。（張泉）

林履信（1899-1954）

報人、社會學者、實業家等。字希莊。板橋林家人氏，林爾嘉（1875-1951）五子，被譽為板橋林家學問最好之人。東京帝大文學部社會學科畢業。1912年4月進入日本皇家學校東京學習院就讀，經中等科五年、高等科三年畢業，考入東京帝國大學文學部，專攻社會學，師事建部遯吾。1923年3月畢業返台，在家族事業訓眉建業株式會社擔任取締役（董事）。1924年創辦嘉禾木拓殖株式會社，任社長。曾擔任台北市的文化社團如水社委員，社員約一百名。該社為服務人群，設有附屬醫院，並舉辦啟蒙演講，輯錄出版。1924年2月連雅堂主編《台灣詩薈》於台北創刊，應邀在該刊以文言文發表：〈釋學術〉（第2期，1924年3月）、〈伯兄《東寧草》序〉（第4期，1924年5月）、〈筆史〉（第5期，1924年6月）、〈一元論（Monismus）〉（第6-9期，1924年7-10月）、〈洪範之社會學的研究〉（第十期，1924年11月）、〈憎新主義與愛新主義〉（第12期，1924年12月，冊一）、〈人原（未完）〉（第13-22期，1925年1-10月）等七篇文章，部分收錄《希莊學術論叢》第一輯。亦在《台灣日日新報》發表長篇論說，譬如1924年11月到12月間連載的〈中華學術思想之精義〉（12回）、1925年9月到1926年7月連載的〈社會制度硬化與愛新主義〉（71回），並有評議台灣八景投票等社會現象，及對汕頭、廈門、檳城（Penang）、蘇門答臘（Sumatera）等地的觀察短文。1929年1月台灣民報社改組為台灣新民報社股份公司，擔當取締役（董事），林獻堂任社長。1929

年4月離台赴廈，任《全閩新日報》副社長兼主筆，係日治時期繼連雅堂之後在中國主持報紙的第二位台灣報人。林氏亦替父親編輯出版《菽莊叢刊八種》（全一冊，1930年5月），並親校其中《古今文字通釋》、《閩中金石略》兩書。其餘專著包含《洪範體系的社會經綸思想（如水社演講集第二輯）》（洪範の体系的社会経綸思想，如水社學術時事研究部，1930）、《希莊學術論叢》第一輯（廈門：廣福公司，1932）、《蕭伯納畧傳》（廈門：廣福公司，1933）、《蕭伯納的研究》（上海：商

林履信是當時中國研究英國劇作家蕭伯納的專家，《蕭伯納畧傳》（廈門：廣福公司，1933）是他一生研究結晶，為「希莊小叢書第一冊」。（秦賢次提供，秦賢次解說）

務印書館，1939）、《台灣產業界之發達》（上海：商務印書館，1947）。林氏學涉中西，中文舊底扎實，是台灣第一位社會學家，也是現代中國研究英國劇作家蕭伯納的先驅之一。《蕭伯納畧傳》全文與《蕭伯納的研究》序文，收錄於秦賢次編《北台灣文學25：海鳴集續集》（板橋：台北縣文化中心，1996）。（秦賢次）

許丙丁（1900-1977）

漢詩人、小說家、民間文學作者、歌謠創作者、警務人員、議員等。字鏡汀，號綠珊盦主人。筆名有綠珊盦、綠珊莊主等。台灣台南人。幼時曾入漢學私塾，稍長為人幫傭仍自學不輟。1920年考入台北警察官練習所特別科，為當時三千名應考者中僅被錄取的兩位

台灣人之一。1920年9月練習所結業後，先後擔任台南州新豐郡巡查、嘉義郡警察課司法室巡查部長、台南州刑事科巡查部長等職。1921年6月起在《台南新報》漢文欄發表漢詩作品，並多次參加台南「南社」擊缽吟詩會。1923年4月加入台南「桐侶吟社」。1931年2月26日，以筆名綠珊盦發表〈小封神〉於《三六九小報》第50號，至1932年7月26日第202號連載完畢。1944年辭去警察工作。戰後初期曾任台南州接收委員會幹事，當選台南市北區第一區區民代表、第一屆台南市議員，歷任多屆台南市議員、台南救濟院董事及董事長、台南市文獻會委員等。戰前作品多登載於《台南新報》、《台灣警察時報》、《台灣警察協會雜誌》、《三六九小報》等刊物。23年的警界生涯為其創作警察漫畫與偵探小說提供豐富的靈感與素材，1929年至1937年間所創作的警察漫畫，反映了日治時期警察生活實況與台灣人警察的處境。1941年2月改為日本姓名「本山泰若」，並以此名於1944年出版日文小說《實話偵探祕帖》（実話探偵祕帖），為日治時期少見的台人偵探實錄創作，內有坂井德章（湯德章）序文，1956年改編為《廖添丁再世（楊萬寶）》（台北：南華）。他以漢文書寫的台語小說《小封神》最為膾炙人口，將台南府城諸廟神佛納入小說，寓有批判迷信蒙昧，導正社會風氣的深意，小說中豐富的地景亦成為後來府城文史踏查的重要路線。許氏一生創作涵蓋詩文、小說、漫畫、民謠填詞、歌詞創作、文史考證，擅長以道地鮮活的台語寫作，《小封神》為了解1930年代台灣話文運動的重要文本。有「台語文學香火的先驅者」、「地方庶民精神的代言人」與「文學魔術師」之譽。現有呂興昌編校《許丙丁作品集》二冊（台南：台南市立文化中心，1996）、許丙丁著《許丙丁台語文學選》（台南：真平企業有限公司，2001）等。（羅景文）

蔡秋桐（1900-1984）

小說家、漢詩人、保正、代理鄉長、省參議員等。筆名蔡愁洞、愁

洞、秋洞、秋闊、愁童、匡人也、蔡落葉等。雲林元長人。公學校畢業後擔任北港郡元長庄五塊寮保正職二十餘年，積極參與元長地方的政治、社會與文化活動；同時投入北港地方台灣文化協會，並捐款資助台灣共產黨外圍團體赤色救援會的運動。1931 年 12 月，與北港地區的文學同好共同發行雜誌《曉鐘》。1934 年 5 月 6 日參加於台中舉辦的第一回全島文藝大會，之後擔任台灣文藝聯盟南部委員，亦在《台灣文藝》、《台灣新文學》發表作品。1937 年以後的戰爭期，其新文學活動幾乎停止，但仍參加古典詩社如褒忠吟社、元長詩學研究會的活動。1945 年日本戰敗後，當選第一任元長鄉代理鄉長及第一屆台南縣參議員。1948 年 10 月間，參加台南縣議會考察團，赴中國考察一個月。1953 年，以知匪不告罪名遭判刑三年，服刑兩年後出獄，之後不再過問政治，1984 年逝世。蔡秋桐的新文學創作以中文小說為主，創作高峰期集中在 1930 年至 1936 年，小說中大量應用台灣話文為其特色。小說〈帝君庄的秘史〉、〈保正伯〉、〈放屎百姓〉、〈連座〉、〈有求必應〉、〈新興的悲哀〉、〈癡〉、〈理想鄉〉、〈媒婆〉、〈王爺豬〉、〈四兩仔土〉等，以保正的視角觀看殖民地農村統治者、資本家及底層農民的掙扎與苦鬥的經驗，呈現出 1930 年代台灣農村地方政治的多元風貌。蔡氏的寫作從小說、新詩到民間歌謠的採錄，都存有以台灣話文為基調的表現方式。另外，透過保正之眼其小說在批判舊社會之餘，更呈顯了殖民體制下弱小群眾的悲哀、上位者的矛盾，以及對近代化的反諷與省思。他的作品不忌俚諺粗話，在高度的諷刺手法下，表現了深刻而嚴肅的主題。現有張恆豪編《楊雲萍・張我軍・蔡秋桐合集》（台北：前衛，1991）。作品外譯例舉："Elder Brother Xing," Trans. Yingtsih Huang. *Taiwan Literature in English Series*, No. 19. 2006. Ed. Kuo-ch'ing Tu and Robert Backus. Santa Barbara: UCSB, CA: US-Taiwan Literature Foundation.（陳淑容）

黃石輝（1900-1945）

漢詩人、評論家、鄉土文學提倡者、台灣話文提倡者等。本名黃知母。筆名瘦儂、瘦童、心影等。台灣高雄人。1914年便隻身到屏東謀生，後加入屏東的礪社，與鄭坤五相交甚篤。1919年以後陸續於《台灣文藝雜誌》、《台灣日日新報》、《台南新報》、《詩報》等雜誌發表詩作，已出土漢詩近二百首，亦有零星新詩作品。1935年後至高雄旗山定居並開設刻印店「心影印房」維生。曾創辦旗美吟社，參與高雄的旗津吟社、鳳崗吟社、三友吟會、旗峰吟社、高雄州聯吟會，以及台南的南社、桐侶吟社，鹿港的大冶吟社、台北天籟吟社。在旗峰吟社中為活躍分子，與蕭乾源、簡義、劉順安並稱為「四大金剛」。1930年黃石輝於《伍人報》發表〈怎樣不提倡鄉土文學〉一文，引發大規模的「鄉土文學與台灣話文論戰」。1931年又發表〈再談鄉土文學〉，繼續提倡以台灣話文書寫台灣鄉土文學的理念，被視為鄉土文學運動的健將。其他重要論說尚有〈婦女解放與社會前途〉（《台灣民報》，1927年2月）、〈歡迎我們的勞働節〉（《台灣大眾時報》五一紀念特別號，1928年5月10日）、〈「改造」之改造〉（《台灣大眾時報》，1928年7月9日）、〈言文一致的零星問題〉（《南音》，1932年4月）、〈沒有批評的必要，先給大眾識字〉（《先發部隊》，1934年7月）等。黃石輝在舊文學方面極有成就，也積極參與新文學與社會運動，為無產階級的社會大眾發聲。他的台灣話文論述不僅在當時帶給新文學另一種文體面貌，對戰後的台語文學發展及理論建設也有深遠影響。（呂美親）

吳濁流（1900-1976）

小說家、古典詩人、教師、記者等。本名吳建田。字濁流。號饒耕。新竹新埔人。1920年畢業於台北師範學校，擔任教員達二十年之久。原從事漢詩寫作，加入栗社；後受同事激勵，於37歲（1936年）發表首篇日文小說〈水月〉（水月），同年並以〈泥沼中的金鯉

魚〉（どぶの緋鯉）入選《台灣新文學》徵文比賽首獎。1940年因抗議日籍督學公然凌辱教員，憤而辭去教職。1941年前往中國南京任《大陸新報》記者，次年返台任《台灣日日新報》記者，發表〈南京雜感〉（南京雑感）。戰後因二二八事件導致《民報》被迫關閉，結束其記者生涯，爾後嘗任大同工職訓導主任、台灣區機械同業公會專門委員。1964年傾其積蓄創辦《台灣文藝》，獨力撑持至1976年逝世為止，影響台灣文學發展深遠。1969年以退休金設立「吳濁流文學獎」，獎掖後進，不遺餘力。吳濁流所撰中短篇小說凡18篇、長篇小說三部。前者如〈先生媽〉、〈陳大人〉、〈功狗〉等，皆以中文寫作譴責協力日本殖民統治的會社監工、御用士紳以及庸弱的知識分子；又如〈銅臭〉、〈三八淚〉、〈波茨坦科長〉、〈路迢迢〉等，將戰後初期台灣社會之畸形怪狀和盤托出。日文長篇小說《亞細亞的孤兒》（アジアの孤児，原題胡志明）及回憶錄《無花果》、《台灣連翹》等，則省思日治時期與戰後台灣人的遭遇和命運，為歷史作見證。其中《亞細亞的孤兒》寫於太平洋決戰時期，深入刻畫了台灣人的處境，為其最知名代表作，而「亞細亞的孤兒」一詞亦成為台灣人近代心靈的寫照。吳氏對現實社會、政治有著強烈的批判精神，以筆當劍，論者嘗以「瘡疤！揭不盡的瘡疤！」描述其文學特質，並以「鐵血詩人」肯定其執著原則、堅守立場。現有張良澤編《吳濁流作品集》六卷（台北：遠行，1977）；彭瑞金編《吳濁流集》（台北：前衛，1991）；河原功編《日本統治期台湾文學集成30：吳濁流作品集》（東京：綠蔭書房，2007）；封德屏總策劃、張恆豪編選《台灣現當代作家研究資料彙編2：吳濁流》（台南：國立台灣文學館，2011）；江寶釵選注《台灣古典作家精選集35：吳濁流集》（台南：國立台灣文學館，2013）等。作品外譯例舉："The Doctor's Mother," Trans. Sylvia Li-chun Lin. *Taiwan Literature in English Series*, No. 15. 2004. Ed. Kuo-ch'ing Tu and Robert Backus. Santa Barbara: UCSB, CA: US-Taiwan Literature Foundation. 金尚浩韓譯《台灣現代小說選集2：木魚》（타이완현대

소설선 2：목어소리，서울：한걸음더，2009）；金良守韓譯《亞細亞的孤兒》（아시아의 고아，서울：한걸음・더，2012）；宋承錫韓譯《亞細亞的孤兒》（아시아의 고아，서울：아시아，2012）等。

（許俊雅）

葉榮鐘（1900-1978）

漢詩人、評論家、散文家、雜誌編輯、報人、民族運動者、史家等。字少奇。彰化鹿港人。九歲喪父家道中落，曾入書房學習古典漢文，1914年鹿港公學校畢業，受林獻堂資助分別於1918年、1927年兩度赴東京留學，1930年畢業於日本中央大學政治經濟學部。1920年起跟隨林獻堂參與「六三法案」撤廢運動、台灣議會設置請願運動，從事各項政治、社會的抗日民族運動。1921年台灣文化協會成立後，為重要幹部。1930年擔任台灣地方自治聯盟書記長。1935年開始報人生涯，任《台灣新民報》通信部長兼論說委員、社論主筆，1940年派赴東京支社長。1943年受日本軍部強制徵召赴馬尼拉任《大阪每日新聞》特派員及馬尼拉新聞社《華僑日報》編輯次長。1944年返台擔任被日本軍部合併台灣六報的《台灣

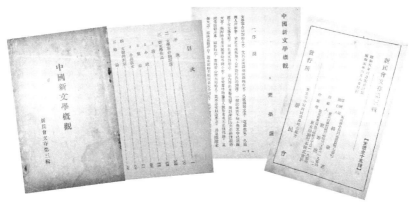

葉榮鐘著《中國新文學概觀》，1930年6月由東京的新民報發行所出版。（秦賢次提供，柳書琴解說）

新報》文化部長兼經濟部長，因報社淪為軍部傀儡，隔年春天即離職。光復之初任「歡迎國民政府籌備委員會」總幹事，任職省立台中圖書館編譯組長兼研究輔導部長，參加「台灣光復致敬團」。二二八事件中，參與「台中地區時局處理委員會」等工作。事件後，任職彰化銀行，一度輟筆。1950年代末期因主編《林獻堂先生紀念集》重新拾筆，寫作雜文、隨筆，批評社會陋習、記述風俗舊慣、撰寫歷史與人物並抒發個人感懷，陸續出版《半路出家集》、《小屋大車集》、《美國見聞錄》與《台灣人物群像》。1978年因病辭世。葉榮鐘早年鍾情於文學，為櫟社成員，一生留下了六百多首的古典詩，集結為《少奇吟草》。1931年與賴和、莊遂性、郭秋生等人創辦《南音》文藝雜誌，參與台灣話文、鄉土文學論戰，提出獨樹一幟的「第三文學論」。1967年纂寫《彰化商業銀行六十年》，以政治經濟學的內涵，完整敘述了日據時代的台灣金融發展史。1970年〈日據時期台灣政治社會運動史〉在《自立晚報》連載，翌年改名為《台灣民族運動史》出版，是戰後第一本涵蓋政治、社會、文化、民族運動層面的抗日史，啟發了許多的後繼者。葉榮鐘一生引介不少新知，譬如1933年他與楊肇嘉、葉清耀同赴朝鮮考察地方自治制度，在報上連載考察見聞；1930年6月他在東京出版三萬餘字的《中國新文學概觀》（楊肇嘉編輯，新民會文存第三輯，新民報

1931年4月26日，葉榮鐘與施纖纖在鹿港的結婚照。纖纖女士五歲失怙，與弟施維堯受伯父施爾錫栽培，畢業於彰化高女，執教於鹿港女子公學校。（葉蔚南、徐秀慧提供，柳書琴解說）

發行所），亦為日治時期中國新文學思潮極重要的引介文獻。現有葉芸芸、藍博洲編《葉榮鐘全集》（台中：晨星，2000）；葉芸芸、呂正惠、黃琪椿編《葉榮鐘選集：文學卷》（台北：人間，2015）；葉芸芸、徐振國編《葉榮鐘選集：政經卷》（台北：人間，2015）；尹子玉選注《台灣古典作家精選集36：葉榮鐘集》（台南：國立台灣文學館，2012）等。（徐秀慧）

楊華（1900-1936。另說生年為1906或1907年）

私塾教師、詩人、小說家等。本名楊顯達。字敬亭。筆名器人、楊器人、楊華、楊花。生於台北，後遷居屏東。家境窮困，體弱多病，知識多得於自修，曾以私塾教師為業，因日本當局壓迫及貧病煎熬，為不增加妻兒負擔，於1936年自殺身亡，有「薄命詩人」之稱。楊氏寫作以中文為主，才華橫溢，雅擅新、舊詩，亦撰寫小說，其中小詩占其作品大半。1926年新竹青年會透過《台灣民報》向全島徵求白話詩，楊華以〈小詩〉和〈燈光〉兩篇分獲第二、七名，於台灣新文學界初露頭角。但1927年因被疑違犯治安維持法而遭捕，於監禁中撰寫〈黑潮集〉53首後未見訊息，直到1932年至1935年，復撰詩作176首、〈心絃集〉52首、〈晨光集〉59首及兩篇小說〈一個勞働者的死〉、〈薄命〉。楊華的小詩受日本俳句、泰戈爾影響，有清雅平淡、機智風趣的風格，在詩句語氣及比喻手法上，亦受中國作家謝冰心、梁宗岱影響。其為後世所重之〈黑潮集〉乃逝世後才發表，詩人以托物起興的手法，透過自然景觀抒發他對時代、社會無可奈何的悲情，並控訴當權的高壓統治。至於其長詩之佳者，首推〈女工悲曲〉，以溫和委婉的手法，間接傳達女工遭受剝削的黯淡人生，令讀者為之動容。近年評論界對楊華詩作之抄襲、模仿評議，對其文學定位不免有衝擊，但以〈女工悲曲〉對照趙景深〈女絲工曲〉，趙詩帶有喜劇色調，楊詩反映勞工真實生活，可謂後出轉精。楊氏雖寫詩為多，但若非因貧病交迫而英年

自盡，傾其才華創撰小說，應可成為優秀的小說家。1934年底他發表首篇小說〈一個勞働者的死〉，記述了勞働者施君慘遭資本家壓榨，走向死亡的悲劇，人物和內容較流於類型化、公式化；爾後再發表〈薄命〉，描寫台灣傳統農村社會中「媳婦仔」的悲劇，反映當時嚴重的養女、童養媳問題，但仍呈現知識分子的無力感與缺乏行動力。〈薄命〉與前作僅相隔數月，不過藝術成就已有顯著提升，後為胡風選入《山靈：朝鮮台灣短篇集》（上海：文化生活，1936），乃日治時期台灣中文小說較早被介紹至中國的作品之一。〈一個勞働者的死〉曾在中國發刊的台灣義勇隊雜誌《台灣先鋒》（1940-1942年發行）轉載，對外傳播殖民地台灣勞動者之苦。現有莫渝編《黑潮集》（台北：桂冠圖書，2001）、羊子喬編《楊華作品集》（高雄：春暉，2007）。（許俊雅）

江夢筆（1901-1929）

評論家、雜誌編輯、實業家等。筆名器人。台灣台北人。學歷不詳。因父親經營蔘藥行，往返於中國、台灣兩地經商，故青少年期常在家中閱讀《小說月報》、《東方雜誌》、《詩》、《禮拜六》等中國新文學雜誌，而深受白話文運動影響。1925年3月與好友楊雲萍創辦《人人》雜誌，同年12月31日發行第二號後停刊，雖只發行兩期，但作為台灣第一本白話文學雜誌的《人人》，在文學史上仍有代表性意義。江夢筆在創刊辭中主張，《人人》這個雜誌，是要發揮文藝的價值，行文藝的使命，是人人共有的雜誌。他認為藝術與生活是一體的，文藝不能是徒具美感的裝飾，應該具有實用性，促進人與人之間相互理解的功能。創刊號發行後江夢筆赴上海，再赴東京。1929年自日本返台不久，《台灣日日新報》12月17日、19日便刊出江夢筆投河新聞兩則，記載因「家國之痛」投淡水河自殺。江氏興趣在哲學與社會問題，文學作品不多，目前僅見於《人人》雜誌創刊號發表的〈創刊辭〉、〈論覺悟是人類上進的機會接

線〉以及一篇詩作〈車中腦景〉（原題照引）。江夢筆在《人人》雜誌〈創刊辭〉中批評舊文學陣營，提倡白話文創作，中文雖然不甚流暢，卻保有草創期台灣新文學運動先驅者積極吸收嘗試之特點。（申惠豐）

林煇焜（1902-1959）

小說家、企業家等。台灣淡水人。出生於淡水望族，國語學校畢業後赴京都第二中學校、金澤第四高等學校就讀，1928年自京都帝國大學經濟學部畢業。回台後成為台灣興業信託株式會社社員，1930年獲選為淡水信用組合專務理事。1936年辭卸專務理事職務，轉任台灣農林株式會社主事。1939年4月入醫學院就讀，7月廈門淪陷後於同月退學，赴廈門特別市政府擔任實業科長，兼任台北帝國大廈門至誠會幹事。戰後曾任台北市長吳三連的機要秘書，後轉入彰化銀行。文藝創作少，以日語進行寫作。1932年7月起在《台灣新民報》連載日文長篇小說〈命運難違〉（争へぬ運命，或譯「不可

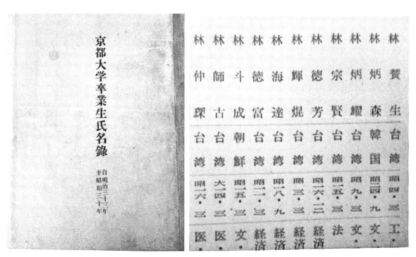

1956年京都大學出版的《京都大学卒業生氏名錄：自明治三十三年至昭和三十年》一書中，有關林煇焜（名錄植為林輝焜）畢業於經濟系的記載。（柳書琴提供、解說）

抗拒的命運」）七個月，總計170回左右，隔年4月由台灣新民報社發行單行本，並由知名畫家鹽月桃甫繪製封面及裝幀。現存《台灣新民報》該時段報紙已佚，原文不可見，台灣大學圖書館收有單行本。根據吳佩珍的研究，1930年代以前，台灣的大眾文學因處於中國白話文、台灣話文與日文相互混語並競爭的語言情境下難以萌芽，而後隨著留日學生增加及由日本本土輸回台灣的留學生文藝之刺激，加速島內日文文藝成長，本土化的日文大眾文學遂開始出現。在日本求學時嗜讀「新聞小說」的林煇焜，以借鑑日本大眾文學建立台灣大眾文學為志向。作為首位嘗試日文長篇報紙連載小說，並在台出版日文大眾文學單行本的作家，林煇焜對《台灣新民報》發行日刊後，在激烈媒體戰下迎合大眾讀者趣味的策略有相當大助益。現有陳霓中譯《台北縣作家作品集18：不可抗拒的命運》（板橋：台北縣立文化中心，1995）；下村作次郎、黃英哲主編，邱振瑞中譯《台灣大眾文學系列8、9：命運難違》（台北：前衛，1998）；河原功編《日本統治期台湾文学集成3：台湾長篇小説集》（東京：綠蔭書房，2002）等。（柳書琴）

張我軍（1902-1955）

詩人、小說家、報刊編輯、翻譯家、學者、大學教師等。本名張清榮，筆名有一郎、M.S.、以齋等。台北板橋人。1915年枋橋公學校畢業，隨前清秀才趙一山學詩。1921年赴廈門同文書院學習，改名張我軍。1926年考入北京私立中國大學國學系，1927年轉入北京師範大學國文系，1929年畢業。1925年短暫回台，擔任《台灣民報》編輯，並參加蔣渭水、翁澤生等人發起的台北青年讀書會、台北青年體育會。1926年赴北京，任《台灣民報》駐北京通訊員。1927年發起重組北京台灣青年會，並與宋斐如、洪炎秋、蘇薌雨等人創辦《少年台灣》，擔任主編。1928年於北京師範大學組織文學社團新野社。次年畢業後，於北京師範大學等校教授日文。1939年參與張深

切在北平創辦之《中國文藝》。1941年發起華北文藝協會。1942、1943年代表華北參加東京舉辦的第一、二回「大東亞文學者大會」。1946年返台，任台灣省教育會編纂組主任，後轉往商界，先後主編《台灣茶葉》、《合作界》等。1924年至1926年底，在《台灣民報》發表了60多篇文章，引介中國新文學運動及胡適、陳獨秀、魯迅等諸家作品。〈致台灣青年的一封信〉、〈糟糕的台灣文學界〉等文論引發新舊文學論爭。在〈新文學運動的意義〉一文中，提出「白話文學的建設」與「台灣語言的改革」的主張。1925年出版詩集《亂都之戀》，為台灣文學史上第一部中文現代詩集，其後發表的短篇小說〈買彩票〉（1926）、〈白太太的哀史〉（1927）、〈誘惑〉（1929），是其白話文主張的實踐。譯作豐富，涵蓋文學和社會科學領域，引介日本文學之貢獻尤大。曾譯介自然主義作家島崎藤村、德田秋聲，白樺派的武者小路實篤，左翼作家的葉山嘉

1935年左右，張我軍（1929年北師大國文系畢業）與新婚不久的好友連震東（1934年赴北京）以及摯友洪炎秋（1929年北大教育系畢業）、蘇維霖（蘇薌雨，1928年北大哲學系畢業）的合影（由左而右）。四人旅居北京時交遊甚密，自稱「台灣四劍客」。（秦賢次提供，柳書琴解說）

樹、山川均，以及女性作家樋口一葉、通俗作家菊池寬等人作品。
他以教學、研究、翻譯和創作，實踐並發揮了一位旅居中國、熟稔
日本的台灣作家之跨文化素養及社會理想。張深切曾如此評價張我
軍：「他，雖然不能說是台灣新文學的首創人，卻可以說是最有力
的開拓者之一。他，雖然不能說是台灣白話文的發起人，卻可以說
是最有力的領導者之一。他，在台灣文學史上，應該占有一個很重
要的地位。」現有張光正編《張我軍選集》（北京：時事，1985）；
張恆豪編《楊雲萍・張我軍・蔡秋桐合集》（台北：前衛，1991）；
張光正編《張我軍全集》（台北：人間，2002）；楊紅英編《張我軍
譯文集》上下卷（台北：海峽學術，2011）；張光正編《張我軍全
集》（北京：台海，2012）；封德屏總策劃、許俊雅編選《台灣現當
代作家研究資料彙編16：張我軍》（台南：國立台灣文學館，2012）
等。（許芳庭）

王白淵（1902-1965）

詩人、美術評論家、教師、雜誌編輯、社會運動者等。彰化二水
人。1917年進入台灣總督府國語學校師範部就讀。1921年畢業後曾
任職溪湖公學校、二水公學校等。因受到工藤直太郎《人類文化的
出發》（人間文化の出発，1922）感發，加上對米勒（Millet）的憧
憬，前往日本習畫。1923年獲總督府推薦，進入東京美術學校圖畫
師範科就讀，1926年畢業後赴岩手縣女子師範學校擔任美術教師。
1931年，由盛岡的久保庄書店出版日語詩文集《荊棘之道》（蕀の
道）。此書首先在旅日台灣學生圈引發回響，為日後台灣左翼文學
推波助瀾，更直接促成了王白淵與吳坤煌、林兌等人於1932年發起
左翼組織「東京台灣人文化同好會」。不過，該會於1932年9月遭
日警取締，王白淵遭拘留24天，隨後遭學校解聘。1933年，王氏
協助吳坤煌、張文環等人發起台灣藝術研究會，後赴上海投靠謝春
木在華聯通訊社工作，仍投稿《フォルモサ》雜誌。1935年起於上

海美術專科學校任教。中日戰爭爆發後，因參與抗日活動的罪名，在上海法國租界被日軍逮捕，遣送台北監獄服刑。1943年出獄，經龍瑛宗介紹任《台灣日日新報》編輯，1945年續任《台灣新生報》編輯部主任。1946年台灣文化協進會成立，就任理事及機關誌《台灣文化》編輯。二二八事件後遭監禁約三個月，出獄後短暫任《台灣文化》發行人。戰後幾無文學創作，除發表政治評論、美術評論，亦致力整理戰前台灣文學與美術運動文獻。1950年受台灣共產黨員蔡孝乾逮捕一案的牽連再次入獄，1954年出獄後於大同工業專科學校兼職。1963年再度入獄近一年，出獄後未幾，於1965年病逝。王白淵的主要作品收錄於《蕀の道》，內容反映他旅日十年期間對藝術、哲學及台灣民族運動的思考，從中可見大正浪漫主義詩歌及昭和社會主義思潮的多重影響，以及通過日文接受西洋美術思潮、政治思想及印度文學、獨立運動的痕跡。在引介柏格森（Henri

王白淵將其1930年的獨照，連同詩集《蕀の道》一起贈予陳澄波先生。陳較王晚一年進入東京美術學校並繼續攻讀研究科（1924-1929），為台灣人首度以西畫入選日本官展的先驅。這兩件文獻有助於了解王白淵自費出版詩集後的寄贈情況，現典藏於陳澄波文化基金會。（陳澄波文化基金會提供，柳書琴解說）

Bergson）、羅曼・羅蘭（Romain Rolland）、甘地、泰戈爾等人方面，尤有貢獻。現有陳才崑編譯《王白淵：荊棘的道路》（彰化：彰化縣立文化中心，1995）、莫渝編譯《王白淵：荊棘之道》（台北：晨星，2008）等。作品外譯例舉："A Poet," Trans. Kuo-ch'ing Tu and Robert Backus. *Taiwan Literature in English Series*, No. 19. 2006. Ed. Kuo-ch'ing Tu and Robert Backus. Santa Barbara: UCSB, CA: US-Taiwan Literature Foundation.（唐顥芸）

謝春木（謝南光，1902-1969）

小說家、記者、評論家、民族運動者、中國人大代表等。筆名追風、追風生、南陽。後改名謝南光。台灣彰化人。1925年東京高等師範學校畢業。留日期間參加東京台灣青年會及其文化講演團。1925年因二林事件回台支援工農運動，並擔任台灣民報記者。1927年投入台灣民眾黨的創建工作，出任中央常務委員、勞農委員會主席。1930年與黃白成枝共同擔任《洪水》雜誌編輯。1931年底移居上海，任《台灣新民報》通訊員。1932年創立華聯通訊社。1933年出任南洋華僑聯合會書記。1937年進入重慶國際問題研究所，擔任情報工作。1943年任台灣革命同盟會主委。戰後進入盟軍對日委員會中國代表團，期間著有《敗戰後日本真相》（1946）。1950年離開代表團，擔任天德貿易會社理事長，被選為日中友好協會理事。1952年潛赴中國，以「特別招待人」身分參加政治協商會，復出任中國人大代表、常務會委員等職，1969年病逝於北京。處女作日文小說〈她要往何處去―給苦惱的年輕姊妹〉（彼女は何処へ？―悩める若き姉妹へ）提出對台灣封建婚姻制度的批判，以新學啟蒙大眾的想望。日文組詩〈詩的模仿〉（詩の真似する）內容具抵抗性，陳千武指出此組詩構成台灣新詩主題發展的原型。《台灣人如是觀》（台湾人は斯く観る，台灣民報社，1930）、《台灣人的要求》（台湾人の要求，台灣新民報社，1931）等政論著述，為重要

1929年1月1日至4日，台灣民眾黨在台北本部召集各支部委員及核心份子進行幹訓。王鐘麟、謝春木、黃周、蔣渭水（前排坐者左五、七、十一、十二）擔任講師，與會者有李友三、石圭璋、楊慶珍、黃賜、陳隆發（前排坐者左三、六、九、十、十三）、盧丙丁、陳春金、陳旺成（第二排左一戴墨鏡者、三、九）、梁加升、張晴川（小拱門前戴眼鏡者）。（蔣渭水文化基金會提供，柳書琴解說）

謝南光戰後擔任「盟國管理日本代表團專門委員」，在《敗戰後日本真相》（台北：民報印書館，1946年10月）一書，介紹二戰後的日本概況。（私人蒐藏，柳書琴解說）

的台灣民族運動文獻。1920 年代以文學創作實踐文化啟蒙的運動理念，發表日文小說、新詩、時評，顯現台灣新文學初期文體的完備與抵抗精神。陳芳明認為〈彼女は何処へ？〉具故事情節雛形，為台灣新文學首篇小說。留日期間加入東京台灣青年會，與日本進步人士及中、韓留學生有所接觸。1929 年 5 月代表民眾黨參加南京孫文奉安典禮，積極接觸中國國民黨，考察工農問題。同年中國考察所得〈旅人的眼鏡〉（旅人の眼鏡）於《台灣民報》不定期發表，為深刻的政經考察實錄。1931 年底移居上海，任《台灣新民報》通訊員。1936 年 7 月《台灣日日新報》報導謝春木從上海到廈門秘密活動，遭日本領事警察逮捕。1950 年代在日經商，與左傾實業家菅原通濟、作家鹿地亘往來。戰前他的活動以 1931 年赴上海前後為界，由在台時期的政治、文化運動，轉以日本問題專家姿態在中國從事評論與政治活動。現有郭平坦校訂《謝南光著作選》（台北：海峽學術，1999）。（羅詩雲）

賴慶（1902-1970）

教師、小說家、記者、編輯、民族運動者等。台中北屯人。1922 年3 月台北師範學校本科國語部畢業，與謝東閔同班，低謝春木、王白淵一屆。畢業後曾執教於霧峰、大里、軍功、北屯公學校及大坑分教場。1930 年 4 月辭去教職，遊歷東京一年，立志文藝，與張文環等人結為好友。1931 年 6 月左右返台，加入台灣地方自治聯盟，擔任北屯支部主幹及 1932 年 7 月全島巡迴演講辯士，以推動地方自治與民眾啟蒙為目標，活躍於民眾運動。中、日文兼擅，1931 年開始發表科普短文、圖書介紹、雜論、鄉土誌，次年在《台灣新民報》、《台灣新聞》與賴明弘、陳鏡波等人展開台灣女性問題論戰。此後至 1935 年間，歷任《民眾法律》主筆、《新高新報》記者，並致力大眾小說。1934 年 5 月第一回全島文藝大會召開、台灣文藝聯盟成立之際，和賴明弘、張深切、何集璧、林越峰等人為主要推動

賴慶致力創作大眾小說，立志作「台灣的菊池寬」。這可能是1922年3月他畢業於台北師範學校本科國語部前，參與軍事操演課程時的留影。（何賴彩碧提供，柳書琴解說）

者，成立後任常務委員。創作集中在1931年至1934年間，計有小說、評論、圖書介紹、隨筆、鄉誌等25種左右，發表園地遍及《台灣新民報》、《民眾法律》、《革新》、《先發部隊》、《新高新報》、《台灣新聞》、《フォルモサ》等。〈美人局〉是他第一部獲得《台灣新民報》日刊連載的小說，也是確立其大眾文學地位的作品，藉由描寫日本詐騙集團利用殖民地學生對日本摩登女性的性幻想行騙的故事，反思台灣資產階級青年的墮落。〈爭屍〉利用怪誕情節推廣法律常識，〈活屍〉（活ける屍）則是台灣第一篇變性議題小說。賴慶為發行量三萬份時期

的《台灣新民報》日刊初期代表作家，讀者群廣大，劉捷曾從大眾文學角度給予高度評價。1930年代日本內地盛行普羅（プロ／proletariat）、色情（エロ／eroticism）、怪誕（グロ／grotesque）的三羅文學，賴慶有感於台灣只推崇プロ文學，忽略資本主義社會紛雜萬象及欲望問題，因此提倡以歷史小說及エロ、グロ文學爭取讀者。然其期許作為「台灣的菊池寬」的努力，在以社會運動與純文學為主流的當時文壇引發不少爭議，1935年罹患腸疾後淡出文壇，加入北屯信用販賣購買組合至1942年止。戰後歷任台中女中、台中家事職業學校國文教師，寄情書法，另有未刊長篇中文通俗小說《骨肉深情》、《復台忠魂》手稿，現藏於清華大學圖書館。〈美人

局〉現收於吳福助編《日治時期台灣小說彙編》第19卷（台中：文
听閣圖書有限公司，2008）。（柳書琴）

洪耀勳（1903-1986）

評論家、哲學家、學者等。台灣南投人。日本東京帝國大學文學部
哲學科畢業。畢業後進入台北帝國大學文政學部任職，是當時唯一
獲得《哲學科學研究年報》刊登論文的台籍學者。洪耀勳專攻西洋
哲學，在1930年代曾經發表許多哲學論述，與1930年代的台灣文
學運動亦有呼應。而其〈風土文化觀——與台灣風土的關聯〉（風
土文化観—台湾風土との連関に於いて，《台灣時報》，1936年6-7
月）則以黑格爾、海德格與日本和辻哲郎等哲學家的思想為參考架
構，指出台灣的特殊性必須在「新的歷史性與固有風土性」的辯證
超越中去尋找。戰後擔任台大哲學系主任20年，在白色恐怖時期
對學術自由的捍衛貢獻頗大。主要論著有〈創造台人的言語也算
是一大使命〉（《台灣新民報》400號，1932年1月30日）、〈悲劇的
哲學——齊克果與尼采〉（悲劇の哲学—キェルケゴールとニーチ
ェ，《台灣文藝》2卷4號，1935年4月）、〈風土文化観—台湾風土
との連関に於いて〉、〈藝術與哲學——特別是其與歷史社會的關
係〉（芸術と哲学—特にその歴史的社会との関係，《台灣文藝》3
卷3號，1936年3月）等。從「時間」與「空間」的角度探索台灣
的特殊性，並從民族的「自我」與「他者」之相互承認中尋求台灣
的主體性。洪子偉的研究認為，洪耀勳不僅是西方哲學的引介者，
同時也是台灣本土哲學的創造者。洪耀勳曾於1937年赴北京師範大
學任教，其畢生致力於西方哲學教育，晚年在美國度過。代表作有
《西洋哲學史》（台北：中華文化出版事業委員會，1957）、《哲學
導論對話》（台北：協志工業，1962）、《實存哲學論評》（台北：
水牛，1970）等。（林巾力）

施學習（1903-1995）

學者、雜誌編輯、校長、教育家、企業家等。字鳩堂。彰化鹿港人。1927年畢業於日本東京高等主計學校，翌年取得東京高等主計學校會計士資格。1931年於日本大學高等師範部修身科經濟科本科畢業，並取得文部省中等教員修身科檢定合格。1935年畢業於日本大學法文學部。曾參與1933年於東京創立的台灣藝術研究會。1946年起擔任台北市立大同中學、延平學院教師，1949年任台北市立女子中學校長。1969年退休後長期投入社會教育工作，此外也擔任過台北裕華旅行社股份有限公司董事長、中國語文學會董事、台北市北區國際獅子會第十屆會長等職。1995年過世。熱中唐詩研究，主要作品有1934年撰述的《白香山之研究》（台北：台灣新民報社，1940）與1936年撰寫的《中國韻文發展概要》。從1920年代初開始，黃呈聰、黃周、王敏川、謝春木、施文杞等彰化地區的知識菁英便開始以白話文論述新思想，為台灣新文學的發展打下堅實根基。在此基礎上，進入成熟期之後，包括施學習在內的彰化新文學作家輩出，如賴和、楊守愚、陳虛谷、王白淵、翁鬧、周定山、葉榮鐘、莊遂性、吳慶堂、賴賢穎、林荊南、葉融其等人。1933年施氏與張文環等人成立台灣藝術研究會，發行純文學雜誌《フォルモサ》，負責該會的會計工作。戰後曾在《台北文物》刊登〈台灣藝術研究會與福爾摩沙創刊〉一文，憶述日治時期推動文學活動的艱辛過程。1982年創立鹿港文教基金會，發行《鹿港風物》雜誌，對整理地方文獻、保存鹿港文化作出相當大的貢獻。1930年代施學習藉著台灣藝術研究會各項活動，與日本文人、作家頗有交往。代表作有《白香山之研究》（彰化：鹿港文教基金會，1984）、《中國韻文發展概要》（彰化：鹿港文教基金會，1984）等。（崔末順）

朱點人（1903-1951）

小說家、編輯、醫學研究人員等。本名朱石頭，後改名朱石峰。筆

名點人、描文、文苗。台北艋舺人。自幼家境貧寒，雙親早逝，養成刻苦堅毅之個性。老松公學校畢業後，入台北醫學專門學校擔任雇員。以中文進行創作，首篇小說〈一個失戀者的日記〉發表於《伍人報》，開始其文學生涯。曾參與1930年代的「台灣話文與鄉土文學論爭」，支持中國白話文創作。1933年10月與廖漢臣、郭秋生、王詩琅等人籌組台灣文藝協會，發行《先發部隊》雜誌。1937年各報刊迎合總督府之意，多數漢文欄被廢止，朱點人遂停止創作。1941年曾短暫前往廣州，與王詩琅共同編輯《廣東迅報》。戰後，與周青合辦《文學小刊》，後由於不滿時政及二二八事件之刺激，加入台共組織，1949年被捕，1951年1月20日遭槍斃。朱氏曾發表新詩、短文、民間故事，但創作文類以小說為主，創作活動大致集中於1930年至1936年間，可分為兩個時期：自1930年〈一個失戀者的日記〉開始至1934年〈紀念樹〉、〈無花果〉，皆屬前期，作品較多關於愛情題材，浪漫感性且具心理分析傾向。從1935年〈蟬〉到1936年〈脫穎〉屬後期作品，頗寓批判諷刺、手法圓熟精鍊，如〈蟬〉藉防空演習，譴責戰爭之不義；〈秋信〉借參觀「始政四十周年記念台灣博覽會」的前清秀才之口，抨擊日本帝國主義對殖民地台灣的經營，義正辭嚴；〈長壽會〉則揭露了台灣島民牟利、揮霍的劣根性；〈島都〉描寫工人史明覺醒之餘，遂從事社會運動；〈脫穎〉諷刺島民陳三貴攀緣附勢、數典忘祖。朱氏重視書寫技藝，曾經表示一篇作品之成功與否，重要在於描寫的手段如何，「不論思想怎樣豐富，題材如何清新，若沒有描寫的手段，結局無異一篇記事的文字……要是繪畫的文字，才是文學的作品。」而其作品亦因手法圓熟精鍊，馳譽文壇，張深切曾讚許他為「台灣新文學創作界的麒麟兒」。現有張恆豪編《王詩琅・朱點人合集》（台北：前衛，1991）。作品外譯例舉："Autumn Tidings," Trans. Sylvia Li-chun Lin. *Taiwan Literature in English Series*, No. 19. 2006. Ed. Kuo-ch'ing Tu and Robert Backus. Santa Barbara: UCSB, CA: US-Taiwan Literature Foundation.（許俊雅）

陳炳煌（1903-2000）

散文家、漫畫家、企業家、雜誌編輯等。筆名鷄籠生。台灣基隆
人。1916年入福州鶴齡英華書院求學，之後轉學至香港拔萃書院肄
業，偕父前往東南亞各地長期觀光旅行。其後轉往上海就學，先後
就讀聖約翰大學、光華大學，1927年畢業後赴美，先在費城研讀交
通管理，又赴紐約大學研習商業管理獲碩士學位。陳炳煌自小對繪
畫有濃厚興趣，常臨摹市面商品圖卡上的人物、花鳥，栩栩如生。
留美期間曾替校刊繪製諷刺漫畫，其風格深受美國報刊政治時事漫
畫影響，並曾以風行於1920年代的菲力貓作為漫畫主角。1930年
取道歐洲往上海求職，曾任上海會計師公會會員、德國製藥公司廣
告部主任，並經營上海日新行。1931年擔任《台灣新民報》上海支
局長，於文藝版上以中文發表「海外見聞錄」、「大上海」、「百貨
店」與「漫畫集」等專欄，既寫雜文，也佐漫畫，博有文名。1945

《海外見聞錄》（基隆：元明活版所，1935年1月），封面以充斥寰宇的眼、耳、
光、波與浪，象徵遼闊的見聞。《大上海》（台北：南方雜誌社，1942年8月），則
以夜間充滿魅力的外灘樓塔，表現上海的神秘與繁華。（私人蒐藏，柳書琴解說）

年返台，任台灣省行政長官公署交通處專門委員，負責接收日本船隻，並進行台灣航業公司的籌組工作。1950年參與第一屆縣市長選舉落選。1951年，美國新聞處、美國經濟合作總署中國分署和中國農村復興委員會合辦農業雜誌《豐年》，陳炳煌自創刊即擔任編輯工作至1963年。後來陸續轉任台灣旅行社總經理等。bowling譯為「保齡球」，出自他的譯筆。雞籠生文字作品以散文為主。《海外見聞錄》（1935）以遊歷旅行的體會為書寫主軸。此外，雞籠生關懷社會弱勢、諷刺社會現況，漫畫多描繪底層的生活百態。《雞籠生漫畫集》（1935）因涉及時事批評，只印刷五百本，目前所見版本多為1954年再版本。雞籠生被譽為台灣漫畫界的拓荒者，能文能畫，曾為日治時期最暢銷的漢文白話通俗小說《可愛的仇人》繪製插畫。此外，陳炳煌喜繪中外名人肖像，再請對方於畫像簽名留念，於其《百人簽名集》可見這些珍貴肖像。（鄧慧恩）

郭秋生（1904-1980）

作家、雜誌發行人、台灣話文提倡者、餐廳經營者等。筆名秋生、芥舟、街頭寫真師、TP生、KS。台北新莊人。以中文寫作為主。曾於私塾學習漢文，於公學校接受日文教育，並入廈門集美中學求學。返台後擔任大稻埕著名餐廳江山樓經理，與流連其間的文人騷客相交甚深。1931年參與南音社，創辦《南音》雜誌，同年在《台灣新聞》發表〈建設台灣白話文一提案〉。1933年10月與黃得時、朱點人、王詩琅、陳君玉等組織台灣文藝協會，擔任幹事長。1934年7月共同發行《先發部隊》，隔年1月第二期改名《第一線》。1934年加入台灣文藝聯盟。〈建設台灣白話文一提案〉一文主張以漢字來表達台灣語言，有音無字則造新字，文中主張台灣話文改造，言文一致，統一讀音之實踐辦法。郭秋生提倡用台灣大眾的語言創作蘊含台灣特色的鄉土文學，一方面由現有的歌謠、童謠撿字使用，另一方面由中國的六書造字原則來造新字，使用漢字表現台

灣話文，亦即「屈文就話」。為了實踐台灣話文的主張，郭秋生於
《南音》開闢了「台灣話文嘗試欄」，輯錄台灣歌謠、謎語、民間故
事，並以雜文「糞屑船」的書寫來證明「台灣話文」的寫作可以成
立。郭秋生著有小說〈農村的回顧〉（《台灣民報》，1929）、〈死
麼？〉（《台灣民報》，1929）、〈跳加冠〉（《台灣新民報》，
1931）、〈貓兒〉（《南音》，1932）、〈鬼〉（《台灣新民報》，
1930）、〈王都鄉〉（《第一線》，1935）等諸篇，頗有文采。戰後因
政治氛圍棄文就商而擱筆，曾任台北市大同區調解委員會主席等。
（鄧慧恩）

張深切（1904-1965）

作家、劇作家、雜誌編輯、哲學研究者、民族運動者等。字南翔。
筆名楚女、者也等。台灣南投人。養父張玉書。7歲受傳統私塾教
育，1913年入草鞋墩公學校，1917年隨林獻堂赴日，曾留學日本東
京府立化學工業學校、青山學院。1923年年底轉往上海商務印書館
附屬國語師範學校就讀，1924年暫返台中草屯，組成草屯炎峰青年
演劇會；同年在上海參加反日組織台灣自治協會。1926年到廣州，
與張秀哲、李友邦等人組成廣東台灣學生聯合會，後擴充為台灣革
命青年團，編印機關誌《台灣先鋒》。1927年考入廣州中山大學法
科政治系，擔任廣東台灣青年革命團宣傳部長，參與北伐和反日活
動。曾與張秀哲多次訪問魯迅，4月回台灣籌措資金，後捲入台中
一中學生罷課事件，並因廣東事件被捕入獄兩年。1930年出獄，組
織台灣演劇研究會。1934年任職《台中新報》期間，號召組織第一
個全台性的文藝團體「台灣文藝聯盟」，被推舉為委員長，並創辦
《台灣文藝》雜誌，擔任編輯。他的日文小說〈總滅〉（総滅）、
〈二名殺人犯〉（二人の殺人犯）、中文小說〈鴨母〉和劇本〈暗地〉
（已佚）、〈接花木〉（已佚）、〈落蔭〉（已佚），是台灣新文學史上
有影響的作品。1938年3月，抱著「到淪陷區盡點義務」（張深切

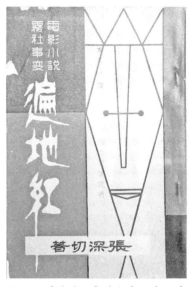

《我與我的思想》（台中：中央書局，1965）與遭查禁的《孔子哲學評論》（台中：中央書局，1954）、未完成的《老子哲學研究》，為張深切在儒學批判與哲學思想方面的代表作。（私人蒐藏，柳書琴解說）

張深切《遍地紅》（台中：中央書局，1961）一書，除了收錄以霧社事件為題材的劇本〈遍地紅〉，亦包含其日治時期小說〈鴨母〉的修改作。（私人蒐藏，柳書琴解說）

自傳《里程碑》）的決心赴北京，擔任國立北京藝術專科學校教導主任。1939年9月創辦大型月刊《中國文藝》，意在通過完善中國文化而使中華民族能夠自立於世界民族之林。一年後《中國文藝》因反日立場被武德報社接管，轉而進入新民印書館，出版《日本語要領》（1941），編譯《現代日本短篇名作集》（1942），並編輯《兒童新文庫》四冊（1941）、《十三作家短篇名作集》（1942）等。後者均選自他任主編時期的《中國文藝》，其中不少作者在而後的華北淪陷區文壇上影響比較大，為淪陷後北京新文學的復甦作出重要貢獻。在社會活動方面，任台人旅平同鄉會會長（1939），利用該身分千方百計阻撓日軍徵用華北台灣人參戰。1942年參與籌辦中國文化振興會。北京淪陷後期失業。1945年4月，遭逮捕並被判處死刑，後因日本戰敗而倖免。1946年返台，曾任台中師範學校

教務主任。二二八事件後遠離政治活動，投入《我與我的思想》等哲學論著及《遍地紅》等電影劇本之創作。現有陳芳明、張炎憲、邱坤良、黃英哲、廖仁義合編《張深切全集》12卷（台北：文經社，1998）；封德屏總策劃、陳芳明編選《台灣現當代作家研究資料彙編52：張深切》（台南：國立台灣文學館，2014）等。（張泉）

賴貴富（1904-？）

新聞記者、評論家、社會運動者等。筆名賴莫庵、陳鈍也。台灣苗栗人。學經歷不詳。1926年8月起任職東京朝日新聞社，是該社當時唯一的台籍記者。根據劉捷回憶，賴貴富推崇中國革命，認識許多日本政經名流，諸如支持孫中山革命的宮崎滔天及其夫人、關切台灣民族自治與議會運動的尾崎行雄、清瀨一郎，以及曾任台灣民政長官的下村宏等。根據《特高月報》1939年4月號調查記事：賴氏於1936年12月辭職，前往日本外務省所轄「上海日本近代科學圖書館」擔任館員，實則從事地下抗日工作，與台灣及中國共產主義者往來，研議中日政經情勢。1937年中日事變爆發，近代科學圖書館封閉，賴氏於8月25日隨避難僑民返回東京，離滬前與王白淵等人決議繼續致力抗日運動。9月1日抵達東京後，前往台灣新民報社東京支部向吳三連、劉明電等人透露中國抗日運動高昂，獲勝後台灣民族將獲得解放。9月10日在東京被捕，經兩年審理，於1939年4月以「違反治安維持法」及「意圖遂行共產國際、日共、中共目的」等罪名提起公訴，判處結果不詳，遭遣送回台服刑。1925年離台前，他曾以「賴莫庵」在《人人》雜誌發表隨筆。1929年其翻譯的林百克（P.M. Linebarger）《孫文與中國革命》（孫文と支那革命）由東京的平凡社出版。1935年後以「陳鈍也」或本名在《台灣文藝》多次發表隨筆與評論。賴氏雖非文學者，但與文聯東京支部成員往來密切，曾參與支部成立茶會及最後一回座談會，也曾在《台灣文藝》2卷10號開設議論專欄「陳鈍也信箱」。他廣泛

訂閱中日報刊、關注東亞時勢，思想激進，多次為文批評《台灣文藝》缺乏刺激與趣味，也曾批判旅京文藝青年為知識遊民，沒有深入現實的勇氣，無法掌握激變的社會與世界情勢。1937年後，賴貴富與王白淵、何連來等人，在上海為促進中國抗日民族統一戰線與日本反法西斯人民戰線運動聯繫而奔走。三人蒐集翻譯中國抗日情勢、中共運動方針、反戰文章與新聞，以筆名投稿日本《中央公論》、《改造》、《日本評論》等刊物，或發行宣傳小冊子，直到1937年9月11日陸續被捕為止，貢獻良多。（柳書琴）

楊守愚（1905-1959）

漢詩人、小說家、教師、雜誌編輯、新劇運動者、社會運動者等。本名楊松茂。筆名守愚、村老等。台灣彰化人。1910年入私塾，奠定深厚的漢學基礎。曾入公學校就讀，僅一年即中輟。1923年開始在台灣漢詩壇嶄露頭角，屢獲佳績。1925年加入由周天啟、陳崁等創設於彰化的鼎新社，透過新劇的方式宣揚革新思想。同年，加入賴和、陳滿盈等彰化文人組成的流連索思俱樂部，以幽默諷刺的方式表達對殖民社會的不滿。1926年加入無政府組織黑色青年聯盟，次年遭檢舉，拘役17天後免訴釋放。1929年在賴和鼓勵下，首次發表小說〈獵兔〉刊載於《台灣民報》；其後，陸續發表漢文書寫的小說〈凶年不免於死亡〉、〈決裂〉，新詩〈我不忍〉、〈蕩漾中的一個農村〉等，為日治時期漢文新文學作家中作品最豐碩的一位。1934年加入賴明弘、張深切等人發起的台灣文藝聯盟。後因路線之爭，1935年隨楊逵離開文聯，另創《台灣新文學》，並擔任該刊漢文欄主編。1937年漢文欄遭禁後，復轉回古典詩的創作。1939年與賴和、陳滿盈等跨越新舊文學的文人成立應社，以古典詩的形式表達對時局的批判、對殖民者的諷刺。戰後，應彰化工業職業學校之邀，擔任國文、歷史教師。二二八事件後，發表戰後唯一的新詩〈同樣是一個太陽〉，此後，除了回憶性的文章〈赧顏閒話十年前〉

外，只專心從事漢詩之寫作。張恆豪認為楊守愚的小說具有鮮明的社會主義傾向，題材呈現出繁複的多樣性。楊翠則認為他的新詩描寫農民、工人、婦女處境，凸顯新舊時代交替與貧窮問題，有如一幅時代的浮雕，鮮活具現了殖民地歷史情境。現有張恆豪編《楊守愚集》（台北：前衛，1991）；施懿琳編《楊守愚作品選集：小說‧民間文學‧戲劇‧隨筆》（彰化：彰化縣立文化中心，1995）；《楊守愚作品選集：詩歌之部》（彰化：彰化縣立文化中心，1996）；許俊雅編《楊守愚作品選集（補遺）》（彰化：彰化縣立文化中心，1998）；許俊雅、楊洽人編《楊守愚日記》（彰化：彰化縣立文化中心，1998）；封德屏總策劃、許俊雅編選《台灣現當代作家研究資料彙編81：楊守愚》（台南：國立台灣文學館，2016）等。作品外譯例舉："Born Lucky," Trans. John Balcom. *Taiwan Literature in English Series*, No. 19. 2006. Ed. Kuo-ch'ing Tu and Robert Backus. Santa Barbara: UCSB, CA: US-Taiwan Literature Foundation.（施懿琳）

張維賢（1905-1977）

劇場演員、編劇、導演、新劇運動者、社會運動者等。原名張乞食，筆名耐霜。台灣台北人。1923年18歲畢業於日本佛教曹洞宗創辦的「台灣佛教中學林」（後改稱台北中學校）。畢業後遊歷南洋及中國華南地區，深受中國愛美劇（早期話劇）運動啟發，認為戲劇必須符合時代精神。1924年，結合陳奇珍、王井泉等人成立星光演劇研究會，提倡新劇，每年皆有演出，頗受好評。張氏從事新劇活動除因喜好戲劇之外，也與其政治思想有關，欲透過戲劇進行社會教化啟蒙。1927年7月，他與稻江義塾的稻垣藤兵衛合組無政府主義研究團體「孤魂聯盟」，次年7月遭當局取締，影響所及星光演劇研究會亦隨之解散。不久後，張氏赴東京築地小劇場研習劇場管理與專業分工。留日期間，與毛一波等人參加日本無政府主義運動。1930年返台後組織「民烽演劇研究會」（後稱「民烽劇團」），

舉辦講座，培訓研究生。1932年初再度赴日，到東京的舞蹈學院接
受舞蹈律動訓練。留日期間與山鹿泰治等無政府主義者接觸，並經
常出入日本全國勞動組合自由連合會的事務所。半年後返台重新糾
集昔日研究生重新授課。1933年秋天民烽劇團假台北永樂座，以台
語翻案演出《國民公敵》、《原始人的夢》、《一弗》（A Dollar）等
名劇；1934年該劇團參加台北劇團協會主辦的「新劇祭」，是唯一
的台灣人團體，以台語翻案演出《新郎》（花婿），成績突出，受到
文化界重視。中日事變爆發後，張氏遠赴中國大陸，從台灣藝文界
消失。戰後曾於台語電影興盛的年代短暫復出，導演《一念之差》
（1958）與編寫《霧夜香港》（1958）電影劇本，然而今影片皆已不
存。張維賢在民烽劇團時期翻案上演東、西方名劇，為劇運指出明
確的方向，惜劇本今已無存。張氏以台語上演的翻案劇呈現台灣本
土特色，是其「重視形式與內容調和」之藝術觀的具體實踐，以擅
於表現台灣特色聞名於當時文藝界。張氏對於台灣新劇運動的貢
獻，博得王詩琅給予「台灣新劇第一人」之美譽。現有曾顯章著
《張維賢》（台北：台北藝術大學，2003）。（白春燕）

葉陶（1905-1970）

教師、作家、婦女運動者、社會運動者。台灣高雄人。1919年打狗
公學校畢業後，進入台南師範講習科受訓八個月。1919年8月任教
打狗公學校。1926年加入台灣農民組合。1927年結識楊逵，12月
辭去教職，全心投入農民運動，擔任農組婦女部長。1928年葉陶與
楊逵因派系鬥爭離開農組，在彰化組織讀書會，並投身台灣文化協
會的活動。1929年與楊逵結婚前夕，遇「二一二大檢舉」，兩人同
時被捕。1930年失去運動舞台，返高雄旗津、內惟等處租屋，砍
柴、縫製嬰兒服營生。1934年舉家遷往彰化，在霧峰林家擔任家庭
教師。1935年移居台中，與楊逵共同創立台灣新文學社，發行《台
灣新文學》雜誌。1947年二二八事件爆發，4月葉陶與楊逵同時被

葉陶（右一）為日治時期台灣女性追求自我解放與社會改革的典範人物，一生與楊逵並肩作戰，在文友集會留影中經常可見其身影。（楊翠提供，柳書琴解說）

捕，入獄近四個月。1949年，受楊逵「和平宣言案」牽連，攜六歲幼女入獄12天，8月再因基隆中學光明報事件，入獄四個月。1950年代，為保護孩子安全，參與官方婦女會。1957年任台中市北區婦女會理事長，1958年任台中市婦女會常務理事，1959年任台灣省婦女會常務理事。1961年5月當選台中市模範母親。1962年與楊逵在台中借貸經營東海花園。1970年8月1日，因心臟病、腎臟炎併發尿毒辭世。1936年發表短篇小說〈愛的結晶〉（愛の結晶），1970年發表現代詩〈我的教練真嚴厲〉。其作品捕捉現代知識女性在傳統與現代之間的苦悶、掙扎與理想，刻畫出時代的光與影，並彰顯出女性主體意識。葉陶與訪台日本作家及在台日本作家多有交流，日本女作家佐多稻子回憶中的葉陶，是笑容親切，而坂口䙥子則說葉陶「充滿鬥志」。（楊翠）

王井泉（1905-1965）

餐廳經營者、劇運參與者、藝文贊助商等。台北大稻埕人。1918年太平公學校畢業，翌年進入台灣商工學校。畢業後於鈴木商店機械部就職。此間熱衷於新劇活動，加入星光演劇研究社並參與《終身大事》、《火裡蓮花》等劇演出。1931年受聘於「維特」酒家，任

職經理。1936年前往日本考察餐飲業。1939年3月,在永樂町開設台菜餐廳山水亭,主打創意料理、喫茶。其小酌菜餚、麵點膾炙人口,「東坡刈包」尤其著名。1940年以飲食店組合理事身分,倡議組織茶心會,改善餐飲水準。1941年與張文環、黃得時等人組成啟文社,發行《台灣文學》雜誌。1943年與林摶秋、謝火爐、張文環、名和榮一、呂赫若、呂泉生等人組成厚生演劇研究會,擔任劇團負責人,演出《閹雞》(閹鶏)、《高砂館》(高砂館)、《地熱》(地熱)、《從山上俯瞰都市的燈火》(山から見える町の灯)等劇,在皇民化運動下持續推動新劇運動。1947年,結合了文學、美術、戲劇、音樂等各界人士的台灣省藝術建設協會第一次籌備會在山水亭召開,王井泉為章程起草委員之一。1955年8月山水亭歇業,其後十年受雇於榮星花園擔任園丁。1965年6月4日病逝,三百餘位文藝界人士為這位被呂泉生譽為「為了台灣的藝術界,畢生只做了無名的英雄,一點也沒有慾望」的「古井兄」舉行告別式。王井泉雖未投身藝文創作,卻是日治時期新文學、新文化運動幕後的重要推手。(許金時)

1941年王井泉與《台灣文學》雜誌文友們的合影。前排右起為陳逸松、王井泉、呂赫若、另一名不詳,後排右起張文環、黃得時、楊佐三郎(楊三郎)、徐坤泉。(張玉園提供,柳書琴解說)

劉吶鷗（1905-1940）

小說家、雜誌編輯、翻譯者、實業家、電影導演、編劇、製片、報
社社長等。本名劉燦波，筆名吶吶鷗、莫美、葛莫美、夢舟、洛
生、白璧。台灣台南人。1926年東京青山學院高等部英文科畢業。
1926年4月赴上海震旦大學插班就讀法文特別班，結識戴望舒
（1905-1950）、施蟄存（1905-2003）等人。1927年初構思出版同人
雜誌《近代心》（未出版），9月底與戴望舒前往北京考察文學環境
三個月，結識中國左翼作家馮雪峰、丁玲與胡也頻。1928年創辦第
一線書店並出版《無軌列車》雜誌。9月出版短篇翻譯小說集《色
情文化》。1929年創辦水沫書店並發行《新文藝》雜誌。1930年4
月出版短篇小說集《都市風景線》及譯作《藝術社會學》。1932年
參與中國電影《猺山艷史》製作，赴廣西拍攝。1933年創辦現代電
影雜誌社並發行《現代電影》（*Modern Screen*），提倡軟性電影理
論。同年率領藝聯影業公司演員至廣州拍攝《民族兒女》並擔任編
導。1934年於上海江灣路公園坊購置二十棟小洋房，葉靈鳳、穆時
英等作家皆為其房客。1935年於自宅與友人創辦《六藝》雜誌並進

劉吶鷗（左二）帶知名童星黎鏗及其他演員，乘坐歐亞遠聯機
前往北京拍攝張道藩原著《密電碼》，於故宮機場和機師及電
影工作人員的合影。余建中攝，1936年夏。（林建享提供，柳
書琴解說）

入明星公司編劇科，完成《永遠的微笑》劇本。1936年進入中央電影攝影場，編寫分幕劇本並參與拍攝《密電碼》，同年6月遷居南京擔任中電電影編導委員會主任及編劇組組長。1937年辭去中電工作返回上海。1938年至1940年與日本東寶映畫株式會社合作拍攝四部影片。1939年擔任中華電影股份有限公司製片部次長。1940年4月曾親自開私家轎車接待參訪上海的日本作家菊池寬，6月資助由李香蘭主演的電影《支那之夜》（支那の夜），8月接任「汪政府」機關報紙《國民新聞》社長一職，9月3日於上海公共租界福州路623號京華酒家遭狙擊，死因成謎。劉吶鷗以小說集《都市風景線》開啟了上海新感覺派小說創作風潮，他發行的《無軌列車》、《新文藝》等同人雜誌與當時左翼文學雜誌大相逕庭，提出作品大於論戰的文學理念。施蟄存稱其「三分之一是上海人，三分之一台灣人，三分之一日本人」。李歐梵則以「中國現代小說的先驅者」稱呼劉

1940年左右，劉吶鷗在東寶的砧攝影所與《支那の夜》的男主角長谷川一夫（左二）及原屬PCL的導演森岩雄（左一）等人的合影。由劉吶鷗擔任製作部次長的中華電影公司是這部電影的資助者，李香蘭擔任女主角及主唱，電影同年6月起於日本、上海、滿洲國、香港播映。（林建享提供，柳書琴解說）

1943年李香蘭（山口淑子）來台灣霧社拍攝電影《サヨンの鐘》（莎勇之鐘）時，專程前往新營劉家慰問並祭拜劉吶鷗墓。此為她與劉府闔家的多張合影之一，前排左四為劉吶鷗母親、左三李香蘭、左二劉吶鷗遺孀和子女。（林建享提供，柳書琴解說）

吶鷗、施蟄存與穆時英，稱其為中國文學史上現代主義的先驅。現有康來新、許秦蓁合編《劉吶鷗全集》六冊（新營：台南縣文化局，2001）；康來新、許秦蓁合編《劉吶鷗全集：增補集》（台南：國立台灣文學館，2010）；封德屏總策劃，康來新、許秦蓁編選《台灣現當代作家研究資料彙編53：劉吶鷗》（台南：國立台灣文學館，2014）。（許秦蓁）

張星建（1905-1949）

雜誌編輯與發行人、評論家、書局經營者、文化運動推動者等。筆名掃雲、星。台灣台中人。1923年至1924年就讀台灣總督府台南商業專門學校本科，肄業。1928年3月任中央俱樂部中央書局營業部主任，開始其文化運動生涯。1932年5月起任《南音》第7號至第12號終刊之發行人暨編輯。1934年5月與張深切、賴明弘等發起

組織台灣文藝聯盟，並於1934年12月至1936年8月間任機關誌《台灣文藝》發行人暨編輯。他奔走全台積極聯繫，獲得台灣仕紳、文藝界人士及其堂弟張星賢等人多方支持。1935年6月至7月間，因與日文部編輯楊逵理念扞格，於《台灣新聞》副刊引發一場宗派化與獨善問題的筆戰。經此事件，楊逵脫退《台灣文藝》並於同年12月另創《台灣新文學》，文藝聯盟分裂，震撼文壇。戰後曾任台中三民主義青年團團長，1949年1月20日深夜在台中綠川大橋遭暗殺身亡。1932年7月於《南音》發表〈文藝時評〉，闡明文學與社會之關係，認為文學應介入社會，不應劃地自限，即便是社會批評仍可以文學形式行之。1935年11月發表隨筆〈新高登山日記〉，同年8月至1936年1月連載之論述〈台灣的美術團體及其中堅作家〉係首篇台灣現代美術史概論。其編輯理念頗能展現《台灣文藝》穩健合法的「為人生的藝術」中間路線，該誌財務多賴其奔走才得以發刊15期，成為日治時期台人創辦之現代文藝雜誌中最長壽者。他熱心照顧文藝家生活、促進文壇與藝壇交流的行誼，被巫

1935年2月8日，張星賢（左）自大連返鄉，與堂兄張星建（右）於台中公園合影。張星賢喜好音樂與電影，留學早稻田大學商科期間創下多項田徑紀錄，1932年參加洛杉磯奧運會，是第一位參加奧運會的台灣選手。張星賢在東京時參與台灣同鄉會，並與《フォルモサ》同人結為好友，前往大連的南滿洲鐵道株式會社工作後，仍寄稿回《台灣文藝》雜誌聲援。（張昭平提供，柳書琴解說）

永福譽為台灣文藝界的最佳「世話役」（幹事），對本格期台灣新文學運動貢獻良多。（郭誌光）

吳逸生（1905-1990）

評論家、文獻家、民俗家、社會運動者等。本名吳松谷。筆名逸生、吳逸生、醫卒、春暉、吳春暉（其二子之名）、吳懷宇（其長子之名）等。台北艋舺人。曾在艋舺義塾接受漢學教育，公學校就學兩年後中輟，在艋舺知名的日貨進口商「新恆德」擔任店員，一面透過郵購東京、上海之書籍講義自學。1926年加入台灣黑色青年聯盟，隔年在台灣總督府全島大檢舉中遭取締，1928年與王詩琅、吳滄洲、小澤一等人被判刑，一年後出獄。1933年與廖漢臣、郭秋生等人籌組台灣文藝協會，1934年台灣文藝聯盟成立後被選為委員之一。戰後初期，與好友何南海在貴陽街販賣元宵燈飾、紙紮與春聯等維生，後至泰安產物保險公司任職，又轉職於儲蓄信用合作社、工礦公司等。1990年8月17日因腸胃炎病逝。吳逸生以中文創作為主，作品多為評論和民間故事。1933年曾於《台灣新民報》刊登〈談一談幾個性欲上的問題（一）、（二）〉、〈對鄉土文學來說幾句〉、〈呈石輝先生！〉及譯作〈男女鬪爭史的一考察〉；同年又於《先發部隊》、《第一線》發表評論〈文學的時代性〉與譯作〈薄命詩人蘇曼殊〉等。1941年以筆名「醫卒」在《南方》雜誌與鄭坤五展開第二次新舊文學論爭，發表〈告坤五先生及其郎黨書〉等文。戰後1960至1970年代頻於《台北文物》、《台灣風物》、《台北文獻》等雜誌發表民俗文章；在報紙方面則有發表於《中國時報》的〈滄桑話艋舺〉（1967年1月28日、3月4日）、〈關於迺煌的「第一好・張德寶」〉（1967年3月4日），以及《自立晚報》的〈同源分歧的台語〉（1980年11月16日）、〈讀「再論台語」有感〉（12月14日）等文。研究者邱坤良在〈黑色軌跡：追尋吳松谷先生〉一文提到：「吳松谷像閱歷豐富的文獻家、民俗學家，已感覺不到其血

液中叛逆的因子。也因如此，松谷仙平淡卻又精采的人生經歷，反而提供後人對於當年新文學、新文化的本質，以及社會運動策略，另一層思考空間。」（許容展）

陳君玉（1906-1963）

印刷工、歌詞作家、唱片公司文藝部長、咖啡店老闆等。筆名鄉夫。台北大稻埕人。根據王詩琅憶述，陳君玉生在窮困多子的家庭，公學校肄業，當過小販、布袋戲班操演副手、印刷檢字工等，亦曾赴中國東北報館當印刷工。23歲返台，仍任印刷工。1933年加入古倫美亞唱片公司，擔任文藝部長，開始創作台語流行歌歌詞，發表多首詞作，包含描述青春生活、印刷工人愛情的〈毛斷相褒〉（愛卿、省三合唱，1933）、〈跳舞時代〉（純純唱，1933）、〈縈思夢〉（青春美唱，1933）、〈橋上美人〉（林氏好唱，1934）、〈工場行進曲〉（純純、青春美、雪蘭、俊卿合唱，1935）、〈夜半的大稻埕〉（純純唱，1937）等，風靡全台。歌手林氏好曾批評陳君玉詞

博友樂唱機唱片股份公司發行的〈縈思夢〉，由陳君玉作詞、高金福作曲、仁木編曲，青春美獨唱、博友樂西樂團伴奏，在發行編號F501-B左邊標注Fox Trot（狐步舞曲）。（私人蒐藏，柳書琴解說）

意艱深難懂，不過他具新文化思維的前衛路線使古倫美亞有深厚的文藝底蘊。1933年10月25日，台灣文藝協會在江山樓成立，任重要幹部，此後持續為台北作家群一員。1934年投稿勝利唱片公司，發表以自由戀愛為主題的歌詞〈戀愛風〉（秀鑾唱）及〈半夜調〉（彩雪唱），亦投稿泰平唱片，發行了歌詞〈阿小妹啊！〉（青春美唱）。同年轉入由大稻埕茶商郭博容創立的博友樂唱片，仍任文藝部長，該年發表詞作〈逍遙鄉〉（青春美、博友樂孃及德音唱）、〈風動石〉（青春美唱）、〈一心兩岸〉（青春美唱）等，甚至開始參與歌仔戲〈馬寡婦哭子〉的編劇。1935年2月10日和廖漢臣共同倡議，以敦睦切磋為目的成立「歌人懇親會」，3月31日成立大會於台北召開，陳君玉被推選為議長，林清月、詹天馬、廖漢臣、李臨秋、張福興、高金福、王文龍等人任理監事。博友樂結束營業後，1936年再度進入吳德貴的台華唱片，發表了〈月月紅〉，隔年轉入規模更大的日東唱片，發表〈新娘的感情〉（青春美唱）、〈日暮山歌〉（青春美唱）、〈賣花娘〉（純純唱）。最後發表的歌詞為1938年東亞唱片發行的〈愛戀列車〉（麗玉、節子合唱）、〈終身恨〉（節子唱）。台灣唱片工業因戰爭而停止，1955年陳君玉以〈日據時期台語流行歌概略〉（《台北文物》4卷2期）一文，完整勾勒戰前唱片工業的輪廓，為極重要文獻。1953到1959年間，與王詩琅主持《學友》、《新學友》等兒童雜誌編務，翻譯童話及小說，並為《台北市志》及《台北文物》撰稿。（林太崴）

黃春成（1906-？）

書局經營者、雜誌編輯暨發行人、「滿洲國」官吏。本名黃潘萬。筆名天南、春丞、邨城。台灣台北人。1925年進入上海持志大學中文系。1926年冬，因家庭因素返台。1927年7月，與連雅堂在台北市太平町三丁目開辦雅堂書局，堅持不售日文圖書，連雅堂、張維賢負責從中國揀選各類書目，黃氏擔任理財兼文牘工作。1929年，

黃春成贈予葉榮鐘的十八歲紀念寫真，兩
人在《南音》雜誌時期合作密切。（葉蔚
南、徐秀慧提供，柳書琴解說）

黃春成約1940年的書法一幅。
（私人蒐藏，柳書琴解說）

雅堂書局因生意不佳結束營業，同年11月黃春成另創三春書局，
1930年秋亦告停業。1931年春，至中國濟南、聊城、南京等處旅遊
並蒐羅古籍。回台後與葉榮鐘、郭秋生等倡辦雜誌，1932年1月
《南音》創刊號發行。因黃氏未參與社會運動組織，又與有漢學教
養的在台日本文士多有往來，可避免官方檢閱者挑剔，故被推舉擔

任編輯兼發行人，雜誌亦設址於黃家。第四、五期後，因警察頻繁造訪，對從醫的黃父之診所造成影響，且《台灣新民報》改為日刊，黃氏認為《南音》已無存在迫切性，故力辭編務。第七期後編輯暨發行人改為張星建，移至台中發行。1932年9月《南音》被禁後，黃春成赴「滿洲國」求職，1932年10月至1933年間擔任立法院第三科長。戰後致力於台灣文獻修纂工作，1958年12月曾纂修《台北市志稿八‧文化志‧名勝古蹟篇》，直到1966年持續於《台灣文獻》發表文章。黃氏長於古文，曾表示自己「志於考古，提倡台灣話文，實非所望」，發表於《南音》的作品多為校讀與介紹古書。對新舊文學主張「先讀舊文學作基礎，然後著手新文學」，但也批評當時台灣詩界「無病呻吟」現象。1931年將遊歷中國見聞寫成〈渡華參觀漢籍記〉、〈閩粵視察記〉，發表於《台灣新民報》。戰後所著〈日據時期之中文書局〉，記錄日治時期圖書檢閱制度對中文書籍市場的影響與書籍從中國輾轉輸入之情況，為重要文獻。（辛佩青）

青釗（1906-1982）

劇作家、小說家、大學教師、校長、無線電專家、實業家等。本名黃鑑村。字青釗。台灣台南人，祖籍福建晉江。1924年因不滿日籍教師偏袒日本學生而離開台南一中，赴廈門集美中學求學。先後在上海國立交通大學及南京國立中央大學電機工程科求學。1928年4月依據時事新聞完成二幕劇《巾幗英雄》，發表於《台灣民報》。1929年2月完成獨幕悲劇《蕙蘭殘了》發表於《台灣民報》。1932年畢業後，於上海《申報》報館工作，負責無線電技術專欄。在滬期間，一直從事無線電教育及日語教學。太平洋戰爭爆發後，避居浙江菱湖，曾以女性的筆名創作武俠、言情小說，投稿小報以賺取稿費謀生。1945年台灣光復，被國民政府經濟部工礦處派遣來台接收工礦公司，11月就任台灣石炭調整委員會駐基隆辦事處主任。

推測為1932年黃鑑村自南京中央大學
畢業後拍攝的證件照。（黃華馨、黃華
容提供，顧振輝解說）

1927年黃鑑村入南京中央大學的學籍
登記照。拍攝時間不詳，推測為中學
期間的照片。（南京大學檔案館藏，黃
華馨、黃華容提供、解說）

1947年轉任樹華公司業務專員。1951年辭職，在台北創設中華無線
電傳習所擔任校長，並創辦《無線電界》期刊。1961年台灣電視公
司成立，任工程部副主任。曾先後執教於台灣大學電機系、省立台
北工專等校。1971年退休後應明新工專之邀擔任電子科主任，並陪
同校長赴國外考察電子教育制度。回台後，為響應政府發展工業，
曾集資創設華松電子公司。1982年因肺部感染辭世。黃鑑村先生行
誼遍布兩岸，早年因不滿殖民統治的種種不公，赴中國大陸深造，
業餘從事文藝創作，其日治時期的劇作帶有鮮明的婦運及反殖的立
場。黃鑑村一生致力於無線電、電子科技及相關教育事業，生平事
跡及其文學成就直到2017年始由筆者調查得知，其橫跨文理的成就
或可比作「台灣的丁西林」。另，據生平事跡與作品內容的對照，
青釗可能還有「紫鵑」及「紫鵑女士」等筆名。（顧振輝）

鄧雨賢（1906-1944）

教師、作曲家等。桃園龍潭人。出生於「一門三秀才」的漢學世家，三歲時隨父移居台北，九歲入艋舺公學校。根據鄧泰超等人研究，1925年自台灣總督府師範學校本科畢業，擅長大提琴、小提琴、曼陀林及鋼琴演奏。1925年至1928年任教於台北市日新公學校、大龍峒公學校，1929年辭職，赴東京音樂學院學習作曲。1932年，在文聲唱片公司以〈大稻埕進行曲〉、〈挽茶歌〉等歌詞嶄露頭角。1933年進入台灣古倫美亞唱片公司擔任作曲專員，負責培育歌手，並譜出〈望春風〉、〈雨夜花〉、〈橋上美人〉、〈跳舞時代〉、〈月夜愁〉等名曲。當時正逢台灣新文學運動成熟期，藝術大眾化風潮興盛，文學者頻頻被延攬至音樂創作圈，流行歌曲成為作家將自身理念普及社會大眾的新形式。1937年七七事變後，台灣總督府當局強制推行「新台灣音樂」等皇民化運動，要求「歌曲無國境，歌詞有國境」，戲曲、唱片一律不得以漢語發音，改採日語演出或灌錄。在此背景下，鄧氏〈望春風〉、〈雨夜花〉、〈月夜愁〉等膾炙人口的作品，被改編成〈大地在召喚〉（大地は招く）、〈名譽的軍夫〉（誉れの軍夫）、〈軍夫之妻〉（軍夫の妻）等日語軍歌。戰爭期間廣播媒體被政府用於政令宣導，唱片業者無法有效運用和行銷，鄧氏被迫於1940年至1944年離開唱片業，遷居新竹，擔任芎林公學校教師，並因應皇民化國語家庭政策改為日本姓名「東田曉雨」。戰爭期作品多以筆名「唐崎夜雨」發表，曾暗中譜寫〈昏心鳥〉等曲，自喻戰爭動員下創作生命遭扼殺，避居偏鄉日夜悲鳴的心情。現有邱建二著《鄧雨賢肖像》（台北：北岸樂坊，2007）。（魏心怡）

簡進發（1906-？）

小說家、報社職員等。號文華、安都。台灣桃園人。1925年自台灣商工學校畢業後，同年任總督府官房會計課雇員至1928年。1928年

入台灣新民報社任校閱課長，長期擔任此職。1941年該報改組為《興南新聞》後仍續任。《台灣人士鑑》記述簡氏興趣為語學和白話文創作。現存創作不多。根據柳書琴研究，1932年4月15日《台灣新民報》日刊正式發行後，曾在文藝欄發表漢文連載小說〈革兒〉（現存1-37回，1933年10月19日至11月30日），與林煇焜、雞籠生、陳鏡波、林敬璋、陳泗汶、郭水潭、楊守愚、林越峰等人，同為《台灣新民報》日刊初期的代表性作家。〈革兒〉描述台灣青年革兒畢業後失業，前往福州投靠友人謀職卻遇排日運動無法施展。這時巧遇富家女蘭英，唯兩人戀情受到傳統門當戶對觀念阻撓，結果革兒被蘭英父母逼走，之後蘭英亦出走追求婚姻自主。簡進發在小說中描繪沉悶的時代氛圍以及知識分子的無奈，並不時檢討傳統觀念、諷刺資產階級婚姻觀與國家體制的共謀，期許透過小說提倡新的婚戀觀念。此外，簡氏亦改寫法國作家赫克脫・馬洛（Hector Malot, 1830-1907）《苦兒流浪記》為〈無家的孤兒〉。他參考中國作家包天笑《苦兒流浪記》中譯本，將文言文轉譯為語體文，為日治時期台灣「轉手翻譯」的常見做法。他的作品不多，但多能針對社會現況發人省思，且改寫文言譯著，對啟迪民智、為台灣讀者充實世界文藝資源有所助益。〈革兒〉現收於吳福助編《日治時期台灣小說彙編》第19卷（台中：文听閣圖書有限公司，2008）。（林以衡）

楊雲萍（1906-2000）

詩人、小說家、雜誌編輯、史學家、大學教師等。本名楊友濂，筆名雲萍生、雲萍。台北士林人。幼年從祖父學習漢文。1921年考入台北第一中學，1924年起於《台灣民報》以中文發表〈月下〉、〈光臨〉、〈黃昏的蔗園〉、〈秋菊的半生〉等充滿人道主義的現實主義小說。1925年與江夢筆創辦台灣第一本白話文文學雜誌《人人》。1926年赴日就讀預科，1928年進入文化學院文學部創作科，受業於川端康成與菊池寬等人，以英國作家Thomas Hardy為畢業論

1940 年左右，楊雲萍（前排左一）於士林楊宅的習靜樓與朋
友聚會。前排左二起為楊雲萍次女淑婉、西川滿、西川潤（西
川滿之子）、北原政吉、邱永漢、陳泗治，後排左一為長崎
浩、左二萬波亞衛、左四立石鐵臣、左五葉石濤。（圖片引自
許雪姬編《楊雲萍全集‧資料之部（二）》，台南：國立台灣
文學館，2011，頁 78。）

文研究主題，1931 年畢業。旅日期間投入東京台灣青年會、社會科
學研究部領導的民族運動。1933 年返台，因不願為日人任用，在家
研究南明史、台灣史，相關文論發表於《愛書》、《台灣日日新報》
等。1934 年參與西川滿《媽祖》雜誌，1939 年參與發起台灣詩人協
會、台灣文藝家協會。1941 至 1945 年以日文在《文藝台灣》、《台
灣藝術》、《台灣時報》、《台灣文藝》等雜誌頻頻發表，計有 20 餘
篇詩作、評論及隨筆。1943 年《山河》詩集出版，奠定詩人地位。
此間亦陸續擔任台灣文藝家協會、台灣文學奉公會、日本文學報國
會詩部會、戰時思想委員會等組織的理事、委員等職。1941 年《民
俗台灣》創刊後發表多篇民俗研究散論，力倡「台灣研究」的重要
性，與金關丈夫、立石鐵臣、池田敏雄為該誌活躍者，這段經歷亦
為其 1951 年創辦《台灣風物》奠立基礎。1943 年 8 月被派遣參加第
二回「大東亞文學者大會」。戰後致力於台灣文化重建工作，曾任
《民報》社論主筆及文藝欄主編、《台灣文化》編輯組主任、省編譯
館台灣研究組主任、《內外要聞》主編等職，多所發表，針砭時
事。1946 年受聘為台灣省行政長官公署參議，並任台灣省編譯館台

灣研究組主任。二二八事件後該館裁撤離職，轉向歷史、民俗的研究，為《公論報》台灣風土副刊的主要撰稿人之一，並受聘於台灣大學歷史系至1991年退休。任教後淡出文學界，漸以史家聞名，除潛心南明史研究並開創學院內的台灣史課程之外，亦長期協助民間的台灣文史研究。楊雲萍集史家與詩人於一身，創作兼用古文、白話文與日文，與賴和等人同為台灣新文學運動先驅，在開創台灣研究方面亦貢獻卓著。現有張恆豪編《楊雲萍‧張我軍‧蔡秋桐合集》（台北：前衛，1991）；許雪姬編《楊雲萍全集》八冊（台南：國立台灣文學館，2011）等。（林瑞明）

楊逵（1906-1985）

小說家、雜誌編輯、社會運動者等。本名楊貴。台南新化人。1924年從台南州立第二中學校輟學赴東京，翌年考取日本大學專門部文學藝術科夜間部。工讀期間，閱讀馬克思《資本論》，熱心政治運動與工人運動。1926年，參加佐佐木孝丸家的演劇研究會，因而結識多位日本作家。1927年，在支援朝鮮人抗日集會時首度被捕。1927年9月放棄學業返台，加入台灣文化協會，並參與領導農民組合。1931年，以台灣話文翻譯刊行馬克思主義文獻。1934年10月，日文小說〈送報伕〉（新聞配達夫）榮獲《文學評論》第二獎（第一獎從缺），創下台灣人在日本文壇得獎的首次紀錄，並因胡風中文翻譯的刊載，與呂赫若、楊華等人為最早被介紹到中國的台灣新文學家之一。1934年起出任《台灣文藝》日文版編輯，1935年12月另創《台灣新文學》。1937年6月出版該刊最終一期後前往東京尋求與日本文藝雜誌合作，提供刊載台灣新文學作品的機會，但因七七事變爆發，日本政府加緊言論箝制致計畫落空。返台不久，在入田春彥資助下開闢首陽農園。1938年5月入田自殺，接收其遺物《大魯迅全集》。1943年起，改編自《三國演義》的《三國志物語》四卷陸續發行。同年秋天，輾轉從俄國原作改編而來的《怒吼

吧！中國》（吼えろ！支那）以日語演出，1944年12月劇本正式出
版。二次大戰後，曾藉由《一陽週報》介紹孫文思想與三民主義，
又與中國來台的王思翔合編《文化交流》雜誌，並策劃中日文對照
版《中國文藝叢書》，媒介中國與台灣的文化交流。1976年其拘繫
綠島時期的小說〈春光關不住〉被改題為〈壓不扁的玫瑰花〉，收
錄國中《國文》課本，成為日治時期作家作品收錄於教科書的第一
人。1982年應美國愛荷華大學國際作家工作坊之邀赴美，回程重遊
東京。戰前以日文為主要創作工具，戰後多為中文，另有台灣話文
的作品。雖以小說家聞名，創作文類實包含戲劇、詩歌、隨筆、評
論、翻譯等。自稱「人道的社會主義者」，以現實主義之筆批判不
公不義的社會現象，寄寓建設自由、平等、均富世界的理念，為台
灣文學史上最重要的左翼文學家。現有張恆豪編《楊逵集》（台
北：前衛，1991）；彭小妍編《楊逵全集》十四卷（台北／台南：
國立文化資產保存研究中心籌備處，1998-2001）；楊逵《楊逵文

1937年6月《台灣新文學》出刊後，楊逵（抱小孩者）前往東
京尋求國際連結，卻因七七事變爆發，日本政府強化取締導致
計畫落空。抱憾返台後不久，因入田春彥警官（中坐者）閱讀
〈送報伕〉大受感動，前來拜訪，致贈100圓，楊逵遂於當時
火葬場附近（今台中市五權路一帶），借伯夷、叔齊的典故，
開闢首陽農園。（楊逵文教協會提供，柳書琴解說）

集：小說卷》七卷（北京：台海，2005）；封德屏總策劃、黃惠禎
編選《台灣現當代作家研究資料彙編4：楊逵》（台南：國立台灣文
學館，2011）等多種。作品外譯例舉：宋承錫韓譯《殖民主義，日
帝末期台灣日本語小說選》（식민주의，저항에서 협력으로，서
울：亦樂，2006）、"Village without a Doctor," Trans. Yingtsih Hwang.
Taiwan Literature in English Series, No. 38. 2016. Ed. Kuo-ch'ing Tu
and Terence Russell. Santa Barbara: UCSB, CA: US-Taiwan Literature
Foundation. 金良守韓譯《楊逵全集》（양쿠이소설선，서울：지만
지，2013）、Angel Pino et Isabelle Rabut（安必諾、何璧玉）法譯
《台灣現代短篇小說精選第一冊》（*Le Petit Bourg aux Papayers:
Anthologie Historique de la Prose Romanesque Taïwanaise Moderne
Volume 1*, Paris: You Feng, 2016）。（黃惠禎）

楊啟東（1906-2003）

教師、畫家、詩人等。台灣台中人。1925年台北師範學校畢業。師
範學校在學時受石川欽一郎指導，畢業後擔任公學校教師，同時作
畫與寫作，先後任北屯、豐原、豐榮等公學校訓導、林業部豐原出
張所文書係雇員等。戰後以繪畫為主要活動，甚少文學創作。楊氏
之文學作品雖不甚多，但曾參與台灣文藝聯盟之活動。主要作品有
〈早市〉（朝の市場）、〈戀愛的肖像〉（恋の肖像），皆發表於台灣
文藝聯盟《台灣文藝》1935年第2號，前者捕捉台灣市井風情，後
者則以繪畫闡述戀愛，畫面頗有獨到之處。〈朝の市場〉次年被轉
載到日本的左翼文學雜誌《文學案內》上，他栩栩如生的台灣市場
風景與庶民生活描繪，受到日本中央文壇，尤其是左翼作家的肯
定。這兩首日文詩奠定了楊氏的詩人地位。《文學案內》刊出楊啟
東的詩作，除了認同他「詩中有畫、畫中有詩」的藝術性之外，也
反映日本左翼作家對於台灣大眾生活的關心。楊氏的繪畫與詩歌，
成為不同文化者認識台灣人生活的媒介。（王敬翔）

郭水潭（1907-1995）

短歌作家、詩人、技手等。筆名郭千尺。台南佳里人。1916年就讀佳里興公學校（今佳興國小）第一屆，與蘇新同班；1922年就讀佳里公學校（今佳里國小）高等科第一屆；1924年至1927年於私塾「書香院」學習漢文；1930年至1932年透過早稻田大學校外生講義錄自學文學。1925年受雇於北門郡役庶務課；1929年加入日文詩社南溟樂園（後更名南溟藝園）展現詩藝，以日文進行創作，與陳奇雲相知相惜；1930年加入新玉短歌會（あらたま）接受短歌指導；1935年參與發起台灣文藝聯盟佳里支部，支部員從此通稱為鹽分地帶同人。自1937年至1943年因故繫獄為止，活躍於地方政經界，曾被任命為北門郡技手。戰後移居台北，先後任職商界、政府機關，1980年自台灣區蔬菜輸出業公會退休。1995年辭世，享年88歲。郭氏從《南溟樂園》登場到日本殖民統治結束，發表許多日文新詩、短歌、小說、評論等，以詩聞名，其〈向棺木慟哭之日—告故建南之靈〉（棺に哭く日—亡き建南の靈に告ぐ）曾被龍瑛宗譽為1939年的感人傑作。戰後，因語言轉換困難，除短歌創作外未再創佳績。他是佳里支部活躍分子，曾在支部成立宣言中以「鹽分地帶」強調文藝的地方性，並引領同人與被他譏為薔薇派的風車詩社互別苗頭。呂赫若稱其詩風立足現實，以詩的真誠表現個人真實，掌握人們真實生活。張星建肯定他的文學為台灣新文學中注入一股「人和、壯碩、健康、強韌」的活力。西川滿讀過其〈世紀之歌〉（世紀の歌）之後則譽其為繼後藤大治、上清哉、藤原泉三郎之後的新銳人生派詩人。郭氏為日治時期代表性日文詩人，除參與日人主導的詩社、短歌社以外，郁達夫訪台時亦曾與其交流文學問題，並曾投稿《大阪每日新聞》，以〈某男人的手記〉（或る男の手記）獲得「本島人新人懸賞」佳作獎，成為該報「南島文藝欄」特別寄稿作家。現有羊子喬編，月中泉、蕭翔文等人中譯《南瀛文學家：郭水潭集》（新營：台南縣文化局，1994）；陳瑜霞中譯《熱流》（台南：台南市立圖書館，2008）；封德屏總策劃、林淇瀁編選《台

灣現當代作家研究資料彙編56：郭水潭》（台南：國立台灣文學館，2014）等。作品外譯例舉："Turtledoves and Temple Curate," Trans. Kuo-ch'ing Tu and Robert Backus. *Taiwan Literature in English Series*, No. 19. 2006. Ed. Kuo-ch'ing Tu and Robert Backus. Santa Barbara: UCSB, CA: US-Taiwan Literature Foundation.（陳瑜霞）

許乃昌（1907-1975）

評論家、社會運動者、報刊編輯等。筆名秀湖、秀湖生、許秀湖、沫雲。台灣彰化人。1922年（一說更早）入南京暨南學校就讀，1923年入上海大學社會系就讀。上海留學期間，參與發起上海台灣青年會、上海台灣人大會，並組織台灣與朝鮮人共同組織的平社、台韓同志會。1924年在陳獨秀推薦下以中國人的身分進入蘇聯學習，成為台灣留學蘇聯的第一人。1925年赴日本大學就讀期間發起台灣學生聯合會，翌年在東京組織台灣新文化學會。1927年於東京台灣青年會發起鬥爭，設置左傾組織社會科學研究部，後獨立為社會科學研究會，又改名為台灣學術研究會，至1929年1月為止參與該會活動。1930年左右回嘉義定居，負責台灣新民報社嘉義支局的營運工作。1930年10月，參與創刊《現代生活》雜誌。1922年底他在中國《民國日報・覺悟副刊》發表〈藝術談：表現主義Expressionismus底見解〉一文，應為台灣人介紹德國現代主義的最早文章。1923年發表的〈歐戰後的中國思想界〉（歐戰後の中国思想界）、〈中國新文學運動的過去、現在和將來〉、〈台灣議會與無產階級解放〉（台湾議会と無産階級解放），則首次將中國五四運動後思想界與革命的新形勢介紹到台灣。1926年至1927年，在《台灣民報》上與陳逢源展開中國改造論爭，指出文化協會分裂前台灣左右思想對立白熱化之徵兆。他在社會思想或文藝思潮上皆甚早為台灣引介中國及世界的新思潮及新動向，堪稱政治與文藝思想啟蒙的先驅。戰後亦為創設台灣文化協進會貢獻良多。1932年進入台灣

新民報社工作，1937年出任昭和製紙株式會社經營專務取締役，1942年任台北市集大產業株式會社支配人。戰後出任林茂生創辦之《民報》編輯，二二八事件發生時受到國民政府通緝而逃亡，事件後在林呈祿邀請下擔任東方出版社總經理。（白春燕）

葉步月（1907-1968）

小說家、醫學博士、醫師等。本名葉炳輝，筆名葉步月、步月等。台灣台北人。台灣總督府台北醫學專門學校畢業後，取得台北帝國大學醫學部博士。曾任職赤十字病院，後於大稻埕第九水門附近的大橋町開業。進入台北醫學專門學校預科隔年的1922年，開始著手

葉步月的日文偵探小說《白昼の殺人》（台北：台灣藝術社，1946），以台北為舞台，描述偵探謝文福協助警方智取命案凶手的故事。2005年10月中譯本於《推理》雜誌刊出。（私人蒐藏，柳書琴解說）

散文創作。處女作是發表於醫專《校友會雜誌》中的長篇小說〈鐘響〉（鐘は鳴る）之第一回〈神秘男人之影〉（不思議な男の影）。之後，陸續在《曉鐘》、《台灣新民報》、《台灣藝術》、《新大眾》等報刊雜誌發表小說及隨筆。戰後持續於《新大眾》雜誌改題的《藝華》發表短篇小說，1946年兩部單行本偵探小說《長生不老》（長生不老）及《白晝的殺人》（白昼の殺人）由台灣藝術社印行。1960年與許成章合作，為其恩師杜聰明作傳《南天的十字星—杜聰明博士傳》。葉步月從醫專預

科時期的15歲左右即執筆創作，到61歲因為意外車禍過世為止，留下為數可觀的已發表和未發表作品。其中又以偵探小說《長生不老》及《白昼の殺人》與長篇三部曲家族小說《七色之心》（七色の心）最受矚目。下村作次郎指出，在台灣人作家的日文書寫中被研究者忽略的通俗文學領域，應該隨著葉步月偵探小說及家族小說《七色の心》的出版被予以重新定位。現有下村作次郎、陳淑容編；劉肖雲、葉思婉中譯《七色之心》（高雄：春暉，2008）；下村作次郎編《日本統治期台湾文学集成19、20：葉步月作品集1、2》（東京：綠蔭書房，2003）。（陳淑容）

徐坤泉（1907-1954）

報刊編輯、小說家、記者、實業家等。筆名阿Q之弟、老徐。中文作家。澎湖望安人。1918年遷居高雄旗津，就學於陳錫如的留鴻軒書房，並加入旗津吟社。1927年移居台北，隨後負笈廈門英華書院、香港拔粹書院。1934年畢業於上海聖約翰大學後，擔任《台灣新民報》上海支局海外通訊記者，並往來日本、南洋等地經商。1935年自菲律賓調回台北總社印刷局，不久後接任學藝部記者，主編學藝欄。1937年4月總督府廢止漢文欄後赴上海發展，又轉往湖南長沙任虎標永安堂經理。因被國民政府疑為日本間諜，於中日事變後辭職，返台後又遭台灣警憲疑為中國間諜，一度被捕。1937年10月起擔任《風月報》第55至77期編輯，1938年末編務移交吳漫沙，專心投入海外經商，頻繁往來上海、香港、華南。戰爭期間曾擔任汪精衛政權的和平建國軍參謀，編有《汪精衛先生重要建議》（1939）。1946年捲入八一五台灣獨立事件，遭台灣警備司令部逮捕，無罪開釋後於北投經營文士閣旅館。1950年末受聘於台灣省文獻委員會，與廖漢臣、張文環編修《台灣省通志稿》學藝志文學篇，不幸遭禁。1951年於《文獻專刊》發表〈台灣早期文學史話〉。1954年肝癌病逝。1935年起他於《台灣新民報》連載〈可愛

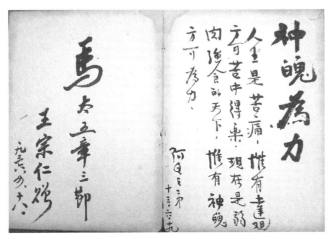

阿Q之弟（徐坤泉）1938年6月19日墨寶一幀：「神魄為力－人生是苦痛，惟有達觀方可苦中得樂。現在是弱肉強食的天下，惟有神魄方可為力。」（私人蒐藏，柳書琴解說）

1935年起徐坤泉在《台灣新民報》連載〈可愛的仇人〉、〈暗礁〉、〈靈肉之道〉三部中文長篇小說，其中《暗礁》1943年由嘉義市的玉珍書局出版。（蘇德昱提供，柳書琴解說）

徐坤泉編《汪精衛先生重要建議》（台北：蓬萊閣，1939年9月），收有林柏生、胡蘭成、陶希聖等人之言論共13篇，並附錄近衛文麿宣言全文與汪精衛言論集共9篇文章。（私人蒐藏，柳書琴解說）

的仇人〉、〈暗礁〉、〈靈肉之道〉三部漢文長篇小說，並在該報
「島都拾零」專欄發表隨筆，迅速走紅。〈可愛的仇人〉刊載期間廣
受好評，1936年由台灣新民報社出版單行本，1939年、1942年再
版，1938年由台灣大成映畫公司出版張文環日譯版，預計拍攝電影
未果，為日治時期台灣最暢銷的通俗小說。赴海外經商期間仍寄稿
回台，於《風月報》（1941年7月改名《南方》）連載小說〈新孟
母〉（1937年至1943年斷續刊出，共33回，未完）與〈中國藝人阮
玲玉哀史〉（1938年至1939年），另有多篇隨筆、小品文、詩篇。
他被葉石濤譽為「台灣的張恨水」，故事場景遍及東京、上海、泉
州、廈門、新加坡、香港等，吸收張資平等人言情小說之情節特
點，又呈現殖民地的地理視野及多元行動的價值觀。小說中錯雜儒
教婦德、基督教精神、日華親善、東亞共榮論、亞細亞門羅主義等
觀念，顯示當時東亞閱歷豐富的一部分台灣商人，積極的海外開拓
欲望及保守的倫理道德取向。現有《暗礁》（高雄：慶芳書局，
1954；台北：文帥，1988）；《可愛的仇人》上下冊、《靈肉之道》
上下冊，收錄於黃英哲、下村作次郎主編《台灣大眾文學系列・第
一輯1-4》（台北：前衛，1998）；《可愛的仇人》另收錄於河原功監
修《日本植民地文学精選集36台湾編11：可愛的仇人》（東京：ゆ
まに書房，2001）。另有〈新孟母〉、〈附阮玲玉哀史〉、〈楊柳樓
台〉、〈早春〉、〈情海重波〉等收於吳福助編《日治時期台灣小說
彙編》第23卷（台中：文听閣圖書有限公司，2008）等。（張郁璟）

徐清吉（1907-1982）

詩人、瘧疾防遏所人員。台南佳里人，佳里公學校高等科畢業，曾
任職於北門庄瘧疾防遏所。1930年至1931年加入日文新詩雜誌
《南溟藝園》，作品有刊載於1930年第四號的現代詩〈鄉村的怪物〉
（田舎の怪物）、〈杜的小鳥〉（杜の小鳥）等。1933年與吳新榮、
郭水潭共同組成佳里青風會，1935年加入台灣文藝聯盟佳里支部，

擔任庶務員。創作主題以鹽鄉的風土民情為主，與吳新榮、郭水潭、王登山、林清文、莊培初、林芳年並稱「北門七子」。戰後作品以鄉土俚諺為主，如發表在《台灣風物》的〈台灣俗諺新注〉等。林芳年評價他「對同道人們的關懷是虔誠的，那顆熱愛文學之心是輝煌燦爛的，是鹽分地帶推動新文學的中樞人物」。徐清吉戰前積極參與文學運動，戰後投入民間文學研究，創作不多但向異族抗議的精神及民族意識強烈。學者羊子喬認為他是「日治時期抗議文學的典範」。現有中譯詩〈流浪者〉、〈桅上的旗〉、〈魔掌〉、〈鄉愁〉，收於羊子喬、陳千武編《光復前台灣文學全集10：廣闊的海》（板橋：遠景，1982）。（林佩蓉）

林克夫（1907-？）

詩人、小說家、評論家等。筆名孔乙己、HT生。台灣台北人。1931年參加鄉土文學論戰，1933年參與台灣文藝協會，任《先發部隊》、《第一線》雜誌之詩歌類編輯。1935年任台灣文藝聯盟北部委員。以中文創作為主，小說〈阿枝的故事〉敘述印刷工人悲慘故事，詩歌〈爆竹的爆發〉批判資本家讓員工受盡傷害。另有小說〈秋菊的告白〉、詩歌〈失業的時代〉、〈日光下的旗幟〉，文學評論〈鄉土文學的檢討〉、〈傳說的取材及其描寫的諸問題〉等。他在1935年台灣全島文藝大會、1942年〈文學論爭上的使命〉一文中，均強烈反對傳統文言，主張應多採用社會主義寫實手法，刻畫資本主義壓榨苦惱不已的窮人生活，創作出有價值的作品。林克夫為台灣話文與鄉土文學論戰中，主張使用中國白話文創作的代表者之一，代表文論有〈對鄉土文學台灣話文徹底的反對〉等。此外，他亦關注民間文學，主張民間文學與環境、社會經濟結構有著密切關係。（翁聖峰）

吳新榮（1907-1967）

詩人、社會運動者、文史研究者、民俗調查者、醫師。號震瀛。台南將軍鄉人。1925年到1927年就讀日本岡山金川中學，1928年考取東京醫學專門學校。習醫期間，加入東京台灣人左翼組織「東京台灣青年會」和「東京台灣學術研究會」，1929年因四一六檢舉事件入獄。1932年醫專畢業返台，接手經營叔父吳丙丁開設之佳里醫院。文學創作以1930至1940年代為高峰，與郭水潭、徐清吉、林清文、莊培初、林芳年、王登山等人為鹽分地帶活躍作家。代表作有〈故鄉與春之祭〉（生れ里と春の祭）、〈心靈的偷盜者〉（心の盜人）、〈混亂期的煞尾〉（混乱期の終末）、〈自畫像〉（自画像）等日文詩，以及日文散文〈亡妻記〉（亡妻記）、評論〈鎮上的夥伴〉（町と仲間）。戰後積極投入政治活動，1947年因出任二二八事件處理委員會北門區支會主席委員，被捕入獄百日。1950年代推動台南地方文史考察，1952年台南縣文獻委員會成立，受聘為委員兼編纂組組長，1953年《南瀛文獻》創刊，擔任主編。1954年受李鹿案牽連，再度入獄四個月。1960年完成《台南縣志稿》十卷（共

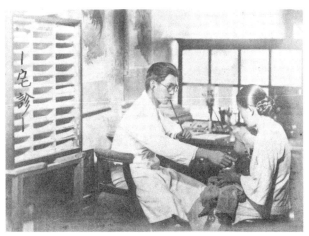

吳新榮（左一）在佳里醫院幫幼童聽診（宅診）。（吳南河、吳南圖提供，柳書琴解說）

騎機車往診途中的吳新榮。（吳南河、吳南圖
提供，柳書琴解說）

吳新榮穿時尚西服、戴眼鏡、鋼
筆、診療包往診前，在佳里醫院
門口的留影。（吳南河、吳南圖提
供，柳書琴解說）

13冊），連同至1967年臨終前編纂的《南瀛文獻》第12卷合刊本
（共18冊），為南瀛學奠定了堅實基礎。作品集除生前出版的《震
瀛隨想錄》（1966）外，另有過世後出版之《震瀛回憶錄》
（1977）、《震瀛隨想錄》（1966）等。他在《震瀛回憶錄》中將自
身文學生涯分為青年時代的浪漫主義期、壯年時代的理想主義期和
老年時代的現實主義期。1943年以前，其創作以日文詩歌和短論為
主，在浪漫中帶有強烈的現實關懷及抗議精神，學者陳芳明認為他
是1930年代台灣「左翼詩學的旗手」。1944年開始到戰後，創作漸
少，轉以民俗調查報告為多。1950年代專注投入台南地方文史調
查，從浪漫、進步的詩人蛻變為深入族群與風俗研究的民間史家，
在西拉雅等平埔族的調查方面開風氣之先。吳新榮為台灣具代表性
的醫師作家，其參與海外台灣民族運動、投入地方民主運動、熱衷
創作、提倡地方文史工作的一生，反映了殖民地知識人豐富的文化
使命與心靈圖像。現有張良澤編《吳新榮全集》八冊（板橋：遠

景，1981）；呂興昌編，葉笛、張良澤中譯《吳新榮選集》三冊
（新營：台南縣文化局，1997）；張良澤編《吳新榮日記全集》11冊
（台南：國立台灣文學館，2007）；封德屏總策劃、施懿琳編選《台
灣現當代作家研究資料彙編55：吳新榮》（台南：國立台灣文學
館，2014）等。另有〈亡妻記（一）－春天已逝的日記〉（亡妻記
（一）－逝きし春の日記）、〈亡妻記（二）－生前的回憶〉（亡妻記
（二）－在りし日の思ひ出）收於河原功、中島利郎編《日本統治期
台湾文学：台湾人作家作品集5》（東京：綠蔭書房，1999）等。
（林佩蓉）

陳奇雲（1908-1940）

詩人、教師、政府職員等。台灣澎湖人。1921年澎湖廳媽宮公學校
郡守獎畢業；同年考上台南師範學校但因家庭因素無法就讀。同年
進高雄州望安公學校擔任代用教師，1926年至1928年分別考取公
學校乙種准教員、准訓導、乙種本科正教員資格。以日文從事創
作，1929年9月起發表詩作於日文新詩雜誌《南溟樂園》。1930年5
月加入新珠短歌會（あらたま），接受短歌指導；同年6月因與督
察摩擦及戀愛事件公學校准訓導職位遭革除。11月發表詩集《熱
流》。1931年結婚赴台北，先後任職於台北市役所衛生課、鐵道
部。1935年參與編輯《台灣》日文短歌集。1936年通過普通文官筆
試。1939年受雇鐵道部經理課用品科勤務。1940年5月擔當《台灣
藝術》歌壇選評者。同年6月因氣喘引發心臟麻痺去世，享年34
歲。創作以新詩與短歌為主，日文詩集《熱流》雖享譽台灣詩壇，
但其後鑽研日本古典短歌未再有新詩創作。其短歌作品享有盛名，
是擁有選歌總評員資格的少數台籍作家之一。《熱流》彷彿奮進的
血潮，無論是對迫害的抗辯，或對愛情、親情、季節變化的浪漫抒
懷，時高亢、時哲理、時呢喃，長短不一，短則三行，長者多達
140行。修辭未作多餘雕飾，反映無偽的真心，正如他所言是「心

臟跳躍、血液的溫度、氣憤」。作為台灣第一部日文詩集，顯示了1930年代台灣作家已具備與日人作家競爭的實力。郭水潭曾論及他的急逝是當年文壇最大的損失。在南溟藝園時期，與鹽分地帶作家郭水潭、徐清吉等切磋新詩，移居台北後又與龍瑛宗為鄰相交甚深。主要成就在於短歌，聞名台灣，亦曾入選東京赤壁吟社舉辦的俳人畫展覽會、《新萬葉集》。其餘作品散見在當時《台灣》、《歌壇新報》等短歌刊物。（陳瑜霞）

王詩琅（1908-1984）

小說家、文史研究者、編輯、社會運動者等。筆名王錦江、一剛。台北艋舺人。據鄒易儒、許惠玟等人的說法，王氏幼年時在王采甫秀才的私塾接受傳統漢學教育，1918年入老松公學校就讀，1923年畢業。此後與好友共組勵學會，互相砥礪自學。1923年日本無政府主義者大杉榮遭到虐殺，王詩琅深受刺激，透過東京書商取得無政府主義的圖書雜誌，思想漸趨左傾，廣泛接觸日本新感覺派、普羅文學與中國1930年代文學，為其寫作奠定基礎。1927年2月因參與台灣黑色青年聯盟，隨組織被檢束而遭判刑一年六個月。1935年後，陸續於《第一線》、《台灣文藝》、《台灣新文學》等雜誌發表詩、評論、小說，創作以中文為主。1937年中日戰爭爆發，與張維賢同赴上海，任職於日本陸軍特務部宣撫班，次年赴《廣東迅報》社擔任新聞編輯工作。1941年起兼職於通訊社、新聞社、電影公司等，至1946年返台。戰後陸續擔任《民報》編輯、中國國民黨省黨部幹事、台灣通訊社編輯主任等職，並於1947年著手進行台灣民俗文獻與文學史的整理。1948年應邀參與台北市文獻委員會籌備工作，投入《台北市志》、《台北文獻》，亦主編《台北文物》。1955年辭去台北市文獻委員會職務，轉而致力兒童文學，曾任《學友》、《大眾之友》雜誌主編。1975年起著手翻譯《台灣總督府警察沿革誌》第一章（1988年出版為《台灣社會運動史》）。1980年

代陸續獲得國家文藝獎、鹽分地帶台灣新文學特別獎、第二屆台美基金會人文科學獎等榮譽。1984年11月病逝。王詩琅作品包括小說、兒童文學、民間故事、台灣民俗、台灣史研究著述。戰前的代表作〈夜雨〉、〈沒落〉、〈十字路〉、〈青春〉、〈老婊頭〉等小說，擅以都市知識分子觀點描繪社會主義運動敗北者的心路歷程，表達他對台灣左翼運動的觀察和反省。戰後發表的小說〈沙基路上的永別〉，則以其戰爭期的廣州經驗為背景。現有張良澤編《王詩琅全集》11卷（高雄：德馨室，1979）；張炎憲、翁佳音編《陋巷清士：王詩琅選集》（台北：弘文館，1986；板橋：稻鄉，2000）；張恆豪編《王詩琅・朱點人合集》（台北：前衛，1991）等。作品外譯例舉："Seventh Lord and Eighth Lord," Trans. Terence C. Russell. *Taiwan Literature in English Series*, No. 9. 2001. Ed. Kuo-ch'ing Tu and Robert Backus. Santa Barbara: UCSB, CA: US-Taiwan Literature Foundation.（陳令洋）

邱淳洸（1908-1989）

詩人、書法家、教師、校長等。本名邱淼鏘。號琴川。台灣彰化人。台中師範學校畢業，日本國學院國文學講座（函授課程）修了。據陳千武〈浪漫詩人邱淳洸〉一文記載，邱淳洸曾任台中州田尾公學校、海豐崙公學校、海豐崙國民學校，1942年至1945年間在海南島的感恩、新街等地學校擔任教師。戰前以日文進行創作，為日本內地《詩與歌謠》（詩と歌謠と）、《地上樂園》（地上楽園）、《詩洋》（詩洋）等雜誌的同人，作品散見《蠟人偶》（蝋人形）、《日本詩壇》等內地詩刊或《台灣文藝》、《華麗島》、《台灣藝術》、《文藝台灣》、《若草》（わさくさ）等台灣雜誌，也曾在《台灣新民報》文藝欄與海南島報刊上發表文章。戰前創作以日文短歌、俳句與新詩為主。戰後任台中市篤行國校校長長達24年，1970年退休，從事中國舊體詩與新詩的創作，並致力書畫藝術的教

邱淳洸戰後擔任台中篤行國小校長到退休，校內有
紀念銅像及以其名字命名的紀念花園。照片中師生
正在祭祀，節慶不詳。（邱煥三提供，柳書琴解說）

邱淳洸晚年書法集《邱淼鏘八
十書法展專輯》（台中：台中
市立文化中心，1989），書內
附記有個人簡歷。（私人蒐
藏，柳書琴解說）

育與推廣。1959年創設鯤島書畫展覽會，加入中部美術學會、中國
書法學會。1961年創立書法學會台中市支會，1972年創立台灣硬筆
書法學會，另擔任書星會及日本書藝院的審查員，以及台日書法國
際會議第一、三屆的代表。日治時期著有詩集《化石的戀》（化石
の恋，1938）與《悲哀的邂逅》（悲哀の邂逅，1939），戰後有《十
年拾穗》（1955）、《淳洸詩集》（1976）、《琴川詩集》（1977）等
著作。詩風感傷唯美，作品以描寫愛情或四季詠嘆為多。根據陳千
武的評價，《化石の恋》是一本可愛玲瓏的小曲集，而《悲哀の邂
逅》則均為浪漫意味濃厚的詩篇。邱淳洸在戰前曾投稿詩作於台灣
詩人協會的機關誌《華麗島》，戰後致力書法藝術，曾擔任日本書
藝院的審查員，並為台日書法國際會議第一、三屆的代表。
（林巾力）

陳火泉（1908-1999）

小說家、散文家。筆名TK生、青楠生、高山青楠、青楠山人、陳
青楠、三尺童子、高山凡石。台灣彰化人。1914年於鹿港文開書塾

接受漢學教育三年，1918年起就讀鹿港第二公學校、鹿港第一公學校高等科，1925年入台北州立工業學校應用化學科就讀。1930年經由工業學校推薦進入台灣製腦株式會社就職，四年後因該會社解散，轉任台灣總督府專賣雇員。1940年因發明蒸餾樟腦的火旋式灶，榮獲「全日本產業技術戰士彰顯大會」顯彰。1941年主動辦理改姓名手續，卻在同年得知因本島人身分無法升遷，憤恨之餘著手創作長篇小說〈道〉，1943年刊登於《文藝台灣》，從此聲名鵲起，直到日本戰敗前發表各種翼贊戰爭、響應國策的文學作品。戰後任職台灣省專賣局（技佐）、建設廳樟腦局、林務局等部門，並自學中文，跨越日文和中文藩籬終生創作不輟。陳氏善用文字表達內心自我和描寫外在世界，其寫實主義手法曾在戰前楊逵的未定稿中受到讚美。戰後作品類型多元，包含小說、散文、廣播劇本、電視劇本等。日治時期陳氏曾在《專賣通信》、《台灣的專賣》、《文藝台灣》、《台灣文藝》、《台灣新報‧青年版》等雜誌發表作品，包括〈樟腦寮巡視所感〉（腦寮巡視所感）、〈俳句和座右銘〉（俳句と座右銘）、〈道〉（道）、〈張老師〉（張先生）等。其中〈道〉被西川滿和濱田隼雄讚譽為皇民文學典範之作，成為他躍上文壇的重要代表作，1943年12月更出版為單行本小說《道》，由宮田彌太郎裝幀和插畫，大澤貞吉撰序，日本詩人池田克己為其撰寫推薦信，但戰後飽受批判。陳火泉終其一生在寫作上積極奮鬥，戰後致力為文鼓勵後輩正向面對人生，黃得時稱陳火泉為「人海中的勵志舵手」。〈道〉、〈張老師〉現收於河原功、中島利郎編《日本統治期台湾文学：台湾人作家作品集5》（東京：綠蔭書房，1999）。作品外譯例舉：宋承錫韓譯《殖民主義，日帝末期台灣日本語小說選》（식민주의，저항에서 협력으로，서울：亦樂，2006）、"The Path," Trans. Lili Selden. *Taiwan Literature in English Series*, No. 37. 2016. Ed. Kuo-ch'ing Tu and Terence Russell. Santa Barbara: UCSB, CA: US-Taiwan Literature Foundation.（陳采琪）

楊熾昌（1908-1994）

詩人、小說家。筆名水蔭萍、梶哲夫。台灣台南人。1922年竹園尋常小學校畢業後，考入台南州第二中學校，1930年赴日插班進入東京文化學院就讀，翌年返台，以函授方式完成學業。楊熾昌赴日期間正值新興藝術派崛起，在機緣巧合下認識日本新感覺派作家岩藤雪夫、龍膽寺雄等人，受其啟發而開始創作具有現代主義傾向的日文詩歌。回台後筆耕不輟，繼續投稿日本《神戶詩人》（神戶詩人）、《詩學》（詩学）與《椎之木》（椎の木）等雜誌。1933年與林永修、李張瑞、張良典、戶田房子、岸麗子、尚梶鐵平等人共組「風車詩社」，並發行機關誌《風車》（*Le Moulin*）共四輯，詩風以象徵主義以降的現代主義風格為主。除《風車》外，楊熾昌的作品多發表於《台南新報》、《台灣日日新報》與《文藝台灣》等。1937年曾以〈薔薇的皮膚〉（薔薇の皮膚）入選《台灣日日新報》小說首獎，並於1939年起加入西川滿所主導的台灣詩人協會、台灣文藝家協會。楊熾昌的本業為編輯、新聞記者，最早因代理《台南新報》學藝欄編務而認識其他寫作者，進而興起籌組詩社之念。1935年考入《台灣日日新報》主跑社會新聞。戰後繼續擔任《台灣新生報》記者，但於1947年因報導二二八事件之新聞被誣指為「通匪」遭國民黨政府逮捕入獄半年，其後少有詩作發表。主要詩集有《熱帶魚》（1931）與《樹蘭》（1932），但皆已散佚。戰後出版的《燃燒的臉頰》（燃える頰，1979）收錄了1933年

楊熾昌1930年代留影。（楊綺芬提供，柳書琴解說）

至1939年間的作品。其他尚有評論集《洋燈的思惟》（洋灯の思惟，1937）、小說集《薔薇の皮膚》（1938）以及散文集《紙魚》（紙の魚，1985）。楊熾昌是日治時期現代主義文學的代表性詩人，也是建立超現實主義詩歌流派的重要人物。他將超現實主義從日本移植到台灣，詩作大抵融合了法國超現實主義的「超現實領域描寫」、象徵主義的「純粹詩」概念、日本現代主義詩人春山行夫與西脇順三郎關於「想像力」和「主知」的文學實踐以及唯美主義的信念，從而吸納形成其獨特的「主知的超現實主義」。現有呂興昌編、葉笛中譯《水蔭萍作品集》（台南：台南市立文化中心，1995）；封德屏總策劃、林淇瀁編選《台灣現當代作家研究資料彙編5：楊熾昌》（台南：國立台灣文學館，2011）等。作品外譯例舉："Jasmine Flower," Trans. Kuo-ch'ing Tu and Robert Backus. *Taiwan Literature in English Series*, No. 19. 2006. Ed. Kuo-ch'ing Tu and Robert Backus. Santa Barbara: UCSB, CA: US-Taiwan Literature Foundation.（林巾力）

蘇維熊（1908-1968）

雜誌主編、詩人、企業家、大學教師等。台灣新竹人。1917年入新竹公學校，後轉入新竹尋常高等小學校。1928年入台北高等學校，1931年入東京帝國大學文學部英文科就讀。1933年3月與魏上春、張文環、王白淵、吳坤煌、巫永福等人發起組織台灣藝術研究會，發行純文學雜誌《フォルモサ》，被推選為主編任發行人，並撰寫發刊辭。1936年返台後，由於曾在東京從事文化活動受到統治當局注意，無法進入大學任教，故任職於商社，直至日本敗戰為止未再從事文化活動。戰後進入台灣大學外文系任教，從事英美文學研究並開授莎士比亞及英詩選讀等課程。1947年主編東華書局中日對照「中國文藝叢書」，共出版四輯，第一輯《阿Q正傳》魯迅著，楊逵譯；第二輯《大鼻子的故事》茅盾著，楊逵譯；第三輯《微雪的早

晨》郁達夫著，楊逵譯；第四輯《黃公俊的最後》鄭振鐸著，楊逵
譯。加入本土詩社「笠」，同時在吳濁流《台灣文藝》、白先勇《現
代文學》發表英美詩歌研究論文，直至1968年因病辭世為止，熱中
致力於研究、教學。1967年出版《英詩韻律學》，是台灣戰後最早
的英詩韻律研究專著之一。作為一位東京帝國大學英美文學專攻的
殖民地菁英知識分子，從他撰寫的《フォルモサ》發刊辭中，可以
看出其欲以文化為形體啟迪殖民地民眾的使命感。他的作品以日本
文學為參照，並試圖結合西洋養分與台灣文學之努力，可視為戰後
台灣文學發展的先驅。現有蘇明陽、李文卿編，李文卿等人中譯
《蘇維熊文集》（台北：台灣大學出版中心，2010）。（李文卿）

吳希聖（1909-？）

小說家、記者等。台北淡水人。曾就讀淡水公學校，其餘不詳。
1933年3月台灣藝術研究會在東京創設，發行純文學雜誌《フォル
モサ》，吳希聖從島內投稿而成為同人，以日文寫作為主。1934年
台灣文藝聯盟成立，被選為執行委員會北部委員。1934年6月在
《フォルモサ》第三號發表日文短篇小說〈豚〉（豚），深度描寫台
灣人養豬戶阿山一家的悲慘生活，而在台灣文學界引起很大回響，
1934年12月與楊逵〈送報伕〉（新聞配達夫）一起被台灣文藝聯盟
選為年度佳作，並獲得獎勵金。該作最早有李永熾中譯本，被收錄
於鍾肇政、葉石濤、林瑞明等編《光復前台灣文學全集3：豚》（板
橋：遠景，1979）與《北台灣文學17：海鳴集》（板橋：台北縣立
文化中心，1995）。除了成名作〈豚〉之外，其日文小說僅有〈麗
娜的日記〉（麗娜の日記）（《台灣新民報》，1933年1月20日）、
〈乞丐夫妻〉（乞食夫妻）（《台灣文藝》，1934年12月）兩篇，另
有報導文學〈楊兆佳其人：紀念的螺旋槳〉（人間・楊兆佳—形見
のプロペラー，《台灣文藝》，1935年3月）。須文蔚認為該篇取材
自第一位台籍飛行士楊清溪空難事件及其贊助者楊兆佳的真實故

事，由於作者排除虛構手法，發表時間又早於楊逵〈台灣地震災區勘查慰問記〉（台湾震災地慰問踏查記）（《社會評論》，1935年6月），應視為台灣文學史上首篇報導文學作品。吳氏主業為記者，並非活躍多產的作家，且無內地留學經驗，卻以幽默的筆致、日語方言的運用，寫出高水準的日語作品，其風格明顯受到日本普羅文學作家武田麟太郎影響。〈豚〉生動的創作語言和深刻的社會描寫在台灣文學史上有極重要的位置。根據《續修淡水鎮志》記載，中日戰爭期間，吳希聖曾潛往中國參加「台灣義勇隊」，因而結識江西日報女記者段淑玉，結婚生子。戰後淡出文壇，任職於台灣糖廠、報界、華南銀行等。（下村作次郎）

徐玉書（1909-？）

小說家、詩人等。原名徐青光。台灣嘉義人。學經歷不詳。台灣文藝聯盟成員，1935年10月與鄭盤銘、林快青等人成立台灣文藝聯盟嘉義支部，負責凝聚南部文藝愛好者。廖毓文曾指出張深切、賴明弘、張星建、徐玉書為文聯的「四大柱」。徐氏主要以中文進行創作，小說〈謀生〉（《台灣文藝》，1935年3月）描寫農村凋敝與沉重田租使農村青年「競英」面臨破產，被迫漂泊到城市謀生；〈榮生〉（《台灣新文學》，1936年5月）描寫公學校高等科畢業的「榮生」表面上為開明文雅的現代青年，卻靠著流利口才詐騙寡婦與娼妓、調戲婦女，反映新青年的淺薄與虛偽。兩作均收錄於鍾肇政、葉石濤、林瑞明等編《光復前台灣文學全集6：送報伕》（板橋：遠景，1979）。曾赴上海，時間不詳，期間撰有新詩〈我的親愛的母親〉，刊載於《台灣新民報》曙光欄（1931年3月28日）；另有〈別了！莊君〉（《台灣新民報》曙光欄，1931年10月17日）、〈醒來吧！朋友〉（《台灣文藝》，1934年11月）、〈我底故鄉〉（《台灣文藝》，1935年4月），收錄於李南衡主編《日據下台灣新文學‧明集4：詩選集》（台北：明潭，1979）。另著有短論〈文藝大眾

化論〉（《台灣文藝》，1935 年 2 月）、〈文言與白話的文體問題〉
（《台灣文藝》，1935 年 7 月）、〈台灣新文學社創設及「新文學」第
一、二、三期作品的批評〉（《台灣新文學》，1936 年 5 月）等。
（張郁璟）

曾石火（1909-1940）

詩人、翻譯家等。台灣南投人。1930 年自台灣總督府台北高等學校
高等科畢業，同年錄取台北帝國大學文政學部。1931 年入東京帝國
大學英文科就讀，與蘇維熊為同班同學。畢業後於 1937 年再入東
京帝大法學部法律系攻讀國際法。東京留學期間加入台灣藝術研究
會，並於該會刊物《フォルモサ》發表作品。畢業後因翻譯專長獲
推薦於東京國際文化振興會任職。文學活動以翻譯為主，受當時台
灣譯介西方與中國文學作品、理論之風潮影響，以優異外語能力在
翻譯方面留下重要貢獻。曾日譯法國作家都德（Alphonse Daudet）
〈賣家〉（売家）、〈艦上的獨白〉（艦上の独白）、梅里美（Prosper
Mérimée）〈果戈里論〉（コーゴリ論），亦曾將中國作家、植物學
家蔡希陶的小說〈四十頭牛的慘劇〉翻譯成日文。創作方面，以
日文新詩為主，作品有〈低氣壓〉（低気圧）、〈湖心〉（湖心）、
〈蠧魚與其他〉（蠧魚その他）等，戰後由陳千武、月中泉翻譯為
中文，並於 1982 年收錄於《光復前台灣文學全集 12：望鄉》。曾氏
詩歌創作量雖不多且篇幅短小，但擅長書寫自然，糅合風景描寫與
抒情，呼應蘇維熊對自然文學的提倡與關心。他積極引進中西作品
與思潮，除了譯介當時風靡世界、為各國知識分子愛讀的都德作品
之外，也將中國現代文藝作品翻譯為日文，介紹到島內。此外，
1936 年朝鮮舞蹈家崔承喜來台演出時，撰寫〈舞蹈與文學──歡
迎崔承喜〉（舞踊と文学─崔承喜を迎へて）一文，兼評他所觀賞
過的一些著名舞蹈家的演出，從中可見他對不同藝術領域的關注。
（王敬翔）

吳天賞（1909-1947）

小說家、詩人、記者、美術評論家等。筆名吳鬱三。台灣台中人。從母姓，出身基督教世家。1923年至1928年間就讀於首屆台中師範學校演習科，與翁鬧、吳坤煌、楊杏庭、張錫卿、江燦琳等人為同屆或前後屆同窗。1932年前往東京學習聲樂，後棄學，翌年轉往青山學院英文科就讀，1937年畢業。在京期間曾參加台灣藝術研究會、台灣文藝聯盟東京支部，發表小說、詩、隨筆，以及美術、音樂、舞蹈等評論。弟陳遜仁、遜章受其影響，曾出席文聯東京支部座談會，創作日文詩。返台後逐漸關切美術運動。1938年攜妻女遊東京，受翁鬧牽連，與兩弟共同入獄三週。1939年經林獻堂引介，進入台灣新民報社任社會部記者。此期間因住宿於楊佐三郎（楊三郎）畫室而與陳澄波、顏水龍、李石樵等台陽展畫家往來密切，從文藝創作轉向美術評論，並曾向府展當局提出改革審查制度等建言。他的美術評論早期重視藝術唯美，後期強調本土寫實。戰後於1945年10月擔任《台灣新生報》台中分社主任。1947年因二二八

1942年3月24日起至4月中旬，日本內地作家村松梢風、豐島與志雄、窪川稻子（前排右一至右三）等人來台，在各都市進行「大東亞戰爭文藝演講會」。此為與中部作家聚會的合影，前排右四為巫永福，後排右起依序為張星建、吳天賞、田中保男、楊逵、葉陶。（巫永福文化基金會提供，柳書琴解說）

事件逃亡，6月心臟病去世。重要作品有小說〈龍〉（龍）、〈蕾〉
（蕾）、〈蜘蛛〉（蜘蛛）、〈野雲雀〉（野雲雀）；詩〈顏〉（顏）、
〈喫茶店〉（喫茶店）、〈愛〉（愛）；隨筆〈寄語鹽分地帶之春〉（塩
分地帯の春に寄せて）；美術評論〈台灣美術論〉（台湾美術論）；
音樂評論〈音樂感傷——鄉土訪問音樂演奏會聽後〉（音楽感傷—
郷土訪問音楽演奏会を聴きて）；舞蹈評論〈崔承喜的舞蹈〉（崔承
喜の舞踊）等，皆以日文寫作。他的小說細膩描寫新世代男女情
愛，藉此詮釋追求個性解放的現代人心理，因抒情色彩濃厚具有
「為藝術而藝術」之傾向，曾因此遭吳新榮、郭水潭、莊培初、呂
赫若等人抨擊，但實際上仍採取《フォルモサ》集團兼顧人生與藝
術的「為人生的藝術」路線。他與巫永福、翁鬧等人1930年代俱受
日本新感覺派影響，1940年代則朝寫實主義靠近，曾與偏向表現主
義的立石鐵臣有過「台灣美術論」爭論。他與王白淵皆為日治時期
少數橫跨文學創作與美術評論的文化人。部分作品收錄鍾肇政、葉
石濤、林瑞明等編《光復前台灣文學全集3：豚》（板橋：遠景，
1979），另有黃琪惠編《台灣美術評論全集：吳天賞、陳春德卷》
（台北：藝術家，1999）等。作品外譯例舉："A Song on the Spring
of the Saline Zone," Trans. Kuo-ch'ing Tu and Robert Backus. *Taiwan
Literature in English Series*, No. 19. 2006. Ed. Kuo-ch'ing Tu and
Robert Backus. Santa Barbara: UCSB, CA: US-Taiwan Literature
Foundation.（郭誌光）

李臨秋（1909-1979）

音樂人、歌詞作家。台北雙連人。1923年畢業於台北市大龍峒公學
校。1924年任職高砂麥酒株式會社給仕，1930年代於永樂座劇院擔
任影劇文宣工作。1932年為《倡門賢母》、《懺悔》兩部電影撰寫
台語宣傳歌詞，由歌仔戲班後台樂師蘇桐譜曲、古倫美亞唱片公司
製作發行後，風靡全台，獲得該公司延攬為專屬歌詞作家，繼續為

博友樂發行的〈蝴蝶夢〉，由李臨秋作詞、王雲峰作曲、德音獨唱、博友樂西樂團伴奏。發行編號為 F503-B，維持一貫的「電氣撮音」（ELECTRIC RECORDING）字樣及小鳥商標。圖案中的鳥翅為代表「博友樂（Popular）」縮寫的「P」。（私人蒐藏，柳書琴解說）

博友樂發行的聯華公司電影主題歌〈人道〉，發行編號為 F503-A。由李臨秋作詞、邱再福作曲、仁木編曲、青春美獨唱、博友樂西樂團伴奏。（私人蒐藏，柳書琴解說）

上海輸台電影作詞，計有〈一個紅蛋〉、〈人道〉、〈蝴蝶夢〉等知名作品。1933 年與鄧雨賢聯袂推出〈望春風〉以及 1938 年兩人為呂王平創設的日東唱片公司編寫歌曲〈四季紅〉等，對台語流行音樂歌壇產生重要的影響力。戰後，1948 年為永樂戲院上演的舞台劇創作主題歌〈補破網〉，成為經典。1958 年，有感於台語創作歌謠

式微，與呂訴上共同策畫，在台北三軍球場舉辦台語歌謠大會。1977年，音樂家林二將呂氏舊作〈相思海〉、〈半暝行〉、〈小陽春〉重新編曲發行。呂氏為鼓勵後進、傳承技藝，亦收青年歌手林詩達為義女，並交付作品〈雨紛紛〉、〈白茉莉〉由其譜曲。李臨秋善用台語七字句形式，呈現古典韻文的節奏與美感，字裡行間反映出一幅幅庶民生活圖像，與周添旺、陳達儒並列日治時期台灣流行歌曲三大歌詞作家。1930年代至1960年代，台灣電影產業與台語流行歌曲緊密相關，李臨秋活躍其間，承先啟後，在台語流行音樂的推動上不遺餘力。現有鄧雨賢著《望春風：台灣創作歌謠先驅鄧雨賢、李臨秋作品集》（台北：第三波文化，1995）、《李臨秋與望春風的年代》（台北：台北市文獻委員會，2009）。作品外譯例舉："Long for Spring Breeze," Trans. Kuo-ch'ing Tu and Robert Backus. *Taiwan Literature in English Series*, No. 9. 2001. Ed. Kuo-ch'ing Tu and Robert Backus. Santa Barbara: UCSB, CA: US-Taiwan Literature Foundation.（魏心怡）

林越峰（1909- ？）

小說家、評論家、詩人、電影辯士等。原名林海成。台中豐原人。公學校畢業，少時曾入漢書房，後透過豐原大眾書局的接觸，加入台灣文化協會、演劇研究社等活動，從而展開電影辯士與文學創作的生涯。1933年9月，於《台灣新民報》上發表〈對「建設台灣鄉土文學的形式的芻議」的異議〉一文，反對以拼音字母取代漢字說，主張中國白話文；同時他的小說〈最後的喊聲〉在《台灣新民報》連載。同年，他也擔任《新高新報》特約記者，撰寫〈新高論說──就蓄妾制度講幾句〉等評論。1934年5月6日，與張深切、賴明弘共同發起第一回全島文藝大會，成立台灣文藝聯盟。隔年，在台灣文藝聯盟分裂後，投入楊逵所屬的台灣新文學社陣營。1937年中日戰爭爆發後新文學創作陷入停頓。1945年以後，雖棄文從

商，但仍參與了台灣影業公司台語片《愛情十字路》的製作。林越峰的創作含括小說、詩、童話、民間文學、評論。重要小說除了前述〈最後的喊聲〉外，尚有〈最後的遺囑〉、〈嫁過後的處女〉、〈油瓶的媽媽〉、〈到城市去〉、〈無題〉、〈月下情話〉、〈好年光〉、〈紅蘿蔔〉等，皆以中文書寫。林氏嘗言：希望通過小說，進行舊制度的改革，以及民族意識的昂揚。他的作品大致圍繞著此一核心進行探索。譬如，〈紅蘿蔔〉描寫「同志」間的出賣與背信，體現了1930年代台灣社會運動分裂時期境況與人性的衝突。現有張恆豪編《陳虛谷‧張慶堂‧林越峰合集》（台北：前衛，1991），另有〈最後的喊聲〉收錄吳福助編《日治時期台灣小說彙編》第19卷（台中：文听閣圖書有限公司，2008）。（陳淑容）

吳坤煌（1909-1989）

詩人、評論家、演劇工作者、教師、社會運動者等。筆名梧葉生、北村敏夫、譽烔煌生。台灣南投人。1923年考取台中師範學校，1929年因學運餘波遭退學前往東京，輾轉就讀日本齒科專校、日本神學校、日本大學、明治大學等校。1932年8月與王白淵、林兌等人因籌組隸屬日本普羅列塔利亞文化聯盟（KOPF／コップ）之「東京台灣人文化同好會（サークル）」被取締，學業中斷。此後直到1938年3、4月間返台前，旅居東京，在轉向風潮中堅持左翼文化運動。1933年與張文環、巫永福等旅日學生組織台灣藝術研究會，發行《フォルモサ》，主編第一期，為台灣第一個日文純文學雜誌。1934年加入台灣文藝聯盟，次年主導設置東京支部，擔任支部長，推動島內文藝界與日本文壇、朝鮮左翼戲劇團體及中國左翼作家聯盟東京支盟的交流。在戲劇方面，曾參與日本普羅列塔利亞戲劇聯盟、築地小劇場、新協劇團、朝鮮「三一劇場」「朝鮮藝術座」、中華同學新劇公演會等，擔任編導、演出及翻譯工作。1936年9月底因策劃朝鮮舞蹈家崔承喜訪台公演，聯繫台朝進步人士，

1942 或 1943 年夏，吳坤煌與長子燕和（左一）、長女燕平（左二）合影於北平。（吳燕和、陳淑容提供，柳書琴解說）

圖謀民族解放之罪名，在東京再次被捕，1937 年 6 月獲釋，1938 年返台。之後因遭特務跟監，只好前往中國淪陷區發展，並從此步入了其文學、藝術活動的沒落期。1939 年抵達中國淪陷區，首先任教於北平新民學院，後轉赴徐州、上海等。1934 到 1936 年間為創作高峰期，代表詩歌有〈悼陳在葵君〉（陳在葵君を悼む）、〈曉夢〉（曉の夢）、〈母親〉（母親）等；評論〈論台灣的鄉土文學〉（台湾の郷土文学を論ず）、〈現在的台灣詩壇〉（現在の台湾詩壇），從文藝理論的貧乏、日文作品中漢語舊調的夾雜等角度，批評當時崇尚自然主義或民族色彩的台灣鄉土文學，流露出左翼文學觀點。他除了寄稿回《台灣文藝》之外，也與《詩精神》、《詩人》、《デアトロ》等日本左翼詩歌及戲劇團體，以及左聯東京支盟《東流》、《詩歌》同人往來密切，在其上發表詩歌、詩評，並從事中、日、台詩歌與戲劇活動的譯介。他所帶領的東京支部之活躍情況，反映於〈台灣文學當前的諸問題：文聯東京支部座談會〉（台湾文学当面の諸問題—文連東京支部座談会）等紀錄。他將推動台灣文藝運動的策略與加入國際反法西斯主義運動的東亞陣線共同考量，以與日本、朝鮮旅日戲劇團體的合作為基礎，擴大到與東京中國左翼文化人士、甚至「滿洲國」作家合作。透過「東京—上海走廊」，吳坤煌在日／中／鮮／台跨國網絡中發揮了殖民地作家罕見的重要角色。現有

吳燕和、陳淑容編，王敬翔等人中譯《吳坤煌詩文集》（台北：台
灣大學出版中心，2013）。（柳書琴）

張文環（1909-1978）

小說家、雜誌編輯、社會運動者、飯店經理等。台灣嘉義人。曾署
名張健次郎。1927年梅仔坑公學校畢業後，赴日本岡山就讀中學，
1930年入東洋大學預科就讀。1932年參與左翼組織東京台灣人文化
同好會，9月遭日警取締後輟學自修文學。1933年與王白淵等人發
起台灣藝術研究會，刊行《フォルモサ》。1935年初台灣文藝聯盟
東京支部成立，為核心分子。1935年小說〈父之顏〉（父の顏）參
加《中央公論》徵文，獲得佳作，聲名鵲起。1938年返台，翻譯徐
坤泉大眾暢銷小說《可愛的仇人》（台灣新民報社，1936），任職於
台灣映畫株式會社，並短暫擔任《風月報》日文欄編輯。1939年12
月加入西川滿等人倡立的台灣文藝家協會，但參與有限。1941年與
中山侑、陳逸松等人成立啟文社，發行《台灣文學》，至1943年底
擔任該刊編輯，與西川滿主編之《文藝台灣》分庭抗禮。1941年6
月被網羅為皇民奉公會台北州參議，此後歷任皇民奉公會數職。
1942年受指派前往東京參加第一回「大東亞文學者大會」。1944年
擔任皇民奉公會台中州大屯郡支會霧峰分會主事，1945年出任台中
州大里庄長，以此機緣活躍於地方政治。二二八事件後漸離公職，
轉入商界、銀行界、飯店業。《台灣文學》發刊期間為張文環創作
巔峰期，〈藝旦之家〉（芸妲の家）、〈論語與雞〉（論語と鶏）、
〈夜猿〉（夜猿）、〈閹雞〉（閹鶏）、〈地方生活〉（地方生活）、〈迷
兒〉（迷兒）等小說接踵而出，〈夜猿〉曾獲皇民奉公會台灣文學
獎，〈閹雞〉被改編為戲劇，至今仍膾炙人口。1975年以文學遺囑
心情撰寫三部曲，首部曲《地に這うもの》在東京出版後獲獎，次
年發行中文版《滾地郎》。1978年因心臟病辭世，晚年之復出寫作
對鄉土文學的興起推波助瀾。張文環終生以日語寫作，其現實主義

1930年代前期，張文環東京留學時期著學生服的留影。（張玉園提供，柳書琴解說）

手法樸實厚重，生動闡述山村生活與農民性靈，葉石濤讚美其小說對殖民地裡「沒有做人條件的人」獻上深刻同情。旅日期間與武田麟太郎、平林彪吾等日本作家，以及中國左翼聯盟東京支部雷石榆等成員皆有交往，致力於台、日、中作家的交流。現有陳萬益編、陳千武等人中譯《張文環全集》8冊（豐原：台中縣立文化中心，2002）；封德屏總策劃，柳書琴、張文薰編選《台灣現當代作家研究資料彙編6：張文環》（台南：國立台灣文學館，2011）等。作品外譯例舉：宋承錫韓譯《殖民主義，日帝末期台灣日本語小說選》（식민주의，저항에서 협력으로，서울：亦樂出版社，2006）、"The Scallions Jar," Trans. Christopher Ahn. *Taiwan Literature in English Series*, No. 29. 2012. Ed. Kuo-ch'ing Tu and Robert Backus. Santa Barbara: UCSB, CA: US-Taiwan Literature Foundation. Angel Pino et Isabelle Rabut（安必諾、何璧玉）法譯《台灣現代短篇小說精選第一冊》（*Le Petit Bourg aux Papayers. Anthologie Historique de la Prose Romanesque Taïwanaise Moderne Volume 1*, Paris: You Feng, 2016）。（柳書琴）

黃得時（1909-1999）

詩人、作家、雜誌編輯、大學教師、學者等。台北樹林人。父黃純青為著名實業家、傳統詩人。幼嘗入私塾，板橋公學校高等科、台北州立第二中學畢業後，於1929年赴日本早稻田大學就讀，不久返

台考入台北高等學校，1933年進入台北帝國大學文政學部文學科，專攻中國文學與日本文學。在學期間嶄露頭角，相繼發表〈台灣文學革命論〉、〈談談台灣的鄉土文學〉、「乾坤袋」專欄、〈中國國民性與文學特殊性〉等，於《南音》、《先發部隊》、《台灣文藝》都刊登過文章。1933年與廖漢臣、郭秋生等人籌組台灣文藝協會，並參與機關誌《先發部隊》編務。1934年參與台灣文藝聯盟。1936年郁達夫訪台期間，負責主要訪談工作。1937年畢業進入《台灣新民報》任職，曾日譯《水滸傳》三冊，連載五年之久，後因戰爭而無法出版。1939年12月加盟西川滿的台灣文藝家協會，並任《文藝台灣》編輯委員。1941年退出，與張文環、王井泉等人另組啟文社，發行《台灣文學》，同時仍負責《興南新聞》學藝欄。皇民化運動時期，禁用中國、台灣語言的中國歷史故事及戲劇演出，黃氏為保存乃倡導「改良以解禁」，以日本故事編撰布袋戲劇本，台詞摻用生活日語，木偶穿中、日合併的戲服，配樂改用西樂或留聲片。1944年台灣各報社被迫合併成立《台灣新報》，仍任編務；戰後改名《台灣新生報》，出任副編輯主任，同年受聘任教於台灣大學。1951年任台北市文獻會委員，1970年諾貝爾文學獎得主川端康

1937年黃得時（左二）、楊逵（左三）、張星建（左四）等人的合影，三人自台灣文藝聯盟成立後交往密切。（楊逵文教協會提供，柳書琴解說）

成來台參加「亞洲作家會議」，伴其遊日月潭。1978年被選為國科會「胡適講座教授」。1980年自台大中文系退休，任台北瀛社副社長。1998年將個人及父親黃純青所有圖書雜誌、手稿捐贈給國立文化資產保存研究中心籌備處，1999年辭世。黃氏一生獻身新聞事業、教學與研究，長於文獻蒐集整理，兼事創作與研究，寫作漢詩、新詩、小說、隨筆，也改編兒童文學。在研究方面，舉凡中國文化、台灣文學、鄉土民俗、日本漢學、台／中／日文化交流史，無不涉足，著作等身，中日文都有可觀之處。曾獲中國語文學術紀念章、台灣區第九屆資深優良文藝工作者榮譽獎等，黃得時是系統化的建置台灣文學史的第一人，他所採台灣文學作家的分類依據，至今仍被沿用。現有江寶釵編《黃得時全集》11冊（台南：國立台灣文學館，2012）。（江寶釵）

莊松林（1910-1974）

小說家、民俗學家、社會運動者。筆名有朱鋒、朱烽、尚未央、康道樂等。台灣台南人。依鄭喜夫〈莊松林先生年譜〉所載，莊氏1924年畢業於台南第二公學校，1927年前往廈門就讀集美中學。1929年6月畢業返台後，原意赴上海考大學，日警以其曾為廈門《民鐘日報》副刊「蓬島晨鐘」撰述抗日文字，思想不穩為由，不發予護照。1930年加入台灣民眾黨，隔年參加赤道社等左翼團體活動，參與創辦《赤道》，並加入台南エスペラント（世界語）會。1935年12月《台灣新文學》創刊，莊氏名列營業部。1942年起於《台灣藝術》、《民俗台灣》發表文章。戰後加入中國國民黨，任職台南市黨部，除了台南市文獻委員會委員外，據陳祈伍考證，尚曾任《人民導報》台南區地方記者、台南記者公會候補理事。戰前小說〈鴨母王〉、〈鹿角還狗舅〉、〈林道乾〉、〈恣虎〉、〈老雞母〉、〈失業〉，散文〈會郁達夫記〉皆以台灣話文或白話文寫作，載於《台灣新文學》。〈鴨母王〉、〈林投姊〉、〈賣鹽順仔〉、〈郭公侯抗

租〉收錄李獻璋編《台灣民間文學集》（台灣文藝協會，1936）。1934年發表於台南世界語學會刊物《La Verda Ombro》（綠蔭）的〈La Malsaĝa Tigro〉（恁虎，後用中文改寫，以筆名進二發表於《台灣新文學》2卷3號），邱各容認為是日治時期台灣唯一的世界語童話。王美惠指出，莊氏於1936年至1937年間取材於民間文學的作品，呈現台灣人反殖民的主體精神。1936年12月郁達夫訪台期間，莊氏與友人前往拜見，後於〈會郁達夫記〉一文自言「關心新文學運動的我們」之所以熱

莊松林以世界語寫成的台灣童話〈La Malsaĝa Tigro〉，後再以中文改寫為〈恁虎〉及〈戇虎〉，分別發表於《台灣新文學》2卷3號及《台灣風物》21卷2號。（呂美親提供、解說）

烈盼望與郁氏會面，係因彼此間「有心於建設殖民地文學之道」一致。戰後撰述大量台灣文獻研究論著及民俗、文史隨筆，王詩琅譽之為「台灣民俗學的拓荒者，台灣文獻工作的先覺者」。（柯榮三）

翁鬧（1910-1940）

詩人、小說家、評論家等。台灣彰化人。生於台中廳武西堡關帝廳庄，為陳姓人家的四男，五歲時成為彰化街上翁姓人家養子。1923年考上台中師範學校，為第一屆學生，1929年畢業後，先後於員

林、田中擔任小學教師，1934年前往東京就學，在日期間的學歷現已不可考。詩作〈淡水的海邊〉（淡水の海辺に）發表於《フォルモサ》創刊號，赴日後密集在《台灣文藝》、《台灣新文學》發表詩作、小說和譯詩，並出席台灣文藝聯盟東京支部的茶話會和座談會。1935年4月發表的隨筆〈東京郊外浪人街──高圓寺界隈〉（東京郊外浪人街──高圓寺界隈）描述自己到了東京之後頻頻遷徙，始終有踏不著地的感覺，只有棲身在東京郊外高圓寺車站一帶的浪人中間才有安頓之感。1935年小說〈戇伯〉（戇爺さん）獲日本改造社雜誌《文藝》第二回懸賞創作的佳作。台中師範學校的同學楊逸舟稱他是「俊才」、「天才作家」，劉捷和葉石濤則分別稱他是「純文藝新感覺派」、「在小說領域上開拓新傾向的作家」。1940年辭世，死因眾說紛紜。得獎作〈戇伯〉（戇爺さん）發表於《台灣文藝》，與〈可憐的阿蕊婆〉（哀れなルイ婆さん）、〈羅漢腳〉（羅漢脚）皆描寫台灣鄉間或故鄉彰化巷弄中的小人物。〈天亮前的愛情故事〉（夜明け前の恋物語）以獨白形式呈現現代都會的瘋狂與焦慮，與描寫都會男女的〈殘雪〉（残雪）成為後人討論台灣文學中的現代性意涵時最常被引述的作品。長篇小說〈港町〉（港のある街）是《台灣新民報》學藝欄編輯黃得時所企劃「新銳中篇創作集」中的第一篇，1939年7月6日起在《台灣新民報》上連載，描寫國際都會神戶的繁華與陰暗。翁鬧的作品皆以純熟的日文書寫，從早期發表的詩作和譯詩可見其嫻熟日文的各種詩體，小說〈戇伯〉（戇爺さん）更使用了鮮活的日本鄉間方言，在台灣文學作品中相當罕見。在東京期間認識了同住在高圓寺界隈的新居格、小松清、上脇進等文藝界人士，翁鬧除創作外有十首譯詩留存，由他特別選譯了愛爾蘭、印度詩人的英詩來看，對當時正風起雲湧的民族運動應有一定的關注。現有張恆豪編《翁鬧・巫永福・王昶雄合集》（台北：前衛，1991）；陳藻香、許俊雅編譯《翁鬧作品選集》（彰化：彰化縣立文化中心，1997）；杉森藍中譯《有港口的街市：翁鬧長篇小說中日對照》（台中：晨星，2009）；黃毓婷編譯《破曉

集：翁鬧作品全集》（台北：如果出版，2013），以及封德屏總策
劃，許俊雅編選《台灣現當代作家研究資料彙編91：翁鬧》（台
南：國立台灣文學館，2017）等。作品外譯例舉："Remaining
Snow," Trans. Lili Selden. *Taiwan Literature in English Series*, No. 19.
2006. Ed. Kuo-ch'ing Tu and Robert Backus. Santa Barbara: UCSB, CA:
US-Taiwan Literature Foundation.（黃毓婷）

江文也（1910-1983）

音樂家、詩人、俳人等。本名江文彬。台灣台北人。1932年3月畢
業於東京武藏野高等工業學校電氣機械科。曾師從山田耕筰、橋本
國彥、田中規矩士，學習樂理。1932年3月以歌唱比賽進入日本樂
壇，1932年至1938年（1937年停辦）參加第一至六屆全國音樂比
賽，三次入選，三次榮獲第二名。1933年於藤原義江歌劇團擔任男
中音，參與歌劇演出。1934年4月返台巡演並寫下鋼琴曲〈城內之
夜〉（城內の夜）；8月再返台參加楊肇嘉率領的鄉土訪問音樂團巡

1934年8月19日攝於高雄音樂會，前排為演出者，由左至右：陳泗治（鋼琴伴
奏）、江文也（男中音）、翁榮茂（小提琴）、高慈美（鋼琴）、柯明珠（女中音）、林
秋錦（女高音）、林澄沐（男高音）、林進生（鋼琴）。（劉美蓮提供、解說）

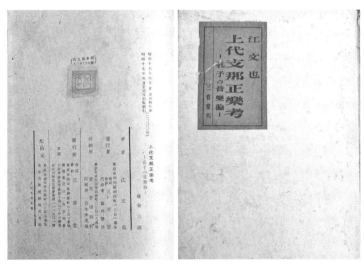

江文也《上代支那正樂考》（東京：三省堂，1942年5月），全書以筆記
形式，探究中國上古音樂的起源與孔子的音樂思想。2008年由東京的平
凡社復刻出版。此為封面和版權頁。（私人蒐藏，柳書琴解說）

演；9月上旬結識提倡「歐亞合璧」的俄國音樂家齊爾品（A.N.
Tcherepnin），開啟融合東方民族色彩與西洋音樂形式之風格，下旬
三度返台採集民歌。1935年5月於《台灣文藝》發表詩作〈獻給青
年〉（青年に捧ぐ）。1936年夏，〈台灣舞曲〉（原〈城內の夜〉改
為管絃樂）獲柏林第11屆奧林匹克運動會藝術競賽音樂組「等外佳
作」（第四名）；同年冬由張星建安排返回台中開獨唱會。1938年3
月赴北京，結識張我軍、洪炎秋等台灣同鄉，此後至1940年間為北
平「新民會」會歌譜曲、張深切主持的《中國文藝》雜誌撰稿。
1938年後，逐漸揚棄西方繁複的創作技法，融合荀白克（A.
Schoenberg）無調性與中國五聲音階，轉而追求冥想、空靈的「法
悅境」極簡樂風。1950年代起任中央音樂學院作曲教授。1957年於
反右運動中失去教職。1966年起因文革幾乎停止創作，平反後於
1975年著手整理往昔所採台灣山歌，改編為管絃樂聲樂曲。1978年
於創作〈阿里山之歌〉過程中發病癱瘓，1983年病逝北京。江文也
透過日文汲取西方現代哲學、美術、文學養分，愛好波特萊爾、馬

拉美、瓦雷里等作家。旅行故鄉台灣與定居北京的經驗，醞釀刺激其多重詩情，戰爭期創作了三本詩集：《北京銘》（北京銘，青梧堂，1942）、《大同石佛頌》（大同石仏頌，青梧堂，1942）、《賦天壇》（1944）。此外，據劉美蓮的研究，江文也尚有《古詩集》（古詩集）、《北京秋光譜》（北京秋光譜）兩部日文俳句創作。王德威將其與沈從文並列，認為他們都是史詩時代的抒情聲音，以文藝現代性抵抗意識形態霸權。江文也台灣出生、日本成長、中國終老，然因國族身分曖昧成為文化的亞細亞孤兒，但他得自台、日、中、俄與西方薰陶的音樂與詩歌，在政治夾縫中依然綻射藝術之光。現有史料作品輯錄如劉美蓮著《江文也傳：台灣・日本・中國的風雨人生》（新北：印刻，2016）、張己任編《江文也手稿作品集》（板橋：台北縣立文化中心，1992，收錄音樂作品），另有吳玲宜編《江文也文字作品集》（板橋：台北縣立文化中心，1992，收錄三部詩集及一篇音樂論述〈中國古代正樂考〉）等。（郭誌光）

賴賢穎（1910-1981）

小說家、企業家、教師。本名賴滄洧，筆名賴賢穎、賴堂郎、玄影等。台灣彰化人，賴和之弟。公學校畢業後曾投考廈門集美中學未果，之後輾轉經上海赴北平大中中學求學，再前往國立北京大學預科讀英文。1935年返台後任職彰化大新商社，戰後任教彰化高等工業職業學校。以中文創作為主，重要作品有小說〈女鬼〉、〈姊妹〉、〈稻熱病〉等。〈稻熱病〉原計發表於1936年12月的《台灣新文學》「漢文創作特輯」，特輯卻未通過檢閱致該期禁刊。這篇小說處理了殖民地農業現代化的政策下，農民與地主、農民與殖民政府之間有關田租與化肥使用的問題。賴賢穎尖銳地挑戰了這個台灣文學史上罕見的議題，其深刻描繪令人動容。〈女鬼〉、〈姊妹〉、〈稻熱病〉三作，收於葉石濤、鍾肇政編《光復前台灣文學全集7：植有木瓜樹的小鎮》（板橋：遠景，1979）。（陳淑容）

蔡德音（1910-1994）

歌詞作家、唱片歌手、小說家、演劇工作者、通譯等。本名蔡天
來。字建華，號德音。台南人。台南第二公學校肄業。1926年隨父
赴廈，在當地基督教青年會、錢莊公會夜間學校，習得流利的北京
話。回台後加入台灣文化協會與台灣農民組合運動。1930年6月與
王萬得、江森銓合辦《伍人報》。1930年8月於《台灣戰線》發表
詩作〈給無產青年〉。在台灣民眾黨講座中擔任中國語教師期間，
結識廖漢臣。1933年10月25日，和廖漢臣、朱點人、林克夫、黃
得時、王詩琅、陳君玉、李獻璋、吳逸生、黃啟瑞、黃湘頻、林月
珠、徐瓊二等台北地區作家籌組台灣文藝協會。1934年機關誌《先
發部隊》發行，與朱點人負責小說及戲劇類審稿工作，與妻子林月
珠合譯日本作家山本有三的獨幕劇本〈慈母溺嬰兒〉，以及隨筆
〈我不願厭世!!〉，並為〈慈母溺嬰兒〉、〈春光愁容〉作詞。1935年
1月在《第一線》台灣民間故事特輯中以台灣話文發表〈碰舍龜〉、
〈洞房花燭的故事〉、〈圓仔湯嶺〉、〈離緣和崩仔崁曲〉等民間故
事、隨筆〈趣話一束〉及歌詞〈離別〉。除作詞外也擅長戲劇編

博友樂為當時台灣少數的台資唱片公司，其發行的流行歌〈籠中鳥〉，由博博作詞、
邱再福作曲、仁木編曲，德音與青春美合唱、博友樂西樂團伴奏，發行編號F501-A
左側，以Tango（探戈）標示舞曲風格。（私人蒐藏，柳書琴解說）

導，錄製過〈籠中鳥〉（1933）等幾張唱片，並演出默片《怪紳士》。他為古倫美亞唱片作詞的歌曲有〈紅鶯之鳴〉、〈珈琲！珈琲！〉、〈算命先生〉、〈噯加拉將〉、〈青春嘆歌〉、〈戀是妖精〉、〈晚秋嘆〉；為泰平唱片作詞者有〈夢愛兒〉、〈阿里山姑娘〉、〈先發部隊〉、〈送出帆〉。1935年2月1日參加《台灣文藝》北部同好者座談會，之後在該刊發表劇作〈悲喜劇「天鵝肉」〉、歌謠〈阿里山姑娘〉、歌詞〈受苦冤〉、小說〈補運〉、翻譯〈一個人集（A）〉等。1935年3月31日，與陳君玉、廖漢臣、林清月等人在台北市太平町許火車經營的奧稽沙龍（サロンオキー）咖啡館，籌組台灣歌人協會。1941年被日本海軍徵召到上海、南京、漢口擔任通譯，舉家隨往，1946年返台。戰後初期曾任桃園某國小、初中國語教師，1949年因教育部審核教師資格不符而離職。二二八事件時，受到常在家中學習國語的學生牽連，被拘禁九個多月。戰後曾編著《語型語氣文法精解》（出版地不詳，1947），創作科學偵探奇案小說兩輯。第一輯《鑽石怪盜》（台中：大華文化社，1956），為切鈔、偽鈔、鑽石竊盜奇案，配有附件「國魂片」（類似桌遊）。第二輯《國際原子諜團》（台中：大華文化社，出版時間不詳），亦有附件「甜美歌選（I）」。1983年移居美國，從事華語教學。大愛電視台《大愛劇場》連續劇《詠—真情回味》（2001年3月18日-4月20日），即以蔡德音伉儷的真實故事改編。（許容展）

周添旺（1911-1988）

戲院音樂播放者、電影海報畫家、歌詞作家。台北艋舺人。父親為中醫師，六歲起為其延請私塾先生教授漢文，後入日新公學校、成淵中學就讀。根據解昆樺等人研究，周氏早期在永樂座戲院負責音樂播放工作，兼繪電影海報。自電影宣傳曲〈桃花泣血記〉風行後，創作歌詞投稿，至1933年〈離別出帆〉、〈思慕愛人〉等歌詞獲得陳芳英創辦的奧稽唱片（Okeh）錄用後出版唱片，正式開啟創

作生涯。同年進入古倫美亞唱片公司，以〈月夜愁〉歌詞漸受倚重，翌年升文藝部主任，繼續寫出〈雨夜花〉、〈碎心花〉、〈河邊春夢〉等膾炙人口作品。任內曾兩次赴東京「東洋大廈」錄音，曲風慣採洋樂、漢樂伴奏穿插之混用風格。戰後結識楊三郎，合作譜寫〈異鄉夜雨〉、〈孤戀花〉、〈思念故鄉〉、〈秋風夜雨〉、〈花前夜曲〉等風靡全台之作品。其中，〈思念故鄉〉原是楊三郎受嘉義革新話劇團所託，為戲劇《戰火燒馬來》所作之主題曲，然因國府審查歌詞認定思想有害，楊氏遂請周添旺重新填詞。1954年應旅日華僑林來創辦的歌樂唱片公司邀請，擔任文藝部主任，該公司大量發行台語歌曲，如〈黃昏嶺〉、〈碧潭悲喜曲〉等，並重新出品古倫美亞唱片公司的曲盤。周氏因廣讀詩書，善詩詞，在台語流行歌詞界獨樹一幟。除作詞外，晚年亦嘗試作曲，1971年發表〈西北雨〉一曲，描寫台灣氣候、明快輕鬆，廣受大眾喜愛。晚年曾云：「光復前的台灣歌謠，是台灣同胞心聲的反應，被異族統治壓抑的悲嘆」（《台灣新生報》，1977年10月10日）；亦曾向簡上仁提及，當時創作〈月夜愁〉、〈春宵吟〉、〈碎心花〉，乃是藉由歌詩的景致、戀情、閨怨等，影射台灣同胞在迫害壓抑下的生活感受。現有吳瑞呈

古倫美亞株式會社發行的流行歌〈花前夜曲〉，由周添旺作詞作曲、純純獨唱，發行編號為80295-A。（私人蒐藏，柳書琴解說）

編《河邊春夢：周添旺 1930 年代絕版流行歌專輯》（台北：台北市政府文化局，2013）。作品外譯例舉："Blossoms in the Rainy Night," Trans. Kuo-ch'ing Tu and Robert Backus. *Taiwan Literature in English Series*, No. 9. 2001. Ed. Kuo-ch'ing Tu and Robert Backus. Santa Barbara: UCSB, CA: US-Taiwan Literature Foundation.（魏心怡）

陳春麟（1911-2003）

小說家、戲劇編導、演員、劇作家、校對員、實業家等。筆名藍紅綠。台灣南投人。1926 年埔里公學校畢業，依父命繼承家中打鐵業，但志不在此，前往東京半工半讀，1929 年插班考入駒込中學，1932 年返台。次年因替埔里青年會十週年慶祝活動編導文化戲遭檢束入獄，在牢中首度以「藍紅綠」為筆名撰寫小說〈堅強地活下去〉（強く生まよ，已佚）刊載於《台灣新民報》。1935 年創作諷刺小說〈邁向紳士之道〉（或譯「紳士之道」，紳士への道），投稿《台灣文藝》雜誌，引起兩位編輯楊逵與張星建不同評價，前者主張刊載，後者極力反對，此一爭執成為《台灣文藝》分裂的導火線。他熱衷演劇活動，1933 年埔里青年會十週年慶祝演出，幫忙編導並擔當主角。1936 年 7 月參加台灣演劇研究會，9 月發表日文劇本《慈善家》（四幕）（《台灣新文學》，1936 年 9 月），同月亦在天外天劇場演出。1936 年 10 月二度赴日，白天從事報社校對工，夜間讀書準備考大學。1938 年返台，經營草繩、牛車工廠等。1945 年發起雙九會，與施雲釵等人共同維持埔里治安。二二八事件爆發後受波及，次月雙九會解散，被捕入獄，經友人營救獲釋後至台灣電影戲劇公司任職，1948 年重返埔里。1956 年承包林務局工作，並於台灣合會埔里分公司任襄理等，1973 年退休。1998 年起創作回憶錄《大埔城的故事：埔里鎮史》，2000 年自費出版。2003 年逝世，享年 92 歲。《大埔城的故事》為地方誌書，從庶民史角度書寫埔里人文、地理、族群、風俗、產業、殖民化及現代化的歷程，具有填補

南投縣文學和埔里鎮發展史空白之意義。創作量不多，但作品跨足小說、劇本及地方誌，蘊含本土意識及對鄉土社會的關懷。〈紳士への道〉為其代表作，該稿最後刊載於楊逵脫退後另創的《台灣新文學》雜誌上，受到楊逵、吳濁流、茉莉、藤野雄士、秋山一夫等人讚美，並獲得「台灣有史以來最好的諷刺文學作品」等肯定。現有陳春麟編輯、中譯《前輩作家藍紅綠作品集》（南投：南投縣文化局，2001）。（沈夙崢）

龍瑛宗（1911-1999）

小說家、詩人、評論家、銀行員、報刊編輯等。台灣新竹人。1926年新竹北埔公學校畢業後，進入台灣商工學校就讀，1930年畢業後進入台灣銀行任職。1937年4月以〈植有木瓜樹的小鎮〉（パパイヤのある街）一作榮獲日本《改造》第九屆懸賞創作獎佳作，刊載於《改造》雜誌第19卷第4號，備受日、台文壇矚目，同年6月為領獎而展開帝都之旅，在此期間與中央文壇建立交流關係。中日戰爭爆發後台灣文壇為之沉寂，他卻仍積極在島內的報紙文藝欄中發表作品。1940年代台灣文壇復甦後，他與在台日人作家西川滿主持的《文藝台灣》同人

龍瑛宗1937年以小說〈パパイヤのある街〉獲獎後，蜚聲文壇。1940年1月《文藝台灣》創刊，擔任編輯委員之一；同年3月《台灣藝術》創刊，擔任讀者文壇版審稿者；1942年進入台灣日日新報社擔任《皇民新聞》編輯，其後到戰後初期，以創作、文藝評論、編輯等多重角色對1940年代的台灣文壇上帶來重要影響。（龍瑛宗文學藝術教育基金會提供，柳書琴解說）

關係較為密切，同時成為日本文藝界台人作家的代表。1942年進入台灣日日新報社擔任《皇民新聞》等編輯工作，之後受指派出席在東京舉辦的第一回「大東亞文學者大會」，返台後出席文學奉公會等所舉辦的文藝座談會。1943年曾計畫出版小說集《蓮霧的庭院》（蓮霧の庭）卻遭禁，因而改出版評論集《孤獨的蠹魚》（孤独な蠹魚）。日本敗戰後，1946年2月南下台南擔任《中華日報》日文版編輯，並出版評論集《描寫女性》（女性を描く）。1949年後重返台北銀行界工作直至退休。退休後，積極從事中、日雙語寫作，寫下唯一的日文長篇小說《紅塵》（紅塵）。龍瑛宗的作品以短篇小說為主，題材以殖民地台灣的小知識分子和女性為主，前者以〈黃家〉（黃家）、〈宵月〉（宵月）、〈白色的山脈〉（白い山脈）等為代表，後者以〈夕影〉（夕影）、〈不為人知的幸福〉（知られざる幸福）、〈村姑娘逝矣〉（村娘みまかりぬ）、〈黑妞〉（黒い少女）等為代表。作品主要以寫實手法，描寫台灣小知識分子在日治末期因殖民地統治、封建習俗、戰爭所帶來的徬徨與苦悶，同時對於台灣女性悲劇性的命運亦充滿悲憫的觀照。其文學風格重視心靈葛藤的摹寫，具有現代主義個人式的內省和新感覺派纖細唯美的色彩。葉石濤指出：自龍瑛宗以後，台灣的小說裡才出現了現代人心理的挫折、哲學的冥想以及濃厚的人道主義。除了與日人作家有所往來之外，亦與朝鮮日語作家張赫宙（장혁주）、金史良（김사량）有書信往來，其小說獲獎時曾被推崇為台灣的張赫宙，1944年張赫宙來台出書時亦曾請他給予協助，與金史良則為《文藝首都》同人，並以該誌作為交流平台。現有張恆豪編《龍瑛宗集》（台北：前衛，1991）；陳萬益編，陳千武、葉笛、林至潔等人中譯《龍瑛宗全集》中文卷八冊（台南：國家台灣文學館籌備處，2006）；陳萬益編《龍瑛宗全集》日本語版六冊（台南：國立台灣文學館，2008）；以及封德屏總策劃、陳萬益編選《台灣現當代作家研究資料彙編7：龍瑛宗》（台南：國立台灣文學館，2011）等。作品外譯例舉：宋承錫韓譯《殖民主義，日帝末期台灣日本語小說選》（식

민주의，저항에서 협력으로，서울：亦樂，2006）、"The Wax Apple Garden," Trans. Lili Selden. *Taiwan Literature in English Series*, No. 28. 2011. Ed. Kuo-ch'ing Tu and Robert Backus. Santa Barbara: UCSB, CA: US-Taiwan Literature Foundation.（王惠珍）

吳慶堂（1911-1995）

小說家、劇作家、詩人、教師、畫家、攝影師等。筆名繪聲。台灣彰化人。曾受私塾漢文教育，後入彰化第一公學校。年少時流連賴和病院為患者繪製素描，以此機緣接觸新文學書刊，並修習繪畫。1927 年就讀中學時，因黑色青年聯盟事件入獄。畢業後兩度短暫赴中國，1929 年赴福建省同安縣任小學教師，1930 年底歸台，次年因勞動互助社事件再次入獄。另曾赴廈門就讀中華醫學校未果。曾參與星光劇團演出，受吳漫沙推薦進入文藝部，以創作台語劇本為主。1944 年被徵召赴菲律賓參與太平洋戰爭。戰後回歸教職，持續以中文寫作小說、詩、隨筆和劇本，並開設畫室，以攝影與繪畫為業。1954 年以〈自畫像〉入選台灣省美術展。代表作有 1930 年代在《台灣文藝》發表的中文小說〈秋兒〉、〈像我秋華的一個女郎〉，以及在《台灣新文學》發表的〈枯枝〉、在《風月報》發表的〈血的顏料〉、〈平凡〉等中文詩。此外亦有純粹以抒懷為主的新、舊體詩。他擅長以浪漫的語法、象徵性的情節進行故事偽裝，以隱晦的話語、變形的故事和氣氛營造，傳達被殖民者的悲情與壓抑。現有呂興忠編《繪聲的世界：吳慶堂作品集》（彰化：彰化縣立文化中心，1997）。（石廷宇）

劉捷（1911-2004）

記者、文藝評論家、小說家、社會運動者。字敏光。筆名郭天留、張猛三。台灣屏東人。1926 年畢業於屏東公學校高等科，1928 年赴

日就讀商業學校，1931 年入明治大學法科專門部，後決意輟學自修。1932 年返台，於《台灣新聞》屏東分社擔任採訪記者。1933 年進入《台灣新民報》，並開始發表文藝評論。是年 11 月，被派駐東京支局，期間與台灣藝術研究會成員往來密切，曾於機關誌《フォルモサ》發表文章。1934 年回台後任《台灣新民報》電話速記與學藝欄編輯。此後陸續發表評論，與吳新榮、楊逵等作家發生過論戰，活躍於當時台灣文壇。1936 年計畫出版《台灣文化展望》，但遭禁止發行。同年赴東京擬創辦《台灣情報》雜誌，因台灣旅日作家之共產學者關係者取締事件，與張文環一同被拘禁 99 天，未果。1938 年赴中國，於天津、北京、徐州、上海等地工作。1946 年返台，任職《民報》、《國聲報》，二二八事變後辭職返鄉。不久因受舊識牽連、持左翼書刊等理由，二次被捕。1953 年出獄後，先後從事命理業、金融業、畜牧業，1964 年創辦《農牧旬刊》。劉捷戰前以日文為主要創作語言，發表過〈有關台灣文學的備忘錄〉（台湾文学に関する覚え書）、〈民間文學的整理及其方法論〉（民間文学の整理及びその方法論）等多篇文藝評論，1936 年亦曾創作小說〈藝旦〉（芸妲），其一生涉足多領域，撰寫過大量文章。1994 年由林曙光重新譯注，讓戰前遭禁刊的《台灣文化展望》重見天日。同年還有《光明禪：明月清風》、《光明禪：拈花微笑》兩部哲學書籍問世。1998 年《我的懺悔錄》出版，是一本回憶錄性質的中文著作。劉捷是戰前台灣文壇少見帶有專業意識的文藝評論家，文筆流暢，理論涉獵甚豐，有「台灣的藏原惟人」之稱。他的閱歷特殊，文化交流經驗豐富，旅日期間結識秋田雨雀、中野重治、大宅壯一、森山啟等作家，後來在上海與評論家胡風相識，曾就普羅文學交換過想法。（許倍榕）

江燦琳（1911-？）

詩人、教師等。台灣台中人。就讀台中師範學校時期，與翁鬧、吳天賞等同學交好。1930 年畢業後，歷任台中州永靖、二水公學校訓

導，1934年辭職赴東京，進入日本大學就讀。1936年返台後至
1939年任教於台中州溪湖公學校，1940年起任職於營林所羅東出張
所。江氏以詩見長，台灣文藝聯盟會員，赴日後與文聯東京支部成
員吳坤煌、張文環等往來密切，以日文為主要創作語言。1934年11
月起在《台灣文藝》以日文發表〈徬徨的嘆息〉（彷徨のなげき）、
〈月下微吟〉（月下微吟）、〈薔薇〉（薔薇）、〈我的心〉（わが
心）、〈給南洋的友人〉（南洋の友に）等詩；1936年3月亦在《台
灣新文學》發表日文詩〈曠野〉（曠野）。詩風傾向浪漫主義，經常
取譬音樂，以日文古語和現代語，抒發青年的憂悒胸懷及社會關
懷。另有詩論及文藝評論，如〈尋求繆思〉（ミューズを求めて）、
〈門外漢的囈語〉（門外漢の囈言）等，散見於前兩誌及《台灣新民
報》、《台灣新聞》等報紙。根據〈ミューズを求めて〉（《台灣文
藝》，1934年11月）一文，可知其對海涅、雨果、紀德、泰戈爾作
品皆有涉獵。他大量比較並介紹多種詩學主張，排斥虛無主義，尊
崇浪漫派雪萊、羅倫斯不妥協之精神，否定象徵派、未來派輕視現
實的詩觀，重視生活中的自我凝視，提倡汲取浪漫主義及野性精
神，超越時代苦悶。（謝惠貞）

徐瓊二（1912-1950）

記者、詩人、小說家、評論家等。本名徐淵琛。台灣台北人。台灣
商工學校畢業。以日文為主要創作語言，1932年起發表多首失業詩
歌，另有評論〈文學和社會生活〉（文学と社会生活，《台灣新民
報》，1932）、〈關於台灣普羅文學運動的方向〉（台湾プロ文学運
動の方向に就て）、〈楊逵〈送報伕〉評論〉（楊逵氏作「新聞配達
夫」を評す，《台灣新民報》，1934）、〈評賴和〈豐作〉以及我再出
發的情誼〉（賴和氏「豐作」批評と我再出発の絆，《台灣新聞》，
1936），小說〈婚事〉（或る結婚，1936）。戰後投身左翼行動，與
蘇新、王白淵等人編輯《自由報》，二二八事件時參與《中外日

報》，1950年因匪諜罪名致死。社會觀察敏銳，於1935年1月《第一線》刊載〈島都的近代風景〉（島都の近代風景），批判「始政40週年紀念台灣博覽會」，並模仿上海新感覺派的漫遊者視角，描繪蛻變中的台北都市問題。1936年〈支那和台灣的收聘金現狀〉（支那と台湾に於ける聘金徵收の実狀）、1940年〈通往台灣文化之道〉（台湾文化への道）等論說，表達出對社會文化改革與性別問題的主張。1946年《台湾の現実を語る》（談談台灣的現實狀況）反映戰後一年間台灣社會

《台湾の現実を語る》（台北：大成企業局，1946）收錄徐瓊二在1946年8月至10月的社會評論，封面以鋼筆尖對準台灣中心為象徵，顯示其針砭社會的意圖。（私人蒐藏，柳書琴解說）

的動向。日治時期曾活躍於台灣文藝協會，與郭秋生、黃得時等人編《先發部隊》、《第一線》；並參加台灣文藝聯盟，任北部委員。此外，亦曾加入在台日本人文藝團體，為島虹二諸人所發刊的《風景》（風景）、《紅色支那服》（赤い支那服），上忠司編《無軌道時代》（無軌道時代）、《圓桌子》（円卓子），平山勳編《台灣文學》（台湾文学）、《南海文學》（南海文学）等多種文藝雜誌的同人。劉捷曾給予「戰鬥的理論家」之評價。陳景平譯〈談談台灣的現狀〉現收於《台灣光復後的回顧與現狀》（台北：海峽學術，2002）。作品外譯例舉："The Modern Scene in the Island Capital," Trans. Sonja Arntzen. *Taiwan Literature in English Series*, No. 19. 2006. Ed. Kuo-ch'ing Tu and Robert Backus. Santa Barbara: UCSB, CA: US-Taiwan Literature Foundation.（翁聖峰）

廖漢臣（1912-1980）

記者、詩人、評論家、民間文學提倡者、雜誌發行人等。筆名毓文、文瀾、HC生。台灣台北人。老松公學校畢業。擔任《新高新報》、《東亞新報》記者，並曾參與《先發部隊》、《第一線》、《台灣文藝》、《台灣新文學》發行。1948年任台灣省通志館編纂。重要作品有發表於日治時期的白話詩〈孤苦〉、〈先發部隊序詩〉、〈賣花的少女〉等，以及戰後的《台灣省通志》文學篇、《台灣通志》藝術篇、文徵篇、藝文篇、《台北市志》行政篇、《宜蘭縣志》語言篇、《台灣三大奇案》、《台灣神話》、《鄭成功》、《廖添丁》等。廖漢臣為1930年代台灣話文論戰中的中國白話文派健將，主張中國白話文，反對台灣話文，同時提倡民間文學，戰後轉向史學研究。他回顧戰前文學發展的〈新舊文學之爭〉、〈台灣文字改革運動史〉等文章，被李南衡編入《日據下台灣新文學・明集5：文獻資料集》（台北：明潭，1979），對戰後學界有關日治時期台灣新舊文學、台灣語言史的建構有深遠影響。（翁聖峰）

吳漫沙（1912-2005）

小說家、雜誌編輯、教師、記者等。本名吳丙丁。筆名漫沙、B・S、小吳、曉風、沙丁、笨伯、湖邊客等。福建泉州人。幼年曾受私塾教育，中學肄業後，購閱《申報》、《東方雜誌》、《小說世界》、《紅玫瑰》等上海報刊及魯迅、巴金、張恨水等人作品自修。因父親在台經商，1929年至1931年間曾短暫居台，1931年返回福建，曾任小學教員，參加反日救國會，籌組紅葉劇社，並創立民生小學。1936年隨家人定居台北，同年以小說〈氣仔姑〉投稿《台灣新民報》，獲學藝欄主編徐坤泉賞識。1939年吳漫沙接替徐坤泉出任《風月報》主編，影響力日增。其創作以中文通俗小說、現代詩及劇本為主，曾出版單行本《韮菜花》（台灣新民報，1939）、《黎明之歌》（南方雜誌社，1942）、《大地之春》（南方雜誌社，

1942）、《莎秧的鐘》（東亞，1943）等，為日治時期台灣漢文通俗文藝重要代表作家。作品常以台北及閩南、滬、杭等地為背景，如《韭菜花》中的上海與廈門成了台灣青年發展事業的新天地；標榜「銃後奉公」的《大地之春》描繪七七事變前後上海的「日華親善」動向。柳書琴指出，吳漫沙小說中的上海書寫，表面上有從摩登都會轉變為「雄飛大陸」之趨向；然而1941年末日警以吳氏藉雜誌掩護反日情報工作之名加以逮捕並刑求，據他戰後自稱當時曾參與地下抗日工作。在編輯方針上，吳氏十分關注讀者反應，曾化身女性編輯「林靜子」撰寫多篇婦德教化與家庭智識雜文，又以女性化名「姚月清」製作兩性議題論戰。他也投稿上海《興建月刊》及日本在中國淪陷區發行的《華文大阪每日》，曾以〈和平之歌〉入選《華每》首回長篇小說徵文佳作，亦推動《風月報》、《南方》與東亞地區其他雜誌交流。他積極嘗試「與友邦的文藝同志攜手，共同努力東亞新文藝的建設」，顯見身兼暢銷通俗小說家與雜誌主筆的他，借助跨域發表提高刊物身價，並拓展台灣文藝對外發展的策略。〈黎明之歌〉現收錄吳福助編《日治時期台灣小說彙編》第26卷（台中：文听閣圖書有限公司，2008）。（蔡佩均）

趙櫪馬（1912-1938）

歌詞作家、小說家、唱片製作人。本名趙啟明。筆名馬木櫪、櫪馬、黎巴都。台灣台南人。1930年10月，在台南和民俗改革者及具有左翼傾向的赤崁勞働青年會會員林秋梧、莊松林、楊守愚、林占鰲、盧丙丁、林宣鰲、梁加升、陳天順等人共同創立赤道社，合編《赤道》、《洪水》、《反普特刊》。1933年6月泰平唱片股份有限公司合併新高唱片後，擔任文藝部負責人，除創作歌詞外，還與楊守愚一同擔任流行歌專輯製作人，以中文進行創作。他在勝利唱片填詞的作品有〈黎明〉、〈月下哀怨〉等，在日東唱片有〈暝深深〉，在泰平唱片尤多，包括〈月下愁〉、〈希望的出航〉、〈四季閨

愁〉、〈送君〉、〈南國的春宵〉、〈水鄉之夜〉、〈青春行進曲〉、〈大家來吃酒〉、〈愛的勝利〉、〈懷鄉〉、〈待情人〉、〈鴛鴦夢〉、〈為情一路〉等。1934年加入台灣文藝協會，7月在《先發部隊》以筆名「櫪馬」發表小說〈私奔〉。《先發部隊》為泰平刊登廣告，而泰平也發行蔡德音作詞、陳清銀作曲的文藝歌曲〈先發部隊〉為文藝雜誌作宣傳。1936年6月5日他又和莊松林、楊守愚、張慶堂等人組織台南藝術俱樂部，設有文藝、戲劇兩部門，13日與林精鏐拜訪吳新榮討論相關事宜，同年成立「台灣新文學台南支社」，12月於《台灣新文學》發表中文小說〈西北雨〉，透過社群組織及個人創作積極推動台南地區的文藝運動。趙櫪馬跨足流行歌詞曲與通俗小說創作，留下不少膾炙人口的歌詞，惜於1938年12月15日以26歲英年病逝於香港。（許容展）

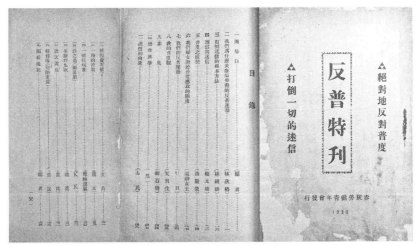

趙櫪馬參加的「赤崁勞働青年會」於1929年7月發起「反對中元普度」運動。《反普特刊》（台南：興文齋書局，1930年9月），由莊松林、林宣鰲、林占鰲、林秋悟等人，編纂一年以來有關反對普度、破除迷信的文章，並向全島徵稿而成。該刊雖為啟蒙思潮下的產物，但帶有社會主義色彩，為左翼刊物之一，收錄有連溫卿、廖漢臣、朱點人等人文章。（私人蒐藏，柳書琴解說）

巫永福（1913-2008）

記者、小說家、詩人、俳人、雜誌發行人、文化事業貢獻者等。筆名田子浩、EF生、永州。台灣南投人。就讀埔里小學校時與霧社事件中的花岡二郎為同學。1927年考進台中一中，1930年至1932年轉讀熱田中學（今愛知縣立瑞陵高校），1932年至1935年設籍於明治大學文藝科，受教於橫光利一、岸田國士、萩原朔太郎等知名作家。1933年3月與張文環等創刊純文學雜誌《フォルモサ》，發表小說〈首與體〉（首と体）、〈黑龍〉（黑龍）；戲劇〈紅綠賊〉（紅綠賊）；現代詩〈乞丐〉（乞食）、〈祖國〉（祖国）等。1934年台灣文藝聯盟之《台灣文藝》創刊，加入為東京支部同人，評論〈我們的創作問題〉（吾々の創作問題）刊載於此。1935年父喪返台，任台灣新聞社記者，為《台灣文藝》活躍作家，到1936年為止，在該誌發表有小說〈河邊的太太們〉（河边の女房達）、〈山茶花〉（山茶花）、〈阿煌與其父〉（阿煌とその父）、〈愛睏的春杏〉（眠い春杏）等。1941年參與《台灣文學》，該年發表了小說〈慾〉（慾）

巫永福（右二站立者）與兄弟及母親吳月（中坐者）。左起分別為：巫永昌、巫永煌、吳月、巫永德、巫永福、巫永勝。攝於1938年8月。（巫永福文化基金會提供，柳書琴解說）

1943 年 5 月 23 日巫永福婚宴照。中坐穿著禮服者為巫永福及妻許免，最後排站立者
右起張文環、吳新榮、王井泉，右六為楊逵。攝於台中老松町自宅前。（巫永福文化
基金會提供，柳書琴解說）

和評論〈關於陳夫人〉（陳夫人に就いて）。戰後於二二八事件後停
止學習中文，1967 年復出文壇，參加笠詩社。1969 年任東京和歌雜
誌《枸橘》（からたち）台北支部長，並組成日語短歌會及俳句
會。1977 年接替吳濁流為戰後版《台灣文藝》發行人。1980 年設立
台灣最早的評論獎「巫永福評論獎」，1993 年增設「巫永福文學
獎」，大力獎掖本土文學理論、創作及實踐。他寫於 1930 至 1940 年
代的作品膾炙人口，譬如，小說〈首と体〉運用象徵，描寫置身東
京的殖民地知識青年之苦惱。〈眠い春杏〉以「心理時間的描寫」、
「人稱的融合」來突破台灣現實主義小說中有關查某嫺的陳腐描
寫。〈枕詩〉帶有超現實主義詩歌風格。2003 年出版之《春秋：台
語俳句集》，則以俳句文體修辭及音韻特色影響了台灣現代詩體之
發展。巫永福作品呈現濃厚的民族意識，但融入意識流等新穎手
法，為台灣最早期之現代主義文學，留日期間仿擬橫光利一的文
體。橫光在 1920 到 1930 年代有好幾重轉變，由新感覺派時代、經
過兼具純文學與通俗文學的「純粹小說論」時代，到「描寫都市風

情」，最後蛻變為新心理主義。在橫光的影響下，巫永福的作品與中國新感覺派呈現同源異調的獨特風格。現有沈萌華編《巫永福全集》24冊（台北：傳神福音，1995）；巫永福著《巫永福小說集》（台北：巫永福文化基金會，2005）；趙天儀編《台灣詩人選集2：巫永福集》（台南：國立台灣文學館，2008）；許俊雅編《巫永福精選集》三卷（新北：巫永福文化基金會，2010）；封德屏總策劃、許俊雅編選《台灣現當代作家研究資料彙編58：巫永福》（台南：國立台灣文學館，2014）等。作品外譯例舉：金尚浩韓譯《我的祖國：台灣元老詩人巫永福詩選》（나의 조국：대만원로시인 우용푸 시선，서울：푸른사상사，2006）；"Head and Body," Trans. Margaret Hillenbrand. *Taiwan Literature in English Series*, No. 19. 2006. Ed. Kuo-ch'ing Tu and Robert Backus. Santa Barbara: UCSB, CA: US-Taiwan Literature Foundation. Angel Pino et Isabelle Rabut（安必諾、何璧玉）法譯《台灣現代短篇小說精選第一冊》（*Le Petit Bourg aux Papayers: Anthologie Historique de la Prose Romanesque Taïwanaise Moderne Volume 1*, Paris: You Feng, 2016）等。（謝惠貞）

何非光（1913-1997）

戲劇及電影編劇、導演、演員、社會運動者等。原名何德旺。台灣台中人。就讀台中州立第一中學校及日本東京大成中學。在台時曾參與張深切主持的台灣演劇研究會。後赴上海演出聯華公司《母性之光》（1933）、《體育皇后》（1934）等片。1935年因未攜帶護照，遭在滬日本領事館強制遣送回台。後二度去日本留學時參與中華留日戲劇協會演出。1937年再度赴中國，演出自己第一次寫劇本的影片《塞北風雲》（未完成）時，抗日戰爭爆發，參加中國電影製片廠。赴重慶後首次導演的影片《保家鄉》（1939），評價頗高。第二次導演《東亞之光》（1940）時因起用日本俘虜轟動一時。電影作品還有《氣壯山河》（1943）、《血濺櫻花》（1944）等。抗戰

後，國共內戰持續之際，他很快地在香港拍《蘆花翻白燕子飛》（1946）、《某夫人》（1947），在上海拍《出賣影子的人》（1948）、《同是天涯淪落人》（1948），在台灣也拍了《花蓮港》（1948）。但在上海拍攝《人獸之間》（1949）時突然被命令停止。1959年以反革命罪宣判有罪，直至1979年上海市虹口區人民法院經複查宣告無罪。何非光長期被國共雙方的影史遺忘，但他曾是1930年代中國傑出反派演員之一，也是在抗戰時期拍劇情「抗戰片」最多的導演之一，曾跨足重慶、上海、香港、台灣等地區持續拍片的事實，證明他確實是華語圈罕見而獨特的影人。現有黃仁編《何非光：圖文資料彙編選集》（台北：電影資料館，2000），何琳編著《銀海浮沈：何非光畫傳》（台中：台中市文化局，2004），三澤真美惠著；李文卿、許時嘉中譯《在「帝國」與「祖國」的夾縫間——日治時期台灣電影人的交涉和跨境》（台北：台灣大學出版中心，2012）等。（三澤真美惠）

林月珠（1913-1998）

歌詞作家、詩人、婦女運動者等。桃園望族林禎孫女。新竹高女畢業後，任職於古倫美亞唱片公司，與稍後入職的蔡德音結識並交往，遭家人反對，仍攜手參與台灣文化協會與台灣農民組合相關運動。1931年曾與葉陶參加嘉義地震（1930年12月）賑災活動。1933年10月台灣文藝協會創立時為籌組者之一，並加入為成員，福佬話及中、日文皆擅。1934年7月在《先發部隊》上發表台灣話文歌詞〈我的心思〉後，同年與蔡德音私奔，在台南組織家庭，1934年長子、1936年次子陸續出生。1935年2月1日參加《台灣文藝》北部同好者座談會。除了翻譯歌詞與作詞外，也錄製過幾張唱片。1941年蔡德音受日本海軍徵召擔任通譯，攜子隨夫輾轉上海、南京、漢口等地，至1946年舉家返台。據其次子蔡烈輝〈說說我自己〉一文回顧，同時期其胞弟林柏舟也前往上海，任職於太平洋電

纜公司，戰後留居。1946年7月5日台中市婦女會臨時大會在台中
戲院舉行，由林月珠主持、謝雪紅主講「公娼廢止問題與後續救濟
方法」。當日婦女會各幹部200餘名出席，葉陶亦登台鼓吹廢止後
之救濟方法須慎重考慮，最後經婦女會與台灣行政長官公署洽談，
公署承諾撥出救濟資金八百萬元。林月珠為日治時期少數同時活躍
於文學界、流行音樂作曲、社會運動的新女性，一生雅好文藝。蔡
烈輝指出，1983年林月珠、蔡德音伉儷移居美國後從事華語教學工
作，並參加當地日文詩社，林月珠發表一百多首日文詩，得到數十
次佳作獎，更曾在全美日文詩比賽中榮獲「天位」首獎。（許容展）

王登山（1913-1982）

詩人、俳人、北門庄役場職員等。台南北門人。台南州立第二中學
校（今台南一中）畢業，曾任職於北門庄役場。1931年加入日文新
詩雜誌《南溟藝園》，發表〈都會的表裡〉（都会の裏表）等作品。
1935年加入台灣文藝聯盟佳里支部，並擔任文聯執行委員。《台灣
新文學》創刊後任新詩編輯。1939年12月加入台灣文藝家協會。
作品以現代詩為主，如〈神秘的夜晚〉（神秘な夜）、〈回憶〉（思
ひ出），亦有小說、評論及劇本，如〈獨語〉（獨り言）、〈檳榔樹
的小鎮〉（檳榔樹の町）、〈鹽田的風景・和平的早上〉（塩田の風
景・平和の朝）、〈都會的真面目〉（都会の正態）等，散見於《台
灣新聞》、《台灣新民報》、《フォルモサ》、《台灣日日新報》等。
創作多取材於鹽分地帶的人事物，與吳新榮、郭水潭等人同屬鹽分
地帶活躍者。戰後沉寂，較少作品發表，較其他鹽分地帶作家為人
忽略。1953年將其18至27歲發表於各報文藝欄和雜誌上的詩及隨
筆抄錄、自繪封面，集結為自選集《無偽的告白》（偽りなき告白）
一書，現藏於國立台灣文學館。另有詩作收錄於《南瀛文學選》，
如〈海邊的春〉、〈春晨〉、〈在窗邊〉等。郭水潭曾於〈不死的詩
魂─憶登山〉中提到「在日據時代，俳句比和歌深奧，而當時在鹽

分地帶就以王碧蕉、登山兩人對俳句的造詣最深。登山所作的俳句
常在專賣局月刊和台灣日日新報的文藝欄發表」。王氏詩作多有現
實而發的苦悶之感，如實展現鹽村風景，故有「鹽村詩人」美譽，
然詩風多變的他，根據林芳年的〈鹽分地帶作家論〉中提到「阿片
詩人黑木謳子曾譽他為日本新語製造專家」，可見王登山的作品既
有現實感，也有特殊的洞察、感染力及現代主義色調。部分作品收
於羊子喬、陳千武編《光復前台灣文學全集10：廣闊的海》（板
橋：遠景，1982）。（林佩蓉）

李獻璋（1914-1999）

記者、企業秘書、民俗學家、民間文學提倡者、雜誌編輯等。桃園
大溪人。幼時曾受漢學教育。17歲時前往廈門集美中學就讀，畢業
前夕因病返台。1930年代起，發表關於台灣話文、歌謠、諺語、謎
語、故事、流行歌等議題的文章，散見於《南音》、《革新》、《第
一線》、《台灣文藝》等雜誌，以及《台灣新民報》、《台灣新聞》、
《東亞新聞》、《台南新報》等報紙副刊。1934年加入桃園的大溪革新
會，主編《革新》雜誌。1936年編輯出版《台灣民間文學集》。1938
年受軍方徵召，至中國擔任通譯。1940年返台與楊玲秋女士結婚，
11月編輯《台灣小說選》，因該書收錄15篇台灣作家的中文短篇小
說，肯定台灣新文學運動的成就，於出版前遭查禁。同年赴早稻田
大學文學部哲學科就讀，1943年於早稻田大學提出畢業論文《媽祖
的研究》（媽祖の研究）。返台後，歷任台南《東亞新報》記者、大
東信託株式會社第一祕書等職。《台灣民間文學集》，是李獻璋最具
代表性的民間文學工作成果，內容包括歌謠、謎語、故事，是首部
由台人自主采集，收錄多種故事體裁的台灣漢族民間文學專書。由
書中自序可知，李獻璋收錄的故事特別著重在地特色，並引用了格
林兄弟的民間故事整理觀點。李獻璋為台灣民間文學研究之先驅，
他的工作反映日治時期台灣民間文學已受到日本與歐洲采集經驗的

影響與理論啟蒙。目前雖無直接證據，但從黃得時主編《第一線》民間文學特輯的卷頭言可以推斷，此一波台灣民間文學采集風潮，亦受到中國五四運動後激起的民間文學運動間接影響。（呂政冠）

林芳年（1914-1989）

小說家、詩人、街役場職員、糖廠課長等。原名林精鏐。台南佳里人。麻豆公學校高等科畢業。1933年與吳新榮、郭水潭、余清吉、王登山等鹽分地帶詩人共同創立佳里青風會，反對舊文學，並以日文創作現代詩〈早晨之歌〉（日文原題已佚）發表於《台灣新民報》，躋身日語作家行列。1935年6月1日台灣文藝聯盟佳里支部成立，為核心分子，8月與莊培初創刊同人誌《易多那》（日文原題已佚），內容包括小說、詩、評論，發行一期即告夭折。1935年至1943年在台灣各報及文學雜誌發表現代詩300餘首，小說、散文、評論等20餘篇，為鹽分地帶詩人中創作量數一數二者，被譽為「北門七子」之一。1938年起任職於佳里街役場，曾任庶務主任等。戰後歷經多年磨練後以中文創作詩和小說，為跨語言作家。林氏以詩見長，日治時期詩歌可分兩期，前期取材青春愛情議題，偏向寫實與抒情；後期琢磨技巧，重視思想，轉向唯美浪漫，代表作有〈早晨庭院裡的樹〉（朝の庭木）、〈哺乳〉（ちちのみで）、〈父〉（父）、〈曠野裡看得見煙囪〉（原つぱに煙突が見える）。戰後長期任職於台糖公司，重要作品有〈美腿的旋律〉、〈文貴舍〉、〈凍霜仔棚〉等中文小說及〈台灣糖業過去未來〉等。林芳年戰後從文言文、日文到中文，歷經多次語言與文體轉換，創作不懈，並嘗試融合浪漫主義與象徵主義，為以現實主義詩歌著稱的鹽分地帶作家群注入新的藝術風貌。1970年代開始致力於介紹與傳承戰前鹽分地帶文藝發展，1979年到1988年間多次受邀演講及授課，1984年獲鹽分地帶文藝營頒予「台灣新文學特別推崇獎」。現有林芳年著《林芳年選集》（台北：中華日報社，1983）；羊子喬編《林芳年作品小

集》（台北：火鳥，2000）；葉笛中譯《曠野裡看得見煙囪：林芳年作品選譯集》（新營：台南縣文化局，2006）；歐崇敬、李育霖編《林芳年小說全集》（嘉義：南華大學中日思想研究中心，2008）等。（葉慧萱）

呂赫若（1914-1951）

小說家、聲樂家、劇作家、演員、雜誌編輯、社會運動者等。本名呂石堆。台灣台中人。1934年畢業於台灣總督府台中師範學校。1935年1月在日本普羅文學雜誌《文學評論》發表短篇小說〈牛車〉（牛車），之後陸續於《台灣文藝》、《台灣新文學》發表小說與評論，是台灣新文學時期重要的日文作家。其後因立志成為聲樂家而赴日，1941年進入東京寶塚劇團演劇部，成為東寶聲樂隊一員，開始從事舞台演出。1942年3月於《台灣文學》發表小說〈財子壽〉（財子寿），5月回台之後全心投入文筆創作與聲樂相關工作，成為《台灣文學》雜誌代表作家之一。1943年1月任職於台灣興行統制會社，撰寫廣播劇本。11月獲得第一屆台灣文學賞。1944年3月出版小說集《清秋》（清秋）。1946年1月擔任《人民導報》記者。同年，發表中文作品於《政經報》和《新新》雜誌。12月，受聘為台灣文化協進會聲

1939年至1940年間呂赫若前往日本學習聲樂，1941年進入東寶演劇部，1942年因病退出，返台後積極投入文學創作與聲樂演出相關工作。（呂芳雄提供，柳書琴解說）

樂專門評審委員。1947年2月於《台灣文化》發表中文小說〈冬夜〉。二二八事件後參與中共地下黨活動，1949年開設大安印刷所印行地下刊物，8月因基隆中學事件爆發停止營業，之後逃往台北縣石碇的鹿窟基地避難。根據鹿窟案受難者李石城先生回憶錄《鹿窟風雲・八十憶往》記載，呂赫若於1950年農曆5月23日夜晚，在永定國校附近遭毒蛇咬傷致死。〈牛車〉一文以駕牛車的男子為視角，描繪台灣農村社會因日本殖民統治而發生變化所產生的苦惱。〈風水〉（風水）原刊載於《台灣文學》，後收錄於《台灣小說集》（台湾小説集，大木書房，1943），但未收錄於小說集《清秋》。這篇佳作，則是描寫由祖先崇拜凝聚而成的台灣傳統社會共同體的崩解過程。呂赫若以高質量的日文程度及出色的故事鋪陳能力，表達其基於對台灣文化的深刻理解所發出的殖民統治批判，與楊逵、張文環、龍瑛宗、翁鬧、吳坤煌等人，堪稱最具代表性的日語作家。〈牛車〉首先刊載於《文學評論》，後收錄於胡風中譯之《山靈：朝鮮台灣短篇集》（上海：文化生活，1936）。除了文學成就之外，呂赫若也活躍於音樂及戲劇領域，是一位綜合性的文化人。現有張恆豪編《呂赫若集》（台北：前衛，1991）；陳萬益主編、鍾瑞芳中譯《呂赫若日記》二冊（台南：國立台灣文學館，2004）；林至潔中譯《呂赫若小說全集》二冊（台北：印刻，2006）；封德屏總策劃、許俊雅編選《台灣現當代作家研究資料彙編10：呂赫若》（台南：國立台灣文學館，2011）等。作品外譯例舉："The Magnolia," Trans. Robert Backus. *Taiwan Literature in English Series*, No. 16. 2005. Ed. Kuo-ch'ing Tu and Robert Backus. Santa Barbara: UCSB, CA: US-Taiwan Literature Foundation. 宋承錫韓譯《殖民主義，日帝末期台灣日本語小說選》（식민주의，저항에서 협력으로，서울：亦樂，2006）、Angel Pino et Isabelle Rabut（安必諾、何璧玉）法譯《台灣現代短篇小說精選第一冊》（*Le Petit Bourg aux Papayers: Anthologie Historique de la Prose Romanesque Taïwanaise Moderne Volume 1*, Paris: You Feng, 2016）。（垂水千惠）

林修二（1914-1944）

詩人。本名林永修，筆名林修二、南山修。台灣台南人。1933年台
南一中畢業，並於1940年自日本慶應義塾大學英文科畢業。1933年
曾投稿《台南新報》，令當時副刊的代理編輯楊熾昌留下深刻印象，
後邀請加入具有現代主義文學傾向的「風車詩社」，以日文創作。
林修二在慶應大學就讀期間師事日本知名的超現實主義詩人與詩論
家西脇順三郎，並頗受三好達治、北川冬彥等詩人的影響。不幸在
就學期間感染肺結核，1940年因病不得不放棄東京貿易公司的工
作，返回故鄉台南麻豆靜養，最後仍於1944年以31歲英年早逝。
林修二作品多投稿於《台南新聞》、《台灣新聞》與《台灣日日新
報》，亦有散文發表。戰後由其妻林妙子整理作品，委請好友楊熾
昌協助編輯出版遺稿集《蒼星》（蒼い星，1980），限定200本。主
要作品現多收錄《蒼い星》與
呂興昌編訂、陳千武中譯《林
修二集》（新營：台南縣文化
局，2000）之中。其作品象徵
主義風格濃厚，短詩居多。羊
子喬認為林修二擅長詩歌意象
的經營，對於瞬間的情景或心
思的感悟有獨到的掌握。詩作
主題包括愛情、鄉愁與孤獨
等，散文亦以優美與知性筆觸
見長。林修二曾於1936年前往
橫濱港口歡送法國詩人考克多
（Jean Cocteau），與之握手合
影；並於1939年代表慶應大
學前往中國考察，而留下〈槐
樹的回憶〉（槐樹の憶ひ出）
與〈螢火蟲〉（螢，1940）兩

林修二深受日本超現實主義詩人及法國詩
人考克多（Jean Cocteau）等人影響，此為
1935年至1940年間他就讀日本慶應大學
期間的留影。（林慶文提供，柳書琴解說）

篇見聞記。作品外譯例舉："At Dusk," Trans. Kuo-ch'ing Tu and Robert Backus. *Taiwan Literature in English Series*, No. 19. 2006. Ed. Kuo-ch'ing Tu and Robert Backus. Santa Barbara: UCSB, CA: US-Taiwan Literature Foundation.（林巾力）

林金波（1914-）

小說家、雜誌編輯、社會運動者等。筆名木馬。廈門鼓浪嶼出生。板橋林家人，林嵩壽（1886-1935）長子。1927年自廈門旭瀛書院小學畢業後，考入當地英華書院就讀。英華書院為英國制的中等教育，經三年初中、三年高中後，於1933年6月畢業。同年9月考入廈門大學理學院，僅半年肄業，於1934年春赴滬，擬重考聖約翰大學。曾加入以廈大學生為主體成立的鷺華文藝社，該社前身為廈門集美中學的文藝團體，曾自辦週刊，其後主要成員陸續於1929年至1931年間考入廈大後重新出發，遂創辦《鷺華》月刊。主要編輯、作者有黃國魂、蘇祖德、蘇鴻瑀、白明新與林金波等。該刊宗旨為團結一切進步的青年學者，繁榮文學創作，內容不乏左翼文學創作及對蘇聯、中國等左翼文學與戲劇的介紹或翻譯。每期50頁左右，內容包括短篇小說、詩歌、散文、短劇、報告文學和文藝理論翻譯等，前後共出4輯，出刊日期分別為1933年12月15日、1934年2月1日、5月1日和6月1日。林金波因聽說內山丸造是魯迅的摯友，所以前往上海報考聖約翰大學時，曾受鷺華文藝社之託，把《鷺華》一、二期送到內山書店請其轉交給魯迅。根據朱雙一的研究，時值魯迅正編寫中國現代短篇小說集《草鞋腳》，附錄為〈中國左翼文藝定期刊編目〉，介紹當時國內19種刊物，魯迅獲書後修訂編目並親自補寫了有關廈門《鷺華》月刊的註條。林金波是板橋林家少有的新文學作家，常以筆名發表文章，《鷺華》上發表的小說〈潮〉描寫挑糞工的罷工事件，明顯表現出對左翼革命文藝理論的實踐。台灣光復後，林氏與廖文毅、陳經綸、張鴻圖、吳宗亮、

陳開明、李延澤等人於1945年9月發起成立「台灣留學國內學友會」,共同推舉廖文毅為會長,林氏則擔任常務理事,於同年10月23日出版《前鋒》光復紀念號。該刊收錄林茂生、黃澄淵、廖文毅等人的演講詞與論文,林金波不僅身兼編輯工作,亦以筆名發表論文〈學習魯迅先生〉,此文是戰後台灣紀念魯迅的第一篇文章。1946年1月《人民導報》創刊,與黃榮燦合編前十期。1947年二二八事件發生後,流亡香港並長年定居。短篇小說〈潮〉與〈汛〉收錄於秦賢次編《北台灣文學25:海鳴集續集》(板橋:台北縣立文化中心,1996)。(秦賢次)

陳遜仁（1915-1940）

詩人。台灣台中人。東京醫專畢業。東京留學期間與胞兄吳天賞(從母姓)、胞弟陳遜章共同參與台灣文藝聯盟東京支部的文藝活動,行醫之餘創作詩歌。遺稿於1941年張文環創辦的《台灣文學》刊出後,呂赫若曾以詩追悼,與當時台灣文壇人士之交往可見一斑。陳遜仁為具醫學背景而從事文學者,以日文進行創作。詩作大多在其過世後,由夫人陳綠桑從他的日記中整理出來,有懷鄉的〈漂流之日〉(漂流の日)、〈我的故鄉〉(私の郷),曾中譯為〈望鄉〉收錄於《光復前台灣文學全集12:望鄉》(板橋:遠景,1982),以及〈海邊追憶——致故友〉(海辺の追想—ふるい友へ)等,也有描繪東京現代都會生活的〈公園〉(公園)、〈爵士樂的發生〉(ジャズの発生)、〈公寓〉(アパート)、〈在喫茶店〉(喫茶店にて)等。另外,以〈詩人〉(詩人)為題的詩作有兩首,也可看到陳氏不斷思考「詩人」的意義與形象。同為詩人的陳綠桑女士為他整理遺作發表,加上其兄吳天賞、弟陳遜章的發聲,使他的詩作在過世後繼續流傳,且漸次被翻譯成中文,為戰後的台灣文壇所了解。他以留學生視野所描繪的東京都會風景,以及所表露出對殖民地母土的思鄉情緒,值得與同時代的旅日台灣作家,甚至朝鮮和

「滿洲國」作家相互比較。（王敬翔）

賴明弘（1915-1958）

記者、雜誌編輯、作家、文化運動推動者等。本名賴銘煌，筆名賴煌、明弘，號幼君。台中豐原人。公學校肄業。1931年以〈做個鄉土人的感想〉（《台灣新聞》2月24日）在鄉土文學與台灣話文論爭中嶄露頭角。該文反對台灣話文，從普羅階級跨國聯絡需求、語言工具性等角度，主張用世界語或中國白話文創作。1932年2月、6月於《台灣文學》發表〈談我們的文學之誕生：一項提議〉（俺達の文学の誕生について──一つの提議）與〈兩個駁論〉；8月於《新高新報》以中文發表〈對最近文壇上的感想〉。後兩文批判《南音》作家尤為犀利，將矛頭對準超階級的葉榮鐘第三文學論、黃石輝鄉土文學論，大力提倡普羅文學，因而獲得「Marx Boy」、「鬥爭理論家」等稱號。1933年獲聘《新高新報》特約記者，後又升任漢文部編輯。10月發表〈對鄉土文學台灣話文徹底的反對〉，對論爭進行

1934年9月至1935年2月，台灣文藝聯盟常務委員賴明弘（左一）赴東京爭取「台灣藝術研究會」合流期間，與張文環、蘇維熊、巫永福《フォルモサ》重要同人合影（從左至右）。（巫永福文化基金會提供，柳書琴解說）

首次總批判；1934年2月至4月再發表〈絕對反對建設台灣話文摧翻一切邪說〉，進行第二回總批判，堅決主張以中國話文的普羅文學建設台灣新文學，此作也是該論爭的終篇。此後，賴明弘轉而致力於文學聯合陣線。5月6日與張深切等召開第一回全島文藝大會、創立台灣文藝聯盟。1934年9月辭去漢文部編輯，前往東京尋求日本、中國左翼文學者對台灣文學的指導；1935年2月達成促使台灣藝術研究會與文聯合流的使命後歸台。12月文聯分裂與楊逵等人另創《台灣新文學》。1936年起轉向日文小說創作。中日戰爭後流轉中、日、台三地，戰後自上海返台。1948年8月與廖漢臣同任台灣省通志館協纂。1954年12月於《台北文物》發表〈台灣文藝聯盟創立的斷片回憶〉。1956年與林越峰等人投入台灣影業公司，創作劇本《西來庵事件》拍成台語電影《血戰噍吧哖》。1958年逝世。〈絕對反對建設台灣話文摧翻一切邪說〉為其論述代表作，對本格期台灣新文學運動的文化轉向與文藝創新頗具啟發性。小說〈魔力—或某個時期〉（魔の力——或ひは一時期）被黃得時、莊培初譽為社會運動小說；小說〈秋風起了〉（秋風立つ，已佚）入選《台灣日日新報》徵文佳作。旅日期間與日本、中國左翼作家多所交流，在東亞左翼文化走廊中留下難以抹滅的足跡。（郭誌光）

呂訴上（1915-1970）

歌仔戲、新劇及電影編劇、導演、演員、辯士、戲劇史家等。台灣彰化人。1928年溪州公學校畢業後進入高等科。1928年起在父親所組的「賽牡丹俱樂部」歌仔戲劇團編導並演出改良戲。1931年組織銀華映畫社，引進中國影片，親自擔任辯士。1934年至1942年間數次赴日，先後就讀早稻田大學政治經濟科、東京寫真學校、日本大學電影科、東京新聞學院、日本大學藝術科專門部。此外，1936年台灣總督府警察訓練所警官講習班畢業，1947年台灣省警察訓練班結業。1937年籌組銀華新劇團，演出皇民化劇。1942年進入台灣

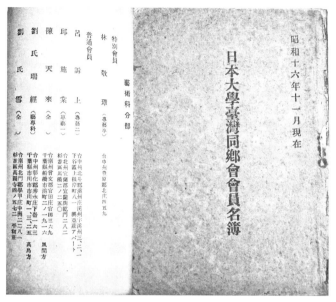

《日本大學台灣同鄉會會員名簿》（東京：白門社，1941年11月），吳有輝編輯、發行，有呂訴上就讀專門部藝術科二年級、本籍和住所等記載。《日本大學專門部藝術科映畫科第三學年同級會會員名簿》（東京：日本大學藝術科學園內專門部藝術科映畫科，1942年5月），呂訴上編輯，亦載有相關資料。（私人蒐藏，柳書琴解說）

演劇協會，擔任文藝監察與演出指導。戰後發起成立台北市電影戲劇促進會、歌仔戲協進會（後改名地方戲劇協進會），籌組台語劇團，創作劇本類型涵蓋喜劇、反共抗俄劇、改良歌仔戲與電影，並成立銀華影業社，附設電影戲劇訓練班。呂訴上戲劇研究與創作的高峰是1940年代後期和1950年代。1961年，銀華影業社附設出版部出版《台灣電影戲劇史》，為其一生最大成就。呂訴上的戲劇著作體例蕪雜、個人色彩濃厚，劇本創作充滿政治語言，可見其現實的一面。然而他的影劇經歷，以及豐富的收藏資料，為台灣戲劇發展提供較清晰的脈絡，也使台灣戲劇史論述撥開隱晦不明的迷霧。呂訴上一生見證並實際參與了1920年代到1960年代台灣歌仔戲、新劇、電影從興起到蓬勃乃至沒落的過程。他在日治時期編導皇民化劇，戰後全力參與黨國反共抗俄戲劇，其經歷反映了台灣戲劇工作者在不同時代下的奮鬥與處境。現有邱坤良著《呂訴上—台灣戲劇館資深戲劇家叢書》（台北：行政院文化建設委員會，2005）。（邱坤良）

林荊南（1915-2002）

漢詩人、現代詩人、小說家、翻譯者、雜誌編輯等。本名林為富，號荊南。筆名南、懶糸、余若林、嵐映、竹堂哲夫、哲夫、芥子樓主等數十種。彰化竹塘人。1929年入私塾。1938年考取東京高等實務學校滿蒙科，前往日本一年，夜間修習高等北京語。1938年4月返台，先後任職台北市役所、市營魚市場。1935年參加《台灣新民報》徵文獲得佳作，次年開始在《台灣新民報》、《台灣新文學》、《新高新報》發表白話散文、現代詩。1941年加入《南方》雜誌「漢詩人七大毛病論戰」所引爆的第三次新舊文學論戰，代表新派陣營批判鄭坤五等舊派。1941年12月，召集文友以巧妙策略在戰爭期發行罕見的中文雜誌《南國文藝》。除了古典詩之外，其現代文學主要發表於《風月報》，多為通俗言情小說，譬如〈大都會的

珍風景—請惜卿妹來坐電車的信〉、〈哀戀追記〉、〈合葬〉等。他
亦發表反戰詩歌〈遺兒部隊—跑上亡父的懷抱裡〉，並翻譯了當時
暢銷的火野葦平戰爭小說〈血戰孫圩城〉（節譯自《麥與軍隊》（麦
と兵隊），為戰時文壇少數活躍的中文作家。在其擔任發行人與主
編的《南國文藝》裡，曾以匿名方式刊登巴金描繪革命黨人的小說
〈雨〉，並登出托爾斯泰短篇小說〈愛與神〉中譯稿，在檢閱制度強
化的當時相當難得。在日文作品方面，他譯介了12世紀日本古典小
說《堤中納言物語》中的〈愛蟲公主〉，以及在台日人作家多田道子
以台滬跨國戀情為主題的小說〈海洋悲愁曲〉。林荊南透過編輯策
劃，使戰爭期禁忌的中國左翼小說及俄國基督教人道主義作品獲得
刊載，《南國文藝》雖只發行一期影響有限，但其發行在台灣漢文
欄被廢止的年代有特殊意義。從執筆者來看，該誌是中日事變前活
躍一時的新文學作家、《風月報・南方》漢詩人與通俗作家群，以
及台北帝大東洋文學教授，三種脈絡文化人合作的園地。現有施懿
琳編《林荊南作品選集》三冊（彰化：彰化縣立文化中心，1998），
另有〈漁村〉、〈血戰孫圩城〉收錄吳福助編《日治時期台灣小說彙
編》第29卷（台中：文听閣圖書有限公司，2008）。（柳書琴）

鍾理和（1915-1960）

小說家、散文家、翻譯者。筆名江流、里禾、鍾錚。台灣屏東人。
1922年入鹽埔公學校，1930年長治公學校高等科畢業，曾入私塾學
習漢文。1932年隨父到高雄美濃經營農場，結識鍾台妹，因同姓結
婚遭受反對並嚮往中國，而於1938年獨赴「滿洲國」奉天市（今瀋
陽）滿洲自動車學校學習駕車技術，1940年秋天取得執照，回台接
鍾台妹共赴東北。以中文為創作語言，短篇小說〈都市的黃昏〉
（後改寫成〈柳蔭〉）為唯一於奉天完成的作品，描繪奉天經驗的作
品則有〈泰東旅館〉、〈地球之黴〉、〈門〉。1941年，舉家遷往中國
北平，更加確立寫作之志向。1943年以翻譯日本作家作品投稿各報

1941年鍾理和仉儷與長子鍾鐵民在奉天的全家福。（鍾理和文教基金會提供，柳書琴解說）

維生。1945年由北平馬德增書店出版第一本小說集《夾竹桃》，收錄〈夾竹桃〉、〈新生〉、〈游絲〉、〈薄芒〉四篇小說，為生前唯一付梓的作品集。1946年將台灣人在中國的尷尬處境寫成〈白薯的悲哀〉，3月返台。1947年因肺結核住進台大醫院，在病榻上見證二二八事件。同年10月入松山療養院長期治療三年，手術後回美濃專事寫作。1956年，〈笠山農場〉獲中華文藝獎金委員會「國父誕辰紀念長篇小說獎」第二名，以此因緣參與1957年鍾肇政發起、集結台灣本土作家的輪閱性質刊物《文友通訊》。1959年起作品多見於《聯合報》副刊。1960年修訂文稿〈雨〉時肺疾復發過世，文友陳火泉稱之為「倒在血泊裡的筆耕者」。鍾理和唯一的長篇小說〈笠山農場〉和「故鄉」四部，記錄了台灣南方農村日治時期至戰後的變遷，客家山歌和客語詞彙的運用為其重要特色。鍾理和精通日文，但終生以中文寫作，深受魯迅影響，戰前戰後文學風格迥異，皆不離生活寫實，不僅是1950年代台灣代表性作家，也是戰後台灣鄉土文學的先驅、農民文學第一人。1976年張良澤編的《鍾理和全集》為第一部台灣作家全集。現有張良澤編《鍾理和全集》（台北：遠行，1976）；彭瑞金編《鍾理和集》（台北：前衛，1991）；鍾鐵民編《鍾理和全集》六冊（台北：行政院客家委員會，2003）；鍾怡彥編《新版鍾理和全集》八冊（岡山：高雄縣政府文化局，2009）；封德屏總策劃、應鳳凰編選《台灣現當代

作家研究資料彙編11：鍾理和》（台南：國立台灣文學館，2011）等。作品外譯例舉：金尚浩韓譯《台灣現代小說選集2：木魚》（타이완현대소설선2：목어소리，서울：한걸음더，2009）；高韻璇韓譯《原鄉人（等）》（원향인，서울：지식을만드는지식，2011）；野間信幸日譯《菸樓・故鄉——鍾理和中短篇集》（たばこ小屋・故鄉—鍾理和中短篇集，東京：研文出版）；"Hometowners," Trans. Kevin Tsai. *Taiwan Literature in English Series*, No. 35. 2015. Ed. Kuo-ch'ing Tu and Robert Backus. Santa Barbara: UCSB, CA: US-Taiwan Literature Foundation. Angel Pino et Isabelle Rabut（安必諾、何璧玉）法譯《台灣現代短篇小說精選第二冊》（*Le Petit Bourg aux Papayers: Anthologie Historique de la Prose Romanesque Taïwanaise Moderne Volume 2*, Paris: You Feng, 2016）。（王欣瑜）

陳垂映（1916-2001）

小說家、詩人、金融業者等。本名陳瑞榮，戰後改名陳榮。台灣台中人。曾就讀台中公學校、台中一中、早稻田大學第二高等學院文科，1939年早稻田大學專門部政治經濟科畢業時榮獲小野梓獎，並通過「滿洲國」康德六年度高等文官考試。1934年起投稿於台灣文藝聯盟機關誌《台灣文藝》，作品皆以日文創作，集中發表於該誌1935年至1936年間各卷期。1936年1月《台灣新文學》創刊時，參與編輯部策劃的〈反省與自信〉（反省と自信）問卷，並於4月號發表小說〈失蹤〉（失踪）。同年6月7日出席文聯東京支部座談會，歡迎《台灣文藝》發行人張星建訪日，與談〈台灣文學當前的諸問題：文聯東京支部座談會〉（台湾文学当面の諸問題：文連東京支部座談会），7月由台灣文藝聯盟發行日文長篇小說《暖流寒流》（暖流寒流）。1940年8月於《台灣新民報》連載中篇小說〈鳳凰花〉（鳳凰花）後淡出文壇，戰後活躍於金融界。另有小說〈哀春譜〉（哀春譜）、〈麗秋的結婚〉（麗秋の結婚），詩作〈檸檬花開

的山丘〉（レモンの花咲く丘）、〈歡喜之幻〉（歡喜の幻）、〈薔薇〉（薔薇）、〈燕子〉（燕）等。《暖流寒流》為台灣文藝聯盟出版之唯一單行本長篇作品，亦為日治時期台灣作家的第二部日文長篇小說。作者以留學生的視野，探討殖民地台灣近代化的主題，除了描述台灣學生在帝都的生活、現實與理想的落差、追求基礎學問的過程，也同時批判地主專橫之台灣農村經濟落後體制，呼籲革除童養媳、納妾、鋪張喪禮等惡習。現有趙天儀、邱若山主編，賴錦雀等人中譯《陳垂映集》四卷（豐原：台中縣立文化中心，1999）；河原功監修《日本植民地文學精選集 35 台灣編 10：暖流寒流》（東京：ゆまに書房，2001）。（邱若山）

王昶雄（1916-2000）

小說家、散文家、牙醫等。本名王榮生。台北淡水人。淡水公學校、台灣商工學校、日本郁文館中學、日本大學專門部齒科畢業。留日期間積極參與文學活動，加入《青鳥》、《文藝草紙》季刊為同人，並於《台灣新民報》發表作品。1942 年返台執業牙醫，亦參與《台灣文學》編務，以日文為創作語言。作品散見於《台灣文學》、《文藝台灣》、《台灣日日新報》，小說有〈梨園之秋〉（梨園の秋）、〈淡水河的漣漪〉（淡水河の漣）、〈離婚歸家的女兒〉（出戻り娘）、〈奔流〉（奔流）、〈鏡〉（鏡）等，其小說體現了與文中戲劇和電影的互文性。從〈梨園の秋〉，〈淡水河の漣〉、〈奔流〉到〈鏡〉都可發現他擅長應用電影、戲劇、文學，使小說人物、性格、命運，甚而是人物結局，彼此呼應，交互映現，為日治後期台灣的新銳作家。戰後初期暫停文學活動，但很快克服語文轉換的困境，1950 年代即能使用中文發表譯文和創作，後又撰寫為數不少的中文新詩、隨筆、台語歌詞。戰後風格轉為抒情言志，創作以散文較多，乃戰前作家中散文藝術成就最高的一位。1965 年 9 月《國際畫報》與 1967 年《今日生活》，分別刊登王昶雄「扶桑心影」及

「寶島心影」系列文章，前者分析日本皇室與工商業發展；後者則記錄他行腳台灣名勝的見聞。在這段期間，王昶雄陸續發表作品。淡水是他永恆的故鄉，時常成為其歌詠的對象或作品之舞台。1980年，以散文〈人生是一幅七色的畫〉驚豔文壇，文筆流暢，情思並茂。而由其作詞、呂泉生譜曲的〈阮若打開心內的門窗〉，優美抒情，悅耳感人，更風行全島，歷久不衰。其作品特質如其自述：「文學的真正任務是體現人生，啟發人生。」小說則帶有社會寫實及反省批判

王昶雄就讀東京郁文館中學時期（1929到1931年期間），曾參加兩次辯論比賽獲得冠軍，並因此被日本報紙報導。（王奕心提供，柳書琴解說）

力道，尤其〈奔流〉一作，深刻描繪了皇民化時期被殖民者扭曲的複雜心靈，曾引起戰前戰後台日學者的熱烈討論。王氏2000年因病逝世。現有張恆豪編《翁鬧・巫永福・王昶雄合集》（台北：前衛，1991）；許俊雅主編、賴錦雀等人中譯《王昶雄全集》11冊（板橋：台北縣政府文化局，2002）；河原功編《日本統治期台湾文学集成29：王昶雄作品集》（東京：綠蔭書房，2007）；封德屏總策劃、許俊雅編選《台灣現當代作家研究資料彙編59：王昶雄》（台南：國立台灣文學館，2014）等。作品外譯例舉："Strong Currents," Trans. Sonja Arntzen. *Taiwan Literature in English Series*, No. 20. 2007. Ed. Kuo-ch'ing Tu and Robert Backus. Santa Barbara: UCSB, CA: US-Taiwan Literature Foundation. Angel Pino et Isabelle Rabut（安必諾、何璧玉）法譯《台灣現代短篇小說精選第一冊》（*Le Petit Bourg aux Papayers: Anthologie Historique de la Prose*

Romanesque Taïwanaise Moderne Volume 1, Paris: You Feng, 2016）。
（許俊雅）

呂泉生（1916-2006）

民謠創作者、作曲家、音樂製作人、兒童合唱推動者、音樂教育家
等。台中神岡人。該地望族「筱雲山莊」呂炳南之後。1935年考取
東京的東洋音樂學校鋼琴預科，後因手傷轉往聲樂專修。旅日期間
曾入東京的東寶株式會社日本劇場、松竹演劇會社演藝部、NHK放
送合唱團，擔任音樂演出，1942年返台。根據余蕙慈等人研究，呂
氏1938年至1945年間，在日本政府基於促進戰時國民健康生活之
國策，以「健全娛樂」推動「厚生運動」之背景下，於1943年3月
在台北成立厚生音樂會。該團體因具有合唱團性質，又稱厚生合唱
團，4月16日在山水亭餐廳舉辦首次音樂發表會，8月16日為響應
志願兵制度在永樂國民學校舉行公演。皇民化運動期間，禁止台灣
人特色的戲劇演出，引發民眾不滿。1943年9月3日，王井泉、張
文環、林搏秋、呂赫若、呂泉生、楊三郎等人組成厚生演劇研究
會，為提供人民慰安娛樂及發揚民族戲劇而努力。該會在永樂座演
出張文環《閹雞》（閹鶏）時，呂氏以〈一隻鳥仔哮啾啾〉、〈丟丟
銅仔〉、〈六月田水〉等民謠譜寫舞台音樂，風靡全場，但因日警認
為違反皇民化「新台灣音樂」政策而予以禁止。1945年5月，帶領
厚生男聲合唱團在台北放送局演唱，並錄製多首民謠於東京NHK
電台放送，獲得好評。二戰結束後，1945年11月獲中國廣播公司
聘任，兼任台灣省警備總司令部交響樂合唱隊和台灣廣播電台
XUPA合唱團的指揮，厚生男聲合唱團亦因時代更迭改名為新生合
唱團。1957年，受辜偉甫聘為榮星兒童合唱團團長，帶動兒童合唱
風氣，贏得「台灣的維也納兒童合唱團」美名。1950年代任教於靜
修女中、實踐家政專科學校，1952年擔任台灣省教育會編譯之美國
《一零一世界民歌集》（*The One Hundred and One Best Songs*）總校

訂。此外，主編《新選歌謠》月刊，亦為台灣音樂的基礎教育教材。呂泉生一生致力童謠、民謠、藝術歌曲、聲樂作品的創作與改編，總數超過370餘首，〈杯底不通飼金魚〉、〈搖嬰仔歌〉、〈阮若打開心內的門窗〉等作迄今仍廣為流行。現有賴美鈴著《呂泉生的創作音樂》（台北：行政院文建會，1997）。（魏心怡）

吳瀛濤（1916-1971）

詩人、民俗學家、餐廳經營者等。台灣台北人，家族為台北知名酒家「江山樓」的經營者。台北商業學校畢業、北京語高等講習班結業。1936年為台灣文藝聯盟台北支部發起人之一，從事詩、散文、小說等創作，惜日文詩集《第一詩集》（1943）、日文小說集《記錄》（1939年至1943年創作）、《台灣俚諺集》均未出版。日本戰敗前曾旅居香港，與戴望舒等詩人往來，並以中、日文寫作。1942年日文小說〈藝妲〉（芸妲）獲得《台灣藝術》雜誌小說徵文獎。戰後持續發表作品並出版詩集、散文集，也翻譯和研究文學作品。1953年提出科學精神、純粹性等主張，建構「原子詩論」。1964年與多名台籍詩人共同發起創立「笠」詩社，推動本土詩創作。此外，他也持續從事台灣民俗採集與編著，出版《台灣民

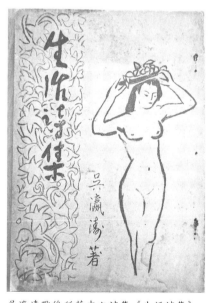

吳瀛濤戰後所著中文詩集《生活詩集》，1953年9月由台灣英文出版社出版。自序：「這是一個詩人的第一本詩集，是詩的荒土上鮮彩的開花，刻苦的年輪；是他生活窗邊明暗的光影，也是他誠虔的禱告。」（私人蒐藏，柳書琴解說）

俗薈談》、《台灣民俗》、《台灣諺語》等，貼近土地與人民，關懷
台灣民俗文化。著有詩集《生活詩集》（台北：台灣英文，1953）、
《瀛濤詩集》（台北：展望詩社，1958）、《瞑想詩集》（台北：笠詩
社，1965）、《吳瀛濤詩集》（台北：笠詩社，1970）等。從日治到
戰後，他始終持續從事文學創作、文學譯介、建構詩論，努力推動
民俗文化，為早期推動及奠定台灣本土文學的重要推手。現有周
華斌編《吳瀛濤詩全編》二冊（台南：國立台灣文學館，2010）。
（阮美慧）

宋非我（1916-1992）

劇場演員、導演、戲團團長、廣播編劇、播音員等。本名宋獻章。
台灣社子人，祖籍泉州同安。1928年社子公學校畢業，1930年士林
高等科畢業，1940年曾赴日本演員學校學習。1933年加入張維賢籌
組之民烽劇團，受無政府主義思想影響，取藝名「非我」。同年民
烽劇團假永樂座公演，初試啼聲即受張維賢賞識。1934年民烽劇團
演出《新郎》，宋反串瘦姑媽一角，獲最佳演技獎。1939年加入星
光新劇團，1940年與妻子月桂加入鐘聲新劇團。隨後於台北放送局
從事廣播工作，約莫同期相識簡國賢。1943年於《興南新聞》發表
〈愛的劇場─寫於「藝文」公演／期待戲劇界〉（愛の劇場─芸文の
公演に因みて、演劇界に望む），言及劇場製作、表演專業化的期
待。戰後擔任台灣廣播電台（XUPA，1949年併入中國廣播公司）
播音員，製播故事劇。1946年以閩南語講演《心婦仔》、《土地
公》、《押做堆》、《鍾馗掠鬼》、《一枝草一點露》等雜談，尤以
《土地公》諷刺批評時政，廣受歡迎。同年發表〈搬戲頭乞食尾〉
一文，與江金章、王井泉、張文環等成立聖烽演劇研究會並擔任會
長，後與編劇簡國賢於台北中山堂推出其導、演之閩南語社會寫實
劇《壁》以及諷刺喜劇《羅漢赴會》，藝文界熱烈回響，《新生
報》、《人民導報》、《中華日報》等先後刊登王白淵、王昶雄、邱

媽寅、吳濁流等人劇評。然此次演出後,《壁》即遭禁演,聖烽演劇研究會亦因而形同解散。1947 年歐陽予倩隨「新中國劇社」訪台時結識宋非我,盛讚其編導演能力,但二二八事件後聖烽演劇會被視為「鼓動無產階級鬥爭」與「建立赤色政權」,宋被捕入獄,半年後獲釋。1949 年借日轉赴上海定居,改名宋集仁,筆名藍波里,先後於華東人民廣播電台、中央人民廣播電台對台廣播部播音。1978 年出版《藍波里廣播選》,收錄廣播小品、拍嘴鼓、韻故事、四散談和四句聯等。1979 年移居香港。1987 年返台,1989 年離台,1992 年卒於泉州。戰爭期與戰後初期為其創作高峰,宋非我受張維賢影響,加入多個新劇劇團,後編導演多齣劇場、廣播作品。其作品寫實富社會批判意識。歐陽予倩讚賞其演出近人、語彙豐富幽默,稱之為「台灣才子」。現有藍博洲著《宋非我》(台北:行政院文化建設委員會,2006)。(汪俊彥)

莊培初（1916-2009）

詩人、小說家、記者、貿易商等。筆名有青陽哲、嚴墨嘯。台灣台南人。台南一中畢業。就讀台南一中時,與張良典、林永修結識。1935 年參與台灣文藝聯盟佳里支部,並任《台灣新民報》記者。同年 3 月 4 日創作新詩〈破鞋〉(やぶれ靴)發表於《台灣文藝》2 卷 2、3 號合刊本,開始走向文學之旅,以日文進行創作。戰後初期在故鄉為自耕農。1951 年因風車詩社同人李張瑞涉及「水利會事件」被槍斃,從此避談文學,在台南市開設貿易公司。2009 年因心臟衰竭辭世。1935 年至 1936 年為莊培初創作高峰,1935 年在《台灣新聞》發表詩作〈一個女性的畫像〉、〈有一天早晨的感情〉、〈一片感傷〉(以上日文原名皆已佚);1936 年 2 月在《台灣文藝》3 卷 3 號發表詩作〈冬月〉(冬月)、〈冬晴〉(冬晴れ)、〈壺〉(壺);小說〈鄙地世俗事〉(鄙地世俗事)發表於《台灣新文學》1 卷 7 號(1936 年 8 月)。莊培初的作品大多抒寫個人浪漫情懷,透過廣讀日

文版的世界文學名著吸取西洋寫作技巧，其抒情手法不同於其他鹽
分地帶詩人的寫實風格，帶有象徵主義風格，例如〈有一天早晨的
感情〉，以枯萎的花象徵賣春的女人，「為了肉慾的快樂而疲憊的娼
婦」，經過一夜露水交歡，早晨醒來已枯萎，留下無限的疲憊而
已。部分作品被中譯收錄於羊子喬、陳千武編《光復前台灣文學全
集10：廣闊的海》（板橋：遠景，1982）；陳明台編《陳千武譯詩選
集》（台中：台中市文化局，2003）等。（羊子喬）

陳達儒（1917-1992）

歌詞作家、國樂改良運動提倡者。原名陳發生。台北艋舺人。艋舺
公學校時曾學習漢文訓詁三年。根據簡玉綢等人研究，1930年代他
受到台灣鄉土文學・話文論戰浪潮影響開始創作，1935年以典雅的
台灣話文語彙寫下〈女兒經〉、〈夜來香〉等佳作。次年受張福興邀
請進入勝利唱片公司文藝部擔任填詞，〈白牡丹〉、〈桃花香〉、〈雙
雁影〉、〈送出帆〉、〈心酸酸〉等暢銷作品，使勝利唱片業績扶搖
直上。同年與陳君玉創設台灣新東洋樂研究會，會址設於大稻埕九
間仔口的陳宅，成員另有蘇桐、林綿隆、陳水柳等人，是台灣第一
次國樂改良運動。該會曾應台北放送局邀請演奏，其後又於永樂座
參加稻華俱樂部藝旦戲的演出。1937年陳君玉掌理日東唱片公司文
藝事務部，出品曲目皆聘請陳達儒作詞。該年台灣總督府廢止漢文
欄，且七七事變後台語流行歌製作大受打擊，陳達儒為日東唱片寫
下〈農村曲〉，雖採流行歌曲形式，亦被公認為吐露戰爭期農民心
聲的民謠。陳氏也曾擔任帝蓄唱片文藝部主任，與陳秋霖、蘇桐、
陳冠華等具有歌仔戲樂師背景的作曲家合作，共同譜寫出台灣風格
濃厚的流行歌曲。戰後國語政策造成第二次台語危機，台灣歌謠幾
成斷層，陳達儒持續以「新台灣歌謠社」名義發行歌本，推出〈補
缸補甕〉、〈賣菜姑娘〉、〈漁船曲〉、〈採果子歌〉等社會寫實之
作，傳達市井心聲。1950年〈青春悲喜曲〉、〈母啊喂〉描寫時代

變遷下的悲戀與養女苦情，1951年許石譜曲的〈安平追想曲〉歌詠
台灣地方民情。1953年因應流行歌曲須宣導「反共抗俄」之政策，
使用北京話改編〈張三李姑娘〉，以張三與李姑娘的對話，呼應
「反攻抗俄必成功」之口號。1954年從商之餘不忘情創作，發表
〈海邊月〉、〈碧潭悲喜曲〉等。1956年至1976年台灣流行歌進入翻
唱日本歌曲的「混血」時代，陳達儒雖亦翻譯之，但更堅持在地取
材和原創書寫。總計一生創作台語歌謠300餘首，流行迄今約40餘
首，社會寫實、愛情、閨怨兼容並蓄，透過電影與唱片廣泛風行，
吐露日治時期到戰後社會激變下，台灣人民的生活面貌和衷情。
1989年首屆金曲獎頒予特別獎，表達台灣社會對他在文化與歌謠領
域的最高敬意。（魏心怡）

簡國賢（1917-1954）

劇作家、演員、社會運動者。台灣桃園人。桃園國民學校、台灣商
工學校（今開南商工的前身）畢業後，1940、41年赴日本東京留
學，日本大學文科藝術科肄業，曾於築地小劇場學習戲劇。1943年
參與林摶秋主導之雙葉會，於第四回公演中擔任《阿里山》一戲編
劇，受到呂赫若的注意。同年7月在《台灣文學》雜誌3卷3號發表
六幕劇本《雲雀姑娘》（ひばり娘），於厚生演劇研究會文藝部擔任
學員，並於《興南新聞》發表〈牛涎——猶如濡浸熱情之火炬〉
（牛の涎—情熱を湿れる松明の如くに）一文，期許身為有志新文
化的青年，以演劇探求新時代。戰後初期，簡國賢曾加入三民主義
青年團，1946年同宋非我成立聖烽演劇研究會，編寫《壁》一劇，
並於台北中山堂公演，受到藝文界高度重視，作家王昶雄、吳濁
流、邱媽寅、王白淵等人都曾對此次演出發表評論，然隨後即遭北
市警局以「劇的內容未符合社會需要」禁演。1947年於《潮聲報》
發表〈由演劇的分析觀察猶太的悲劇〉，同年出版《戀愛情熱的脈
搏》（恋愛情熱の脈搏），另編寫《趙梯》一劇，內容意圖激勵民眾

反抗貪腐暴政，後因二二八事件爆發，演出告終。1949年，國府以
肅清「匪諜」為名之白色恐怖開始大舉掃蕩異議人士。簡氏與廖成
福等人在桃園自家成立台灣民主自治同盟地下組織，後流亡至十三
份山地，加入中共台灣省工作委員會，深入山區參與武裝革命，自
三峽、鶯歌、大溪、桃園建立基地。1950年至1953年間，輾轉流
亡大安溪中上游、苑裡、雲林、嘉義及台中大里等地。1953年遭
捕。1954年遭槍決。早期劇作《阿里山》以吳鳳為主題，暗諷殖民
統治。《壁》一劇為短暫生涯留下的最重要作品，透過一道牆壁的
兩戶人家，寫實反映戰後台灣社會動盪下，富人利用自由經濟哄抬
民生物資，窮苦工廠勞工因過勞病倒、沒錢付房租，舉家遭富房東
驅趕。劇中亦批判女性、僧人與富人共謀，劇尾勞工餵毒一家後撞
壁而亡。作品意識強烈、語言精準洗鍊、形式結構完整成熟，美學
應受到築地小劇場對戲劇表現的認識影響。（汪俊彥）

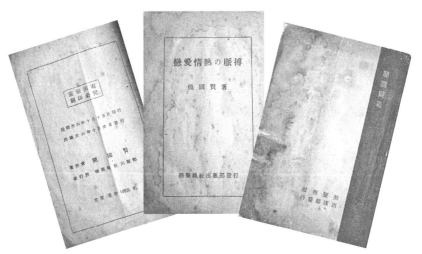

簡國賢戰後出版的《恋愛情熱の脈搏》（原件未標出版地：潮聲報社出版部，1947
年10月），內容討論心臟解剖、戀愛、生殖和性欲等問題，定價為台幣100圓。（私
人蒐藏，柳書琴解說）

張冬芳（1917-1968）

詩人、廣播電台文藝員、大學教師等。台灣台中人。1936年獲台灣
總督府台北高等學校高等科文科甲類入學，1939年畢業。之後前往
日本東京帝大中國哲學系就讀，畢業返台後任職於台北放送局文藝
部，戰後初期任教於台灣大學中文系。1945年12月與蘇維熊、黃
得時三人成為台大最早的先修班台籍教授，後參與籌設延平學院。
1946年9月參加《新新》雜誌舉辦的「談台灣文化的前途」，與會
者尚有王白淵、黃得時、王井泉等作家。白色恐怖期間，與呂赫若
往來甚密，兩人擬避走他鄉，張冬芳先避居豐原家鄉，四處躲藏，
期間撰寫逃亡日記與詩文抒發苦悶與悲憤，後出面自首致一度入
獄。1950年代返回台中豐原，棄文從商，1968年病逝。戰前有〈旅
人〉（旅人）、〈棗子成熟時〉（棗の熟れる頃）、〈南國〉（南の
国）、〈足跡〉（足跡）、〈美麗的世界〉（美しい世界）等日文詩發
表於《台灣文學》雜誌，並將賴和遺稿〈我的祖父〉（私の祖父）、
〈高木友枝先生〉（高木友枝先生）加以日譯。戰後則有〈悲哀〉、
〈一個犧牲〉、〈對話〉等中文詩。另有散文〈我的母校〉、〈兩個過
年〉、短篇小說〈阿猜女〉（1947）。張氏於戰爭期（1937-1945）登
上詩壇，與楊雲萍、邱淳洸等同為該時期重要詩人。決戰期詩作特
色包括浪漫個人抒情與理性大我抒情，張氏為理性抒情的代表詩
人，風格清新，語言簡潔精練，擅以詩語寓寄哲思，哲理詩尤為此
期傑作，是台灣詩壇一大瑰寶。戰後發表於二二八事件爆發前的
〈對話〉直接道出了事件前夕台灣社會的窮困景象，在白色恐怖與
文藝政策的影響下，其詩作多描寫自身或友人的逃亡經驗，以批判
時局暴政、抒寫恐懼及台灣人的悲運為主。張冬芳兼擅日文與中
文，因研讀哲學，故其詩富含哲理和宿命感，部分詩作可見泰戈爾
詩的影響，亦曾將老舍小說〈離婚〉翻譯成日文刊登於《台灣文
學》。戰後詩作則表露出對魯迅詩作的體會與共鳴。部分作品被中
譯收錄於羊子喬、陳千武編《光復前台灣文學全集12：望鄉》（板
橋：遠景，1982）；陳千武編《台中縣日據時期作家文集》（豐原：

台中縣立文化中心，1991）等。（楊智景）

周金波（1920-1996）

小說家、俳人、歌人、牙醫師等。台灣基隆人。1926年就讀於基隆壽公學校（今信義國小），1933年赴東京就讀日本大學附屬第三中學校，1941年日本大學齒科專門部畢業。幼年曾赴日與留學中的父親一起生活，後因關東大地震發生而返台。赴日升學以後，對前衛藝術產生興趣，曾參與劇團活動。1941年3月在東京創作的小說〈水癌〉（水癌）在《文藝台灣》2卷1號刊出，同年4月回台繼承父親牙醫診所，正式參與台灣文壇活動。9月發表小說〈志願兵〉（志願兵），1942年1月發表小說〈「尺」的誕生〉（「ものさし」の誕生），2月成為改組後的台灣文藝家協會劇作部理事，6月獲得「文藝台灣賞」。正當備受在台內地人文學者矚目之際，周金波在1942年9月發表的〈讀者來信〉（ファンの手紙）、1943年1月的〈氣候、信仰與宿疾〉（気候と信仰と持病と）中，開始呈現對於內台民族關係的質疑。1943年6月開始街頭小說（辻小說）的創作，並在同年8月與楊雲萍、長崎浩、齋藤勇被官方指派為台灣代表，參加第二回「大東亞文學者大會」。1944年被指派為台灣總督府情報課文學家派遣企劃之一員，9月完成「委囑小說」〈助教〉（助教）刊載於《台灣時報》，稍後收錄於情報課編《台灣決戰小說集》。1975年左右參加台灣短歌團體，在《台北短歌集》中發表短歌。1994年8月，日本《野草》刊載的〈我所走過的道路—文學、戲劇、電影〉（私の歩んだ道—文学・演劇・映画）一文，為其1993年演講內容之文字紀錄，成為周金波回憶日治以來文學活動的重要資料。1996年逝於日本。他探討戰爭期皇民化政策下日台人際關係之〈志願兵〉、〈「ものさし」の誕生〉、〈ファンの手紙〉、〈気候と信仰と持病と〉、〈助教〉等小說為周金波最重要的作品。從處女作〈水癌〉開始，周金波便致力於探討戰爭與皇民化運動對既有人際關係與情

感的改變。如〈水癌〉的醫師與病患,〈志願兵〉與〈「ものさし」
の誕生〉中的同窗,〈ファンの手紙〉中的下層雇員與作家,〈気候
と信仰と持病と〉中的親子家族、〈助教〉中的師生。現有中島利
郎、黃英哲編《周金波日本語作品集》(東京:綠蔭書房,1998);
中島利郎、周振英編,詹秀娟等人中譯《周金波集》(台北:前
衛,2002)等。作品外譯例舉:宋承錫韓譯《殖民主義,日帝末期
台灣日本語小說選》(식민주의, 저항에서 협력으로, 서울: 亦
樂,2006)、"Noma," Trans. Faye Yuan Kleeman. *Taiwan Literature in
English Series*, No. 37. 2016. Ed. Kuo-ch'ing Tu and Terence Russell.
Santa Barbara: UCSB, CA: US-Taiwan Literature Foundation.(張文薰)

林摶秋（1920-1998）

劇作家、戲劇與電影導演、電影公司負責人等。林摶秋(日治時期
姓名)、林翼雲。台灣桃園人。1934年入新竹中學就讀。1938年中
輟赴日,入日本大學附設高等學校就讀。1940年就讀明治大學政治
經濟科。1942年畢業後加入日本新宿座專屬的紅磨坊劇團(ムーラ
ン・ルージュ,即 Moulin Rouge)文藝部,年底發表舞台處女作
《深山的部落》(奧山の社),是第一位進入東京劇壇的台灣人劇作
家。留日期間曾返台參與桃園「雙葉會」戲劇活動,該會為當時青
年劇運動中表現優異的團體。1943年初返台,與王井泉、張文環、
呂泉生等人合組厚生演劇研究會並主持編導部門,旨在賡續中日事
變前的新劇運動。戰後1946年成立人劇座劇團,公演《醫德》(医
徳)與《罪》(罪),不久因二二八事件爆發而中斷戲劇活動,返鄉
接掌家業。1957年創設玉峰影業公司,並興建湖山電影製片廠攝製
台語電影,他執導和出品的影片製作嚴謹,在跟拍、搶拍成風的台
語片風潮中實屬罕見。1965年,因客觀環境不利台語電影生存而結
束電影事業,將重心轉向製造業,不再涉足藝文。1998年因心臟衰
竭辭世。一生發表過劇作14種(今存五種),執導電影五部(今存

四部），電影劇本十餘種。代表劇作有《閹雞（前篇）》（閹鶏）、《高砂館》（高砂館）、《醫德》（医德）等，代表電影作品有《阿三哥出馬》、《錯戀》、《六個嫌疑犯》等。1943年9月，林摶秋編導的《閹雞（前篇）》、《高砂館》等劇（厚生演劇研究會），由於巧妙發揮戲劇的綜合藝術特質，呈現對殖民地台灣社會與本土文化的關懷，在當時獲得「台灣新劇運動的黎明」之譽，具有現代劇場史的里程碑意義。1961年執導的台語電影《錯戀》，後亦入選「經典200：最佳華語電影二百部」（台北金馬影展主辦，2002）。（白春燕）

楊千鶴（1921-2011）

記者、專欄作者、小說家等。台灣台北人。1934年台北第二師範附屬公學校畢業後，進入台北靜修高等女學校就讀，適逢小說家濱田隼雄任教期間。1938年起就讀台北女子高等學校。1941年6月至1942年4月間，擔任《台灣日日新報》家庭文化欄記者，上司為西川滿，曾署名楊千鶴子撰寫報刊專欄，文章以介紹台灣文化、育兒、衛生知識等為主，並曾至彰化訪問賴和，為台灣第一位女記者。1943年結婚，後因家庭及戰後語言跨越不易等因素，輟筆多年。1950年當選台東縣第一屆民選縣議員。1953年因先生林嘉雄受政治迫害，獨自工作撫養三個孩子。1977年全家赴美定居。1989年起往返台灣、日本參加台灣文學相關會議與講座，發表論義、隨筆，回憶日治時期的台灣文壇；1993年出版長篇自傳小說《人生三稜鏡》（人生のプリズム，東京：そうぶん），張良澤譽為「台灣文學史的珍貴參考文獻」。2011年於美國辭世。1941年至1943年為楊千鶴創作巔峰期，創作語言為日文，作品陸續刊於《文藝台灣》、《民俗台灣》、《台灣文學》、《台灣公論》等雜誌，1942年7月發表的小說處女作〈花開時節〉（花咲く季節），以自身經驗刻畫女性情誼與禮教對知識女性的束縛，為日治時期唯一描寫台灣高等教育女性對婚姻自主及女性主體性思考之作。楊氏流暢的日文筆觸、抒情

風格的寫實手法，跳脫當時男性作家形塑的兩性形象與理性藝術特色，其散文與小說曾被巫永福讚為日治時期台灣女作家之首選。2001年南天書局出版中文作品選集《花開時節》，翻譯並收錄她戰前戰後的小說、隨筆、評論、專欄文選、講稿及書信等。作品外譯例舉："The Season When Flowers Bloom," Trans. Janice Brown. *Taiwan Literature in English Series*, No. 11. 2002. Ed. Kuo-ch'ing Tu and Robert Backus. Santa Barbara: UCSB, CA: US-Taiwan Literature Foundation.（陳怡君）

陳千武（1922-2012）

詩人、小說家、兒童文學作家、翻譯家等。筆名桓夫，本名陳武雄。台灣南投人。1935年進入台中一中（五年制）就讀，1941年畢業。中學時期開始創作，1939年第一篇日文詩作〈夏深夜之一刻〉（夏深夜のき一時）在黃得時主編的《台灣新民報》學藝欄發表，隨後另有詩作發表於《台灣文藝》、《台灣新聞》、《興南新聞》等雜誌和報紙。1940年自印出版第一本日文詩集《徬徨的草笛》（徬徨ふ草笛），1942年集結兩年以來的日文詩作與短篇小說而成《花的詩集》（花の詩集）。1943年被派遣至南洋作戰，暫停寫作，日本投降後於1946年被送往新加坡集中營時主編《明台報》，共五期。同年重返台灣，進入林務局台中縣八仙山林場工作。期間雖曾發表一則短篇日文小說〈哀愁夜〉（哀愁夜），但因語言轉換，致使寫作不斷中輟，作品極少。直到1958年時才有第一首中文詩作〈外景〉刊登於《公論報》「藍星週刊」上。之後逐漸跨越語言障礙，作品頻見於《現代文學》與《台灣文藝》等雜誌，並於1963年出版第一本中文詩集《密林詩抄》。1964年因有感於台籍詩人缺少詩作發表園地，邀集吳瀛濤、詹冰、林亨泰與錦連等人共組笠詩社。1970年代開始投入日治時期新詩的整理與翻譯，並於1979年主編《台灣日報》兒童天地版，關注觸角延伸至兒童文學、青少年文學

的創作與推廣。與此同時，也致力於外國詩人作品的譯介，除了翻譯日本、韓國詩人的作品之外，也翻譯日治時期代表作家的作品，如《張文環全集》等，並積極推展台灣與東亞國家的詩歌與文學交流，曾獲吳濁流文學獎與第六屆國家文藝獎等榮譽。陳千武的創作從日治到戰後，從日文跨越到中文，文類涵蓋詩歌、小說、評論、兒童文學及翻譯。著名詩集除戰前的《徬徨ふ草笛》（1940）之外，戰後另有《密林詩抄》（台北：現代文學雜誌社，1963）、《媽祖的纏足》（豐原：笠詩刊社，1974）；小說方面有《獵女犯》（台中：熱點，1984）；評論則有翻譯自村野四郎的《現代詩的探求》（台北：田園，1969）與《台灣新詩論集》（高雄：春暉，1997）等。不少作品被翻譯為多國語言，是台灣跨語言世代首屈一指的作家，在現代詩社推展與詩歌的國際交流方面亦貢獻卓著。他曾提出現代詩的「兩個球根」之說，對於台灣現代詩史的建立影響深遠。現有彭瑞金編《陳千武集》（台北：前衛，1991）；陳明台編《陳千武全集》12 冊（台中：台中市文化局，2003）；封德屏總策劃、阮美慧編選《台灣現當代作家研究資料彙編20：陳千武》（台南：國立台灣文學館，2012）等。作品外譯例舉：金尙浩韓譯《開了木瓜花：台灣詩人陳千武詩選》（파파야 꽃이 피었다：대만시인 천첸우 시선，서울：서문당，1996）；"The Troopship," Trans. Sylvia Li-chun Lin. Kuo-ch'ing Tu and Robert Backus. *Taiwan Literature in English Series*, No. 13. 2003. Ed. Kuo-ch'ing Tu and Robert Backus. Santa Barbara: UCSB, CA: US-Taiwan Literature Foundation. 金尙浩韓譯《台灣現代小說選集4：台北夢》（대만현대소설선4：꿈꾸는 타이베이，서울：한걸음더，2010）。（林巾力）

王育德（1924-1985）

政治運動者、台語學者、作家、雜誌社負責人。筆名王莫愁、黎明、翁傑、章漫龜、林海水等。台灣台南人。1936 年末廣公學校畢

業，1940年台南一中（今台南二中）畢業，1942年台北高等學校畢業。1969年以論文〈閩音系研究〉取得東京大學文學博士學位。戰後初期，因評論與劇作批判時事而受到官方注意，加上其任職檢察官的兄長王育霖（1919-1947）於二二八事件中受難，於是取徑香港流亡日本。赴日後於東大復學，繼續完成大學、碩士及博士學業。1957年為自費出版《台灣語常用語彙》（台湾語常用語彙，東京：永和語學社）而售屋籌款，1964年出版《台灣：苦悶的歷史》（台湾―苦悶するその歷史，東京：弘文堂）受日本

王育德（左）台北高校時期與其就讀東京帝大的兄長王育霖（1919-1947）之合照。王育霖（右）曾參與《翔風》、《華麗島》、台灣文藝家協會等刊物與文藝組織，並發表作品。（王明理提供，柳書琴解說）

各界報導。1960年於東京創立台灣青年社，發行《台灣青年》雜誌，作為台獨運動據點與發聲基地，1983年出版文學研究論集《台灣海峽》（台湾海峡，東京：日中出版）。作為一位政治運動者，王育德同時也是嚴謹的研究者，他認為台灣話是台灣民族的文化根基，其台灣話研究與民族論述奠定了語言民族主義之理論基礎。1985年因心肌梗塞逝於東京。流亡海外三十餘載不曾回到台灣，但他的政治運動、語言著述和歷史研究對台灣產生極大影響。王育德曾創作〈過渡期〉（過渡期）、〈春戲〉（春の戲れ）、〈漂泊的民族〉（漂える民族）等多部小說，以及短歌、七絕、現代詩、散文、評論等。他將戲劇視為戰後初期台灣文學的主體表現，於1945年9月

與黃昆彬等人成立戲曲研究會，創作《新生之朝》、《偷走兵》、《青年之路》等多部戲劇，曾在台南延平戲院公演，大受好評。1959年於《日本中國學會報》發表〈文學革命之於台灣的影響〉（文学革命の台湾に及ばせる影響），為戰後在日本最初發表的台灣文學研究論文。而其傾畢生之力完成的台灣話研究，亦是為了促使在語言上多次受到詛咒而無法得到健全開展的台灣文學之發展，所從事的奠基工作。他所推動的台語文字化與台灣文學重建工程，也影響了日後台語文學的發展方向。《王育德全集》15冊（台北：前衛）於2000年以降陸續出版，另有呂美親編譯的《漂泊的民族：王育德選集》（台南：台南市政府文化局，2017）。（呂美親）

邱永漢（1924-2012）

詩人、小說家、隨筆家、實業家等。本名邱炳南。台灣台南人。1945年畢業於東京帝國大學經濟系。1924年出生於台南，為邱清海、堤八重（日本九州人）之長男。台南州南門小學校畢業後，考入台北高等學校尋常科，與王育德同窗。在校期間開始創作日語詩。1939年與同窗發行同人詩刊《夜來香》，在《翔風》發表詩作〈霧〉（霧）、〈家鴨〉（家鴨，1941）、〈雨愁〉（雨愁，1941）、〈書物〉（書物，1942）等，並有〈廢港〉（廃港，1939）刊載於《華麗島》。1940年在《文藝台灣》發表〈鳳凰木〉（鳳凰木）、〈米街〉（米街）及〈戎克〉（戎克）等詩，1941年加入台灣文藝家協會，同年發表評論〈文學的處女地〉（文学の処女地）。1942年進入東京帝國大學經濟學部就讀，1946年從該校研究所輟學返台。1948年因牽涉台灣獨立運動亡命香港，後成為成功企業家。1954年以王育德為原型的小說《偷渡者手記》（密入国者の手記），經西川滿引介刊載於東京《大眾文藝》雜誌，在此契機下重返日本。同年，短篇小說集《濁水溪》（濁水渓）由現代社出版，1955年小說〈香港〉（香港）在《大眾文藝》連載，1956年獲得第34屆直木賞。此外，

亦發表〈食在廣州〉（食は広州に在り）等關於美食介紹及經濟評論等諸多著述。邱永漢是第一位獲得直木賞的台灣作家，從1950年代起開始在日本發表二二八事件及台灣獨立運動相關作品，對於提高台灣關注度頗有貢獻。代表作〈濁水溪〉以台灣史為背景，描繪日治時期兩位台灣青年菁英對日本及中國的複雜情感，其中關於二二八事件的詳細描寫，相當值得注意。1994年出版《邱永漢短篇小說傑作選：看不見的國境線》（邱永漢短篇小說傑作選—見えない国境線，新潮社），收錄其早期代表作，包括描寫台獨運動的小說〈客死〉（客死）。現有朱佩蘭中譯《濁水溪：邱永漢小說選》（台北：允晨文化，1995）等。（垂水千惠）

葉石濤（1925-2008）

小說家、文藝評論家、文學史家、翻譯家、教師等。筆名葉左金、鄧石榕、葉顯國、羅桑榮等。台灣台南人。1925年生於台南市。台南州立第二中學校畢業。曾任文藝台灣社助理編輯、省立台南工學院（今成功大學）總務處保管組組長、台南市建設廳自來水督導處工友、國民小學教師等40餘年。1951年受「省工委會案」株連，以「知匪不報」罪名，遭判刑入獄三年。1999年獲成功大學名譽文學博士，並兼任成大台灣文學研究所教授、中華文化復興總會副會長、總統府國策顧問等職。著有小說《葫蘆巷春夢》、《卡薩爾斯之琴》、《紅鞋子》、《西拉雅末裔潘銀花》、《台灣男子簡阿淘》、《蝴蝶巷春夢》；隨筆《一個台灣老朽作家的五〇年代》、《府城瑣憶》、《追憶文學歲月》；論述《葉石濤評論集》、《沒有土地哪有文學》、《台灣文學史綱》、《台灣文學入門——台灣文學五十七問》、《台灣文學的回顧》等；翻譯《台灣文學集1》、《台灣文學集2》、《西川滿小說集1》等80餘種。葉石濤在60餘年的創作生涯裡，最早期如〈春怨〉（春怨）、〈林君寄來的信〉（林からの手紙）等日文小說，明顯受西川滿唯美文風影響而具浪漫色彩。1940年代後期

作品則展現其特有的自我調侃、嘲弄式的幽默。1965 年以中文創作復出後，一反戰前的浪漫主義傾向，轉以人道主義為情懷，寫實主義為基調。從〈青春〉到〈鬼月〉近 30 篇作品則展現「幽默文學的獨特格調」（彭瑞金語）。1980 年代，《紅鞋子》等作品以回憶之姿道出 1950 年代身歷白色恐怖的時代見證，晚年的〈西拉雅末裔潘銀花〉等平埔族書寫則開啟台灣小說題材的新視野。除了小說創作之外，葉石濤致力文學評論、文學史論述，兼及隨筆、翻譯，尤以《台灣文學史綱》影響最為深遠。該書為第一部由台灣人所撰寫的台灣文學史，記錄台灣文學的發展與演變。全書分為「傳統舊文學的移植」、「台灣新文學運動的展開」、「40 年代的台灣文學—流淚灑種的，必歡呼收割」、「50 年代的台灣文學—理想主義的挫折與頹廢」、「60 年代的台灣文學—無根與放逐」、「70 年代的台灣文學—鄉土乎、人性乎」、「80 年代的台灣文學—邁向更自由、寬容、多元化的途徑」七章。該書目前已有日文版（中島利郎、澤井律之譯，2000）與韓文版（金尚浩譯，2013），其傳承台灣文學香火與主體性的貢獻更現於世界文壇。現有彭瑞金編《葉石濤集》（台北：前衛，1991）；彭瑞金編《葉石濤全集》23 冊（高雄：高雄市文化局／台南：國立台灣文學館，2006-2009）；封德屏總策劃、彭瑞金編選《台灣現當代作家研究資料彙編 15：葉石濤》（台南：國立台灣文學館，2011）等。作品外譯例舉：金尚浩韓譯《台灣現代小說選集 2：木魚》（타이완현대소설선 2：복어소리，서울：한걸음더，2009）。（李敏忠）

黃鳳姿（1928-）

兒童文學作家、民俗記錄者。署名黃氏鳳姿、池田鳳姿。台北艋舺人。龍山公學校、台北州立第三高女畢業。1938 年就讀龍山公學校四年級時，以冬至為題材書寫的作文〈湯圓〉（おだんご）受到導師池田敏雄讚賞，隔年刊載於西川滿經營的雜誌《台灣風土記》創

黃鳳姿著《七爺八爺》,由西川滿作序,立石鐵臣插畫裝幀,內容包含散文及信札。作者時年12歲,該書為台灣總督府情報部的推薦圖書。(國立台灣文學館提供,柳書琴解說)

黃鳳姿著《台灣の少女》,由西川滿作序,立石鐵臣插畫裝幀,該書先後推出日、台兩種版本,日本版獲選日本文部省推薦圖書。(私人蒐藏,柳書琴解說)

此為1944年發行的台灣版《台湾の少女》扉頁上,作者穿著學生服的留影。(私人蒐藏,柳書琴解說)

刊號。之後，在池田敏雄指導、編輯下出版作文集。1947年與池田敏雄結婚，移居日本。日治時期共出版三本文集：《七娘媽生》（七娘媽生，日孝山房，1940；東都書籍台北支店，1940）、《七爺八爺》（七爺八爺，東都書籍台北支店，1940）、《台灣的少女》（台灣の少女，東都書籍株式會社，1943；東都書籍台北支店，1944）。1941年1月，《七娘媽生》、《七爺八爺》成為台灣總督府情報部的推薦圖書。黃鳳姿作為文學少女受到矚目，菊池寬將其比喻為「台灣的豐田正子」。在池田敏雄鼓勵下，她將艋舺傳統節慶、傳說、家庭日常生活等奠基於在地社會網絡的生活實踐轉化為民俗研究與文學書寫的對象。同時，黃家成員亦協助池田敏雄等《民俗台灣》同人在艋舺進行民俗研究。（朱惠足）

施文杞（生卒年不詳）

詩人、小說家等。筆名淚子。彰化鹿港人。曾赴日留學。1922年曾遊歷菲律賓。1923年到上海就讀南方大學，10月加入由蔡惠如主導的上海台灣青年會，此會表面敦睦情誼、研究東西文化，實則為反抗日本帝國主義的民族運動團體。1923年12月1日在《台灣民報》發表新詩〈送林耕餘君隨江校長渡南洋〉，被學者解昆樺認為是台灣第一首白話新詩。1924年3月11日《台灣民報》刊出的〈假面具〉，是較為人熟知的新詩作品。1924年2月11日發表小說《台娘悲史》，為政治寓言小說，影射台灣的歷史命運，具有反殖意識。此外，另有〈斐律濱三十年來之趨勢〉、〈對於台灣人做的白話文的我見〉、〈迷信也可獎勵和提倡嗎？〉等中文論說，皆刊登在1924年的《台灣民報》。陳芳明《台灣新文學史》表示1920年代初期的文學作品「在創作技巧上仍停留在粗糙的階段」，施文杞也不例外。然而，作為先驅性的台灣新文學家，其藝術技巧雖不純熟，卻反映了在新舊文學交疊、過渡的階段中，新知識分子在語言、形式和題材上的嘗試與開拓。（余育婷）

陳鏡波（生卒年不詳）

小說家。筆名鏡波。台北松山人，七星郡松山庄長陳茂松（1887年生）之子。1922年自松山尋常小學校畢業，經歷不詳。中日文兼擅。1933年於《台灣新民報》連載中文小說〈落城哀艷錄〉和日文小說〈台灣版十日談〉（湾製デカメロン，或譯「台灣製十日談」），同時亦在《台灣新聞》與賴慶、賴明弘議論台灣女性問題，惜因該報散佚而無存。1934年12月出席台灣文藝聯盟的北部同好者座談會時，自陳偏好「站在高處鳥瞰下界之型態」的大眾文學，不願走普羅文學和資產階級文學路線，認為承載新時代意涵的歷史小說更有利於大眾啟蒙。亦曾創作日本三五調、八十調詩歌。中日戰爭爆發後棄筆從商，赴北平遊歷，戰後始由上海返台。根據其戰後回憶文〈軟派文學與拙作〉（1954）可知，中篇歷史小說〈落城哀艷錄〉效仿日本的時代小說，以日軍攻台南城事件為題材，連載月餘完結。〈湾製デカメロン〉描寫市井風俗與男女情愛，「十數載研究色情文學於此傾盡蘊蓄」，大受歡迎，但亦被批評為猥褻文學，後因當局檢閱，內容屢遭刪除，兼受特高警察干涉，不到20回即被停載。陳氏自述少時受性學研究影響，喜讀通俗文學和色情文學，廣泛收集日本明治後、中國和國外的禁書；對於觀念小說、新感覺派小說、普羅文學和純文藝皆不感興趣，立志成為如日本菊池寬、吉川英治、法國左拉之類的通俗作家。陳鏡波為《台灣新民報》日刊文藝欄初期的代表作家之一，此類致力色情、怪誕、恐怖等通俗文學的作家崛起，代表《台灣新民報》發行日刊後對大眾文藝及大眾文化的重視與拓展。（張郁璟）

陳泗汶（生卒年不詳）

教師、校長、小說家等。1926年台北師範學校本科畢業。師範學校畢業以後，任教於台北州的基隆第一公學校、二重埔公學校、和尚洲公學校、大坪公學校、基隆市瀧川公學校等。1934年受邀參與台

灣文藝聯盟籌備會議，擅長通俗小說，其餘文學活動欠詳。戰後曾任蘇澳國小校長，任期為1948年至1950年。1933年在日刊《台灣新民報》連載漢文長篇小說〈情愛的月份牌〉，由畫家林錦鴻插圖，目前僅存28至31回，內容描寫現代男女自由戀愛下的諸種滋味。（呂淳鈺）

陳華培（生卒年不詳）

小說家、散文家等。陳氏曾留學日本，後定居台北，以日文進行創作。擅長描繪台灣婦女及風俗，1936年起陸續發表創作於《台灣新文學》及《台灣婦人界》，包含〈王萬之妻〉（王萬の妻）、〈豚祭〉（豚祭）、〈母親〉（女親）、〈結婚風俗〉（花嫁風俗）、〈男人的心情〉（男の気持）、〈信女〉（信女）、〈十姊妹〉（十姉妹）等。小說〈女親〉獲選《台灣婦人界》1937年「新年號創作懸賞」。中島利郎依據其撰寫題材與刊登場域，推定其為女性，王琬葶則根據作品用字與語意推測為男性。1939年《台灣新民報》學藝欄主編黃得時策劃「新銳中篇創作集」，邀請陳華培與翁鬧、王昶雄、龍瑛宗、呂赫若、張文環執筆，並以「執筆者皆為本島文藝界第一線活躍之人物」介紹之，可見陳華培當時已受到重視。陳氏原定撰寫篇名為〈蝴蝶蘭〉（蝴蝶蘭），後未刊出，原因不明。由於作品留存不多，文壇往來紀錄亦少，因此生平事蹟不彰。（王品涵）

鄭登山（生卒年不詳）

小說家、評論家、翻譯者等。筆名登山。台灣人，出生地與學經歷不詳。1926年間撰寫《台灣新民報》「几上談天」專欄，《台灣民報》、《台灣新民報》發刊期間為其創作巔峰期，可能曾任職台灣新民報社，中、日文皆擅。除代表作中文小說〈恭喜？〉（《台灣民報》，1928年1月1日）一篇外，另曾發表多篇雜文，如〈顏智氏入

獄後的印度獨立運動的經過〉（譯自「大東公論」，1924 年 7 月 1
日）、「几上談天」專欄（1926 年 6 月 13 日至 7 月 4 日）、〈新興藝術
的電影戲〉（1927 年 1 月 2 日）、〈參觀「台灣美術展」：內容貧乏令
人失望〉（「台湾美術展」を見て—内容の乏しさに失望する，1927
年 10 月 30 日）等篇。儘管作品不多，然其小說〈恭喜？〉揭露日
本人與台灣人同工不同酬的社會現象，在戰後台灣新文學史論述中
有一席之地，曾收錄李南衡編《日據下台灣新文學‧明集 2：小說
選集一》（台北：明潭，1979）。從其翻譯作品與雜文中可知，鄭登
山除了關注世界思潮與島內社會運動外，對美術、電影等現代藝術
亦有相當涵養。（王品涵）

涵虛（生卒年不詳）

小說家、詩人等。筆名涵虛。台灣人。出生地、學經歷與生平均不
詳。1927 年起於《台灣民報》上刊載小說〈鄭秀才的客廳〉（1927
年 1 月 2 日）、詩〈雨夜〉（1928 年 4 月 15 日），皆以白話文寫作。
〈雨夜〉描寫他在 1928 年 2 月因病入住吉田病院的一段經驗。〈鄭秀
才的客廳〉則以現實主義手法，揭示了殖民統治下台灣智識階層與
地方士紳在抵抗與協力間所採取的曖昧姿態。（王品涵）

張慶堂（生卒年不詳）

小說家、詩人等。筆名唐得慶。台南新化人。學歷不詳。曾與台南
出生的文藝同好趙櫪馬、黃漂舟、董祐峯、鄭明、徐阿王、朱鋒等
十餘人，共組台南市藝術俱樂部，成立時間不詳。俱樂部分為文藝
部及演劇部，亦設置台灣舊文獻整理委員會，蒐集抄錄台灣相關舊
文獻，並加以整理考證。作品主要發表於《台灣文藝》與《台灣新
文學》雜誌，以中文寫作，代表作有〈鮮血〉、〈年關〉、〈老與
死〉、〈他是流眼淚了〉、〈畸形的屋子〉等小說，另有少數未發表

之詩作手稿。作品集中於描寫殖民統治下台灣農民生活困境與受壓迫情形，包括佃農對地主的抗爭、農民受到殖民體制差別待遇的冤屈、城鄉差距等問題。葉石濤、鍾肇政等人皆肯定其遒健筆法和社會觀察洞見，讚賞他融合現實主義與心理描寫，刻畫出貧農奮勇求生的掙扎和不受現實壓伏的韌性。現有張恆豪編《陳虛谷‧張慶堂‧林越峰合集》（台北：前衛，1991）。（石廷宇）

陳蔚然（生卒年不詳）

小說家、詩人。筆名凌漫、蔚然。台灣台北人。學歷不詳。1939年5月於《風月報》刊出散文〈病〉後，便勤於在該刊發表。以白話文進行創作，包括短篇通俗小說、現代詩、散文等。《風月報》為其主要舞台，曾發表短篇小說〈月明之夜〉、〈他的勝利〉、〈薄命的華麗〉及現代詩〈沈靜的月亮〉、〈年冠〉、〈海霧〉等。1941年6月短篇小說〈一個未成名的作家〉刊載於日本在華占領區發行的大型綜合雜誌《華文大阪每日》6卷12期。1941年7月至11月間，在《南方》上發表〈徬徨〉、〈生之旅程〉、〈杏村和貂嶺〉三篇短篇小說。1941年12月《南國文藝》在台北發刊後，在其上發表短篇小說〈應酬〉（自署寫於福建）。另有短文〈今後我們的文學振興的要望〉及〈讀〈我們的文學的實體與方向〉後感談：載華文「大阪每日」第五十五號（台灣之部）吳漫沙作〉等，感嘆戰時體制下台灣文壇缺乏方向無法發揮，導致作家星散，文壇現況消沉。陳氏擅長描寫台灣都市空間中的婚戀故事，對物質欲望與新式戀愛帶有質疑與批判，為漢文欄廢止後，積極在島內倖存的中文雜誌及島外漢文刊物上尋求發表空間的作家之一。現有《陳蔚然小說集》，收錄吳福助編《日治時期台灣小說彙編》第25卷（台中：文听閣圖書有限公司，2008）。（陳莉雯）

蔡榮華（生卒年不詳）

小說家。嘉義布袋人。學經歷不詳。1937年至1938年活躍於《風月報》（約59期至70期），以短篇通俗小說為主，使用白話文創作。作品主要刊載於《風月報》，譬如〈遇合〉、〈彈力〉、〈海濱〉、〈第二世〉（上）、〈幼女〉等。代表作〈彈力〉描寫丈夫從軍出征的日籍少婦與台灣青年間一段懸崖勒馬的外遇故事，表現出作者肯定愛情卻要求符合道義與倫理的愛情觀。蔡氏多數作品都站在傳統道德與男性觀點出發，透過都會生活、摩登文化與戀愛故事，對一味追求物質欲望、自由戀愛的新價值觀提出檢討。他對感官心理的描摹、空間置換的場景設計，不僅使人物形象具層次感，亦展現台灣1930年代都市空間的出現與社會價值觀的變化。（陳莉雯）

張碧淵（生卒年不詳）

小說家、藥劑師等。原名張碧珚。台灣南投人。巫永福在《張深切全集》（台北文經社，1998）中指出，張碧淵曾就讀彰化高女，是東京女子大學畢業的藥劑師，曾投稿於《台灣文藝》（台灣文藝聯盟），為台灣日治時期的女作家。張碧淵為漢詩人張玉書之女、張深切的胞妹，曾代表台灣文藝聯盟接待朝鮮舞蹈家崔承喜（최승희）。其作品〈羅曼史〉（ローマンス）以日文創作，發表於《台灣文藝》1934年11月創刊號。〈ローマンス〉敘寫男女情愛邂逅的內心糾葛，藉由人稱交錯使用，營造主觀與客觀意識的互動，亦採用內心獨白、意識流等技法，以女作家身分書寫男性主體的情慾流動，剖析內心深層的煎熬；該小說甚至結合電影載體、新聞事件及戀愛敘事，展現市民趣味與通俗性。唯初發表時評價不一，如HC生（廖漢臣）在《第一線》的〈文藝時評〉即表示〈ローマンス〉仍有努力的空間；謝萬安則在〈《台灣文藝》創刊號讀後感〉提及這篇小說能於平凡中寫出不平凡，為日治時期獨樹一幟的女作家。（陳俊益）

張碧華（生卒年不詳）

小說家。出生地及學經歷不詳。創作語言為日語。1934年6月於《フォルモサ》終刊號發表短篇小說〈新月〉（三日月）。該小說以母愛、戀愛為主題，採全知觀點描述台灣青年男女打破階級觀念，抵抗父權與資本家之共謀體制，追求自由戀愛的故事。故事中強調，女性對母親的依戀，亦即「母系的力量」，為女主角在追求真愛、遭遇重重考驗時的最後靠山。張碧華的文筆輕盈流暢、意境優美，以「新月」之意象凸顯花前月下之愛情美好，對比現實生活中封建家庭、傳統社會之迫害阻礙，展現青春女性的新精神與堅毅生命力，在婚姻解放與性別議題上別具意義。廈門大學林丹婭教授表示，張碧華運用意象、象徵等技巧，恰當地將故事及意義、情感與意境融為一體，增加了小說敘事的抒情性及哲理性。〈三日月〉現收於星名宏修、中島利郎編《日本統治期台湾文学集成6：台湾純文学集2》（東京：綠蔭書房，2002）。（陳怡君）

黃寶桃（生卒年不詳）

詩人、小說家等。台灣基隆人。學經歷不詳。創作語言為日語。1935年10月首次於《台灣新聞》文藝欄發表以女性心理為主題的詩作〈秋天的女人聲音〉（日文篇名已佚）。此後陸續創作短篇小說〈人生〉（人生）、〈感情〉（感情），及詩作〈故鄉〉（故鄉）、〈詩手〉（詩手）等。〈人生〉反映資本主義社會生產過程中對女性的忽略，以及女性在勞動場域中所面臨的性侮辱與性窺視處境。〈感情〉聚焦台日混血兒心理，藉此反映殖民地特有的文化含混現象，亦為女性在政治、國家、男權等文化秩序中被壓抑的情形發出不平之聲，此為當時少見的寫作題材。黃寶桃的創作題材超越生活經驗局限，與葉陶相似，均具有婦女運動視野，從女性意識及性別認同角度出發，透過現實主義手法，展現出尖銳的性別意識，致力揭露台灣女性在種族、階級、性別、職業上的弱勢。葉石濤讚賞其小說

「左派思想濃厚，把普遍人權和女權結合起來，替弱勢人群的窮苦生活有強烈的抗議」。（陳怡君）

賴雪紅（生卒年不詳）

小說家。籍貫及學經歷不詳。根據《台灣總督府府報》記載，1941年曾有同名者獲授與教員證（公學校乙種本科正教員）；但同時代作家楊千鶴亦曾指出賴氏雪紅為當時某一男作家的筆名。1941年9月首次於《台灣文學》發表散文〈古爾蒙詩抄〉（グウルモン詩抄）。1942年10月於《台灣文學》發表以母愛為主題的短篇小說〈夏日抄〉（夏日抄），描寫養女與養母之間深厚動人的真摯情感，以及少女面對人生轉捩點時的細膩心理變化。作者一方面描寫母女雙方面對「親情斷裂」時的孤立淒楚，另一方面又讚頌養母愛護養女的情懷。在敘事中批判養女習俗的同時，不失女性作者之唯美主義色彩，為其作品特色。葉石濤表示，〈夏日抄〉創作技巧不甚高明，日文駕馭也未臻上乘，但作者在寫實主義架構中對女主人公的細膩心理分析卻可圈可點。（陳怡君）

（二）日本人作家

木下新三郎（1863-？）

詩人、報社主筆、實業家等。筆名大東生、木下大東、大東學人等。日本佐賀人。東京大學政治系中退，1895年與兄長隨總督樺山資紀來台，任總督府人事課長兼秘書課長，1896年退職返日。1897年受聘為《台灣新報》主筆再度來台。1898年該報與《台灣日報》合併為《台灣日日新報》後，續任主筆。1907年自《台灣日日新報》退職，全心投入實業界，創設台北製糖會社、台北建物株式會

社，擔任台北商工會會長，亦受聘為台灣日日新報社、東洋製糖會
社等重要企業的監察人，1915年返日。木下在學生時期曾與石原健
三合譯William Watrous Crane《政治學》（政治学，東京：富山房，
1891）一書，因兼具漢學素養，旅台後頻繁參與台灣古典漢文詩社
活動，如玉山吟社等，與在台日人及台灣士紳、文人交流密切。
1906年木下在《漢文台灣日日新報》先後以日文、漢文連載〈南遊
見聞錄〉（南遊見聞録）、〈清韓漫遊所見〉（清韓漫遊所見）、〈滿
洲之經營〉（満洲之経営）、〈支那雜觀〉（支那雑観）四篇遊記，
為其旅台期間之代表作。該系列考察記，從帝國之眼鳥瞰日俄戰後
的台灣西部、大韓帝國、滿洲、上海……等地，特別著重都市地
域、社會情勢與現代性發展，為當時新興的日本知識分子東亞考察
文論之一。不過，木下因具有台灣總督府官員及殖民地資深媒體人
經歷，並對實業界充滿企圖心，因此觀察角度不同於一般文士或沒
有殖民地經驗者。他的考察記以簡練文字，記錄評比日本勢力控制
或滲透諸地域的現代設施、民眾現代性概念、知識階層動態及對日
觀感等，為觀察19、20世紀之交帝國擴張期之東亞情勢與日本人觀
點的重要文獻。（歐人鳳）

矢野峰人（1893-1988）

英國文學學者、詩人、大學教師、翻譯家等。本名矢野禾積。日本
岡山人。1918年京都帝國大學文學部畢業，1919年京都帝國大學近
代英文學研究，1935年文學博士。1924年任京都第三高等學校教
授，1926年任台北高等學校教授，以總督府在外研究員身分至英、
美訪學二年。1928年任台北帝國大學西洋文學講座教授。在《台大
文學》、《文藝台灣》發表創作、詩與翻譯詩，亦有為數不多的評
論。戰爭期間任台灣文學奉公會常務理事、日本文學報國會台灣支
部長，創作有日文詩集《幻塵集》（幻塵集，1940）、《影》（影，
1943）、翻譯詩集《墳墓》（墳墓，1936）、論文〈艾略特的文學

矢野峰人詩集《影》（台北：日孝山房，1943年1月）。封面設計素樸，僅在書背上題寫書名及著者，扉頁則以彩圖設計。詩集收有〈日蝕〉、〈笛〉、〈謎〉、〈斷章〉、〈祕密〉、〈肖像畫〉、〈影〉等作。（私人蒐藏，柳書琴解說）

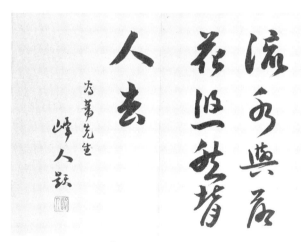

矢野峰人墨跡一幅：「流水與落花悠然背人去」。（私人蒐藏，柳書琴解說）

論〉（エリオットの文学論，1937）等。矢野峰人的短詩創作輕巧浪漫，所翻譯的英文詩為戰前台灣作家的重要美學泉源。矢野峰人以翻譯、論述的方式將雪萊等現代重要英詩，以及艾略特的文學論等譯介到台灣，並從事日文與英文的比較文學研究，其周邊的台北帝大學生、內地人作家在其教學與翻譯成果中，都獲得與當代世界

文學接軌的機會。現有井村君江、高遠弘美、富士川義之編《矢野峰人選集》三冊（東京：国書刊行会，2007）等。（張文薰）

金關丈夫（1897-1983）

人類學家、民俗學家、小說家、大學教師等。日本香川縣人。筆名有林熊生、蘇文石等。京都帝國大學醫學部畢業。因解剖學專業而對人類學研究產生興趣，1934年任職台北帝國大學醫學部教授後，在台灣從事南島人類學研究，奠定台灣民俗學基礎。金關丈夫從在西川滿《台灣風土記》發表民俗題材的散文開始創作。1941年與池田敏雄創辦《民俗台灣》，建立起一個有別於西川滿《文藝台灣》將民俗浪漫化，以及台北帝大《南方土俗》視民俗為學術考察對象之新平台。金關丈夫撰述豐富，以本名寫作民俗與藝術評論及散文；以「林熊生」寫作偵探小說《船中殺人》（船中の殺人，東京：東都書籍株式会社；台北：東都書籍株式会社台北支店，1943）、「龍山寺的曹老人」（龍山寺の曹老人）系列（1946-1948）；以「蘇文石」創作長篇小說《南風》（1942-1943）。兼具知識分子與文藝作家身分的他，以台北帝大教授身分，積極爭取戰爭下台灣民俗紀錄保存的機會，更以學術專業提供民俗愛好者系統化採集的方法，其文學創作更可視為民俗採集與文化觀察的具體實踐。「龍山寺の曹老人」系列將在地文化融入偵探破案故事，《南風》則記錄戰爭下台灣文藝界的眾生相。1990年代後，民俗研究成為檢討知識分子戰爭責任的主要領域，金關丈夫與柳田國男「大東亞民俗學」的戰爭責任也成為論爭焦點。《民俗台灣》作為學術研究與庶民生活的中介，教授身分作為帝國知識與在地文化的連結者，都使金關丈夫成為東亞跨文化研究不可忽視的個案。《船中の殺人》與《龍山寺の曹老人》第一、二輯現收於河原功監修《日本植民地文學精選集38台湾編13：船中の殺人；龍山寺の曹老人：第一輯·第二輯》（東京：ゆまに書房，2001），另有復刻本《台灣

文化論叢》2冊（台北：南天書局，1995）等。作品外譯例舉：
"Mrs. Kyo's Gold Bracelets," Trans. Jon Reed. *Taiwan Literature in English Series*, No. 30. 2012. Ed. Kuo-ch'ing Tu and Robert Backus. Santa Barbara: UCSB, CA: US-Taiwan Literature Foundation.（張文薰）

工藤好美（1898-1992）

大學教師、英國文學者、文藝評論家等。日本大分縣人。1924年早稻田大學文學部英文科畢業後，任台北帝國大學文政學部助教授，升任教授後講授英國文學。戰後返日，曾任教早稻田大學、奈良女子大學、名古屋大學、京都大學、青山學院大學、東海大學等。為Walter Pater（沃爾特・佩特）的研究專家，留下大量相關的研究專書和論文，在台北帝國大學的授課講議亦由岩波書店以《Coleridge研究》（コールリッジ研究）書名出版。另有《文學論》（文学論，朝日新聞社）、《英國文學研究》（英文学研究，朝日新聞社）、《卡萊爾》（*Carlyle*，研究社）、《語言與文學》（ことばと文学，南雲堂）、《文學概論》（文学概論，南雲堂）等著作。除了英國文學研究以外的著述不多，但在《台灣時報》279號刊載文學評論〈台灣文化賞與台灣文學〉（台湾文化賞と台湾文学）一文，因指出皇民奉公會中央本部創設的台灣文學獎中的一些矛盾，並評價當時台灣三位代表作家濱田隼雄、西川滿、張文環的作品，而引發糞現實主義論戰。戰前著作曾再多次刊印，諸如《文學概論》（東京：南雲堂，1979）、《語言與文學》（東京：南雲堂，1988）等，其他著作亦有改裝後出版。（中島利郎）

真杉靜枝（1900-1955）

小說家、雜誌發行人、女性主義者等。日本福井縣人。明治末期隨雙親渡台。台中高女中退後，進入台中病院附屬護士養成學校就

讀。1917年前後奉父母之命結婚。1921年逃婚前往大阪,擔任《大阪每日新聞》記者。1925年因採訪而結識武者小路實篤。1927年以其在台灣的婚姻生活寫成處女作〈站長的少妻〉(駅長の若き妻),發表於武者小路主編的雜誌《大調和》(1927年8月),而登上日本文壇。1928年開始在長谷川時雨的《女人藝術》投稿,發表〈某位妻子〉(或る妻)、〈倉庫的二樓〉(土蔵の二階)等作品,並與宇野千代等女性作家多有交流。1933年與坂口安吾、田村泰次郎等創立同人雜誌《櫻》。繼處女作之後,開始發表以台灣內地人社會中的女性生活為主題的作品,如1934年的〈南方之墓〉(南方の墓)及1936年〈南海的記憶〉(南海の記憶)。1937年出版第一本小說集《小魚之心》(小魚の心),收錄〈南方の墓〉、〈南海の記憶〉等台灣相關作品。1938年出版第二本小說集《雛雞》(ひなど

真杉靜枝攝於1929年左右。(吳佩珍提供、解說,引自《真杉靜枝與殖民地台灣》,台北:聯經,2013。)

《帰休三日間》(東京:秩父書房,1943),根據江刺昭子研究,該書表現了真杉參與戰地慰問與戰爭協力的情況。2002年由東京的ゆまに書房編入《「戰時下」の女性文學》系列復刻出版。(私人蒐藏,柳書琴解說)

り）。1939年與中村地平訪台，為首次返台，返回麻豆郡，與睽違
16年的母親再見。1941年1月滯留台灣，出版《南方紀行》（南方
紀行），同年6月出版《囑咐》（ことづけ）。兩書收錄以「南進政
策」下的台灣為主題的隨筆及小說。1955年6月29日因癌症病逝。
1940年代為真杉創作的巔峰期，單行本有《ことづけ》、《南方紀
行》、《返鄉休憩三日間》（帰休三日間）、《母與妻》（母と妻）等多
部。此時她的台灣主題作品，除了小說集《ことづけ》及《南方紀
行》之外，尚有隨筆集《無謂的振翅》（甲斐なき羽撃き，1940）。
然而，真杉是一位被日台兩地文壇遺忘的女性作家，這與其豐富的
創作量、多樣化的創作主題形成了強烈的反差。她在日治時期的台
日文壇扮演重要的仲介者角色，其作品有別於短暫滯台者及男性日
人作家，呈現在台中下階級日本人與日本女性的生活實態。她的生
平和創作歷程，與「殖民地台灣」的元素及其在殖民地成長的背景
有極大關係，這些對她文學特質的形成也有極深刻的影響。自她的
初期作品便可窺見台灣殖民地的「混雜性」特徵，而此特徵也見於
其台灣書寫以外的主題。現有河原功監修《日本植民地文學精選集
19台灣編7：ことづけ》（東京：ゆまに書房，2000）；高良留美子、
岩見照代編《女性のみた近代24：南方紀行》（東京：ゆまに書
房，2000）；長谷川啓監修《「戰時下」の女性文學12：母と妻》、
《「戰時下」の女性文學14：帰休三日間》（東京：ゆまに書房，
2002）等，以及涂翠花中譯〈站長的少妻〉收於王德威、黃英哲編
《華麗島的冒險》（台北：麥田，2010）等。（吳佩珍）

島田謹二（1901-1993）

大學教師、比較文學學者、文藝評論家、文學史家等。筆名松風
子。日本東京人。1922年東京外國語學校畢業後，就讀東北帝大英
文科，1928年取得該校文學博士。受到台北帝大文政學部西洋講座
教授矢野峰人推薦，於1929年3月底渡台擔任台北帝大文政學部講

師。先以法國人的英國文學研究為鑽研主題，1931年左右順勢進入法國派比較文學之路，向日本介紹比較文學理論與方法的同時，於1934年發表了在日本近代比較文學史上的劃期性研究〈上田敏的《海潮音》：文學史的研究〉（上田敏の『海潮音』—文学史の研究）。自1935年左右起，開始研究在台日本人文學史，1939年使用筆名「松風子」在以《台灣時報》為主的雜誌上陸續發表〈華麗島文學志〉（華麗島文学志）系列論文，並預定於領台五十週年（1945）出版。後因太平洋戰爭爆發而未竟宏願，直至他逝世兩年後的1995年《華麗島文学志》（東京明治書院）才終於得見天日。1941年擔任台北高等學校教授。1944年12月奉命出任陸軍司政官，赴港管理香港大學圖書館。1946年7月復員返回日本，1949年受聘為東京大學教養部教授，1953年擔任比較文學比較文化專門課程首任主任。1992年獲選文化功勞者。代表著作有獲日本學士院獎的《在日本的外國文學》（日本における外国文学）、獲菊池寬獎的《日俄戰爭前夕的廣瀨武夫》（ロシヤ戦前夜の広瀬武夫）。自1930年代中葉至1940年代初、西川滿領導地方主義文學運動時，島田從理論方面加以支持，主張培育扎根台灣的外地文學。1940年代的台灣文壇中，他的外地文學論有很大影響力。仿效20世紀在法國盛行的殖民地文學研究，將外地文學理論應用於台灣，同時運用重視歷史考證的法國比較文學方法，以及判斷美學價值的文藝學方法等。（橋本恭子）

瀧田貞治（1901-1946）

大學教師、文學研究者、文藝及戲劇評論家。號鹵山。日本栃木縣人。1927年東京帝國大學文學部國文科畢業之後攻讀研究所，但翌年成為第六高等學校（岡山）講師，1929年成為台北帝國大學文政學部助教授。戲劇與文學造詣深厚，相關評論豐富。曾在台北組織「西鶴學會」，機關誌《西鶴研究》（西鶴研究，台北：三省堂，

1942-1943）共發行 4 期。在台出版的專著有《西鶴襍俎》（西鶴襍俎，東京：巖松堂，1937 年 7 月）、《西鶴襍稿》（西鶴襍稾，台北：野田書房，1941 年 4 月）、《西鶴書誌學研究》（西鶴の書誌学的研究，台北：野田書房，1941 年 7 月）。台灣文藝相關評論則有〈現階段的台灣戲劇〉（現階段に於ける台湾演劇，《台灣文學》，1943 年 1 月）、〈時局文藝的應有樣態〉（時局文芸のあり方，《台灣公論》，1942 年 11 月）、〈增產與文學〉（增産と文学，《台灣公論》，1944 年 3 月）等。戰後遣返日本前逝於台北。（中島利郎）

上清哉（生卒年不詳，推測 1902 年生）

詩人、歌人、雜誌發行人與編輯等。本名上田平清藏，筆名上忠司、南遊亭灣公。台灣總督府商業學校（後改制台北州立台北商業學校）畢業後在役所任職，因經濟狀況不佳又與父親不睦，在雙重打擊下辭職回日本內地賦閒一段時間。返台後，於 1926 年 8 月發行詩誌《白色燈塔》（白い灯台），另出版《茉莉》（ジャスミン），僅刊一期。1928 年 9 月與藤原泉三郎等人創刊《無軌道時代》，被台灣總督府警務局視為左翼文藝刊物而遭警戒，隨即解散。1931 年 2 月《圓桌子》（円卓子）作為《無軌道時代》後繼雜誌創刊。同年 6 月和井出勳（後改名平山勳）、別所孝二、藤原泉三郎等人為推動左翼文學運動而設立台灣文藝作家協會，同年 8 月發行機關誌《台灣文學》，但再度遭禁止發行。1933 年 9 月與《無軌道時代》、《圓桌子》的同人藤原泉三郎、藤野菊治（雄士）、保坂瀧雄等人創刊文藝誌《南海文學》，至隔年 2 月發行 2 卷 1 號，停刊時間不明。曾在台灣出版詩集單行本《聽見遙遠的海鳴》（遠い海鳴りが聞えてくる，台北：南光書店，1930 年 2 月）、《從日復一日的生活中》（その日暮しの中から，台北：杉田書店，1935；同年 10 月《N'EST CE PA》（ネ・ス・パ）第 6 號刊有山村朝夫的書評）。1938 年進入中央研究所就任。同時也是《新玉》（あらたま）的和歌詩人。（中島利郎）

藤原泉三郎（1903-1993）

詩人、小說家、雜誌發行人與編輯、劇團組織者與演員等。依《台灣地方行政》1943年5月5日號記述，本名林善三郎。台灣總督府商業學校（後改制台北州立台北商業學校）畢業後，任職役所，與上清哉、紺谷淑藻郎共創詩文誌《亞熱帶》（亜熱帯，1924年11月）、《炎天》，但兩者都是短命雜誌。大正時期開始在《台灣日日新報》投稿小說、詩、劇本。1925年組織了戲劇團體「獵人座」，並與台灣鐵道協會宮崎直介等人於台灣鐵道飯店演出，此為在台日人首次日本式的新劇公演。隔年12月加入了後藤大治主持的「台灣詩人組合」，在《新熱帶詩風》發表詩作。1929年9月與上清哉、保坂瀧雄（瀧坂陽之助）、徐淵琛等人發行《無軌道時代》，並發表詩作以及小說〈陳忠少年的故事〉（陳忠少年の話）。1930年11月集結已發表的小說、詩等作品，由台北的文明堂書店發行文藝作品集《陳忠少年の話》。1931年6月與上清哉、別所孝二、井出勳等39名會員一同設立左翼文藝團體台灣文藝作家協會，藤原擔任幹事，9月創立機關誌《台灣文學》。但因內部分裂，協會於隔年6月停止活動。1933年主持「台灣演劇集團」，之後為統合台北四個劇團成立「台北戲劇CIRCLE」（台北演劇サークル）而奔走。1934年移居台中，任職台中州大屯郡役所，1938年擔任台中州總務科地方係長。此後主要在《台灣地方行政》、《台灣文學》（張文環主持）等雜誌發表詩作，亦任《台灣文學》編輯委員。1943年確定以海軍書記身分被派遣到南方要塞時，將此前詩作集結成為《秋風往來》（秋風往來）紀念，由台北的東都書籍出版。〈陳忠少年の話〉現收於河原功監修《日本植民地文学精選集34台湾編9：陳忠少年の話》（東京：ゆまに書房，2001）等。（中島利郎）

日高紅椿（1904-1986）

童謠詩、兒童劇作家；兒童文學、音樂、戲劇提倡者等。本名捷

一。鹿兒島市出生。來台時間不詳，1960年返日。1923年畢業於州立台北商業學校，在學時開始童謠創作。1923年師事野口雨情。1927年，吉鹿則行「童謠研究會」邀請野口與作曲家中山晉平、歌手齊藤千夜子首次來台演講時，日高也參與其中。畢業後就職於台灣商工銀行台中分行，1937年4月轉任台北總行。就職後積極於台、日兩地發表童謠，同時在台推動童謠、兒童樂團、劇團等。作品在日本方面主要刊載於《赤鳥》（赤い鳥）、《童話研究》（童話研究）、《金星》（金の星）、《泡泡球》（シャボン玉）等兒童雜誌，屢獲吉江孤雁（吉江喬松）讚賞並得獎（成人部門）。台灣方面，在《台灣日日新報》、《台灣文藝》等發表創作和推動兒童文化運動理念的文章。1924年8月9日在台中小學校講堂舉辦童謠劇大會後，日高公布鈴蘭社創社宗旨，宣告他在台推動童謠活動的開始。1925年發行童謠雜誌《鈴蘭》（すゞらん，20期）；同年10月又以培養孩童優良「童心」、落實童謠歌唱、舞蹈與戲劇為目的，設立台中童謠劇協會。1928年以研究童謠與兒童劇為主，邀請坂本登為代表，組成台灣童話劇協會（機關誌《三日月》），但不久離開協會，1929年自組日高兒童樂園，招募幼稚園、小學生，組成童謠歌唱團、口琴樂團、音樂劇等，推動兒童藝術運動。這個當時被稱為在台唯一的兒童藝術研究團體，於1939年8月松岡花子來台時擔任演出後宣告解散。1939年日高開始參加「台北兒童藝術協會」（機關誌《兒童街》），繼續推廣相關活動，也曾為「帝國少女戲劇」編舞。這時期的「童謠」是以詩為型態的創作。《廄馬》（廄のお馬，大分市：童仙房，1929）是日高的首部著作，也是在台日人首部的童謠個人著作，該作和他獲得《金星》成人組童詩獎的作品同名。本篇作品收錄時，增添了高木正雄作曲的五線譜。日高童謠主題包含日本傳統文化、台灣鄉土、原住民等要素，從其作品與理念可窺見台灣兒童唱歌、戲劇，特別是少女舞蹈發展史。這些運動與日本內地相關活動的發展歷程有密切關係，日高在台的一連串活動也刻畫出「殖民地」被編入「帝國身體」的過程。（李文茹）

立石鐵臣（1905-1980）

美術家、書籍裝幀家、散文家、民俗圖繪者等。本籍日本長野，生於台灣台北。1913年舉家返日，1916年入明治學院中學部，1921年起向跡部直治習日本畫，1926年轉習西洋畫，先後師事岸田劉生與梅原龍三郎。1933年來台寫生旅行，翌年遷居台灣，同年參與創設台陽美術協會，為會員中唯一的日本人，隔年退會，1936年返日。1939年受邀至台北帝大製作昆蟲等標本畫。此次來台定居，歷經日本戰敗、受國民政府留用，陸續任職於省立編譯館、台灣大學等單位，1948年12月遣返回日。在台期間，積極參與台灣畫壇與文壇活動。除台灣美術展覽會外，也參與日孝山房、東都書籍株式會社的書籍出版工作，以及《媽祖》、《文藝台灣》等文藝雜誌之裝幀與插畫。亦擔任《民俗台灣》之封面設計與插畫，並於該誌連載「台灣民俗圖繪」專欄。返日後轉向超現實主義風格創作，並繪製兒童繪本插畫、昆蟲等圖鑑細密畫。1980年逝世。早年在台的創作，除《蓮池日輪》等少數作品，多已散佚，1962年創作《台灣畫冊》，圖文並茂，流露對台灣的思念之情。晚年將細密畫導入油畫中，《春》為代表作之一。立石雖為畫家，亦擅寫作。在台期間常於報章雜誌發表隨筆與美術評論，與西川滿合作之限定版書籍，版畫與文學作品互相輝映，創造出具有濃厚台灣色彩的藝術，被視為「灣生」文化人之代表人物之一。自1980年代起，他的藝術成就與文化貢獻陸續被台灣介紹並研究，他對台灣民俗與風土的採擷與描繪引發回響；而長年被日本畫壇遺忘的他，在對跨國境活躍藝術家的再評價風潮下，2016年也於日本的公立美術館舉辦回顧展。其創作與跨國界、跨文化、跨時代的生涯，體現出近代台灣與日本之間複雜的歷史狀況。現有《台灣畫冊：立石鐵臣畫冊》（板橋：台北縣立文化中心，1996）、邱函妮《灣生‧風土‧立石鐵臣》（台北：雄獅圖書，2004）等。（邱函妮）

河野慶彦（1906-1984）

小說家、教師、雜誌編輯等。日本宮崎縣出生。從大分的師範學校畢業後，任教於九州和東京。1937年來台，至台南州的斗六公學校和斗六家政女學校、寶國民學校擔任教師。1942年成為《文藝台灣》的同人，次年成為文藝台灣社台南支社的負責人，每個月皆舉辦文藝例會。1944年8月成為「台灣文學奉公會」的幹事，參與《台灣文藝》的編輯工作。其後被選為總督府情報課「派遣作家」，實地訪問油田地帶，並據此創作〈鑿井工〉（鑿井工，《台灣文藝》，1944年11月，後收錄於《決戰台灣小說集》乾卷）。河野慶彥發表於《文藝台灣》上的作品受到西川滿矚目，其餘如《台灣時報》、《台灣文藝》、《台灣新報・青年版》上亦有作品登載。主要的小說有〈河流〉（流れ）、〈燒水〉（湯わかし）、〈扁柏之蔭〉（扁柏の蔭）、〈蜻蛉玉〉（とんぼ玉）（以上發表在《文藝台灣》）、〈拉拉七之夜〉（ララチの夜）（發表於《台灣時報》）、〈月光〉（發表於《台灣新報・青年版》）、〈年長〉（年闌けて）（收錄於西川滿

西川滿編選的《生死の海》（台北：台灣出版文化株式會社，1944年3月）一書，輯錄了西川滿〈生死の海〉、河野慶彥〈年闌けて〉、德澄晶〈潮鳴り〉、大河原光廣〈加代の結婚〉、小林洋〈新しい建設〉等五篇小說。該書由宮田晴光與立石鐵臣裝幀、插繪，與濱田隼雄同時期編選的小說集《萩》為姊妹作。（國立台灣圖書館提供，柳書琴解說）

編《生死之海》（生死の海）、〈抑留〉（抑留）（發表於《旬刊台新》），也有隨筆與評論。戰後在宮崎日日新報社工作。1985年自費出版《故鄉美美津》（ふるさと美々津）。〈年闌けて〉現收於中島利郎編《日本統治期台湾文学集成4：台湾短篇小説集》（東京：緑蔭書房，2002）；〈扁柏の蔭〉現收於星名宏修、中島利郎編《日本統治期台湾文学集成6：台湾純文学集2》（東京：緑蔭書房，2002）；〈振翅〉（羽搏き）、〈月光〉收於中島利郎編《日本統治期台湾文学集成23：「台湾新報‧青年版」作品集》（東京：緑蔭書房，2007）等。（中島利郎）

庄司總一（1906-1961）

小說家、詩人、大學教師、雜誌編輯。筆名阿久見謙、金讓三。生於日本山形。台南市南門小學校、台南第一中等學校、慶應義塾大學英文科畢業。幼年隨行醫的父親住過北海道、大連及台東等地，1917年遷居台南。1926年返日就讀慶應大學，師承西脇順三郎。1931年大學畢業後留居東京，1940年於東京出版長篇小說《陳夫人》（陳夫人）第一部「夫婦」，博得文壇好評，入選第四屆新潮社文藝賞候選作品，並被改編為話劇，於文學座、明治座舉行公演。1942年完成第二部「親子」，翌年獲頒第一回「大東亞文學賞」次賞，並來台參加總督府與日本文學報國會舉辦之文藝報國運動巡迴演講會。1944年疏散至山形，在此迎接日本戰敗。1949年返回東京，1954年起任慶應大學講師，同時期擔任《三田文學》編委，另創辦文學同好雜誌《新表現》，持續活躍於文壇。著有《南方的枝幹》（南の枝，1943）、〈月來香〉（月来香，《旬刊台新》，1944年9月至11月）等。戰前作品以「日台融合」為主要題材，代表作《陳夫人》刻畫日台通婚家庭所面臨的異文化衝突與認同問題，細緻呈現當時台灣在地家族之風貌、習俗，尤以日本人的身分深入刻畫殖民地新知識分子處於現代與傳統夾縫間的苦惱，獲得不少共

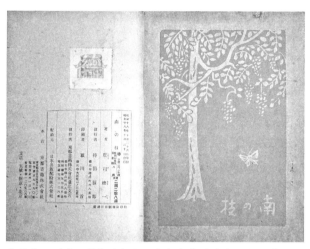

庄司總一《南の枝》（台北：東都書籍株式會社台北支店，
1943 年 12 月），以紫藤花與蝴蝶為封面設計，內容描繪了庄司
從七歲來台到返日讀大學期間的台灣生活點滴。此為封面和版
權頁。（私人蒐藏，柳書琴解說）

鳴。不過，也刺激不滿足於此的台灣人作家如呂赫若等投入家族書
寫，企圖描繪出「日本人視線所不能及的台灣」。庄司總一戰後文
風丕變，轉為探討存在主義或上帝的問題等嚴肅作品，著有《殘酷
的季節》（残酷な季節，1953）、《神聖的恐怖》（聖なる恐怖，
1956）、《麻木》（しびれ，1959）等，小說〈流放者〉（追放人，
1951）曾入選第 26 屆芥川賞候選作品。現有《リバイバル「外地」
文学選集 20：陳夫人》（東京：大空社，2000）、黃玉燕中譯《陳
夫人》（台北：文英堂，1999）；黃玉燕中譯《嫁台灣郎的日本女
子》（台北：九歌，2002）；黃玉燕中譯《陳夫人》（台北：文經
社，2012）；林俊育台語文譯本《陳夫人》（台南：台灣教會公報
社，2018）等。（吳亦昕）

川合三良（1907-1970）

小說家、歌人、教師、社會運動者等。筆名立川三夫。日本大阪

人。岡山縣立第二中學、第六高等學校、京都帝國大學文學部國文科畢業。大學時曾參與左翼團體而遭逮捕，立誓轉向後始獲釋放。1933年京大畢業後受徵召入伍，至間島服役，翌年期滿退役。1935年赴台北，任職於其父兄經營之川合名會社。1937年再度被徵召赴中國江蘇戰場，受傷回台。1941年至1942年間於《文藝台灣》發表多篇小說而受矚目。1943年再接臨時徵召，於台北服役直至戰敗。戰後返回日本岡山，擔任山陽女子高校國語教師。1949年與妻兒一同過繼給親戚，改姓高田，翌年移居兵庫，前後任教於濱坂高校、豐岡高校，同時擔任日本民主主義文學同盟但馬支部負責人，發行《但馬新文藝》。作品以小說為主，描述在台日人的生活與苦惱，具自傳色彩。〈轉學〉（転校）、〈某一時期〉（或る時期）、〈出生〉（出生）、〈婚約〉（婚約）四篇小說獲頒第一屆文藝台灣賞，前三作以同一人物為主角，描述幼年於台灣成長的日本少年，返日讀書卻遭同胞歧視，成人後回台也無法融入台灣社會的孤獨處境，之後更被徵召上中國戰場，造成生涯難以抹滅的傷痕。葉石濤評其作品中對日本侵略戰爭無半句稱揚，僅淡淡描寫戰局中在台日人的日常現實，甚至可讀出反戰訊息，具獨到眼光與立場。戰後作品則對日本的殖民地統治與戰爭多所反省。部分作品收於中島利郎、河原功編《日本統治期台湾文学：日本人作家作品集5》（東京：綠蔭書房，1998）。（吳亦昕）

中村地平（1908-1963）

記者、小說家、報社編輯、圖書館長等。本名治兵衛，地平為筆名。日本宮崎縣人。台北高等學校畢業後，1930年進入東京帝國大學美術史科就讀。高校時期發行同人雜誌《足跡》，另與津村秀夫等創立同人雜誌《四人》。東京帝大時期，開始師事井伏鱒二，並與太宰治等作家交遊。1932年1月於《作品》發表〈熱帶柳的種子〉（熱帯柳の種子），受到文壇矚目。1933年東大畢業，隔年進

入都新聞社擔任文化記者約二年半，之後成為日本大學藝術部講師。此期間參加日本浪漫派，發表〈田鼠老大也陰溝裡翻船〉（土竜どんもぽっくり，1937），以此作開創富鄉土色彩同時具浪漫性的文風。至〈南方郵信〉（南方郵信，1938），寫作技巧更趨圓熟。戰時以陸軍報導員身分滯留馬來半島約一年。戰後曾任《日向日日新聞》編輯總務，另擔任宮崎縣圖書館長十年，之後繼承家業，擔任宮崎相互銀行社長。1963年因心臟麻痺辭世。中村因受佐藤春夫小說〈女誡扇綺譚〉（女誡扇綺譚）的影響，來台就讀台北高等學校。處女作〈熱帶柳の種子〉以台灣為舞台，是其南方浪漫作品的先驅。取材自霧社事件，於1939年12月發表的〈霧之蕃社〉（霧の蕃社），以及以1874年「牡丹社事件」為背景，在台灣恆春實地取材的長篇小說《長耳國漂流記》（長耳国漂流記，1940年10月至1941年6月），均改編自台日歷史及殖民統治重大事件。1941年由墨水書房出版的《台灣小說集》（台湾小説集）為其戰前「南方書寫」的代表作，奠定其繼承佐藤春夫為南國浪漫系譜代表作家的地位。戰後文風轉折，凝視現實，帶有強烈私小說傾向。中村地平《台湾小說集》與大鹿卓的〈野蠻人〉（野蛮人，1936）皆承襲了佐藤春夫以浪漫主義建構原住民書寫的美學要素，也成為日人男性作家原住民書寫傳統。中村與真杉靜枝的戀愛備受文壇矚目，實際上兩者之間更有文學交涉，為台灣符號的重要演繹者。真杉靜枝〈征台戰與番女阿台〉（征台戦と蕃女オタイ）與中村地平《長耳国漂流記》創作時間點幾乎重疊，兩作均出現牡丹社事件遭日軍俘虜後被送返日本接受教育的原住民女性「阿台」。兩人對阿台形塑的差異，顯示兩人深度的文學交涉以及對性別政治與象徵符號應用的差異。現有淺見淵等編《中村地平全集》三卷（東京：皆美社，1971）、興梠英樹編《中村地平小說集》（宮崎：鉱脈社，1997）等。（吳佩珍）

中村地平（前排右三）與友人
福田清人、坪田讓治、伊藤整
（由右到左），以及日本大學
藝術學部學生們（後排），攝
於1937年。（吳佩珍提供、解
說，引自《真杉靜枝與殖民地
台灣》，台北：聯經，2013）

《台湾小說集》1941年由墨水
書房出版，收錄〈霧の蕃
社〉、〈蕃人の娘〉、〈人類創
世〉、〈旅さきにて〉、〈太陽
の眼〉、〈熱帯柳の種子〉、
〈太陽征伐〉、〈蕃界の女〉、
〈廃れた港〉九篇作品。（私
人蒐藏，柳書琴解說）

《長耳国漂流記》（東京：河出書房，1941年6
月），由中川一政設計、繪圖。全書分「南方漂
到」、「蕃界探檢」、「戦の記録」三章，以原住
民口述、歷史文獻、田野調查穿插描繪牡丹社事
件，是形式獨特的歷史小說。國立台灣圖書館典
藏本，為中村地平寄贈。（國立台灣圖書館提
供，柳書琴解說）

西川滿（1908-1999）

詩人、小說家、雜誌主編、出版社負責人、書籍裝幀家等。筆名鬼谷子、劉氏密等23種。日本福島縣會津若松市人。兩歲隨父西川純渡台。在台北受中小學教育，1928年進入早稻田大學第二高等學院就讀，1930年入學早稻田大學法文科。1934年4月進入《台灣日日新報》社擔任文藝版主編，兼任《愛書》雜誌主編。先後創刊雜誌《媽祖》（媽祖，1934年9月）、《台灣風土記》（台湾風土記，1939年2月）、《華麗島》（華麗島，1939年12月）。1939年9月設立台灣詩人協會，1939年12月改組為台灣文藝家協會，創刊《文藝台灣》雜誌。1942年4月辭去台灣日日新報社工作，10月參加第一回大東亞文學者大會。1943年4月擔任文學報國會台灣支部理事長，1944年擔任文學奉公會本部戰時思想文化會委員。日本戰敗後，作為台灣文化的最高指導責任者，被納入總督府情報課的戰犯名簿。重要著作有小說集《梨花夫人》（梨花夫人，1940）、《赤崁記》（赤嵌記，1942）、《台灣縱貫鐵道》（台湾縦貫鉄道，1943-1944年連載；

1942年10月官方公布「第一回大東亞文學者大會」台灣代表後，張文環、西川滿、龍瑛宗、濱田隼雄四人的合影（右起）。同月16日《台灣日日新報》第二版上刊出四人合照，大幅報導。（龍瑛宗文學藝術教育基金會提供，柳書琴解說）

西川滿《媽祖祭》（台北：媽祖書房，
1935年4月），宮田弥太郎裝幀，洪雍
平題辭，定價10圓。收錄〈媽祖祭〉、
〈慶讚 城隍爺祭〉、〈胡人の書〉等12首
日文詩，並以「春福」、「春龍」雙封面
限量發行，其設計具民俗與宗教色彩。
（國立台灣圖書館提供，柳書琴解說）

1979年出版）；詩集《媽祖祭》
（媽祖祭，1935）、《亞片》（亞
片，1937）、《華麗島頌歌》（華
麗島頌歌，1940）、《一個決意》
（一つの決意，1943），另有隨
筆、編著與翻譯作品。1943年以
《赤嵌記》獲台灣總督府台灣文
化賞。研究者阮斐娜認為，西川
滿早期小說、詩歌創作結合法國
文學浪漫神秘風格、台灣閩南語
詞彙與民俗宗教、中國漢詩文傳
統等，建構具有東方主義視線與
性別意涵的華麗復古幻想世界。
1942、1943年轉以寫實手法呈現
戰爭期間「不同形式的美」，將
台灣歷史題材轉化為日本帝國的
南方建設史。戰前作品結合法國
神秘主義與台灣民俗宗教，1946
年返日後，持續以台灣或中國題材進行小說創作，並組「天后會」
從事媽祖宗教與文化活動。現有《西川滿全詩集》（東京：人間の
星社，1982）；中島利郎編《西川滿全書誌（未定稿）》（大阪：中
国文芸研究会，1993）；葉石濤中譯《西川滿小說集1》（高雄：春
暉，1997）；陳千武中譯《西川滿小說集2》（高雄：春暉，1997）；
中島利郎、河原功編《日本統治期台湾文学：日本人作家作品集
1、2》（東京：緑蔭書房，1998）；黃玉燕中譯《台灣縱貫鐵道》
（台北：柏室科技藝術，2005）等。作品外譯例舉："The Sulfur
Expedition," Trans. Robert Backus. *Taiwan Literature in English Series*,
No. 7. 2000. Ed. Kuo-ch'ing Tu and Robert Backus. Santa Barbara:
UCSB, CA: US-Taiwan Literature Foundation.（朱惠足）

長崎浩（1908-1991）

詩人、劇作家、總督府職員等。日本新潟人。1925 年村松中學校畢業後歷經一年代用教員，1927 年赴東京，於上野的文部省圖書館職員養成所考取司書資格。此時期也熟讀左翼知識分子的著述、大正末期詩集和相關詩論。同年 8 月出版處女詩集《新秋》（新秋）。與真壁仁、猪狩滿直等創雜誌《北緯五十度》（1930.11-1935.10），歷經八年在長野與山形的圖書館員生活後，1936 年渡台遷居至彰化，於台灣總督府彰化市立圖書館工作。1938 年轉職至總督府內務局土木課的台灣國立公園委員會，編

有《台灣的國立公園》（台湾の国立公園）、《台灣國立公園照片集》（台湾国立公園写真集）等書，皆為台灣國立公園協會 1939 年出版。結識西川滿，1939年 9 月與西川滿、北原政吉、黃得時、楊雲萍、龍瑛宗等共同組織台灣詩人協會，發行機關詩刊《華麗島》，其詩刊終結後又創文藝雜誌《文藝台灣》。1942 年轉任皇民奉公會中央本部文化主事，引領戰時的皇民文化運動。1938 年發表〈南島旅情〉（南島旅情），刊載於友人齋藤禮助於山形發行的文藝雜誌《風景》，以及三好達治等所編的《四季》（第二次）5 月號。〈故園之章〉（故園の章）刊載於真壁仁創刊的《抒情》後，又揭載於《台灣日日新報》、《文藝台灣》，可見

長崎浩主編、解說的《台湾の国立公園》（台北：台灣國立公園協會，1939），由岡田紅陽攝影，以登山者的照片為封面。內容囊括了大屯國立公園（包含今陽明山國家公園與觀音山）、次高タロコ國立公園（包含今太魯閣國家公園與雪霸國家公園）、新高阿里山國立公園（包含今玉山國家公園和阿里山國家風景區）的風景照，文字介紹、新詩及觀光建議路線。（國立台灣圖書館提供，柳書琴解說）

長崎之喜愛。曾發表小說〈至親〉（至親）於雜誌《朔北》。龍瑛宗曾評長崎浩詩篇如「美麗風景畫」，擅長景物描寫中投射出客觀自我。1930年代，長崎曾試圖將風格從懷舊派抒情詩人轉為現實主義詩人，但後來發表之作品風格仍舊偏向抒情詩居多。據中島利郎考察，太平洋戰爭期間，長崎主張將日本傳統中的「萬葉精神」視為文學所追求的「美的血統」。1942年擔任皇民奉公會主事之際，認為應以詩為戰鬥武器，發表多首愛國詩與戰爭協力詩作。戰後自費印刷出版《南島旅情：長崎浩詩集》（南島旅情：長崎浩詩集，1975）、《詩集：故里寂寒》（詩集 ふるさとさむく，1977）。另有作品收於河原功編《日本統治期台湾文学集成10-14：台湾戲曲・脚本集》（東京：綠蔭書房，2003）、中島利郎編《日本統治期台湾文学集成23：「台湾新報・青年版」作品集》（東京：綠蔭書房，2007）等。（劉怡臻）

藤野雄士（1908-？）

記者、文藝評論家、雜誌編輯等。本名藤野菊治。日本福岡縣戶畑市人。中學校畢業後，從事特殊教育，1935年左右開始，先後於台灣時事新報社、朝日新聞台北支局、東台灣新報擔任記者。1931年2月與上清哉等人創刊詩誌《圓桌子》（円卓子），亦曾擔任《台灣新文學》編輯部員。另在《台灣新文學》、《台灣文學》、《台灣時報》、《台灣藝術》、《民俗台灣》等刊物發表文學評論、詩作、隨筆等。曾多次撰文肯定張文環作品，如〈〈夜猿〉及其他・雜談〉（「夜猿」その他・雜談）、〈關於張文環和〈山茶花〉的備忘錄〉（張文環と「山茶花」についての覚え書）等。雖是《文藝台灣》同人，但因文學立場與該誌核心人物西川滿產生對立，而與台灣人作家如賴明弘、張文環、楊逵、吳新榮等鹽分地帶作家互動頻繁，是當時較親近與理解台灣人的在台日人作家。現有〈張文環と「山茶花」についての覚え書〉，收於中島利郎編《日本統治期台湾文学

集成2：台灣長篇小説集》（東京：緑蔭書房，2002），同文由陳明台中譯，收於黃英哲編《日治時期台灣文藝評論集：雜誌篇》第三冊（台南：國家台灣文學館籌備處，2006）。（鳳氣至純平）

濱田隼雄（1909-1973）

記者、小說家、評論家、師範學校教師等。筆名佃龍等。日本宮城仙台人。曾就讀仙台第二中學校、台北高等學校文科乙類，東北帝國大學法文學部畢業。之後曾於東京擔任《實業時代》特約記者，1933年再度來台任職女校教師。1927年就讀台北高等學校時，參與發行台灣最早的高中生純文學同人雜誌《足跡》（足跡）。1940年1月加入台灣文藝家協會，以該協會機關誌《文藝台灣》為中心積極發表小說。因〈巷弄之圖〉（橫丁之圖，1940）嶄露頭角，並以台東廳鹿野移民村為背景的代表作長篇小說《南方移民村》（南方移民村）確立其在台灣文壇的地位(1941年連載，1942年出版單行本，1943年獲獎)。1942年11月受命與西川滿、張文環、龍瑛宗代表台灣作家，前往東京參加第一回「大東亞文學者大會」。1943年2月以《南方移民村》獲皇民奉公會「第一回台灣文化賞」之文學賞。同年5月，就任台北師範學校教授。1944年11月被徵召入伍，12月配屬於台灣軍司令部報導部，從事軍方宣傳工作。戰後1946年被遣返回日本仙台，在高中擔任教職，並繼續文學活動。主要發表園地為《東北文學》、《東北作家》、《散文》、《現

濱田隼雄《軍隊生活》（台北：台灣出版文化株式會社，1944年3月初版），為「皇民叢書2」。收錄〈敕諭〉、〈服從的精神〉等11篇文章，另附錄兵營參訪見聞等10篇作品。（私人蒐藏，柳書琴解說）

《草創》（台北：台灣出版文化會社，1944 年 12 月），最初連載於
《文藝台灣》及《台灣文藝》，出版時由宮田晴光與西川滿裝幀、
插繪，為濱田隼雄在台時期兩大長篇之一。河原功認為該作雖帶
有「殖民者之眼」，但也點出了糖業政策下的台灣社會問題，是成
熟之作。國立台灣圖書館典藏本，為 1945 年 2 月 4 日西川滿寄贈。
（私人蒐藏家提供封面、國立台灣圖書館提供扉頁，柳書琴解說）

代東北〉、《仙台文學》、《民主文學仙台》、《新宮城》（新みやぎ）
等仙台的報章雜誌。其作品除小說外，亦多隨筆、評論。重要著
作，戰前部分有中篇小說〈橫丁之図〉、《軍隊生活》、長篇小說
《南方移民村》、《草創》及其主編的短篇小說集《萩》等；在戰後
有評傳〈富之澤麟太郎傳〉（富ノ沢麟太郎伝）、「連作〈仙台維
新〉」系列小說、《物語　宮城縣民的鬥爭》（物語　宮城県民のた
たかい，1976）。濱田隼雄是日治末期台灣文壇中代表性的日本人
作家，與文壇中心人物西川滿並駕齊驅。一般認為其文學特色為立
足於社會觀點，擅長寫實主義，同時擁有長篇作家的雄渾構想及卓
越寫作能力。濱田在台時期主要描繪在台日人的生活，戰後則致力
挖掘被埋沒的仙台出身作家。他將仙台藩自江戶中期至幕末藩政上
的革新人物諸相，及該時代農民發動的革新能量加以作品化，記錄
了宮城縣民眾之社會變革鬥爭史，為此領域留下珍貴一頁。現有

《濱田隼雄作品集》（仙台：濱田隼雄作品集刊行委員会，1975）、黃玉燕中譯《南方移民村》（台北：柏室科技藝術，2004）。另有作品收於河原功編《日本統治期台湾文学：日本人作家作品集3、4》（東京：綠蔭書房，1998）；中島利郎編《日本統治期台湾文学集成4：台湾短篇小説集》（東京：綠蔭書房，2002）等。（松尾直太）

中山侑（1909-1959）

學校職員、詩人、劇作家、文化運動推動者、廣播電台工作者等。筆名鹿子木龍、志馬陸平、京山春夫等。台灣台北出生。父母於日本殖民台灣初期來台，中山氏出生並成長於台北，即所謂的「灣生」（台灣出生的日本人）。台北一中畢業。中學時期開始在同人雜誌《扒龍船》發表作品。以後陸續創辦《水田與汽車》、《赤色支那服》（赤い支那服）、《摩登台灣》等文藝雜誌。除雜誌的創辦之外，也組織劇團螳螂座（かまきり座）、南之小劇場（南の小劇場）。1927至1928年任台北高等學校雇員。1929至1931年任台北帝國大學文政學部雇員。1932年曾赴日本居住一年半，其後返台。1934年左右於《台灣警察時報》從事編輯與記者工作，約莫1937年進入台灣放送協會（廣播電台）文藝部。1939年成為台灣詩人協會會員，該團體成員多為在台日人，該年年底改組為台灣文藝家協會後，亦參與其中並擔任機關誌《文藝台灣》的編輯委員。1941年與張文環、黃得時等人脫離《文藝台灣》，同年5月創刊《台灣文學》。發表於《台灣文學》創刊號的小說〈某個抗議〉（ある抗議），描寫該雜誌同人對於現行以戲劇為主之文化運動的不滿和其改革熱情。稍後《台灣文學》同人組織台灣鄉土演劇研究會，以鄉土演劇的復興為宗旨及目標，此即厚生演劇研究會之前身，但由於中山氏1943年1月受召從軍，前往廣東戰線，因此未參與演劇研究會和劇團演出。他的作品涵蓋詩歌、小說、童話、劇本、評論，還曾為台人音樂家鄧雨賢（筆名唐崎夜雨）創作的歌曲填詞，如〈月

之鼓浪嶼〉（月のコロンス）、〈來自鄉土部隊的勇士（戰線書簡）〉
（鄉土部隊の勇士から（戰線だより））。中山侑與其說是文學作
家，不如說是文化運動者，涉及領域甚為廣泛，是討論1930年代後
期至1940年代戰爭期台灣文化發展時不可忽略的人物。誠如《台灣
文學》發刊一事所示，中山侑是與台人作家關係密切的在台日人作
家。另外，李香蘭來台拍攝電影《莎韻之鐘》（サヨンの鐘）時，
也曾在他導覽下參觀了台北廣播局。現有作品收於中島利郎、河原
功編《日本統治期台湾文学：日本人作家作品集5》（東京：綠蔭書
房，1998）；河原功編《日本統治期台湾文学集成10-12、14：台湾
戲曲・脚本集》（東京：綠蔭書房，2003）等。（鳳氣至純平）

松居桃樓（1910-1994）

戲劇導演、劇作家、社會公益奉獻者。原名松居桃多郎。日本東京
人。早稻田大學政經學部畢業。出身戲劇世家，父親松居松葉是戲
劇家兼小說家，桃樓從小浸淫戲劇環境並接觸當時戲劇名家。中學
時代開始文學與戲劇創作，編輯、出版祖母松居鶴子詩集，成年之
後熱衷少年歌舞伎運動，1940年曾編纂歌舞伎演員市川左團次傳
記，熟習歌舞伎與新派劇的劇場藝術，也受小山內薰的戲劇觀念啟
發。大東亞戰爭爆發之後，台灣總督府與皇民奉公會本部籌設台灣
演劇協會，向日本內地徵求專家，松居當時任職松竹會社編導與企
劃部，被中央內閣情報局選中，於1942年3月下旬來台，擔任台灣
演劇協會主事，為協會實際負責人，同時也是文學奉公會的戲劇界
代表。松居在台三年多，於報刊發表〈台灣演劇論〉（台湾演劇
論）、〈台灣演劇之我見〉（台湾演劇私觀）、〈演劇與衛生〉（演劇
と衛生）、〈祭典與演劇〉（祭典と演劇）、〈青年與演劇〉（青年と
演劇），主張建立以台灣為中心的大東亞戲劇觀。曾創作劇本，《高
砂島的演員們》（高砂島の俳優達）描述戰爭期間大稻埕劇場故
事；《年輕的我們》（若きもの我等）是教化意味濃厚的鄉土劇；另

曾為藤原義江的歌劇團編寫《西浦之神》（西浦の神）。導演過真山青果《將軍離江戶》（將軍江戶を離れる）、近松門左衛門《國姓爺合戰》（国性爺合戦）片段、《櫻花國》（桜花国）。1943年7月參與《興南新聞》附設藝能文化研究會在台北演出八木隆一郎《赤道》，與竹內治共同擔任導演，這次演出刺激厚生演劇研究會於同年9月在永樂座推出《閹雞》（閹鶏）等劇。回顧戰時日本人戲劇家主導的台灣戲劇活動，不但劇場能量軟弱，之後也在短短幾年間煙消霧散，這是各種歷史與現實因素作用的結果。松居以日本內地專家身分來台，擔任戰時戲劇統制機構代表，實際執行皇民化運動時期的台灣戲劇政策，他舉辦皇民鍊成相關課程，訓練劇團、策劃演出，並到各地視察、指導演出活動。松居反對凡事以東京馬首是瞻的戲劇觀，直言「皇民化並非各方面都要學內地，學東京。台灣要率先創作新文化，要有啟發（日本）中央的氣概才行。」戰後松居回到日本，除一度為東寶企劃電影，逐漸淡出戲劇界，先是響應國家糧食開發政策進行荒地拓墾，又為戰後流離失所的底層民眾成立互助部落，被尊稱為「蟻之街的松居先生」，晚年潛心生命哲學與宗教的研究。作品收於河原功編《日本統治期台湾文学集成12、14：台湾戲曲・脚本集》（東京：緑蔭書房，2003）、《日本統治期台湾文学集成23：「台湾新報・青年版」作品集》（東京：緑蔭書房，2007）。（邱坤良）

竹內治（1911-1945）

劇作家、童話作家、兒童文學提倡者等。本籍日本靜岡縣，台灣出生。依據1938年6月發行的《台灣藝術新報》記載，離開台北的戲劇團體「日之丸藝術聯盟」（日の丸芸術連盟）後，成為若草新劇團主持人，也經營「合歡兒童樂園」（ねむの木子供楽園），參與「合歡兒童樂園」，與廣播界元老、亦參與「合歡兒童樂園」的行成弘三聯手製作台北放送局（JFAK）的廣播劇，相當活躍。1938年

濱田隼雄主編的文藝選書《萩》（台北：台灣出版文化株式會社，1944年11月），宮田晴光裝幀、插繪，收錄竹內治〈夢の兵舍〉及濱田隼雄〈萩〉、龜山春樹〈南蠻賀留多〉、喜納磨佐秋〈海口の女〉、今田喜翁〈南への船出〉、小林井津志〈竹筏渡し〉等六篇小說。（國立台灣圖書館提供，柳書琴解說）

台灣藝術社出版的《台灣むかし話》總計三冊，由竹內治、稻田尹、鶴田郁分別撰著第一輯（1942年12月）、第二輯（1943年5月）、第三輯（1943年7月）。竹內治所著的第一輯與另兩輯相比，保留了大量的台語，特別是與台灣習俗、信仰相關的詞彙。（私人蒐藏，柳書琴解說）

前後，一方面在台北的中央研究所工作，一方面編輯台灣兒童藝術協會機關誌《兒童街》，非常關注兒童文藝。1939年應召從軍。1940年成為總督府情報課囑託、文書課囑託，為設立台灣人的移動

戲劇隊「台灣演劇挺身隊」奔走，也參與「台灣演劇協會」的設立，和松居桃樓一起為台灣的戲劇革新努力。1945年1月1日過世，享年34歲。代表作有〈台灣演劇誌〉（台湾演劇誌，濱田秀三郎主編《台湾演劇の現状》，東京：丹青書房，1943年5月）、劇作〈新的出發〉（新しき出発）、〈漁村之曙〉（漁村曙）、〈家〉（家）、〈笛〉（笛）（以上發表於《文藝台灣》）、〈夢的兵舍〉（夢の兵舍，收於濱田隼雄編《荻》）等。1942年《台灣老故事》（台湾むかし話）由台灣藝術社出版。作品收於中島利郎編《日本統治期台湾文学集成4：台湾短篇小説集》（東京：綠蔭書房，2002）、河原功編《日本統治期台湾文学集成11、14：台湾戲曲‧脚本集》（東京：綠蔭書房，2003）等。（中島利郎）

中村哲（1912-2004）

文藝評論家、政治經濟學者、大學教師、大學校長等。廈門出生。東京府立第三中學校、東京帝國大學法學部畢業（1934）。1937年任台北帝國大學文政學部教授。戰後1946年任法政大學教授。1965年任法政大學校長。1983年起擔任社會黨參議院議員。1940年代曾發表〈外地文學的課題〉（外地文学の課題，《文藝台灣》）、〈作為文化政策的皇民化問題〉（文化政策としての皇民化問題，《台灣時報》）、〈關於近來的台灣文學〉（昨今の台湾文学について，《台灣文學》）、〈台灣文學雜感〉（台湾文学雑感，《台灣文學》）等論文。（中島利郎）

新垣宏一（1913-2002）

小說家、高校校長、大學教師等。台灣高雄出生。1931年進入台北高等學校文類甲科，1934年進入台北帝國大學文政學部文學科就讀。就讀台北高等學校時，結識黃得時，應其邀請，於《台高新

聞》發表處女作短篇小說〈百貨公司開張〉（でぱあと開店，1931）。進入台北帝大後，主要受井原西鶴研究者瀧田貞治指導，同時也受教於矢野峰人、工藤好美及島田謹二。在學期間以台大短歌會為主體，與中村忠行創辦《台大文學》雜誌。此時期，也在台灣新文學雜誌，如《台灣文藝》、《台灣新文學》投稿。1937年畢業後，進入台南第二高等女校擔任國語科教師。任職台南期間，與《台南新報》文藝部長岸東人成為知己，在此發表佐藤春夫的相關評論。1940年前後與西川滿互動頻繁，開始於西川滿創辦的雜誌《媽祖》、《華麗島》、《文藝台灣》投稿。1941年底前後，任職台北第一高等女校，再度回到台北。二戰後為國民政府留用，1947年5月返回故鄉德島縣，前後擔任德島縣的高等學校校長以及四國女子大學教授。任職大學期間，以夏目漱石研究知名。2002年去世。書寫範疇包含詩、散文、評論、考證、小說，多集中於《文藝台灣》發表。新垣宏一最為人熟知者，是對佐藤春夫〈女誡扇綺譚〉的考證，如〈禿頭港記〉（仏頭港記）、〈《女誡扇綺譚》與台南城鎮〉（『女誡扇綺譚』と台南の町）、〈《女誡扇綺譚》漫想一二〉（『女誡扇綺譚』断想ひとつふたつ），甚至要早於島田謹二定調〈女誡扇綺譚〉異國情調評價的代表作〈佐藤春夫氏的《女誡扇綺譚》〉（佐藤春夫氏の『女誡扇綺譚』，1939年9月），是佐藤〈女誡扇綺譚〉研究的先驅者。新垣小說的重要特色，主要多為描寫台灣人，如〈城門〉（城門）、〈在繁華街〉（盛り場にて）、〈訂盟〉（訂盟）、〈砂塵〉（砂塵）、〈船渠〉（船渠）等。其文學特徵被認為有「二世文學」，以及「扎根台灣」的傾向。大東和重的研究指出，與新垣宏一有實質交流的台灣文學青年，有王育霖、王育德兄弟以及邱永漢。王氏兩兄弟曾為了王育霖與台南第二高女畢業生的婚事，連袂拜訪新垣，此事之後被寫入短篇小說〈訂盟〉。受了西川滿薰陶的邱永漢，從台北高等學校返回故鄉台南時，常到新垣家拜訪，切磋文學。邱永漢於自傳中回想1947年二二八事件發生時，他在新垣家中一邊警戒流彈來襲，二人同時長談至天明。作品收於河原功監修

《日本植民地文学精選集13台湾編1：台湾文学集》（東京：ゆまに
書房，2000）；星名宏修、中島利郎編《日本統治期台湾文学集成
6：台湾純文学集2》（東京：緑蔭書房，2002）；中島利郎編《日本
統治期台湾文学集成22：「台湾鉄道」作品集2》（東京：緑蔭書
房，2007）；中島利郎編《日本統治期台湾文学集成23：「台湾新
報・青年版」作品集》（東京：緑蔭書房，2007）等。（吳佩珍）

竹村猛（1914-？）

文藝評論家、專科學校教師等。1942年4月赴任台北經濟專門學校
教授。1944年任台灣文學奉公會機關誌《台灣文藝》編輯委員。在
日本內地時曾與立原道造等人出版同人誌，詳情不明。來台後到日
本戰敗前著有〈作家及其素質〉（作家とその素質，《台灣文
學》）、〈作家與作品〉（作家と作品，《台灣時報》）、〈作家的態
度〉（作家の態度，《台灣公論》）、〈文學者的矜持〉（文学者の矜
持，《台灣公論》）、〈致某作家〉（ある作家へ，《台灣公論》）、
〈新的文藝雜誌〉（新しい文芸雑誌，台灣文學奉公會《台灣文藝》
創刊號）等評論，其評論甚為抽象。《文藝台灣》5卷1號刊有評論
濱田隼雄的〈《南方移民村》及其周邊〉（『南方移民村』近傍）。
（中島利郎）

坂口䙱子（1914-2007）

小說家、歌人、教師等。舊姓山本。筆名有南條小百合、山本れい
子、坂口れい子。日本熊本人。1933年熊本女子師範學校畢業。
1928年短篇小說〈壞掉的鐘〉（こはれた時計）獲選《少女俱樂部》
徵文特優獎。1933年任教代陽小學，加入八代鄉土史研究會，師事
八代中學東洋史教師板橋源。1935年初次渡台。1938年再次渡台任
教台中州北斗郡北斗小學，並結識《台灣新聞》文藝部的田中保

男。1939年因病返鄉，1940年渡台與坂口貴敏結婚，同年底描寫日本農業移民的小說〈黑土〉（黒土）入選台灣放送局十週年紀念徵文特等獎，自此展開創作之路陸續發表小說〈春秋〉（春秋）、〈鄭一家〉（鄭一家）。1942年結識楊逵因而加入《台灣文學》並發表〈百香果〉（時計草），為最初關注霧社事件之作，但遭到檢閱單位大幅刪除。1943年小說〈燈〉（灯）入選《台灣文學》主辦之首屆「台灣文學賞」。1945年攜子女疏散到台中州山區的中原部落。1946年返日，1948年加入丹羽文雄主導的《文學者》，以台灣原住民為主題繼續創作。1953年〈蕃地〉（蕃地）獲得第三回新潮社文學賞。後以1960年〈蕃婦羅婆的故事〉（蕃婦ロポウの話）、1962年〈有貓的風景〉（猫のいる風景）、1964年〈風葬〉（風葬）三度入選芥川賞，此後未有新作。2007年逝世。處女作〈こはれた時計〉，戰前代表作除了〈鄭一家〉，另有〈時計草〉、〈微涼〉（微涼）、〈曙光〉（曙光）、〈盂蘭盆〉（盂蘭盆）等作。在台期間，發表短歌、廣播故事、短篇小說、兩本小說集，為戰前台灣少數的女作家，其寫作立場跳脫殖民者視線，作品常觸及階級、種族、政治現象，風格平實，有異於異國情調、南方憧憬的外地書寫。戰後作品主要以中原部落生活經驗為基礎，關注霧社事件、理蕃政策及其衍生的問題，相關作品有〈Bikki的故事〉（ビッキの話）、〈蕃地〉、〈霧社〉（霧社）、〈蕃地之女〉（蕃地の女）、〈塔達歐・莫那之死〉（タダオ・モーナの死）等。獲得「揭示文學史所忽略的現代日本歷史傷痕」、「從心理層面與事件根源探討日本殖民統治下的蕃地，為日本文學史注入新元素」等評價。有「蕃地作家」、「蕃地作者」之稱。作品收於中島利郎、河原功編《日本統治期台湾文學：日本人作家作品集5》（東京：緑蔭書房，1998）；河原功監修《日本植民地文學精選集37台湾編12：鄭一家・曙光》（東京：ゆまに書房，2001）；淺田次郎等編《帝国日本と台湾・南方：滄》（東京：集英社，2012）等多種。（楊智景）

池田敏雄（1916-1981）

散文家、民俗學者、教師、雜誌編輯等。筆名繁多，包括黃雞、牽牛子、吳氏嫦娥、黃氏瓊華、朱氏櫻子、徐氏碧玉、陳氏照子、孟甲生、森元淳子、游氏阿蘭、賴氏金花、李杏花、李氏杏花、林氏幸子、盧氏品、月英、謝必安、祝英台近、青山樓、東門生、艋舺生、呂蒙正等。日本島根縣人，1924年舉家移居台灣。1935年畢業於台北第一師範學校，其後任教龍山公學校，期間對台灣民俗文化產生興趣。1939年西川滿創辦《台灣風土記》時，曾協助撰稿〈台灣挑燈考〉（台湾挑燈考），是其首篇台灣民俗相關文章。同年9月加入台灣詩人協會並擔任委員。1939年12月該組織改組為台灣文藝家協會並創刊《文藝台灣》，繼續擔任編輯，並結識張文環等台灣人作家。1941年3月辭去教職，擔任台灣總督府囑託，負責出版物編輯。同年與黃得時編纂〈台灣文學書目〉（台湾の文学書目），7月和金關丈夫等人共同創刊《民俗台灣》。1943年轉調皇民奉公

楊雲萍父子迎接友人前往士林習靜樓途中，後左楊父楊敦謨、後右楊雲萍、前左西川滿、前右池田敏雄。（圖片及解說引自許雪姬編《楊雲萍全集・資料之部（二）》，台南：國立台灣文學館，2011。）

會宣傳部，負責機關雜誌《新建設》編輯。1944年被徵召派往屏東，直至戰爭結束。1945年陸續編輯《孫中山先生傳》、《初級華語會話》等書。1946年被留用於台灣省宣傳委員會，同年10月進入台灣省編譯館。1947年二二八事件後，當局決定將留用日人全數遣返，是年5月池田離台回到島根，其後長期擔任平凡社編輯。1981年逝世。著有《台灣的家庭生活》（台湾の家庭生活，1944）。池田敏雄創作不多，但長年從事台灣民俗研究，成果豐碩且影響深遠。他採集的台灣民間故事，由西川滿編著並出版了《華麗島民話集》（華麗島民話集，台北：日孝山房，1942）。此外，他協助日治時期少女作家黃氏鳳姿出版《七娘媽生》（七娘媽生，1940）等書，為台灣民俗文學、兒童文學的經典之作。現有末成道男編《池田敏雄台湾民俗著作集》2卷（東京：綠蔭書房，2003）等。（鳳氣至純平）

西川滿、池田敏雄編《華麗島民話集》（台北：日孝山房，1942年5月），收錄〈虎姑婆〉、〈雷公と閃那婆〉、〈猫と鼠〉等24篇台灣各地民間故事。立石鐵臣裝幀、插畫，封面封底分別以民具和十二生肖進行設計。限定出版500部。此為封面、扉頁和封底。（私人蒐藏，柳書琴解說）

日野原康史（1921-1945）

雜誌編輯、詩人、小說家等。本名日野原孝史。台北出生。1942年
畢業於台北高等學校。高校時期擔任校內文藝部的《翔風》編輯。
同屬文藝部者，尚有低一屆的後輩王育德與邱炳南。1945年以「特
攻隊員」身分，在九州（出水）死亡。曾於《翔風》第20號
（1940）到24號（1942）發表〈白虹〉（白虹）、〈小小的記錄〉（小
さな記録）、〈三崎的上京〉（三崎の上京）、〈綠之章〉（緑の章）
等創作和詩作。此外，也在《文藝台灣》發表小說〈河邊〉（河の
ほとり）、〈五號室〉（五号室）、〈阿里山通訊〉（阿里山通信）和
島民劇〈十二月八日〉（十二月八日）。高校畢業後於1942年3月前
後返回東京，投稿〈夢想中的房間〉（夢像の部屋）等至《文藝台
灣》。作品收於河原功監修《日本植民地文学精選集13台湾編1：
台湾文学集》（東京：ゆまに書房，2000）；星名宏修、中島利郎編
《日本統治期台湾文学集成6：台湾純文学集2》（東京：緑蔭書
房，2002）；河原功編《日本統治期台湾文学集成14：台湾戲曲・
脚本集》（東京：緑蔭書房，2003）等。（中島利郎）

田中保男（生卒年不詳）

記者、文藝評論家、報紙文藝欄編輯等。筆名惡龍之助。赴台前的
學、經歷不明。1931年進入台灣新聞社，歷任記者、編輯局整理部
長，1943年任編輯局文化部長。主掌《台灣新聞》文藝欄，亦負責
該報「月曜文壇」之小說評選。任內除發掘坂口䙥子、入田春彥等
在台日人作家外，亦積極刊載台灣人作家的作品，使得《台灣新
聞》文藝欄成為「鹽分地帶作家」的重要發表園地。自身少有創
作，以評論家與指導者的身分活躍於二戰時期的台灣文壇，力倡地
方文化建設及國語（日語）能力提升之重要性。1942年發表隨筆
〈南郊雜記〉（南郊雜記），鼓吹「地方主義文學」，反對一味沉潛

1941年11月16日，《台灣文學》編輯委員與中部活躍的作家及文藝愛好者組成「中部文藝懇談會」，此為創立合影。時任《台灣新聞》文藝欄的田中保男（中排右五）和該社記者巫永福（前排左二），以及楊逵（中排右四）、張星建（中排右七）等人出力甚多。根據巫永福回憶，該會亦接待不少內地訪台作家。（巫永福文化基金會提供，柳書琴解說）

於鄉愁式地方氛圍的鄉土生態創作，主張應以今時今日地方人物的生活與精神為主題。1943年短論〈我的看法：為了台灣的文學〉（私は斯う思ふ—台湾の文学のために）同樣批評耽溺於形式、趣味而脫離現實人生的作品，並率先提出「皇民文學」一詞，呼籲全體台灣作家鍛鍊自身國語能力，使國語描寫能力達到自由、豐富，才能確立「正確的皇民文學」，穩固作家地位，從而使「本島文藝」擺脫「外地文學」或「地方文學」的特殊待遇，真正成為「日本文學」之一環。雖然其觀點無法擺脫殖民者與戰爭協力的立場，不過他致力培植在地作家，熱心參與以台灣人為主的《台灣新文學》、《台灣文學》等刊物編輯與文藝座談，博得楊逵等台灣人作家的信賴。（吳亦昕）

黒木謳子（生卒年不詳）

醫院雇員、詩人。本名高山正人。日本長野縣人。筆名黒木謳子。推測1930年5月來台，曾任台北醫院雇員（1931-1932）、屏東醫院雇員（1933-1938）等醫療相關工作。1934年起在《台灣新聞》發表詩作，經常入選該報募集的新年文藝，受編輯田中保男賞識。1934年加入台灣文藝聯盟，僅在《台灣文藝》上發表一篇詩作。1936年7月成為楊逵主持的台灣新文學社編輯委員，並於《台灣新文學》發表詩作及譯詩。同年夏與森行榮共同組織屏東藝術聯盟，設立文藝、戲劇、電影三部門，文藝部曾發行《南島詩人雜誌》。1937年6月出版來台後首部詩集《南方的果樹園》（南方の果樹園，屏東：屏東藝術聯盟），不幸於詩集出版後不久，便因工作及其他因素精神崩潰。《南方の果樹園》現收於河原功編《日本統治期台湾文学集成18：台湾詩集》（東京：綠蔭書房，2003）。（中島利郎）

黒木謳子詩集《南方の果樹園》封面。1937年6月由屏東藝術聯盟出版，收有佐藤春夫題字，田中保男、母里行榮序文。橋本恭子《島田謹二：華麗島文學的體驗與解讀》（台北：台灣大學出版中心，2014）一書中指出：黒木在自序中稱「移到台灣生活後，從氣候的劇烈變化，以及殖民地特有的畸形環境所受到的醜惡刺激，我的詩意從過去所謂感傷而浪漫，追求甜美夢境的抒情詩，漸漸轉向大膽、且更為現實的風格。作品也不再保有一定的形式，而開始出現許多混沌不明的各種詩風。」（河原功提供，柳書琴解說）

澁谷精一（生卒年不詳）

記者、文藝評論家。旅居中壢。1941年5月起擔任《台灣文學》編輯委員，主要在該誌發表「文藝時評」。在台灣時期曾任《鵬南新聞》記者，但該報詳情不明。該報廢社後，經中山侑推薦在台北放送局擔任配音員，演出廣播劇，也參與戲劇表演，1942年曾演出士林郡青年演劇挺身隊的〈父歸〉（父帰る）（中島俊男潤色）。1943年因家務因素返回東京，仍自東京投稿《台灣文學》。主要有〈小說的困難之處〉（小説の難しさ，《台灣文學》）、〈關於文藝評論〉（文芸批評に就て，《台灣文學》）、〈文藝時評‧高談闊論〉（文芸時評‧余りに放談的な，《台灣時報》）等評論，也在《台灣公論》發表「文藝時評」的短文。在當時被稱為文藝評論不毛之地的台灣，其評論雖嚴厲且語帶諷刺，卻是正格的文藝評論。諸如，「《台灣文學》對台灣文學界的努力功不可沒，但雜誌裡陰魂不散的小資產階級趣味是怎麼回事？繪本或童話書的介紹，是我們再怎樣也無法理解的不良嗜好。」這類言論揭示了他的方向性。（中島利郎）

吉村敏（生卒年不詳）

劇作家、小說家、廣播電台文藝員、鄭成功研究專家等。旅居台南。1941年春，進入台北放送局（JFAK）文藝部。台灣文學奉公會成員，1943年11月劇本《護鄉兵》（護鄉兵）在楊逵經營的盛興書店出版，為「台灣文庫」之一。1944年3月，代表皇民奉公會台北州支部編輯的《青年演劇腳本集‧第二集》，由清水書店出版。同年12月由台灣藝術社出版藝能奉公會演出用劇本集《一顆飛彈》（一つの矢弾）。曾在《台灣文學》發表劇本〈床母（二幕）〉（床母（二幕））及隨筆。1944年被台灣總督府情報課選為派遣作家13人之一，派遣到公用地，完成作品〈築城抄〉（築城の抄）發表於《台灣藝術》，後被收錄《決戰台灣小說集》。另著有小說〈悲運的

鄭氏〉（悲運の鄭氏）、〈南海秘史　Kon島物語〉（南海秘史　コン島物語）（以上發表於《台灣地方行政》）、〈山路〉（山路）、〈深秋暖陽〉（小春日和）（以上發表於《台灣警察時報》），〈軍事郵便〉（軍事郵便，發表於（《台灣公論》），〈敵愾心〉（敵愾心，發表於《台灣文學》）等，亦有其他劇作。作品收於中島利郎編《日本統治期台湾文学集成8：台湾通俗文学集2》（東京：緑蔭書房，2002）、河原功編《日本統治期台湾文学集成12-14：台湾戲曲・脚本集》（東京：緑蔭書房，2003）、中島利郎編《日本統治期台湾文学集成22：「台湾鉄道」作品集2》（東京：緑蔭書房，2007）、中島利郎編《日本統治期台湾文学集成23：「台湾新報・青年版」作品集》（東京：緑蔭書房，2007）等。（中島利郎）

二、作品

（一）單篇創作

〈臨牀講義─關於名為台灣的患者〉（臨牀講義─台湾と云ふ患者に就て）

日文散文。蔣渭水著。原載於文化協會機關報《會報》第一號（改訂版）（1921年12月10日）。〈臨牀講義〉以診療單形式，將台灣比擬為病人加以診斷並開出處方。文中將台灣歷史、現況及台灣人性格缺點，以既往症狀及目前病況方式呈現。病人主訴症為：病人頭大卻內容空虛，是因為「不充實腦髓」，手腳大而發達，是因為「過度勞動」。診斷結果為「世界文化中的低能兒」，理由為「知識的營養不良」。如果延誤治療，將有導致死亡之虞。蔣渭水認為台灣之所以淪為殖民地深受剝削，在於無法掌握世界情勢，缺乏西方新知，因此台灣人須積極改善其缺乏文化與知識的體質，才有可能脫離在世界上被邊緣化、被奴役的命運。〈臨牀講義〉乃蔣渭水以其醫學專業與用語，為台灣診療所開出的診療單。處方分別為「正規學校教育」、「補習教育」、「幼稚園」、「圖書館」、「讀報社」。這些也是之後文化協會積極推行者，可見此診療單乃文化協會的社會文化運動綱領。由蔣渭水、林獻堂等發起的文化協會，1920年10月17日於台北大稻埕舉行創設大會。創設當初便籌辦機關報《會報》，於1921年11月28日發行，印刷1200部，但隨即被禁。根據《總督府警察沿革誌》的發禁情報記載，該號正是因為〈臨牀講義〉文中「原籍中華民國福建省台灣道、現住所大日本帝國台灣總督府」的文字敘述，小說〈煩惱的靈魂〉（悩める魂）一文的社會主義傾向，以及通信記事〈來自岡山郡〉（岡山郡より）中的字句問題，在10月30日遭禁止發行。12月10日《會報》再以改訂版形式發行，目前改訂版已不復見。現存〈臨牀講義〉一文最早收錄於蔣氏逝世後黃師樵、白成枝編纂的《蔣渭水全集》（蔣氏遺集刊行會，1932），對照《總督府警察沿革誌》可知，「原籍中華民國福建

省台灣道」亦遭刪削為「原籍○○○○○○○○○」。作品外譯例舉："Clinical Notes," Trans. Steven L. Riep. *Taiwan Literature in English Series*, No. 20. 2007. Ed. Kuo-ch'ing Tu and Robert Backus. Santa Barbara: UCSB, CA: US-Taiwan Literature Foundation.（吳佩珍）

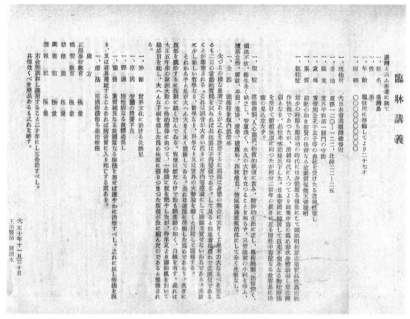

〈臨牀講義〉用醫學譬喻對台灣民族及文化問題開處方箋，為台灣現代散文的先驅之作。（蔣渭水文化基金會提供，柳書琴解說）

〈可怕的沉默〉

中文短篇小說。鷗著。刊於1922年4月6日《台灣文化叢書》第一號（隸屬台灣文化協會《會報》第三號）。約三千字。由首尾兩幅場景與中間對話構成，對比兩位台灣留日學生「季生」與「老蔡」對故鄉日常生活中被壓迫現狀的不同觀點。小說中被壓迫和污辱卻默不吭聲的馬與老蔡都影射台灣同胞，作者欲藉此戳破新知識分子肯定現代性卻對民族壓迫視而不見的隱忍現象，並對此「可怕的沉

默」感到悲痛。作者有意透過文學喚醒民族自覺，此文獲得登載亦反映出台灣文化協會啟蒙大眾的立場。〈可怕的沉默〉是台灣目前可見最早的中文現代小說，作者「鷗」生平不詳，從內容推測為具傳統漢學素養的台灣留日學生。1920年代台灣新文學萌芽之際，出現一些採用政治寓言的創作，曲折諷刺殖民統治的不義，並批判同胞對壓迫現狀的屈服和軟弱。本篇小說以流利的中國白話文、對台灣問題的批判思辨，展現了台灣新文學「搖籃期」先驅性作品的特性。朱惠足指出本作出版流通路徑跨越了台、日疆界，顯示1920年代台灣初期現代小說從帝國首都回流殖民地故鄉的生產路徑；而小說中所隱含對弱肉強食等進化觀的爭辯，也凸顯出當時台灣知識分子已注意到風行的世界主義論述將殖民現象化約為人類進化過程，卻忽視種族競爭、民族壓迫與殖民現代性帶來的傷害。（陳萬益）

〈她要往何處去？—給苦惱的年輕姊妹〉（彼女は何処へ？—悩める若き姉妹へ）

日文短篇小說。副標題為「給苦惱的年輕姊妹」（悩める若き姉妹へ）。謝春木（後改名謝南光，1902-1969）著。謝氏以筆名「追風」發表於1922年7月至10月《台灣》4至7號。中譯版初收於鍾肇政、葉石濤、林瑞明等編《光復前台灣文學全集1：一桿秤仔》（板橋：遠景，1979）。小說共五節，節名以女主角桂花的心路歷程來命名，依序為：望眼欲穿、孤帆遠影、還君明珠、幡然夢醒、揚帆待發。以台灣資產階級的生活為題材，描寫受新式教育的台灣青年學子，面對傳統父母之命、媒妁之言的態度。透過三角關係的情節，強力批判父母之命、媒妁之言，闡揚自由戀愛與婚姻自主的可貴，並強調女性受教育的重要性。遠景版的作品解說指出：「這是一篇反封建的小說，其寫作技巧以今日的眼光看來，可能稍嫌粗糙，但是具有時代意義，及社會寫實的價值。」為台灣新文學搖籃期的重要作品。施淑認為這篇小說「成了帶著全新夢想的1920年代

台灣新知識分子的新世界草圖」。柳書琴將它置於「前進東京」的題材脈絡下，指出這篇小說中的「她」，雖然憧憬東京並否定傳統的台灣社會，但是並不足以作為臣服日本的證據，因為「『東京』所表徵的文明是多層次的」。就謝春木思想之發展而言，這篇小說最大的特點在於：「開始以『她（女性／知識分子／台灣）』的譬喻方式，展開對『台灣將往何處去？』的多層次思考。」（丁鳳珍）

〈彼女は何処へ？〉連載於1922年《台灣》雜誌，卷頭配有一位短髮、著改良式台灣服，手持枴杖與小包的時髦少女。（蘇德昱提供，柳書琴解說）

〈神秘的自制島〉

中文短篇小說。無知著。原載於1923年3月10日《台灣》第四年第三號。敘述一個叫做「無知」的人酒醉後夢到自己到東海上的「自制島」觀光。他在島上發現一個奇異現象，島民們全在脖子上戴著枷一般的東西，上面寫著「自制」兩個字。這個東西能產生三種效用：「第一呢，是使人不想食飯，寒了不想穿衣。第二呢，是使人勞不知疲，辱不知恥。第三呢，是使人不必需要甚麼新學問，不得感受甚麼新思潮」。島上人民雖然戴著看似障礙物的東西，卻都對它沒有任何的懷疑或不滿，甚至相當感恩，並視為無上光榮。小說的開頭部分，先聲明了記者刊登這篇文章的動機，引導讀者認為這是實際狀況，以確保客觀性；但在最後卻又提到這個故事係發生在夢裡，暗示並非實際事件。如此首尾矛盾的安排，可能因作者意圖

批判現實，但又希望採取現代小說的虛構方式記述以規避文責。此篇小說於1923年發表，此時日本治台已近30年，從1919年起改採同化政策，不同於初期的武裝鎮壓，高談「一視同仁」、「內地延長主義」，狀似開明，其實是另一種殖民剝削的方式，農民更深受其害。這篇小說透過寓言形式點出台灣人未能對抗殖民政策的無知，批判同胞只會屈服強權，苟且過活，只知自制不圖覺醒。在敘事上，小說借用〈南柯記〉、〈桃花源記〉等中國傳統寓言，對在日本統治下背負枷鎖的台灣人痛苦、愚昧與奴性的現實，進行辛辣的批判與諷刺，但又以介於報導與小說之間的文體、結合現代媒體的形式發表。因而不僅有其批判現實的意圖，也有嘗試小說創作之用心，帶有新文學初期小說之特點。（崔末順）

〈霧社〉（霧社）

日文中篇小說。佐藤春夫著。原載於1925年3月《改造》。單行本作品集《霧社》，1936年7月由東京的昭森社出版。佐藤春夫為大正時期與谷崎潤一郎、芥川龍之介齊名的作家，1920年夏天因情傷返回故鄉新宮時巧遇在台灣打狗（高雄）開設齒科醫院的舊友東熙市，應其所邀，訪台三個月。抵台之初，暫居東宅，稍後赴對岸遊歷鼓浪嶼、廈門、集美、漳州十餘日，之後由南到北走訪台灣西半部並進入山區。〈霧社〉記述他於9月18日抵達集集，在驚聞薩拉馬奧（Slamao）部落事變後，經日月潭、埔里冒險進入霧社、能高，最後安全折返台中的蕃地之旅見聞。小說中描寫日本統治下的原住民代表性部落霧社遭受近代文明入侵，梅毒、性交易風行；揭露原住民經濟生活體制與良善風俗因資本主義入侵受到破壞；批判蕃童教育內容與原住民社會脫節之荒腔走板，以及總督府武力討伐、警蕃合婚、以蕃治蕃等政策，導致原住民各族交戰加劇的殘暴狀況。全篇以人道精神看待原住民，對總督府的施政進行嚴厲的批判，為日治時期敘寫原住民的代表性作品。單行本小說集收錄作品有〈日章

邱若山教授繪製之佐藤春夫台灣旅行
路線圖，收錄於邱若山譯《殖民地之
旅》，2016年11月前衛出版社出版。
（邱若山提供，柳書琴解說）

佐藤春夫以台灣題材為其作品集書名
者有《たびびと》、《蝗の大旅行》、
《霧社》，作為單行本書名者有《女誡
扇綺譚》。《たびびと》，1924年由為
新潮社出版。（邱若山提供，柳書琴解
說）

旗之下〉（日章旗の下に）、〈女誡扇綺譚〉（女誡扇綺譚）、〈旅人〉
（旅びと）、〈霧社〉（霧社）、〈殖民地之旅〉（植民地の旅）、〈彼
夏之記〉（かの一夏の記）。其中〈植民地の旅〉為其台灣中部見聞
的力作，與林獻堂的對談，就文明論與台灣統治政策展開論辯，尤
為研究林獻堂與台灣民族運動的重要資料。（邱若山）

〈女誡扇綺譚〉（女誡扇綺譚）

日文中篇小說。佐藤春夫著。原載於1925年4月《女性》，單行本
《女誡扇綺譚》1926年2月由東京的第一書房發行，為佐藤春夫以其
旅台見聞所創作的重要作品。小說描寫古都台南禿頭港望族沈家
（隱喻陳家）與土豪劣吏勾結掠地致富，並巧取豪奪與對岸貿易最

後敗亡的興亡經過，以及刻畫該家族唯一後嗣瘋女的悲戀故事。小說對安平、廢港進行荒廢的美感描摹，從神秘的舊港廢屋傳說故事，連結當時台南某米商婢女不願迫嫁在台內地人而與台灣情郎自殺的時事，設計十分精巧。作者自認為本作是其浪漫寫作路線最後的得意之作，亦是自己作品中屈指可數的稱心之作，發表後頗受重視。島田謹二將它評價為異國情調書寫的台灣散文文學王座，藤井省三以台灣民族主義的誕生之觀點析論其另一面向意涵，邱若山以浪漫主義文學的兩義性試圖連結島田與藤井論述的兩個面向作完整解讀。河野龍也則對這篇小說與傳說故事的關聯及其舞台考證有精闢的發現，許俊雅也針對戰後該小說被改寫與翻譯的情況有詳細論述。〈女誡扇綺譚〉風靡一時，影響其後西川滿、新垣宏一、中村地平、邱炳南（永漢）、日影丈吉等人的創作，形成作品互文的系譜，堪稱日治時期日本旅台作家首屈一指的代表作。（邱若山）

〈一桿「稱仔」〉

中文短篇小說。賴和著。原載於1926年2月4日、21日《台灣民報》第92、93號。主角秦得參在製糖會社的剝奪下家計捉襟見肘，從佃農、臨時工，最後淪為菜販。除夕前在市場賣菜時，巡警因索賄不成折斷稱桿，並誣指他違反度量衡規則。歷經一連串虐待，他體悟「人不像個人，畜生，誰願意做」，遂殺警後自殺。秦得參，台語音「Tsîn Tit-tsham」（真得慘），他反映了一戰期間，國際糖價高漲，台灣糖業擴張，製糖會社大發其財，本土農民卻喪失土地、以致民不聊生的現實。透過秦得參，賴和塑造了一位在糖業資本主義擴張狂潮中滅頂的台灣小農。秦得參30歲殺警，小說創作於1925年，故事時間正是殖民時間的隱喻。「得參十六歲」也是小說中的時間標尺，依內容推算即1911年前後。此時正是總督府完成土地調查，積極推動糖業政策，並對日本財團及退休官吏開放國有地放領的時期。賴和讓讀者看見，秦得參並非天生赤貧，卻在「日本

天年」下無產化，藉此揭示台灣農民在「米糖倉庫」體制下窮途末路的真相。賴和第一篇小說就以「殖民剝削─官逼民反」的主題，把新文學獻給他痛惜的「弱者鬥士」。施淑指出，秤仔「除了象徵秦得參所代表的善良正道百姓，在那觀念上代表公正，而事實上只是統治者專利品秤仔之上，個人尊嚴和價值可以隨時被摧殘和否定的事實、同時更深刻地揭露了隱藏在法制、平等、人權等思想口號中的欺罔性。這一點透過因它而存在的殖民帝國主義的壓迫掠奪行為，表現得尤其赤裸、尖銳。」張恆豪則發現，〈一桿「稱仔」〉受到法國作家法朗士（Anatole France）〈克拉格比〉（L'Affaire

《台灣民報》第93號（1926年2月21日）上〈一桿「稱仔」〉的刊出版面。（掃描自1974年東方文化書局複印本，柳書琴解說）

Crainquebille）之啟發。法朗士受猶太籍上尉被誣事件衝擊，從人道主義轉而同情無產階級，與左拉並肩戰鬥，並在1901年寫下帶有強烈左翼思想的〈克拉格比〉，賴和閱讀這個諾貝爾作家的作品，感動之餘將其轉化為台灣反帝反殖民代表作〈一桿「稱仔」〉。作品外譯例舉："The Streelyard," Trans. Howard Goldblatt. *Taiwan Literature in English Series*, No. 15. 2004. Ed. Kuo-ch'ing Tu and Robert Backus. Santa Barbara: UCSB, CA: US-Taiwan Literature Foundation. 金惠俊、李高銀韓譯《蛇先生（等）》（뱀 선생，서울：지식을만드는지식，2012）；Angel Pino et Isabelle Rabut（安必諾、何璧玉）法譯《台灣現代短篇小說精選第二冊》（*Le Petit Bourg aux Papayers: Anthologie Historique de la Prose Romanesque Taïwanaise Moderne Volume 2*, Paris: You Feng, 2016）。（柳書琴）

《環球遊記》

中文長篇遊記。林獻堂著。遊記以〈環球一週遊記〉為題首刊於1927年8月28日《台灣民報》，第五回更名為〈環球遊記〉，至1931年10月3日結束四年連載，1941年再刊於簡荷生所編之《南方》雜誌。林獻堂於1927年赴歐美展開一年環球之旅，5月15日與次子猶龍自基隆港出發，途經中國華南、香港、新加坡、埃及、義大利、法國、英國、德國、丹麥、荷蘭、比利時、摩納哥、瑞士、西班牙、美國等國，6月20日於法國馬賽與長子攀龍聚首後，三人遊歐，1928年5月25日抵日本橫濱，11月8日返台。一路會見親友，在巴黎停留最久，並在此見到板橋林家林柏壽，在瑞士受林景仁、林克恭招待。遊記呈現他對於東西文化的比較，如觀察歐美民主制度與種族問題、在洛杉磯進行搭乘飛機初體驗等。許雪姬認為《環球遊記》非一般遊記，其特別關注歐美國家的政經與社會，林氏一年歐美行並非一般旅遊，頗有效法梁啟超赴歐取經之味道。施懿琳等在《台中縣文學發展史》譽《環球遊記》為「台灣第一部世

〈環球一週遊記〉手寫本第一冊，林獻堂先生手稿，後更名為〈環球遊記〉。（葉蔚南、徐秀慧提供，柳書琴解說）

界遊記」。2015年天下雜誌社出版該書時，被媒體譽為「台灣第一部公開發行的歐美遊記，也是最早一份台灣人看世界的翔實紀錄」。林獻堂旅英時觀察其議會制度，與其參與台灣議會設置請願運動有關，關注西方各國的民主政治，推崇各國之獨立、平等、自由主張，並特別探討美國種族問題。全書重點在於異文化的比較，如以台灣受殖民之境遇與歐美相比；並以中西人、事、物進行聯想或反省，如見華盛頓座椅聯想至李鴻章、見木乃伊聯想至秦始皇築長城與隋煬帝建運河、見拿破崙之墓則聯想至項羽。1960年葉榮鐘主編之《林獻堂先生紀念集》（台中：林獻堂先生紀念集編纂委員會，1960）再次收錄，書中第1回至73回（〈米蘭〉）林獻堂親自修改的部分，抄自林獻堂備忘錄，自第74回（〈德意志見聞錄〉）至152回（〈太平洋舟中〉），只改標題，其餘抄自《台灣新民報》。現有黃哲永、吳福助主編《全台文66：環球遊記》（台中：文听閣圖書有限公司，2007）。（莊怡文）

〈台灣風景─福爾摩沙縱斷記〉（台湾風景─フォルモサ縦断記）

日文短篇遊記。林芙美子（1903-1951）著。1930年3月刊於《改造》，未收錄於其全集。對喜好旅行且足跡放浪亞歐等地的林芙美子來說，台灣是首次踏上的「外地」。1930年日本婦女每日新聞社受台灣總督府之邀，於1月5日至18日在台舉辦「婦人文化講演會」。身為參加者之一，林回國後發表〈在殖民地遇見的女人〉（植民地で会った女，《東京朝日新聞》1930年7月23日），並在《女人藝術》1930年2月份、3月份上發表〈來自台北〉（台北より）、〈台灣之旅〉（台湾を旅して）等隨筆，1930年3月《詩神》上發表詩作〈台灣風景二章〉等。台灣總督府人員幾乎全程隨行在旁，對此林芙美子表示不滿，並積極尋找異於總督府刻意展現的「殖民地風景」。本作品各章節依照基隆、台北、大稻埕、北投溫泉、萬華女紅場、新竹台中、台南高雄、屏東嘉義等順序來命名，特別將台北分成「城內」、「城外」，並提到「台北城內有的只是常識性的東西。對我來說，公園也好、博物館也好，猶如靜脈般」，但「城外的風景宛如萬國旗。台灣的動脈熱情鼓動著」。她試圖描寫台灣「動脈」的本篇作品，將「本島人」的民俗風情、市集聲響等，如其所言地以「梵谷的繪畫」般透過文字勾勒下來，看似充滿著異國情趣；但對於高度關心底層階級的她來說，這或許是對於總督府刻意展示的「殖民地風景」表達批判的寫作策略。因此即便有提到拜訪林獻堂家族，但用了更多篇幅描寫娼妓街、阿片吸食者、愛愛寮以及充斥沓雜感的「土人」街道。本次行程還有多位活躍於《女人藝術》（女人芸術）的女性解放運動者參與，例如北村兼子、生田花世、望月百合子、堀江かど江等。北村兼子曾在《新台灣行進曲》（新台湾行進曲，1930）提到，這群「短髮的、時髦的、男性化的豪傑、左傾女鬥士等」聚集在總督府時堪稱奇觀。諷刺的是總督府提出的要求是在台宣導「賢妻良母」，對此林也曾寫下她的不滿。林二度訪台是1943年5月7日至南方從軍慰問返日途中，短暫停留屏東。在女性移動不易的年代，本篇作品可用來思考帝國作家

在書寫上的性別差異，以及日本女性作家被編入「帝國」秩序時的初期軌跡。（李文茹）

〈平地蕃人〉（平地蕃人）

日文短篇小說。伊藤永之介（1903-1959）著。1930年12月刊載於《中央公論》45卷12號。伊藤為日本勞農派作家，1930年代初期密集關注日本殖民地或日本勢力擴張區之階級壓迫議題，以〈總督府模範竹林〉（総督府模範竹林，1930）、〈萬寶山〉（万宝山，1931）及本篇小說，揭露台灣和滿洲地區的重大社會爭議。〈平地蕃人〉描寫出生於台東廳卑南地方的原住民青年「密卡」經過努力獲得巡查補職位，功成名就返鄉，為尋找青梅竹馬的玩伴「萊莎」前往糖廠蔗園。一路上受到勞動中的部落族人注目及行禮，使他體會到新身分帶來的威嚴。然而，他也發現部落不復從前，幾年間天災人禍叢生，蝗災侵襲作物、製糖會社強取部落土地、甘蔗原料專員跋扈專橫等。小說最後，密卡目睹日本人專員對原住民同胞及日本農業移民的無情役使及殘暴對待，忍無可忍下，拔出竹劍痛毆騷擾部落女性的專員，結果反遭其威嚇，瞬間密卡意識到自己即將失去巡查職務，但他也因此獲得同胞真心的接納。〈平地蕃人〉以普羅文學慣用的階級壓迫批判筆法，從社會關係、民族關係與生產關係，揭露日本政府農業移民政策與台灣總督府糖業政策的共謀結構；同時，描繪卑南製糖會社不惜以各種生產手段的控制，配合法律優勢，對殖民地社會中一切弱勢人民進行的掠奪和侵害，已使位於最底層的當地原住民族淪為農奴狀態。河原功認為伊藤可能受到楊逵影響而有此作。河原也是最早發現這篇作品與霧社事件在時間上的巧合，而推測本作可能因事件爆發才獲得發表機會。楊智景同意河原功的論點，並提出其他論據。林蔚儒則在其碩士論文中考察伊藤的創作脈絡，認為其創作動機、刊載背景與霧社事件不必然相關，但確實因主人公形象有影射花岡一郎之嫌遭到禁止。〈平地蕃人〉

描述「米糖台灣」政策下原住民在土地所有權、生活型態及身體上
遭遇的浩劫，為日本內地作家描寫台灣民族與日本農業移民共同遭
遇帝國主義與資本家剝削與壓迫之精采力作。（黃琬婷）

〈送報伕〉（新聞配達夫）

日文中篇小說。楊逵著。原載於《台灣新民報》1932年5月19日至
27日，僅刊「前篇」。1934年10月，全文發表於東京《文學評論》
1卷8號。主角為赴東京發展的台灣青年楊君，當全日本失業者高
達三百多萬之際，好不容易找到送報伕的工作，卻遭到派報社老闆
的欺騙與剝削。此時楊君不禁回想起家鄉，由於日本政府協助製糖
會社低價收購土地，導致農村的破產與離散，頓悟不管是東京的勞
工或台灣的農民，同樣生活在資本家的壓榨之下。目睹東京的送報
伕們團結罷工，促使老闆改善宿舍環境與工作待遇之後，楊君帶著
學習到的鬥爭經驗踏上返鄉之路。小說以寫實的手法，重現楊逵在
東京當送報伕時被騙去保證金的真實體驗，並以糖廠強買土地因而
逼死許多人的實際見聞，揭露日本殖民政府扶植製糖產業，與資本
家聯手對台灣農村進行的壓迫。尤其「後篇」手稿中藉由領導送報
伕們罷工的伊藤之口，說明不僅是台灣人和日本內地人，朝鮮人和
中國人也吃著日本資本家的苦頭，表現反對帝國主義、殖民主義與
資本主義的深刻意義，並將台灣脫離殖民主義與資本主義雙重壓迫
的希望，寄託在全世界被壓迫階級的團結之上。角色形象的塑造方
面，以善惡二元對立的方式塑造資本家與勞農階級，而與種族差異
無關是最大特色，傳達出楊逵社會主義國際主義者的世界觀。誠如
葉石濤所言，其思想背景與楊逵東京工讀時期的日本經驗有關。總
括說來，〈新聞配達夫〉不僅是台灣作家在日本文壇得獎的第一篇
作品，也是台灣文學史上最重要的普羅文學代表作。1935年6月胡
風的中文翻譯在中國首度刊行之際，譯者特地請讀者窺知殖民地台
灣人民生活的悲慘時，還應記著東北四省中國人民同樣的命運。此

楊逵（前右一）就讀日本大學專門部文學藝術科夜間部期間與同學的留影。（楊逵文教協會提供，柳書琴解說）

1936年〈新聞配達夫〉經胡風中譯以〈送報伕〉刊於上海的《世界知識》第2卷第6號。（柳書琴提供、解說）

後該譯本不僅在中國大為流行，更在抗戰時期鼓舞了無數青年從軍抗日；甚至有世界語版本，惜尚未出土。塚本照和研究發現，戰後楊逵復原版比胡風版流傳更廣，具體鋪陳了被統治者採取反抗的姿態以及罷工行動與集會。張恆豪則指出，復原版乃楊逵根據胡風中譯本潤飾增添而成。作品外譯例舉："The Newspaper Carrier," Trans. Robert Backus. *Taiwan Literature in English Series*, No. 21. 2007. Ed. Kuo-ch'ing Tu and Robert Backus. Santa Barbara: UCSB, CA: US-Taiwan Literature Foundation. 金良守韓譯《楊逵全集》（양쿠이소설선，서울：지만지，2013）；Angel Pino et Isabelle Rabut（安必諾、何璧玉）法譯《台灣現代短篇小說精選第一冊》（*Le Petit Bourg aux Papayers: Anthologie Historique de la Prose Romanesque Taïwanaise Moderne Volume 1*, Paris: You Feng, 2016）等。（黃惠禎）

〈日月潭工程〉（日月潭工事）

日文短篇小說。田村泰次郎（1911-1983）著。原載於1934年8月《行動》2卷8期。以台灣電力株式會社開發日月潭水力發電工程為故事背景，描寫第X工區監工荒井乙藏如何由一個顧家愛子的工作狂，變為沉溺於女色的施暴者。小說中的工人們在惡劣的工作環境中，受熱帶天候與疾病的威脅，忍受著身體的苦痛及情慾的壓抑外，還要承受監工荒井的暴力相向與剋扣工資的不公平待遇。在颱風襲擊的夜晚，內部風暴化為消極的反抗行動，14名苦力連夜逃離，最後不敵自然暴力，全數墜崖身亡。被荒井長期拘禁在屋裡的情婦，一反平日的消極順從，帶著所有積欠苦力的工資不知去向。喪失自我的荒井在工地舉槍自戕，總公司認定荒井因苦力逃脫、死亡以及工程進度落後畏罪自殺，草草結案。小說呈現了人在資本經濟與機械文明的控制下，逐漸異化而喪失人性的自毀過程，作者將它定調為「人類暴力與自然暴力的格鬥」，台灣的高山地形、熱帶氣候等自然環境，在水力發電工程中有如無法駕馭的巨型動物，在

雙重暴力下，人不像人，是無知的豬、鬥敗的熊、鯊魚皮般的鐵石心腸，以成就帝國殖民地的工業化。面對台灣史上首屈一指的現代水利與發電工程，作者給予的不是人定勝天的謳歌，而是異化小人物的悲泣。此作發表後受到佐藤春夫肯定。河原功指出，小說描寫資方與工地的主從關係，將視點放在日月潭水力發電工程之批判，是成功的社會派小說。（林慧君）

〈牛車〉（牛車）

日文短篇小說。呂赫若著。1935年1月刊載於日本《文學評論》新年號，為作者成名作。內容以全球經濟大恐慌下米價暴跌、汽車貨運興起的1930年代前期為背景，敘述在台中市經營祖傳牛車業的楊添丁在公路網與貨運業普及後失去競爭力，從運輸商墮落為罪犯的故事。作家以帶有自然主義風格的現實主義形式，透過四個章節鋪述，從市區的機械碾米廠、河邊的鳳梨罐頭工廠、鄉間獸力運輸香

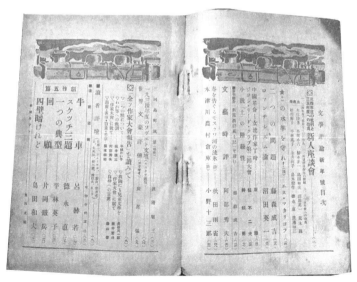

〈牛車〉1935年1月刊載於日本《文學評論》新年號，與德永直、片岡鐵兵等人作品同期刊出。（呂芳雄提供，柳書琴解說）

蕉的小道，到因妻子外出工作而脫序的楊家生活現場，描繪台灣第一波工業化轉型過程中，小商階級淪落的悲劇。米、糖、青果是台灣輸往日本最大宗的農產品，故事舞台的台中州自清代以來就是台灣穀倉。產量居全台之冠的芭蕉在該市設立的全島集散市場，也被寫入小說之中。然而，在機械化生產、資本主義法律、跨國資本交叉運作下，楊添丁卻無緣共享時代的進步。垂水千惠指出，〈牛車〉受到1930年代盛行的日本農民文學影響，不過呂赫若與日本普羅列塔利亞作家同盟（ナルプ）以階級鬥爭為重點的農民文學主張不同，較接近犬田卯、加藤一夫等人從都市化的角度捕捉農民問題的《農民》派理念。〈牛車〉取材於呂赫若熟悉的台中市、豐原郡等地，從產業機械化、汽車巴士運輸業普及、鳳梨罐頭工廠合併風波、牛車駕駛限制法規爭議等時事獲得靈感，跳脫了新文學小說中意識先行與偏重政治批評的缺點，從經濟面揭示殖民現代化帶來的產業結構變化與勤勞成貧現象。〈牛車〉以楊家的悲劇象徵傳統產業的危機，突破了都市／鄉村二元論，描繪都市與鄉間無產者的相似處境與心理共鳴，也表達了他對台灣人工作權喪失、資本主義造成倫理價值變異的憂慮。〈牛車〉與楊逵〈送報伕〉（新聞配達夫）、龍瑛宗〈植有木瓜樹的小鎮〉（パパイヤのある街）齊名，媲美朝鮮作家張赫宙（장혁주）的成名作〈餓鬼道〉（餓鬼道），為當時台灣少數成功「前進東京」而名噪一時的作品。1935年胡風翻譯的中文版登載於上海《譯文》雜誌終刊號，1936年與〈送報伕〉收錄於胡風編譯《山靈：朝鮮台灣短篇集》，為第一批被介紹到中國的台灣現代小說。作品外譯例舉："The Oxcart," Trans. Robert Backus. *Taiwan Literature in English Series*, No. 2. 1997. Ed. Kuo-ch'ing Tu and Robert Backus. Santa Barbara: UCSB, CA: US-Taiwan Literature Foundation. 宋承錫韓譯《殖民主義，日帝末期台灣日本語小說選》（식민주의，저항에서 협력으로，서울：亦樂，2006）。Angel Pino et Isabelle Rabut（安必諾、何璧玉）法譯《台灣現代短篇小說精選第一冊》（*Le Petit Bourg aux Papayers: Anthologie*

Historique de la Prose Romanesque Taïwanaise Moderne Volume 1, Paris: You Feng, 2016）。（柳書琴）

〈戇伯〉（戇爺さん）

日文短篇小說。翁鬧著。曾入選1935年日本《文藝》雜誌懸賞創作的選外佳作，原載於《台灣文藝》2卷7號（1935年7月）。小說從戇伯和算命仙你一言、我一語的口語詩起頭，預言戇伯「活到六十五／就要草葉底下埋」，最後卻是在戇伯過了66歲生日，證明算命仙的預言和戇伯對死亡的預期都是一場荒謬中，畫下句點。翁鬧透過戇伯的生活刻劃出台灣農村貧困的現實，以及沉默中漸次凋零的小人物身影。從患眼疾的戇伯開始，駝背、瞎眼、瘧疾等等村人們的疾病是社會經濟條件殘缺的具現，與疾病無所不在的死亡陰影也不斷呼應著故事起初的預言、強化了預言將實現的預期。從「預知的死」到「未預期的生」之間透露的荒謬，使得翁鬧的寫實仍帶著自我調侃的味道。以日文書寫的〈戇爺さん〉使用了鮮活的日本鄉間方言，在台灣文學作品中相當罕見。透過作品當中的「獅陣」、「土地公」、「牲禮」等文化意涵濃厚的事物，翁鬧積極地布置了一個台灣農村的地景，然而戇伯使用的日本方言並不是在台灣鄉村可以學習到的語言。與日本作家的寫實作品相較，殖民地作家在讓鄉土人物脫口說出日本方言的瞬間，已經脫離不了被虛構的命運。作品外譯例舉："Old Gon," Trans. Lili Selden. *Taiwan Literature in English Series*, No. 27. 2011. Ed. Kuo-ch'ing Tu and Robert Backus. Santa Barbara: UCSB, CA: US-Taiwan Literature Foundation.（黃毓婷）

〈父親的要求〉（父の要求）

日文短篇小說，張文環著。刊載於《台灣文藝》（台灣文藝聯盟）2卷10號（1935年9月）。描寫台灣留學生陳有義，徘徊於故鄉父母對自

己衣錦還鄉的期盼，與不捨東京的自由生活與戀愛之人生困境。全篇以第三人稱貼近陳有義的觀點進行敘述，著重於描寫主角在理想與現實之間掙扎的矛盾心境，但也以俯瞰視角對包括陳有義在內的人物心理與行為施以價值評判。依照父母之意專攻法律的陳有義，在完成大學學業後並未考取高等文官，卻無意返台，滯留東京，單戀房東已有婚約的女兒賀津子，更在同鄉、同為台北高校畢業生的學弟簡得貴之帶領下，加入左翼運動遭到逮捕。出獄後結束東京生活回台的陳有義，面對的是不再純樸的故鄉及發狂的簡得貴，小說在陳有義寫給賀津子的信中畫下句點。本文為張文環參加1935年1月《中央公論》創作徵選的小說〈父親的臉〉（父の顔）改作。〈父の顔〉雖獲「選外佳作」但並未刊登，與楊逵〈送報伕〉（新聞配達夫）、呂赫若〈牛車〉（牛車）、翁鬧〈戇伯〉（戇爺さん）、龍瑛宗〈植有木瓜樹的小鎮〉（パパイヤのある街）等台灣人日語作家的作品，陸續在1930年代中後期的日本文壇登場。象徵著日本帝國國語教育的普及與深化，以及此時期日本文壇在左翼文學運動中挫後，轉而對於殖民地文學的關注。迥異於張文環其他作品中洋溢的台灣地方色彩，〈父の要求〉舞台設定於東京，主人公的住處與活動範圍標示出本鄉、沼袋、新宿等具體地名。彈奏鋼琴、信奉基督教的賀津子使本篇充滿了西

1935年《中央公論》公布張文環的小說獲得選外佳作，消息傳出大大鼓舞了台灣文藝青年。該年度文藝徵文總計有1218篇投件，大鹿卓取材於台灣原住民的小說〈野蠻人〉，獲得正獎。（柳書琴提供、解說）

洋、都會的文化符號。陳有義對於東京生活的眷戀，承繼了張文環文學起點〈落蕾〉中台灣青年對於東京的憧憬，都會與故鄉的拉扯後來成為張文環小說的主題。〈父の要求〉中主角愛上房東女兒的情節，是日本近代文學如二葉亭四迷《浮雲》（浮雲，1887）、夏目漱石《心》（こゝろ，1914）中用以探討知識分子個人抉擇的重要手法；該小說中甚至明言主角陳有義與夏目漱石《少爺》（坊っちゃん，1906）之間的關聯，具有東亞文化交涉研究的意義。（張文薫）

〈黑潮集〉

中文現代詩，楊華著。創作於1927年2月5日至24日。楊華因為治安維持法違犯被疑事件，被捕監禁在台南刑務所時所作的53首小詩。死後有同志到他家裡去，搜出這一系列獄中詩作，發表於《台灣新文學》2卷2號、2卷3號（1937年1月31日、3月6日），其中有幾節表現銳利，刊載前被編輯抽起，剩47首。楊華1916年遷居屏東，1917年至1923年間受業於施梅樵門下，開始創作傳統漢詩。1923年參與傳統詩社「礪社」，發表漢詩於《台南新報》詩壇，並成為私塾老師。1925年4月1日設籍蔣渭水家中，並加入台灣文化協會，五個月後再遷往屏東長住。1927年5月出獄後，名列台灣文化協會專業從事工作者55名中的一位，列名於高雄州支部。1926年11月完成新詩〈小詩〉、〈燈光〉參加新竹青年會於《台灣民報》徵求白話詩的比賽，分別榮獲第二名及第七名，僅〈小詩〉發表於《台灣民報》（1927年1月23日）。1932年至1935年分別以楊花、楊華之名在《台灣新民報》、《南音》、《台灣文藝》、《台灣新文學》等刊物發表新詩作品，1935年2月於《台灣文藝》2卷2號發表小說〈一個勞働者的死〉、2卷3號發表小說〈薄命〉，1936年4月小說〈薄命〉收錄胡風主編《山靈：朝鮮台灣短篇集》（上海：文化生活，1936）。楊華不但是新文學作家，也具有傳統文人的身分。一生的文學創作以新詩為主，最膾炙人口的作品就是《黑潮集》，可

說是1920年代台灣新文學奠基期的扛鼎之作，逝世之後才被發現。
詩集以黑潮之名，暗喻台灣之處境，把台灣放在整個世界的視野來
考察；同時也凝視人類的自私，而發出質疑。楊華對於微弱的個人
對抗統治者龐大監視機器感到無奈；在獄中關注台灣歷史的演變到
台灣在世界的處境，體認到個人與時勢密不可分，同時對於台人被
殖民的殘酷命運，感到孤立無援，卻不願撒手不管，故以詩歌對生
命進行真摯的反思。現有莫渝編《黑潮集》（台北：桂冠圖書，
2001）、羊子喬編《楊華作品集》（高雄：春暉，2007）。（羊子喬）

〈植有木瓜樹的小鎮〉（パパイヤのある街）

日文中篇小說。龍瑛宗著。1937年4月榮獲日本《改造》第九屆懸
賞創作獎佳作，獲頒500圓的高額獎金。本文是作者以其南投經驗
為題材的處女作。小說文本以描寫台灣風土民情和殖民地的小知識
分子為兩大軸線。主角陳有三以優異的成績自中學畢業後，打敗許

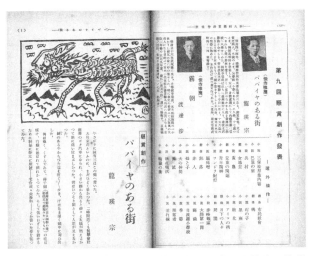

〈パパイヤのある街〉獲獎後，龍瑛宗繼楊逵、呂赫若之後躍
登日本文壇，並開啟其參與《文藝首都》、《文藝台灣》、《台
灣藝術》、《台灣日日新報》、《旬刊台新》等日、台報刊雜誌
編務的契機。（龍瑛宗文學藝術教育基金會提供，柳書琴解說）

多求職者，進入市役所擔任低階的會計助理。他在工作之餘勤奮自學，立志通過文官考試，訂立十年計畫考取律師資格，然而因現實的經濟困窘與失戀的悲劇，其青雲之志漸失，出人頭地的夢想隨之幻滅，最後走上頹廢之途。除了陳有三之外，小說還旁及各類型台灣小知識分子的生活相貌，或標榜享樂主義者，或默默忍受封建陋習者，或因肺病早逝的社會主義理想者等等。關於這篇作品的讀者反應，日本讀者主要聚焦在題材的新奇性，滿足他們對南國的想像，同時從人道主義的立場試圖理解小說人物的苦惱與絕望，藉此產生共鳴。然而，台灣文壇對於這篇獲獎之作貶多於褒，唯有在台日人讀者給予較

1937年4月《改造》雜誌第19卷第4號「第九回懸賞創作發表」，刊登龍瑛宗〈パパイヤのある街〉獲得佳作，同時公布24篇小說、7篇劇本等其餘選外佳作。得獎作隨即被編排於同期卷首刊出。（龍瑛宗文學藝術教育基金會提供，柳書琴解說）

高評價，肯定作者的努力。尾崎秀樹指出，相較於楊逵的〈送報伕〉（新聞配達夫）、呂赫若的〈牛車〉（牛車），「到了〈植有木瓜樹的小鎮〉，類似於這種憤懣的苦悶進而轉化成了絕望與殘敗後餘生的空虛與悲傷」。葉笛也讚美：在殖民統治下，台灣小知識分子在封閉窒息的社會裡，差別待遇的政策中，只能被扭曲了人性，變得因循苟且，終至墮落，沉淪。作者凝視對象的目光猶如屠格涅夫，其描寫的細膩猶如岡察洛夫，龍瑛宗所塑造的陳有三，是屬於〈奧勃洛莫夫〉系列的作品。作品外譯例舉："The Town with the Papaya Trees," Trans. Robert Backus. *Taiwan Literature in English Series*, No. 28. 2011. Ed. Kuo-ch'ing Tu and Robert Backus. Santa Barbara: UCSB, CA: US-Taiwan Literature Foundation.（王惠珍）

〈山茶花〉（山茶花）

日文長篇小說。張文環著。1940年1月23日到5月14日連載於《台灣新民報》學藝欄，共110回，隸屬「新銳中篇創作」特輯九篇中的第五篇，是張氏第一部長篇小說，刊出後頗受好評。記者藤野雄士表示〈山茶花〉是「張文環半生的自傳」，是讓日本來的青年了解「台灣的情意面」及「今日從事台灣文化工作的本島知識分子堅忍成長的經歷」之最佳讀物。小說以青梅竹馬的表兄妹「賢」和「娟」的成長、戀愛為主軸。表兄妹命運各異，「賢」一次次負笈他鄉成為殖民教育體制裡立身出世的新知識階層，然而也一步步失去故鄉至愛和心靈容身之所。「娟」在公學校畢業前輟學，因而喪失社會晉升之路，在鄉間勞務中過活，並在盲目崇拜都會青年與流行文化之後，被「賢」所拒，悔恨不已地面臨愛情的破滅。小說揭示：不論是揮汗如雨地挑貨下山的農民、辛苦攀附主流社會階梯的知識青年，抑或以婚姻愛情向男性／都會／權力中心靠攏的女性，整體殖民地社會的上升路線均如此單向狹仄。鐵道線、教育線、婚姻線，是不同區域、階級、性別的台灣人生存競爭的黯淡階梯。台灣社會的物資、人力、人才、人性，以劣等、弱勢、城鄉落差的競爭姿態，充滿壓迫感、宿命性地輸往帝國中心，被廉價地消耗再消耗。殖民地社會與人民的活力，也在這樣的供需中耗費殆盡而沒有太多文化性的成長。〈山茶花〉首次展現了張文環對殖民教育下男女生涯發展差異，以及新世代的倫理與價值變遷等問題之思考。這篇小說為他1940年代的一系列鄉土書寫勾勒了基本的故事舞台和批判結構，並預告了他創作巔峰期的到來。（柳書琴）

〈赤崁記〉（赤嵌記）

日文短篇小說。西川滿著。最初刊載於1940年12月《文藝台灣》1卷6號。同月由台北日孝山房出版限定75部之單行本《赤嵌記》。1942年12月收錄東京書物展望社的《赤嵌記》，1943年2月該書獲

「第一回台灣文化賞」之文學賞。第一人稱主人公「我」趁演講之便遊歷台南赤崁樓，遇上前日在公會堂聽講的陳姓台籍青年前來攀談，慫恿其執筆關於赤崁樓的故事，並於協助取材之際撩撥起「我」對鄭成功之孫克塽、克壐政爭的好奇。「我」返回台北後收到陳姓青年寄來陳迂谷的《偷閑集》，並進一步閱讀江日昇的《台灣外記》，因而了解正史之外作為敗者的鄭克壐及陳永華的事蹟。後來「我」為了探查歌謠「文正公兮文正女」的歌詞，循陳姓青年包裹上之地址再赴台南取材，豈知卻來到了陳永華憂憤而死之陳家祖廟，「我」方知是被奪走王位的克壐夫妻，其埋沒在歷史裡的精靈以不尋常的方式將「我」引誘至此。〈赤崁記〉為西川滿代表作，富有異國情調式的耽美與幻想，惟陳芳明認為其虛構了台

西川滿著《赤崁記》扉頁（東京：書物展望社，1942年12月），由立石鐵臣裝幀、齋藤昌三裝本，收錄〈赤崁記〉、〈雲林記〉、〈元宵記〉、〈朱氏記〉、〈稻江記〉、〈採硫記〉六篇小說，定價2圓30錢。1943年，〈赤崁記〉與濱田隼雄〈南方移民村〉、張文環〈夜猿〉同時獲得「台灣文化賞」之文學獎。（國立台灣圖書館提供，柳書琴解說）

灣歷史，並暗合了日本「大東亞戰爭」的「南進政策」。一般認為本作受到佐藤春夫小說〈女誡扇綺譚〉（女誡扇綺譚）影響，以台灣的歷史作為幻想的素材。（陳允元）

〈轉學〉（転校）

日文短篇小說。川合三良著。原載於1941年5月《文藝台灣》2卷2期。主人公竹田洋一的父親早年隻身到台灣從事買賣，生意不順之

際，妻子又罹病去世，只好將在台北就讀小學二年級的洋一，倉促送回日本老家託姊姊照顧。轉學回日本鄉間小鎮的洋一，遭到同儕排擠、環境適應等常見的問題，但這些問題更交疊著殖民地與內地的異文化衝撞，反映了1910年代日本本土將台灣人等同於生蕃的想像，以及台灣人對日本城鎮單一化的都市想像。洋一因為受不了嘲弄和班上最壯碩調皮的森山大打出手，老師只讓雙方各自反省，難消洋一混雜著喪親、疏離、孤獨與難以適應寒冷氣候的憤恨情緒，最後在午夜夢迴中回到有著母親、好友、母校、白鷺鷥和水牛的台北。本篇為川合三良在《文藝台灣》發表的第一篇小說，篇末自注「自述的部分」寫出了灣生精神上的躁動與不安。父親的原鄉又冷又暗，一個封閉的偏遠小鎮，洋一不僅是客觀現實上的外人，更因身上的「台灣色」成為村民眼中的「外國人」。日本內地的「故鄉」成了異鄉，殖民地台灣反倒成了他者的鄉愁所在，開啟了灣生尋找身分認同的思考。小說除了探討日本人移居者與二世的認同問題，場景描寫了洋一返回內地的旅途景觀以及小鎮的地理位置、地勢、民情等，有助於當時讀者了解日本風土與生活。（林慧君）

〈藝旦之家〉（芸妲の家）

日文中篇小說。張文環著。原載於1941年5月《台灣文學》創刊號。小說描寫一位台北藝旦的辛酸史。主角「采雲」自幼家貧被收為養女，後因養母貪財，貞操被奪而錯失良緣。心碎之餘遠走他鄉，自暴自棄在養母張羅下當起藝旦。後來邂逅一位恩客，墜入情網，本有意就此洗盡鉛華，嫁為人婦，無奈養母不肯罷手，加上自己耽於安逸的惰性，終於進退維谷，最後想要投河了結一切。出生嘉義鄉間的張文環，對於台灣傳統養女習俗（童養媳）的正面優點有所體會，有意藉此批判台北風月場所中，以情色消費為目的的養女文化。不過由於小說感情濃郁，發表後張文環被認為是藝旦同情者，而大感意外。他批判大稻埕變相之女給／藝旦文化，推崇鄉間

家庭倫理的觀點，還表現在稍後發表的〈媳婦〉（媳婦，1944）。這篇小說以一位賢淑安忍的「媳婦仔」獲得的愛戴，描繪出此一習俗對於家庭結構的穩定作用。〈芸妲の家〉是張文環以較長篇幅描繪女性被支配與反支配生命史之代表作之一，從1933年的初期小說〈早凋的蓓蕾〉（落蕾）到1942年膾炙人口的〈閹雞〉（閹鶏），他筆下的女性從柔弱逐漸過渡到剛強。然而，楊逵曾經認為此作「流於散漫」，未成功凸顯主旨。游勝冠在其《殖民主義與文化抗爭：日據時期台灣解殖文學》（新北：群學，2012）一書中也認為，〈芸妲の家〉「將小說的意義向外擴散，與整體台灣命運勾連起來。相反地，1942年發表的〈閹鶏〉這篇小說，小說情節的衝突、感情強度就激烈了許多，不同於〈芸妲の家〉的淡淡憂愁，〈閹鶏〉中月里對父權的反抗是充滿激情的。」戰後初期林摶秋曾將〈芸妲の家〉改編為電影劇本《嘆煙花》，但主旨與情節已大幅更動。作品外譯例舉："The Geidan's House," Trans. Lili Selden. *Taiwan Literature in English Series*, No. 30. 2012. Ed. Kuo-ch'ing Tu and Robert Backus. Santa Barbara: UCSB, CA: US-Taiwan Literature Foundation.（柳書琴）

〈論語與雞〉（論語と鶏）

日文短篇小說。張文環著。原載於1941年9月《台灣文學》1卷2期。故事舞台位於山中盆地中的一處偏僻村落。昔日漢人社會的大小傳統曾在此生根，繁盛大家族多培養子孫參加文武科舉，以維持家族榮盛；然而時代浪濤轉換，科舉不再，只留下書房一息尚存。小說開始於盂蘭盆祭即將來臨之際，在沒有電燈的山村，部落青年燃著火把，練習舞獅、拳道和鑼鼓陣，為充滿霉味的部落帶來活力。然而就在祭典準備期間，寧靜的小村落出了一件大事，小說因此進入高潮。兩位農夫因為伐竹糾紛鬧進警局，警察束手無策，雙方決定斬雞頭自明，引來村人及平日無紀律的「源」等一夥書房師生圍觀。一行人前進到村落邊緣偏僻懸崖下的「有應公」洞窟前，

進行了驚悚的儀式。斬雞頭結束，立誓用的死雞竟在眾目睽睽之下，被書房教師飛奔撿回食用。主人公「源」對書房單調乏味、不嚴謹的教學早有疑惑，透過親師雙方灌輸的師道，在目睹夫子醜態之後，更迅速墜毀。稍後家長們也發現了書房裡的亂象，因此紛紛讓孩童輟學，此後書房一落千丈，卻意外地在先前一心嚮往公學校的「源」心中，留下了莫名的失落。小說以檢討書房教育的形式展開，卻碰觸台灣儒學的沒落與殖民教育興起之思辨。台灣儒學教育的崩解，是小說中的重要主題。日治時期台灣漢人社會的傳統教育以儒家教育為根基，書房教學為體系，教育理念集中體現於禮法精神之中。小說藉由有關禮法秩序的鋪寫，對政治、社會、文化體系與漢學教育之間的關係，進行了多層次的思辨。本作為張文環巔峰期代表作之一，其出色之處在於以短篇小說的有限篇幅，透過夫子醜態、書房凋零，展現村落道德與倫理的變遷，觸及了本土文化遭殖民主義破壞從而沒落、異化等問題。作品外譯例舉：宋承錫韓譯《殖民主義，日帝末期台灣日本語小說選》（식민주의，저항에서 협력으로，서울：亦樂出版社，2006）。（柳書琴）

〈鄭一家〉（鄭一家）

日文短篇小說。坂口䙥子著。原載於1941年9月《台灣時報》。描寫台灣富商之家，包括積極贊同皇民鍊成的鄭朝與堅持台灣傳統的妻子江玉、任職總督府的獨子樹虹、台日混血兒樹一郎、球子，以及樹虹續弦之妻翠霞，三代在皇民鍊成運動中所遭遇的語言文化、民俗信仰和通婚混血等問題。在台灣總督府同化政策、日台融合理想的影響下，小說具體呈現台灣家族在進步與落後二元對立關係中，日常生活、子女婚配、親子關係、喪葬習俗遭遇的衝突與妥協，反映了皇民化運動下台灣女性主體意識的多層面向。此外，〈鄭一家〉內容引用當時宗教學者、民俗學者曾景來（1902-1977）的有應公信仰研究，穿插介紹台灣土地公傳說、傳統喪葬習俗等情

節，提供讀者在皇民化厲行的時代對民俗文化深刻理解的機會。楊逵曾指出：「即使對作品仍有些許不滿，但把〈鄭一家〉寫到這種程度，寫得如此透徹，我對纖弱的坂口䙝子的堅韌與誠實表示敬佩。」（林慧君）

〈鄭一家〉，原載於《台灣時報》1941年9月號，描寫皇民化運動中台灣人遭遇的語言文化、民俗信仰和通婚混血等問題。（河原功提供，柳書琴解說）

〈志願兵〉（志願兵）

日文短篇小說。周金波著。發表於1941年9月《文藝台灣》2卷6號。小說採第一人稱自知觀點「我」敘說故事，而張明貴、高進六兩人則可謂小說真正的主人公。「我」在碼頭等待即將由日歸來的小舅子張明貴，並遇到一同來迎接的高進六。高進六是明貴的公學校同學，畢業之後在內地人的店裡幫忙，學得一口標準日語，並將自己的姓名改為高峰進六，加入報國青年隊。等到張明貴下了船，三人展開對話。前往日本留學、闊別台灣三年的張明貴，認為台灣無所進展，而高進六則認為台灣確實有進步，只是明貴不了解其中的內容。爾後，兩人又曾針對報國青年隊的拍掌儀式與皇民鍊成運動之間的關係，展開數次論辯。高進六認為拍掌時神會引導他們接觸大和精神，「只有祈禱，只有實行，不實行是無所獲的」；而「在東京所得到的知識階層的算盤來計算」的張明貴，卻覺得倚靠「神的力量」不妥，甚至對之感到有些恐懼，「現在皇民鍛鍊是目前的緊急課題，那些以前缺少的教養和訓練趕快去實行，這不就夠了嗎？趕快把台灣的水準拉到和日本內地一

樣，不就好了嗎？」但在數日後，「我」在報紙上看見高進六血書志願的消息，張明貴得知此事也表示「去向進六道歉了，輸給他了，進六才是為台灣而推動台灣的人材，我還是無力的，無法為台灣做什麼事」。〈志願兵〉在1942年獲得第一回「文藝台灣賞」，可視為周金波成名之作。日後長期被視為皇民文學，但亦有論者認為應設身處地去理解歷史情境及作者的複雜心靈。而作品中張、高二人的辯論，其實帶有現代化合理主義與精神／神祕主義的對立，一定程度也溢出了當時殖民當局的皇民化思維。作品外譯例舉："The Volunteer," Trans. Hiroaki Sato. *Taiwan Literature in English Series*, No. 37. 2016. Ed. Kuo-ch'ing Tu and Terence Russell. Santa Barbara: UCSB, CA: US-Taiwan Literature Foundation.（許俊雅）

〈城門〉（城門）

日文短篇小說。新垣宏一著。原載於1942年1月《文藝台灣》3卷4期。主人公劉金葉出身台南地主家，備受祖父以及擔任市議員父親疼愛，祖父病逝時女學校時期的老師來信慰問，小說以此為背景，全文以回覆老師的書簡體呈現。信中劉金葉細數自己落實皇民文化所遭遇的困擾與矛盾。自幼接受皇民教育的她，鄙夷台灣的傳統喪禮、家庭結構、語言、服飾、城門建築等，對升學的科系猶豫不決，也憂心未來婚姻會受納妾風俗威脅，因此一心想擺脫台灣式的生活，追求日本式的家庭生活。信中的她謹記老師對皇民鍊成的諄諄教誨，期許自己肩負提升台灣文化的使命，對以老師為首的皇民充滿孺慕之情。本篇為新垣宏一於《文藝台灣》發表的第一篇小說，時值太平洋戰爭爆發，小說積極回應了「外地文學」、「南方文學」所標榜的日本人在台生活的覺察、台灣社會實態、戰爭協力與皇民鍊成諸現況。〈城門〉除了符合戰爭期文藝標準與意識形態之外，新垣身為在台第二代日本人的特殊視野也值得注意。他較同時代作家更能近距離掌握「他者」（台灣人），小說中未見「灣生」作

家常有的望鄉情結，反而著力於台灣人青年階層對皇民教育與舊慣習俗的見解與反應。敘事中不時流露出對被殖民者的關懷，對皇民化運動引發的價值衝突也不刻意文飾，流露作者身為皇民指導者的觀察與思考。〈城門〉檢討了台灣的納妾風俗，展現作家鑽研台灣文化與在地風俗的心得，寄託了他身為教育者改造封建陋習的使命感，並積極為內地讀者介紹風俗價值蛻變中的台灣。（林慧君）

〈夜猿〉（夜猿）

日文中篇小說。張文環著。原載於1942年2月《台灣文學》2卷1號。張氏晚年曾對〈夜猿〉進行修訂，確切時間不詳，家屬推測應在1970年代。中譯本最初由鍾肇政根據修訂稿翻譯，收於《光復前台灣文學全集8：閹雞》（板橋：遠景，1979），2002年3月陳千武首次翻譯《台灣文學》刊登版，並重譯〈夜猴子〉修訂稿，兩作現均收錄於陳萬益編《張文環全集》（豐原：台中縣立文化中心，2002）。〈夜猿〉描寫山村中從事竹紙業的石姓一家人的生活。小說由七小節組成：第一節描寫山村獨戶的生活，同時交代「石有諒」一家決心遷回山村從事祖業的原委。第二節，描寫石赴街市接洽，妻與兩名幼子在深山中寂寞相依的情景。第三、四節，描寫後山部落的老婦及其孫女前來幫傭、作陪的溫暖人情。第五、六節，描寫石返家，家人團聚，竹廠開工，山中呈現罕見的生氣與熱鬧。第七節，竹廠經營日益上軌道，不料資金突受刁難，石與貸方發生衝突鬧進警局，一家人因而陷入恐慌。〈夜猿〉中，對民間習俗、庶民生活及鄉下人情等，有細微生動的描寫；對資本主義無孔不入的支配，也提出了隱晦的批判。本篇小說曾於1943年獲得皇民奉公會第一屆「台灣文學賞」，得獎理由為：「忠實正確地表現台灣最廣泛的生活層姿態，全然不雕琢造作，令人有真切地台灣大眾生活切片之感。」〈夜猿〉所描寫的是一個台灣文化與民間社會苟延殘喘的空間，作家花了相當筆墨來經營這樣一個具有主體性的空間，正顯示

他對台灣本土社會滿滿的鄉愁，以及對戰爭動員、皇民化運動等非常時局的抗拒。此外，台灣文學賞評審意見引發西川滿、濱田隼雄等人質疑，因而爆發了1940年代台灣文壇上最大的「糞現實主義論爭」。（柳書琴）

〈百香果〉（時計草）

日文短篇小說。坂口䙁子著。初刊於1942年2月《台灣文學》2卷1期，遭審查刪除，只載首尾兩頁。1943年台北清水書店出版的作品集《鄭一家》（鄭一家）收錄同名作品。主人公山川純出生於理蕃通婚政策背景下的M社，因為一半的原住民血統與對部落土地的執著，造成兩次與日本女子的婚姻皆以失敗收場，因而陷入認同與定位的迷惘哀愁。在他決定與女性族人結婚以加深原住民血統時，卻邂逅具有奉公精神的日本女子錦子。錦子以對日本傳統的信心，懷抱提升原住民文化的理念，決心與山川純回到山地共同成為部落的指導者。時計草，台灣俗稱百香果（學名：Passiflora caerulea），被主人公從M社移植到父親家，在日本落地生根開花結果，隱喻著民族融合的理想。本篇為坂口䙁子原住民小說系列中的戰爭期作品，反映了理蕃政策所衍生的通婚混血問題。作者對山川純內心的掙扎刻畫深入，對同化政策中的文化霸權與差別待遇，受限於時代制約而有所保留。初發表時因內容批評殖民政策而遭刪削46頁，收錄於《鄭一家》的同名作品，內容可能已不同於原作。（林慧君）

〈閹雞〉（閹鶏）

日文中篇小說，張文環著。發表於1942年7月《台灣文學》3卷2號，故事設定在大正後期到昭和初年的五年期間。小說以第三人稱倒敘手法，透過主人公「月里」扮演車鼓旦的風波，鋪陳一位在家父長交換婚姻下被犧牲的鄉村女性之自覺故事。小說舞台為SS庄

（小梅），和通往R市（雲林）的山產集散地TR庄（大林）。作者圍繞鐵道線（新高製糖會社輕便鐵道）終點站延長所引發的房地產預期利益，進行鄭三桂、林清標家運興衰與人物禍福的敘事。充滿變數的地方建設案、家長們的老謀深算、村落的祭典與陣頭、少爺和閨女的命運，以前景後景的方式，互為表裡，展演出傳統社會在殖民現代化激流中，無德無學、投機算計、急功近利，最後難逃被新興資本洪流撥弄之荒謬本質。本篇小說雖以月里的自覺與背叛為主題，但是張文環擅長以故鄉書寫作為殖民批判與主體建構的托喻，故而別具國族書寫與社會反思的寓意。張文環營造懷舊的氛圍，引領戰時下的讀者暫時跳脫皇民化運動與戰時社會的沉鬱，回溯一戰期間台灣社會起飛期的鄉間社會，批判其中的自利主義，同時揭示殖民資本與拜金主義的滲透，及其二者對傳統社會結構及倫理道德造成的侵蝕。在鑼鼓喧天的年中祭典中，三桂與清標開始其利益交換，而最後月里也是在祭典中以車鼓旦的大膽演出，宣告她對父權

〈閹雞〉為張文環膾炙人口的小說，後由林摶秋改編，1943年9月3日於台北永樂座首演。（張玉園提供，柳書琴解說）

的怨怒。老人政治，運籌帷幄，爾虞我詐，樓起樓塌，人生如戲，夢幻泡影。〈閹雞〉充滿對殖民、資本、性別的反思，作家卻以幽默風趣的筆致，從民俗描寫中捕捉時代潮流進入傳統鄉鎮引發的騷動，刻畫鄉紳階級慌亂爭逐新興利益、孤注一擲的浮躁氣質。張文環笑中含淚的現實主義筆法，充分暗示這種唯利是圖、不重德義的風尚，乃是半殖民半封建社會「精神缺陷」的象徵，它無疑為新世代的青年男女帶來負擔和悲劇。然而，張文環似乎寄望跛足的、主體性不足的台灣新生代，無論如何也要胼手胝足地與惡劣的封建殖民體制頑抗下去。整篇小說充滿戲劇的聲音、節奏與衝突性，曾於1943年被厚生演劇研究會改編為戲劇演出，轟動一時。作品外譯例舉："The Capon," Trans. Robert Backus. *Taiwan Literature in English Series*, No. 29. 2012. Ed. Kuo-ch'ing Tu and Robert Backus. Santa Barbara: UCSB, CA: US-Taiwan Literature Foundation.（柳書琴）

〈道〉（道）

日文中篇小說。陳火泉著。1943年7月在西川滿、濱田隼雄等人的推薦下，發表於《文藝台灣》6卷3號。同年12月以「皇民叢書」方式由台灣出版株式會社發行單行本。1979年7月由作者本人翻譯為中文，刊載於《民眾日報》副刊。故事的主人公青楠是專賣局樟腦課的職員，對日本政權高度忠誠，雅好俳句，醉心日本文化，工作上亦有過人表現。他的服勤單位留有一個技手官的職缺，他因為表現良好，被各方看好會接任此職，未料最後竟被同單位的內地人搶走。此番不平等待遇，使青楠陷入精神耗弱狀態。對於無法與內地人平起平坐的原因，青楠在經過苦思後有了獨特的反省：原來自己日常生活中仍常以「本島的語言，作本島人的思考」，所以並未真正成為一位日本人。在沒有完全使用「國語」（日本語）思考之前，任何對於日本精神的理解都是不完整、不深入的，他對此感到慚愧。由於時值美、日激戰之際，青楠決定加入「陸軍特別志願

兵」，走上為國犧牲的皇民之道。這篇作品明顯服膺於戰時日本國策，一般被視為「皇民文學」的代表作，但其情節設計卻也暴露了「同化」政策的破綻——在「一視同仁」之下，其實仍含藏著差別待遇。所以對於如何解讀這篇作品，向來有爭議。垂水千惠認為，陳火泉是一位皇民作家，只是他的皇民觀過度忠實於日本國策，反而告發了現實政治上的矛盾。葉石濤、鍾肇政、星名宏修則認為，這篇作品暴露台灣人沒有不選擇「皇民化」道路的自由，雖有皇民文學的意味，卻也兼具「抗議文學」色彩。陳培豐則認為，本作之所以能得到官方意識形態者的提

高山凡石（陳火泉）《道》（台北：台灣出版文化株式會社，1943 年 12 月），為「皇民叢書 1」，定價 1 圓。開卷有皇民奉公會宣傳部長大澤貞吉作序〈感淚の一作〉，卷末有西川滿撰跋，收錄〈道〉及〈張先生〉兩篇小說。（私人蒐藏，柳書琴解說）

拔與青睞，是因小說後半部仍將統治者的論述破綻合理化。青楠將台灣人未能獲得平等對待的原因歸諸未能使用純正國語，而此事又無法一蹴而成，故而台灣人通往「一視同仁」之路自然遙遙無期，這樣的情節設計，將台日平等的可能限縮在台灣人必須先取得日本精神的前提上，漠視了 1930 年代以來台灣知識分子以近代文明爭取平等的論述策略和努力，既符合統治者利益，亦呼應皇民化運動的精神。作品外譯例舉："The Path," Trans. Lili Selden. *Taiwan Literature in English Series*, No. 37. 2016. Ed. Kuo-ch'ing Tu and Terence Russell. Santa Barbara: UCSB, CA: US-Taiwan Literature Foundation.（陳令洋）

〈台灣縱貫鐵道〉（台湾縦貫鉄道）

日文長篇連載小說。西川滿著。原作於《文藝台灣》6卷3號至6號、7卷2號連載5回，《台灣文藝》創刊號至1卷4號、1卷6號至7號連載6回，共計11回56章節（1943年7月至1944年12月）。1979年由東京人間之星社出版單行本。故事時間從1895年5月日軍登陸基隆澳底，到11月於台南舉行北白川宮親王招魂儀式為止的七個月，主要情節大致參照台灣總督府鐵道部《台灣鐵道史》（台湾鉄道史，1911）、井出季和太《南進台灣史考》（南進台湾史攷，1943）、英國記者James W. Davidson著《福爾摩沙島的過去與現在》（*The Island of Formosa, Past and Present*, 1903）之歷史書寫。透過從軍記者與攝影師之觀點，描繪接收台灣的日軍與台灣反抗軍之間的戰爭。另鋪陳兩條故事主軸：鐵道技師小山保政修復舊有鐵道，運送日軍戰鬥物資；清朝總兵余清勝遭抗日部下囚禁，牢獄看守簡秀興設法營救，台灣人部下爭奪唐景崧賄賂兵士鉅款。作為戰爭期

西川滿《台灣縱貫鐵道》，此為1978年發行之精裝本，共計420頁，收錄70幀日治時期寫真。（私人蒐藏，柳書琴解說）

的文化產物，這篇小說回溯日本以軍事征伐、現代化建設、天皇系譜移植揭開序幕的台灣殖民統治起源，企圖創建日本殖民政權在台灣的正統性，合理化當時日本在台灣的異民族軍事動員（志願兵、徵兵）。藉由小說中的天皇系譜移植，作者將台灣以及自身作為在台日本人的歷史，與日本帝國歷史接軌，確認自身的文學實踐與身分認同位置。小說中西洋商人、軍人及海關稅關官吏、德國工程師的登場，也呈現了西洋與日本帝國主義在台灣交

會與協商的歷史，藉由唯利是圖、短視近利的西洋人，凸顯日本人長久經營台灣的宏遠抱負。同時，小說中運用大量台灣漢人文化與習俗的在地知識，呈現抗日征討中敵我陣營之觀點。作者並以漢字表記台灣閩南語（旁注日文翻譯）再現日本人與台灣人角色的筆談，暗示兩者基於共通的漢字漢文文化遺產，超越民族與語言的差異、互相理解的可能性。現有《台湾縦貫鉄道》（東京：人間の星社，1979），另被收錄於中島利郎、河原功編《日本統治期台湾文学：日本人作家作品集2》（東京：綠蔭書房，1998），黃玉燕中譯《台灣縱貫鐵道》（台北：柏室科技藝術，2005）。（朱惠足）

〈燒水〉（湯わかし）

日文短篇小說。河野慶彥著。原載於1943年7月《文藝台灣》6卷3期。描述戰爭期的三位台灣女性從家政學校畢業後，如何在教職工作中鍛鍊成理想的皇民，展現職業婦女的奉公精神。玉枝在學校感受到與日本同事競爭的壓力，清雪則對來自醫師世家的相親對象猶豫不決，三人中成績最優秀的碧梅違背父親要她到東京深造的期許，考上前線護士助手，成了婦人從軍的表率。「燒水」是玉枝負責的自然科教學觀摩單元，她在全校教師面前教導班上七十名男童學習搭設竹架、生火、燒水和善後的技巧。十幾組燃燒的柴薪、沸騰的熱水，對照車站歡送婦女從軍的熱烈場面、火車行進的汽笛聲，喚起了玉枝的戰鬥精神與榮譽感。〈湯わかし〉發表時，總督府已啟動決戰下文學報國體制。身為《文藝台灣》雜誌的成員，河野的作品多數呼應「大東亞戰爭」，宣傳殖民地皇民化理念，「出征」尤為每篇小說的命題與人物追求的目標。〈湯わかし〉藉由台灣女性自願至前線照顧傷兵而成為同儕欣羨、父母師長村民稱揚肯定的人物，鼓舞女性展現勇敢、克己、堅忍的日本精神，以為國犧牲為理想，發揮被殖民者個人價值的最大化意義。作品美化了戰爭帶來的苦難，以協助國民精神總動員進行戰爭宣傳為目的，反映出國策

文學中以南進戰場取代前進東京的宣傳話語與價值轉向。（林慧君）

〈奔流〉（奔流）

日文中篇小說。王昶雄著。發表於1943年7月《台灣文學》3卷3號。小說主要人物為敘事視角的「我」（洪醫師）、伊東春生（朱春生），以及林柏年。「我」為繼承父親衣缽前往東京習醫，十年的留日生活，讓洪醫師返台後仍眷戀日本的一切，游離於故鄉而遲遲無法投入。「我」一方面對伊東春生在本島仍追求徹底的日本化、成為完全的日本人相當欽羨，另方面又對其「大義滅親」、拋棄故土和父母於不顧的行為感到不解，甚至質疑。林柏年是伊東的表弟，因不滿伊東對自己親生父母親的態度而屢次與之發生衝突。他在信中表示：「我愈是堂堂的日本人，就愈非是個堂堂的台灣人不可。不必為了出生在南方，就鄙夷自己。」整篇小說一氣呵成，結尾緊扣標題，深刻有力，令人窒息的張力，正呈現小說對於認同的惴惴不安。小說中伊東將前來求助的生母趕走時，其日本妻子和丈母娘不忍地別過頭去，又伊東父親葬禮結束後，妻子提議先接伊東生母返家休息，卻因伊東的反對而作罷。顯然，為了皇民化而棄絕親情，即使是日本人自身也難以同意。後世對於〈奔流〉的評價、詮釋有所分歧，基本上在小說中可以見到皇民化運動下知識分子內心的煎熬與無奈，其內容並不挑戰當局政策，但除表達對日本文化的傾慕外，也無特別鼓吹皇民化之詞，反倒是呈現了台灣人在追求進步、現代性過程中的深層焦慮。在《王昶雄全集》（板橋：台北縣政府文化局，2002）中，〈奔流〉因修改和翻譯共有多種版本，加以比對其中差異，可窺見時代、社會變遷的痕跡。該作另被收錄1943年《台灣小說集》（台湾小说集，台北：大木書房，1943）；戰後的張恆豪編《翁鬧・巫永福・王昶雄合集》（台北：前衛，1991）；黑川創編《「外地」日語文學選》（「外地」の日本語文学選）（東京：新宿書房，1996）等選集。（許俊雅）

《閹雞》劇本（《閹鶏》劇本）

日文新劇劇本，二幕六場。由林摶秋根據張文環同名原著小說改編。此劇於1943年9月3日在台北永樂座首演，為厚生演劇研究會創團公演四齣作品中的主力製作。主創人員包括林摶秋（編劇兼導演）、王井泉（製作人）、呂泉生（舞台音樂）等，張文環、呂赫若、中山侑等知名作家則名列顧問群，演職員為來自桃園、三重、新莊、士林的青年演劇挺身隊員。張文環的小說原著以月里為主角，刻畫她順從父命嫁入鄭家，守著體弱成痴的丈夫阿勇，到最後與情人出走投湖殉情的短暫人生。林摶秋改編前半部，劇本保留人物關係的基本設定，突出鐵路延伸作為引導事件，推進兩家締婚的情節，重點則擺在福全藥房（鄭家）由盛轉衰的沒落上，最後結束於月里變得堅強與阿勇重思振作的場面。此劇的舞台場景具有豐富的寫實表現細節，伴以民俗音樂的現場演奏，劇中重複出現漢人酬神祭祖的節慶氣氛與儀式動作，與戲院所在地大稻埕的民俗氛圍呼應，對當時處於戰爭後期皇民化情境中的台人觀眾極具渲染力。當時報刊與戰後口述歷史描述了現場觀眾回響的熱烈，台北帝大文政學部教授瀧田貞治則將這次公演譽為「台灣新演劇運動的黎明」。不過，此劇在首演場結束後即遭警察取締，禁止繼續在劇中演唱〈六月田水〉、〈丟丟銅仔〉兩首台灣民謠，公演結束後坊間亦有黑函指控其「違反國策」。隨著戰後政權更迭與語言轉換，殖民地時期的歷史記憶遭到扭曲、壓抑，此劇漸為世人遺忘。一直要到1980

永樂座演出的《閹鶏》劇照，此為開幕第一場。（石婉舜提供，柳書琴解說）

年代台灣社會步上民主化道路之後才有機會重受重視，並被翻譯及重新確認為台灣現代戲劇的里程碑之作。在戰時「地方文化運動」的時空背景下，《閹雞》的演出具有重塑文化記憶的意義，形同對官方意識形態底線的試探與踰越。在美學上，它是日治時期新劇運動採取通俗化策略的一次成功演出，使1930年代「文藝大眾化」理想獲得實現。另從西方寫實主義戲劇移入的角度觀察，該劇成熟的藝術表現亦反映此時劇人在面對新劇本土化課題時所展現的自信。首演之後，暌違約半世紀之久，1990年代先後有靜宜大學、清華大學中文系的校園演出及「台北市戲劇季」（1995）公演，2008年國立中正文化中心委託台南人劇團於國家戲劇院重新製作演出。（石婉舜）

〈沙基路上的永別〉

中文短篇小說。王詩琅著。1980年10月27日發表於《聯合報》副刊。1981年獲《聯合報》第六屆短篇小說獎。後收錄瘂弦主編《小說潮：聯合報第六屆小說獎作品集》（台北：聯合報社，1982）及張炎憲、翁佳音編《陋巷清士：王詩琅選集》（台北：弘文館，1986）及張恆豪《王詩琅・朱點人合集》（台北：前衛，1991）。時年73歲的作者重拾中斷已久的短篇小說創作，以其1938年至1946年間的廣州經驗寫作了這篇半自傳性質的作品。小說以台灣人主人公「我」及廣州當地女子羅瓊寰的情感故事為線索，全文分為三節。任職於台灣開發株式會社的「我」被調往戰爭期間的廣州，心情亦喜亦憂。喜在可以來到祖國革命策源地，憂在怕被祖國人士視作敵國日本人。到廣州後「我」負責錄用本地職員的考試，其中應試的年輕女子羅瓊寰，史地考題應答如流，名列榜首。錄取後分配到「我」負責的一股。羅瓊寰引導「我」在廣州各處遊覽，兩人日漸熱絡。一次在沙基路遊覽，她講述了沙基慘案的經過後，「我」向她求婚，未能得到應允。羅瓊寰為逃避竟離開廣州。結尾處作者直呼「台灣人不是日本人……台灣人永遠是漢民族呀！」表明阻礙

兩人結合的是二戰期間中日對立下台灣人的特殊身分，而羅瓊寰終究不能將「我」（台灣人）視作同胞。作者以台灣人來到大陸為日本服務這一極端又真實的處境，展現了在東亞及世界大歷史中台灣人身不由己、充滿難言苦痛的身分問題。龍瑛宗在〈名作的誕生：評王詩琅〈沙基路上的永別〉〉中認為此篇打破了長久的沉默，寫出了日本殖民統治下台灣人特殊的處境和苦惱，可視作日據時代被迫沉默的冤魂的安魂曲。（金林）

（二）單行本

《亂都之戀》

中文新詩合輯。張我軍著。1925年12月於台北排印，次年1月印成，個人發行，版權頁標示1925年12月28日，封面標示1926年，由台灣新民報各地批發處代售。內容計有序詩1首，12詩題、55首新詩，總計56頁。其中部分作品曾發表於北京《晨報副刊》、台灣《人人》雜誌及《台灣民報》，亦零散收錄於一些新詩選集。除序詩外，全詩集創作期間為1924年3月至1925年3月。原作出版後在台灣絕版已久，至1987年6月瀋陽遼寧大學根據黃天橫蒐集複

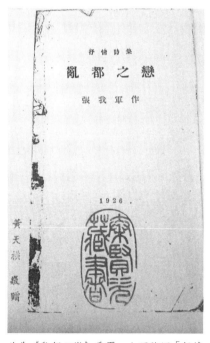

此為《亂都之戀》扉頁，上頭強調「抒情詩集」。本書散逸，1986年經黃天橫先生蒐集，贈予秦賢次先生影印本，有秦先生藏書章。（秦賢次提供，柳書琴解說）

印出版，重刊本增為80頁，添加了〈弱者的哀鳴〉及〈孫中山先生吊詞〉二首和三則附錄。「亂都」指的是直奉戰爭陰影覆蓋下的北京，時值作者就讀北京師範大學，與同學羅文淑女士戀愛的時期。詩篇抒寫了愛情、思鄉、對時代及身世的反思、對未來的惶惑不安，強調對自由與愛情的堅持、對生命的熱愛，以及積極奮進的姿態。詩作用語淺白流暢，情感浪漫而熱烈，洋溢著青年詩人特有的率直色彩。《亂都之戀》為作者的唯一詩集，亦是台灣新文學史上第一部在台出版的白話文詩集。學者彭小妍指出，詩集使用流利的白話文寫成，其語言、題材及文體皆為台灣新詩發展奠下重要的基石。另一方面，張我軍的白話文詩亦成為當時嚮往中國新文學寫作者的示範。考察原作的寫作時間、地點及作者的求學背景，可知此作與中國五四運動的主張有密切關聯。舉凡使用白話文書寫、嚮往婚戀自主、抨擊封建窠臼，迎向新時代的思想與自由觀等，皆受五四運動影響，貫串作者崇尚五四名家的文學主張，透過其擔任《台灣民報》漢文欄編輯工作及這本詩集的實踐，高調地向台灣文學界傳播。愛情、崇尚個性此二題材作為關懷與批判台灣現實的切入點，日後成為日治時代白話新詩的主流基調之一，影響深遠。（陳沛淇）

《都市風景線》

中文短篇小說集。劉吶鷗著。上海水沫書店1930年4月出版。該小說集收錄八篇短篇小說。〈遊戲〉發表於1928年9月10日《無軌列車》創刊號。〈風景〉發表於9月25日《無軌列車》第2期。〈流〉發表於12月10日《無軌列車》第7期。〈禮儀和衛生〉發表於1929年9月15日《新文藝》創刊號。〈殘留〉發表於10月15日《新文藝》1卷2號。〈熱情之骨〉發表於12月1日《鎔爐》月刊創刊號，〈方程式〉發表於12月15日《新文藝》1卷4號，僅有〈兩個時間的不感症者〉一篇未曾發表於雜誌。〈遊戲〉寫出一個女性將自己的

劉吶鷗為《都市風景線》設計的
封面，以鎂光燈投射在 scéne 上
的設計，表現出對都市文化與視
覺性的關注。（秦賢次提供，柳
書琴解說）

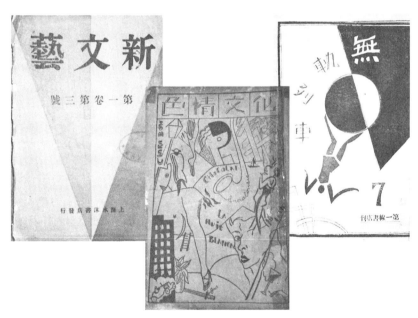

劉吶鷗等人創辦的《無軌列車》與《新文藝》，以及他的翻譯小說集《色情文化》。
劉吶鷗以鎂光燈捕捉的地球，為《無軌列車》設計封面。《新文藝》延續《無軌列
車》引介法國象徵主義、英國頹廢唯美派、日本新感覺派與左翼文藝、蘇俄未來主
義和普羅文學等思潮。《色情文化》亦由他設計封面，以拼貼的穿高跟鞋的女腿、薩
克斯風、酒杯、街燈、惡魔臉，以及 chocolate、La Nuit Blanche（不眠之夜）、紅星
Clara Bow（克拉拉‧鮑）等，表現都市文化與新興精神。（林建享提供，柳書琴解說）

婚姻託付給物質而寧可犧牲愛情；〈兩個時間的不感症者〉描寫萍水相逢的邂逅，女士先後與 H、T 兩位先生約會、跳舞，最後將拋下兩男而另赴他人的約會；〈風景〉中的燃青因與一名女士在火車裡相識而衍生了短暫的一日情，事後卻若無其事的各奔東西；〈禮儀與衛生〉則打破傳統思維而提出換妻的觀念，整體而言，這些小說人物皆以自己所想所要為優先，大膽前衛的活出自我的價值觀與欲望，與傳統思維大相逕庭。以 1930 年代上海為主要書寫時空場域，小說內容描摹都市氛圍、物質文化及欲望，小說中前衛的都會男女往往受到愛情與欲望的多重考驗，強調都市文化與現代感，作者亦刻意著墨於上海街道的畫面感與都會生活的空間立體感，著重於寫作技巧上的創新與嘗試，使其成為開啟上海新感覺派小說潮流的代表作。吳中杰、吳立昌於《1900-1949 中國現代主義尋蹤》（上海：學林，1995）提到，上海新感覺派被視為「中國唯一自覺運用西方現代主義創作手法來描寫現代都市人生活和心理的獨立小說流派」，興起於西方、發源於歐美而進駐日本，而《都市風景線》是一個最重要的文本與媒介。現有《都市風景線》（上海：上海書店，1988）；陳子善選編《都市風景線》（杭州：浙江文藝，2004）；《都市風景線》（天津：百花文藝，2005）等。（許秦蓁）

《熱流》（熱流）

日文現代詩集。陳奇雲著、多田利郎編。作品原發表於《南溟藝園》，雜誌社負責人多田利郎從 1929 年投稿之初至 1930 年 8 月的作品中，編選 50 首，由南溟藝園雜誌社 1930 年 11 月 30 日出版，共 30 頁。「熱流」書名出自編者，他認為作品具有撕裂、浸潤南溟藝園血肉的「熱流」張力；讓人擁有鼓起體內「熱流」血潮、不畏善惡的勇氣；以光明正大浩瀚的藝術大洋，燃起如火般炙熱的對社會文化貢獻的希望力量。詩作發表期間適逢陳氏人生波折之際，故無論是學校上級的打壓脅迫、戀愛引燃的歡喜緊張，甚至對周遭小小的

感動等，都以純樸、未經剪裁、隨興，似詩、似散文的型態，宣洩出個人豐沛的生命力。《熱流》創下日人主宰的雜誌社為台灣詩人出版詩集之首例，在當時文壇引起回響，在台灣日文新詩創作領域中占有一席之地。正如多田氏所言，陳氏作品已超越日台民族無偽的「純心」及「藝術」，使人們的「魂」毫無隔閡、合流為一，是詩人「自由、平等、博愛」詩魂的具體呈現，也是一部讓日人能理解台灣同胞純潔情感的詩集。（陳瑜霞）

《荊棘之道》（棘の道）

日文現代詩文集。王白淵著。1931年6月作者於日本岩手縣盛岡市自費出版，內容包含64首詩、兩篇論文、一篇短篇小說、一篇劇本日譯，為其1925年至1931年間作品。為台灣現代詩史上第一本日文詩集，由謝春木作〈序〉。詩歌可分三類主題：一是對梵（plama）、神、自然的歌詠和對無、真理的探求，如〈仰慕基督〉（キリストを慕ふて）、〈真理的故鄉〉（真理の里）等。二是帶有現實關懷、淑世理想並隱含社會主義思想的作品，如〈地鼠〉（もぐら）、〈到明天〉（到明天）等。第三是關於詩歌本質或美術思潮的思考，如〈未完成的畫像〉（未完成の画像）、〈詩人〉（詩人）等。兩篇論說〈詩聖泰戈爾〉（詩聖タゴー

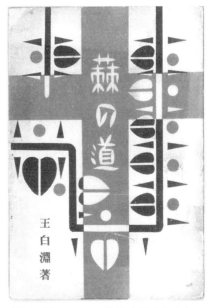

《棘の道》封面上以荊棘纏繞的十字架，象徵台灣人在台灣民族與文化運動道途上的苦鬥，以及在苦難中誕生的文學桂冠。（柳書琴提供、解說）

ル）與〈甘地與印度的獨立運動〉（ガンヂーと印度の独立運動），則藉由印度文藝復興與獨立運動形成其批判殖民主義之東方文明論，並藉此思考台灣未來與文化出路。王氏政治與哲學思想淵源自黑格爾辨證法、甘地不抵抗運動、泰戈爾詩歌、印度經典《奧義書》（*Upanishad*）及柏格森（Henri Bergson）創化論（Creative Evolution）。詩歌與藝術方面，則受寫實主義畫家米勒、樸素畫家盧梭（Henri Rousseau）、後期印象派畫家高更（Paul Gauguin）、梵谷及文學家拜倫、雪萊、葉慈、杜斯妥也夫斯基、羅曼羅蘭、石川啄木等人影響。王白淵的詩歌與論說表達出對資本主義與帝國主義的批判、對東亞復興的期盼、對中國及印度革命的推崇，反映了他為追求個人解放與民族解放所形成的多元駁雜思想。〈我的回憶錄〉曾言「誰知想做台灣的密列（Jean-François Millet）的我，不但做不成，竟不能滿足於美術，而從美術到文學，從文學到政治、社會科學去了」，為其從民族主義左傾並參與社會運動的思想轉折作了最好的概括。《棘の道》出版後受到日本左翼文學界注意，特別在旅日文學青年間引發熱潮，影響了吳坤煌、張文環、巫永福、蘇維熊等《フォルモサ》作家群，間接促成東京台灣人文化同好會及台灣藝術研究會的成立，使遭受彈壓的東京台灣人左翼政治運動成功轉向合法的文藝運動。現有陳才崑編譯《王白淵：荊棘的道路》（彰化：彰化縣立文化中心，1995）；河原功編《日本統治期台湾文学集成18：台湾詩集》（東京：綠蔭書房，2003）；莫渝編譯《王白淵：荊棘之道》（台中：晨星，2008）等。（柳書琴）

《命運難違》（争へぬ運命）

日文長篇小說。林輝焜著。原作於1932年7月起連載於《台灣新民報》，總計170回左右，連載七個月。1933年4月由台北市台灣新民報社出版單行本。小說時間設定於1930年代前期的島都台北，留日歸台的「金池」秉持著自由戀愛理念，力拒父母之命，轉而追求低

1933年台灣新民報社出版的《爭へぬ運命》書影。（私人蒐藏，柳書琴解說）

學歷卻時尚的台北摩登女，導致婚姻不幸。在難以違抗的命運撥弄下，終於理解到自己蔑視的傳統婚俗和女德教育自有其倫理與價值。金池也因這一段經歷，結束留學生高蹈思維，真正融入台灣社會。此作為台灣第一部報紙連載長篇現代小說，是作者應《台灣新民報》經濟部長陳逢源邀請，共同爭取讀者、擴大銷售量的首次努力。作品結合市民趣味與熱門時事，並特意與該報有關滿洲事變的激進輿論暗合，成功提升副刊的可看性，開啟報紙連載小說的熱潮，諸如林敬璋〈哀嘆的天鵝〉（歎きの白鳥）、賴慶〈女性的悲曲〉（女性の悲曲）等陸續登場。這篇小說為台灣日刊報紙首次引進日本「新聞小說」文類，並企盼以此文類開創一種新式大眾教化言論工具。作者一方面將滿洲事變、李頓調查團、經濟大恐慌等國際政經議題融入題材；另一方面，又讓看台日棒球對抗賽、上咖啡館談生意、逛百貨、讀女性雜誌、追逐上海化妝術等國際文化或都會風尚，躍然紙上。儘管這部有如1930年代台北都市生活考現學的小說，在婚戀觀和滿洲議題的討論上均十分保守，卻因為其趣味的內容和文體的成功，使《台灣新民報》之後成為台灣大眾小說最重要的場域。現有陳霆中譯《台北縣作家作品集18：不可抗拒的命

運》（板橋：台北縣立文化中心，1995）；下村作次郎、黃英哲主
編，邱振瑞中譯《台灣大眾文學系列8-9：命運難違》（台北：前
衛，1998）；河原功編《日本統治期台湾文学集成3：台湾長篇小説
集》（東京：緑蔭書房，2002）等。（柳書琴）

《原語台灣高砂族傳說集》（原語による台湾高砂族伝説集）

原住民口傳文學集。小川尚義、淺井惠倫編著。大致於1930年至
1932年間採錄，1935年由東京的刀江書院出版。全書共計12章，
每章描述一族語言，書前有一篇「概說」，書末附錄12族34社
（aboriginal community）的詞彙對照表。內容涵蓋12族38語別，共
收錄284則傳說故事。小川尚義負責調查泰雅、賽夏、魯凱（大南
社、Talamakaw社）、排灣、卑南、阿美等六族；淺井惠倫負責賽
德克、布農、鄒、卡那卡那富、拉阿魯哇、魯凱（下三社）、雅美
等七族，全書包含語法概說及故事文本，共計838頁（正文783
頁、附錄55頁）。各則故事均以國際音標作為記錄工具。雖然佐山
融吉編著的《蕃族調查報告書》（蕃族調查報告書）8冊（1915-
1921）及小島由道編著的《番族慣習調查報告書》（番族慣習調查
報告書）5卷8冊（1915-1921）中，都有傳說故事的零星記載，然
而僅作為民族史或部落史的口碑（口傳故事），並非主要內容。日
治時期蒐羅原住民族語言口傳文學的專著，以佐山融吉與大西吉壽
採錄、編著的《生蕃傳說集》（生蕃伝説集，1923）最早，呈現故
事文本的類型，係以日語撰述，無族語紀錄。族語口傳文學的專門
紀錄，率先集大成者即是本書。兩位編著者是語言學者，其精確記
音為當時的族語保存留下忠實紀錄，反映當時的語言結構及各族口
述者的語言狀態，所記錄的故事文本，也成為當今台灣原住民族語
言研究最重要的語料。2014年起，本書由原住民族委員會委託國立
政治大學原住民族研究中心（林修澈教授主持）進行翻譯及註釋，
於2017年完成並規劃出版，將對原住民族語言及文學研究具有深遠

影響。現有台北帝國大學言語學研究室編《原語による台湾高砂族
伝説集》（東京：刀江書院、西田書店，1967）；《原語による台湾
高砂族伝説集》（台北：南天書局，1996）。電子資源有國立台灣圖
書館「日治時期圖書影像系統」等資料庫。（李台元）

《可愛的仇人》

中文白話長篇小說。徐坤泉著。1935年於《台灣新民報》連載半
年，160回。隔年2月由台灣新民報社出版單行本上、下冊，3月隨
即再版、4月三版。連載期間由雞籠生插圖，單行本出版時另繪十
幅，序文有徐坤泉、曹秋圃、葉渚沂、丁誦清、雞籠生共五篇，另
有林獻堂「東甯照妖鏡」、薩鎮冰「酒後茶餘」、羅秀惠「可憐的環
境，愛情的神聖，社會人情心理」的題字。1938年台北大成映畫公
司出版張文環翻譯的日文版，由林玉山插畫。小說從一段因封建婚
姻而無法結合的悲戀展開，描述主人公志中與秋琴各自喪偶後維持
著柏拉圖式的精神戀愛，扶養子女與開創人生事業。故事隨著子女
成長分出兩條軸線：志中兒女、秋琴兒女兩對愛侶，分別經歷情感
與事業的波折後終成眷屬。《可愛的仇人》為日治時期第一部報紙
連載的中文長篇小說，是徐坤泉應《台灣新民報》爭取讀者、擴大
銷售量之策略的首次嘗試，連載期間大受歡迎，單行本出版兩年即
銷售一萬部左右，為台灣讀書界未有之盛況。小說描寫「本島人生
活」，採用混語策略迎合大眾，探討台灣現代化過程中傳統與現代
交混的情境，並透過自由婚戀與儒家禮教的辯證，塑造賢妻良母形
象，表現徐氏相對保守的性別觀。柳書琴指出小說雖回應「東亞共
榮」、「日華親善」等官方論述，但更多的是刻畫東亞變局中台灣人
海外發展的的危難與希望，不同於其他婚戀主題小說。然而《可愛
的仇人》在進軍日本市場與電影產業的過程中，由於顧及日文圈受
眾、中日事變後的敏感時局和檢閱制度，及譯者往純文學方面的改
譯，導致主題、風格上略有變動，推出後市場反應不如預期。戰後

盜印不斷。1954年高雄慶芳書局重新出版，1956年出版修訂版，然遭保安司令部查禁，兩個月後修訂部分內容再推出修訂版之再版，1959年亦再版，顯現該書戰後依然膾炙人口。現有下村作次郎、黃英哲主編《台灣大眾文學系列・第一輯1-2：可愛的仇人》（台北：前衛，1998）。作品外譯例舉："The Loveable Foes," Trans. John Balcom. *Taiwan Literature in English Series*, No. 30. 2012. Ed. Kuo-ch'ing Tu and Robert Backus. Santa Barbara: UCSB, CA: US-Taiwan Literature Foundation.（張郁璟）

《山靈：朝鮮台灣短篇集》

中文翻譯小說集。由中國左翼理論家胡風編輯、翻譯。上海的文化生活出版社，1936年4月發行，隔月再版，至1948年第三版、1951年第五版、1952年第七版，多次重印。書中除胡風的序文外，共收錄台灣作家楊逵〈送報伕〉、呂赫若〈牛車〉，以及朝鮮自由主義作

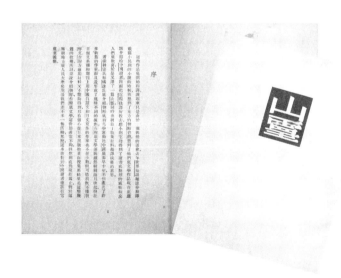

胡風選譯的《山靈：台灣朝鮮短篇集》（上海：文化生活，1936年4月）
對東亞弱小民族文學的傳播以及帝國主義暴行的控訴具有影響力，此為該
書扉頁與序。（柳書琴提供、解說）

家張赫宙（장혁주）〈山靈〉、〈上墳去的男子〉、朝鮮普羅藝術同盟作家李北鳴（이북명）〈初陣〉及鄭遇尚（정우상）〈聲〉等六篇作品，列為黃源編「譯文叢刊」之一，附錄收台灣作家楊華〈薄命〉，但首刊本後多次再版的《山靈》，則剔除附錄中此一作品。1936年5月，胡風再次將上述作品編輯為《弱小民族小說選》，由上海生活書店發行，列為「世界知識叢書之二」。小說集《山靈》為中國首次正式介紹殖民地台灣作家及其作品的紀錄，胡風曾自敘其目的為藉由台灣、朝鮮的奴隸經驗召喚中國讀者的淪亡恐懼，「台灣自一八九五年割讓以後，千百萬的土人和中國居民，便呻吟在日本帝國主義鐵蹄之下」、「讀者在讀它時，同時還應記著，現在東北四省的中國人民又遇著台灣人民的那種同樣的命運了」。最早的書評發表於1936年8月《讀書生活》雜誌上，為中共黨員、左聯委員周鋼鳴所作，他稱許「這些作品的取材都是血底歷史事實」。其次，他提到這部蒐羅「兩個弱小民族作品」的選集，呈現了「遠東帝國主義底鐵蹄踐踏下過著奴隸生活」的共通點，又呈現出兩地不同的鄉土色彩、習慣和風俗。在中國弱小民族文學的翻譯與出版在1930年代中期鼎盛一時，它的意義至少有二：第一、它是左翼知識界對當時的國民黨政府言論控制和審查政策的抵抗；第二、這種文類為中國近代主體提供了釋放或召喚被壓迫體驗的思想與話語資源。《山靈》的出版即是胡風對於

世界知識社編《弱小民族小說選》（上海：生活書店，1936年5月），封面以鋼筆頭、文稿、齒輪、鎖鍊，表現文學的革命力量。（私人蒐藏，柳書琴解說）

弱小民族文學譯介的實踐，他選擇東亞鄰近地域非母語寫作者的反帝與反法西斯主義日語文學為譯介對象，這樣的視野和思維在當時相當進步，他的譯介引領了第一篇台灣小說〈送報伕〉在中國的接受與詮釋。（柳書琴）

《台灣民間文學集》

民間文學集。李獻璋等編著。1936年4月台中台灣新文學社出版。此書包括賴和〈序〉、李獻璋〈自序〉、歌謠篇與故事篇。歌謠篇收錄了民歌、童謠、謎語等。故事篇包括賴和、朱鋒、蔡秋桐、黃石輝、廖漢臣、楊守愚、朱點人、周定山、林越峰、黃得時、王詩琅等14位作家撰寫23篇故事。此書體例，雖受到平澤丁東1917年

《台灣民間文學集》收錄民歌582首、童謠142首、謎語273則、台灣竹枝詞10首、故事23篇，反映台灣第一代知識分子對民間文學價值的認識與採集整理狀況。（葉蔚南、徐秀慧提供，柳書琴解說）

《台灣的歌謠與名著物語》（台湾の歌謠と名著物語）影響而略有差異。歌謠收錄方式，不同於平澤氏以漢字歌詞，假名標音，再加上簡單日文翻譯；李氏以漢字為主，偶爾輔以羅馬字。故事採集，平澤氏將中國南方戲曲與民間傳說，重新以日文書寫；而《台灣民間文學集》則著重台灣歷史傳說，以中國白話文，或夾雜台灣話文的書寫，可視為另類的文學創作。此書可說是台灣鄉土文學運動、台灣話文運動的實踐成果，頗能反映文藝大眾化、啟蒙等思潮。此書的歌謠篇，除輾轉收錄1931年

《台灣新民報》、平澤氏等前人蒐集的文本，有的可能是李獻璋在高雄的採錄。後者再現了1930年代高雄西子灣壽山洞、打鼓山、港口燈塔、屏東車站等南台灣景觀，以及火車、火船等現代生活的時代感。當日本殖民者急於脫亞入歐，而致力將台灣建設為現代都會之際，這些歌謠敏銳地再現了現代性帶來的便利與速度，而人的心靈、情感也隨之快速變化，包括水螺聲的別離感傷，看錶等待的焦慮感，半夜看到時鐘指著四點半的失眠心情等。現有《台灣民間文學集》（台北：龍文，2006）；中川仁編《李献璋の台湾民間文学集》（東京：東方書店，2016）等。（陳龍廷）

《暖流寒流》（暖流寒流）

日文長篇小說。陳垂映著。1936年7月25日，台灣文藝聯盟出版。台灣文藝聯盟為紀念成立二週年，推出《暖流寒流》，共223頁，32開本。陳垂映留日期間開始投稿《台灣新民報》、《大阪每日新聞》，19歲完成這部小說。《台灣文藝》第3卷第7、8合刊號扉頁上登載如下廣告：「本書描繪了現代台灣的社會相貌無遺，更可看出作者用了獨特而艷麗的筆，唱出了即將窒息於舊因習、舊傳統桎梏下的戀愛與結婚的自由。若對現代的台灣社會感到若干的不滿，而欲除去姑息因循，而步上新的戀愛旅程的人，則當先捉住本書藉以自省與鞭策！」小說裡，受日式教育的主角俊曉與他炒作股票、地皮的父親貴昌有著天壤之別。俊曉與佃農阿池的兒子明秀相交甚篤，暗中撮合明秀與妹妹瓊珠，並資助明秀，先後赴東京深造。留學期間，俊曉遇見紈絝子弟秋祥及其女友碧茹，引發愛恨掙扎與價值衝突。不久，貴昌投資失利，逼迫瓊珠嫁予秋祥欲獲取準親家資助，秋祥始亂終棄，導致碧茹自殺，被俊曉所救。貴昌於破產壓力下，在阿池因土礱間（碾米廠及米交易相關場所）倒閉而交不出租穀時，迫使他們歸還佃地。頓失生計的阿池一家因此崩毀，阿池憤而殺貴昌後自殺。曉俊返鄉奔喪，明秀亦得知父親手刃恩人之父的

慘劇,悲痛難以言喻,經俊曉開導才齊心振作。俊曉接掌家業後,解除瓊珠與秋祥的婚約,讓妹妹和明秀終成眷屬,同時也向碧茹求婚。結局為新青年家庭改革成功,泯除階級落差與前代恩怨,攜手建立文明婚姻。此作為日治時期第二部單行本長篇小說,也是日文通俗小說代表作之一。書中塑造新知識分子的積極形象,以戀愛敘事結合風俗批判,並以作者的經濟專長剖析台灣米糖經濟體制的壓迫性與脆弱性,通俗中含藏犀利。中譯本由賴錦雀、邱若山翻譯,收錄於趙天儀、邱若山編《陳垂映集》第一卷(豐原:台中縣立文化中心,1999)。(金瑾)

《洋燈的思惟》(洋灯の思惟)

日文詩歌評論集。楊熾昌(水蔭萍)著。據稱1937年由台南金魚書房出版,惟今已佚。根據呂興昌〈楊熾昌生平著作年表初稿〉,該書收錄有〈檳榔子的音樂──吃鉈豆的詩〉(檳榔子の音楽─ナダ豆を喰ふポエテッカ)、〈燃燒的頭髮──為了詩的祭典〉(炎える頭髮─詩の祭典のために)、〈土人的嘴唇〉(土人の口唇)、〈洋燈的思惟〉(洋灯の思惟)、〈蕃鴨的騷哭〉(日文標題已佚)、〈南方的部屋──西川滿氏〉(南方の部屋─西川滿氏)、〈熱帶魚的噴泡〉(日文標題已佚)、〈妖美的神〉(日文標題已佚)、〈西脇順三郎的世界:關於詩集AMBARVALIA〉(西脇順三郎氏の世界:詩集『AMBARVALIA』について)、〈JOYCEANA〉(ジョイスアナ)、〈關於詩的造型與技巧手記〉(詩のフォルムとメトオデに関するノート)共11篇文章。為楊熾昌引介、闡述其現代主義美學觀之文藝短論集,部分篇章可見於《台南新報》文藝欄、《風車》(Le Moulin)及《N'EST CE PA》(ネ・ス・パ)等雜誌。在以寫實主義為主流的台灣新文學發展中,楊熾昌罕見地以日本現代主義詩運動的春山行夫的「主知論」,以及西脇順三郎的「想像力論」為核心,推展現代主義的詩學與美學,並進一步將舶來的現代主義美

學，接合了台灣的南方風土與殖民地情境。他的詩歌與詩論既體現了現代主義運動的世界性與同時代性，也是深具台灣色彩的在地實踐。（陳允元）

《化石之戀》（化石の恋）

日文現代詩集。邱淳洸著。邱淳洸的第一本詩集，1938年日本大阪玲瓏社出版，發行人為清水長太郎。收錄21首詩、後記、東京詩誌《詩與歌謠》（詩と歌謠）創辦人鈴木章弘寫的序文，以及朝鮮詩人張壽哲（장수철）寫的序詩〈關於《化石之戀》〉（「化石の恋」に寄せて）。鈴木章弘在序文中稱讚「表白的自由、聲調的協和、美麗的情緒、如夢的氛圍，光這本詩集就能讓人十分認同邱淳洸寫詩的才能。」收錄的詩包括〈初秋〉（初秋）、〈藍色月夜〉（あをい月夜）、〈葡萄架〉（びだう棚）、〈香豌豆〉（スイトピー）、〈翼〉（つばさ）、〈秋之夜路〉（秋の夜路）、〈夕星〉（夕星）、〈山鳩〉（山鳩）、〈十六夜的嘆息〉（十六夜の歡息）、〈悲傷歌〉（かなしき歌）、〈窗邊〉（窓の辺に）、〈細徑〉（細徑）、〈夜時雨〉（夜しぐれ）、〈紫薇〉（さるすべり）、〈苦苓香〉（栴檀かおる）、〈晚夏之夜〉（晚夏の夜）、〈秋之暮〉（秋の暮）、〈今宵亦然〉（今宵もまた）、〈旅愁〉（旅愁）……等，均為詠景或抒情類的短詩。後記亦以詩的形式寫成，為作者於朝鮮旅途中所作。作者以「輕微感傷的旋律，也是晚春苦苓的味道」形容自己的詩集，陳千武則讚美它是「可愛玲瓏的小曲集」。（葉慧萱）

《悲哀的邂逅》（哀しい邂逅）

日文現代詩集。邱淳洸著。1939年台灣新民報社出版。本書收錄序言及30首詩，包括：〈哀愁賦〉（哀愁賦）、〈秋─斷章〉（秋─断章）、〈某個羅曼史〉（あるロマンス）、〈白手帕〉（白いハンカ

チ）、〈晚秋〉（晚秋）、〈鳩不來的日子〉（鳩の来ない日）、〈初夏小景〉（初夏小景）、〈木犀〉（木犀）、〈冰冷的王冠〉（冷たい王冠）、〈登山的話〉（山に登れば）、〈緋櫻〉（緋櫻）、〈纖雨降下的日子〉（纖雨の降る日）、〈悲哀的邂逅〉（哀しい邂逅）、〈鳳凰木之花〉（鳳凰木の花）、〈幼小靈魂的顫抖〉（小さい魂のふるへ）、〈敗逃〉（敗走）、〈旅愁〉（旅愁）、〈對潮水吠叫的犬〉（渚に吠える犬）、〈落葉〉（落葉）、〈秋風〉（秋風）、〈別離〉（別離）、〈乾涸的熱情〉（涸れる情熱）、〈冬之海〉（冬の海）、〈嚴冬〉（嚴冬）、〈夜之哀感〉（夜の哀感）、〈物語（赤誠追想）〉（物語（赤誠追想））、〈白夜〉（白夜）、〈變葉木園〉（クロトン園）、〈扶桑花〉（扶桑華）、〈夕暮〉（夕ぐれ）等。作品風格屬於浪漫派，展現心象與物象之間的流動與映襯。詩作內容多圍繞著愛情、景物詠嘆及旅行抒情，不少詩作流露哀愁憂鬱的色調。作者在序言中表示，出版詩集的目的是為了留下成長印跡，作為年輕時期的紀念，在編排上刻意保留寂寞的浪漫，不加修飾。作者也曾形容這本詩集是「黑色冬天的海的顏色，遙遠地平線上隱約的青年的浪漫幻影」。陳千武在〈浪漫詩人邱淳洸〉一文中翻譯了序文及其中四首詩，並評論這本詩集為「浪漫意味濃厚的詩篇」。（葉慧萱）

《韭菜花》

中文長篇小說。吳漫沙著。1939年3月台灣新民報社發行單行本，總計44章，二百餘頁。小說時空設定於1930年代後期的島都台北及上海、泉州、廈門之間，藉韭菜花譬喻端美、慧琴、秀珠、碧雲、愛蓮等薄命女性的坎坷情愛。端美的未婚夫智明，因不倫戀染病，癒後前往廈門與上海籌組「台灣物產公司」的海外分公司，事業有成後與端美再續前緣。慧琴在失戀情傷之際遠走廈門就讀女中，並任職智明的公司。攻讀助產術的秀珠，在男友移情別戀後輕生。迫於家境成為酒女的碧雲，誤蹈好色之徒圈套而失身。未婚懷

孕的愛蓮，從島都避居鄉間產
子。小說出版前曾在《風月
報》雜誌上刊登廣告宣傳，強
調該書「可作青年男女之南
針，可作新舊家庭之借鑑」，
透過「他們是破壞女界名譽的
毒蟲」、「她的櫻唇才稍離了
他的香口」、「你與我連枝比
翼如鸞似鳳」等聳動煽情的章
節標題，露骨挑逗的情節，披
露現代都會與自由戀愛的誘惑
與罪惡，訓斥青年男女當引以
為戒、守節自重。同時，透過
地景介紹以及在台灣、中國間
移動的青年群像，傳達繁複的
東亞地域想像，使得整部小說

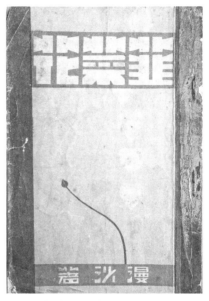

吳漫沙著《韭菜花》，1937年5月2日完
稿，以俗諺「查某囡仔韭菜命」，描繪追
求個性解放與自由戀愛的女性們不同的命
運與抉擇。（私人蒐藏，柳書琴解說）

兼具戀愛指南與道德教化的作用。研究者黃美娥曾指出吳漫沙洞察
資本主義下大眾對情慾的著迷，故以感官式描寫和女性身體的窺探
提供讀者快感。林芳玫認為，該作在地域對比方面，將島都刻畫為
墮落腐敗的罪惡淵藪，並編織道德論述來建構中國與台灣的差異。
現有下村作次郎、黃英哲主編《台灣大眾文學系列・第一輯5：韭
菜花》（台北：前衛，1998）。作品外譯例舉："Chive Blossoms,"
Trans. Yingtsih Hwang. *Taiwan Literature in English Series*, No. 30.
2012. Ed. Kuo-ch'ing Tu and Robert Backus. Santa Barbara: UCSB, CA:
US-Taiwan Literature Foundation.（蔡佩均）

《新支那素描》（新支那素描）

日文隨筆集，間雜漢詩。陳逢源著。1939年4月台灣新民報社出

版。本書收錄作者 1934 年至 1938 年間，以《台灣新民報》經濟部長身分遊歷「滿洲國」、華北、華南後所撰之紀行文、評論和雜感。部分文章曾於《台灣新民報》、《興南新聞》及其他雜誌上刊出。內容主要以他在上海、南京、北京、蒙古、青島、天津、滿洲、朝鮮、鼓浪嶼、廈門、汕頭、香港、廣東等地的視察團行程為基礎，為其考察各地時局變化、經濟發展、文化特色之後的見聞心得與漢詩創作。本書收錄〈大陸經營之道〉（大陸経営の道）、〈東亞新秩序的經濟基礎〉（東亜新秩序の経済的基礎）、〈新東亞協同經濟的建設〉（新東亜協同経済の建設）、〈上海萬花鏡〉（上海万華鏡）、〈敗殘的南京〉（敗残の南京）、〈北京的交響樂〉（北京の交響楽）、〈北京遊覽誌〉（北京遊覽誌）、〈蒙疆的秘境〉（蒙疆の秘境）、〈北支的玄關〉（北支の玄関）、〈滿鮮一瞥〉（滿鮮一

《新支那素描》（台北：台灣新民報社，1939 年 4 月），為陳逢源擔任新民報社經濟部長期間出版。該書除正文之外，另收有風景明信片 4 張，定價 2 圓。（私人收藏，柳書琴解說）

瞥）、〈南支印象記〉（南支印象記）等 11 項，共 70 篇文章。其中，〈秦淮畫舫的情調〉（秦淮画舫の情調）、〈北京禮讚譜〉（北京礼賛譜）、〈周作人的側影〉（周作人の横顔）、〈大同石佛寺一瞥〉（大同石仏寺一瞥）等少數篇章，與其另一本著作《雨窗墨滴》（雨窓墨滴）以篇名微幅調整的方式重複收錄。研究者簡錦松認為：《新支那素描》記載了國民政府在中日戰爭前的建設、日本帝國在中國各地的經略、台灣人在「滿洲國」、華北、南京等政權下參與公教醫商各行業的概況，對

於當時日本侵華戰爭對各地方的衝擊亦有其獨到觀察。（徐淑賢）

《水滸傳》（水滸伝）

日文長篇小說譯著。施耐庵、羅貫中、陳忱原著，黃得時翻譯、改寫。1939年12月5日起於《台灣新民報》連載，該報改題為《興南新聞》後繼續連載至1943年12月26日，歷時五年，總計1131回（除去連載虛增，實為1129回）。單行本預定六卷，前三卷由台北市清水書店分別於1941年9月、1942年9月、1943年6月出版，後三卷未出版。小說講述以宋江為首的綠林好漢被逼落草梁山泊，受北宋朝廷招安東征西討，宋江被毒殺後，部分梁山好漢及英雄後代再度起義並參與抗金，最終出走海外。小說作為中國古典文學在台日譯風潮的一環，在大東亞戰爭「支那熱」中出現，在大眾文學市場好評下，黃得時將翻譯底本由金聖歎《水滸傳》70回本改為120回本，再接續陳忱《水滸後傳》進行改寫與合譯。該譯作在復興本島文運、提供戰時民眾娛樂方面，確實有所助益，《台灣新民報》

黃得時日譯的《水滸傳》第一卷，1941年9月由清水書店出版，定價1圓40錢。封面以海水搭配帆船，呼應故事內容。此為封面與版權頁。（私人蒐藏，柳書琴解說）

連載該作與學藝欄「新銳中篇創作集」的策劃，向來被視為中日事變後的「文學之曙」，標誌戰爭期台灣文壇的復甦。然而經歷長時間連載後，伴隨時局緊張與國策論述的強化，作品的政治性也受到檢驗。黃得時以兩書合譯的策略，迴避了日台官民矛盾與梁山好漢齊心抗官的敏感諷喻；將後傳中象徵海外道統的「暹羅」改寫為「南蠻」，亦與戰爭時局勉強扣合藉此模糊原作中的「遺民」意涵。綜合王俐茹、蔡文斌的研究，這部小說複雜的創作軌跡、譯著策略和文本形態，是特定時代下譯著者不得不在讀者需求、商業效益和政治性的夾縫間摸索與妥協造成的。本作受吉川英治日譯《三國志》（三国志，1939-1943）在台連載影響而作，據黃得時回憶，單行本還曾在日本、朝鮮、「滿洲國」等地流通並廣受歡迎。現有林生雄中譯《古典小說全家讀本4：水滸傳》（台北：東方，2008）。（汪亭存）

《七娘媽生》（七娘媽生）

日文隨筆集。黃氏鳳姿著。1940年2月由台北的日孝山房、東都書籍株式會社台北支店分別發行。本書由灣生畫家立石鐵臣裝幀，黃氏鳳姿的學友陳氏友蘭擔任插畫，作者黃氏鳳姿記錄曾祖父敘述的萬華地區風俗文化與傳說，內容包含年中祭典傳說11則，民話5則。《七娘媽生》出版隔年的1941年，民俗雜誌《民俗台灣》創刊，池田敏雄為創始者之一，黃氏鳳姿亦為同人。在當時柳田國男等人所提倡的日本民俗學風潮影響下，《民俗台灣》致力於採集、記錄台灣本島人的生活習俗，企圖建構台灣的民俗學。黃氏鳳姿為池田敏雄的學生，《七娘媽生》可說是此範疇的先行作品。《七娘媽生》除了回應當時的民俗學風潮之外，也沿襲當時日本內地學童作文教育的一環——「生活綴方」（生活作文）的形式，鼓勵學童如實記錄日常生活的實況。台北帝大教授金關丈夫如是評價《七娘媽生》的書寫方式：「毫無修飾的真正心情」記錄，正與「綴方」主

張的寫作樣式不謀而合。《綴方教室》（1937）的作者豐田正子在戰時被譽為「帝國的文學少女」，甚至遠赴中國宣傳。黃氏鳳姿之後被譽為「台灣的豐田正子」，正是戰時下日本「中央」與殖民地「地方」文化政策的連結與呼應。（吳佩珍）

《陳夫人》（陳夫人）

日文長篇小說。庄司總一著。1940年11月出版《陳夫人》第一部「夫婦」，1942年7月完成同時出版第二部「親子」，1944年10月出版第一、二部的合訂版，均由東京通文閣出版。1943年獲得第一回「大東亞文學賞」（日本文學報國會主辦）。戰後1951年由東和社再刊，2000年由大空社復刻出版。內容描寫主人公陳清文赴日留學，之後在教會認識日本女性安子。兩人不顧安子父母反對而結婚，之後回到清文的故鄉台南定居。第一部「夫婦」，描寫安子進入陳氏大家族，周旋於公婆、叔伯、妯娌間，以及其如何融入台灣人家庭與風俗的過程。第二部「親子」描寫兩人的女兒清子出生及成長的故事。本作品在主題上反映了幾個當時社會時代思潮的面向。首先故事主軸是「日台婚姻」。皇民化運動時期統治當局致力強化日台親善，日台聯姻也是其宣傳的一環。混血兒清子的人物設定，以及安子害怕清子與「本島人」結合後自

庄司總一的代表作，1943年獲得第一回「大東亞文學賞」，中譯本有黃玉燕譯《陳夫人》（台北：文經社，2012）。（河原功提供，柳書琴解說）

己日本人的血統將「變得稀薄」，而不贊成清子與表哥明的婚事，都凸顯了當時優生學論述的「純血信仰」。第一部刊行後，獲選為新潮社文藝賞第四回候選作品，評審之一的佐藤春夫評價如下：「詩興洋溢，近年文壇不多見。如聞天馬行空之音，是難得的產物。」1941年4至5月由久保萬太郎導演，在「文學座」舉行公演，當時的演劇界翹楚藤森成吉讚美此劇為近來「全部的演劇中，出色的劇碼」。在此之前庄司在文學界一直鬱鬱不得志，《陳夫人》是讓其文學生涯起死回生之作。據大東和重指出，這部小說的出現，帶給台人作家及在台日本人作家的衝擊，要遠大於日本內地作家。在台日人作家方面，中村哲認為此作「成為台灣文學良好的刺激」，西川滿與濱田隼雄也都以書評回應。台人作家中，黃得時將此作與賽珍珠《大地》、林語堂《北京好日》、吉川英治《三國志》以及自己翻譯的《水滸傳》並列，並指出此作「在台灣飛也似地狂銷」。當時旅日的呂赫若，在「文學座」觀賞此劇之後，徹夜讀完原作。之後在《興南新聞》發表〈《陳夫人》的公演〉（『陳夫人』の公演，1941年5月20日-5月25日，共六回），表示自己深受感動。垂水千惠等研究者均指出，此作影響了呂赫若1942年之後的寫作策略。現有黃玉燕中譯《陳夫人》（台北：文英堂，1999）；黃玉燕中譯《嫁台灣郎的日本女子》（台北：九歌，2002）；黃玉燕中譯《陳夫人》（台北：文經社，2012）等。（吳佩珍）

《輕鬆上手的青少年劇腳本集》（手軽に出来る青少年劇脚本集）

日文劇本集。台灣總督府情報部編，1941年4月同單位出版。收錄長崎浩〈收穫〉（収穫）、中島俊男〈妖物〉（お化け）、黃得時〈通事吳鳳〉（通事呉鳳）、中山智惠〈相思樹〉（相思樹）、竹內治〈乩童何處去〉（童乩何処へ行く）、中山侑〈收音機之家〉（ラヂオの家）、龍瑛宗〈美麗的田園〉（美しき田園）、西川滿〈青毛獅子〉（青毛獅子）等八篇青年劇；以及吉村敏〈大家都是好孩子〉

（みんなよい子）、日高紅椿〈驅逐蟒蛇〉（大蛇退治）、筱原正巳〈皇國的孩子們〉（皇国の子供達）、山口正明〈木瓜〉（木瓜）、川平朝申〈蓖麻叢生〉（蓖麻は繁げれり）、石田道雄〈兔吉與龜吉〉（兎吉と亀吉）、北原政吉〈夜之森〉（夜の森）共七篇兒童劇。內容以農村教化為主，包括獎勵農作物增產、警告隱匿米穀供出行為、破除舊規陋習、強調情報提供與收音機的重要性、正當化日本的海外侵略行為等，是青年劇演出的重要範本。1930年代以後，各地以日語普及、產業開發、鄉土淨化、體能提升為目的紛紛成立「青年團」。中日戰爭爆發後，青年團從修養團體轉變為「配合國家目標的實踐性團體」，並以發揚日本精神與普及國語為宗旨推行皇民化劇，由於多以青年擔綱演出故稱「青年劇」。為推動皇民化運動，台灣總督府文教局以「藉青年的力量來普及與振興青年劇」為訴求，1940年7月出版中山侑《簡單的青年劇表演法》（簡単な青年劇の演出法）；總督府情報部也在應積極獎勵戲劇的考量下，於隔年出版此劇本集，成為許多青年劇的演出腳本。然因當時皇民化劇、新劇與青年劇水準低落，以致黃得時曾在〈作為娛樂的皇民化劇〉（娛樂としての皇民化劇，1941）一文，給予「劇情流於僵化」、「目的性過於明顯，太多說教」、「感受到皇民化思想那樣無趣的東西」等嚴厲批評。現收錄於河原功編《日本統治期台湾文学集成11：台湾戲曲・脚本集2》（東京：綠蔭書房，2003）。（河原功）

台灣總督府情報部編《手輕に出来る青少年劇脚本集》第一輯，為當時青年劇演出的重要範本。（河原功提供，柳書琴解說）

《南方紀行》（南方紀行）

日文小說隨筆集。真杉靜枝著。原作於1941年6月由東京昭和書房出版，2000年12月被收錄「女性所見的近代」（女性に見た近代）系列，由ゆまに書房復刻出版。本書由「廣東春天日記」與「台灣的土地」兩部構成，前者收錄9篇，後者收錄14篇。第一篇〈烏秋〉（烏秋），以及卷尾的〈蕃女理央〉（蕃女リオン）與〈阿里山〉（阿里山）為小說，其餘則為紀行隨筆以及實錄報導。第二部「台灣的土地」（台湾の土地）與1940年9月出版的《無謂的振翅》（甲斐なき羽撃つ）所收錄的「南方紀行」重複。1940年底至1941年間，真杉靜枝睽違16年回到台灣，訪問雙親以及妹妹，這期間有十天左右前往廣東市參與「南支派遣軍」慰問活動。本書主要內容描寫真杉靜枝在這一連串旅行中的見聞與感想。此書出版的同一年，真杉也出版了另一本隨筆集《囑咐》（ことづけ），同樣以台灣及中國的廣東為舞台，是反映日本戰時「南進政策」的國策文學。真杉的觀察，除了讓我們對戰時下於台灣推行的皇民化政策有更具體的了解之外，其對自身穿梭台灣與中國之間的描寫，以及對台灣總督府戰爭協力的著墨，也讓人深刻感受戰時台灣在「南進政策」中的定位。此書屬於戰時下大量出版的國策文學範疇，自幼隨雙親渡台，直至20歲左右於台灣成長的真杉靜枝也在此時期一躍成為台灣的代言人。由於其視點立基於內地與本島之間，雖具濃厚的國策宣傳色彩，但其獨到的觀察仍有別於其他戰地派遣的日人作家，能更深入呈現戰時台灣在帝國內部的複雜樣貌。（吳佩珍）

《運命》

中文長篇小說。林萬生著，自署愚天。1941年10月由台南捷發書店出版單行本，共47章節。林萬生為台南人，1938年間曾短暫擔任《風月報》編輯，除代表作《運命》之外，另有《純愛姻緣》（興南新聞社，1943）、《一封的怪函》（青年文藝，1947）等中文小說，

擅長以男女戀愛問題為題材。《運命》一作描繪主人公公學校時期
同窗好友們的命運：出生尊奉孔孟之傳統家庭的凡夫，投資失敗後
前往上海就職；貧農之子秋生獲得岳父金援，組織產業會社，躍升
為地方議員；高女畢業的素珠在丈夫病逝後獨自育子，向命運搏
鬥；資產家子弟錦村為內地大學畢業的高材生，返台後因社會主義
運動牽連入獄，服刑期間飽嘗折磨，決心出獄後「要宣傳道德，開
化了同胞，不可侵犯了法律」。本篇小說使用「傳統漢文」、「台灣
式漢文」與「日式漢文」兼融的混合文體，呈現殖民統治時期華語
文體特色。雖然作者對人物社會處境的觀察與闡述充滿宿命論，在
婚戀議題探討上亦較保守，但其地域想像卻有相當能動性，例如視
大陸為脫困之地、視日本求學為台灣人提升階級的途徑等。此外，
主人公的「轉向」思維，亦為日治時期通俗小說單行本中少見的角
度與題材。現收錄於下村作次郎、黃英哲主編《台灣大眾文學系
列·第一輯10：京夜·運命》（台北：前衛，1998）等。（蔡佩均）

《青年演劇腳本集》（青年演劇脚本集）

日文劇本集。本腳本集包含兩輯，第一輯由皇民奉公會台北州支部
健全娛樂指導班編，1942年6月台灣兒童世界社（台湾子供世界
社）出版；第二輯由皇民奉公會台北州支部藝能指導部編，1944年
3月清水書店出版。第一輯收錄了根室千秋〈土〉（土）、名和榮一
〈蜜柑〉（蜜柑）、吉村敏〈光榮凱旋〉（光栄に帰る）、小林洋〈馬
泥〉（馬泥）、濱田秀三郎〈出征的早晨〉（征く朝）、中山侑〈軍
國爺〉（軍国爺さん）及〈山頂的獨棟屋〉（峠の一軒屋）等七篇作
品。第二輯以「成為消滅英美仇敵的突襲號角」為主題，收錄吉村
敏的宣誓詩〈邁向史上最強台灣兵之路〉（台湾兵制史つはものへ
の途）及〈百姓志願〉（百姓志願）、瀧澤千繪子〈晚霞〉（夕
焼）、堀池重雄〈島櫻〉（島ざくら）、黃得時〈信箋〉（お便り）、
松居桃樓〈我等青年〉（若きもの我等）等六篇作品。兩輯皆以振

興「農村青年演劇」為編纂宗旨，舞台多為農村，內容說教意味濃厚，如鼓勵農民為國家增加作物生產、期待台灣青年獲得徵兵令、強調台灣青年志願從軍的榮譽與決心等，其目的明顯從普及日語轉移到貫徹日本精神、培養準日本兵為主。1941年12月，總督府頒布《台灣青少年團設置綱要》，並於隔年5月組成「台灣青少年團」，將國民學校三年級以上學生歸屬「少年團」、14歲以上25歲以下則隸屬「青年團」。「青年劇」便是由「台灣青少年團」、尤其「青年團」擔任演出，以純粹的素人演劇作為島民教化團體核心而產生的劇種，內容多以皇民奉公會或總督府文教局提供的腳本為主。推行以後，青年劇以「青年演劇挺身隊」為名義深入各郡市街庄，成為農村娛樂的對策之一。其中，在皇民奉公會分部的強力推動下，台北州、高雄州的青年劇特別風行，《青年演劇腳本集》第一、二輯便是台北州皇民奉公會分部致力推行的具體成果。現收錄於河原功編《日本統治期台湾文学集成12：台湾戯曲・脚本集3》（東京：綠蔭書房，2003）。電子資源有國立台灣圖書館「日治時期圖書影像系統」等資料庫。（河原功）

《南方移民村》（南方移民村）

日文長篇小說。濱田隼雄著。原作於1941年10月起連載於《文藝台灣》，從3卷6號刊登至4卷3號止，共連載9回，未及刊完便停筆。後半段續寫後，1942年7月由東京海洋文化社出版單行本。是一部以寫實手法描寫來自日本內地的農業移民，在嚴酷自然條件下不屈不撓在台建設移民村30年的長篇歷史故事。故事舞台位於台東移民村鹿田村的某一製糖會社。因為栽培的甘蔗屬於製糖原料利用率較低的老品種，加上野獸危害、水利設施困難及風土病猖獗等因素，村中移民過著極為貧困的生活。公醫神野珪介、警察石本、指導員國分等三人為改善移民村戮力奔走。颱風旱災再三襲擊，農民始終未曾氣餒，以成為自耕農相互砥礪。昭和十年代以後，防獸柵

欄設置、改植製糖率高的蔗種、水利設施也完備了，儼然希望即將降臨。然而轉眼之間，埤圳遭颱風數度破壞，又連年歉收，壯丁因中日戰爭被徵召，居民減少，導致村莊一蹶不振。最後太平洋戰爭爆發，青年代表彌太郎決意將「村子作為南進的一支部隊」，「向南方移居」，故事至此結束。儘管從序章到終章，作者鉅細靡遺描繪頑強的農民為扎根台灣所做的種種努力，但故事末尾農民卻放棄先前的理想，再度往更「南方」移民。這種過於簡單且不自然的情節變化，誠如文藝評論家尾崎秀樹所指出，來自「時局性的歪曲」。1943年2月，濱田以這部作品獲得皇民奉公會第一回台灣文學賞。同時也入圍第五回農民文學有馬賞候補，可見該作在農民文學脈絡上受到內地注目。這部作品的誕生受到滿洲移民政策影響。濱田讀過和田傳《大日向村》，對其中過度美化滿洲移民的描繪，以及未能真實傳達移民者辛酸一事極感不滿，故有此作。此作於1942年11月由劇團都座改編成舞台劇於日本築地小劇場首演，翌年12月由松竹劇團專屬的青春座再度演出。（松尾直太）

《北京銘》（北京銘）

日文現代詩集。江文也著。1942年8月東京青梧堂發行。內容書寫中國古都北京，以四季為經，地景名勝為緯，以100首短詩銘刻他對於北京的歌詠。這位台灣出身、六歲移居廈門、1923年起在日本接受教育及工作的音樂家詩人，1938年前往北京。他不單透過俄國作曲家齊爾品（A.N. Tcherepnin）啟示的對位法樂理，對古都歷史、文化帶給他的巨大震撼加以演繹，更經由凝視他所謂「巨大的透明體」、「讓人暈眩的光，與之交融為一」等，展開抒情的描繪。序詩中寫道：「一百個石碑／一百個銅鼎／將刻入於這些的／我要刻入此軀體」，表達願以肉身作為情感載體的想法，流露出他在古文化遍布的古都中獲得的強烈藝術感悟。同年8月，青梧堂出版另一部日文長篇敘事詩集《大同石佛頌》（大同石仏頌），是他與東

寶映畫公司的紀錄片團隊隨行山西的側記，為對雲岡石佛的禮讚詩篇。1944年完成中文詩集《賦天壇》，生前未出版，讚頌天壇此一貫通人天、現代與古典的神聖空間。王德威指出江文也來自殖民地的出身背景，使得他在詩文與音樂藝術的追求，既有追溯文化祖國原典的渴望，又有與殖民母國政策合拍的共謀可能。而他的詩作儘管是對古老中國的歌頌，然其藝術淵源卻又並非單純受到儒家禮樂文明的啟發，在詩作形式上可看出日本俳句的影響，在表現上更有來自法國象徵主義的點撥，使其作品講究意象與通感。王德威即指出江文也對於中國現代音樂與詩歌的貢獻，在於他通過個人的創作，調和這些文化淵源的異同。現有葉笛中譯《北京銘：江文也詩集》（板橋：台北縣政府文化局，2002）。（呂焜霖）

《雨窗墨滴》（雨窓墨滴）

日文隨筆集，間雜漢詩。陳逢源著。本書收錄作品來源與作者另一本著作《新支那素描》相近，為作者1934年至1938年間以《台灣新民報》經濟部長身分遊歷、視察「滿洲國」、華北、華南後，於《興南新聞》和其他雜誌上發表的紀行文、評論、雜感之總集成；在視察團的觀察見聞外，更有陳逢源長期關注的一些島內社會文化狀況與經濟問題的分析，於1942年8月由台灣藝術社出版。全書收錄〈梁啟超與台灣〉（梁啟超と台湾）、〈列子與愚公的故事〉（列子と愚公の

《雨窗墨滴》以台灣房屋建材的紅磚作封面設計，收錄作者陳逢源前往中國、「滿洲國」、朝鮮考察的心得與漢詩。（私人蒐藏，柳書琴解說）

話）、〈漢詩的世界〉（漢詩の世界）、〈北京的戲迷與名伶〉（北京の劇狂と名伶）、〈澳門的黃昏〉（澳門の黃昏）、〈高千穗丸試乘記〉（高千穗丸試乘記）、〈文化時論〉（文化時論）、〈台灣土地制度的變遷〉（台湾土地制度の変遷）等22篇文章。其中，〈秦淮畫舫的情調〉（秦淮画舫の情調）、〈北京禮讚譜〉（北京礼賛譜）、〈周作人的側影〉（周作人の横顔）、〈大同石佛寺一瞥〉（大同石仏寺一瞥）等，以篇名微幅調整的方式重複收錄於《新支那素描》一書。《雨窗墨滴》在序文中提到書名取自他的對句「夏夕最宜傾麥酒，雨聲偏喜聽蕉窗」，內容除了遊歷考察文章與社會現況分析之外，也有一些關於兩岸文士淵源、漢詩藝術、台南懷舊的隨筆，顯現關注東亞局勢動態的他從文化到社會、經濟、政治的廣泛素養與關注。現收錄於中島利郎編《日本統治期台湾文学集成16：台湾随筆集2》（東京：緑蔭書房，2003）。（徐淑賢）

《流》（ながれ）

日文長篇小說。辜顏碧霞著。1942年9月，作者自費出版，為作者僅有的傳世作品，也是日治時期台灣女性作者唯一的長篇單行本。由於此作具有自傳色彩，自曝台灣望族爭產內幕，引起夫家震撼而蒐購銷毀，在市場上流通有限。1999年始由王昶雄將原作影本，交由台北的草根出版社中譯出版。辜顏碧霞（1914-2000），台北三峽人，台北第三高女畢業，其夫為辜顯榮之子辜岳甫，婚後三年丈夫病逝，分家後接掌高砂鐵工所，因雅好文學藝術，經常於台北居所舉辦文藝沙龍，作家呂赫若由日返台後即為沙龍常客之一，1949年呂赫若因主編的《光明報》被指為共黨刊物而逃亡，辜顏碧霞亦受牽連入獄。《流》以新式女性的孀居長媳美鳳為敘述視角，透過八個章節描繪中日事變前後，豪門如何因各房爭產及奢華的婚喪陋習導致家業崩解的悲劇。作者細膩呈現新女性情欲困境、現代價值觀與封建家庭文化，批判了傳統禮教與習俗陋規，更觸及皇民化運

動、日台融合、「進出」滿洲、志願兵等時代現象。書末作者以「人生似水流」之喻，為現代女性受限於家族體制與戰爭時代的不自主命運作注腳。譯者邱振瑞認為，《流》「像一部台灣風俗史，一部在漩流中離散的家族史」。（蔡佩均）

《三國志物語》（三国志物語）

日文長篇小說譯著。羅貫中著，楊逵譯。全書四卷，台北市盛興書店出版部分別於1943年3月、8月、10月及1944年11月出版。1940年大政翼贊會設立，文藝政策轉向振興地方文化，台灣傳統文化藉此復甦。中國古典文學在台日譯開始形成風潮，吉川英治譯《三國志》（三国志，1939-1943）、黃得時譯《水滸傳》（水滸伝，1939-1943）、西川滿譯《西遊記》（西遊記，1942）等接踵而出，廣受熱愛。1941年末、1942年初楊逵結束自1937年以來的退隱復出文壇，欲借通俗文類和民間文學爭奪「大眾」讀者的閱讀市場與啟蒙權，受此風潮影響，引發了對本書的譯寫。《三國演義》全書翻譯計畫未完成，譯文僅完成23回，包括桃園結義、破黃巾軍、收呂布、戰董卓、曹操發跡、斬呂布、密謀誅曹等內容。《三國志物語》書中配以蔡雪溪、林玉山繪製的中國風格插畫。楊逵聲稱翻譯動機為配合日語運動及「大東亞建設」等國策，借劉、關、張忠勇團結故事，鼓舞血戰中「東亞共榮圈裡的每個人」「同舟共濟」，但據黃惠禎、蔡文斌等學者研究，時局性口號背後實則隱含了楊逵在皇民化運動改造台灣人認同的重要時刻，從建立台灣民眾文化著眼，以文字與插畫挪用中國歷史文化和文學傳統，含蓄對抗皇民化的企圖。整體而言，其翻譯工作嘗試結合左翼文學內涵與大眾文學文體，《三國演義》被轉化為響應時代口號的文本而衍生出新意義，小說人物隱喻現實政治，行文凸顯農民勞動價值，企圖喚醒勞苦大眾階級意識，使皇民化運動推行期的台灣大眾文學延續民族意識和左翼精神。（汪亭存）

《高砂館》（高砂館）

日文新劇劇本。林摶秋著。1943 年 4 月 28 日發表於《台灣文學》3
卷 2 號，同年 9 月 2 日由厚生演劇研究會於台北永樂座首演。劇本後
經黃書倩翻譯成中文，刊登在 1998 年 7 月《文學台灣》27 期。故事
背景設在中日事變後不久的冬天，基隆港邊一家老舊餐旅店「高砂
館」內。全劇以阿秀與吳源等待未歸人作為情節主線，描述旅店主
人吳源的兒子木村赴滿洲闖蕩事業，卻一去五年，音訊全無。店內
餐飲部承包者阿富的女兒阿秀，她的戀人國敏前往大陸發展，也是
一去不回。兩人鎮日守候碼頭的船鳴聲，不放棄等待。在吳源與阿
秀一再落空的期盼中，高砂館內陸續上演一幕幕港邊生活的悲喜
劇：一對投宿怨偶分手、港邊小人物間的打鬧衝突、渡輪舵手向阿
秀告白被拒、客女與阿秀同病相憐的姊妹情誼等。最後木村歸來，
與父親和解，同時帶來國敏早已情變的消息。全劇就在吳源答應木
村結束高砂館營業的提議後，木村進一步向阿秀提議一同前往華北
生活，兩人各有所思地凝視窗外夕陽下大船出港的海景中結束。
《高砂館》在戲劇構造上善用靜默，抒情性強，為日治時期極具風
格特色的劇作。此劇在厚生演劇研究會首演後時隔一甲子，由台灣
大學戲劇學系略加改編，於 2003 年 12 月秋季公演演出。2008 年 10
月，「歡喜扮戲團」在國家戲劇院實驗劇場亦以解構手法重新製作
推出。現收錄於河原功編《日本統治期台灣文學集成 14：台灣戲
曲・脚本集 5》（東京：綠蔭書房，2003）。（許金時）

《山河》（山河）

日文現代詩集。楊雲萍著。1943 年 11 月台北的清水書店出版。楊
雲萍為日治時期活躍的詩人、小說家、評論家與歷史學家。《山河》
共有 24 首日文新詩，收錄 1938 年至 1943 年間的作品。封面由立石
鐵臣設計，又稱習靜山房藏板。習靜山房為楊府習靜樓之書齋名。
根據楊雲萍自述，《山河》共發行八百部，但多數毀於戰火，目前

1943年出版的《山河》詩集，由立石鐵臣設計封面，為楊雲萍唯一的日文詩集，習靜山房為楊氏書齋名。（國立台灣圖書館提供，柳書琴解說）

僅留存少數。《山河》中並無「山河」一篇，惟取自杜甫「國破山河在」詩句，以示台灣人出生即背負作為日本人的命運。作品多為篇幅較短的新詩，內容包含歷史觀照、民間風俗、日常生活以及對動物與植物的抒寫，亦見鄉土情懷的歌詠。楊氏往往以景或物烘托情意與思想，精簡凝鍊為其詩歌語言的一大特色。《山河》是奠定其詩人地位的代表性詩集，雖觸及戰爭期間的生活，卻無配合日本國策或讚頌戰爭的企圖，楊氏此一態度可說是與同時期被迫表態支持決戰體制的作品不同之處。楊雲萍雖是台灣最早嘗試中國白話文創作的作家，1924年即於《台灣民報》發表白話詩〈這是什麼聲〉，然其中、日文造詣均佳，日文詩藝與西川滿、矢野峰人等人齊名，《山河》的出版更使他成為名副其實的雙語作家。1948年范泉曾選譯20首詩作輯成〈楊雲萍詩抄〉，發表於上海《文藝春秋》6卷4期，介紹給中國讀者；晚近葉笛更翻譯全本詩集，收錄於林瑞明、許雪姬等編《楊雲萍全集》（台南：國立台灣文學館，2011），為台灣現代詩重要文獻。另收錄於河原功編《日本統治期台湾文学集成18：台湾詩集》（東京：綠蔭書房，2003）。電子資源有國立台灣圖書館「日治時期圖書影像系統」等資料庫。（林巾力）

《台灣小說集》（台湾小説集）

日文短篇小說集。大木書房編輯部主編，於1943年11月由台北大木書房編輯出版的單行本。以「展現背負著本島文化這個重責大任的年輕南島文化戰士們熱烈的鬥志，通過他們的作品來介紹台灣的現實」為宗旨，收錄從新人到中堅的台籍作家作品，如呂赫若〈風水〉（風水）、王昶雄〈奔流〉（奔流）、龍瑛宗〈不為人知的幸福〉（知られざる幸福）、楊逵〈泥娃娃〉（泥人形）、張文環〈媳婦〉（媳婦）、〈迷兒〉（迷兒）等日文小說。其中，龍瑛宗〈知られざる幸福〉原刊登於《文藝台灣》，楊逵〈泥人形〉原刊登於《台灣時報》，其餘原載《台灣文學》雜誌。〈風水〉及〈媳婦〉都從台灣民俗切入，探討傳統在新時代中的地位；〈奔流〉以對照方式探討敏感的皇民化問題，並作出屬於自己的結論。〈泥人形〉與〈迷兒〉透過兒童描寫反映戰爭中台灣人民的生活。本書意圖挑戰的對象，應為1942年由西川滿所編，大阪屋號書店發行之《台灣文學集》（台湾文学集）。《台湾文学集》收錄以《文學台灣》陣營為主的日

大木書房出版的《台灣小說集》，隸屬台灣文化撰書I，總頁數260。出版時，呂赫若〈風水〉頁39至40遭官方檢閱削除。這本珍藏本上留有三位作者的簽名。（掃葉工房提供，楊雅棠攝影，柳書琴解說）

西川滿編《台灣文學集》與大木書房出版之《台灣小說集》齊名。1942年8月由東京大阪屋號書店出版，立石鐵臣裝幀、宮田弥太郎及立石鐵臣繪圖，定價3圓。收錄島田謹二評論〈台灣の文學的過現未〉、池田敏雄隨筆〈艋舺の風俗〉、矢野峰人詩作〈肖像画〉、長崎浩詩作〈日食記〉、楊雲萍詩作〈月夜〉、黃鳳姿民俗紀錄〈台湾のお祭〉、周金波小說〈志願兵〉、龍瑛宗小說〈白い山脈〉、新垣宏一小說〈城門〉、濱田隼雄小說〈蝙蝠〉等作品。（國立台灣圖書館提供，柳書琴解說）

台作家作品，並以島田謹二〈台灣的文學之過去、現在與未來〉（台湾の文學的過現未）為開卷文。故而《台湾小説集》有意透過編選策略，凸顯地方文學之取向，然而收錄作家並不限於《台灣文學》陣營，摒除門戶之見，追求團結，表現出在決戰期官方文學統制及日人文學觀鬥爭夾擊下，發展台灣人文學主體性之努力。《台湾小説集》媲美同時代朝鮮日語作家的短篇創作集《朝鮮國民文學集》（朝鮮国民文学集，東京書籍，1943），同樣選擇以童養媳、傳統醫術等民俗傳統之角度，刻畫朝鮮傳統社會的特色與新時代變化，有意藉此向日本社會深度介紹朝鮮。兩書的編輯立場及主題具有比較價值。復刻本現有河原功監修《日本植民地文学精選集14台湾編2：台湾小説集》（東京：ゆまに書房，2000）。（王敬翔）

《孤獨的蠹魚》（孤独な蠹魚）

日文文藝評論集。龍瑛宗著。台北盛興出版部1943年12月出版，為台灣文庫叢書之四。收錄15篇文學評論和隨筆。這些作品除了〈兩篇〈狂人日記〉〉（二つの「狂人日記」）發表於日本雜誌《文

藝首都》（文芸首都）之外，其他皆發表於台灣島內的報章雜誌上。評論內容含括歐洲、日本、中國等地的文學作品，文類則以小說與詩歌為主。龍瑛宗扮演文學啟蒙者的角色，希望藉由文藝版面為讀者介紹分析果戈里、巴爾札克、橫光利一、日本現代詩人和法國象徵主義詩人的作品，文中直接援引作品內容，再佐以深入淺出的解說文。從這些評論中可窺見龍瑛宗多元的文學教養和對當時各種思潮的開放性態度。他既強調寫實主義對小說創作的重要性，亦對浪漫的象徵詩作產生共鳴。他以文學論文學，肯定文學的獨立價值，重視內省式的現實，同時也在創作中實踐這樣的文學觀。隨筆內容顯示他博聞強記的閱讀感想、在東部花蓮接觸多元文化的新體驗，最後以〈孤独な蠹魚〉一文說明撰寫處女作〈植有木瓜樹的小鎮〉（パパイヤのある街）的心路歷程，藉以形塑遊蕩在幻想世界與現實社會之間孤獨的作家自我形象。此書刊行之前，原預定出版小說集《蓮霧的庭院》（蓮霧の庭），因未能通過總督府情報課的檢閱審核而被禁刊，《孤独な蠹魚》成為他戰前唯一出版的作品集。從此書的內容可知，他雖身處殖民地，卻與當時日本昭和知識分子一樣，大量地閱讀翻譯文學和日本現代文學，同時以報章傳媒積極地推動民眾的文學啟蒙活動，提升台灣文化。從中亦可窺見，東亞殖民地知識分子如何利用日文閱讀累積文化教養，進行現代文化知識的在地化活動。現收錄於中島利郎

《孤独な蠹魚》是龍瑛宗戰前唯一出版的作品集，在戰時下由盛興出版部以台灣文庫單行本的方式出版。（龍瑛宗文學藝術教育基金會提供，柳書琴解說）

編《日本統治期台湾文学集成16：台湾随筆集2》（東京：緑蔭書房，2003）。作品外譯例舉："The Lonely Bookworm," Trans. William Lee. *Taiwan Literature in English Series*, No. 19. 2006. Ed. Kuo-ch'ing Tu and Robert Backus. Santa Barbara: UCSB, CA: US-Taiwan Literature Foundation.（王惠珍）

《清秋》（清秋）

日文短篇小說集。呂赫若著。台北清水書店1944年3月出版。本書收錄的作品當中，〈財子壽〉（財子寿）、〈月夜〉（月夜）、〈合家平安〉（合家平安）、〈柘榴〉（柘榴）曾刊於《台灣文學》，〈廟庭〉（廟庭）刊於《台灣時報》，〈鄰居〉（隣居）刊於《台灣公論》，與書名同名的小說〈清秋〉則為新撰作品。〈清秋〉的主人公耀勳畢業於東京醫專，先在醫院服務三年，後來回到故鄉的農村小鎮。他想早日開業克盡孝道，卻因開業執照遲遲未核下，預定改建為醫院的房子又無法從承租者「琪椿」處收回，導致一切停滯不前。正常他考慮是否放棄開業時，獲悉弟弟決定前往製藥會社位於「南方」（此指日本帝國在東南亞、南洋的占領區）的分公司工作，租戶的「黃」與同為醫師的「江」也打算投身戰場。就在那些之前造成阻礙的問題驟然化解之際，耀勳卻深

小說集《清秋》（台北：清水書店，1944）收錄呂赫若1941到1943年間重要小說七篇，封面以石榴圖案呼應其引發爭議的小說〈柘榴〉，同題作〈清秋〉則是他篇幅最長的小說。（私人蒐藏，柳書琴解說）

刻感受到自己在動盪時代之中的責任。這部作品描寫的是戰爭期間
台灣知識分子的苦惱。呂赫若刊載於《台灣文學》的其他作品，大
多以傳統台灣家庭為舞台，描寫其中複雜的人際關係及台灣民俗習
慣。以養子為主題的作品也不少，如〈鄰居〉、〈柘榴〉等，一般認
為是殖民地台灣的隱喻。《清秋》收錄的作品群及同時期發表的
〈風水〉（風水），通過對台灣民俗習慣的描寫，表達對皇民化運動
的抵抗。此外，呂氏也積極將台灣話的語彙納入作品，想要創造一
種用於描寫台灣文化的日文文體。1943 年 11 月獲得第一屆台灣文
學賞，獲獎理由是「持續發表的作品如〈財子壽〉等，幾乎都是出
類拔萃的作品，廣獲好評」。《清秋》不僅是呂赫若的代表作，也是
以日文創作的台灣文學作品當中最高水準之作。〈清秋〉、〈廟
庭〉、〈月夜〉從日本留學生的視角捕捉皇民化時期的台灣社會，是
複眼式思考的作品。〈鄰居〉描寫的則是雜居在台灣社會中稱不上
富裕的日本移民形象，是相當珍貴的紀錄。（垂水千惠）

《決戰台灣小說集》（決戰台湾小説集）

日文報導文學集。台灣總督府情報課編。1944 年 7 月至 11 月先後刊
載於《台灣時報》、《台灣文藝》、《旬刊台新》、《台灣新報》、《台
灣藝術》等雜誌上，1944 年 12 月 30 日台灣出版文化株式會社先刊
行乾之卷，又於 1945 年 1 月 16 日刊行坤之卷，共發行兩卷作品集。
1944 年 6 月 15 日台灣總督府情報課為了具體實踐文學者的戰爭協
力，委託台灣文學奉公會組織作家寫作報導文學。要求作家們「如
實描繪要塞台灣戰鬥之姿並啟發培養島民明朗溫潤之情操，以提振
明日之活力並成為鼓舞激勵產業戰士之糧食」。此次計畫共選定了
13 名日台作家，經過一個星期的現地體驗以此題材撰寫文學作品。
分別是：西川滿〈幾山河〉（幾山河）、〈石炭・船渠・道場〉（石
炭・船渠・道場）、濱田隼雄〈爐番〉（爐番）、新垣宏一〈船渠〉
（船渠）、吉村敏〈築城抄〉（築城の抄）、河野慶彥〈鑿井工〉（鑿

井工）、長崎浩〈山林詩集〉（山林詩集）、呂赫若〈風頭水尾〉（風頭水尾）、楊逵〈增產的背後〉（增産の蔭に）、龍瑛宗〈年輕的海〉（若い海）、張文環〈在雲中〉（雲の中）、楊雲萍〈鐵道詩抄〉（鉄道詩抄）、高山凡石（陳火泉）〈祝您平安〉（御安全に）、周金波〈助教〉（助教）等作品，總督府期待透過報導文學的宣傳，樹立更為明確的決戰協力方針，是宣傳意味濃厚的出版示範之作。《決戰台灣小說集》是服膺於勤行奉公路線下「增產報國」的文學集，從中可見殖民地作家的認同掙扎。透過奉公、增產的政治口號，作品中展現出台灣作家於決戰時期的精神面向，並揭示了殖民政治與文學之間的複雜交涉。在戰爭期的特殊時空下，日本帝國的文化建設工作，除了在殖民地台灣展開之外，同時期的日本內地以及朝鮮、滿洲國也鼓吹增產文學的書寫，因此小說集的出版除了提供在地的文學史反思外，也指涉了各地域空間所呈顯的帝國想像議題。現有河原功監修《日本植民地文學精選集15台灣編3：決戰台灣小說集》（東京：綠蔭書房，2000），電子資源有國立台灣圖書館「日治時期圖書影像系統」等資料庫。（李文卿）

《夾竹桃》

中文短篇小說集。鍾理和著。北京馬德增書店1945年4月出版。此為鍾理和生前唯一親手出版的作品集。包含〈夾竹桃〉、〈游絲〉、〈新生〉、〈薄芒〉四篇小說，前三篇是以北京生活為背景，僅有〈薄芒〉寫故鄉美濃。〈夾竹桃〉是鍾理和在北京期間最具代表性的作品。小說藉由主角「曾思勉」，冷眼旁觀大雜院裡各個階級人物的生活。謠言、背叛、出賣、說謊的各種勾當，充斥著院子的每個角落。原來代表性的風景「天棚、魚缸、石榴樹」已變質為「天棚、菖蒲缸、夾竹桃」，暗喻北京人生活的光榮表象早已變質。作品中始終把生活在大雜院的這群人，以一個「民族」的縮影來觀察，毫不留情的吐露他的鄙夷和失望，以及一個人道主義者不勝悲

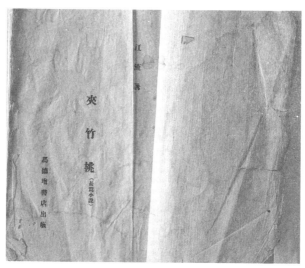

《夾竹桃》由北平的馬德增書店出版，為鍾理和生前唯一付梓的作品集。原書難尋，本件封面已破損。（鍾理和文教基金會提供，柳書琴解說）

憫的憂傷與憤怒，在字裡行間只有貶損而無一句褒揚，文字中看不到一線希望。鍾理和的文化認同，在北京時期開始發生動搖。此時期的作品受到中國作家魯迅影響，對中國的階級問題與民族性頗多觀察，深具反思與批判，〈夾竹桃〉即是這本作品集中最完整地表達其中國民族觀感的一篇。〈夾竹桃〉的批評觀點是來自曾思勉，作者在這個人物身上投射自身經驗，描述他出生在溫暖、富有人情味的南方，因此對於在北京大雜院裡見聞的人們的冷漠與自私，深感失望無奈。然而，卻因他批判了中國民族性，導致戰後有評論者認為這個人物受到帝國主義遺毒，是喪失民族自信的殖民地知識分子。《夾竹桃》現收於鍾理和多種全集與作品選集中。（鍾怡彥）

《亞細亞的孤兒》（アジアの孤児）

日文長篇小說。吳濁流著。1943年起稿，至1945年完稿。1946年9月最早的日文版係由台北國華書局及《民報》總社分四本出版的

《胡志明》，第五篇則因民報在二二八事件中被迫關閉而未出版；
1956年再由東京一二三書房發行日文版，因書名與越共領導人相
同，為免誤會改為《アジアの孤兒》，主角名亦改為胡太明；1957
年由東京ひろば書房再版時，書名又改成《歪められた島》（被扭
曲的島嶼）。中文版最初是由楊召憩根據一二三書房版本所譯的
《孤帆》，1959年於高雄黃河出版社出版；1962年傅恩榮中譯、南
華出版社的版本則以《亞細亞的孤兒》為書名。往後更有多種版
本，但以《亞細亞的孤兒》最為膾炙人口。《亞細亞的孤兒》可謂
描繪主人翁成長、遭挫終至崩潰瘋狂的個人故事，卻也是殖民地時
期台灣人集體命運和困境的寫照。胡太明始終處於多重文化和權力
的拉扯之間，無論是成長期的新舊式教育轉換，愛情追求上的日台
歧視，新舊思潮（包括性別意識）的矛盾撞擊，對於日本或中國的
認同抉擇，無不帶來精神掙扎和壓力。而貫串小說的軸線是「台灣
人」的身分問題。胡太明在日本留學時被要求隱瞞台灣出身，並在
中國學生的演講會上因透露台灣身分，被質疑為間諜；戰時於中國
執教時，因台灣人身分被審訊監禁；回台後又因為中國經歷被嚴密
監視。在擔任台籍日本兵（軍屬）期間，他見證到戰爭的殘酷，回
故鄉則看到皇民化運動下親友言行的扭曲、物資短缺哀鴻遍野，最
後在獲知被強迫當志願兵、勞動過度的弟弟之死訊時，終於精神崩
潰。吳濁流將胡太明形塑為一位奉行「中庸之道」、溫和的「改良
主義」者，而非激進革新的英雄式人物。這位平和自守卻不得善終
的角色，何嘗不是當時諸多台灣民眾的寫照？在中日戰爭白熱期，
夾處兩者之間卻始終無法被接納、尋覓不到平等歸屬的殖民地台灣
人，正是所謂的「亞細亞的孤兒」，而此孤兒形象和意識，從此也
成為近代台灣人命運的典型象徵。現有傅恩榮譯、黃渭南校閱《亞
細亞的孤兒》（台北：南華，1962）；吳濁流著《アジアの孤児—日
本統治下の台湾》（東京：新人物往来社，1973）；吳濁流著、中央
人民廣播電台對台灣廣播部編《吳濁流小說選：台灣著名作家》
（北京：廣播，1981）；吳濁流著《亞細亞的孤兒》（北京：人民文

學，1986）；吳濁流著《亞細亞的孤兒》（板橋：遠景，1993）；鐘
玉芳編《亞細亞的孤兒》（台北：草根，1995）；中國現代文學館
編、常玉瑩編選《亞細亞的孤兒》（北京：華夏，2010）。作品外譯
例舉："Orphan of Asia," Trans. Ioannis Mentzas. New York: Columbia
University Press, 2006. 金良守韓譯《亞細亞的孤兒》（아시아의 고
아，서울：한걸음・더，2012）；宋承錫韓譯《亞細亞的孤兒》（아
시아의 고아，서울：아시아，2012）等多種。（林肇豐）

《茉莉花》（まつりか）

日文長篇小說。林嫦娥（生卒年不詳）著。台北協和公司出版部，
1946年12月初版發行。小說時間設定於1940年代戰爭期間，以現
實主義筆法書寫。內容描述接受新式高等教育的台灣新女性，因男
性上戰場獲得較多進入公領域的機會，卻仍舊無法擺脫傳統封建婚
姻制度束縛，在女性論述啟蒙下顛仆地追求自由戀愛的故事。主人
公張芳蓮從未見過父親，由慈愛的外祖母和母親撫養長大，在樸實
的家庭中成長。就讀女學校、臨將畢業之際，忽遭母親病故。母親
臨終前告知其父在中國行醫，並囑咐其尋父。芳蓮畢業後就職電力
公司，就業之初就風聞女校同窗紛紛出嫁的消息。芳蓮不以婚姻為
第一考量，專注職場，渴盼透過社會歷練提升自我。藉公司外派香
港之便，芳蓮欲查訪父親下落，卻因重感冒長時臥病，導致尋親未
果，黯然返台，在外祖母悉心照護下得以痊癒。某日，她聽說昔日
女校同窗美雲奉父母之命，嫁入城內首富之家，而痛感女性命運之
無奈與悲哀。不久後有人前來提親，宣稱對象老實且有家產，但芳
蓮不願踏上友人覆轍，正當躊躇之際，在掃墓路上邂逅英輝。兩人
情投意合，卻因英輝無法籌出理想的聘金，遭外祖母擱置婚事。芳
蓮對於以聘金衡量女性價值的封建習俗悲憤不已，最後小說結束於
英輝堅毅的告白信，信上洋溢對人生價值與婚姻自主的決意。本部
小說雖出版於戰後但使用日文，主題亦為殖民時期女性故事。作者

具有銳利的性別意識，罕見地關注了戰爭期台灣性別關係的變化，揭露即使社會中的男性人口弱化或家庭中的性別結構改變，傳統家父長權力依舊被母系家長延續的現實，並加以批判。（八木瑞希）

《靈魂的脈搏》

中文小說與詩歌集。蕭金堆著。台南人文出版社，1955年5月出版。蕭金堆（1927-1998），本名蕭翔文。台灣彰化人。作品集收錄〈吞蝕〉、〈風波後的微笑〉、〈命運的洋娃娃〉、〈芥川呂志中尉〉、〈再生〉等五篇小說，及詩作〈山的誘惑〉、〈鳳凰木的花〉、〈淡水河畔〉、〈雨後的森林〉四首。小說內容可分為兩類：一是，描述日據末期與戰爭相關的故事。如自傳性濃厚的〈命運的洋娃娃〉，講述一位台籍青年航空兵在軍隊受到歧視，卻在決戰時被指派加入自殺特攻隊的心路歷程。續作〈芥川呂志中尉〉刻畫主人公與其他無法接受戰敗消息的士兵不同，欣然接受敗戰結果，並從國體觀和軍國主義中找出日本敗因。〈再生〉以台灣青年不願被拉去當日本兵，躲匿在阿里山十年後與曾有婚約的表妹相逢的故事，勾勒歷史烙印在個體身上的累累傷痕。二是，呈現戰後初期台灣社會的剖切面。如〈吞蝕〉訴說一位青年被捲入工廠剝削茶農、收購茶葉的漩渦，哀嘆生活艱困及扭曲人性的社會現實；〈風波後的微笑〉以批判眼光敘述不肖記者介入市參議員選舉、不擇手段逐利的惡行。另外四首短詩，則謳歌高山、森林、河水等大自然帶給人們的幸福。本作品集是光復後開始學中文的台人作家中，最早問世的中文作品集，反映作家自身體驗和時代情境，道出台灣青年在跨時代轉換期社會混亂和歷史激流中的徬徨。代表作〈命運的洋娃娃〉細膩刻畫殖民地台灣青年被動員上戰場的精神苦痛，以及在此過程中形成的祖國想像和民族認同，從中批判辯證日本建構的戰爭意識形態「東亞和平」的真正意義。蕭氏的創作包括詩、散文及小說，1946年加入「銀鈴會」，以筆名「淡星」在《潮流》上發表作品，一度相當

活躍，然之後經過漫長的停筆時期，至1980年代後期加入「笠」詩社始恢復創作。晚年致力於推廣日本短歌的中文化，其短詩頗受日本短歌影響而獨具一格，小說亦不乏以日本短歌塑造抒發人物心情者。（崔末順）

《運河殉情記》

中文通俗長篇小說。吳漫沙著。據吳瑩真整理吳氏創作年表，原作最初於1953年《高雄晚報》連載，具體日期不詳。今所見《運河殉情記》單行本共63頁，目次分：「白髮翁慨談往事／陳金環賣身葬母／吳佳義勇救孤雛／林阿榮憐香惜玉／張桂英計摧嬌娃／苦命女墜落風塵／南花樓吳陳邂逅／報知恩金環獻身／訴真情吳郎走險／悲薄命魂斷運河／尾聲」共11段，不分回。大華出版社於1956年12月發行初版，台灣藝術社總經銷。內容敘述赤貧的女主角陳金環（13歲）在「南花樓」與昔日恩人吳佳義重逢後私訂終身，無奈偏遭命運捉弄，走投無路之際相偕跳運河殉情。此作係以1929年5月發生在台南運河的殉情事件為藍本，事件主人公為吳皆利，以及素有「新町遊廊南華園第一名花」之稱的金快，兩人相知相惜進而密戀，後因吳皆利走私獲罪，兩人相擁跳河殉情。取材或改編此新聞案件的創作甚多，舉其要者，如戰前刊行之歌仔冊《運河奇案新歌》（瑞成書局，1935）與《金快運河記新歌》（玉珍書局，1935）對於小說故事之形成有直接影響，譬如小說女主角名字「金環」與《運河奇案新歌》相同；小說敘述男女主角相遇因緣亦與《金快運河記新歌》所敘（媽祖壽誕日，金快在市場人潮中遺失「萬順行」老闆娘交付買菜的錢，遇吳佳義救助）有異曲同工之妙。惟歷來研究者僅注意古典詩詞、歌仔冊、歌仔戲、電影、台語流行歌曲等，忽略了吳氏此部寫於1950年代的長篇小說，甚是可惜。此作之發現有助於我們了解吳氏從戰前至戰後完整多樣的創作歷程。（柯榮三）

《滾地郎》（地に這うもの）

日文長篇小說。張文環著。日本東京現代文化社 1975 年 9 月出版，獲日本圖書出版協會推薦為當年度優良圖書。1976 年廖清秀中譯為《滾地郎》由台北鴻儒堂出版。1991 年張建隆譯為〈生息於斯的人〉，收錄《張文環集》（台北：前衛，1991）。2002 年陳千武譯為《爬在地上的人》，收錄陳萬益編《張文環全集》（豐原：台中縣立文化中心，2002）。1947 年張文環因二二八事件逃亡山區避難後，輟筆約 30 年。1972 年先後受台灣大學教授黃得時及訪台的日本舊友川端康成激勵，決定創作戰前、戰中、戰後三部曲，並表示「這回所寫的原稿，將是我的遺囑：透過這份遺囑，要把心情全部吐露」。1974 年 11 月完成第一部《地に這うもの》。1977 年開始撰寫第二部《地平線的燈》（地平線の灯），初稿甫完成，不幸於翌年 2 月病逝，在世時三部曲僅出版首部曲。《地に這うもの》場景設定於嘉義梅仔坑庄（今嘉義縣梅山鄉），自主人公被收養到 1944 年女婿戰死南洋的電報傳回他憂憤而死為止，以倒敘手法描述殖民統治下台灣農民堅苦隱忍，誠樸勤善，卻備受封建、殖民與戰爭欺凌的點滴。葉石濤指出，該作「最清晰地透露出張文環先生的思想、生活態度以及堅強的民族精神」。張氏撰寫此書期間，以紀律化的作息，虔敬的心情寫作，之後獲得前台北帝大工藤好美教授幫助，由東京出版大學用書為主的現代文化出版社發行，才順利使此後殖民的時代證言與歷史記憶出土。與呂赫若、龍瑛宗、楊逵等學習中文寫作的跨語言作家不同，張文環採用自己嫻熟的前帝國語言、利用境外出版、再翻譯回台灣，展現另一種以迂迴方法跨越語言障礙的作家類型。（蔡寬義）

《淳洸詩集》

日文現代詩集。邱淳洸著。1976 年於日本東京偕成社出版，發行人為東京詩誌《地上樂園》的創辦人白鳥省吾。此本詩集原先預定於

1945年出版未果，事隔30年後終於付梓。詩集前面收錄了邱淳洸在日本旅行時，土井晚翠、島崎藤村、野口米次郎、佐藤春夫、藤村作、白鳥省吾……等人題贈的書法墨跡。此本詩集分成四個部分，「彼時」（あの頃）收錄年輕時的詩作，其中〈六月的夜景圖〉（六月の夜景図）是作者最初的代表作；「旅之詩帖」（旅の詩帖）收錄作者1938年到日本旅行，探訪北原白秋、室生犀星等人時寫下的詩篇；「海南風光」是作者在海南島短期居住時寫下的風景詩與鄉愁作品；「生活賦」則收錄了作者凝視自我、挖掘內心的感悟。作者在序言中形容這本詩集是「我原本的姿態，無法捨棄之心的回響，不消失的永遠的燈」。（葉慧萱）

《燃燒的臉頰》（燃える頬）

日文現代詩集。楊熾昌著。戰前未出版，1979年由台南的河童郎茅舍出版。作者楊熾昌為活躍於日治時期的超現實主義詩人。《燃える頬》收錄了楊熾昌在1933年至1939年之間的詩作，但編輯過程相當不易，因第二次大戰期間在台南遭逢大空襲，楊的藏書與資料多付之一炬，因此《燃える頬》所收錄的詩歌作品，多是得自朋友剪貼簿中所收藏的楊熾昌當時發表於日本《詩學》、《椎之木》、《神戶詩人》，以及台灣《華麗島》、《文藝台灣》、《風車》（*Le Moulin*）、《台南新報》與《台灣日日新報》等

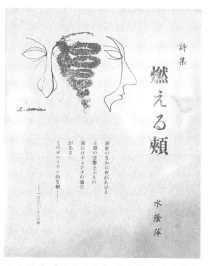

日文詩集《燃える頬》因空襲時稿件燒失未能出版，1979年楊熾昌重新蒐集1933至1939年之舊作出版。（陳允元攝影，柳書琴解說）

刊物上的詩作。在《燃える頰》的後記中，楊熾昌亦明白揭示其詩作乃是受到戰前日本詩壇辻潤、高橋新吉等人的達達主義影響，在風格上則承襲了春山行夫、安西冬衛、西脇順三郎等超現實主義之系譜，並且以這些影響為基礎，試圖融合台灣文化與地方色彩，重新打造嶄新之形象與造型的主知現代主義詩風。收錄於《燃える頰》中的作品大抵呈顯象徵主義與超現實主義的風格。楊熾昌善於語言意象的經營，時而以瘋狂與奇詭的意象作為詩材，或讓幻影與夢境入詩，其詩作在很大的程度上著意於追求造型、色彩以及官能上的美感。《椎之木》與《神戶詩人》等詩誌屬現代主義詩風，曾經吸引日本許多重要詩人投稿，是1930年代日本頗具特色的詩刊。
（林巾力）

《紅塵》（紅塵）

日文長篇小說。龍瑛宗著。是龍瑛宗戰後輟筆近三十年，於1976年自合作金庫退休後，重新以日文創作復出之作。1978年由鍾肇政中譯，連載於《民眾日報》副刊，因讀者反映不如預期，只刊出前十章，最後一章「媽祖也來日本」未刊。1997年由遠景出版社集結譯文出版。2002年下村作次郎重新出土日文原稿，收錄東京綠蔭書房出版的《日本統治期台湾文学集成1：台灣長篇小說集》。葉笛據此完整譯出，收錄於陳萬益編《龍瑛宗全集》中文卷·小說卷第四冊（台南：國家台灣文學館籌備處，2006）。小說共分11章，延續其成名作〈植有木瓜樹的小鎮〉（パパイヤのある街）將殖民地小知識分子人物類型化的方式，將戰後台灣本土知識分子分類考察。因此小說的情節鋪陳較少，主要著墨於人物跨時代的社會流動差異，其今非昔比的內心變化及崇洋（美國）心態。龍瑛宗透過四位主角，多角度探討省籍知識分子如何跨越日治及光復，其在國府統治時期的認同意識變化，以及在戰後台灣社會安身立命的歷程。其中，黃廷輝（吉川輝夫）原為日人公司的通譯，戰後轉任公

股銀行，際遇平順。東京帝大出身的林駿（牧野俊介）通過台灣總督府高等考試，原為地方郡守，戰後卻下滑為官股銀行專員，抑鬱寡歡，成為跨時代敗北者的代表。王俊秀重財色名利，原為市役所職員，戰後與黃、林擔任相同職位，但因善於阿諛奉承，竟晉升為分行經理。劉奇三戰前原在黃廷輝任職的日人公司擔任工友，戰後轉任罐頭工廠，藉囤積貨物投機獲利，進而購地、經營塑膠工廠，翻身為中小企業老闆。四人的浮沉，反映社會價值的興替，時代的縮影。《紅塵》雖未讓龍瑛宗如願重返戰後日本大眾文學的讀書市場，卻是台灣日語作家在 1980 年代重啟創作的跨時代代表作之一，並為戰後初期知識人的社會處境與眾生相留下了珍貴的紀錄。（王惠珍）

（三）禁書

《台灣小說選》

中文短篇小說集，李獻璋主編。1940 年 11 月，李獻璋編選了 15 篇中文短篇小說，原訂於是年 12 月出版，送審中遭警務局禁止發行處分，因此並未出版。除了序文外，總計收錄：賴和〈惹事〉、〈前進〉、〈棋盤邊〉、〈辱〉、〈赴了春宴回來〉，楊雲萍〈光臨〉、〈弟兄〉、〈黃昏的蔗園〉，張我軍〈誘惑〉，陳虛谷〈榮歸〉，楊守愚〈扉魚〉，郭秋生〈鬼〉，王詩琅〈沒落〉、〈十字路〉，朱點人〈蟬〉等八家 15 篇小說。楊雲萍的〈序〉文指出，回顧台灣新文學運動創建以來的歷程，選集裡的作品，可以代表台灣新文學小說方面的總成就。1937 年 4 月 1 日，台灣總督府宣布廢止報刊之漢文欄，漢文創作受到打壓、排擠，本選集顯然是受到此政策影響而被禁止出版，顯示戰爭時期台灣總督府對思想嚴密控制。選集中的作品，除張我軍的〈誘惑〉外，清一色是批判寫實主義作品，皆取材於殖民

地社會的現實，不是批判台灣人的懦弱怕事、屈從於強權、惡勢力，就是指責日本警察仗勢欺凌人民，還有保正對日本警察卑躬屈膝、奴顏受辱的醜態。整體反映的則是殖民地人民的悲慘生活。小說選雖然未能出版，但編選過程不僅凸顯漢文小說創作在台灣新文學拓荒時期定位、定調的成就，也在文學發展史上強調了台灣作家堅持以漢文自發自創的一頁。（彭瑞金）

《萌芽》（芽萌ゆる）

日文短篇小說集。楊逵著。1944年出版中遭查禁。楊逵遺物與河原功提供的排印稿中，都留有楊逵修改的筆跡，但內容不同。全書收錄〈芽萌ゆる〉、〈不笑的小伙計〉（笑はない小僧）、〈無醫村〉（無医村）、〈鵝媽媽出嫁〉（鵞鳥の嫁入）、〈犬猴鄰居〉（犬猿隣組）五篇日文小說。〈芽萌ゆる〉描寫丈夫入院療養肺病後，曾經是咖啡館女侍的婦人因勞動而重獲新生。〈笑はない小僧〉敘述父親為醫治獨子而觸法，出獄後幸有人提供土地種花，兒子才露出難得的笑容。〈無医村〉呼籲為醫療資源缺乏的鄉村請命時，也應關注都市中無力維持生存的窮苦百姓。〈鵞鳥の嫁入〉以夭逝的知識青年設計共榮經濟的理想，反諷醫院院長採購花木時強索母鵝作為回扣。〈犬猿隣組〉刻畫獨子從軍後，盲眼婦人苦守家園的辛勤，對照負責物資統制者的貪污利己。五篇的共同點主要在於對低下階層民眾的關懷，亦有表面上附和國語（日語）運動、增產、滅私奉公、志願兵等時局性宣傳口號，實際於暗中寄寓對資產階級與日本政權的不滿者。例如〈芽萌ゆる〉指責皇民劇粗製濫造的現象，〈無医村〉中提及寫作不如追打蚊蟲對得起社會，似針對當局推動國策文學而發。其他，〈笑はない小僧〉描繪佃農與地主間的矛盾，〈無医村〉中殖民政府對貧病大眾的漠視，〈犬猿隣組〉揭露戰時配給制度的不公，在在傳達楊逵勇於揭發社會黑暗面的批判精神。除〈犬猿隣組〉與〈笑はない小僧〉尚未發現初刊紀錄，其餘

各篇在本書之前皆曾公開發表。另外,〈笑はない小僧〉在楊逵生前未曾中譯,其他則在戰後至少有一種中文譯本。譬如〈犬猿隣組〉有楊逵自譯中文手稿殘稿存世,〈鶯鳥の嫁入〉則在1982年有英文翻譯發表。綜合各篇現存多種版本來看,楊逵有不停修改作品的習慣。尤其戰後發表的版本,增加許多直言批判日本殖民政府之處,顯見政權之遞嬗對其文學創作的深刻影響。現收錄於彭小妍編《楊逵全集第五卷:小說卷II》(台南:國立文化資產保存研究中心籌備處,1999);《楊逵全集第八卷:小說卷V》(台南:國立文化資產保存研究中心籌備處,2000);《楊逵文集:小說卷》七卷(北京:台海,2005)。(黃惠禎)

三、媒介

（一）文藝團體

台灣世界語學會

世界語社團。1919年10月於台北成立，同時發行機關誌《La Verda Ombro》（綠蔭）；學會前身為1913年由兒玉四郎設立的日本世界語協會台灣支部。由連溫卿、蘇璧輝、黃鐵等人創設，編輯者為連溫卿、蘇璧輝、黃鐵、山口小靜、江副秀喜等。學會成立宗旨為宣揚主張民族語言平等的世界語。主要成員為連溫卿、蘇璧輝、黃鐵，後有山口小靜加入，使組織左傾而導致一些在台日人出走。研習講座多於稻垣藤兵衛經營的「人類之家」舉辦。該學會亦曾發起「俄國飢饉救濟運動」，從事國際連帶運動。《La Verda Ombro》發行約45期，自1919年創刊，於1926年停刊；期間曾以世界語刊載台灣民間故事及原住民傳說，並介紹西方文學及普羅文學作品，於翻譯文學史上有極大貢獻。另又以雜誌附錄形式重刊曾連載的〈台灣原住民傳說〉，並且以雜誌單行本形式發行俄國盲眼詩人、童話作家愛羅先珂〈我的學校生活的一斷片〉及〈為跌下而造的塔〉。為提倡「普羅世界語運動」，該學會於1931年至1932年間發行兩期《Informo de F.E.S》（台灣世界語學會通訊），並為紀念學會創立20年而於1932年出版《Elementaj Lecionoj de Esperanto》（初級世界語）教科書。1930年代初期，因提倡「普羅世界語運動」，而於台灣世界語大會上與其他在台日人主導的右翼世界語團體發生激辯。兩屆台灣世界語大會中，連溫卿皆展示其以學會機關雜誌交換來的各國世界語刊物約180種，由此可知當時世界語網絡之緊密，世界語者之間的交流也遍及各國。（呂美親）

鼎新社

新劇團體。1925年1月組成，為台灣第一個含有政治運動性的新劇

台灣世界語學會機關誌《La Verda Ombro》（綠蔭）自1919至1926年發行期甚長，此為1921年3月號封面。自該期改為活字印刷，此前皆為手寫油印版。（呂美親提供、解說）

連溫卿於《La Verda Ombro》（綠蔭）連載台灣原住民傳說，此為1920年3月號的第二回「生蕃物語2」。（呂美親提供、解說）

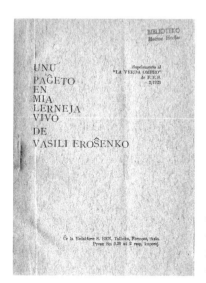

1923年台灣世界語學會發行的愛羅先珂童話《為跌下而造的塔》，為其世界語原作的首刊，而格外有意義。因1922年上海商務印書館出版的《愛羅先珂童話集》，僅採錄胡愈之的中譯版。（呂美親提供、解說）

團,社址位於彰化周天啟宅。1923年12月彰化青年陳崁、謝塗、潘爐等人,留學中國,受廈門通俗教育社影響,帶回《社會階級》、《良心的戀愛》兩劇本,後偕同周天啟、楊松茂(守愚)等人提出創社意見。1925年1月郭克明正式命名,隱含「革故鼎新」之意,藉由戲劇表演等活動,反抗殖民政權,目的在提倡新藝術,促進新劇實現,並宣揚無政府思想。曾於台灣中、南部演出,與台灣文化協會活動相輔相成。後來成員對戲劇主張分歧,一派注重戲劇之藝術性,如黃朝東、林朝輝等,7月先行解散;另一派主張以戲劇為啟發思想的手段,如賴通堯、周天啟、莊佳恩、謝塗、溫龍德、杜有德、吳滄洲、林清池、林生傳、楊錦燦、郭炳榮等,另組台灣學生同志聯盟會,演出《三怕妻》、《新女子的末路》、《兄弟訟田》等劇,因劇情牴觸政府曾遭禁演,10月解散。1926年,原發起人陳崁促其二派結合,重新命名彰化新劇社,公演《我的心肝兒肉》、《終身大事》、《張文祥刺馬》等劇。1927年因台灣黑色青年聯盟檢舉事件,新劇工作者被捕,1928年經費拮据而解散。楊渡指出,鼎新社堪稱台灣新劇運動開路先鋒,其成員後來融入文協、其他劇團及相關抗日運動,持續發揮影響力。該團演出之形式與劇本多受中國影響,但大多使用台語演出,與五四運動有所關聯,是中國戲劇傳播台灣之重要媒介。(李昭容)

台灣黑色青年聯盟

社會運動組織。1926年11月27日成立於台北。由受東京「黑色青年聯盟」主要成員近藤憲二、岩佐作太郎影響的小澤一(曾就讀台北州立第一中學校),糾合台北、彰化等地青年發起。綜合鄒易儒的研究與《台灣總督府警察沿革誌》的說法,聯盟成立後,在王詩琅住處印製「台灣黑色青年聯盟」〈宣言〉,指出:「權力即法律,法律即統治,統治即國家。有了權力則分出統治者與被統治者。權力是抹殺人類自由的一個機械。所有的罪患,不正義事物都是權

力，所以，沒有消滅一切權力，則不能得到自由。我等的直接行動就是暴力、暗殺、恐怖行動。我等誓死於黑旗下。」最初成員除小澤之外，尚有周和成及其引介的王詩琅、吳滄洲、吳松谷（即吳逸生）及台北的洪朝宗、高兩貴、王萬得、黃白成枝等人。12月小澤促成東京無政府主義宣傳刊物《サバトランド》（Sabbath Land，和平島）在台復刊發行，並前往彰化爭取陳金懋、潘爐、謝塗、楊松茂（楊守愚）等青年。其他台籍骨幹分子亦巡訪新竹到高雄各地，吸收陳金城、謝賴登、黃石輝、洪石柱等。然而，組織成立數月，即於1927年2月1日遭到全島性檢舉，主要成員44人被當局逮捕，經八個多月豫審，多數獲釋，僅小澤一、吳滄洲、王詩琅、吳松谷交付公審，判處一年至兩年六個月不等刑期。該聯盟為台灣第一個無政府主義團體，雖然未及實踐，但若干成員在檢舉事件後仍活躍，譬如蔡孝乾、洪朝宗、王萬得等人加入台灣共產黨，陳崁、蔡禎祥等成立台灣勞動互助社。王詩琅更將社運經驗轉化為〈夜雨〉、〈沒落〉、〈十字路〉等以左翼社會運動為主題的小說。台灣黑聯是台灣少見的以無政府主義為方針與信仰的左派組織，在組織、人脈、宗旨、刊物等方面都可見東京方面的直接影響，不過對比東京黑聯機關誌《黑色青年》（黑色青年）與台灣黑聯〈宣言〉，仍可發現些微差異。日本無政府主義者主要以勞農無產階級為號召對象，而台灣黑聯則訴求國家、法律等強權壓迫下的一切被支配者。易言之，台灣黑聯尚有將無政府主義視為民族反殖工具的特殊面向。（陳令洋）

民烽演劇研究會

新劇團體。1930年6月15日，成立於台北的大稻埕蓬萊閣（今台北市南京東路圓環附近）。由新劇運動者張維賢與「台灣勞働互助社」的無政府主義分子合作組成。研究會成立宣言中強調「處今之世，如何諒解並關懷人生，並揭露那御用藝術的黑暗，是我們要努力以

赴的目標」。成立後致力於演劇藝術的研究與訓練，以作為籌組
「民烽劇團」的準備，期望藉由藝術反映人生，通過理論與實踐的
密切結合，達成改善社會的目標。研究會共招募20多名會員，對其
進行四個月為一期的表演及劇場訓練，舉辦的各式講座包括：台灣
語研究（連雅堂）、文學概論（謝春木）、演劇概論（黃天海）、音

1930年4月張維賢創立民烽演劇研究會，6月15日舉行發會式，出席者50餘人。在
他指導下，黃天海早在1928年12月6日成立（宜蘭）民烽劇團。不過，至張維賢創
立民烽演劇研究會，繼組織民峰劇團（1933），取法小山內薰新劇，並結合在台日本
人的戲劇運動之後，才開啟台灣現代戲劇的全新一頁。（邱坤良提供、解說）

樂（吉宗一馬）、繪畫（楊佐三郎）、演劇史和排演（張維賢）。
1933年起張維賢一面研習，一面籌備劇團，歷時一載，並於台北永
樂座舉行四天公演，劇目包括徐公美的獨幕劇《飛》、佐佐春雄原
著的《原始人的夢》（原始人の夢）九幕、達比特・賓斯基（David
Pinski）獨幕劇《一弗》（*A Dollar*）、易卜生《國民公敵》五幕等，
張維賢擔任其中多部劇本的編譯，為其中靈魂人物，至1934年秋季
「民烽劇團」誕生。呂訴上書中述及，民烽劇團此次演出時劇場氣
氛緊張，觀眾屏息以待，肅坐無譁，所幸演出受到相當好評。此次
演出使用新劇的整套全新設備及照明器具，所有舞台裝備及舞台效
果都有專司其職者，被稱為「台灣初次惟一的新劇公演」，張維賢
的演劇藝術才華亦獲得肯定，王詩琅譽為「台灣新劇第一人」。
1934年3月27、28日，台北劇團協會在台北榮座舉行「新劇祭」
時，該劇團為唯一獲邀參演的台灣人團體。據當時文化界評價，觀
眾以日人居多，但民烽劇團勇於挑戰，以台語演出，並將拉約斯，
美拉（Lajos Bíró，今亦譯為拉赫斯・畢羅等）的《新郎》（花婿）
改編為中國故事、以中式服裝演出，演出後反應熱烈，聲勢壓過其
他參演的日本劇團。（陳淑芬）

台灣戰線社

政論性雜誌社。1930年8月由台灣共產黨員楊克培發起，結合黨中
央委員謝雪紅，同屬台共的郭德金、林萬振，以及台灣文化協會左
派人士張信義、王敏川、賴和、陳煥圭等，以台共中央所在的國際
書局為發行地，發行機關誌《台灣戰線》，使用語言中日文皆有。
因立場尖銳，已出版四期皆遭查禁，僅能暫時休刊，並與同屬台共
系統的王萬得主持之《伍人報》合併。1930年12月該社重整旗
鼓，再發行《新台灣戰線》，仍頻遭查禁，1931年初終告消滅。
《台灣戰線》在創刊號發刊言宣稱：「用無產階級文藝謀求廣大勞苦
群眾福利，以使資本家鐵蹄下作牛馬的被壓迫勞苦群眾獲得解放，

創刊目的在於成為台灣解放運動的先鋒，將文藝由無產階級手中奪回，成為大眾的文藝。」《台灣戰線》在1930年代共產主義與無政府主義風行東亞、台灣左翼刊物蔚為風潮之際創刊，受日本本土左翼雜誌《戰旗》及相關革命理論影響尤深，屬於激進刊物。該刊內容反映了當時台灣知識分子、作家對於左翼運動和底層大眾的關心，以及他們藉由雜誌運動凝結島內外人脈，傳播階級鬥爭理念與台灣現況，追求殖民地解放的戰略與行動。（王敬翔）

泰平株式會社

唱片公司。1930年11月5日，日本「株式會社太平蓄音器」成立，英文為Taihei，在台灣譯為泰平。台灣方面之業務營運，由日本總公司直營，聘請台灣人管理文藝部事務。1932年起，泰平唱片開始販售本土唱片，發行流行歌、笑科、歌仔戲、文化劇或新劇，甚至發行相當少見的原住民錄音，譬如羅拉其羅及智時耶兩人灌錄的〈熟蕃小曲歌〉及〈草津節〉。不過，該年5月發行的第一批作品中，汪思明以非演唱形式講述的「時局口說」作品〈肉彈三勇士〉，以內容涉嫌污辱日軍之理由隨即遭禁。1933年4月，泰平公司計畫率領旗下藝人搭船赴日進行錄音工作，卻遭到古倫美亞公司暗中遊說、挖角，導致多位藝人離開，泰平隨即聘請神村律師正式向台北南警察署申告。6月，泰平為擴張新業務，與「新高」唱片進行了整併，7月起副廠牌「麒麟」唱片加入，經營內容更為多元。1934年起，聘請陳運旺和趙櫪馬主持文藝部，發行了台灣最早使用探戈節奏的流行歌〈獨傷心〉。該時期多位文壇健將或新秀參與了泰平的歌詞創作，除了文藝部長趙櫪馬為台南文藝協會會員，曾發表〈大家來吃酒〉、〈愛的勝利〉、〈待情人〉等詞作之外，另有黃耀麟（筆名漂舟）發表流行歌〈墓前嘆〉及童謠〈趕緊起來〉、〈天黑黑〉；楊松茂（筆名守愚）發表〈老青春〉；蔡德音發表〈阿里山姑娘〉、〈夢愛兒〉、〈水鄉之夜〉；盧丙丁（筆名守民）發

表〈月下搖船〉；黃得時發表〈美麗島〉；黃石輝發表〈月夜孤單〉；廖漢臣（筆名文瀾）發表〈望歸舟〉等等，為歌詞注入文藝性與現實感。1934年12月，歌手青春美所唱的流行歌〈街頭的流浪〉（守真作詞、周玉當作曲）因嘲諷失業氾濫問題遭禁止，成為台灣流行音樂史的第一首禁歌。1935年下半年，博友樂唱機

泰平商標，俗稱「星月印」。（林太崴提供、解說）

唱片股份公司結束營業，泰平加以併購而更為拓展。不過，同年9月，在激烈的唱片業者競爭中，日本泰平總公司突遭大日本蓄音器會社（俗稱日東，戰後改為東立唱片）併吞，導致風光一時的台灣泰平唱片公司戛然而止。（林太崴）

古倫美亞株式會社

唱片公司。台灣コロムビア販賣株式會社，前身為株式會社日本蓄音器商會，總公司位於日本東京，後改名為Columbia。1930年台灣分公司營運逐漸在地化，將Columbia以台語發音譯為古倫美亞，重視台灣大眾消費需求。1933年2月營業主栢野正次郎以15萬日圓資本金為古倫美亞正式在台登記掛牌，之後發展為戰前台灣規模最大的唱片公司。全盛時期推出〈桃花泣血記〉（1932）、〈台北行進曲〉（1932）、〈女性新風景〉（1933）、〈月夜愁〉（1933）、〈跳舞時代〉（1933）、〈望春風〉（1934）、〈雨夜花〉（1934）、〈咱台灣〉（1934）、〈青春讚歌〉（1934）、〈河邊春夢〉（1935）、〈碎心花〉（1935）、〈江上月影〉（1939）及〈滿面春風〉（1939）等，台語流行歌曲經典作品。培育出純純（劉清香）、愛愛（簡月娥）、靜韻、

青春美、雪蘭、嬌英、汪思明、張傳明及福財（諧星矮仔財）等，第一批流行歌手。詞曲作者陣容龐大，包含詹天馬、李臨秋、陳君玉、廖漢臣、鄧雨賢、周添旺、張旺榮、陳秋霖、王雲峰及蘇桐等人。除流行歌之外，亦發行歌仔戲、新歌劇、跳舞音樂、北管、南管、京調、童謠、講談、原住民音樂及藝旦小曲等，樂種多元。主

古倫美亞主商標，中間以十六分音符作為設計，俗稱「音符標」。（林太崴提供、解說）

古倫美亞株式會社1934年發行的流行歌〈青春讚歌〉，由德音編作，純純、青春美演唱，發行編號為80295-B。唱片上方拉丁文「Viva-tonal」，常見於1930年代古倫美亞發行的78轉唱片，意為「原音重現」。（私人蒐藏，柳書琴解說）

古倫美亞株式會社1932年發行的流行歌〈桃花泣血記〉，詹天馬填詞，王雲峰作曲，純純演唱，為聯華映畫《桃花泣血記》電影主題歌。（私人蒐藏，柳書琴解說）

要商標「古倫美亞」為高價位唱片，1933年加入低價位副廠牌「利家黑標」，1934年又新增中價位「利家紅標」，滿足不同消費者需求。古倫美亞為台灣最具影響力的唱片公司，含日本蓄音器商會時期及副廠牌作品，發行量約占戰前總發行數量的三分之一，統計超過一千張78轉唱片。2015年12月，歌手陳建瑋為紀念而推出的專輯《古倫美亞》，榮獲得第27屆金曲獎最佳台語男歌手和最佳台語專輯獎。（林太崴）

台灣藝術研究會

海外文藝團體。1933年3月成立於東京。前身為1932年3月創立的左翼團體東京台灣人文化CIRCLE（另譯為東京台灣人文化同好會）。所謂CIRCLE，係1931年從蘇聯返日的藏原惟人，在日本為培養新作家、擴大讀者群，在工廠或農村推動的文藝小組。東京台灣人文化同好會為加入共產黨並歷經多次左傾分裂後的「台灣青年會」成員林兌，結合王白淵、吳坤煌、張文環等受社會主義影響的東京留學青年所創立。1932年9月該會受到葉秋木聲援「朝鮮人虐殺紀念日遊行」被捕事件波及，導致成員被檢肅而破滅。台灣藝術研究會為同好會的重建組織，在王白淵支持下，獲釋後的張文環、吳坤煌於重建會中戰勝日共黨員林添進、陳來旺等激進派，創建以文化運動為標榜的新組織。研究會宣稱：「台灣已經枯萎了。（中略）同人於茲會合，自立為先驅者。或消極地把向來微弱的文藝作品及現於民間風行的歌謠、傳說等鄉土藝術加以整理研究；或積極地以誕生於上述特殊情境中的我等全副精神吐露內心湧出的思想和感情，創造真正的台灣人的文藝。」該刊成為不少日語作家的文學搖籃，其餘同人尚有蘇維熊、巫永福、吳天賞、楊基振、曾石火、施學習、劉捷等人。1934年底開始，部分同人畢業返台，留京諸人以東京支部的形式與島內台灣文藝聯盟合流。1937年張文環返台後，在1940年代成為台灣文壇旗手；1938年吳坤煌返台，象徵旅

京文藝圈的結束。研究會機關誌《フォルモサ》，為日文文藝雜誌，在1933年7月至1934年6月間共發行3期。該會為台灣現代史上第一個海外文藝團體。雖標榜穩健文藝路線，實際上為提倡現代文藝、民族自覺並同情社會主義運動的先鋒性團體。成員們因承繼領導台灣民族運動之留日青年傳統，並親炙日本普羅文學運動資源，因而在志於建設台灣文藝之同時代台灣青年中，獲得領導性的發言權。他們在東京活動的1933年至1936年期間，為日本普羅文學運動由極盛至崩壞，文藝得以從政治中解放的文藝復興時期；該會由一群學習文學與藝術的青年為核心，開啟台灣知識青年對文藝的藝術性、社會性與政治性之全新認識。（柳書琴）

風車詩社

詩歌團體。1933年6月成立於台南。由當時任職於《台南新報》文藝欄的楊熾昌發起。根據楊熾昌的追溯，詩社取名為「風車」的原因有三：首先是受法國劇場「風車」的啟發；其次為憧憬矗立於台南七股、北門一帶鹽田中的風車景致；最後則是暗喻當時的台灣文壇已走投無路，需要吹送新的空氣，引入新的詩學思想與創作法。成員包括楊熾昌、林永修、李張瑞、張良典、戶田房子、岸麗子、

2016年9月於台灣上映的《日曜日式散步者》，為第一部以風車詩社為中心所拍攝的文學紀錄電影，獲台灣國際紀錄片雙年展台灣獎首獎、第53屆金馬獎最佳紀錄片、2016年台北電影節最佳編劇、最佳聲音設計，以及南方影展南方首獎等。除了出版DVD外，也由目宿媒體出版《日曜日式散步者：風車詩社及其時代》作品及研究資料集共兩冊。（黃亞歷、目宿媒體股份有限公司提供，柳書琴解說）

尚梶鐵平等人。詩社的主要出版刊物為《風車》（*Le Moulin*），發行期間從1933年10月至1934年12月，為期一年左右，據稱出刊四輯，每輯發行75冊，但目前僅見三輯，其他已佚。前三輯由楊熾昌編輯，第四輯交由李張瑞負責。《風車》除收錄詩作之外，也刊載隨筆與小說，是一本綜合型的同人刊物。風車詩社風格偏向現代主義，有著濃厚的象徵主義與超現實主義色彩，在當時以現實主義為主流的台灣文壇十分另類，成員也因詩學理念不同而與其他作家展開筆戰。該社是日治時期第一個打出現代主義旗幟的文學團體，成員有意識地將當時盛行於歐洲與日本的超現實主義引入台灣，並在詩作上展開實踐，為台灣的現代詩拓展語言與思想的向度。風車詩社成員主要是透過日本的中介而展開超現實主義的創作，受春山行夫與西脇順三郎等人影響甚深，因而提出「主知的超現實主義」主張，亦即透過理性的操作及有意識的意象連結來探尋非理性的奧秘。此為台灣特點，與法國超現實主義試圖探入潛意識與非理性的內在，藉此尋求語言與想像力的解放之作法不盡相同。（林巾力）

鹽分地帶詩人群體

詩人群體。以台南佳里為聚集中心，包括鄰近的七股、將軍、北門等沿海鄉鎮的文學者，曾於1933年10月成立佳里青風會、1935年成立台灣文藝聯盟佳里支部等團體。郭水潭提及群體名稱由來時表示原因有二：第一、佳里一地富庶且多含鹽分，舊稱「鹽分地帶」。第二、1935年台灣文藝聯盟組成佳里支部成立之後，郭水潭在支部宣言中提出「鹽分地帶」、「地方性觀點」等詞，並與吳新榮、王登山、王碧蕉、林精鏐、莊培初等人，頻繁在文藝雜誌或報紙副刊發表作品引發注意，時人稱為「鹽分地帶」派。1930年代鹽分地帶出現的第一批現代詩人，活躍於台南北門郡，以吳新榮、郭水潭、林芳年、林清文、王登山、徐清吉、莊培初為代表，被稱為「北門七子」。此群體多數成員偏好現實主義，如郭水潭所言：「我

1941年9月7日《台灣文學》同人拜訪吳新榮，合影於吳宅小
雅園。前排右起：巫永福、張文環、陳逸松、王井泉、黃得
時；後排右起：黃清澤、林芳年、吳新榮、王碧蕉、郭水潭、
陳穿、王登山、莊培初、徐清吉。（巫永福文化基金會提供，
柳書琴解說）

們傾向普羅文學」，關懷故鄉、土地與人民，除了以詩歌對殖民者
以「現代化」為名將資本主義強加在殖民地社會造成的傷痕多有批
判，也以文藝評論反對超現實主義及藝術至上主義。該群體詩作具
有相近特徵，憐惜農民、刻畫嚴酷漁村生活、眷戀鄉土、歌詠真摯
的鄉土人情，使得鹽分地帶文學帶有樸實奔放的本土色彩。戰後，
廣義的鹽分地帶詩人，包含出生於台南沿海鄉鎮的詩人，如林佛
兒、周定邦等人，他們的作品反映南部濱海地方的文化與豐富人
情，延續郭水潭等人開創的風格，至今仍是台灣地方文學的重要指
標。1979年地方人士發起鹽分地帶文藝營，開辦南瀛文學獎，而後
又在台南將軍區設立鹽分地帶文學館，都是對1930年代鹽分地帶文
藝精神的繼承與發揚。（林佩蓉）

台灣文藝聯盟

全島性文藝組織。文聯第一回全島文藝大會，係因張深切、賴慶、

賴明弘、林越峰、楊守愚等文藝同好經多次商議後，認為面對政治運動轉進文化抗爭之媒體戰新局面，台灣新文學運動應整合起來打進大眾裡面去，遂決定發起大會籌組文學團體以開展文運。約經三個月籌備，終於在1934年5月6日下午於台中西湖咖啡館召開，是日受邀出席者約82人。大會通過文藝團體組織、發刊文藝雜誌、作品獎勵、文藝大眾化等案。依章程，成立宗旨為「聯絡台灣文藝同志，互相圖謀親睦，以振興台灣文藝」。大會宣言要旨為：造就文藝舞台，獎勵發表能夠暗示大眾前進的創作方法，導向創作符合文藝大眾化的作品以獲大眾支持。會中選出委員15人，北部：黃純青、黃得時、林克夫、廖毓文、吳逸生、趙櫪馬、吳希聖、徐瓊二；中部：賴慶、賴明弘、賴和、何集璧、張深切；南部：郭水潭、蔡秋桐。中部五位委員任常務委員，推張深切為常委長。文聯創立後，嘉義、東京、埔里、佳里、台北等支部先後成立，成員涵蓋台、日、中、滿，總數約388人之多。文聯以發刊機關誌《台灣文藝》為主要活動，其餘還包括設置文學獎、提倡演劇等多樣性的藝文活動。1935年6月至7月間，張深切、張星建與楊逵於《台灣新聞》爆發宗派化筆戰，此後楊逵脫退另創《台灣新文學》，導致文聯分裂。再者，文聯後盾之一陳炘主導的東亞共榮協會及《東亞新報》，也因台灣總督府打壓，無法繼續支持。第三，東京支部主要成員吳坤煌、張文環等人，因積極推動跨國普羅文藝者交流合作，1936年先後在東京被捕入獄。以上諸因素導致文聯氣勢轉弱，1936年6月18日《台灣文藝》第3卷7、8號（合併號）發行後中止，組織活動於8月後停擺。文聯採聯合陣線進行文化抗爭，在表面的合法路線下提倡進步文藝、推動跨國文藝提攜，以台灣第一個全島性文學組織將本格期台灣新文學運動推升至最高峰。此外，文聯因東京支部而與日本左翼戲劇與詩歌界、中國左聯東京分盟、在日朝鮮左翼戲劇團體等，形成東亞左翼文化走廊之跨文化交涉現象，對於促進島內外文藝者交流、提升創作與評論風氣、引領文化抗爭思潮，貢獻甚鉅。（郭誌光）

1935年8月11日「第二回台灣全島文藝大會」在台中市民館舉
行，共37人留影。本次大會因同年4月21日發生新竹台中大地
震，文聯同人投入救災，故延宕到8月才舉辦。第一排右起田
中保男、吳新榮、陳澄波、不明、莊垂勝、陳紹馨、張榮宗、
不明、張碧淵（推測）及小孩。第二排右起：右四賴明弘、右
五開始為劉捷、谷孫吉、張星建、楊逵、王詩琅、何集璧、鄭
國津。第三排右一張深切、右三王登山、右七陳垂映，右九起
為蔡秋桐、葉陶（推測）、吳天賞、巫永福（推測）。餘皆不
明。根據吳史明（吳新榮）〈第二回文芸大会の憶出〉（《台灣
文藝》3：6，1936年5月）記載，當日出席者尚有楊肇嘉、宮
原武熊博士（專題演講者）、葉向榮、徐玉書、江燦琳、光明
靜夫等人，惜筆者無法辨識。（張良澤提供，柳書琴解說）

台灣鄉土訪問音樂團

音樂團體。1930年代留日台灣學生與日俱增，1934年6月於東京組
織台灣同鄉會，成立大會在東京丸之內報知新聞社大禮堂召開，東
京市長及日本拓務大臣皆蒞臨會場。大會除了議決「台灣同鄉會組
織會則」等章程外，更通過台灣新民報社監事楊肇嘉「舉辦暑假返
鄉鄉土訪問音樂會」的提案。「鄉土訪問音樂會」由台灣同鄉事業
會主辦、日刊台灣新民報社協辦，楊肇嘉擔任領隊（監督），1934
年8月5日抵台，接連展開為期九天的音樂會，於台北、新竹、台
中、彰化、嘉義、台南、高雄等地公演。台籍音樂家柯明珠、高慈

鄉土訪問音樂團為台灣首次的大型巡迴音樂會，1934年8月11
日至19日自台北醫專講堂、新竹公會堂、台中公會堂、彰化
公會堂、嘉義公會堂、台南公會堂到高雄青年會館演出，造成
大轟動。最後一站高雄演出次日，由楊肇嘉好友陳啟川（戰後
曾任高雄市長）招待團員遊覽壽山。由左至右：江文也、翁榮
茂、林秋錦、高慈美、楊肇嘉、林進生、陳泗治、楊基椿、林
澄沐，最右三人為記者。（劉美蓮提供、解說）

美、林秋錦、江文也、陳泗治、翁榮茂等人演出西洋音樂與日本作
曲家作品，高天成擔任曲目解說。1935年4月21日新竹、台中發生
強烈地震，7月17日再發生第二次地震，台灣總督府為救災與重建
成立了「震災地復興委員會」，歐美各國紛紛捐助；東京台灣同鄉
會、中華民國駐台北領事館等亦展開勸募。台灣新民報社再次邀請
在台音樂家共同發起「震災義捐音樂會」，蔡培火任團長，總督府
文教局社會課協辦，7月3日至8月13日在台灣36個鄉鎮舉辦37場
演出，前後長達50餘日。演出的台籍音樂家有林秋錦、高錦花、高
慈美、李金土等，日籍音樂家有三浦富子、渡邊喜代子、原忠雄
等，另有歐美音樂家戈爾特（原名已佚）、麥克勞特（原名已佚）
等人投入。根據李哲洋和莊永明等人研究指出：「（台灣）新音樂這
個名詞沿用當時音樂家對它的稱呼，是指接納西洋音樂的理念、方
法和美學之後，以傳統音樂為素材，或在民族意識下所創作的新音
樂。」「台灣鄉土訪問音樂團」為班底的兩場音樂會，對台灣新音
樂與西式音樂的實驗與萌芽啟示甚多，故1934年鄉土訪問音樂會和

1935年震災義捐音樂會可謂日治時期兩場歷史性的音樂會，是西樂在台發展的重要里程碑。（魏心怡）

台陽美術協會

美術團體。1934年11月12日於台北鐵道飯店舉行成立大會，由八位在台灣美術展覽會（簡稱台展）中表現優異的西畫家共同發起，包括東京美術學校畢業及在學的李梅樹、廖繼春、李石樵，從上海返台的陳澄波，自法歸來的陳清汾、顏水龍、楊佐三郎（楊三郎），以及灣生畫家立石鐵臣。成立聲明書指出，為促使台灣美術家向上發展及普及美術思想，希望在秋季的台展之外，為年輕畫家爭取春季公開展出的機會，並強調該協會並非對抗而是支持台展的民間團體，仿效官方的台展制度，每年春季向外公開徵選，經評審後展出。1935年5月第一回台陽展在台灣教育會館舉行。爾後立石

1937年5月8日台灣文藝聯盟同仁參加「第三回台陽展台中移動展會員歡迎座談會」，與美術家們合影於台中州俱樂部。前排左起陳德旺、楊三郎、李梅樹、陳澄波、李石樵、洪瑞麟、張星建（立者）；中排左三起：楊逵、田中保男、不明、林文騰；末排左二起：莊銘鐺、巫永福、張深切、葉陶、不明、莊遂性、吳天賞。（陳澄波文化基金會提供，柳書琴解說）

鐵臣、顏水龍退出。第六、七回後擴大規模，增設東洋畫與雕刻部
門，並移至台北公會堂舉辦，成為綜合性美術展。學者顏娟英指
出，台陽展最大貢獻是給予台灣畫家及學生多一個發表機會，年輕
畫家將參加台陽展視為參選台展前的暖身活動。台陽展重視媒體宣
傳，在各地公會堂巡迴展出時，會員往往在場接待解說，頗能鼓勵
後進加入，並達到推廣美術欣賞的目的。就審查制度或風格而言，
台陽展與台展並無根本差異，會員繼續參加台展，故難以發展出更
具台灣特色的美術，與台展互別苗頭。然而，主要推動者楊佐三郎
夫婦與李梅樹等人具社交手腕和行政能力，為團體奔走奉獻，因此
協會營運至1944年，1948年復會後更推展至今，屹立不搖。協會
不但跨越時代與世代，成立的最初十年即已展現跨領域特色，壯大
了台灣文藝界的陣容。譬如，1934年台灣文藝聯盟組成時，台陽會
員參加座談會，增進文學與美術創作的交流；也為《台灣文藝》設
計封面、裝幀及插圖，並發表美術相關文章；而文聯會員也出席台
陽展活動。畫家與作家的交流，有助於台陽美術協會建立在野美術
團體的信心，並促使畫家反省所處的社會環境。此一合作延續至

1937年台陽美術協會南下台中舉行移動展時，受到當時台灣
民族運動領袖人物楊肇嘉先生的歡迎與接待。前排右起為呂基
正、洪瑞麟、陳德旺、陳澄波、李梅樹、楊肇嘉、不明、張星
建；後排左為李石樵，右為楊三郎。（陳澄波文化基金會提
供、解說）

李梅樹（後排右七）就讀東京美術學校時期，與畫家岡田三郎
助（前排右四）的師生合影。岡田教授為李梅樹三年級的油畫
老師，給予其全年級最高96分。（李梅樹紀念館提供，柳書琴
解說）

1941年張文環等人發行《台灣文學》時期，會員李石樵、陳春德等
人為雜誌設計封面、插圖，台陽畫家們更慷慨捐出作品義賣，支援
該社的營運基金；而小說家吳天賞、呂赫若亦為台陽展寫過畫評。
1944年台陽十週年紀念展，南方美術社邀請台陽會員楊佐三郎、李
石樵、林之助，與作家張文環、呂赫若、黃得時、吳天賞等人座
談，會中流露作家與畫家的深厚情誼，以及堅持以作品的藝術性與
社會性回應戰爭時局的共識。（黃琪惠）

勝利唱片公司

唱片公司。「勝利蓄音器株式會社‧台北」，總公司位於日本東京。
1920年代末期進入台灣市場，並且發售日文歌曲78轉唱片。1934
年正式建立文藝部，以日本勝利台灣營業所的型態在台灣發片，經
營至1945年為止。首任所長為重松孫市，後續由林喜一及永村恆接
棒，在出版品中也見以「壽利」或「星標」自稱。根據千草默仙編
《會社銀行商工業者名鑑》（1932）記載，總公司資本金高達20億

美元。曾聘用台灣首位留日的
音樂家張福興（1888-1954）
管理文藝部，擔任作曲家、編
曲家、演奏者、指揮等多種專
業工作，甚至自任歌手，其最
重要貢獻為開拓「流行小曲」
（別稱新小曲）的新方向。流
行小曲是介於西式流行歌與傳
統小曲之間的新樂種，音樂上
以漢式風格為主，輔以部分西
洋樂器伴奏，非如過去一面倒

勝利唱片以原本美國勝利唱機母公司之商
標，作為唱片發行的商標，俗稱「狗
標」，圖中有「HIS MASTERS VOICE」
之英文標示。（林太崴提供、解說）

地以西式音樂方向為主。歌曲情調偏向漢式傳統，歌詞也較一般流
行歌含蓄典雅。勝利發行的首張流行小曲即該公司代表作〈路滑
滑〉，風靡一時，並引起其他唱片公司仿效。除流行小曲之外，勝
利也發行實驗性作品，例如把《紅樓夢》改編為時代劇，由張福興
親自擔任指揮；改編原住民歌謠，發行〈台灣日月潭杵音及蕃謠〉
及〈打獵歌〉等；將爵士樂的搖擺節奏運用於流行歌，創作〈君薄
情〉……等嘗試。此外，張福興與柯明珠合唱的歌謠調〈月夜遊賞〉
風格獨特，為台灣最早的藝術歌曲形式的作品。1935年初，張福興
離職，男歌手王福遞補成為文藝部長繼續發行許多膾炙人口之作。
流行歌方面包括被喻為新式哭調的〈心酸酸〉（1936）、〈悲戀的酒
杯〉（1938）、〈三線路〉（1938）、〈青春嶺〉（1939）；流行小曲方
面則有〈白牡丹〉（1936）、〈雙雁影〉（1936）、〈日日春〉（1938）
等。王福興於戰前病故，台灣戰前相當具規模的勝利唱片公司因戰
爭而停止營業。（林太崴）

台灣文藝聯盟東京支部

文藝團體日本支部。1934年下半年，台灣第一個全島性本土文學團

體「台灣文藝聯盟」派遣賴貴富前往東京，推動留學或旅居東京的文藝青年及其中心組織台灣藝術研究會的合流工作。1935年1月「台灣文藝聯盟東京支部」成立，1936年秋後因核心分子陸續畢業返台或因政治取締入獄而停止活動。主要負責人為吳坤煌，核心分子多為舊《フォルモサ》成員，如張文環、巫永福、蘇維熊、吳天賞、曾石火、翁鬧、楊杏庭等；其他參與者包括賴貴富、顏水龍、陳垂映、楊基振、劉捷、陳傳纘、郭明昆、郭明欽、陳遜仁、陳遜章、鄭永言、莊天祿、溫兆滿等。支部成立後，《フォルモサ》停刊，成員轉而支援《台灣文藝》雜誌，積極舉辦文藝座談會，關注與介紹台、日、中的演劇、電影、美術、舞蹈等，並曾於1936年主辦知名朝鮮舞蹈家崔承喜（최승희）來台巡迴演出。支部除了持續凝聚同好，發揮加強台、日、鮮、滿、中各地文藝人士交流聯繫，並提供《台灣文藝》稿件的職能之外，主要任務有：一、推銷雜

1936年6月7日《台灣文藝》雜誌發行人張星建赴日，與旅居東京的台灣作家、美術家、記者、留學生合影於新宿的明治製菓咖啡廳。座談會由吳坤煌主持，討論邀請崔承喜來台公演和文聯今後動向、對外關係、鄉土文學、文學用語等問題。前排右起為郭一舟、顏水龍、陳垂映、張星建、劉捷、翁鬧、曾石火、賴貴富、莊天祿、楊基椿。後排右起鄭永言、張文環、吳天賞、陳遜章、吳坤煌、溫兆滿、陳遜仁。攝影者推測為田島讓。（張玉園提供，柳書琴解說）

誌。二、向僑民及日人宣揚「台灣人被殖民的心聲」及「殖民地新民族文化」。1935年底文聯分裂、楊逵出走另創《台灣新文學》之後，支部成員有的積極投入文聯革新與文稿募集工作，有的同時投稿兩誌，對島內文壇影響力日益擴大。支部的重要貢獻，在於透過吳坤煌與張文環的領導，使島內文壇獲得有文藝專業訓練或素養的一批新血輪挹注，並以這批日語作家為中心展開與各國旅日進步文化人、文學者的交流或結盟。支部存在的一年半左右，在中國左聯東京支部、日本左翼詩壇、劇壇、朝鮮左翼進步團體和台灣島內文壇之間，形成一個通道式的文藝走廊。上海—東京之間的「左翼文化走廊」，非但具備交通渠道、人員流動、藝文團體結盟等事實，更是文學創作、藝術展演、殉道者悲史等多元話語交會的詩性空間。具體成果除了促進王白淵作品在日本左翼雜誌上重刊、台灣文學作品向中國譯介，也將日本左翼作家、魯迅、郭沫若和中國左翼青年作家雷石榆等人的訊息或作品介紹到《台灣文藝》上。（柳書琴）

台灣文藝聯盟佳里支部

文藝團體地方支部。1934年5月6日台灣文藝聯盟於台中召開成立大會，集結當時全島藝文人士，包括出身台南北門郡的吳新榮、郭水潭等人，而後郭水潭被推舉為南部委員，與吳新榮成為日後支部成立的靈魂人物。根據《吳新榮日記全集》第一冊：「1935年5月6日，郭水潭來訪，計畫5月27日召集佳里郡的文學愛好者去北門開文學座談會，如果熱心足夠，計畫成立文聯佳里支部。」由此可知，佳里支部籌劃之議，提出於文聯成立一週年之際。依日記記載，吳新榮主張成員須分兩類，一類是在文壇已有相當的地位，且每月都有相當創作量者；另一類是文藝的同情者或同伴者。所謂同情者或同伴者，乃指在經濟及情感上能支持文藝運動的開明地方人士或知識階級。日記接著記載：「5月27日決定要成立佳里支部，役員名單如下：代表員郭水潭、統制員吳新榮、庶務員徐清吉、會

計員鄭國津、編輯員王登山。6月1日正式成立，於佳里公會堂舉行成立大會，來賓有林茂生、王烏硈、石錫純、黃大賓等人，本部有張深切、葉陶參加，支部員共有郭水潭、徐清吉、鄭國津、黃清澤、葉向榮、王登山、林精鏐、陳桃琴、黃平堅、曾對、郭維鐘等十二名。」台灣文藝聯盟佳里支部成立後，到1936年8月文聯停止活動前，支部充分發揮凝聚效果，鹽分地帶派在文聯中活躍一時。（林佩蓉）

台灣文藝聯盟台北支部

文藝團體地方支部。1936年5月23日於台北市永樂町喫茶店成立，事務所設於日新町江山樓。文聯創設當初便由江賜金與劉捷奔走欲設立台北支部，然因創始時以艋舺地區作家為主的台灣文藝協會缺乏向心力，加之劉捷與該會關係不睦，故雖經1934年12月23日台北OK餐廳「北部同好座談會」、1935年2月24日萬華龍山寺「第二回文藝座談會」、3月31日「第三回文藝座談會」多次協商，仍未能建立支部。1936年初，因文聯邀請朝鮮舞蹈家崔承喜（최승희）7月中來台公演日期迫近，本部亟欲設立支部，張星建為此北上加緊斡旋，於2月8日再於台北朝日小會館舉辦綜合藝術座談會。此後又得吳瀛濤協助，支部終於成立。出席支部成立式者，除本部張深切、張星建外，尚有葉榮鐘、張維賢、洪耀勳、廖毓文、吳春霖、施學習、駱水源、李獻璋、吳瀛濤、陳加溪等17人左右。成立宗旨以聯絡居住台灣北部的文學、繪畫、雕刻、音樂、電影等同好，圖互相親睦、謀藝術之向上為目的。成員以原台灣文藝協會廖毓文、張維賢、李獻璋等成員為主，另新增吳瀛濤等人。台北支部為文聯成立最晚的支部，成員素與本部疏離，文聯分裂後明顯傾向台灣新文學社，廖毓文甚至擔任《台灣新文學》創刊號發行人兼編輯，故支部成立後未見重要活動。《台灣文藝》對於其成立經緯亦僅以極短篇幅報導且未介紹成員，兩者關係可見一斑。台北支部

成立時適逢文聯因楊逵脫退事件而現疲軟態勢，支部的成立反諷地見證了文聯末期吳越同舟、同床異夢的分裂狀態。惟在推動成立支部過程中舉辦的數次座談會，令中、北部文壇與藝壇跨界交流，對文藝振興與創新起了一定程度的刺激作用。（郭誌光）

台灣文藝家協會

文藝團體。1939年12月於台北成立，前身為1939年9月創立的台灣詩人協會。台灣詩人協會由西川滿、北原政吉等人發起，台灣文藝家協會成立時辦公室設於西川滿經營的日孝山房。1941年2月改組後，由矢野峰人擔任會長，台北帝大校長安藤正次等人擔任顧問。成立初期的宗旨為「提升台灣文化，促進會員的交流」，改組後明顯配合國策，首次發行的2卷1號，便在〈編後語〉中宣示「我等異體同心，立誓願為建設南方文化粉身碎骨」、「以文藝文化實踐臣道」。會員分為贊助會員與普通會員，贊助會員包括安藤校長、金關丈夫教授、總督府圖書館館長山中樵等台北帝大教員與總督府高級官吏，另有日本傳統文藝雜誌的主編，如短歌誌《新玉》（あらたま）的樋詰正治、《原生林》的田淵武吉、俳誌《由加利》（ゆうかり）的山本孕江等人。普通會員則包括台灣詩人協會成員，如黃得時、楊雲萍、王育霖、中山侑，後來又陸續加入張文環、周金波、濱田隼雄等，總計68名。1940年1月1日起發行雙月刊《文藝台灣》，1941年2月改為月刊，至1944年1月1日7卷2號為止，共38期，每期發行約2000至3000部，是日治時期台灣最長壽的日文綜合文藝雜誌。1941年2月改組後，雜誌由文藝台灣社發行，其性質亦由協會機關雜誌轉為同人雜誌，此轉變主要受前年成立的第二次近衛文麿內閣的新體制運動及10月創立的大政翼贊會所影響，此後時局色彩越發濃厚，1942年4月進一步被收編於台灣文學奉公會，性質從民間社群變成官方統制組織。該會聚集諸多台、日籍日語作家，是戰爭期台灣文壇的發展主力。列名贊助會員者亦

有多位日本內地著名作家，主要由西川滿積極聯繫促成，協會有意
透過與日本中央文壇的交流提高台灣文壇知名度。（鳳氣至純平）

台灣演劇協會

新劇團體。經台灣總督府情報課規劃，1942年3月13日成立，為皇
民奉公會中央本部附屬機構，負責管理戰爭時期殖民地台灣戲劇展
演實務。會長為皇民奉公會事務總長山本真平，轄下職員均係日本
督察或情報人員，主事則為松居桃樓、竹內治及宮崎武夫等人。協
會設立宗旨為落實國家對戲劇之一元統制，成立後即依《台灣演劇
協會規約》，批准全台共49個劇團繼續營運；其餘未獲核可者，全
數強制解散。4月14日依總督府令《劇本及台本檢閱規則》，各劇
團需經協會指導，並由協會向總督府保安課提出劇本檢閱申請，檢
閱通過後方准公演。松居桃樓循「大東亞共榮圈」框架及皇民化政
策，提出「大東亞演劇」論述，立意轉化傳統藝能，鍛造時代新

濱田秀三郎編著《台灣演劇の現狀》（東京：丹青書房，1943年5月），杉浦一雄裝
訂，定價1圓80錢。該書收錄濱田序文〈台灣演劇のために〉，以及竹內治〈台灣演
劇誌〉、中山侑〈青年演劇運動〉等19篇文章，主要介紹台灣的行動演劇和青年演
劇。（私人蒐藏，柳書琴解說）

劇。專程率領劇團來台巡演的濱田秀三郎編有《台灣演劇的現狀》（台湾演劇の現狀），收錄竹內治〈台灣演劇誌〉（台湾演劇誌）及中山侑〈青年劇運動〉（青年演劇運動），可見統制啟動之初的台灣劇場實況。1943 年 7 月，協會策動《赤道》公演，具現「大東亞演劇」、「國民演劇」及「真正的新劇」等主張。9 月起，協會總理全台青年劇運動，接手經營各地演劇挺身隊，宣導戰時國策。《台灣文學》雜誌成員曾因反感於協會戲劇主張與政治宣傳作為，成立厚生演劇研究會以為對抗。台灣演劇協會雖為戰時戲劇界的一元化統制組織，但就鎔鑄傳統與現代性劇場元素，實驗新展演形式而言，亦刺激了「殖民地新劇」的出現，而不容忽視。（童偉格）

新台灣音樂研究會

戰時音樂改良運動團體。1942 年 7 月三宅正雄為推行「新台灣音樂運動」，在皇民奉公會支持下組織的研究會。三宅獲聘擔任皇民奉公會台灣演劇協會專務理事後，以台南、高雄兩州為中心在全台大力推行「新台灣音樂運動」。該運動由皇民奉公會中央本部後援，為中央層級的音樂運動。1940 年日本近衛內閣在大政翼贊運動下推動「戰時音樂新體制」，受此影響台灣總督府一改因戰時體制對人民日常娛樂的限制，積極推動「地方文化振興運動」，以「健全娛樂」、「提振國民士氣」為目的，透過政策引導介入台灣大眾文化。早在 1939 年 12 月，時任台南警察署長的三宅正雄，因體認到皇民化運動依憑文字或演講，對不諳日語的民眾進行宣導成效有限，而將台灣藝旦等婦女組成修養團體「麗光會」，由台南師範學校校長本田乙之進、音樂教師清野健對花柳界進行改良工作，效法日本箏樂家宮城道雄等邦樂界倡行的「新日本音樂」，倡導「新台灣音樂」。1940 年 5 月改良工作首先針對料理屋曲師進行「新音樂講習會」，教材為「國民進軍歌」、「紀元二千六百年國民奉祝歌」等，講習內容包括：講解東西洋音樂、將小提琴技法融入胡琴演奏、創

作「新台灣歌謠」等。爾後，此一地方政府為宣導皇民化與風俗改正而新創的音樂運動獲得肯定，1941年7月皇民奉公會成立娛樂委員會後，將「新台灣音樂運動」列為重要推動項目，目標為促進漢人音樂的皇民化與日本化。與此同時，廣播局節目頻道亦針對台灣人聽眾開播「第二放送」。1942年7月，三宅為皇民奉公會借重後，組織「新台灣音樂研究會」，以中央層級的單位積極推動，連續數年在各地舉行試演會與音樂發表會，譬如，1943年5月12日於台北市明石町警察會館舉辦「新台灣音樂試演會」，由台南師範學校教授清野健先生演講之後開始演奏，第一部為國民歌謠，第二部為合奏，第三部為新台灣歌謠（包含獨唱），即吸引不少島都名流及音樂人士出席。誠如王櫻芬的研究指出，1941年11月《台灣時報》〈台灣日誌〉欄目提到新台灣音樂為「調整台灣音樂，加入日本色彩，善導本島人思想」；到了1943年，這個從台南開始的音樂改良措施，更因為皇民化運動新階段的娛樂動員策略而擴展到全島，甚至不得不以「大東亞共榮圈」的音樂文化建設為標的。（魏心怡）

厚生演劇研究會公演演員和藝文界人士的合照。第二排右起第三人起，依序為張文環、林摶秋、楊佐三郎（楊三郎）、瀧田貞治；左起第五人起，依序為呂赫若、呂泉生、徐坤泉。（邱坤良提供，柳書琴解說）

日本文學報國會台灣支部

戰時日本文藝統制組織台灣支部。1942年6月社團法人日本文學報國會設立，該會為1940年10月成立的初期統制團體「日本文藝中央會」與詩壇、歌壇、俳壇之統制團體進一步結合後，成立的一元性文學統制團體。1943年為加強與外地聯繫，該會事務部長戶川貞雄來台籌劃，4月10日在台灣總督府情報部及皇民奉公會指導支援下成立台灣支部。支部主要任務為促進會員親睦，並藉由與台灣文學奉公會的協力，實現文學報國會目的，宣揚「皇民文化」與「大東亞文學」。台灣支部長由台北帝大文政學院教授矢野峰人擔任，理事長為西川滿，理事包括島田謹二、瀧田貞治、齋藤勇、松居桃樓、張文環、山本孕江、濱田隼雄等七人，其中濱田兼任幹事長，龍瑛宗為幹事。由成員、幹部、組織與活動可見，該支部與台灣文壇一元統制團體台灣文學奉公會重疊，相互支援。日本文學報國會隸屬的日本情報局，在文學工作上以宣傳及協力國策為目的，曾舉辦三回「大東亞文學者大會」、文藝報國運動演講會、國民座右銘、愛國百人一首等活動，並推動成立日本文學報國會台灣支部及朝鮮文人報國會。支部在任務上，奉行並協助日本文學報國會之理念與活動，為台灣和內地大日本文學報國會聯絡的專責機關。透過此一中介團體發揮的功用，台灣文壇被迫間接納入日本中央文壇的統制，並象徵性地使台灣文壇與朝鮮、「滿洲國」、南京「國民政府」、東南亞等外地文壇，共構為「大東亞文學」之一環。（柳書琴）

厚生演劇研究會

新劇團體。1943年4月29日下午3點半在台北市大稻埕的山水亭舉行成立大會。負責人王井泉、文藝演出部主任林搏秋。「厚生」之命名，有促進民眾健康與福祉之意。王井泉在公演前發表〈一粒麥子不死—從「民烽」到「厚生」的回憶〉（一粒の麥は死なず—「民烽」から「厚生」への思出，《興南新聞》，1943年8月9日），

文中宣示了劇團賡續戰前新劇運動的志向，並提出如下戲劇主張：「若是直接將內地（日本）的新劇照本宣科地移植是無法解決問題的」、「必須敏銳地攝取觀眾中流動的生活感情以及時勢……唯有將現實理想化、理想現實化之後，才會出現感人的戲劇」，而具有劇團宣言的性質。先後參與公演製作的藝文界人士包括文學界張文環與呂赫若、音樂界呂泉生、美術界楊佐三郎（楊三郎）與林玉山，以及戰後因《壁》劇聞名的劇作家簡國賢等人。公演的四齣劇目均由林摶秋編劇、導演，其中《閹雞》（閹鶏）改編自張文環同名原著小說，是專為此次公演而製作的節目，今日有「審查本」流傳。1943 年 9 月 3 日至 8 日厚生在台北市永樂座舉行公演，推出《閹鶏》、《高砂館》（高砂館）、《地熱》（地熱）、《從山上看見的街市燈火》（山から見える町の灯）四齣不同風格、體裁的戲劇，採日語演出，獲得觀眾熱烈回響，其中尤以《閹鶏》與《高砂館》受到文化界好評，瀧田貞治譽之為「新演劇運動的黎明」。「厚生」抵拒移植的、宣揚國策的官方戲劇，在戰爭期間仍堅持台灣文藝發展的主體性，重視戲劇與土地以及人民情感的連結，其公演成績展現此階段劇運在專業技術上的提升與藝術表現上的成熟，而具有文學史、戲劇史的里程碑意義。（石婉舜）

台灣文學奉公會

戰時台灣文藝統制組織。1943 年 4 月 29 日，與台灣美術奉公會一同成立。隸屬皇民奉公會中央本部。由皇民奉公會事務課長山本真平擔任會長，台灣文藝家協會會長矢野峰人任常務理事，皇民奉公會文化部長林貞六（林呈祿）任理事長，另有瀧田貞治、西川滿、濱田隼雄等九位理事。會員包括台灣人與在台日人作家 90 餘名，以原台灣文藝家協會成員為基礎進行擴大。成立誓辭要求文學者挺身完成「奉仕之臣節」，實踐要綱包括：確立身為皇國文學者的世界觀、協助文藝政策的推行、以文學昂揚皇民精神、提高皇民教養與

宣傳國策、培育新進文學者、推廣「南方共榮圈」的國語普及、促進文學各部門的交流聯繫等。該會以1942年7月台灣文藝家協會改組、8月皇民奉公會文化部設置為基礎而設立，成立後為台灣文壇統制的核心組織。民間文學團體與作家被迫參與該會，並在皇民奉公會文化部指導下，被動員於與軍報導部、總督府情報課、日本文學報國會台灣支部相互支援的各類文藝講座、座談會、宣傳會場合。譬如：該會曾在特別志願兵制度公布實施時，舉辦「海的文學、海的藝術街頭展」（1943年5月）；舉辦「台灣決戰文學會議」中，力倡「皇民文學」（1943年11月）；派遣作家進行台灣銃後報導文學寫作（1944年6月），另亦舉辦各種集會或寫作活動要求作家協力戰時動員及聖戰思想之宣揚等。該會成員民族背景、意識形態與思想傾向紛雜，在被動員的場合進行的發言或創作也隱含不同策略或意圖，由台灣決戰文學會議中有關「文藝雜誌納入戰鬥配置」提案引發之爭議和抵抗，可見一斑。1944年5月，作為文藝發表雜誌一元化政策實施之結果，由該會發行《台灣文藝》雜誌，成為日治時期台灣最後一份文藝雜誌。（柳書琴）

銀鈴會

詩歌團體。分為前、後兩期。前期創立於1943年9月，台中一中三年級的朱商彝（朱實）、張彥勳（紅夢）、許世清（曉星）等三人因愛好文藝，將作品蒐集裝訂成冊後交換閱讀。後來成員漸增，1944年決定將此文學團體命名為「銀鈴會」，並以季刊方式發行油印刊物《緣草》（ふちぐさ）。最初由朱實擔任主編，內容以日文為主，包括了評論、隨筆、創作、詩、短歌、俳句及其他與文學有關之作品。戰後因語言跨越與政治因素，於1947年初停刊。後期乃於1947年冬，朱實、張彥勳、詹冰（綠炎）、蕭翔文（淡星）、許龍深（子潛）等人商討復刊事宜，並邀請楊逵擔任顧問，更名為《潮流》，主編張彥勳，於1948年5月創刊春季號〈卷頭言〉強調要追

求學問與藝術的志業，為中、日文合刊刊物，共出版五期。《潮流》時期，參與成員擴大，除了省立師範學院（今台灣師範大學）學生為班底之外，另有彰化和后里的文友；此外，夏季號楊逵發表〈夢與現實〉（夢と現実），強調文學要與現實當面對決，期望《潮流》同人推進時代的怒濤，擴大了原先的寫作內容與精神，作品更傾向於社會寫實的表現。銀鈴會曾辦過兩次規模較大的聯誼會，出版兩期《聯誼會特刊》（1948年8月及1949年3月）、兩期《會報》（1949年3月及5月）。1949年爆發四六事件，楊逵等人被捕，該會因同人涉入而自動解散。銀鈴會橫跨了戰前、戰後兩個階段，延續日治時期台灣新文學的發展命脈，同時彌補了戰後初期的文學空白。多位成員參與了日後成立的「笠」詩社（1964），為台灣本土詩學貢獻心力，共同推動台、日、韓三地詩人的交流活動。（阮美慧）

（二）文藝雜誌、刊物

《台灣兒童世界》（台湾子供世界）

日文兒童雜誌。1917年4月創刊於台北，停刊日期不詳（1926年4月以後未見），總發行期數待考。由台灣兒童世界社創辦，吉川精馬擔任主編。游珮芸、橫田由紀子指出，《台湾子供世界》最初以全國小、公學校兒童為對象，1919年1月《學友》（学友）發刊後，改以小、公學校三年級以下的兒童為對象，同年11月《台湾子供世界》與《学友》合併，對象再度轉變為高年級兒童。11卷2號刊載的〈兒童世界是大家的雜誌〉一文，以「在此雜誌中老師們創作非常有趣、有益的故事」，表示雜誌的內容走向。由於雜誌封面登有「台北師範學校有志童話（お伽）研究會附屬公學校研究會監修」字樣，可知此刊與台北師範學校應有一定的關係。該刊內容可區分成讀物、有獎徵答、讀者投書專欄三個部分，篇幅最多的是讀

物專欄。淵田五郎指出,《台灣子供世界》因為受到以入學考試為尚的課外加強教育之社會風氣左右而偏離宗旨,不得不停刊,停刊日期不詳。據現存於國立台灣圖書館、日本北海道函館市立圖書館的收藏所見,主要投稿者有吉川精馬、素秋生、張漢裕等人,作者中九成是日本人,包括國語學校教師、高等女學校教師。《台灣子供世界》為日治時期台灣最初的兒童雜誌,「讀者投書」專欄提供讀者交流文學才能的專區,為在台兒童和教師提供文學創作發表園地的嚆矢。該刊也透過各國文學作品介紹,向在台兒童傳播異國故事和文化。（吉田光）

《學友》（学友）

日文兒童雜誌。1919年1月創刊於台北,1919年11月停刊,總計發行11號。由台灣兒童世界社創辦,吉川精馬擔任主編。游珮芸指出,《學友》以小、公學校四年級以上兒童為對象,創刊號卷首曾以「有鑑於現下《台灣兒童世界》專為幼童所編,因此特為小、公學校四年級以上學生新創《學友》雜誌」,表示雜誌的創刊宗旨。儘管吉川精馬兼重小、公學校兒童之閱讀需求,不過根據《學友》每號的有獎徵答和讀者投書專欄所見,投稿者約八成為台灣兒童,可知讀者仍以台灣兒童為主。該刊

1919年1月創刊於台北的《學友》雜誌。封面以穿著大襟衫的女童與穿著小學校制服的男童為設計,強調其讀者設定。（國立台灣圖書館提供,柳書琴解說）

內容分為課外延伸補習、讀物、有獎徵答、讀者投書等四個專欄，篇幅最大的是讀物專欄。讀物包括文學性文章、訓話、教育指南以及實用性知識。1917年11月發行的1卷11號卷首，釋出即將停刊的訊息，並說明困境來自紙張及印刷費的價格上漲。之後，《學友》標題改為《婦女與雜誌》，內容也改成以家庭議題為中心的婦女雜誌。據現存於國立台灣圖書館的收藏所見，主要投稿者有西岡英夫、吉川精馬、砥上種樹（公學校教師）、奧保鞏（陸軍大將）等人，作者群囊括台灣各級學校教師、大學教授、軍人、醫師等許多不同職業人士，台灣人作者只有柯設偕一人。《學友》雜誌作者職業背景相當多元，可作為理解殖民治理下兒童文學作者群像的重要憑藉。《學友》販賣網與讀者以台灣為主，但特別設置「東京通信」專欄為在台兒童介紹日本內地的文化、名勝，具有普及日本文化的功用。（吉田光）

《台灣青年》

中、日文並用的綜合雜誌。1920年7月16日於東京創刊，1922年4月1日改名《台灣》，發行18期，2卷3號曾出修正版。為台灣第一個海外政治運動團體、倡行台灣議會設置請願運動的「新民會」之機關刊物，由台灣青年雜誌社發行。廖振富指出，台灣青年雜誌社由蔡惠如提供1500圓給林呈祿、彭華英、蔡培火籌設，加上辜顯榮、林獻堂、林熊徵、顏雲年等人後續捐助因而創刊，蔡培火擔任編輯兼發行人。社告中明載「願做島民言論之先聲」，以各種進步主張確立自身作為台灣社會改革運動的發聲位置，並獲得日本開明人士支持。《台灣青年》發刊之初，和文、漢文（文言文為主）並陳，只准在日本本土發行，第1、2卷發行5號，第3卷發行6號，第4卷發行2號，其中1卷4號、2卷3號、3卷6號、4卷2號遭到查禁。刊物最初溫和鼓吹台灣青年奮起振興文化，後轉為宣揚地方自治、介紹世界殖民地情勢，而日益激進。遭查禁期數的內容，據楊

肇嘉表示，多有主張設置台灣議會或抨擊日本殖民政策的文章。根據葉榮鐘、吳文星、陳三郎、黃秀政的整理，以及1卷2號封底的「本誌編輯在京關係者氏名」，主要參與者有林呈祿、彭華英、蔡培火、蔡先於、郭國基、蔡式穀、羅萬俥、鄭松筠、蔡玉麟、張聘三、陳炘、呂靈石、王江漢、王敏川、黃呈聰、黃朝琴、林仲澍、黃周、王金海、吳三連、蔡珍曜、陳崑樹、劉明朝、蔡伯汾、林攀龍、林伯殳、蔡敦曜、周桃源、石煥長、謝春木、李瑞雲、徐慶祥、吳丁福、呂盤石、郭馬

《台灣青年》雜誌1920年7月於東京創刊，此為1921年8月出版的3卷2號。封面以漢字與台灣白話字拼音書寫並呈刊名。（蔣渭水文化基金會提供，柳書琴解說）

西、劉青雲、顏春芳、林猶龍、陳以文、涂火、林中輝、林濟川、林舜聰、陳光明、林朝槐、楊維命、張明道、李乘鰲等人。本誌透過留學生攜帶返台而流布，逐漸影響島內菁英，曾大量引介西方思想，刊載諸如權利觀念、自由平等思想、國際法律、世界情勢、社會主義思潮、自然科學與醫學等文章，另有呼籲啟蒙民智、要求台灣自治的論說，以及分析中國情勢、介紹中國文化的作品。反映當時留日學生與民族運動者的世界視野及他們試圖廣泛串連，進行台灣政治社會改革的努力。（徐淑賢）

《台灣文化協會會報》

機關會訊。1921年11月28日創刊於台北市，據相關資料所載，約

台灣文化協會《會報》秉承文化啟蒙宗旨，1922年4月《會報》第3號，改以《台灣之文化》單行本方式出版。（蔣渭水文化基金會提供，柳書琴解說）

於1923年間停刊，總計發行七期。第八號起改附於新創刊之《台灣民報》，性質亦轉為台灣文化協會會務公告。惟今僅存其中兩期，分別是1922年4月第三號《台灣文化叢書》，以及7月第四號《台灣之文化》。由台灣文化協會發行，發行所為位於太平町的台灣文化協會本部，主編兼發行人蔣渭水。秉承文協之文化啟蒙宗旨，以促進台灣文化之向上為編輯目標，故刊物內容圍繞著新文化思潮，舉凡當時之民主學說、社會改革、人種平等論述、反殖民運動、和平運動及各種醫學、科學、思想新

思潮等。會報各期之發行，因受總督府當局檢閱審查之故，過程極不順利，期間亦曾透過改變發行型態以避免查禁處分，譬如第三號、第四號即以單行本的型態發行，但檢閱機關仍頻繁引用相關法令，要求重新編輯，甚至直接針對第四號以查禁作為處分。本刊撰稿者多與台灣文化協會相關人士，包括葉清耀、陳逢源、林子瑾、甘得中、謝文達、許天送……等，亦曾轉載諸如在台日人田原天南在文協的演講〈戰後的德國〉（戰後の独逸）、陳獨秀〈文化運動與社會運動〉、汪精衛〈非宗教論〉等。會報的歷史意義，既在於明白揭櫫文化啟蒙、民主制度、文化抵抗、社會改革、婦女運動、教育改革之根本使命，亦引領新文學運動最初期的創作實踐和作品翻譯。諸如：刊出蔣渭水散文〈臨牀講義——關於名為台灣的患者〉（臨牀講義─台灣と云ふ患者に就て）、連溫卿〈心與懷錶〉（心と

懷中時計）、〈右傾乎？左傾乎？〉（右か？左か？）、鷗的短篇小說〈可怕的沉默〉、養葊〈哭為「婚姻制度」而死的C妹〉、雙明〈配偶〉等有關女性議題的現代詩，此外亦介紹英國維多利亞時代抒情詩人Robert Browning的詩作，翻譯俄國詩人愛羅先珂反殖民寓言小說〈窄籠〉（狹い籠）等先驅性作品。會報各期內容，不畏高壓統治，宣傳民主、自由、人權，推動社會平等，倡議「台灣是台灣人的台灣」，因而多方聯結了來自島外的世界性思潮，但亦因遭受禁刊而導致現多散佚，2011年由財團法人蔣渭水文化基金會復刻，發行第三號及四號，為貴重史料。（藍建春）

《台灣》

中、日文並用的綜合雜誌。1922年4月1日於東京創刊，1924年5月10日停刊。2卷3號曾發行兩種版本，總計發行19期。《台灣》前身為《台灣青年》，3卷1期〈卷頭辭〉聲明因「應對時勢的推移與島內的需要」而更名，仍由新民會發行，但編輯兼發行人由蔡培火改為林呈祿，蔡氏轉任新民會台灣支局主任。休刊後，蔡培火於1924年6月在台募足二萬五千圓資本，將原本依靠自由捐款經營的雜誌社改組為股份公司，成立台灣雜誌社株式會社，設於台北。《台灣》關注台灣與世界時事，倡議民族自治與本島文化啟蒙。刊載文章主要為論說文章、新聞與時評、文論、翻譯、遊記等，兼有新舊文學作品如小說、詩詞；內容涵蓋思想、政治、經濟論述、世界形勢、婦女問題、島內現況、科學新知等，特別呼應民族自決、台灣議會請願、漢文改革等議題。早期分為「和文之部」與「漢文之部」，1923年4月15日白話文刊物《台灣民報》創刊後，《台灣》於6月起轉型以日文刊行為主，9月因關東大地震休刊，1924年4月復刊後不久停刊。作者有劉明朝、王敏川、黃呈聰、林呈祿、黃朝琴、謝春木、林攀龍、羅萬俥、陳逢源、吳三連等台灣留日學生，亦囊括在台日人、台灣本島人、日本學者、中國學者。《台灣》因

應世界情勢，傳播新思想、新知識，推進啟蒙運動，倡導新文學，構築了台灣新文化運動的基礎，亦促進《台灣民報》的誕生。在現代文學方面，刊有追風〈她要往何處去？——給苦惱的年輕姊妹〉（彼女は何処へ？—悩める若き姉妹へ）、無知〈神秘的自制島〉、柳裳君〈犬羊禍〉、SB生〈未能寄出的信〉（出さなかった手紙）；散文有林攀龍〈當我看見彩虹，我心躍動〉（虹を見れば我が心躍る）、〈在生命的初夏裡〉（生命の初夏に）；翻譯小說有林資梧〈影與閃〉（影と閃）；新文學理論有：林攀龍〈近代文學的主潮〉（近代文学の主潮）、蔡培火〈新台灣的建設與羅馬字〉（新台湾の建設と羅馬字）、黃呈聰〈論普及白話文的新使命〉、黃朝琴〈漢文改革論〉、〈續漢文改革論〉。依照林瑞明的觀察，這些文論啟蒙、教養了台灣民眾的新價值，激發民族運動與社會運動，亦成為1920、1930年代台灣文學發展的核心思想。該刊對於一戰後日本與世界政治思想的引介，如譯載《改造》6月號的佐野學〈弱小民族解放論——社會主義和民族運動〉，對於島內知識菁英的思想也有不小影響。（胡明）

《台灣民報》

中文綜合半月刊、旬刊、週刊。1923年4月15日創刊，1930年3月改組為《台灣新民報》。《台灣民報》的前身為《台灣青年》、《台灣》。1920年初日本東京的台灣留學生成立「新民會」，同年7月創刊機關誌《台灣青年》（月刊），以喚起民眾意識、改善社會風氣、反對殖民政權為主訴求，並鼓吹台灣新文化運動。1922年4月因有感於台灣文化的推移不分幼少青壯老，改組為《台灣》（月刊）。爾後，1923年4月15日《台灣民報》於日本東京創立，初為半月刊，後改為旬刊，再改為週刊；1927年（昭和2年）8月1日，《台灣民報》遷回台灣，仍以週刊形式發行。以白話文為主的《台灣民報》，成為台灣新文學運動的重要基地，張我軍留學中國北京時即

《台灣民報》以人力車配送，此為1925年1月6日蔣渭水、王敏川、張我軍（後排左一、六、七）與車夫林寶財（前排左一）在總批發處大安醫院前的合影，騎樓牆上貼有文化協會活動的布告。（蔣渭水文化基金會提供，柳書琴解說）

有文章發表，1924年10月擔任《台灣民報》編輯，大力抨擊舊文人，揭開「新舊文學論戰」序幕。而不少重要的新文學篇章，如賴和〈鬥鬧熱〉、〈一桿「稱仔」〉、楊雲萍〈光臨〉（小說），張我軍、楊雲萍的詩作，蔣渭水《入獄日記》（散文）等，也發表於此。而賴和則自1926年下半年起應聘主持「學藝欄」，扶持新文學發展、提攜青年作家。除文學外，《台灣民報》也是啟發民智、引介思潮、批評時政、支援社會運動的重要園地，舉凡台灣議會設置請願運動、農民運動、勞工運動、婦女運動等，皆有所報導、支持；1927年台灣文化協會的左右分裂和辯論，在《台灣民報》上也留有歷史軌跡。自1930年3月29日第306期起，增資改組為《台灣新民報》，並於1932年4月15日發行日報《台灣新民報》。1934年1月獲准發行晚報。自《台灣青年》以至《台灣新民報》，這在精神上一脈相承的系列報刊被稱為日治時期本島人的「喉舌」報，在台北總批發處門口有「台灣人唯一言論機關」的匾額。1937年6月，《台灣新民報》被迫廢止漢文欄。而隨著中日戰事激烈，1941年2

月則被迫改名為《興南新聞》，至此其為台灣民眾喉舌的色彩已淡。及至1944年3月，台灣總督府將包括《興南新聞》在內的台灣所有報紙合併為《台灣新報》，《台灣民報》系統報刊步入終結，前後大致發行25個年頭。現有黃智偉主編《台灣民報》22冊（台北：播種者，2011）。電子資源有得泓資訊有限公司「中國近代報刊資料庫（台灣民報、台灣日日新報）」等。（許俊雅）

《櫻草》、《文藝櫻草》（桜草、文芸桜草）

日文文藝雜誌。1924年5月台北櫻草社創刊的雙月刊、孔版印刷的文藝雜誌。發行人清家治雄，編輯西川滿，印刷者宮田矢太郎，

西川滿編輯的《文芸桜草》1925年1月發行第一輯，封面為帶有精靈氣質的一位少女舞者。國立台灣圖書館典藏本，為1924年12月19日送繳保安課進行出版檢閱的納本。（國立台灣圖書館提供，柳書琴解說）

1926年9月5日的3卷2號（通卷14號）為終刊號。曾登載西條まさを（西川滿）的詩和小說〈在地面喘氣者的煩惱〉（地に喘ぐ者の悩み）、〈海之映月〉（海に洩る月）。其他重要執筆者尚有日高紅椿（捷一）、保坂瀧雄（瀧坂陽之助）、星歌津美（德田昌子）、いで　いさお（井出勳，後改名平山勳）、宮田矢太郎（華南・宮田弥太郎）、鹽月桃甫等，多為與西川滿交好的文友。終刊前總計刊載小說十篇、劇本一篇、長篇小說兩篇，其中亦有張深切的創作〈總滅〉（総滅，第10號）、〈兩名殺人犯〉（二人の殺人

犯，終刊號），值得注意。該刊另於1925年1月發行了以詩和翻譯為主的姊妹誌、孔版印刷的《文藝櫻草》，成員和《櫻草》接近。雖然兩份雜誌都是孔版，但都使用西川滿喜愛的耽美色調裝飾，為台灣當時罕見的裝幀。（中島利郎）

《文藝》（文芸）

日文文藝雜誌。1924年6月創刊於台北市堀江町180番地，赤陽社發行，24開本，含封面共16頁。榮峯（王詩琅）推測僅此一期。編輯兼發行者為林進發（1903-？），台北市下奎府町人，曾任《台灣日日新報》與《南日本新報》記者、民眾公論社主編、實業時代社台灣支社長，編有《台灣人物評》（赤陽社，1929）、《台灣官紳年鑑》（民眾公論社，1932）等。根據榮峯〈台灣最初的文藝雜誌〉（《台北文物》3卷3期，1954年12月）一文，《文藝》應是目前所知日治時期台北最早由台灣人發行的全日文文藝雜誌。封面印有主編者林進發的相片，兩旁題有「勿驚乎宇宙廣袤，悲兮人類渺小」（宇宙の広さを驚嘆すること勿れ、人間の小ささを悲しめよ），主要內容有：創刊辭、編輯餘記、詩、創作、小品、童謠、短歌等，帶有青年學生習作性質。寫作者包括林進發、高氏月英、碧霞生、林高深、艋舺慈惠夜學義塾李氏雪英、陳妹、林鐘等，並轉載高山樗牛（1871-1902）、佐藤春夫（1892-1964）、三木露風（1889-1964）、生田春月（1892-1930）等人詩作。（張郁璟）

《人人》

中文文藝雜誌。1925年3月創刊於台北，同年12月停刊，發行2號。由器人（江夢筆）、楊雲萍合辦，主編為楊雲萍。1924年張我軍於《台灣民報》發表一系列介紹中國新文學運動與抨擊傳統文人之文章，引起新舊文學論戰。江、楊二人受此影響，基於學習中國

新文學的目的及對當時台灣文藝界的不滿而發行此刊。器人在創刊
宗旨中指出，文藝的價值在於藉由語言文字的傳遞，使人與人能相
互理解，刊名題為《人人》，是將刊物定位為人人共有的雜誌，以
彰顯「實用文藝」為己任，強調文藝的社會功能，並希望將文藝普
及大眾。該誌頁數不多，創刊號12頁，第2號僅8頁，但文類豐
富，包含以白話文創作的小說、評論、隨筆、散文、新詩，以及少
數古典詩文。它是台灣第一本白話文文藝刊物，由楊雲萍、江夢筆
兩人執筆的創刊號，封面印有「器人楊雲萍個人雜誌」字樣，帶有
嘗試色彩，刊出作品包括新詩、散文與論說。第二號出刊時因江夢
筆前往上海，另邀多人執筆，收錄許多新詩作品，張我軍代表作
〈亂都之戀〉亦刊於此。作者群中長期往來中、台的張我軍、翁澤
生（澤生），帶入他們旅居中國期間的白話文創作；鄭作衡（縱
橫）、蕭東岳（鶴壽）、江肖梅（肖梅）、鄭嶺秋、黃瀛豹（啟文）
等則在1925年於新竹成立「白話詩研究會」，他們刊登於《人人》
的作品，可視為地方文人嘗試中國白話文寫作的最初實踐。現有婁
子匡主編，池田敏雄、莊楊林編《新文學雜誌叢刊2：人人》（台
北：東方文化書局，1981）。（徐淑賢）

《翔風》（翔風）

日文學生刊物。出版頻率不定，大抵為一年一號，但也有一年內發
行二至三號，或間隔兩年發行一號的狀況。1926年3月創刊於台北
高等學校，共發行26號，1945年7月15日終刊。由台北高校師生
組成之編輯委員會委員擔任編輯與發行人，有志文藝創作的學生為
中心。作品類型囊括小說、詩、俳句等，亦刊載校內社團活動資訊
與教師所執筆的研究論文。發行單位自創刊至第7號為台北高等學
校學友會，第8號（1929年10月）至21號為文藝部，第22號
（1941年7月）至最終號改為台北高校報國校友會。該刊作為戰前
台灣高等教育機關之校內師生自製刊物，以傳達校內活動資訊、刊

載師生創作為主要功能。1926年3月之創刊號未見發行，1927年1月出版第2號、3月第3號、11月第4號，1928年2月第5號。參與者包含鹿野忠雄、濱田隼雄、中村地平、井出勳、黃得時、辜振甫、王育霖、王育德、邱炳南（邱永漢）等人。台北高校學生包括在台日本人、內地人與台灣人，畢業後多進入日本一流大學就讀，成為日本或台灣社會領導階層的他們，在青澀中學時代將其所知所感及文學習作刊載於《翔風》。由於該校文學科目教師多與日本文學界有聯繫，故而刊載教師指導成果的本誌，具有觀察殖民地高等學校文藝教育與創作實踐的價值。此外，《翔風》作為台灣高校界唯一的學友會誌，與日本的同性質刊物一樣，也透過定期交換刊物方式與日本全國高等學校密切聯繫。當時來台的內地人學生在作品中反映的原鄉感情、旅行經驗、文化差異、生活觀察等，亦是跨文化交涉的重要資料。現有河原功編《翔風》（台北：南天書局，2012）。（張文薰）

《翔風》第16號封面和內頁。1936年12月出刊，封面由鹽月桃甫設計。喜久元八郎編輯、發行。該期收錄的台人作品有辜振甫〈愉園〉、張有忠〈ヘルマン・ヘッセと仏教〉兩篇，餘為日人作品。國立台灣圖書館典藏本，為1937年1月台北高等學校文藝部寄贈。（國立台灣圖書館提供，柳書琴解說）

《足跡》（足跡）

日文學生刊物。1927年2月創刊於台灣總督府台北高等學校。是由台北高校文科學生為主所發行的綜合文藝雜誌，主編為當時的學生濱田隼雄，發行三期後停刊。《足跡》發刊之前，同為學生刊物的《翔風》已發行一年，但濱田認為《翔風》予人嚴肅感，因此另組「足跡同人社」，創刊《足跡》。刊物內容以純文學作品為主，由鹽月桃甫裝幀，採傳閱方式的「回覽雜誌」型態，並獲得新高堂與文明堂等書店的贊助。刊物的執筆者多屬學生，包括濱田隼雄、土方正己、中村地平、鹽月糾等人。其中，濱田後來成為活躍於台灣日治後期文壇的重要作家，而中村返日後亦作為「南方文學」的旗手受到矚目。《足跡》雖僅發行三期，但相當程度地推進了學生對文藝風氣與校園刊物的參與。（林巾力）

《少年台灣》

中文同人月刊。1927年3月15日發行，休刊時間不詳，總卷期不詳，現存創刊號。其前身，為北京台灣青年會《會報》。1920年代中期以後，台灣青年前往大陸求學深造者增加。1927年1月，20餘位台籍學生在北京法政大學聚會，決定重組1922年成立的台灣青年會。會議推舉張我軍擔任主席，並由張我軍、洪炎秋、宋文瑞（宋斐如）、蘇薌雨（蘇維霖）、吳敦禮等五人組成編輯委員會，繼續出版《會報》。爾後，台灣青年會受東京台灣留學生創辦《台灣青年》（1920年7月）的啟發，決定自籌資金改出《少年台灣》雜誌，張我軍任主編，為北京台灣學生的同人雜誌。1927年3月15日創刊號面世，以寄贈方式發行。第二期（1927年4月15日）出版時，北洋政府扣押了大部分刊物，雜誌遂停止出版。《台灣民報》曾對此加以報導：「唯第二號四月中旬出版後，因北方軍閥，蠻橫無所不至，竟以不在京師警察廳備案為理由，將該雜誌之大部分押收，故

第二號流入台灣者，數日已是聊聊無幾了。」（〈少年台灣暫時停刊〉，1927 年 5 月 29 日）後來，彰化人施至善（台灣文化協會創始人，1930 年後加入中國工農紅軍）赴北平遊覽，提供資助，該刊又出版了數期（期數不詳），由宋文瑞主編。創刊號為 32 開本，載文 10 篇。《發刊辭》稱，雜誌的任務是「把祖國時時所發生的情狀，介紹給島內同胞，使大家得點眼光，不致與祖國起隔膜」，同時「又要把島內時時所發生的事變，介紹給祖國的人士，使他們得些了解，不致對台灣發生誤會」。雜誌的使命是「欲使社會合理化，欲冀同胞得到自由、幸福，第一非先叫醒同胞，使其思想上行一大改革」，因為「一切有礙社會人類進化的因襲道德習慣若不芟除，強權是擊不倒的」（〈《少年台灣》的使命〉）。雜誌旨在啟發民智，促進台灣與祖國的溝通，最終推翻殖民統治，體現出了在中國北京的台灣知識青年對家鄉本土的摯愛，以及對祖國大陸的關心。（張泉）

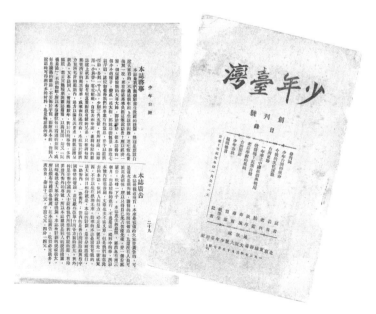

《少年台灣》創刊號封面及內頁，1927 年 5 月發行。執筆者均為台灣至北京求學的留學生，立志作為中、台消息傳遞之橋梁，多以筆名發表，老冉為洪炎秋，奔流為宋斐如，記者、莪軍、憶郎、鐵筆生為張我軍，貽霖為蘇維霖。（私人蒐藏，柳書琴解說）

《台灣大眾時報》

中文政論雜誌。1928年3月24日創刊，1928年7月9日停刊，共10期。週刊型態，兼有雜誌與報紙的風格。台灣大眾時報社發行，發行人王敏川，社長林碧梧，發行地點為東京。重要撰稿者則包括蔡孝乾、黃石輝、蘇新、楊貴（楊逵）、賴和、簡吉、連溫卿、翁澤生等人。1927年台灣文化協會分裂後，左傾的新文協之機關誌，主要在宣傳社會主義。由於左右派分裂，右派領導者蔣渭水、蔡培火離開，另組台灣民眾黨，也把台灣文化協會的宣傳刊物《台灣民報》帶走，而成為台灣民眾黨的宣傳刊物。領導左翼知識分子的連溫卿，是這場政治分裂的關鍵人物。為了填補宣傳機器的空缺，他們在東京另外發行《台灣大眾時報》。記者包括蔡孝乾、李曉芳、莊泗川。特約記者是駐上海的翁水藻（亦即翁澤生）、駐東京的蘇新，以及在台灣的楊逵與賴和，營業部主任是連溫卿。這份名單顯示左翼知識分子罕見的結盟。基本上，這是上海大學派所主導的刊物，蘇新則是屬於留日的左翼領導者，而連溫卿與日共領導者山川均有密切聯繫。楊逵是台灣農民運動的積極參與者，他與連溫卿的關係最為接近。賴和是當時新文學運動的領袖人物，他一直希望左右兩派不要分裂。因此對這份刊物的支持，顯然有聯合陣線的意味。這份刊物的編輯與印刷都設在東京，印刷完成後才秘密輸入島內。該刊發刊期僅僅兩個月。台灣共產黨在1928年4月15日成立時，就發表兩篇社論暗示這個政黨的成立。一篇是〈進出政治鬥爭〉，另一篇是〈當前的情勢和新政黨組織的必要〉，這說明了左翼思潮又向上提升了一層。但是這份刊物一直把台灣民眾黨視為假想敵，在發行上自然而然受到限制。1920年代末期的台灣社會主義運動狀況，都可以在這份刊物發現蛛絲馬跡，可以說是殖民地時期非常重要的左派據點。現有台灣大眾時報社《台灣大眾時報》復刻本（台北：南天書局，1995）。（陳芳明）

《台灣出版警察報》（台湾出版警察報）

日文機關刊物。1929年8月發行第一號，終卷號不詳。現存第6號（1930年1月）到第35號（1932年6月），收藏於台灣大學圖書館。總督府警務局保安課圖書掛編，台灣總督府警務局刊行，為官方記錄檢閱查禁狀況的機密性文書，和紙謄寫印刷。根據河原功的研究，該報類似日本內務省警保局《出版警察報》，體裁由「出版警察概況」、「禁止要項」、「資料」三項構成。「出版警察概況」由多種統計表組成，包括「出版物（定期）納本月表」、「出版物（單本）納本月表」、「出版物檢閱數及行政處分件數」、「新聞紙檢閱數及行政處分件數」、「發賣頒布禁止出版物一覽表」、「發賣頒布禁止新聞紙一覽表」、「出版物相關的訓誡、注意、警告」、「報紙相關的訓誡、注意、警告」、「主要出版物納本一覽表」等。檢閱類型廣泛，包括雜誌、書籍、小冊子、電影片、唱片、明信片、照片、曆、護符等；範圍擴及島內出版品和島外書物，無論中、英文出版物，即使是日本本土通行無阻者亦同。法源依據為《台灣新聞紙令》（1917年12月律令制定，前身為1900年制定的《台灣新聞紙條例》）、《台灣出版規則》（1900年2月，府令制定）。在現存卷期中可以見到《伍人報》、《赤道》、《洪水》、《台灣文學》（台灣文藝作家協會）等台灣左翼雜誌遭查禁，《明日》第4、5號則被認為有宣傳無政府主義思想構成妨害安寧秩序之事實而被禁。日本左翼雜誌《戰旗》、《法律戰線》、《文藝戰線》、《黑旗》等禁止輸入；矢內原忠雄《帝國主義下的台灣》（帝国主義下の台湾）新書廣告盛大刊登於《台灣日日新報》（1929年12月14日），次月卻禁止其在台灣發賣流布。登載霧社事件消息的《大阪朝日新聞》、《中央公論》、《文藝春秋》、《改造》等，也被以「阻害內台融合」、「對台灣統治及施政方針之惡宣傳」為由禁止輸入。當時從中國輸入的報紙《中央日報》、《申報》、《大公報》等百餘種，其中有關國民黨、共產黨、中日衝突等記事之檢閱也日益加強。戰前台灣檢閱制度之嚴峻程度，比日本本土猶有過之。查禁、削除、文化隔離等措

施及其引發的迂迴搏鬥或自我設限，都成為台灣文學發展的壓力和干擾。現有台灣總督府警務局保安課圖書掛編《台湾出版警察報》（東京：不二出版，2001）。（柳書琴）

《南溟樂園》、《南溟藝園》（南溟楽園、南溟芸園）

日文現代詩雜誌。1929年8月南溟樂園詩社創立於台北，10月發行機關誌《南溟樂園》，1930年2月5日詩社改名為南溟藝園，刊物也隨之改名。《南溟藝園》發行到1933年1月4卷1月號，因編者返回日本而停刊，總計發行27冊。由大阪朝日新聞社台灣支局負責人多田利郎（多田南溟詩人、源利郎、多田南溟漱人、多田十四郎）創辦發行。社規宣稱：以相互切磋詩藝，達成健全發展為目的。詩誌發行主要在提供會員彼此品評、相互提攜、練習自由創作的空間。初期以詩文為中心，1930年6月後擴大內容，設有新劇、箏曲、美術等部門。裏川大無曾評道：此詩誌起初是極為貧弱的繕寫印刷物，改活版更名為《南溟藝園》後一躍成為詩壇要角；當時實際活動的作品，多已亡佚不可考。參與此誌的台灣詩人有陳奇雲、郭水潭、王登山、徐清吉等人。此誌儘管只是在台日人文藝運動於1930年代雜誌林立期中湧現的一個小刊，但無疑提供了台灣青年自由發表的沃田，間接成為培育本土日文創作者的搖籃。譬如該社為陳奇雲出版《熱流》（熱流）詩集，催生了台灣文壇第一部日文詩集，而郭水潭等鹽分地帶詩人亦成為後來台灣文學重要戰將，故該社與該誌在台灣新文學運動上貢獻極大。此誌發行三年間促進台灣島內志同道合的日文詩人，不分台、日，群聚一堂，真正落實多田氏「活出自由、平等、博愛的純心」之詩魂與創辦理念。（陳瑜霞）

《無軌道時代》（無軌道時代）

以詩歌為主的日文雜誌。1929年9月25日創刊，編輯兼發行人是藤

原泉三郎。參與的同人多是保坂瀧雄、上清哉等日本人，其中唯一的台灣人為徐淵琛。第三號（1929年11月15日）刊載了藤原的小說〈陳忠少年的故事〉（陳忠少年の話），第四號（同年12月15日）開始組織「Charles-Louis Philippe」（シャルル・ルイ・フィリップ）特輯，但不久後停刊，可以確定至少發行到第四號。第四號開始，石田道雄亦加入為同人。1931年2月上清哉主編《圓桌子》作為《無軌道時代》的後繼雜誌，共同創刊者尚有藤野菊治、藤原泉三郎、新原保夫等人。（中島利郎）

《無軌道時代》創刊號。國立台灣圖書館藏有1929年9月創刊號，至1929年12月シャルル・フィリップ號，共4期，該刊收有新詩、俳句與短歌作品。此創刊號典藏本，為1929年9月24日送繳警務局保安課圖書掛進行出版檢閱的納本，封面上留有檢閱者工藤氏印鑑。（國立台灣圖書館提供，柳書琴解說）

《伍人報》

中文文藝雜誌。以台灣共產黨核心分子王萬德、王進益、周合源、黃白成枝、張朝基五人為中心，加上江森鈺、蔡德音等人，1930年6月21日在台北創刊的無產階級文藝雜誌。由五個人創刊，故以《伍人報》為名，此外「伍人」在台灣俗諺裡也有「冷嘲辯論」之意。創刊號發行3000部但遭禁，往後發行也屢遭禁止。第15號開始改名為《工農先鋒》，但同年12月便無法繼續經營。之後與同為共產黨員的楊克培組織的新台灣戰線社《新台灣戰線》合併，但同樣遭到禁止發行，旋即瓦解。黃白成枝中途退出，發行《洪水》，

上述成員之外的會員林斐芳也脫離另外發行《明日》。《伍人報》第9回到第11回（8月16日至9月1日）連載黃石輝的〈怎樣不提倡鄉土文學〉，是其後鄉土文學論爭的開端。（中島利郎）

《明日》

中日文並用的無政府主義雜誌。1930年8月7日，由明日雜誌社在台北創刊。該雜誌由從《伍人報》退出的林斐芳及宜蘭的黃天海共同創立，以「直視台灣的現實、開創台灣的明日」之涵義命名。雜誌於第六號廢刊，但其中有三號遭禁止發行（另一說為總計四號，第三號遭禁止發行）。編輯兼發行人為林斐芳，文藝方面的執筆有楊守愚、張維賢（乞食）、王詩琅、廖毓文等人。（中島利郎）

《洪水》

中文綜合雜誌。1930年8月21日由黃白成枝、謝春木創刊於台北建成町。本為每月發刊三回，但發行兩個月即遭日本殖民當局屢次禁止，約自第6號後決定改刊單行本。由於現存可見僅得1、3號，無法確認單行本發行狀況與休刊時間。《洪水》之刊名或受中國《洪水》雜誌啟發，且該時台島於8月間確實遭受風雨襲擊、出現未曾有的大洪水，故發刊辭中「為慰藉洪水當中的無聊」乃雙關語，實指「我們的身邊的資本主義的狂風，倒壞我們的家屋，資本主義的暴雨，流失我們的田園……」，清楚表現了刊物旨趣乃在於反抗資本主義，為無產階級的兄弟發聲。1930年代世界左翼風潮蓬勃發展，《洪水》為台灣出現短暫但重要的刊物。根據許俊雅研究，在目前僅見的兩期中，可看到不少中國文學作品的轉載、模仿、改寫及襲用。（許俊雅）

《三六九小報》

中文通俗文藝小報。1930年9月創刊於台南，1935年8月停刊，發行476號。由當地傳統詩社南社與春鶯吟社社員創辦，發行人趙雅福。稱「三六九」乃因該報每月逢3、6、9日出刊，一個月共出刊九次；稱「小報」則因當時台灣諸大報社林立，議論堂皇，此報特以「小」標榜，致力託意於詼諧語中，寄諷刺於荒唐言外。不以宏大敘述為主，也不以憂顏愁容面對台灣困境。因此，遊戲取向濃，但在嬉笑怒罵中，往往寄託作者的微言大義，是日治時期傳統舊文人重要的發言園地。該報內容豐富，包括：史遺、論壇、長篇小說、短篇小說、隨筆、徵詩、徵文、詩社課題、亂彈、山歌，以及選刊古今佳作的「古香雜拾」、品評當時名妓的「花叢小記」等欄目。1932年12月6日，該報陸續釋放即將停刊的訊息，並揭示了其困境在於：第一、傳統漢儒支持不力，致使訂閱人口有限；第二、是經濟因素，物價上漲，紙張、印刷種種雜費變高，加上積欠報費的讀者為數不少；第三、刊物編輯取向，深淺雅俗間雜，難以定調，無法掌握穩定的讀者群。1933年8月13日發行第315號後，宣布暫時停刊。1934年2月23日應讀者要求，調整經營方法後，在艱困中再度發刊。編輯、撰稿者主要為趙鍾麒、趙雅福父子、連橫、鄭坤五、蕭永東、羅秀惠、王開運、洪鐵濤、許丙丁等台灣南部文人。發刊之初，由多次來台旅行的中國暨陽文人王亞南撰寫發刊辭及祝詩，此外還有江西劉復、澄江祝廷華的賀詩；其後王亞南曾在該刊發表〈五十自壽〉並徵求台灣文友和詩。小報有不少取自中國的題材，或為章回小說的續衍，或仿通俗小說的類型、風格，或以中國人、事、時、地為書寫對象，可見該刊與中國文人及讀書界之間的互動。在西洋文化的輸入方面則有翻譯小說，如台南陳村民譯法國 Mr. Mayrassant〈被棄的兒子〉連載10回；又有「東鱗西爪」、「雜俎」等專欄，引介歐美新知，為讀者開啟世界性的視窗。與日本的淵源則較淺，只有少數日本訂戶，雖有台日詩人酬答之作，也僅刊載台人漢詩的部分（如楊笑儂與久保天隨的唱和）。總體說

來，《三六九小報》是台灣第一份仿效中國小報形式的報紙，也是台灣發行期最長的小報。在新文化衝擊及日本殖民當局管制下，不僅具有在地特色，同時與島外文化有所交涉，是了解1930年代台灣舊文人寫作取向與生活實況的重要憑藉。（施懿琳）

《現代生活》

中文綜合雜誌。1930年10月創刊，現代生活社發行，社址位於彰化街東門，預定為半月刊，但僅發行一期，停刊原因不明。創辦人暨同人以許嘉種、許乃昌父子、賴和、黃呈聰為首，包括彰化地區台灣文化協會成員和進步人士林篤勳、楊宗誠、許廷燎、周天啟等。創刊宗旨為：「圖謀合理知識之普及、提供台灣缺乏的趣味娛樂與促進娛樂機關的發展、促進日常生活向上與改革社會為完美」。內容包括科學、法律、經濟、醫事衛生、宗教、國際智識、小說、詩歌、趣談各類，以民眾啟蒙為主，文學作品數量不多，價格低廉，每份10錢。發行前的9月6日，《台灣新民報》曾協助宣傳，認為該刊「注重實生活問題」，能受「社會各階級的歡迎是無疑的吧！」陳建忠推測，該文為賴和所作。創刊號上的創作有佐藤春夫取材於陳三五娘的小說〈星〉（中譯版），賴和小說〈棋盤邊〉和短文〈開頭我們要明瞭地聲明著〉等。在〈開頭我們要明瞭地聲明著〉中，賴和提出「（以新文學為工具）倡導平民文學，普及民眾文化」、「舊文學自有她不可沒的價值，不因為提唱新文學被就淘汰」，「有思想的俚謠、有意態的四季春、有情思的採茶歌，其文學價值不在典雅深雋的詩歌之下」等主張。綜上可見，該誌「新／舊／民間文學」三者並重的路線，以及賴和的指導性角色。在回響方面，新文協機關誌《新台灣大眾時報》在創刊號上譏諷該誌為眾右翼反動刊物之一：「一方面為著對抗左翼的，群小文藝雜誌簇出，台灣民眾黨系的謝春木陳其昌，黃白成枝等的《洪水》，無政府主義者之流的《明日》，封建的老骨董的《三六九報》，宗教家黃呈聰

（民眾黨系）等的《現代生活》，等雖有不同的地方，但其主要的役務，都是和反動的《台灣新民報》共同一致的，攻擊左翼戰線。」（〈台灣・群小文藝雜誌的簇出〉，1930年12月11日）不過，從充滿寓意的〈棋盤邊〉全文遭檢閱削除推測，該誌改革社會的意圖似乎已受當局注意。河原功亦認為該刊儘管標榜無黨無派，不宣傳任何主義，但成員中包含了許乃昌、賴和、周天啟等具左翼思想的知識分子，應視為具社會主義色彩的刊物。原刊珍藏於台灣大學圖書館楊雲萍文庫。（柳書琴）

《赤道》（赤道）

中、日文並用的綜合雜誌。1930年10月30日林秋梧、盧丙丁、趙啟明、林占鰲、林宣鰲、莊松林等人，於台南赤道社創刊，左翼傾向的旬刊雜誌。第二號預定在11月15日發行，在裝訂作業時被查禁，無法販售。第五號再度遭到禁刊，因而於第六號停刊。翌年秋天，林秋梧改組赤道社，將雜誌更名為《廢兵》，預定發行期間因林秋梧過世致計畫失敗。創刊號刊載峰君（莊松林筆名）〈女同志〉、坎人〈馬克斯進文廟〉，第二號有嚴純昆（莊松林筆名）〈到酒樓去〉和社論〈我們要怎樣去參加無產文藝運動〉，第四號（12年19日）則刊載了王其南〈窮迫〉等。除上述之外，創刊號與第二號

《赤道》創刊號，封面以紅星照耀的地球上無產階級相互提攜為意象，刊載內容除階級問題亦關注性別議題。（中央研究院台灣史研究所檔案館提供，柳書琴解說）

也刊有若干日文記事與作品。（中島利郎）

《新台灣大眾時報》

中文政論雜誌。1930年12月創刊，至1931年7月停刊，共五期。編輯兼發行人賴通堯。不定期刊，兼有雜誌與報紙的風格，發行地點為東京。《台灣大眾時報》是舊文協分裂、新文協誕生後的重要刊物，《新台灣大眾時報》則是新文協再度分裂後的機關誌，為台灣共產黨的宣傳刊物。這份刊物重新發行，似乎是為了因應1929年世界經濟大恐慌爆發後的局面。在發行之後，更是積極對台灣民眾黨進行抨擊。從創刊號署名「血花」所寫的中文長篇論說〈打倒民眾黨及自治聯盟！〉，可以發現這是採取激進策略的宣傳刊物。該文特別抨擊民眾黨的立黨宗旨，指控其政治主張充滿了欺罔性格，認為民眾黨揭櫫的全民政治，其實是一種布爾喬亞式的民主主義，一方面結合日本資產階級的政黨，另方面又肯定帝國主義走狗的中國蔣介石。從雜誌所發表的文章，可以推知台灣內部反殖民的陣營已經到了極端分裂的狀態。1931年2月，台灣民眾黨遭到日警解散時，這份雜誌更是進一步落井下石，完全沒有任何聲援。不僅如此，2卷2號（1931年5月）又發表一篇〈文協解消問題〉，便是強調文化協會應該解散，因為它的存在阻礙台共的成長與發展。這份刊物在1931年7月出版後便宣告停刊，因為台共成員已經開始遭到日警的大逮捕。從全部五期的文章內容來看，就可發現台灣左翼運動內部的恩怨分合，也可發現國際共產主義運動對台灣社會政治運動所造成的衝擊。現有新台灣大眾時報社《新台灣大眾時報》（台北：南天書局，1995）。（陳芳明）

《台灣文學》（台湾文学，台灣文藝作家協會）

日文文藝雜誌。1931年6月台灣文藝作家協會於台北成立，同年9

月刊行機關誌《台灣文學》，中日文並用，但創刊號隨即遭查禁，後來陸續刊行的1卷2號、3號、2卷1號、2卷2號再度被禁，2卷3號為目前所能確認的最後一期。該誌由別所孝二擔任編輯兼發行人發行三期，他脫離該會後，由青木一良接任。協會在普羅文化運動興盛與NAPF機關誌《戰旗》的影響下成立，以「探求並確立新文藝」、「台灣文學大眾化」及建設普羅文化為目的。刊登文類包括小說、詩、評論文等，有多篇左翼色彩濃厚的文章，另設有漢文欄。在賴明弘〈談我們的文學之誕生：一項提議〉（俺達の文学の誕生について──一つの提議）、林原晉作〈把《台灣文學》帶進大眾之中：給編輯部的一句話〉（台湾文学を大衆の中へ！─編集部へ一言する）等文章中，皆可窺見當時台灣左翼知識分子的文化思維。而被查禁的創刊號裡刊有村山俊一的詩作〈誰說他們自己滅亡？：歌頌某個××〉（誰が彼等自から滅びたというか─ある××をうたへる），乃影射批評台灣總督府對霧社事件的血腥鎮壓，由此亦可見該誌對殖民統治的批判立場。創立會員有別所孝二、平山勳、藤原泉三郎、上清哉、王詩琅、張維賢等人，但王、張並未實際參與協會運作，亦未發表任何作品。協會雖被視為日治時期第一個台日作家合作創立的文藝團體，並有十位台灣人列名其中，但實際上由日人作家握有主導權。雜誌的另一特色乃譯介國外左翼作品。另外，雖然實際上台日作家的互動有限，但仍可看出參與者試圖努力共同發展台灣特有文學、文化活動，如2卷3號所刊登的秋本真一郎〈台灣文學運動的霸權、目標、組織：以大眾化為中心，為了確立文學的黨派性〉（台湾文学運動の霸権・目標・組織─大衆化を中心として文学の党派性確立のために），即倡議「確保台灣話文化運動的自由」，在促進文化溝通及理解上有獨到見解。現有婁子匡主編，池田敏雄、莊楊林編《新文學雜誌叢刊9、10：台灣文學》（台北：東方文化書局，1981）。電子資源有國立台灣圖書館「日治時期期刊影像系統」等資料庫。（鳳氣至純平）

《曉鐘》

中文文藝雜誌。1931年12月18日於北港虎尾郡創刊，1932年停刊。曉鐘社發行，共三期。目前僅見創刊號，收藏於國立台灣圖書館。創辦人蔡秋桐，編輯兼發行人吳仁義。創刊辭提到曉鐘社基於台灣「封建的環境、迷信和蒙昧的狀態還占優勢」，「舊來的詩文已不能滿足大家的要求」，同人以「促進新文藝的發展和其大眾化，同時普及近代文明給與我們的種種新智識，以求台灣文化的發展」為使命而創刊。創刊祝賀詩文，呈現「響破雲幕，放出陽光／驅逐走那夜的黑暗」（甫三）、「曉鐘的出現著實是黑暗中的一道光芒，推散了那昏黑的瘴氣，照耀了無限的前途」（蘇子泉）、「鐘聲響亮傳及無窮／震駭了朦朧的睡鄉／警醒惛眠者於迷蒙／鼓起勇氣前進活動」（迎旭）等破黑暗、見光明、震昏聵的意象。在左翼運動與刊物被肅清的1930年前後，這一批台灣作家意圖打破悶壓，推動新知，啟蒙大眾。創刊號內容包括：新詩〈曉鐘〉、〈前進吧〉；評論〈歌仔戲之現在及其將來〉；科普文章〈性的教育〉、〈赤蟻亞馬藏〉、〈科學的方法〉；通俗醫學文章〈小兒的發疹〉、〈鼠咬症〉、〈腦充血〉；西方知識引介文章〈古今名言〉、〈發明王陶馬斯越治遜翁逝世〉、〈人名小字典（外國人之部）〉；休閒文章〈自動車國民〉、〈世界一的旅館〉、〈為什麼不早來〉；歌詞〈曉

《曉鐘》創刊號，封面以日出的曉鐘表達將近代文明引進給台灣大眾之目的。（國立台灣圖書館提供，柳書琴解說）

鐘〉；小說〈痴〉；劇本〈誰之過？〉。「編輯後記」載明歡迎論說、隨筆、科學、小說、劇本、詩、童謠、童話、奇聞、笑談等各類投稿。該誌發行期雖短，但重視啟蒙、介紹科普與醫學知識，為北港、虎尾地區文學之先聲。從賴和的創刊祝賀詩可見，該社意圖紹繼台灣新文學傳統，並與相關作家有連結。同人包括吳仁義、蔡文忠、蔡秋桐、吳澄淵、吳久、張水牛等人，刊出作品可見當時中國白話文、台灣話文交雜的語言與文體實驗現象。〈人名小字典（外國人之部）〉介紹了俄國左翼作家高爾基、契訶夫、高斯脫林、愛爾蘭文藝復興運動中堅葉慈、法國浪漫主義作家夏妥勃利益（François-René de Chateaubriand）、德國左翼美術家柊羅斯（George Grosz）、浪漫派作家浮士德等，透露出該社對現代文藝與左翼文藝的關注視野。（徐淑賢）

《南音》

中文文藝雜誌。半月刊。1931年秋由莊遂性、葉榮鐘、郭秋生、黃春成發起，邀集賴和、張煥圭、張聘三、許文達、周定山、洪櫤（洪炎秋）、陳逢源、吳春霖等人籌組南音文藝雜誌社。1932年元旦發行創刊號於台北，同年5月以後移至中部發行，第9、10號合併發刊，第12號因被禁止發行，導致停刊（已佚），目前所見《南音》第11號的發行日為1932年9月27日。創刊號至第6號之編輯兼發行人為黃春成，後改為張星建。葉榮鐘在〈發刊辭〉指出，希望《南音》：「做個思想知識的交換機關，盡一點微力於文藝的啟蒙運動」；「貢獻於我台灣的思想，文藝的進展」為兩大使命。內容除隨筆，亦有小說、新詩。該誌也是1930年代台灣文藝論戰、理論與思潮引介的重要園地，比如鄉土文學、台灣話文論戰以此進行論理批評與創作實踐；而葉榮鐘多次在卷頭言中提出的文藝大眾化、第三文學論等，皆為1930年代初台灣文藝理論的重要篇章。《南音》雜誌以中央書局（台中）為總發賣所，其他經銷點遍及台灣南北，包

括文化書局（台北）、蘭記書局（嘉義）、彬彬書局（豐原）、崇文堂（台南）、振文書局（高雄）、黎明書店（屏東）等。發行日雖短卻影響深遠，被葉石濤評為「台灣文學史上最有份量的一本文藝雜誌」。陳芳明亦指出「這份刊物開啟了1930年代文學運動的序幕」。《南音》作者群集結了傳統文人與新文學作家，他們對於本土化的掙扎反映在台灣話文的討論上，同時也不忘努力引介中西文學思潮，體現了殖民地台灣的跨文化交涉歷程。現有婁子匡主編，池田敏雄、莊楊林編《新文學雜誌叢刊1：南音》（台北：東方文化書局，1981）。電子資源有國立台灣圖書館「日治時期期刊影像系統」等資料庫。（陳淑容）

《台灣少年界》（台湾少年界）

日文兒童雜誌。1932年3月6日創刊於台灣，停刊時期、總計發行數不詳。由台灣健兒社創辦，公學校台灣人教師楊天送擔任主編。創刊號卷首，曾以兒童讀物「雖有從內地進來的，不過這些讀物多半很難，又很貴（中略），因此我一直想無論如何必須給大家最適合的」，標明創刊動機。游珮芸指出，此刊「以普及本島人少年的國語（日語）為目的」。該刊內容可分為讀物、有獎徵答、模擬考試、讀者投書專欄四個部分，篇幅最多的是讀物專欄。透過刊物中有關日本傳統、國旗、節日等知識的記述，可知主編有傳遞日本文化給台灣兒童的想法。據現存於日本北海道函館市立圖書館的收藏所見，主要投稿者有楊天送、榎本真砂夫、林氏金鳳等人。與其他日治時期在台日本人發行的兒童雜誌相較，該刊作者以台灣人居多，約占六成，其中包括公學校教師。《台灣少年界》為日治時期唯一由台灣人發行的兒童雜誌，是了解帝國主義下台灣人對於兒童文學之態度的重要憑藉。主編楊天送積極將「內地」的日本歷史文化、風俗習慣介紹給台灣兒童讀者，其影響力也待更多研究和評估。（吉田光）

《愛書》（愛書）

日文文藝研究雜誌。1933年6月發行創刊號，1942年8月停刊，共發行15期。非定期發刊，1933、1935、1941、1942年皆只發行一期，1934、1937、1938、1940年發行二期，1936年發行三期為最多。《愛書》為台灣愛書會機關誌，第二期以後編輯與發行人皆為西川滿。台灣愛書會由台北帝國大學教授、總督府圖書館館長、台灣日日新報社社長等共同創辦，定期聚會討論古文書的收藏與閱讀心得。因此《愛書》內容多為文獻介紹及深入研究的成果，經常企劃特輯，如第五輯（1936年1月）為「圖書保存特輯」、第十輯（1938年4月）為「領台前台灣史料特輯」、第十二輯（1940年1月）為「享和三年漂流記」、第十四輯（1941年5月）為神田喜一郎與黃得時整理並執筆的「台灣之文學史料特輯」。文藝創作只見西川滿的隨筆。重要執筆者多為台北帝大教授，譬如神田喜一郎、安藤正次、瀧田貞治、島田謹二、矢野峰人、移川子之藏、福田良

《愛書》第七輯封面和內頁。1936年9月出刊，封面、卷首彩頁、書中插圖均由宮田彌太郎設計、繪製。內容收錄台北帝大教授植松安〈羽田文庫について〉、島田謹二〈上田柳村逸文抄〉、日本大學教授禿徹〈書物裝幀考〉、矢野峰人〈近英の文芸雜誌〉等10篇文章。（國立台灣圖書館提供，柳書琴解說）

輔、中村喜代三，以及總督府圖書館長山中樵等。創刊號所刊載裏川大無〈明治卅年代台灣雜誌備忘錄〉（明治卅年代の台灣雜誌覚え書）、第九輯楊雲萍〈陳迂谷的詩與詩集〉（陳迂谷の詩と詩集），以及上述的多種企劃特輯，都是理解清代及日治時期台灣文藝與出版狀況的重要文獻。《愛書》的價值在於跨越學科與文藝，以史料文獻考掘的實證方法，將台灣的文藝與圖書刊印出版置入16世紀以來的世界史中觀察。在書帙的蒐集、保存、裝幀藝術方面，曾邀得日本重要裝幀家壽岳文章發表心得，圖書館長山中樵分享從日本、中國藏書家處購書的經歷，都為探索台灣古書及藏書史留下重要線索。（張文薰）

《福爾摩沙》（フォルモサ）

日文文藝雜誌。1933年7月在東京創刊，為台灣藝術研究會的機關誌。總計發行三期，分別為1933年7月、1933年12月、1934年6月，每期50至80頁不等，發行500部。蘇維熊、吳坤煌、張文環擔任編輯。創刊辭承襲台灣藝術研究會創立〈檄文〉內容，但刪除了敏感段落，並將宗旨從「創造真正的台灣人的文藝」改為「真正的台灣純文藝」。台灣總督府警務局保安課以「內容上較少宣傳煽動的色彩」允許發行，但該誌以文藝運動促進民族運動與文化啟蒙的企圖明顯可見。第三期以後，該誌因財源困窘與組織鬆散，於1935年1月與島內的台灣文藝聯盟合流而停刊，會員作品轉投《台灣文藝》，少數同人投稿東京的日本文藝雜誌或旅日中國人雜誌，甚至參與日本文壇徵文。《フォルモサ》投稿者以留學東京的同人為主，包括蘇維熊、吳坤煌、施學習、楊基振、陳傳纘、陳兆柏、張文環、巫永福、吳天賞、曾石火、劉捷、宮島新三郎、賴慶、張氏碧華、王登山、陳兆柏等人，此外兼收來自上海（王白淵）和台灣（吳希聖、楊行東、翁鬧、賴慶）的投稿，呂赫若亦曾將處女作投稿但未獲錄用。該刊為日治時期第一份日文純文藝雜誌。第二號為

聲援中國左翼作家聯盟，曾轉載魯迅於《上海新夜報》上為悼念左聯五烈士而作的七律〈無題〉。蘇維熊、吳坤煌、劉捷曾以評論文章回應島內沸沸揚揚的鄉土文學論戰。此外，曾石火翻譯了法國寫實主義作家都德（Alphonse Daudet）的〈賣家〉，巫永福受到日本新感覺派及新心理小說的影響，吳坤煌與日本左翼戲劇、詩歌界、中國左聯東京分盟、在日朝鮮左翼戲劇運動者金斗鎔（김두용）等人交流與合作，亦邀請早稻田大學日本文學評論者、英國文學學者、翻譯家宮島新三郎翻譯湯瑪士·哈代（Thomas Hardy）〈何謂道德小說〉（道德小說とは），同人們努力引介東西方文藝思潮。

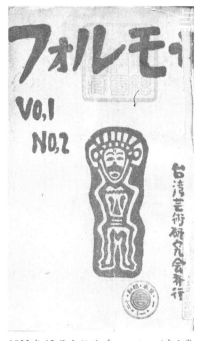

1933年12月出版的《フォルモサ》1卷2號，由張文環擔任編輯，吳坤煌繪製封面，關注霧社事件的吳坤煌特別採用了原住民圖案。（國立台灣圖書館提供，柳書琴解說）

《フォルモサ》發行期不長，然其所開拓出的「文藝」空間及對日文創作的嘗試與實踐，已為台灣文學發展宣示了新時代的來臨。現有婁子匡主編，池田敏雄、莊楊林編《新文學雜誌叢刊2：フォルモサ》（台北：東方文化書局，1981）。電子資源有國立台灣圖書館「日治時期期刊影像系統」等資料庫。（柳書琴）

《先發部隊》、《第一線》

中文文藝雜誌。《先發部隊》、《第一線》於1934年7月15日、1935年1月6日，各發行一期，為台灣文藝協會之機關刊物，於台北發

行。兩刊的編輯兼發行人，皆由廖漢臣擔任。協會的宗旨，如《先發部隊》〈宣言〉所示：「以有關心於台灣文藝並能夠為台灣文藝進展上努力的有志而組織，以自由主義為會的存在精神」，「謀求台灣文藝的健全的發達」。具體而言，成員乃因對1930年代台灣文學發展的「碰壁」深感憂慮並思奮起，故而期得以發行刊物將台灣文學由「發生期的行動」進一步推向「本格的建設」。兩期刊物，各以「台灣新文學出路的探究」與「台灣民間故事」為特輯，分別收錄十餘篇相關作品。兩期刊物除體現該團體對於台灣文學未來發展的思考外，也顯示其受到同時代日本及中國的鄉土文學運動和民間文學運動的影響，回頭整理台灣固有文學傳統與遺產之動向。成員多為活動於台北的作家，如郭秋生、廖漢臣、黃得時、林克夫、王詩琅、朱點人、蔡德音、陳君玉、徐瓊二等人，由郭秋生出任幹事長。《先發部隊》時期，雖以中文作為媒介，但《第一線》階段已同時刊用中、日文作品，譬如在台日人作家新垣宏一的新詩，可見台、日作家已逐步展開交流。針對日本人早已著手進行的台灣民間文學採集、整理與研究活動，黃得時〈卷頭言：民間文學的認識〉憂心地表示各種台灣人應研究的種種重要問題，若甘心委諸人家去研究，豈非奇恥大辱？由此可見，協會的各項文藝運動顯然出自殖民地文化主體建設的自覺，且已具備中、日跨文化視野。兩刊各發行一期後，由於協會成員幾乎皆已參與了全島性的台灣文藝聯盟，因此遂告中止。不過，「台灣民間故事特輯」之成果，仍在1936年李獻璋《台灣民間文學集》編纂之際獲得收錄，協會致力於台灣文藝知識之建構及大眾文藝普及的意義可見一斑。現有婁子匡主編，池田敏雄、莊楊林編《新文學雜誌叢刊2：先發部隊》、《新文學雜誌叢刊2：第一線》（台北：東方文化書局，1981）。（藍建春）

《媽祖》（媽祖）

日文文藝雜誌。1934年10月在台北創刊，1938年3月停刊，為以詩

為主的日文文藝雜誌，共出版
16輯。西川滿為發行本誌而創
立媽祖書房，編輯兼發行人雖署
名西川澄子（即西川滿之妻），
但實際業務皆由西川滿執行。執
筆者橫跨日、台，包括台北帝大
教授矢野峰人、島田謹二，早稻
田大學教授吉江喬松、西条八
十、山內義雄，日本著名文藝家
西脇順三郎、日下耿之介、伊良
子清白，以及在台日本人上清
哉、台灣人黃得時、水蔭萍等。
西川滿發表在該誌上的詩作〈媽
祖祭〉（媽祖祭），為島田謹二
建構的「外地文學論」提供了基
礎與指標。《媽祖》為西川滿赴
日求學歸台後所創刊，採用限量
出版、版畫裝幀的珍品發行方
法。不同於赴日前的小型同人雜
誌，《媽祖》的編輯與發行展現

《媽祖》創刊號，封面由宮田弥太郎以
麒麟圖案進行設計，宮田弥太郎、川上
澄生繪圖，書內貼有媽祖廟金紙為裝
飾，並印有台灣嘉義溫陵媽祖廟的版
畫。收錄矢野峰人譯詩〈愛人に〉、
〈月の出汐〉，以及西川滿隨筆〈亞片〉
等12篇作品，限定出刊300部。（國立
台灣圖書館提供，柳書琴解說）

了西川滿糾合日本、台灣二地學術界與文藝界人脈的能力，以及融
合台灣在地文化符號進入前衛創作思潮的企圖心。西川滿透過《台
灣日日新報》文藝欄與《愛書》的編輯身分，建立台北帝大教授參
與台灣文學建設論述的管道，引入學院人脈與風格，成為戰爭時期
台灣文壇有別於台灣新文學運動時期的一大特徵。（張文薰）

《台灣文藝》（台湾文芸，台灣文藝聯盟）

中、日文並用的文藝雜誌。台灣文藝聯盟機關誌。中、日文並行的

月刊。自1934年11月5日創刊至1936年8月3卷7、8合併號停刊，通卷16期，唯缺3卷1號，實僅15期。創辦人為文聯常任委員長張深切，發行人暨編輯人為張星建，楊逵任日文編輯。創刊號無發刊辭和祝辭，僅登出14條近似口號的「熱語」，如「我們以其有偽路線不如寧無路線！」、「我們的方針不偏不黨」等，試圖傳達廣納意識形態、藝術主張各異的全台作家之聯合陣線立場。該誌隨文聯發展而成長，發行部數曾達一千。初期中、日文篇幅各半，後期日文增多，東京支部作家成為主力。但自1935年內部分裂及外部支援減弱後，1936年1月3卷2號起篇幅大減，8月出刊後無預警停刊。代表性作品甚多，諸如漢文小說：賴和〈善訟的人的故事〉、蔡秋桐〈理想鄉〉、王詩琅〈沒落〉；日文小說：張文環〈父親的要求〉（父の要求）、翁鬧〈戇伯〉（戇爺さん）；漢文詩：楊華〈晨光集〉；日文詩：郭水潭〈風景：斑鳩與廟祝〉（山鳩と廟守―ある風景）；隨筆：吳新榮〈第二屆文藝大會的回憶―文聯的人們〉（第二回文芸大会の憶出―文聯の人々）；劇本：張榮宗〈貂蟬〉；文藝批評：張

1935年4月，芮氏規模7.1的大地震重創新竹州與台中州，6月號《台灣文藝》隨即刊登數首地震詩，〈歷訪〉一詩寫道：「大家平安否？阿婆！」／陰淡淡的床內伸出斜顏。／「多謝你、先生！」厝倒人亡、還有什麼病痛！」卷末文聯亦以「謹吊災地民魂」，哀悼罹難災民。（柳書琴提供、解說）

深切〈對台灣新文學路線的一提案〉及其續篇、劉捷〈台灣文學鳥瞰〉（台湾文学の鳥瞰）及其續篇、楊逵〈藝術是大眾的〉（芸術は大眾のものである）、呂赫若〈兩種空氣〉（二つの空気）；學術論文：郭明昆〈福佬話〉等。戰後王詩琅、巫永福皆譽該刊為日治時期台灣人創辦的最長壽的文藝雜誌。賴明弘認為該誌取向「為人生的藝術」，在穩健路線中實踐政治與文化批判；黃得時、王詩琅也一致認肯該刊藝術性與文學性方面的拓展。作為台灣第一個全島性文學組織之刊物，該誌採合法穩健路線，在藝術性下隱藏柔韌的抗爭思想，藉文化啟蒙培力解殖運動。一般咸認為文聯時期是台灣作家創作力最旺盛、成就最大的巔峰期，《台灣文藝》功不可沒。該誌曾刊出郭沫若與魯迅弟子增田涉對於〈魯迅傳〉的考辨、賴明弘與郭沫若的往來信函及訪問紀錄、崔承喜訪台特輯等，顯示其關注中、日、朝鮮進步文藝運動的寬廣視野。現有婁子匡主編，池田敏雄、莊楊林編《新文學雜誌叢刊3-5：台灣文藝》（台北：東方文化書局，1981）。（郭誌光）

《N'EST CE PA》（ネ・ス・パ）

日文大眾藝術雜誌。1934年12月由台北ネ・ス・パ會創刊，發行所設於台北市京町的台灣古倫美亞（台湾コロムビア）公司內。編輯為任職於該公司的日根三郎，同人有西川滿、中山侑、桑田喜好、新原保夫、山本奈良男等。該刊登載電影、戲劇、音樂、美術等藝術作品，雖以大眾藝術路線為宗旨，但無法排除知識階級的氣息，於1936年左右停刊。主要作品有新原保夫〈台灣的新興戲劇運動〉（台湾の新興演劇運動）、中山侑小說〈寫在爵士樂上的遺書〉（ジャズに描く遺書）、南遊亭灣公（上清哉）〈南方鄉下文壇〉（南方田舍文壇）（以上發表於第四號）、立石鐵臣〈更衣時〉（更衣の時）、水蔭萍〈紅衣聖母祭〉（朱衣の聖母祭）（以上發表於第五號）等等。（中島利郎）

《ネ・ス・パ》1935年11月（第六號），封面由立石鐵臣設計。當期收有翻譯小說、詩作、講座紀錄、音樂評論等，包括中山侑詩作〈空しい握手〉、甲斐太郎散文〈台北と新劇〉，以及編輯部撰寫之短訊〈台北の文学界〉、〈台北の映画界〉等。國立台灣圖書館典藏本，為1935年11月18日送繳警務局保安課圖書掛進行出版檢閱的納本，留有檢閱者根井氏印鑑及檢閱編號。（國立台灣圖書館，柳書琴解說）

《風月》、《風月報》、《南方》、《南方詩集》

以中文為主的通俗文藝雜誌。自1935年至1944年，總計發行190期，刊名更迭但期數接續，各刊發行期間如下：《風月》（1935年5月9日-1936年2月8日，共44期）、《風月報》（1937年7月20日-1941年6月15日，共88期）、《南方》（1941年7月1日-1944年1月1日，共56期）、《南方詩集》（1944年2月25日-1944年3月25日，共2期）。該系列雜誌由台北大稻埕地區的舊文人組織「風月俱樂部」發行《風月》，主幹兼主筆為詩人謝雪漁，逢三、六、九日發刊，刊物取向以言情、休閒為基調，藝旦小傳、名妓軼事等風月文章占半數篇幅。該刊取代《三六九小報》，成為1930年代中期之後台灣最重要的通俗小報，1936年因人事糾紛停刊，隔年易名《風月報》復刊，改半月刊、不對外零售的會員制形式。復刊初期風格近似《風月》，徐坤泉與吳漫沙接掌主編後，保留漢詩欄，嘗試增設音樂研究部、日文文藝欄，又籌劃兒童故事、新詩特輯、女

《風月報》1940年發行的第100號，為慶祝皇紀2600年紀念號。該刊自第90號起，更新封面口號「開拓純粹的藝術園地，提倡現代的文學創作」，顯示刊物走向的轉變。（私人蒐藏，柳書琴解說）

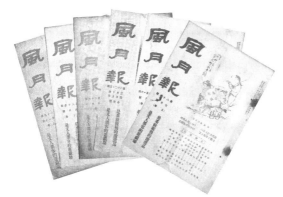

《風月報》在第90號前，標榜「是茶餘飯後的消遣品，是文人墨客的遊戲場」之定位，以通俗文學路線，在漢文欄廢止後繼續發行。（私人蒐藏，柳書琴解說）

《南方》封面，從「舉國一致把美英擊潰為止」、「皇國之干城我等志願兵」等口號，可見發行時期的戰爭氛圍。（私人蒐藏，柳書琴解說）

子創作特輯、獨幕劇特輯等專欄,更與中國淪陷區雜誌交流,吳漫沙及部分執筆作家屢次投稿海外刊物,顯現刊物對於多元議題與海外讀書市場拓展之企圖。《風月報》是台灣總督府廢止漢文文藝欄後少數存續的中文文藝雜誌之一,帶動了白話通俗文藝的讀寫風潮,同時兼具現代中文文藝與傳統漢詩發表園地之特殊意義。更名《南方》後,兼採單冊零售與長期訂閱以增加購讀率,並開發日本、中國、滿洲為固定的海外配送地。首期登載總督府評議員及皇民奉公會中央本部委員的賀詞,反映了官方欲將該誌塑造為「文化南進」刊物的意向。然而,這份刊行於「大東亞戰爭」期間的雜誌,仍在被迫傳達國家意識形態之餘爭取文藝活路。主編吳漫沙、林荊南長期提倡白話小品文,一度出現白話短篇書寫熱潮,培養了陳蔚然、蔡必揚、繪聲、楊鏡秋等多名新進作家;此外,更有吳漫沙〈黎明了東亞〉、阿Q之弟〈新孟母〉等長篇白話小說連載。《南方》於1944年初發行最後一期,此後僅保留登載漢詩的《南方詩集》,詩作稿源除台灣重要傳統詩人,甚至有日人及朝鮮人詩作,但發行兩期旋告終止,日治後期台灣規模最大的中文通俗文藝雜誌,歷經十年發刊就此畫上休止符。現有河原功監修《風月‧風月報‧南方‧南方詩集》(台北:南天書局,2001)。電子資源有國立台灣圖書館「日治時期期刊影像系統」等資料庫。(蔡佩均)

《台灣新文學》、《新文學月報》(台湾新文学、新文学月報)

中、日文並用的文藝雜誌。月報為雜誌附刊,不定期。1935年12月28日創刊於台中,1937年6月15日停刊,月刊性質,發行15期。1卷10號遭到禁止發行處分,實際發行14期。月報於1936年2月6日,發行第一號,同年3月2日,發行第二號,共兩期。台灣新文學社發行,創辦人楊貴(楊逵)。1卷1號的發行人兼編輯為廖漢臣,第二號起改為楊逵。後因楊逵、葉陶夫婦雙雙病倒,1936年9月19號,1卷8號起改由王錦江(王詩琅)執行主編。本誌同時接

納台、日作家作品，刊載作品有日文及中文白話文，比率約55比45。創辦宗旨是以聯合各種意識形態的台灣作家，實踐文藝大眾化的理想。內容刊載各類新文學作品，獎掖新文學創作。自創刊號起，即推出「台灣新文學賞」徵選優秀作品，朱點人〈秋信〉、吳濁流〈泥沼中的金鯉魚〉（どぶの緋鯉）、佐賀久男〈盲目〉（盲目），皆曾獲選。1卷10號為「漢文創作特輯」，該期總計124頁，特輯多達99頁，收錄賴賢穎〈稻熱病〉、馬木櫪〈西北雨〉、朱點人〈脫穎〉、洋（楊守愚）〈鴛鴦〉、廢人〈三更半暝〉、王錦江〈十字路〉、一吼（周定山）〈旋風〉、楊少民〈餓〉等，預告顯示邀稿作家還包括賴和、蔡秋桐、林越峰等多人。雜誌的另一個重點在討論台灣新文學的發展方向，以「對於台灣新文學的期望」、「台灣文學界總檢討座談會」等議題徵詢各方意見。各期內容有卷頭言、詩、小說、長篇小說連載、劇本、隨筆、論述、懸賞募集、街頭寫真等。《新文學月報》的內容則有：社務會議紀錄、文友來函、讀者建議、感言。《台灣新文學》集結楊逵、葉陶、賴和、廖漢臣、王詩琅、旅日作家等眾多活躍者，是銜接在《台灣文藝》（台灣文藝聯盟）和《台灣文學》之間由本土作家主導的文學陣地。楊逵一方面強調漢文白話文創作的重要性，藉此對抗官方漢文壓抑政策，另一方面善用日語文學的連結性，提倡「報告文學」（報導文學），推展他所信奉的「普羅列塔利亞文學」，吸引了德永直、葉山嘉樹、石川達三等日人左翼作家來稿。《台灣新文學》創刊一年半後，因財務困難而停刊。發行期間促成台、日不同語文作家同台演出，引介東亞各地進步文藝思潮。創刊號上17位日本作家的祝賀短文；1卷3號、4號上連溫卿〈Esperanto講座〉對「國際語」的提倡、1卷8號「高爾基特輯」、1卷9號卷頭言〈悼魯迅〉及黃得時追悼專文〈大文豪魯迅去世〉，皆可見主編藉由《台灣新文學》積極連結台灣文學和世界左翼文學的實踐。現有婁子匡主編，池田敏雄、莊楊林編《新文學雜誌叢刊6-7：台灣新文學》（台北：東方文化書局，1981）。（彭瑞金）

《台大文學》（台大文学）

日文文藝雜誌。1936年1月創刊，至1944年11月8卷5號停刊，雙月刊型態。由台大文政學部之學生團體「台大短歌會」創辦，學術色彩濃厚。發起人與編輯為當時就讀台大文政學部的新垣宏一、新田淳、秋月豐文、中村忠行，2卷1號起發行團體由「台大短歌會」改為「台大文學會」，該會自稱為「以一般文學之研究為目的」的團體。該誌創刊初始標榜「不同於市場文藝」的「純真性」與「獨自性」，欲創造出凸顯「潛流於生命中的美好」之文學。促使這群內地人學生創立刊物的契機，除了出自他們對於台灣自然環境「引無窮之思、臨水而發悠長之嘆」、「觸動心底的琴弦」之感興，更兼有「演繹扶桑之玄理，探求明珠於滄溟」的學術性企圖。《台大文學》早期刊登創作以短歌為主，間有小說與短文，但其最大特色莫過於創作與研究的結合。主要執筆群中，除了上述創刊者及其同學黃得時、學弟稻田尹、萬波教等人之外，更有大量教授群的支援。工藤好美、島田謹二、瀧田貞治、矢野峰人、中村哲、淺井惠倫、金關丈夫等，後來成為1940年代台灣文藝界主力的學者與作家，都曾在《台大文學》從事文藝活動。然而學院刊物之性質，也導致第二卷之後學術研究論文比例日增，第五卷以後完全成為學術雜誌。《台大文學》串連愛好文藝的台北帝大內地人學生與本地文壇，並打開教授們參與台灣在地文藝活動的契機，讓學院知識得以擴散並發揮影響。該誌開風氣之先，對1940年代台灣文學界關注民俗研究與殖民地文學議題，以及在台日本人學者、文藝人與台灣人的交流，皆有促進之功。（張文薰）

《華麗島》（華麗島）

以詩為主的文藝雜誌。1939年12月1日於台北發行，僅出版一期。1939年9月西川滿集結日籍、台籍詩人為會員，創立台灣詩人協會，該誌為協會之機關誌。原應以刊登詩作為主，但在成立大會召

開之際，即決定視會員招募狀況，擴展範圍至其他文藝型態。在報紙公開募集創作原稿後，因來稿眾多，雜誌至12月才發行。在台日人如池田敏雄、中山侑、新垣宏一、赤松孝彥等，台灣作家如郭水潭、邱炳南、王育霖、黃得時、吳新榮、楊雲萍、龍瑛宗、楊熾昌等皆為會員。除了多篇現代詩作之外，亦收錄散文、小說，更有當時日本著名從軍作家火野葦平之短文〈過華麗島〉（華麗島を過ぎて）。發刊後同月，台灣文藝家協會取代台灣詩人協會而成立，並在西川滿、黃得時二位報紙文藝欄主編的聯名號召下，成為1940年代台灣的重要文藝組織。《華麗島》在文學史上的重要性，不僅作為台灣文藝家協會機關誌《文藝台灣》的前身，更可視為開啟1940年代日台文藝家合作交流契機、共創全島性文壇的平台。編輯者將火野葦平〈華麗島を過ぎて〉刊登於卷首，更可見台灣詩人協會意圖與日本中央文壇建立連結的立場與姿態，已不同於1930年代台灣作家的前進東京，而產生文壇前緣調轉向南的自負。此一變化自然與日本帝國主義的擴張有關，但台灣風景隨著戰事變化而以「華麗島」之姿進入帝國視野，對於日本文學的主題、形象亦帶來不可忽視的翻轉和影響。現有婁子匡主編，池田敏雄、莊楊林編《新文學雜誌叢刊16：華麗島》（台北：東方文化書局，1981）。電子資源有國立台灣圖書館「日治時期期刊影像系統」等資料庫。（張文薰）

《華麗島》創刊號封面，封面由桑田喜好以淡水風景為主題進行設計。北原政吉編輯，西川滿發行，立石鐵臣、宮田弥太郎繪製插圖，定價20錢。（國立台灣圖書館提供，柳書琴解說）

《文藝台灣》（文芸台湾）

日文文藝雜誌。1940年1月創刊於台北，至1944年1月之第7卷第2號停刊，總計發行38號。由西川滿擔任發行人兼主編。初期由台灣文藝家協會發行，自1941年3月第2卷第1號起，改由同人組成的文藝台灣社發行，並曾於東京、天津設立支社。在西川滿主導下，以「異國情趣」與「藝術至上主義」為編輯方針，提倡建設地方主義文學。創刊之初倡導「建設南方文化、提升台灣文藝」，曾刊載島田謹二譯介的法國文學評論、楊雲萍的古典考據、金關丈夫的西洋名畫解說等，並設立「文藝台灣賞」獎掖創作，首屆得獎作品為周金波的〈志願兵〉。1941年2月，提出「以文學實踐臣道，樹立在台灣的日本南方文學」的口號，太平洋戰爭後多次製作戰爭特輯，更表明「打破個人主義」，「創立新國民文學以邁向勝利」。雜誌內容以詩與小說為主，並涵蓋隨筆、評論、劇本、版畫、寫真等，呈現耽美、浪漫的文學風格。1943年11月，台灣文學奉公會舉辦「台灣決戰文學會議」，西川滿提議「將《文藝台灣》獻與國家」，該誌遂於隔年一月停刊。《文藝台灣》的編輯與執筆作家，主要有西川滿、矢野峰人、島田謹二、金關丈夫、長崎浩、高橋比呂美、北原政吉、濱田隼雄、新垣宏一、河野慶彥、龍瑛宗、楊雲萍、周金波、黃得時、陳火

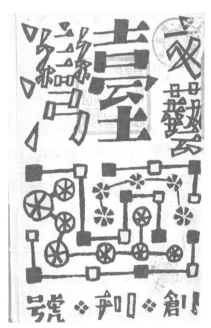

《文藝台灣》創刊號，封面由立石鐵臣繪製。本期刊登池田敏雄隨筆〈台湾の民話〉、楊雲萍新詩〈山頂〉、水蔭萍新詩〈花海〉、島田謹二評論〈外地文学研究の現況〉、龍瑛宗小說〈村娘みまかりぬ〉、西川滿小說〈稻江冶春詞〉等力作。（國立台灣圖書館提供，柳書琴解說）

泉、葉石濤等人。葉石濤指出，該誌為日治時期最長壽的日文純文藝雜誌，垂水千惠將之與《台灣文學》並稱 1940 年代文學雜誌雙璧，象徵著台灣日本語文學之全盛期。中島利郎、河原功、下村作次郎共同編著的《台灣近現代文學史》則指出，該誌除了向日本內地彰顯台灣獨有的鄉土特色之外，也具有極高的藝術性。作為台日作家共通的文學場域，與《台灣文學》的對峙，也象徵著台灣新文學在創作理念上進入高度成熟期，可說是台灣文學發展史上極具意義的里程碑。此外，該誌「諸家芳信」中不乏日本知名文藝家之評論，包含朝鮮作家張赫宙（장혁주）的投書，終刊號也曾刊載《上海文學》創辦人池田克己對於陳火泉作品的評論，顯示該誌與當時東亞文壇的橫向連結特性。現有婁子匡主編，池田敏雄、莊楊林編《新文學雜誌叢刊 16：文藝台灣》（台北：東方文化書局，1981）。電子資源有國立台灣圖書館「日治時期期刊影像系統」等資料庫。（簡中昊）

《台灣藝術》、《新大眾》（台湾芸術、新大衆）

綜合文藝雜誌。《台灣藝術》1940 年 3 月創刊於台北，共發行 55 號，1944 年 12 月更名為《新大眾》後又發行 7 號。由黃宗葵擔任編輯兼發行人，1941 年 9 月江肖梅加入擔任主編。雜誌以「網羅本島所有藝術之內部，綜合性的編輯」為宗旨，至 1940 年 8 月第 6 號更強調「投奔大眾鼓吹藝術精神」的路線。該誌內容多元，包括小說、隨筆、詩、劇本、評論、電影及書籍介紹、藝術家介紹等，為戰爭體制下唯一的大眾雜誌，由於價廉與易於購得、女性封面、通俗平易，因此相當暢銷。由創刊初期的 1500 冊發行量至 1942 年增為 6000 冊，由於兼具軍隊慰問刊物性質，全盛期更高達四萬冊。撰稿者以文學者為主幹，日文作品居多，舉其代表者有西川滿、濱田隼雄、新垣宏一、金關丈夫、葉石濤、陳火泉、張文環、楊逵、呂赫若、葉步月、陳千武、石田道雄等。「創作」欄雖無法避免出現

皇民化議題的作品，但仍可見楊逵的批判性劇本〈父與子〉（父と子）、金關丈夫推理小說〈南風〉（南風）、吳濁流遊記〈南京雜感〉（南京雜感）等純文藝作品。排版模式模仿日本《週刊朝日》、《Sunday 每日》（サンデー每日），議題設計與呈現形式活潑，譬如以「座談會」專欄傳達台灣各地風土或音樂、美術、藝妓等議題；以「採訪報導」形式揭載李香蘭（「滿洲國」紅星）、松居桃樓、志願兵、從軍護士之訪談；以「對談」呈現金關丈夫及楊雲萍、林獻堂及稻田尹、豐島與志雄及濱本浩等知識人對台灣文化的討論。總督府雖於1937年廢止各大報刊漢文欄，但直到1941年8月《台灣藝術》仍維持中日文並刊，吳漫沙〈繁華夢〉、李逸濤〈蠻花記〉等膾炙人口的漢文小說曾在此發表。1946年《新大眾》改稱《藝華》，於1月1日以中文發行一期後停刊。河原功表示此誌對大眾的影響甚於純文學雜誌，作為反映社會百態之歷史資料，並延續戰前文學文化脈動，十分珍貴。（謝惠貞）

《台灣文學》（台湾文学，啟文社／台灣文學社）

日文文藝雜誌。1941年5月於台北創刊，1943年12月停刊，共10期，最大發行量3000部。主編張文環，1943年呂赫若主編4卷1期後停刊。發行所為啟文社，後改為台灣文學社。參與者有張文環、呂赫若、吳新榮、黃得時、陳逸松、王井泉、巫永福、楊逵、張冬芳、陳逢源及一些在台日人作家。透過張文環等人的積極整合，不僅吸引了左翼色彩的楊逵和藤野雄士、《文藝台灣》同人楊雲萍、龍瑛宗，也獲得一些認同《台灣文學》走向的日人，如《民俗台灣》的金關丈夫、池田敏雄、稻田尹，台北帝大的瀧田貞治、工藤好美、中村哲，廣播局的中山侑，《台灣新聞》田中保男，北斗小學校坂口䙥子等人支持。此外，與演劇和音樂界的林搏秋、王井泉、呂泉生互動密切，後來更共同成立「厚生演劇研究會」，而台陽美術協會的李梅樹、陳澄波、李石樵、楊佐三郎（楊三郎）、廖

繼春、林玉山等人，亦曾捐贈小件作品50餘件義賣，供作營運資金。《台灣文學》的出現是對《文藝台灣》外地文學主張和藝術至上走向的反彈，張文環雖自稱採「沒有方針的方針」經營雜誌，但該集團企圖接續事變前台灣新文學運動，延續「為人生而藝術」的精神，並創立「台灣文學賞」，藉此建設台灣文壇、提升台灣文化的目標卻顯明易見。該誌開始注意明鄭、清代以來台灣人文學活動的歷史，孕育一套以台灣漢人為中心的文學史觀。黃得時〈台灣文壇建設論〉（台湾文壇建設

《台灣文學》創刊號，封面為李石樵繪製的台灣竹節蘭。張文環擔任編輯兼發行人，1942年後呂赫若加入編輯工作。（國立台灣圖書館提供，柳書琴解說）

論）、〈輓近的台灣文學運動史〉（輓近の台湾文学運動史）、〈台灣文學史序說〉（台湾文学史序説），以及1943年推出的「賴和先生追悼特輯」皆為代表。在創作方面，張文環以帶有民俗風的山村小說，傳達異於同化政策的傳統生活與價值訴求；其他知名小說，如呂赫若〈財子壽〉（財子寿）、楊逵〈無醫村〉（無医村）、龍瑛宗〈蓮霧的庭院〉（蓮霧の庭）、王昶雄〈奔流〉（奔流）、坂口䙥子〈百香果〉（時計草），以及竹村猛、澀谷精一、藤野雄士等人的評論，亦表現現實主義精神。1942年起，編輯張文環被台灣總督府派往東京參加第一回「大東亞文學者大會」。1943年11月西川滿在「台灣決戰文學會議」中提案「將文藝雜誌納入戰鬥配置」，導致與《文藝台灣》分庭抗禮的該誌被迫合併而停刊。《台灣文學》發行的三年多期間，促進了台灣日語世代作家創作的成熟，黃得時、中山

侑「地方文學論」對島田謹二「外地文學論」的回應，以及1943年的冀現實主義論戰，此亦為重要舞台。在戰爭期的言論與紙張控制下，《台灣文學》艱辛維繫著台灣文化的主體性與現實主義文藝的批判傳統，有不可抹滅的貢獻。（柳書琴）

《民俗台灣》（民俗台湾）

日文民俗研究雜誌。1941年7月創刊，至1945年1月（5卷1號），月刊型態。總計43期，5卷2號已完成編校，但因日本戰敗而未出

《民俗台灣》2卷5號，1942年5月發行，定價35錢。該期為台南特輯，收有國分直一〈台南小史〉、楊雲萍〈「台南古蹟志」に就いて〉、渡辺秀雄〈台南の風物〉、陳保宗〈台南の音楽〉、立石鐵臣〈台灣民俗図繪十：赤嵌楼〉等地方文史研究與介紹文章。（國立台灣圖書館提供，柳書琴解說）

刊。東都書籍株式會社台北支店發行，每期約50頁。由時任台灣總督府情報部囑託的池田敏雄與台北帝大教授金關丈夫倡建，共同發起人由金關丈夫、萬造寺龍、須藤利一、岡田謙、陳紹馨、黃得時署名。創立後的核心人物為：主編金關丈夫，編輯池田敏雄，封面、插圖與裝幀立石鐵臣，攝影松山虔三。本刊原封面標語為「風俗、習慣的研究與介紹」（風俗、習慣の研究と介紹），2卷10號起改為「南方習俗的研究與介紹」（南方習俗の研究と介紹）。常設欄包括卷頭語、民藝解說、民俗圖繪專欄、攝影專欄（Graph）、書評、消息通訊、民俗採訪、文獻介紹、讀者投書、編輯後

記等。主題豐富，涵蓋台灣庶民生活、民間工藝、節慶祭典、宗教儀式、傳說故事、民藝戲曲、歌謠諺語、原住民族、兒童文化、地方文史考察；文類多樣，包括報導、隨筆、書評、文論、史料、圖繪等。池田敏雄〈有應公的靈驗〉（有応公の霊験）與蘇維熊〈關於性與台灣俚諺〉（性と台湾俚諺に就いて）二文曾因檢閱制度遭削除。特輯方面，有士林特輯、新年風俗特輯、台南特輯、女流特輯、北門郡特輯、俚諺特輯、養女・媳婦仔制度的再檢討特輯（養女・媳婦仔制度の再検討特輯），探討台灣民俗文化，亦關注並檢討當前風俗演變。執筆者除前述核心人物之外，另有國分直一、楊雲萍、黃連發、田井輝雄（戴炎輝）、稻田尹、中村哲、黃鳳姿、朱峰、吳槐、連溫卿、陳紹馨、廖漢臣、江肖梅、楊達、張文環、龍瑛宗、巫永福、呂赫若、楊千鶴、吳新榮等近兩百名，為決戰期日、台文化人重要的發表場域。《民俗台灣》為台灣第一本民俗研究刊物，雖由日籍學者主導，但亦積極爭取台籍文化人參與，廣納讀者意見，在普及民俗采集與鄉土研究風氣上有重要貢獻。戰後楊雲萍將該刊譽為「日本人的良心」，王詩琅也稱其為建立台灣民俗學的里程碑。早期學界多肯定該刊抵抗皇民化運動的立場，後有吳密察等人指出不能忽視其協力殖民的一面。戰後曾有台北的古亭書屋、武陵出版社、東京的湘南堂出版社各自出版過影印本或中譯本，然皆是不完整的版本，1998年南天書局出版完整復刻版全八冊。電子資源有國立台灣圖書館「日治時期期刊影像系統」等資料庫。（張郁璟）

《南國文藝》

中文文藝雜誌。1941年12月1日，南國文藝社於台北發行，月刊型態。主編兼發行人林為富，即《風月報》編輯林荊南本名，曾以南、懶糸、余若林、嵐映、竹塘哲夫、哲夫、汀零、薇郎等筆名，在《南國文藝》發表多類作品及〈編輯室日記〉。《風月報》、《南

方》雜誌執筆者，吳漫沙、吳慶堂、吳醉蓮、王養源、楊鏡秋、莊文夫、陳蔚然等人為主要參與者。柳書琴指出，該刊因林荊南不滿於《風月報》通俗路線，欲薪傳台灣新文學運動精神而發起，是中日事變後台灣漢文現代文藝作家以「重建純文學批判精神」為目標的一次集結。創刊文〈血書〉表明創刊宗旨為「整理台灣未整理的文獻（考古學上的文學）」，完成「文化人對於文化方面的工作使命」。本刊以現代文藝創作與譯作為主，包含小說、短文、現代詩，另有少數漢詩選錄。此外，編輯者也標榜「介紹中國著名創作」，以匿名方式轉載巴金的短篇革命小說〈雨〉，此作能在太平洋戰爭前夕通過檢閱在台刊登，誠屬異數。外文譯作則有日本平安時代的短篇小說〈愛蟲公主〉、托爾斯泰〈愛與神〉等。《南國文藝》僅存創刊號，第二號遭禁未見，雖然發行期短暫，但涵容了現代／傳統文學，以及台／中／日／俄不同文本，為戰時下緊肅的台灣文學引進一絲新空氣。（蔡佩均）

《新建設》（新建設）

日文綜合雜誌。皇民奉公會中央本部機關誌，1942年10月創刊，以宣揚皇民化與戰時意識，宣傳台灣要塞化為目的。發行人為原《台灣日日新報》主筆兼中央本部宣傳部長大澤貞吉。至1945年4月為止，可能發行了29號。西川滿、長崎浩、石田道雄、田淵武吉、瀧田貞治、矢野峰人、中村哲、坂口䙥子、濱田隼雄、吉村敏、松居桃樓、高山凡石、

皇民奉公會《新建設》創刊號，封面為立石鐵臣所繪。（河原功提供，柳書琴解說）

楊氏千鶴、楊逵、張文環、周金波、呂赫若、林茂生等，當時具有代表性的台、日文化人皆曾發表作品。文學方面則有庄司總一的〈青年之門〉（青年の門）和楊雲萍的〈部落日記〉（部落日記）連載。除了未出土的一冊之外，其餘皆由日本的總和社於2005年2月出版復刻版，並附錄河原功的解說。（中島利郎）

《台灣文藝》（台湾文芸，台灣文學奉公會）

日文文藝雜誌。1944年5月創刊於台北，月刊型態，1945年1月停刊，總計發行八期。由台灣文學奉公會創辦，長崎浩擔任發行人。其前身為1940年代兩本具競爭關係的日文文學雜誌——《文藝台灣》與《台灣文學》。1943年4月29日台灣文藝家協會改組為皇民奉公會中央本部的下屬組織台灣文學奉公會，成為以協力戰爭為目的、將台灣文藝家一元化的團體，隸屬軍方報導部門、總督府情報課，受日本文學報國會台灣支部的影響與指導。同年11月13日該組織舉辦台灣決戰文學會議，會議上《文藝台灣》核心人物西川滿將雜誌獻給台灣文學奉公會，迫使既有文藝雜誌統合，《台灣文學》在不得已情況下停刊，整合後的《台灣文藝》於1944年5月創刊，編輯委員有張文環、矢野峰人、小山捨月、竹村猛、西川滿、長崎浩等人。由創刊經緯可見雜誌旨趣及其與日本帝國戰爭體制的關係。雜誌內容具明顯官方立場，企劃多次呼應國策的專輯，如：1卷2號「台灣文學者總崛起」（台湾文学者総蹶起）、1卷6號〈獻給神風特別攻擊機隊〉（神風特別攻擊机隊に捧ぐ）等。除了在台日人作家之外，台灣人作家如呂赫若、楊雲萍、楊逵、龍瑛宗、周金波、陳火泉，亦參與其中並發表作品。由於受時局影響，作家被要求呼應國策，創作活動受到相當程度的約束。然而從中也看到這些日文或跨語言作家們在面對時代變動時，如何思索文學表現及自我表達的極限，留下許多具精神史意義的思想行動與作品。此外，該誌幾乎全面網羅當時台灣的日語作家，是日治末期台、日人作家

的大集合，激發不少互動與對話。現有婁子匡主編，池田敏雄、莊楊林編《新文學雜誌叢刊17：台灣文藝》（台北：東方文化書局，1981）。（鳳氣至純平）

《旬刊台新》（旬刊台新）

日刊報紙附屬的旬刊雜誌。在戰局惡化的1944年4月1日，《台灣日日新報》等台灣六大日刊報紙被統合成《台灣新報》。依據《台灣新報》主筆伊藤金次郎〈創刊的話〉（創刊の言葉）記載，《旬刊台新》的創刊目的為，以《台灣新報》為母體，「使國民的戰意更加昂揚，使必勝的信念得以推進與確保」。雜誌充斥戰時記事、戰意昂揚、「南進基地」台灣的重要性之論述文章。雖有相當數量的文藝作品，但仍以戰意昂揚類型的篇章居多。文藝作品的主要執筆者有矢野峰人、中村哲、瀧田貞治、金關丈夫（林熊生）、坂口䙥子、西川滿、新垣宏一、長崎浩、龍瑛宗、楊雲萍、周金波等，也有菊池寛、火野葦平、佐藤春夫、壺井榮、里村欣三、庄司總一等日本內地作家。創刊號是1944年7月20日，最終號的時間不明，但至翌年4月仍有出版。1999年11月由河原功監修、緑蔭書房發行影印版，全22冊。在影印版的別冊中，收有河原功的解析、總目次和索引等。現有河原功監修《旬刊台新》（東京：緑蔭書房，1999）。（中島利郎）

《緣草》（ふちぐさ）

日文文藝雜誌。1944年創刊於台中，1947年停刊。每年發行六期，期數不明，依發刊頻率推測，約十數期，目前僅存1945年6月夏季號。最初為就讀台中一中的張彥勳（紅夢、路傍之石（路傍の石））、朱商彝（朱實、雛鳥生（ひなどり生））、許世清（曉星）三人，於1942年創辦的同人會，1944年正式成立銀鈴會，以季刊

形式發行出版會刊《緣草》。據張彥勳指出，銀鈴會以提升日文寫作、文學研究、相互切磋為目的。發刊時會員約 30 名左右。依目前僅存一號的入會指南記載，會員分為同人及後援會，同人為發表作品者，後援會員則為支持該會發展的讀者。1945 年 8 月日本戰敗後，日文版報紙雜誌均告停刊，經成員商議決定於 1947 年暫停發行，各自進修，鍛鍊中文能力，以利未來寫作，為 1948 冬天復刊時改稱《潮流》。參與《緣草》的編輯和撰稿者，除了三位創始者之外，主要成員有詹益川（詹冰、綠炎）、林亨泰（亨人）、蕭金堆（蕭翔文、淡星）、許龍深（子潛）等。《緣草》創刊時台灣已進入總力戰時期，前一年 11 月皇民奉公會成立，純文學雜誌《台灣文學》、《文藝台灣》被解散，強制合併為《台灣文藝》，文學創作的空間與言論自由幾乎為總督府完全收編。從僅存的一期看來，某些作品雖不免帶有軍國主義色彩，但整份刊物仍可一窺台灣青年的創作趨勢及其中反映的當代文藝思潮，是今日碩果僅存的決戰期台灣文藝青年創辦的純文學雜誌。1945 年 6 月夏季號《緣草》收錄了短歌、俳句、現代詩、翻譯詩作與小說，顯示同人對日文韻文形式與創作技巧之掌握已臻成熟。譯作當中有來自上田敏《海潮音》及佐藤春夫作品集等，均為島田謹二積極推展譯介的詩人作家，也可窺見銀鈴會同人在文藝思潮引介的傾向與系譜。（吳佩珍）

《潮流》

中、日並用的文藝雜誌。銀鈴會同人文學雜誌，季刊型態。因日本戰敗投降而停刊的《緣草》，於 1948 年 1 月以《潮流》的新名稱復刊，至 1949 年春停刊，共刊行 1948 年 1 月冬季號（散佚）、1948 年 5 月春季號、1948 年 7 月夏季號、1948 年 10 月秋季號、1949 年 1 月冬季號等五號。主編為張彥勳。根據 1948 年 5 月春季號紅夢（張彥勳）的編輯後記可知，《潮流》意即「時勢的趨向」、「光復後台灣青年血脈之流動」，創立宗旨在於協助推動戰後台灣新文學運動，

還邀請楊逵擔任顧問。除了1948年10月秋季號因張彥勳發高燒，由朱商彝等幫忙編務之外，其餘卷號均由張彥勳擔任編輯。主要文類有新詩、小說、散文、評論、翻譯、俳句、短歌。成員多為《緣草》時期的同人，除了主編張彥勳之外，還有朱商彝、詹益川（詹冰、綠炎）、林亨泰（亨人）、蕭金堆（蕭翔文、淡星）、許龍深（子潛）等。此外，銀鈴會還發行《聯誼特刊》，目前可知曾推出1948年、1949年兩號。復刊初期因政權交替，時局動盪不安，《潮流》內容謹慎，政治意識濃厚，但是越到後期反映社會時勢與人民苦境的作品有增加趨勢。譬如1948年7月未知之人〈賄賂是罪惡嗎？〉、1948年10月紅夢〈情義〉（三幕劇腳本）、1948年10月到次年1月連載的淡星〈命運的人偶〉、〈命運的人偶（續）〉等，皆有諷諭現實之意味，因此國民政府將此團體當成共產黨外圍組織，1949年四六事件發生，顧問楊逵被捕，銀鈴會同人多位遭到逮捕，朱商彝也潛返大陸。《潮流》的瓦解與停刊，宣告台灣唯一的跨時代文學團體銀鈴會的時代結束。1944年《緣草》到1949年《潮流》的發行，在台灣文學戰前到戰後的這段空窗期，扮演了關鍵性的銜接角色。銀鈴會中堅分子詹益川、林亨泰、蕭金堆、錦連、張彥勳等人，日後亦為《笠》詩刊骨幹。（吳佩珍）

（三）報刊文藝欄、專欄

《台灣日日新報》文藝欄（1898-1911）（台湾日日新報文芸欄 1898-1911）

日刊報紙中、日文文藝欄。《台灣日日新報》由《台灣新報》（1896年創刊）與《台灣日報》（1897年創刊）於1898年合併而成立，是日治時期台灣發行量最大的官方報紙，發刊之初有日文版及漢文版。1905年7月獨立發行《漢文台灣日日新報》，1911年11月再與

日文版合併，恢復日文版中加兩頁漢文版的發行方式，至1937年4月為因應時局遂全面廢除漢文欄。創刊之初即可見漢詩、俳句、短歌、日文連載小說等不定期地見諸版面，日文版於1922年才開始設立全版篇幅的文藝欄，版面上開始出現大量的口語自由詩、俳句、小說。漢文版則在創刊後特設文藝專欄，刊登通俗小說、雜文及詩詞，其中小說的刊登分為長期連載、短期連載、單次刊載，小說類型有歷史、講談、風俗、俠義、武將、遊記等。1898年至1911年期間出現於文藝欄的重要作品有日文通俗小說さんぽん〈艋舺殺人事件〉（艋舺殺人事件）；美禪房主人〈俠伎兒雷也〉（俠伎兒雷也）、〈青蓼〉（青蓼）、〈續青蓼〉（續青蓼）；館森鴻〈鄭成功〉（鄭成功）；稻岡奴之助〈天國地獄〉（天国地獄）、〈次男之君〉（次男の君），以及漢文小說李逸濤的小說〈留學奇緣〉……等。《台灣日日新報》文藝欄，不論是各式文類文體的消長、思潮的傳播都鮮明地反映其上，對於文學傳播有重要的貢獻和意義。文藝欄長期刊登日文漢文小說影響了台灣通俗小說觀和敘事方式的建立，該報記者謝雪漁、李逸濤、魏清德等人亦經常發表作品於此，成為日治時期台灣漢文通俗小說的先行者。現有電子資源為漢珍公司與日本ゆまに書房合作「台灣日日新報YUMANI清晰電子版」、大鐸資訊「台灣日日新報」、得泓資訊有限公司「中國近代報刊資料庫（台灣民報、台灣日日新報）」等資料庫。（楊智景）

《台南新報》文藝欄（台南新報文芸欄）

日刊報紙日文文藝欄。前身為《台澎日報》，1899年6月15日由日人富地近思獨資創刊於台南，1903年改題為《台南新報》，1937年4月1日更名為《台灣日報》，1944年4月1日因應台灣總督府新聞統制政策，與其他報紙合併為《台灣新報》。屬官報系統的南部地方報，與北部的《台灣日日新報》、中部的《台灣新聞》並稱「日治時期台灣三大報」。語言以日文為主，亦設有漢文部，與台南在

《台南新報》與南部文士關係密切，1932至1935年間楊熾昌主編學藝欄期間，成為台
灣超現實主義文藝的搖籃。（黃亞歷提供，柳書琴解說）

地士紳文人社群關係密切。昭和期以降，文藝欄刊頭經「南文藝」、「文藝」、「學藝」變化，各階段質量不一。惟1933年12月至1935年2月間推測由楊熾昌接替紺谷淑藻郎代行編務，除一般藝文稿件，亦刊載推動超現實主義詩風之風車詩社同人作品。1937年改題《台灣日報》後，文藝欄由在台日人岸東人主持，刊載連載小說、短評、漢詩。稿件來源除同盟通信社供應之外稿，多刊登台南或台灣在地文壇作家稿件。《台南新報》時期，曾寄稿之本島人作家主要有：王白淵、陳奇雲、郭水潭、徐瓊二、陳周和、楊熾昌、李張瑞、林修二等；在台日人作家則有保坂瀧雄、日高紅椿、西川滿、新垣光一等；改題《台灣日報》後，本地主要寄稿者有岸東人、國分直一、新垣宏一、濱田隼雄、前島信次等。作為三大報之一，發行期間長、發刊量大，其文藝欄為一窺日治時期台灣南部日本語文學界發展之重要憑藉；此外，亦為風車詩社在同人誌《Le Moulin》以外之重要根據地，對於日治時期台灣的現代主義美學引進，具有無可取代的地位。1930年至1932年間設有「海外文藝news欄」，廣泛介紹海外思潮，包括飯島正的世界映畫專欄、堀辰雄關於超現實主義的討論、龍膽寺雄等的新興藝術派介紹、黑島傳治等關於農民文學與普羅文學趨向的觀察等；此後尚有風車詩社的超現實主義詩風引介。（陳允元）

《台灣新聞》文藝欄（台湾新聞文芸欄）

日刊報紙日文文藝欄。前身是1899年12月20日於台中創刊的日報《台中新聞》，設址於台中市明治町一丁目五番目，由日人金子圭介獨資經營。創刊初期由於台灣中部地區無其他競爭者，因此經營穩定。其後，因《台灣日日新報》進軍中部，挾其雄厚實力成為勁敵，致使於1901年3月30日正式停刊。1901年《台灣日日新報》將台中分社改組為《台中每日新聞》，1903年又改組為公司組織，更名《中部台灣日報》。1907年5月再度易名為《台灣新聞》，成為

《台灣日日新報》在中部的分身，報社增設輪轉機並更新工廠設備。1917年由松岡富雄擔任社長。除了台中總社之外，在東京、大阪、台灣島內各地均設有分社。《台灣新聞》相當重視文藝欄，1937年4月漢文欄廢止後，該文藝欄除了維持星期三、五出刊外，還新增了「月曜文壇」（星期一文壇）長期徵稿，並提供稿費。其中，記者田中保男對於文藝欄的擴編和內容的充實居功厥偉。他曾以筆名「惡龍之助」於楊逵主編的《台灣新文學》上發表評論，並為《台灣文學》編輯委員之一。1934年楊逵以〈送報伕〉（新聞配達夫）一作獲獎後，他在文藝欄上陸續刊出評論，使讀者有機會認識這部遭總督奪查禁刊的小說。另外，巫永福亦曾於1936年前後在該社實習。該報發刊初期適值台灣新文學運動勃興之際，因地緣關係之故文藝欄刊出相當多中部地區作家的作品。另外，在台日人作家坂口䙅子因父親與松岡社長有同鄉之誼，早期的作品〈滿潮〉（滿潮）、〈破調〉（破調）、〈杜秋泉〉（杜秋泉）等幾乎都刊於該文藝欄。1944年3月六報統合後，該報成為《台灣新報》台中分社而停刊。《台灣新聞》文藝欄是研究台灣中部作家文藝活動不可或缺的文獻史料，同時也是中部地區台、日文化人交流的重要媒體平台。（王惠珍）

《台灣時報》文藝欄（台湾時報文芸欄）

日文雜誌日文文藝欄。前身為台灣協會之機關誌《台灣協會會報》（1898-1907），後台灣協會改組為東洋協會，其下成立台灣支部，發行《台灣時報》。該刊包含兩階段，前期由東洋協會台灣支部發行，刊行期間為1909年1月至1919年5月，共113號；後期由台灣總督府內台灣時報發行所負責，自1919年7月至1945年3月，共302號。該報除會員通訊外，內容涉及台灣的行政、經濟、社會、文化等相關評論與報導，後期尤為關切台灣統治與南洋地區的情況，當時任職台北帝大圖書館的裏川大無，評定此刊為涵蓋社會科

學諸面向的大眾雜誌。文藝欄並非固定專欄,曾使用文林、詞苑、詩苑、文苑等名稱,初期大多編列在「漢文時報」一欄之後,內容以日人的在台遊記居多。中後期則收錄台日文人之創作與評論,尤以漢詩、俳句、短歌與文藝時評為主。由於《台灣時報》為總督府的發行刊物,文藝欄亦深具官方色彩。舉例而言,東洋協會台灣支部版第71號(1915年8月20日)詞苑的「鳥松閣唱和」,即是刊載台日文人所唱和之漢詩。1920年適逢台灣地方制度改正,台灣時報發行所版第16號(1921年10月31日)則特設「台灣新制頌」欄位,收錄一百首讚揚新制的漢詩與短歌。俳誌《由加利》(ゆうかり)也曾多次於報上發表其例會成果,不少台日文藝家在報上發表文學論爭、戰爭體驗之相關文章。該報的文藝欄在促成台日文人的文學結社與交流活動上,可說深具意義。(簡中昊)

《新高新報》漢文欄

中文週刊中文文藝欄。1916年1月創刊,原為題名《高砂パック》的月刊雜誌,1921年改題為《台政新報》,1924年更名為《新高新報》,1928年發行旬刊,1930年3月改為週刊。1938年2月底,因應戰爭期「新體制」運動下的新聞統制,宣告自主廢刊。自1924年至1938年,以《新高新報》之名前後發行610回。《新高新報》為基隆地區發行之刊物,日文為主、綴有漢文版面,社長為唐澤信夫。以公正之批評為號召,試圖吸引台灣知識階層閱讀,其發行量在1930年代的週刊、月刊新聞紙間位居一二。在1930年代初期吸納包括黃師樵、廖毓文、林越峰、賴明弘等漢文作家擔任漢文編輯,盛極一時。漢文欄刊載蔡秋桐、陳君玉、楊守愚、張慶堂、蔡德音等人之小說、新詩、劇作等作品,頗獲好評,為1930年代的台灣文壇提供一個左、右翼之外的多元及另類實踐場域。當時該報編輯群積極引介中國新文學及日本文學,也為1930年代跨文化交涉提供發表與對話的重要園地。(陳淑容)

《台灣新民報》曙光欄

日刊報紙中文現代詩專欄。《台灣新民報》為因應1930年代台灣新聞市場的激烈競爭，於1930年7月16日歡度創刊十週年的紀念活動後，便著手改善營業方法以期招徠更多的讀者。最主要者即為自8月起進行的「紙面改革」，不僅將頁面由12版增加到16版並提高售價，更「刷新內容」，將向來片段登載而未能連續的內容，特闢欄位，每期連載。在此背景下，詩作方面也受到革新，除了由林幼春與林獻堂負責古近各體詩歌的「漢詩界」欄位之外，報社也以「台灣雖是被隔離著的島嶼，卻也時常受到環行世界的狂颶激盪，所以中國文學革命的潮流，是就早著已經把台灣文學界捲入才應該，可是在幾年前雖曾聽見這樣呼喊，到現在反轉沉默下去」，認為或許是鑽研者少又缺乏發表機會所致。因此，報社以鼓勵寫新體詩的人「把所有的創作寄來發表」為由，將這個「新開闢的園地」命名為「曙光」（新詩壇），並敦請賴和、陳虛谷出面主持。曙光欄自1930年8月2日起至1932年4月2日《台灣新民報》日刊發行前為止，每期刊登一至三首不等的新詩，持續87期（第324號至410號）。總計約有40名作者，發表140餘首新詩，著名作品有賴和〈流離曲〉（四首）、〈南國哀歌〉、〈低氣壓的山頂（八卦山）〉、〈農民謠〉，楊守愚〈頑冥〉、〈頑強的皮球〉、〈人力車夫的叫喊〉、〈長工歌〉、〈貧婦吟〉，陳虛谷〈敵人〉、〈草山四首〉等。曙光欄雖具實驗色彩，卻讓新詩創作有了穩定的發表空間，為日後如鹽分地帶等詩人群體的出現提供契機，對台灣新詩的發展助益甚大。形形色色的新詩作者們在這片園地中嘗試語言形式的摸索，也在自我探索與抒情之餘，表達對弱勢者的同情或對殖民地社會黑暗面的揭露。儘管總督府企圖在檢閱制度下，透過「食割」削除內容或將關鍵詞句註銷塗黑等處分，降低作品的影響力，但並未完全抑制這些詩作喚起的反殖民精神與民族意識。復刻本現有婁子匡主編，王詩琅、黃天橫編《台灣新民報》（台北：東方文化書局，1973-1974）；陳曉怡總編《台灣新民報》（台南：國立台灣歷史博物館、國立台灣文

學館；台北：六然居資料室，2015）。數位資料有國立台灣文學館
與國立文化資產保存研究中心籌備處建置的《1933年台灣新民報
（1933.5.2-11.30）》（2011）、李承機主編，國立台灣歷史博物館出
品《日刊台灣新民報創始初期（1932.4.15-5.31）》（2008）和《六然
居存日刊台灣新民報社說輯錄（1932-1935）》（2009）。文本資料則
有2015年由國立台灣歷史博物館、國立台灣文學館、六然居資料室
合作復刻出版《台灣新民報》五冊。（莊勝全）

《台灣新民報》日刊文藝欄（台湾新民報日刊文芸欄）

日刊報紙中、日文並刊文藝欄。1932年4月15日《台灣新民報》日
刊問世，總社位於台北，另有上海、廈門、東京、大阪等13處分
社。創刊初期即設中文與日文文藝欄，第六版為日文文藝欄，第七
或八版為中文文藝欄。漢文欄於1937年6月被迫廢止，日文欄至
1941年2月11日更名《興南新聞》後仍持續存在。文藝欄設有學
燈、文藝、曙光等欄位，刊載小說、詩歌、遊記、隨筆、童話、短
劇、時評、書訊等，亦穿插漢詩、俳句、對聯等傳統文學。作者，
特別是新人作家眾多，知名者有楊逵、賴明弘、黃得時、廖漢臣、
黃石輝、林越峰、徐玉書、王添燈等。作品不勝枚舉，如簡進發
〈革兒〉、賴慶〈女性的悲曲〉（女性の悲曲）、黃得時〈乾坤袋〉
等小說；郭水潭〈初夏禮讚〉、楊花〈靜海〉等新詩；KB生〈文藝
時評〉、黃得時〈中國國民性和文學特殊性〉等文論；彬彬〈五樓
的戀愛〉等翻譯小說。文藝欄草創時有意傳承批判精神，曾轉載老
舍、茅盾作品，介紹日本普羅文學，登載楊逵〈送報伕〉（新聞配
達夫）、林理基〈島嶼的孩子們〉（島の子たち）等左翼小說，亦提
供鄉土文學論戰園地，刊有賴明弘〈對台灣話文鄉土文學徹底的反
對〉、張深切〈觀台灣鄉土文學戰後的雜感〉、郭秋生〈台灣話文嘗
試集〉等文。然未及半年，楊逵等小說中途遭禁，文藝欄轉為提倡
大眾小說，開闢諺語、謎語、漫評等欄目，架設戀愛信箱，容納世

局、教育、婚姻、宗教、健康衛生、科學常識、海外新知等各類文章。尤其，報刊仿效日本的「新聞小說」，邀請台灣新銳作家以長篇連載小說搭配顏水龍、林錦鴻等名家插圖，融合美術、攝影、漫畫、時尚生活的圖文極具摩登感、話題性與視覺感。誠如柳書琴所言，該刊「向右轉」的立場與爭取讀者的靈活策略，除了顯示它在兼顧啟蒙性、生活性、現代性、娛樂性及積極吸納讀者方面的成功，也招致他報競爭者攻訐，失望的讀者如郭秋生等人也給予「我們唯一的言論機關，已是斷然時代尖端的摩登男了」等酷評。該報散佚嚴重，綜合中島利郎、楊肇嘉所捐贈，僅存 1932 年至 1933 年間、1939 年至 1940 年間數個月及社論剪報若干。復刻本現有婁子匡主編，王詩琅、黃天橫編《台灣新民報》（台北：東方文化書局，1973-1974）；陳曉怡總編《台灣新民報》（台南：國立台灣歷史博物館、國立台灣文學館；台北：六然居資料室，2015）。數位資料有國立台灣文學館與國立文化資產保存研究中心籌備處建置的《1933 年台灣新民報（1933.5.2-11.30）》（2011）、李承機主編，國立台灣歷史博物館出品《日刊台灣新民報創始初期（1932.4.15-5.31）》（2008）和《六然居存日刊台灣新民報社說輯錄（1932-1935）》（2009）。（張莉昕）

《大阪朝日新聞》台灣版「南島文藝欄」（大阪朝日新聞台灣版南島文芸欄）

日刊報紙外地版日文文藝欄。大阪朝日新聞社受限於殖民地言論政策，遲遲無法在台發行新聞號外等，直到滿洲事變後時局丕變，該社才與每日新聞社合作共同向台灣總督府申請設立「台灣號外」，並於 1933 年 11 月 15 日創設地方版「台灣版」，該報在台的銷售量因此為之提升。之後，報社為了響應日本帝國的「南進政策」，1937 年 2 月比照「滿洲版」的「滿洲朝日文壇」也在「台灣版」的第二頁上創設「南島文藝欄」，期待促進外地文學文運昌隆。但目前有限的出土資料，「南島文藝欄」徵集稿件的對象，以島內人士

《大阪朝日新聞》台灣版1937年1月30日第五版，刊出廣募稿件的消息。（高擇雨提供，柳書琴解說）

為主，於每週日刊出，使用的語言是日語，文類含括小說、評論、隨筆、和歌等，並由知名畫家鹽月桃甫為專欄繪製插圖。中日戰爭爆發後台灣報刊媒體的漢文欄遭廢，台灣作家的發表空間倍受限縮，故而曾對「南島文藝欄」寄予厚望，甚至期待這個文藝欄可以成為日台文藝交流的平台。然而，地方版的文藝欄的讀者以島內讀者居多，交流成效非常有限。因此有人批評這個文藝欄只是報社營造「與中央文壇交流」、「進軍中央文壇」的假象和推銷報紙的噱頭。儘管如此，「南島文藝欄」在創欄之初日語作家龍瑛宗或在台日人作家等人的確皆曾積極在此發表作品，譬如龍瑛宗的小說〈夕影〉和中山侑的評論〈現実の問題〈パパイヤのある街〉を読む〉等皆刊於其上。版面上偶爾亦出現滿洲地區時事簡短報導，雖為填補版面，卻使滿洲國的資訊因此得以在台流布。（王惠珍）

《台灣新民報》新銳中篇創作集（台灣新民報新銳中篇創作集）

日刊報紙日文文藝欄。《台灣新民報》為以台灣人資本為主、代表台灣人興論的日刊報紙。1932年4月15日起由週刊改為日刊，1941年2月11日更名《興南新聞》，1944年3月27日起因應台灣總督府新聞統制政策，與島內四大報合併為《台灣新報》。「新銳中篇創作集」由學藝欄編輯黃得時策劃，於1939年7月起至1940年5月間連

載242回，刊出五部中篇小說，包括：翁鬧作、榎本真砂夫繪〈有港口的街市〉（港のある町，1939年7月6日-8月20日，46回）；王昶雄作、中村敬輝繪〈淡水河的漣漪〉（淡水河の漣，1939年8月21日-9月22日，33回）；龍瑛宗作、陳春德繪〈趙夫人的戲畫〉（趙夫人の戲画，1939年9月23日-10月15日，22回）；呂赫若作、一木夏繪〈季節圖鑑〉（季節図鑑），1939年10月16日-11月15日，30回）；張文環作、陳春德繪〈山茶花〉（山茶花，1940年1月23日-5月14日，111回）。特輯刊出前學藝欄上曾多次刊登日文廣告，指出「執筆者皆為本島文藝界第一線活躍之人物，齊聚一堂，各自攜其傑作，相繼於本報登場。這是本島文藝界未曾有過的快舉，相信必是劃時代的事蹟，望讀者各位喜愛。」每篇小說推出前

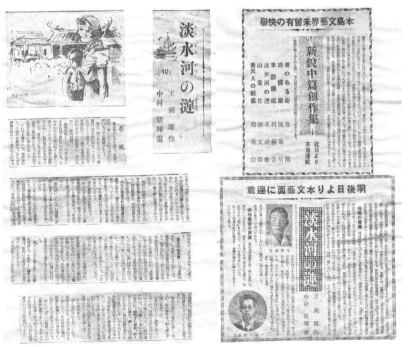

王昶雄先生珍藏的這份剪報，是他1939年繼翁鬧〈港のある町〉之後在《台灣新民報》新銳中篇創作集連載的小說〈淡水河の漣〉。當時編輯黃得時特別介紹，作者年僅25歲。（王凌洋提供，柳書琴解說）

也規劃作者之言、繪者之言及其相片，搭配畫家插繪的刊前預告，藉由作者的現聲／現身說法吸引讀者注目。1937年至1940年間的戰爭前期，曾被黃得時喻為沒有文學活動也沒有文藝雜誌的本島文藝界之「空白時代」，龍瑛宗亦曾以「文學之夜」稱呼戰爭陰影下的文壇低潮。然而，「新銳中篇創作集」推出後獲得廣大回響，龍瑛宗指出其帶來「文學運動再起之跡象」；黃得時也在日後回憶中認為：「新銳中篇創作集」是使得「戰時萎縮中的文學熱情再度昂揚」的關鍵點。作者群中的翁鬧、王昶雄、呂赫若、張文環皆有留日經驗，此外亦不乏如呂赫若、張文環、龍瑛宗等曾於內地文壇獲獎者。他們在戰爭期書寫下的台灣生活或帝國裡的他方故事，顯示1930年代後期殖民地台灣的日本語作家和讀者大眾已經成熟，台／日文藝交涉與跨界在此獲得充分展現。（陳淑容）

《台灣新報》文藝欄（台湾新報文芸欄）

日刊報紙日文文藝欄。1944年3月台灣總督府實施報紙統制，本報由台北《台灣日日新報》、《興南新聞》、台中《台灣新聞》、台南《台灣日報》、高雄《高雄新報》、花蓮《東台灣新報》，共六大報合併而成。同年4月1日由台灣新報社發行，下設總務、編輯、業務、工務四局。社長藤山愛一郎，後改由台北州知事坂口主稅為社長。副社長有兩位，一位由《大阪每日新聞》伊藤金次郎擔任兼主筆，另一位則為原任《興南新聞》專務的羅萬俥。董事依原報社規模分配名額，《興南新聞》原董事林呈祿繼任為《台灣新報》董事。為了掌握殖民地輿情，《台灣新報》重要職位均由大阪每日新聞社派任，台人日人的職位與薪資有所差別。報社在東京與大阪設立支社，台灣各地設有支局，並於廈門、香港、海南島、西貢、馬尼拉等地派駐特派員進行當地採訪。在殖民當局掌控下，《台灣新報》已喪失媒體的言論自主性，只能充當日本軍部的傳聲筒。因戰時紙張配給縮減的關係，報紙篇幅不斷減少，由十頁減縮至四頁。

日本敗戰後停刊，國民政府接收後改名為《台灣新生報》。原屬台灣日日新報社的龍瑛宗、吳濁流、王白淵和興南新聞社的黃得時，因為報紙統合而成為同事，呂赫若因工藤好美的介紹亦加入其中，諸人分屬不同部門。另外，該社將原台灣日日新報社的《皇民新聞》改稱為《台灣新報・青年版》，該版為擴展青年讀者群，以較淺顯易懂的日文報導戰爭時事，推動青少年皇民化和戰時動員。版面亦刊出文藝作品或連載長篇小說，例如，鶴丸詩光〈軍隊明朗曲〉（軍隊明朗曲）、龍瑛宗〈無敵猿飛〉（無敵猿飛）、濱田隼雄〈少年工〉（少年工）、高山凡石（陳火泉）〈光之中〉（光の中に）、周金波〈魁梧群像〉（逞しき群像）、河野慶彥〈振翅〉（羽搏き）、〈台灣作家十人集〉（台湾作家十人集）等作品，時而可見黃得時、坂口䙥子、西川滿等人的作品。在總力戰的動員下，台、日作家僅能在這有限的共同文藝空間裡，配合時局撰寫國策文學。由於報社特派員遍及南洋各地，該報亦蒐集了戰爭末期南洋的各種情報資訊。（王惠珍）

（四）雜誌文藝特輯

台灣新文學出路的探究特輯

《先發部隊》雜誌中文特輯。1933年10月15日，台北地區的文人郭秋生、廖漢臣、黃得時、林克夫、王詩琅、朱點人、蔡德音、陳君玉、徐瓊二等人成立「台灣文藝協會」，於1934年7月15日發行機關誌《先發部隊》，1935年1月6日發行《第一線》，之後停止運作。《先發部隊》是一本綜合性的文學雜誌，刊出的「台灣新文學出路探究」特輯，共收錄：芥舟（郭秋生）的〈卷頭言：台灣新文學的出路〉、黃石輝〈沒有批評的必要、先給大眾識字〉、周定山〈還是烏煙瘴氣蒙蔽文壇當待此後〉、賴慶〈文藝的大眾化、怎樣保

障文藝家的生活〉、守愚〈小說有點可觀、宜多促進發表機關〉、點人〈偏於外面的描寫應注意的要點〉、君玉〈台灣歌謠的展望〉、毓文〈新歌的創作要明白時代的課題〉、秋生〈解消發生期的觀念行動的本格化建設化〉、黃得時〈「科學上的真」與「藝術上的真」〉、青萍〈詩歌的科學性〉、逸生〈文學的時代性〉等12篇文章。特輯論述目的主要針對台灣新文學通過發生期之後，對台灣新文學的回顧、省思及展望。論議範疇涵蓋文藝大眾化的探討、文藝家的出路、文學園地的擴充、文學作品創作的技巧、文學與科學、文學與藝術、文學的時代性，歌謠創作等，可謂全面性探究當時的文學問題。執筆者們共同體認到台灣文學應進入本格化（文學的自主性）的建設階段。台灣新文學運動經歷過十多年的發展之後，文學者自覺應脫離台灣新文化運動或社會運動的附屬地位，追求進一步的文學獨立性、自主性，以及更多元、全面的發展，並呼籲共同促使1930年代的台灣新文學走出新進境。（彭瑞金）

民間文學特輯

《第一線》雜誌中文特輯。刊登於台灣文藝協會1935年1月發行的《第一線》。本刊以中文作為主要語言，發行人為廖漢臣，主編黃得時。特輯中收錄民間故事之改寫，共計15篇，包括：毓文〈頂下郊拼〉、黃瓊華〈鶯歌庄的傳說〉、一騎〈新莊陳化成〉、〈下港許超英〉、一吼〈鹿港憨光義〉、沫兒〈台南邱檬舍〉、李獻璋〈過年的傳說〉、一平〈領台軼事〉、描文〈賊頭兒曾切〉、陳錦榮〈水流觀音〉、〈王四老〉、蔡德音〈碰舍龜〉、〈洞房花燭的故事〉、〈圓仔湯嶺〉、〈離緣和崩崁仔山〉。另有三篇評論：黃得時〈卷頭言：民間文學的認識〉、HT生〈傳說的取材及其描寫的諸問題〉、茉莉〈關於民謠之管見〉（民謠に就いての管見）。黃得時在該刊卷頭語中說明，台灣民間文學的蒐集工作雖已有《台灣新民報》、《南音》與《三六九小報》刊登民謠作品，但是民間敘事文類的發表仍相對

欠缺。因此本專輯主要收錄漢人民間故事、傳說等敘事文類，並特
別強調本島獨創的特色。故事多出自作者生活見聞，並經漢文改
寫，未保留口語特徵。亦有融合故事異聞後改寫成一篇文章的現
象。本專輯是台灣島內文人首次有規模、有意識的進行民間文學蒐
集與研究工作的成果，其後更激發島內民俗與民間文學工作的動
力。研究者蔡蕙如指出，從專輯中的評論可知，近代台灣民間文學
觀念啟蒙於歐洲和日本的民間文學研究，並在島內民族主義者與馬
克思主義者間產生立場的差異。輯中故事的內容，也顯示台灣漢族
民間文學受到中國與日本的影響而具有跨文化的風貌。（呂政冠）

漢文創作特輯

《台灣新文學》雜誌中文特輯。《台灣新文學》1935年12月28日創
刊，至1937年6月15日2卷5號止，共發行15號，其中1卷10號遭
禁止發行，實際發行14號，由台灣新文學社發行，社址在台中市。
創刊號由廖漢臣任編輯兼發行人，1卷2號起改由楊貴（楊逵）任
編輯及發行人。其中1卷8號至2卷3號，因楊逵、葉陶夫婦雙雙病
倒，由王詩琅負責編輯發行。是一份日文及漢文作品並陳的文學雜
誌。《台灣新文學》於1卷9號刊出「預告」：「這一二年來台灣文學
的漢文創作，較之和文的驚奇的長足底進步，算是微之不振，但是
一連的漢文作家，決不是完全死滅，或者可以說是潛沉精進，恰為
切當……」，將動員漢文作家在次號推出「漢文小說專號」。實際推
出的有：賴賢穎〈稻熱病〉，尚未央（莊松林）〈老雞母〉、馬木歷
〈西北雨〉、朱點人〈脫穎〉、洋（楊守愚）〈鴛鴦〉、廢人（鄭啟
明）〈三更半暝〉、王錦江（王詩琅）〈十字路〉、一吼（周定山）
〈旋風〉等八篇小說，及楊史民的詩〈餓〉，但易名「漢文創作特
輯」。此特輯在印刷過程中，以「內容不妥當，整體空氣不好」，遭
到警務局禁止發行之處分。《台灣新文學》1卷10號原訂1936年12
月發行，總計124頁，漢文特輯占了99頁，另有：賴懶雲（賴

和）、黃病夫、林越峰、蔡愁洞（蔡秋桐）、李泰國、林克夫等人，
也都應邀執筆，皆因查禁而不及刊出。特輯幾乎網羅日治時期台灣
新文學所有重要漢文作家，作品絕大部分都是反映殖民地社會的現
實，具有批判現實的共同特質。（彭瑞金）

台灣文學者總崛起特輯（台湾文学者総蹶起特輯）

《台灣文藝》雜誌日文特輯。刊載於台灣文學奉公會機關誌《台灣
文藝》1卷2號，1944年6月發行。特輯以台灣文學奉公會常務理事
兼日本文學報國會台灣支部長矢野峰人〈台灣文學界總崛起〉（台
湾文学界の総蹶起）一文為首，說明在「全島要塞化」時局下製作
特輯的用意。他指出在決戰文學會議召開後，為表達協力聖戰決
意、強固文學報國誓言、盡速完備攻守態勢，文學者不僅要有新覺
悟更要即刻實踐。文學奉公會透過對第一線活躍會員的邀稿，要求
文學者以對於總崛起運動的「覺悟與對策」，回應全島民協力聖戰
的赤誠。總計刊出23篇宣告文，包括：今田喜翁〈勤勞精神的昂
揚〉（勤勞精神の昂揚）、呂赫若〈寧為一個協和音〉（一協和音に
でも）、濱田隼雄〈文學的崛起〉（文学的蹶起を）、新垣宏一〈台
灣一家的團結〉（台湾一家の結束）、西川滿〈作詩亦作田〉（詩も
作れ、田も作れ）、張文環〈臨戰決意〉（臨戰決意）、渡邊よした
か〈國民皆詠〉（国民皆詠）、川見駒太郎〈作詩毋寧作田〉（詩を
作るより田を作れ）、河野慶彥〈文學者的崛起〉（文学者としての
蹶起）、神川清〈敵前文學〉（敵前文学）、楊逵〈解除「首陽」
記〉（「首陽」解消の記）、吉村敏〈劇作家共奮起〉（劇作家よと
もに）、高山凡石（陳火泉）〈台灣開眼〉（台湾開眼）、竹內實次
〈決意〉（決意）、長崎浩〈自戒一則〉（自戒一則）、中島源治〈對
總崛起運動的期待〉（總蹶起運動に寄す）、村田義清〈草莽之心〉
（草莽の心）、大河原光廣〈生活〉（生活）、山本孕江〈總崛起運
動與俳人〉（總蹶起運動と俳人）、小林土志朗〈坐而言不如起而

行〉（言舉げよりも實踐）、小山捨月〈不滅不休〉（擊ちてし止ま
む）、吳新榮〈從軍文士的決意〉（從軍文士の決意）、齋藤勇〈文
學者總蹶起〉（文學者の総蹶起）。中島利郎指出，1944年3月日本
大政翼贊會等發起「國民總蹶起運動」，台灣文學奉公會也效法日
本文學報國會舉辦的總蹶起大會，以「全民勞動並加倍勤勞」、「強
化決戰生活」、「盡速提高國民儲蓄」、「台灣要塞化」為目標，號
召台灣文學界總蹶起。作家們在國策理念下對於如何以筆代鋤、以
筆代劍，促進增產、實踐要塞建設，各有詮釋，如呂赫若等人不乏
絃外之音。之後如何將總蹶起四大要求實踐於創作中，台、日作家
也各有對策。此特輯反映決戰體制對作家動員邁向最嚴酷階段，此
後情報課在「生產戰」概念下，更強制派遣作家參觀物資生產現
場，以官方立場「委囑」撰寫「增產報導文學」。（柳書琴）

派遣作家的感想特輯（派遣作家の感想特輯）

《台灣文藝》雜誌日文特輯。刊於台灣文學奉公會機關誌《台灣文
藝》1卷4號，1944年8月發行。為台灣總督府情報課與台灣文學奉
公會為實現「台灣文學界總蹶起」理念，推動派遣作家計畫過程中
的座談會內容。《台灣文藝》曾於編輯部〈關於派遣作家〉（作家派
遣について）一文，介紹計畫目的為「藉由描寫在第一線基地台灣
各地，為了增強戰力勇敢奮鬥中的台灣島民的姿態，達到啟發島民
的目的」。在台灣文學奉公會強力主導下，派遣13位會員至指定地
一週，與工作人員起居飲食與共，派遣地遍布台灣，譬如陳火泉
（金瓜石礦山）、龍瑛宗（高雄海兵團）、楊雲萍（台灣纖維工
廠）、楊逵（石底炭坑）、張文環（太平山）、周金波（斗六國民道
場）、呂赫若（謝慶農場）、西川滿（鐵道部各機關）、濱田隼雄
（日本鋁工廠）、河野慶彥（油田地帶）、長崎浩（太平山及公用
地）、新垣宏一（台灣船渠工廠），但亦似有派往菲律賓島嶼者（吉
村敏）。作家歸來後，出席7月13日「派遣作家座談會」，《台灣新

報》（7月16日至26日）連續報導數日，另輯為本特輯，包括：吉村敏〈從築城現場歸來〉（築城現地より帰つて）、西川滿〈鐵道日記〉（鉄道日記）、濱田隼雄〈工廠的鬥魂〉（工場の鬥魂）、河野慶彥〈從油田地帶談起〉（油田地帶を廻つて）、長崎浩〈言語和現實〉（言葉と現実）、新垣宏一〈鐵量〉（鉄量）、高山凡石（陳火泉）〈互相祈禱的心〉（祈り合ふ心）、龍瑛宗〈戰時下的文學〉（戰時下の文学）、楊雲萍〈感想〉（感想）、楊逵〈勤勞禮讚〉（勤勞礼賛）、張文環〈增產戰線〉（增産戰線）、周金波〈斗六街〉（斗六といふ街）。《台灣文藝》同期以「情報課委囑作品」名義，刊出楊逵〈增產之背後：老丑角的故事〉（增産の蔭に―呑気な爺さんの話）、高山凡石（陳火泉）〈請注意安全〉（御安全に）兩篇小說。其他成果（含詩、報導文學），亦自7月起多管道刊載於《台灣新報》、《旬刊台新》、《台灣時報》、《台灣藝術》。最後所有創作再經情報課編輯，收錄於《決戰台灣小說集》乾卷（1944年12月）、坤卷（1945年1月）出版，為台灣文學史上第一部、也是唯一的派遣文學集。內容可見作家被徵召進入要塞化生產現場，受戰局悽愴、生產嚴酷、極限勞動的衝擊之餘，依各異其趣的意識形態和敘事策略回應「報導戰士」任務的樣態。（柳書琴）

辻小說特輯（辻小說特輯）

《台灣文藝》雜誌日文特輯。刊載於台灣文學奉公會機關誌《台灣文藝》11月號1卷6號，1944年12月發行。開卷即以〈文學報國的赤誠〉（文学報国の赤心）一文，頌揚神風特攻隊的日本精神，傳達該期重點。特輯收錄14位作家的極短篇小說，一篇一頁。〈編輯後記〉記載，「以醜敵來襲為題材」的這個特輯，是編輯部於空襲後數日，在無法給予充分完稿時間和頁數之情形下快速進行的邀稿。作品包括：濱田隼雄〈畜牲〉（畜生）、呂赫若〈百姓〉（百姓）、新垣宏一〈醜敵〉（醜敵）、通山秀治〈前夜〉（前夜）、龍

瑛宗〈青風〉（青き風）、小林井津志〈監視台〉（監視台）、楊逵〈小鬼群長〉（チビ群長）、佐藤孝夫〈謠言〉（デマ）、喜納政明〈投石〉（投石）、吉村敏〈一個矛盾〉（ある矛盾）、葉石濤〈美機敗走〉（米機敗走）、鶴丸詩光〈轟炸與白金〉（空爆と白金）、高山凡石（陳火泉）〈峯太郎的戰果〉（峯太郎の戰果）、河野慶彥〈十月十二日〉（十月十二日）。作者們紛紛以「醜敵」為主題，描寫美軍 1944 年 10 月以來對台灣的轟炸。在記錄炮彈爆破時的驚心動魄、躲避空襲的千鈞一髮、對「鬼畜美英」的怒罵等文詞之外，台日作家也有不同的闡述重點和角度。譬如：楊逵聚焦一位國民學校六年級的小男孩如何救助發燒的母親、三歲的妹妹和鄰居阿婆成功躲過轟炸；龍瑛宗描寫上班途中遭遇空襲躲進防空洞的一位職員心境；葉石濤形容日本軍機擊退美國軍機有如「龍捲風般的萬歲」；濱田隼雄、小林井津志、鶴丸詩光則刻畫戰時人民為國犧牲奉公的大我精神。「辻小說」特輯是台灣文學奉公會動員日台作家實踐「文學報國」的成果之一。作為《台灣文藝》的倒數第二期，本期卷頭尚有「獻給神風特別攻擊機隊」（神風特別攻擊機隊に捧ぐ）特輯，收錄詩、短歌、俳句、短文等六篇謳歌作品。兩特輯之外，亦刊有西川滿的連載小說〈台灣縱貫鐵路〉（台湾縦貫鉄道）、佐藤孝夫的現地報導〈戰鬥的造船廠〉（闘ふ造船工場）等戰爭文學作品，決戰文壇在空襲下全面被動員的嚴酷情況可見一斑。（柳書琴）

（五）出版社、書局

文明堂

書局、出版社、留聲機銷售。1898 年由長谷川直創辦，原經營雜貨進出口，1902 年改販賣書籍，遷至榮町（今台北市衡陽路）。1916

年長谷川直逝世後，改由其妻長谷川高千代（長谷川タカチヨ）繼承。戰後轉手黃阿福經營，改稱「香華書館」，但因書籍經銷欠佳而兼營茶堂。日治時期業務包括書籍進口、出版、和洋雜貨代理、蓄音機（留聲機）等，更引進當時新研發但耐用度稍差的日本「金鳥印」唱片及其專用蓄音機，因價格較低廉，帶動了一般民眾購買唱片的風潮。文明堂除與新高堂、杉田書店同樣從事新刊雜誌經銷外，最大不同之處，在於兼營蓄音機部門，引入新媒體技術與文化。任職於其蓄音機部門的店員陳茂榜，在此累積創業資本與技術，之後遷至大稻埕創立「東正堂蓄音機」公司，戰後擴大為今日之聲寶公司。台灣松下（國際牌）電器創辦人洪建全年輕時亦在文明堂習得收音機修理技術，之後自行開業從事收音機修理與進口，戰後結識松下幸之助，與日本松下電器攜手合作，方能成就今日之事業規模。文明堂出版品橫跨法律與文學類書籍，如長尾景德《台灣刑事法大意》（1926）至今仍為研究日治時期法律的重要文獻，龍瑛宗也曾提及當時台北學生在文明堂看書、購書的盛況。文明堂的唱片、蓄音機展售相當成功，推廣了台灣唱片與音樂欣賞的文化，帶動流行歌曲的風行與創作，也促進了音樂產品的商業化。文明堂獨樹一幟的路線，使其與新高堂等日本人書店分庭抗禮，毫不遜色，其唱片事業也以專利的「金鳥印」唱片，在主流的古倫美亞、勝利唱片之外另闢市場，獲得民眾喜愛。20世紀初期隨著唱片、廣播等有聲產業的發展，日本本土出現了兼營唱片、收音機展售的書店。文明堂書店為台灣第一間打破傳統書店框架，結合新潮的唱片產業並培養新媒體人才的書店。（王敬翔）

新高堂書店

書局、出版社。創辦人村崎長昶。村崎原以陸軍雇員身分於1895年日治初期來台，後辭去官職留在台灣經商。1898年在台北市榮町一丁目（今重慶南路一段121號）開設「新高堂」文具店，後兼營書

店，並逐漸以書店為主要業務。1915年書店改建為三層樓紅磚建築，戰後由國民政府接收，改組為東方出版社，現已遷離原址。1946年村崎家族歸返日本後，後代於東京重新開設「新高堂書店」。日治時期的新高堂書店，在台灣新式學校普及的背景下，成為當時台北地區各級學校教科書的主要出版與供應商，供給小學校、公學校、中學、高女、台北帝大各級學校教科書，也引進運動用品、樂器、手工藝品等，是當時台灣少數能從日本出版商直接批書來台販售的書店兼出版社。書局遵照總督府指示，不引進與販售禁書，譬如聞名於東京知識界但屢屢批評政府的刊物《改造》等，便不代理販售。在書籍出版方面，除了《日台會話大全》、《廣東語會話》、《台北市街地圖》，以及台灣風景明信片等實用書籍、工具書與暢銷文化商品之外，亦推出不少日本人撰述的台灣研究書籍，

新高堂書店（臺北）

同店內部の一部

1915年重建之新高堂書店為三層樓紅磚建築，由監造台灣總督府的建築師森山松之助所設計。一至二樓販賣雜誌、圖書，三樓為集會所。（國立台灣圖書館提供，柳書琴解說）

而別具特色。譬如，伊能嘉矩編《作為台灣巡撫之劉銘傳》（台湾巡撫トシテノ劉銘伝，1905）、《傳說中所呈現之日台關係》（伝説に顕はれたる日台の連鎖，1919）、山下江村《台灣海峽》（台湾海峽）等。新高堂書店為日治時期台灣代理與出版日文圖書的先驅，亦是台灣最早且最大宗直接輸入日本書籍之書店，對普及閱讀風氣、刺激台灣文化向上發展、促進台／日知識圈接軌與交流，皆有重要作用。20世紀初期日本內地的圖書業隨帝國勢力擴張而拓展至東亞各地，新高堂書店在日本書籍出版與閱讀文化向海外傳播的歷史中誕生，具有首開先河的地位。（王敬翔）

蘭記書局

書局、出版社。1922年黃茂盛在嘉義市榮町四丁目創立蘭記圖書部，1934年遭祝融後遷至榮町二丁目，1991年結束營業，歷時70年。初由黃茂盛經營，1952年後交由次媳黃陳瑞珠掌理，創立時以振興漢文化為宗旨，從大陸進口各類古今圖書經銷販售，舉凡傳統經史子集、詩文筆記、章回小說、書譜法帖、卜易、連環圖畫等，傾向傳統通俗實用書籍，並以刊登廣告、印製目錄、郵購、預約等方式多元行銷，大量銷至全台書店，為讀者建構閱讀漢文通俗圖書之視野，並被台灣出版會賦予指導南部出版業及書店之地位。日治時期在私塾教育受抑的背景下，戮力引進漢文讀本，所進口的商務書局《國語教科書》八冊，因書名及內容問題遭當局沒收，黃茂盛即改編標題及內容，易名為《初級漢文讀本》於1927年出版後搶購一空，1930年又修訂中學程度的《高級漢文讀本》八冊出版，兩套讀本成為蘭記主要出版品。戰後初期極缺中文教科書，許多學校暫以蘭記讀本權充，蘭記又將內容重新修訂，易名為《初級國語讀本》、《高級國文讀本》，一時間各地需書數十萬冊，日夜趕工也供不應求，各地書商遂趁機自行製版發售，黃氏以國民有教材學習為重，對翻印者未加追究。此外，蘭記為便利以台語學習國語者，出

版多種國台語發音對照的字典、手冊，亦成為暢銷書。1949年大陸淪陷後幾家大型書店播遷來台，蘭記之讀本與字典市場漸被取代，書局經營轉為地區性，在黃陳瑞珠經營下，已不再出版發行、刊登廣告作擴展性行銷，但仍為南部重要書店。待新式書店崛起後生意開始衰退，未售罄的絕版書反成其特藏。書局於1991年結束，黃陳瑞珠為推廣台語教育著手修訂原《國台音萬字典》，於1995年出版《蘭記台語字典》、《蘭記台語手冊》。蘭記書局日治時期為開拓台灣知識啟蒙與漢文閱讀建置了流通網路，為當時經營漢文通俗讀物的重要書店，戰後初期又為極度缺乏的教科書解燃眉之急，黃陳瑞珠續以台語教育承襲此一薪火，其圖書事業不但連結了中國與台灣的讀書場域，也傳承漢文化與台灣本土文化之時代交替。（蔡盛琦）

文化書局

書局、出版社。蔣渭水創辦、經營。台北市太平町三丁目（今延平北路二段）。1926年6月創立，1931年8月蔣渭水病逝後結束營業。文化書局以「新文化介紹機關」為使命，創立宗旨見諸1926年7月11日以「文化書局總經理蔣渭水」署名刊於《台灣民報》的廣告：「同人為應時勢之要求，創設本局，漢文則專以介紹中國名著兼普及平民教育，和文則專辦勞働問題農民問題諸書，以資同胞之需，萬望諸君特別愛顧擁護，俾本局得盡新文化介紹機關之使命。」販售商品，根據《台灣民報》廣告書目，可分為以下幾類：一、中國革命思想：偏愛孫逸仙的著作及傳略，有孫逸仙傳、建國方略、三民主義等；二、中國文史研究：包括梁啟超、胡適、梁漱溟、章太炎、吳稚暉等人著作，及中國古典經學詩詞；三、社會科學論著：有政黨史、社會學、經濟學等。較特別的是照片，有大量孫逸仙寫真，也有蔣介石、黃克強、秋瑾等。台灣民眾黨成立後，店內擴增頗多《階級鬥爭原理》等馬克思主義書本。為求獲利，亦有很多通俗書籍，如婦女家庭主題的《最新結婚學》、《夫妻間的性智

識》、《同性之戀愛》，及類型小說如《福爾摩斯偵探案》等。蔣渭水1921年投入台灣議會請願運動、台灣文化協會，同年在承租行醫的大安醫院另闢一室成立「文化公司」，引進啟蒙意義的中日文書報。大安醫院後來也成為文化協會本部、《台灣民報》台灣支局，是「台灣民報總批發處」。1926年6月《台灣民報》遷往下奎府町，喬遷後蔣渭水順利以先前基礎開設文化書局。文化書局號稱本島人「第一家漢文新式書店」，迥異於販賣科考讀本及醫命相書的舊式書店，並與當時榮町（今重慶南路）一帶的新高堂、文明堂、杉田等日文新式書店勉可抗衡。文化書局與台中中央書局、台南興文齋，同為文化協會戰線延伸的據點，並帶動1927年連雅堂開在對街的「雅堂書局」、1929年台灣共產黨員謝雪紅開在百公尺外的「國際書局」。一時間本島人書店成為風潮，閱讀的深度與廣度提高，世界大量的思想透過中國上海、日本東京進入台灣。（蘇碩斌）

中央書局

書局、出版社。由鹿港人莊垂勝提倡，獲得豐原大雅張濬哲、張煥珪兄弟的支持，於1927年1月3日假台中市寶町三丁目（今台中市市府路103號）創建，1945年第二次世界大戰結束後，搬遷至書局倉庫兼員工宿舍處（今台中市台灣大道一段235號），1948年完工，隔年重新開始營業，1998年因財務困難結束營業。2015年信誼基金會與上善人文基金會共同承租舊址建物，規劃未來重新開幕。首任社長張濬哲，1938年張煥珪接任。實際負責事務經理人，先後有莊垂勝、張星建與郭頂順。中央書局本為中央俱樂部的部門之一，除了引進最新日文與漢文書籍之外，文具、洋畫材料、運動器材、服裝、西洋樂器、參考書等也在販售之列，還肩負推動台灣文化運動的任務。張星建擔任書局營業主任任內（1927-1949），中央書局先後成為《南音》、《台灣文藝》的印刷與發行所，擴大雜誌的銷量與影響力，協助推動台灣文藝聯盟的組織工作。文學之外，中

中央書局營業部主任張星建（右一）與堂弟張星賢、吳來興、巫永福（由右至左），日治時期在書局前留影，入口側掛有《改造》雜誌的廣告。（圖立台灣歷史博物館提供，柳書琴解說）

央書局每年舉辦洋畫講習會，邀請陳澄波、廖繼春等知名畫家擔任講師，並免費舉辦繪畫展覽會，協助畫家郭雪湖舉辦個展等等。透過張星建的穿針引線與中央書局的資源，台灣美術家不僅參與《台灣文藝》的封面設計、插畫工作，也在雜誌上發表創作的感想，參與台灣文藝聯盟舉辦的座談會；促成文學家與藝術家們大規模的跨藝術合作。1945年戰爭結束後，台灣回歸中國大陸政治版圖，台中仕紳林獻堂、葉榮鐘等人組織歡迎國民政府籌備會，積極籌備歡迎國民政府來台事宜，中央書局協助印行國歌歌譜。1950年代以後，中央書局主要業務為圖書出版，科學、語言學習書籍之外，亦出版日據時期文人如洪炎秋、葉榮鐘、蘇薌雨以及戰後來台的徐復觀等人著作，更成為省籍文化人往來交流內外訊息的據點。誠如葉榮鐘所言，在日本帝國主義統治下，中央書局輸入漢文書籍對於保存中國傳統文化與用中國人的眼光去接受新思潮、新文化的意義上有其不可磨滅的功績。此外，對於1930年代台灣文學與美術發展所起的推動作用，亦不容忽略。（黃琪椿）

此為1949至1998年間中央書局舊影。1998年結束營業後，該建築物歷經不同店家進駐，至2015年信誼基金會與上善人文基金會共同承租、整修後，於2018年重新開幕。（林良哲攝影，柳書琴解說）

廣文堂

書局、出版社。1927年5月創設於台北市京町，名稱取自「廣開文化」之意。開業者彭木發（1892-？），新竹人，1912年台灣總督府國語學校公學師範部乙科畢業，同年起至1918年間，先後擔任大湖口公學校和北埔公學校教師。之後赴日深造，1924年早稻田大學專門經濟科畢業。曾任如水社社長。河原功的研究指出，《台灣民報》上可見廣文堂書局廣告，營業項目包括：和漢新書、書籍雜誌、圖書出版、報紙經銷、筆硯文具類。書籍雜誌方面，「從上海輸入和販售中國的新舊良書」；從日本內地移入者，則有芥川龍之介、谷崎潤一郎的小說、新村出《南蠻廣記》（南蛮広記，岩波書店，1925）、泉哲《殖民地統治論》（植民地統治論，有斐閣，1921）、大鹽龜雄《最新世界殖民史》（最新世界植民史，巖松堂書店，1923），月刊雜誌有《殖民》（植民）、《馬克思研究》（マルクス研究）、《社會思想》（社会思想）等。（張郁璟）

雅堂書局

書局。1927年7月由連雅堂主導、黃潘萬贊助所創設，位於大稻埕太平町3丁目227番地（今台北市延平北路三段）。成立原因乃是連雅堂至上海遊歷時，見識到掃葉山房、千頃堂、商務印書館、中華書局等書肆林立，上海民眾購書便利，反觀台灣人欲購買漢文書籍卻苦無管道。再者，殖民統治已近30餘年，日語作為「國語」普及台灣社會，漢文書房、論述及創作不斷喪失場域。連氏以維護漢文化為己任，對此感到憂心，除了勤於著述、參與文學論戰以維護文化傳統外，成立書局引介知識和保存漢文化亦為其重要對策。受到上海書肆蓬勃、文化出版興盛的啟發，雅堂書局所販書物主要為上海各大書肆的線裝書、石印本、現代讀物，內容遍布經、史、子、集與哲學、政治、經濟等古今書籍。然而進口中國圖書在當時十分不易，由於時值中國北伐之際，台灣總督府恐民族主義進入台灣，喚起台民祖國意識，對中國輸入台灣的書籍檢查嚴格，造成連氏進書受阻，譬如《三民主義》、《中山全書》等書便無法直接由大陸引進。連氏乃將書籍購買後，輾轉寄至日本再運回台灣，利用總督府對日本本國輸入書籍檢查相對寬鬆的縫隙，讓台灣讀者得以獲得這些進步書籍。之後雅堂書局因不敵同化政策及漢文人口流失等大趨勢，於1929年結束營業，但三年期間堅持專售漢文書籍、不賣日文書籍的經營方針，維持了漢文化生機，也讓漢文現代圖書在圖書市場中傳播，對於知識啟迪、文人創作，以及從華文印刷媒介掌握中外政治、文化與言論動向，影響甚深。（林以衡）

台灣新民報社

出版社。1928年8、9月間，《台灣民報》股東決議以羅萬俥為首，為發行日刊籌組每股50元、共計6000股的新報社，並於1929年1月13日在台中大東信託會社召開「株式會社台灣新民報社」創立總

會，由林獻堂擔任社長，羅萬俥任專務取締役。在林獻堂積極奔走下，1929年年底獲得總督府允許發行《台灣新民報》之承諾，並決定與台灣民報社合併以集中力量推行日刊。1930年3月2日，新舊民報社合併，新民報社增資1250股以吸收民報社的股份，資本額共計362500元。3月20日總督府批准發行，3月29日週刊《台灣新民報》正式發刊。之後林獻堂與羅萬俥持續與總督府協商日刊發行事宜，他們以長年從事政治社會運動所累積的經驗與人脈，透過中央政界關說與殖民地地方官吏中介等雙重管道，與總督府斡旋。在堅持純台灣人資本與董、監事應有席次之下，歷經與石塚英藏和太田政弘兩任總督的交涉，終於在1932年1月9日獲得日刊許可，並於4月15日發行日刊。在日刊許可通過後，林獻堂以不識和文、無經驗、遠在霧峰無以監督為由，堅持卸下社長職務，爾後新民報社社長一職遂維持懸缺。週刊時期，台北本社僅設置編輯部（下領和文科、漢文科、校正科、調查課）與營業部（下領總務係、計算係、發送係、外務係），而將印刷工作委外經營。進入日刊時期，除了編輯局（下轄調查部、學藝部、通信部、社會部、經濟部、政治部、整理部）與營業局（下轄會計部、廣告部、販賣部）之外，特別自大阪每日新聞社購入每小時可印刷14000張的輪轉印刷機，因而新設印刷局（下轄技術部與印刷部），開始自營每日出刊的印刷事宜。《台灣新民報》的媒體性格，也由週刊時期以政治社會運動為本位的「政論中心」，轉為日刊時期不偏不黨的「報導中心」，由於論調轉趨溫和，曾遭左翼激進報刊批判。此時《台灣新民報》可謂腹背受敵，除了持續面對自週刊時期以來的報刊檢閱壓力之外，1930年代新興的收音機廣播、商業電影等視聽媒體對文字報刊的挑戰，也使媒體市場更加競爭。中日戰爭爆發之後，《台灣新民報》先是1937年6月廢止漢文欄，再於1941年2月被迫改題為《興南新聞》，最後在1944年3月被總督府整併入統合全島六家報紙的《台灣新報》，終於結束經營。（莊勝全）

國際書局

書局。1929年2月5日開始營業，初創於台北大稻埕的太平町3丁目19番地（今台北市延平北路一段155號），至1931年10月或11月間結束經營，前後約兩年半。為甫自共產國際莫斯科東方大學受訓結業返台、參與創建台灣共產黨的謝雪紅倡建。謝雪紅於台北召開的第三屆台共中央委員會提出成立構想並命名，招牌以紅星作為標示，首批出資人為其二姊謝氏絁和黨員楊克培、林日高，承租人為楊克培，房東為顏龍光。初期由謝雪紅、楊克培及台共黨員楊春松之弟楊春瑄負責經營，不幸開業一週即發生二一二事件，謝、楊兩人遭日警逮捕後，由楊克煌（楊克培堂弟）自台中北上接手書局。隔年初因資金短缺，楊克煌與廖九芎各自說服其父投資，書局繼續勉強經營，然長期積欠房租，遭房東提告，1930年6月遷至台北市京町3-22（今台北市博愛路52-56號附近）。國際書局的創立，除吸引具左翼思想的進步人士與群眾外，主要目的乃掩護台共黨員對外活動的身分。店內專售進步的社會科學書籍，與日本的馬克思書房、星火書房等具左翼色彩的書店有交易往來，此外為開闢收錄管道也販售普通的社會科學圖書及雜誌，並經銷部分台北醫專學校學生使用的醫學書籍。1930年8月、9月間，林萬振、郭德金在書局組織台灣戰線社，陳煥珪、周合源及書局成員謝雪紅、楊克培、楊克煌、廖九芎皆參與，並發行左翼文藝刊物《台灣戰線》，可謂台共外圍團體。自謝雪紅與林木順從莫斯科共產國際受訓，1928年經日本返回上海，4月15日創建台共，後為日警偵破，謝氏從上海遭驅返台，繼續從事台共運動，皆與國際書店這個基地密切相關。1931年6月26日清晨，日警至書局進行搜查，逮捕謝雪紅、楊克培與楊克煌。同年9月台共覆滅，國際書局可謂為台灣殖民歷史中與左翼革命連結最深的文化機構。（林瓊華）

興漢書局

書局。1931年由「北台大儒」張純甫創辦、經營，以維護漢文化為要旨。張純甫集詩學、思想與收藏家於一身，在日治時期推動漢文獻蒐集、保存和流通不遺餘力。由《張純甫日記》可知，張氏多次往來北京、天津、上海和蘇州等地，且頻繁流連各地書店，如來青閣、會文堂、中華書局和大展書局等。當時，適逢雅堂書局經營陷入困境，張氏乃與連雅堂合作，收購雅堂書局的大量漢籍，加上張氏本人收藏和持續由中國大陸等地購入的書刊，1931年於台北市永樂町（今迪化街一帶）成立興漢書局。書局命名明示振興漢學之宗旨，其創辦目的與雅堂書局相類，皆為維繫漢學、提振漢文。圖書來源，主要購自中國各地書肆，利用兩地郵寄、親自採辦等方式為書局擴充種類，內容繁多，詩集、文集為大宗，其次為中文學習工具書如《辭海》、《文學家大辭典》，或是宗教典籍如《壇經》、《大乘起信論》等。由於以振興漢學為使命，通俗性書籍如小說、笑話等較少。值得注意的是，興漢書局亦販售不少與台灣有關的書籍如《台灣民間文學集》、《台灣通史》或長篇小說《金魁星》等。此外，張氏本人既經營書店又為知名蒐集家，其「守墨樓」收藏不少書畫法帖、金石古玩等藝術品，推測書店不僅販售書籍，亦可能旁及蒐藏品收售。興漢書局經營年餘之後，張純甫因舉家遷回新竹而結束營業。經營時間雖短，但由興漢書局與守黑樓藏書觀之，張氏為集文學者、書店經營、藏書家及藝術古玩流通者於一身的風雅之士，其文化事業對日治時期台灣漢籍及書畫文物推廣、保存與流通實有重要貢獻；而與中國書店頻繁往來的文化引介，更見證台灣與同時期中國知識與文化交流上活絡的一頁。（林以衡）

三省堂

書局、出版社。創辦人龜井忠一。1881年龜井於東京神田創辦三省堂東京總店，原為中古書店，兼營英文辭典與教科書出版，1892年

神田大火災受害後，轉為專售新書之書店。1933年底，在同集團之東都書籍株式會社設立台北分店時，三省堂亦設立台北出張所。三省堂台北出張所主要負責三省堂出版品之宣傳業務，同時代理同家族企業之龜井藥品研究所台北出張所之業務，兼營藥物販售。1941年與台北小塚文具店合資，開設台灣三省堂書店，主要業務為新書、教科書與文具展售。三省堂出版販售的書籍以中學、小學校、公學校所使用的辭典、教科書為主，中學教科書採用率曾創下三省堂全日本業績第一的紀錄。戰後黃榮燦接手經營三省堂，改為新創造出版社，自1947年起發行《新創造》雜誌，至1951年被捕後結束營業。日本頗富盛名的三省堂來台灣設立據點，開啟日本著名書商至殖民地開發書籍市場之風氣，譬如丸善書店亦於1934年設立台北出張所。但藥品販售業務因銷售成績無法與大藥廠匹敵，最後藥品方面營業於1943年由三寶製藥併購。三省堂的文學出版品多委由同集團的東都書籍出版，出版量不多，但不乏一些有特色的出版品，譬如台北帝大教授瀧田貞治主編的井原西鶴俳諧研究叢書《櫻千句》（桜千句）、《俳諧石車》（俳諧石車）、《難波風》（難波風），以及戰後初期楊逵小說集《鵝媽媽出嫁》（鵞鳥の嫁入）等。繼台灣設立出張所之後，三省堂也陸續在其他殖民地、占領區設立據點，例如在朝鮮京城（今首爾）、上海、新京（今長春）、新加坡、馬來西亞的出張所，以及與華通書局出資各半在上海成立「三通書局」，對於日本書籍在東亞的銷售與日本文化的傳播曾有重要影響。（王敬翔）

東都書籍株式會社台北支店

書局、出版社。1930年三省堂於東京神保町創辦三省堂專屬地區書籍批發商「東都書籍株式會社」，由末次保擔任董事長。負責靜岡縣以東之東日本與外地圖書經銷。1933年12月9日，末次來台籌備台北分店設立事宜，並派遣持田辰郎擔任分店長。1937年1月獲准

開辦台灣唯一的內閣印刷局《官報》販賣所業務。除經銷書籍、中學教科書與官方出版品外，亦因獲得雜誌批發權，使獲利有所成長。1938年起開始出版書籍，推出諸如《祭祀公業與台灣特殊法律之研究》（祭祀公業並台湾に於ける特殊法律の研究）、《羅馬字發音・台灣市街庄名讀音》（ローマ字発音・台湾市街庄名の読み方）等書籍。戰爭期間，該書局因獨家販售《官報》、《週報》、《寫真週報》等與團結國民精神相關之政府出版品，成為重要收益來源。1941年，日本本土為出版業統合與一元化，將全國書籍批發業者加以整合，成立「日本出版配給株式會社」（簡稱日配）。1942年日配台灣支店成立，台灣亦同步施行書籍批發一元化。在統制體制下，東都書籍台北支店被迫將主要業務移轉給日配台灣支店，轉向出版業另謀發展。此時適因池田敏雄與店長持田辰郎之斡旋，使該書局成為《民俗台灣》雜誌發行所，集結一批關心台灣民俗的作家與學者，部分成員的著作亦交由該出版社出版單行本，因而成為當時出版台灣民俗圖書的重要據點。1945年日本戰敗後改稱「東寧書局」，由台灣首位法學博士黃廷富擔任負責人，實際營運者為池田敏雄。1947年池田等人遭送返國後，東寧書局亦宣告結束。（王敬翔）

日孝山房

私人出版社。西川滿創辦。1938年3月《媽祖》（媽祖）雜誌廢刊、媽祖書房結束後創立，發行限定手工裝幀的文學與文化圖書，發行部數從十數部到數十部不等。西川滿配合文本內容，設計不同的裝幀形式，用紙講究，作工精美，於裝幀中寄寓他對文學之美的執著及獨特的感受性。1938年5月，首先推出西川滿撰、宮田弥太郎繪製的兒童詩畫集《繪本桃太郎》（絵本桃太郎），以及矢野峰人的譯詩《四行詩集》（四行詩集）。其後陸續出版西川作品集，例如《嘉定屠城紀略》（嘉定屠城紀略，1939）、《梨花夫人》（梨花夫人，1940）、《華麗島民話集》（華麗島民話集，1942），以及矢野

峰人詩集《幻塵集》（幻塵集，1940）、中山省三郎詩集《羊城新鈔》（羊城新鈔，1940）等。戰後西川滿返日，雖於1960年代初創設人間之星社，但自1980年代初期開始，限定私家版的手工本多由東京日孝山房之名發行。主要發行類別有二，一類是重新裝幀其戰前在《文藝台灣》發表的作品，例如《紙人豆馬》（紙人豆馬，1981）、《採硫記》（採硫記，1988）等；另一類是重新出版他返日後撰寫的作品，例如「中國美女譚」系列小說，其中部分作品已由大日本雄辯會講談社集結出版為《中國美女譚》（中国美女譚，1956）。1981年他又重新擇取單篇作品，裝幀為10冊套書。西川滿的手工裝幀本備受藏家喜愛，鮮見於古書商肆，少數目前流通的限定本，據傳多為他於《文藝台灣》時期贈與日本內地諸家的書冊。（王惠珍）

日本出版配給株式會社台灣分店

戰時日本出版統制機關台灣支部。隨著中日戰爭的擴大，物資統一管理作為戰時統制的一環，連帶使日本對內地、台灣的出版活動管理皆日趨嚴格。1941年5月5日，日本出版配給會社（日配）成立，統合全國物流業者；1942年5月1日，日本出版配給株式會社台灣分店在三省堂台灣辦事處原址成立，分店長由原任職於物流業龍頭「東京堂」、後轉任為日配任西部販賣課長的奧村鄉輔擔任。該分店依據同年2月情報局、拓務省、台灣總督府、內閣印刷局、日本出版文化協會、日配等關係者共同商議的《日配台灣分店設置綱要》為準則，經歷各式程序後設置。綱要中「現存批發買賣業者的統合」項目提及，無論台灣和內地批發業者，除了日配台灣分店以外的書籍雜誌批發販賣皆不被允許。日配台灣分店遂成為集中統理內地出版品的移入與配給、台灣出版品之配給權的機關。（河原功）

台灣出版會

戰時台灣出版統制機構。1943年5月18日創立。由於《台灣出版統制綱要》（台湾二於ケル出版統制要綱）的頒布、為統合戰爭時期出版業界，「台灣出版協會」重新組成「台灣出版會」，權責包括：出版企劃之審查指導、出版品用紙之配給調整、出版品之配給指導，以及其他出版文化相關事業。台灣出版協會與日本出版會關係緊密，成為台灣出版物運向內地的唯一管道。會長為情報委員部次長、警務局長的山內逸造出任，常任理事為台灣總督府官房情報課長森田民夫，其他理事與審查委員均為官僚或軍人，從構成可知該會完全在總督府支配下，事務所甚至就設置在情報課裡。會員組成上，原「台灣出版協會」會員先提出申請，經篩選後於創設大會上通過第一種會員（出版業者）57名與第二種會員（出版團體、主要為官廳外圍團體）19名團體；其後增補第一種69名、第二種26名團體。為了一元化統合戰時台灣出版業界以發揚軍國主義精神，入

《怒吼吧！中國》（吼えろ支那）劇照。此作原為俄國作家Tretyakov於1924年創作之長詩和劇本，歷經多國翻譯、改編與演出。1943年10月，楊逵改編竹內好翻譯的日語版本，由台中藝能奉公會於台中、台北、彰化等地演出。（楊逵文教協會提供，柳書琴解說）

會審查十分嚴格，非成員的出版社無法接受出版企劃審查、配給印刷用紙、將出版品配給至書店，可謂關係重大。在整合出版界的時代風潮中，中文書籍的出版尤其受抑，曾發行林萬生《運命》（1941）的捷發書店希望入會卻未獲許可。不過，只出版中文書籍的南方雜誌社持續發行半月刊《南方》且順利入會，中文雜誌《南國文藝》不僅創刊，其總發賣所日光堂商會也許可入會，乃因總督府仍需藉由中文出版品懷柔不諳日文的台灣知識階層，並拉攏在雜誌上刊登廣告的資產家所致。台灣出版會時期出版了不少文學書刊，日文作品集有清水書店的楊雲萍詩集《山河》（山河，1943）、呂赫若《清秋》（清秋，1944）；盛興出版部的龍瑛宗《孤獨的蠹魚》（孤独な蠹魚，1943）、楊逵《怒吼吧！中國》（吼えろ支那，1944）等。中文書刊則有玉珍書店的徐坤泉小說《暗礁》（1943）、南方雜誌社的《南方》雜誌、鄭坤五小說《鯤島逸史》（1944）等。（河原功）

（六）文學獎

文藝台灣賞

雜誌社文學獎。由文藝台灣社發起，1941年開始辦理。1941年1月創刊的《文藝台灣》宣布設立文學獎，其宗旨乃基於「台灣文化健全發展」的理想，以此資助建設台灣新文學，期待「本島文學者自奮，以文學實踐臣道，樹立在台灣之日本南方文學」。第二屆更以「促進皇民文學的樹立」為目標，時局色彩濃厚。由台北帝大教授矢野峰人與島田謹二擔任評審委員，獎金為100日圓。原規定是從「在台灣島內發表的詩作與小說」評選，但當時的競爭對手《台灣文學》亦創辦了「台灣文學賞」，因此後來便將選拔範圍縮限在《文藝台灣》中發表的作品。共舉辦兩屆，第一屆由西川滿、濱田

隼雄、龍瑛宗三位預選委員透過「鼎談」的公開討論模式，從七名推薦名單——周金波、川合三良、日野原康史、新田淳、龜田惠美子、新垣宏一，選出周金波的小說〈水癌〉（水癌）、〈志願兵〉（志願兵）與〈「尺」的誕生〉（「ものさし」の誕生），川合三良的小說〈轉學〉（転校）、〈某一時期〉（或る時期）、〈出生〉（出生）與〈婚約〉（婚約），再由矢野峰人與島田謹二最終評審，決議由周、川合得獎。第二屆則是長崎浩的詩、新垣宏一的小說獲獎。主辦單位自詡是台灣史上第一個文學獎，但就周金波個人而言，此次獲獎使其一生背負著「皇民作家」的歷史評價。由於當時台灣的特殊語言環境（日語文壇）及當局的政治目的，產生了台日作家「公平」競爭的機會，從而締造了台灣史上第一次由台、日人同時獲得文藝獎的紀錄。（鳳氣至純平）

台灣文學賞

雜誌社文學獎。由《台灣文學》編輯部設立，1942年10月於同刊2卷4號，公告設立要旨與徵獎辦法。1943年12月於同刊4卷1號公布第一回得獎者名單，此後由於《台灣文學》終刊，僅舉辦一屆。該獎項之設立，得到捷榮合資會社的福嶋清港（張清港）贊助，以及白井要、賴世澤的支援。編輯部寫道：「《台灣文學》不單是台灣作家的作品發表機關，而必須成為致力於本島文學運動的推進力，這樣的覺悟，從創刊之初便為我們所深深期許。此次承蒙福嶋清港氏的厚意，新設立了『台灣文學賞』，頒發給透過文學提升台灣文化的作家，而能對台灣文學運動產生更進一步的貢獻。」徵獎辦法有二：一、在評論、詩、小說、戲曲方面發表有助台灣文學提升之作品的作家，頒發台灣文學賞及贈與五百圓。二、關於評選方法：A、由居住於台灣且於昭和17年（1942）10月至昭和18年（1943）9月間在《台灣文學》雜誌發表作品的作家中評選。B、評選時另外組織評選委員會，依委員會之決定。第一回評選結果訂於1943年

12月發刊之《台灣文學》公布。第一回得獎者為以小說〈財子壽〉
（財子寿）博得好評的呂赫若，賞金五百圓；坂口䙥子則以〈燈〉
（灯）及其他力作獲得第一候補，獎勵金一百圓。此外，第一回入
選者尚包括發表劇本《高砂館》（高砂館）的林摶秋，以及發表小
說〈奔流〉（奔流）的王昶雄，惟兩人在徵獎期間內的《台灣文學》
均僅發表一作，最終並未獲選。該獎係《台灣文學》雜誌意識到西
川滿主導的《文藝台灣》的「文藝台灣賞」而創立。凡徵獎期間刊
載於《台灣文學》之作品均具參獎資格，第一回獲獎者包含本島人
及在台日人作家，顯示了日治末期本島人日語世代作家與在台日人
作家在同一紙面的互動與競逐。（陳允元）

台灣文化賞

皇民奉公會文化獎。1943年2月，皇民奉公會設立。1940年10月近
衛內閣成立大政翼贊會推行新體制運動，因此台灣總督府在1941年
4月成立皇民奉公會。1942年11月日本文學報國會於東京舉辦大東
亞文學者大會，皇民奉公會中央本部文化部遂呼應大會決議，於
1943年2月設立台灣文化賞，宗旨是「表揚在提升台灣文化上有功
的文化人或機關、刺激展開活躍的實踐活動、期待台灣文化劃時代
的躍進、提高文化藝能部門奉公的成果」。第一回大賞分文學、詩
歌、音樂、演劇等部門，審查委員長是皇民奉公會文化部長林貞六
（林呈祿），委員為：文學部門矢野峰人、工藤好美、島田謹二，演
劇部門山中樵、瀧田貞治、香久忠俊，音樂部門新里榮造、中村
讓，然僅舉辦一屆便未再續。第一回頒獎於1943年2月11日由總督
長谷川清頒發，文學賞頒予西川滿〈赤崁記〉（赤嵌記）、濱田隼雄
〈南方移民村〉（南方移民村）、張文環〈夜猿〉（夜猿），三人皆為
第一回「大東亞文學者大會」的台灣代表。詩歌賞由俳人山本孕
江，文藝功勞賞由原生林社和新玉社（あらたま社），音樂賞由一
條慎一郎、川井龍太郎，演劇賞由青年文化常會、中山侑、佐佐成

雄獲得。台灣文化賞對象限於文學、音樂、詩歌、演劇領域，工藤好美〈台灣文化賞與台灣文學：以濱田、西川、張文環為中心〉（台湾文化賞と台湾文学―特に濱田・西川・張文環の三氏について）、田中保男〈我的看法：為了台灣的文學〉（私は斯う思ふ―台湾文学のために）皆批判其分類狹隘且矛盾、為特殊情勢服務，工藤並明言獎金和審查機制應秉持公平性避免壟斷。徐瓊二〈通往台灣文化之道〉（台湾文化への道）提及設立台灣文學賞言之過早。角行兵衛〈戰爭與台灣文學賞〉（戦争と台湾文学賞）則肯定台灣文化賞在決戰體制下「創造出真正可以提升國民精神的文化資產，對本島文化的新建設有所貢獻」之評選理念。顯見文化賞乃依循皇民奉公路線，政治作用遠大於文學意義。工藤好美舉朝日文化賞作對照，認為台灣文化賞應兼重藝能以外的領域，評選機制宜由中央機關而非以皇民奉公會主導，方堪稱文化賞，惜其跨領域視野尚未獲回應，文化賞便成絕響。（楊智景）

1925 年左右的大坪村，張文環兒時居住的村落，也是〈夜猿〉及其他多篇小說的舞台。（圖片引自《張文環先生追思錄》，台南：高長印書局，1978；柳書琴解說）

張文環〈夜猿〉手稿，該文曾獲工藤好美、藤野雄士等人撰文讚譽。（張玉園提供，柳書琴解說）

（七）文藝沙龍

江山樓

餐館、酒家、文人聚會所。1921年11月17日吳江山於大稻埕創建，竣工時建物高度僅次「台灣總督府」（今總統府）和「故兒玉總督後藤民政長官紀念館」（今國立台灣博物館）。《台灣日日新報》謂之「內足與梅屋敷、鐵道旅館鼎足三立，外足與滬上新世界諸樂園相抗衡」，有「鯤島第一樓」之稱。是當時紳商會社重要社交議事空間，也是許多台灣知識分子的聚會場所。1923年4月，江山樓與東薈芳共同承辦裕仁皇太子御宴，此後江山樓「御料理」儼然成為台灣料理的代名詞。江山樓經常舉辦社會文化運動的各式集會，如1923年台灣議會設置請願運動的歡迎會、台灣新民報社的披露宴、1931年台灣文化協會、農民組合舉辦反對蔣渭水大眾葬的講

習會，以及1933年台灣文藝協會的成立儀式等。經理郭秋生於
1930年代初期鄉土文學論戰提出「台灣話文」主張，也是推動創辦
文藝雜誌《南音》的核心人物。江山樓兼備大酒館、公會堂、俱樂
部等公共空間的多重屬性，成為許多社會文化運動的展演空間。
（陳明柔）

中央俱樂部

文化聯誼團體。倡議人莊垂勝因嚮往英國俱樂部與法國沙龍制度，
以林獻堂、陳炘為發起人，獲得包括張濬哲、陳滿盈在內等中部20
名文化協會會員支持，採股份有限公司制度，預定資本額四萬圓。
1926年6月30日假台中市橘町醉月樓召開成立總會，以林幼春為議
長，再由議長指定張濬哲為社長，莊垂勝為專務，7月13日完成設
立登記。根據〈中央俱樂部創立趣意書〉，俱樂部為同志交換聲息
之所，計畫開設簡素食堂、靜雅客室作為往來人士會談安息之所
外，另外設圖書部販售中日文書籍，並計畫設置講堂、娛樂室、談
話室等，舉辦各種講習、講演、音樂、演劇、影戲等會。1927年1

1927年3月1日株式會社中央俱樂部創立後發行的股票，一股
20圓。（林良哲提供，柳書琴解說）

月3日中央俱樂部正式開幕,內分旅館與販書兩部。旅館部因無適當地點,未真正實現;販書部則為中央書局,販售中日文書籍。中央俱樂部最終因為時勢變遷以及文化協會分裂,計畫事業雖大部分無法實現,然其啟蒙與推動文化運動的任務則由中央書局承繼發展。(黃琪椿)

蓬萊閣

餐館、文人聚會所。日治時期台北市大稻埕最著名的酒樓之一,有「江東春蓬」之稱,與江山樓、東薈芳、春風樓號稱四大旗亭(有藝旦表演、歌女陪侍的酒家)。前身東薈芳成立於1884年左右,後因經營權不統一、債務累累,轉由米商林聚光接手,於1927年2月開業改稱蓬萊閣,位於日新町1丁目168番(今南京西路圓環附近)。1936年5月,經營權讓渡予五星商會的陳水田,陳氏銳志革新,融入中國、香港、日本等地料理,以全島第一的料理店自詡,1937年起更免費以大稻埕檢番(娼妓管理所)的藝妓輪流招待客人,名聲更甚。爾後,經營權又轉讓給大茶商陳天來,戰後再轉售徐傍星外科醫院,最後於1970年代拆除改建。蓬萊閣曾舉辦中國古書畫展覽會、台灣地方自治聯盟第一回台北支部大會、《台灣新民報》創刊披露宴、孫中山台北華僑紀念會、林獻堂返台洗塵會等各式聚會。1927年全島詩社大會在此舉辦時參與者多達287名,《台灣日日新報》報導該次大會為「南北詩星,照耀一堂」。1928年舉辦台灣工友總聯盟成立大會時,蓬萊閣大門上還懸有蔣渭水「同胞須團結,團結真有力」的標語。1937年《風月報》因陳水田金援復刊,風月報編輯部進駐,文人穿梭,更將餐廳裡的文藝風尚推向高峰。1941年李香蘭來台獻唱,《風月報》報導了蓬萊閣舉辦歡迎會的熱絡景象。蓬萊閣將餐飲事業、藝文活動及社會運動結合,形成士紳交際、文人墨客及社運人士交流場所,見證台灣在日治時期的社交流行、風雅文化與民主運動。(劉姵均)

風月俱樂部、風月報俱樂部

通俗小報發行所。《風月》、《風月報》，由台北地區傳統文人和中文通曉者為核心成員而組成，發行所名稱隨刊名而異動，成員有相當程度重疊。風月俱樂部設址於蓬萊町，風月報俱樂部移轉至日新町及太平町，皆以台北市的台灣人繁華地為據點。風月俱樂部成立於1935年5月，發行中文雜誌《風月》。成員以主幹兼主筆的謝雪漁為首，包括林述三、王少濤、卓夢庵、林其美、歐劍窗、林夢梅、黃水沛、王了庵、蔡子昭、林清月、謝尊五等，《台灣日日新報》漢詩欄、《台灣詩報》、《藻香文藝》等群體的活躍者，總計30名左右。《風月》載明發行緣起及雜誌取向為「笑談只可。世事疏備。」「雅俗同流。是非不管。」「命名風月。純毫一管。描寫千般。惟避是非。不謀工拙。」從誌面可知，主編容納了文人雅興如書畫揮毫、金石雕刻、植花蒔草、笑語謎斛、科普智識、詩文及流行歌曲研究，以及仕女寫真、名妓軼事、通俗言情小說等文人消遣。風月俱樂部曾結合小報促銷，舉辦藝旦人氣投票而轟動一時，但也因此衍生糾紛，導致1936年2月停刊。1937年4月，經營群體更迭，組成風月報俱樂部，並延攬蓬萊閣老闆陳水田、天馬茶行老闆詹天馬合資參與。從復刊後的第45至49期，編輯主任謝雪漁、編輯林子惠、卓夢庵、許劍亭、林夢梅，營業主任簡荷生，經理顧問簡朗山、吳子瑜，編輯顧問林景仁、魏清德等十人，銳意革新，以會員制進行銷售，每月發行一至兩回，仍延續消閒娛樂方向。第50期起，更進一步增加現代文學比重，特別邀請曾執掌《台灣新民報》學藝欄的徐坤泉擔任顧問及主編，之後又聘吳漫沙、林荊南等主編，積極提高俱樂部與報刊的知名度。除了繼續爭取舊世代文人群體之外，也積極爭取年輕的中文讀者。刊物上刻意避免特定社會言論方向，文人聚會方式亦不明顯，但是從風月報俱樂部與「寫友會」交流藝術寫真；創設「音樂研究部」，以「提倡東西音樂、鼓吹藝術趣味」；製造兩性論戰話題與讀者互動；增設「兒童故事」

專欄普及讀者；賞析島內新劇及上海電影；研究時裝及分享婚戀經驗等活動，可知該誌靈活迎合文人習性，關注市民生活樂趣，明顯提高了該團體的商業性與現代性。此外，風月報俱樂部亦以多元化的文化交誼策略，定期巡迴拜訪島內訂戶，並拓展海外曝光度、爭取中國及「滿洲國」讀者，促使《風月報》從風月狎邪小報逐漸轉型為市民喜愛的中文大眾讀物，亦使該俱樂部從舊文人的集會所，轉變為戰爭期唯一的中文休閒文化的生產所，參與了都會流行文化及市民現代生活的建構。（蔡佩均）

山水亭料理店

餐館、文人聚會所。王井泉設立。王井泉（1905-1965）為餐飲業者與文化人，乳名「古井」，台北人，台北商工學校畢業，1928年與魏妶結婚。1931年至1935年間任台北維特（Werther）喫茶店經理，曾前往日本考察西洋料理事業，極力謀求台灣餐飲水準的提升。因愛好音樂、戲劇，經常參與各種文藝活動，包括與張維賢一起創辦星光演劇研究會、民烽劇團等。1937年3月3日王井泉在台北大稻埕延平北路二段日光堂書店二樓，創設山水亭食堂，標榜「純台灣菜」，藉由供應具台灣人生活經驗與情感的家常菜或鄉土餐食，保存與推廣台灣本土飲食文化，營造屬於台灣人的藝文活動空間，對抗日本殖民統治者推行的皇民化運動，以及戰爭期間軍國主義所帶來的精神與生活壓迫。因山水亭餐飲頗具特色，且王井泉本人性格豪邁不羈，經常資助文化人或贊助文化活動，或在山水亭料理店中舉辦音樂會、畫展，該餐館成為日治末期台灣人或在台日人等文藝界人士與知識青年經常光顧與聚會的場所，有「大稻埕的梁山泊」之稱。戰爭期間由陳逸松、張文環與王井泉等人共同創刊的《台灣文學》雜誌發行所啟文社，一度將社址設立於此。1943年厚生演劇研究會也於此店成立。二戰結束後受社會與經濟環境劇烈變遷的影響，本土文化人星散，山水亭營業景況亦日趨低落，1953年

店址遷移至台北市民生路，1955年結束營業。數年後王井泉轉任台
北榮星花園園丁，1965年5月因腦溢血去世，得年61歲。（曾品滄）

四、思潮與運動

（一）文藝事件

梁啟超訪台

1911年，中國作家訪台。梁啟超（1873-1929），小說家、雜誌編輯、劇作家、政治改革者。字卓如，號任公。廣東新會人。1907年林獻堂赴日觀光，適逢梁啟超因戊戌變法失敗流亡日本，應林氏求見於奈良會面，以筆談方式討論台灣政治前途與抗日運動路線等，對林氏日後領導之右翼民族運動產生重要啟發。1910年春，林獻堂攜二子赴東京升學，再訪梁啟超於神戶，並邀請訪台。1911年春，梁氏偕同女兒訪台。在台期間與櫟社、南社社員唱和，並親題萊園名勝十二絕而成〈萊園雜詠〉。根據梁啟超致林獻堂書信可知，其訪台之由雖為「共抒胸臆」、「一增故國之思」，實則更為考察日本統治僅十餘年卻比清代稅賦多出20倍的台灣行政制度諸事宜。梁氏旅台約兩週，留下詩十餘首，以下列雅集尤為重要：第一次為4月2日（農曆3月4日）抵台中當晚，櫟社於「瑞軒」開的歡迎會，出詩題「追懷劉壯肅」、「新荷」、「鈔詩」等，全體以文會友。另一次為客宿萊園五桂樓期間，4月7日（農曆3月9日）之萊園夜宴上，梁任公以「難」、「累」二字即席賦詩。梁氏訪台期間與台灣詩人唱和，極一時之盛，主題包括備述台灣見聞、察考制度，以及描述日台人不平待遇寄興抒懷，總計詩89首，詞12首，原擬刻日《海桑吟》，惜無定本流傳。此外，他還曾仿台灣民歌及竹枝詞詞調，有記述台灣風光之《台灣竹枝詞》，以及與林獻堂、林幼春往來書信數十封。梁氏譽林幼春為「海南才子」，肯定其對林獻堂影響甚深。梁氏此行亦為籌辦中的《北京日報》、《上海日報》募款，他在林獻堂陪同下自北到南訪問，其文人風骨與政治思想影響不少台灣士紳、文士及往後的新文學作家。遊台文獻可參見許俊雅編《梁啟超游台作品校釋》（台北：鼎文，2007）、《梁啟超與林獻堂往來書札》（台北：萬卷樓，2007）等。（薛建蓉）

郭沫若覆S君信

1922年，中國創造社作家與台灣讀者的書信交流。1922年7月到9月，在日本福岡留學的郭沫若利用暑假返回上海，編輯《創造》雜誌第2號。在此期間，他透過創造社接獲署名「S君」的台灣讀者來鴻，並依其請求將覆信刊登於1922年12月發行的《創造》第3期上。原信內容不詳，根據郭氏10月3日撰寫的〈反響之反響・答一位未知的台灣青年〉一文推測，主旨為「如何利用文學鍛鍊自我，做一個真正的中華人」。該年5月《創造》雜誌才剛創刊，因此郭沫若對於來自台灣的關注深為感動。他特別在信末作詩，以被運往日本的台灣巨木作譬喻，哀慟台灣之飄零，同時期許S君先做一個真正的人，再伺機等待殖民地解放。全文如下：「S君：你的信我接到了。你叫我在本誌上來回答你，所以我便沒有直接和你通信。你說：你要『遙飛祖國，向文學煅己一身，欲為個真個的中華人』，你這種悲壯熱誠的大志，令我淚涔涔地湧起無限的敬意與感慨。S君，我們的祖國已不是古時春花爛漫的祖國，我們的祖國只是冢（按，塚）中枯骨的祖國了。你將來縱使遙飛得到，你也不免要大失所望。S君：人只怕是莫有覺悟。一有覺悟之後，便向任何方面都好，我們儘管努力，努力做個『真個的人』罷！我住的地方是在海岸上，離寓不遠有座神社，要重新建造迴廊，最近從台灣運了許多大木來堆在岸頭。我自從接到你的信後，我走到岸上去坐在木堆上觀海時，素來是沉默無語的大木，都和我親熱地對語起來了。我從前是青蔥蔥地／懷抱在慈母之懷／如今被人斫伐了／飄流在這兒海外／可是我胸中的烈火／是不會消滅的／我縱使化石成塵／我也是著火即燃的／我暫且忍辱負重／在此替神像建築迴廊／有一朝天火飛來／我會把神像來一齊火葬／用著暴風雨般的聲勢』我坐下的一隻大木，好像振動起來的一樣。他們吹了一首詩到我耳裡來，我便寫來獻給你。」根據現在收錄於《郭沫若書信集》的這封覆函可見，S君以白話文寫信。與林獻堂之於梁啟超、張我軍之於魯迅的對話略有不同，他不以祖國能否立即解救台灣為焦點，而關注文

學、國民性建構與殖民地解放之關係。「S君」是誰，迄今仍是一個謎。筆者認為，有可能為筆名「S生」的艋舺人蘇璧輝（1884-1937）。蘇氏為貿易商、文化協會會員、台灣世界語運動倡導者、社會運動家，1934年移居廈門經商。不過蘇氏當時已屆中年，因此仍待商榷。儘管如此，這個發生在台灣新文學理論建設期，反映魯迅與中國新文學運動之影響，並涉及文學的社會使命、殖民地解放等議題的對話，值得注目。（柳書琴）

八駿事件

1922年，官方組織向陽會強制台灣仕紳入會風波。又稱「犬羊禍事件」。為總督田健治郎於1922年為壓抑台灣議會設置請願運動聲勢，並分化新民會力量，對林獻堂等八人施壓所引發之政治事件。1920年，乘著民族自決之世界風潮，林獻堂、蔡惠如與留日台灣學生，於日本東京成立新民會，展開台灣議會設置請願運動，亦於島內成立台灣文化協會，進行文化啟蒙活動，獲得民眾與地方士紳熱烈支持。為抑制這股熱潮，總督府當局懷柔、高壓並施，一方面透過親屬柔性勸導，另一方面執行警察跟監、緊縮貸款、吊銷專賣執照、免除公職等取締或處分。根據葉榮鐘《台灣人物群像》、《台灣民族運動史》記載，1922年9月田總督透過台中州知事常吉德壽與林獻堂、林幼春、楊吉臣、李崇禮、林月汀、甘得中、洪元煌、王學潛等人會面，以清還銀行債務為要脅，勸其停止議會設置請願運動，同時要求林獻堂加入官方組織「向陽會」，對外則渲染八人於此次會談中「被買收」，一時真相不明，輿論大譁，諷稱為「八駿事件」。此消息一出，謝國文（字星樓，筆名柳裳君）於1923年撰寫章回體諷刺小說〈犬羊禍〉刊登於《台灣》雜誌，以犬暗指林獻堂、羊比喻楊吉臣，影射林、楊二人順服總督，成為御用士紳的投機行徑，故又稱為犬羊禍事件。此風波不僅導致林獻堂暫時退出議會設置請願運動，也促使原本預定在台北成立台灣議會期成同盟會

的蔣渭水等人，轉而在東京提出申請，獲准結社，而後又引發1923年12月的治警事件。（徐淑賢）

東京台灣人文化同好會取締事件

1932年，日本政府壓迫旅居東京的台灣進步作家。1932年9月1日，日本警視廳以違反治安維持法嫌疑，取締在東京活動的王白淵、吳坤煌、張文環、林兌、葉秋木等人。除了王白淵在盛岡市岩手女子師範學校授課時遭受取締外，其餘諸人皆在東京被捕，留置於本鄉區本富士警察署。導火線為台灣共產黨取締事件之脫逃者葉秋木（1908年生，屏東人）參與「九一關東大震災朝鮮人虐殺紀念日」遊行被捕，導致其所參與的「東京台灣人文化サクール（cultural circle）」成員受到牽連。該遊行受日本反帝同盟、日本勞動組合全國協議會等團體指導和支援，文化サクール成員和主辦方面的朝鮮和日本進步人士皆於當天遭檢舉。此次取締目的，與日本政府連續性地打壓日、台、鮮左翼人士的跨民族反帝運動有關。

1932年9月25日《台灣日日新報》第二版，以〈文化サークルを組織し　台湾の赤化を企つ〉為標題，報導台灣人文化同好會以東京神學校為根據地，吳坤煌為首，策劃民族解放運動，已加以檢舉。（柳書琴提供、解說）

1930年台共大取締後，赤色救援會及各類型的組織重建運動持續不斷，東京台灣人文化サクール亦為重建準備團體之一，而1932年3月日本普羅文化聯盟（克普／KOPF）下設置的「朝鮮台灣協議會」，以及同年7月日本普羅作家同盟（納爾普／NALP）下設置的「朝鮮台灣委員會」，則為台灣人提供了與其他民族橫向聯繫的資源。根據《台灣總督府警察沿革誌》、《特高月報》等調查紀錄，台灣人文化サクール的發起人為王白淵和林兌。1932年2月王白淵從盛岡赴東京與假釋中的台共黨員林兌會商，提案以「文化サクール」的形式成立「台灣克普」。3月25日王白淵會同林兌所率的葉秋木、吳坤煌、張麗旭等人於高圓寺召開籌備會，會中擬定文藝部門、機關誌、校園組織等。7月31日第二次籌備會進一步決議「藉文學吸收旅京台灣學生，灌輸階級意識，與內地極左團體相聯結，進行台灣民族解放鬥爭」的宗旨，並決定在機關誌《台灣文藝》出版前先發行《NEWS》。8月13日《NEWS》創刊號在吳坤煌編輯下完成70份，廣發旅日學生並傳布回台，8月20日第二號編輯會議隨即在張文環寓所召開。此次檢舉事件雖為日本政府檢肅跨民族左翼組織的一環，卻對幾近瓦解的東京台灣人左翼政治運動造成致命打擊。主導分子林兌因於假釋期間犯案，遭判刑一年；王白淵拘禁21日但被免職，並驅逐離日；張文環、吳坤煌被關29日，此後學業中斷。1932年王、吳、張獲釋後，主導將組織改組為鄉土文化研究的合法團體「台灣藝術研究會」，並發行純文學雜誌《フォルモサ》（福爾摩沙），使東京台灣人反帝運動朝文化運動方向轉換。1935年張文環入選《中央公論》佳作的小說〈父の顏〉（父親的臉），便描寫了這段經驗。（柳書琴）

第一回全島文藝大會

1934年，台灣新文學作家第一次全島性大會。1934年5月6日，賴明弘、張深切、賴慶、林越峰、楊守愚等人歷經三個月籌備發起，

於日警戒備下，在台中市西湖咖啡館舉行兩天。與會者約82名，以新文學者主，亦包含林幼春、黃純青等少數傳統文人。大會宗旨為：「聯絡台灣文藝同志，互相圖謀親睦，以振興台灣文藝。」會場滿掛「甯作潮流衝鋒隊，莫為時代落伍軍」、「破壞偶像，創造新生」、「推翻腐敗文學」、「實現文藝大眾化」、「擁護言論自由」、「擁護文藝大會」、「精誠團結起來」、「為文學奮鬥到底」等標語。主要流程包含致開會辭、介紹會員、公推議長、任命參與官、起草並審議章程、接受提案、審議提案、選舉聯盟委員、朗讀宣言、致閉會辭等。籌委會提出七案，包括文藝團體組織案、機關誌發刊案、提倡演劇案、與漢詩人聯絡案、作品獎勵案、文藝大眾化案，其中一條遭當局刪除。地方提案一件，為漢文字音改讀案。章程中，另明定發刊雜誌、刊行書冊、開文藝講演會、開文藝座談會四種事業。本次大會除催生台灣文藝聯盟及《台灣文藝》雜誌外，另於會後不久，於彰化溫泉召開第一次常委會時，推選賴和擔任常委長（後因謙辭改由張深切擔任），賴和、賴慶、賴明弘、張深切、何集璧為常委，各區委員有黃純青、黃得時、林克夫、廖毓文、吳希聖、郭水潭、趙櫪馬、蔡秋桐、徐瓊二等。《台灣新民報》、《新高新報》都有報導，《台灣文藝》2卷1號上的〈第一回台灣全島文藝大會記錄〉一文，尤為詳盡。本會為台灣文壇首次全島性大會。根據賴明弘〈台灣文藝聯盟創立的斷片回憶〉一文憶述，大會在經濟恐慌引發「失工的洪水」的「非常時代」，推動組織性運動，締造空前團結，打破地域主義，展開多元化的藝文活動，相當可貴。1935年8月第二次文藝大會召開時，成員已達數百人。1940年代在日籍作家或官方團體台灣文學奉公會主導下，尚有幾次全島文藝大會，但以本土作家為主體者已不復見。台灣文藝聯盟成立後致力凝聚島內文學者，也將觸角伸至島外，如賴明弘前往東京洽談台灣藝術研究會合流事宜，順利成立東京支部。（柳書琴）

江亢虎訪台

1934年，中國學者訪台。江亢虎（1883-1954），小說家、編輯、學者、政府官員、大學校長等。江西廣信人。1901年東渡日本考察，翌年赴日留學。1904年應袁世凱聘任，擔任北洋編譯局總辦、《北洋官報》總纂、刑部主事、京師大學堂日文教習等職。1913年於美國加州大學擔任講師，1920年回國。1922年在上海創辦南方大學自任校長。1927年赴加拿大中國學院任院長，1934年回上海定居。1935年在上海發起存文會。1940年仕注精衛政權的考試院副院長、代理院長等要職。1945年以漢奸罪名遭起訴，判無期徒刑。江亢虎以加拿大中國學院院長及美國國會圖書館顧問頭銜，於1934年8月22日至9月9日訪台。19天期間受邀於台北、台中各地聚會和演講。8月26日台北文藝界在江山樓舉辦歡迎文藝座談會，王詩琅等作家亦曾參加。8月29日在台中醉月樓與新舊兩派人士討論文化復興與地方自治諸問題，則引來張深切、楊逵等人為文批判，質疑他來台動機，甚至有台灣總督府邀請來台的傳聞。江氏此行是否負有政治任務目前並無證據。他遊台期間雖提倡東洋文明、反對白話文、批評新文學運動引發新文學者批判，但亦對漢詩社吟風弄月等末流提出針砭，又在9月7日瀛社例會歡迎會上呼籲台灣詩人「宜盡力文化，致意國事」。當時台灣文藝界對其評價兩極化，學界迄今猶有爭議。江氏遊台翌年出版《台游追記》（上海：中華書局，1935），全文分60節，約18000餘字，以簡易文言書寫。詳盡記錄當時台灣學校、博物館、圖書館、體操、婦學、華僑教育、大稻埕江山樓與藝妓酌婦等事，為考察其台灣觀點及當時官方文化政策、文化設施、領事館、華僑教育、社會民俗等的重要參考。（薛建蓉）

賴明弘訪郭沫若

1934年，台灣文學者拜訪旅日中國作家。1934年9月台灣文藝聯盟發起人兼常委之一的賴明弘（1915-1958）辭去《新高新報》漢文部

編輯職務，為台灣文藝聯盟在海外的擴展負笈東京。通過曾拜訪過
郭沫若（1892-1978）的台灣旅日學生蔡嵩林引介，先於1935年11
月19日致信郭氏，21日接獲郭氏歡迎來訪之回信，12月2日兩人拜
訪千葉縣寓所。賴明弘此行重要目的是拜訪1928年亡命日本後被中
國旅日左翼青年奉為指導者、同時是左聯東京支盟重要成員的郭沫
若，以尋求其對文聯的指導。賴明弘〈致郭氏信〉充滿仰慕之情，
介紹了文聯成立的目標及理想，表達了請郭氏賜稿之願望，並希望
得到下列指點：「尤其是對素為我們崇仰之先生，我們很伏望多指
示開拓台灣新文學之處女地的法子和出路，使我們同一民族之文學
能夠伸展而且能盡夠歷史的底任務！那麼，我們的任務之一，可謂
完成了。」賴明弘與郭氏會面後主要討論《台灣文藝》雜誌與台灣

1924年郭沫若與安娜夫人及兒子們在
日本的合影。郭沫若於1928年起定居
千葉縣的市川，1934年12月2日台灣
作家賴明弘和蔡嵩林前往拜訪時，見
到一家和樂，前來請益的訪客絡繹不
絕。（藤田梨那提供，柳書琴解說）

賴明弘〈訪問郭沫若先生〉寫於1934
年12月2日，記敘了賴明弘前往千葉
縣訪問的經過，以及對郭氏指導台灣
文學發展的殷切盼望。（蘇德昱提供，
柳書琴解說）

新文學的未來發展，郭氏表示已看過創刊號，他鼓勵台灣作家「積極大膽」地開展文學活動，聯絡新舊文學者，並鼓吹寫實主義路線——「我想還是以寫實主義，把台灣特有的自然、風俗、以及社會一般和民眾的生活，積極的而大膽地描寫表現出來。」賴明弘此次訪問郭氏，對台灣新文學運動帶來了深遠的影響，此後《台灣文藝》陣營對文藝運動的態度轉為積極，與東京文壇的中國左翼作家交流頻繁。賴氏去信與郭氏覆信〈郭沫若先生的信〉、賴氏訪問記〈訪問郭沫若先生〉，以及郭沫若的賜稿〈魯迅傳中的誤謬〉，均刊載於《台灣文藝》2卷2號（1935年2月）。前者對島內文壇帶來激勵，後者則引發增田涉（1903-1977）在2卷3號（1935年3月）發表回應文章〈關於「魯迅傳」的說明〉（「魯迅伝」についての言分），成就一段難得的中日左翼作家與學者的對話。（汪維嘉）

呂赫若〈牛車〉在滿洲國的譯介

1935年，台灣小說被譯介到「滿洲國」報紙登載。〈牛車〉原刊於1935年1月東京《文學評論》雜誌，1935年4月23日至7月9日由「滿洲國」作家仲公撰以「沉默」筆名翻譯，刊登在《滿洲報》文藝副刊「北風」，共12回。此為〈牛車〉最早問世的中譯本，早於胡風1935年9月上海《譯文》雜誌的譯本，作者有意識地使用東北話文之地方特色語言，在東亞左翼作家交流的脈絡下進行，格外有意義。仲公撰（1916-?），本名仲同升，筆名有駱駝生、沉默等。旅順人。1932年赴日就讀早稻田大學專門部，1935年官費留學東京工科大學。大久保明男指出，他曾於《詩歌》雜誌刊登作品、參與中國左聯東京分盟活動，在日本普羅作家和東京左聯成員交流場合上扮演口譯或創作翻譯。留學期間與雷石榆、魏猛克、蒲風、林林（林仰山）、吳坤煌、張文環等中、台進步文藝青年交往。柳書琴亦指出，駱駝生與台灣作家吳坤煌曾出席1935年東京《詩精神》雜誌主辦的雷石榆《沙漠之歌》（沙漠の歌）詩集出版紀念會，兩位殖

1935年7月9日〈牛車〉在《滿洲報》連載的最終回。譯者「附白」介紹如下：「本篇是台灣呂赫若君所作，呂君是一位新進作家，自從楊逵君底一篇報差，在文學評論第一卷第八號上當選，呂君則毅然而起，據該雜誌編者云：此牛車勝諸報差，想我冒然譯出献與諸君，不謂多事吧？」（劉恆興提供，柳書琴解說）

民地青年作家透過詩歌朗誦交流，感動了中、日詩人。筆者的調查
則發現，1934 年 11 月仲公撰和雷石榆、蒲風（黃日華）於大連創
立漠北文學青年會之後，即針對「滿洲國」當時文學創作風氣和作
品提出猛烈批判，並與響濤社同人針對文學的階級意識與社會功能
等問題進行長達兩年的論爭。此間包含文學翻譯作品的選擇應以反
映社會階級現實抑或作者自我意識為主等各種問題，都受到熱烈討
論。在此背景下，仲公撰在〈牛車〉最後一期譯文的「附白」中，
自述其翻譯動機，提出由於台、滿社會有相同點，彼此參照有重要
價值和必要。在翻譯實踐方面，他主張要用「我們的語言」來表
現，故而大量採用東北方言語彙。他深知「一國文字所表現的情緒
和意識，最難用別一國文字絲毫不差底反映出來」，但認為由於
「台人的傳統觀念和習慣還近乎我們」之故，雙方可以跨越語言鴻
溝相互理解。台灣文學作品首次在「滿洲國」的譯介雖不為當時台
灣文壇知曉，但該現象一方面顯現殖民時期台灣文本的普遍性價
值，另一方面亦可見到「滿洲國」作家內部整合時，借鑑中國和台
灣文學經驗以「建設滿洲文壇」的努力。（劉恆興）

崔承喜訪台

1936 年，朝鮮舞蹈家來台公演。崔承喜（최승희，1911-1969），朝
鮮女性舞蹈家，有「半島舞姬」之稱，習舞於日本舞蹈家石井漠。
根據柳書琴的研究，1936 年由台灣文藝聯盟東京支部長吳坤煌等人
為中心，為提振文聯多角化經營及跨國進步團體提攜，策劃崔承喜
來台公演，資助單位有台灣文藝聯盟、台北大世界館、新竹州聯合
保護會等。崔承喜一行共二十餘人，於 7 月 2 日下午抵達台北，在
台北車站獲得熱烈歡迎，參拜台灣神社後，接受各新聞社訪問。7
月 3 至 5 日在台北大世界館公演，7 月 15 日在新竹市有樂館演出，
約莫二週期間，亦在台中等城市演出。文聯委員長張深切於台中的
民眾旅社特別室進行訪談時，崔承喜曾言：「我們殖民地的人民為

適應被支配的生活，不得不把固有的性格也改變了。」崔氏訪台前，「文聯東京支部」曾於2月23日在東京為她舉辦歡迎會，向島內進行宣傳，會中張文環等人討教朝鮮與西洋舞蹈等問題，形容崔氏為「特別對同處境的台灣人，給予許多同情的批判」；吳坤煌（梧葉生）、曾石火、吳天賞也在《台灣文藝》發表介紹文章，包含崔承喜〈關於我的舞蹈：廣播放送原稿〉（私の舞踊について—ラヂオ放送の原稿，《台灣文藝》1936年8月）自述在內，總計六篇。不過，此次公演期間不同民族進步人士間的交流引起官方警戒，警方認定為「藉舞蹈策劃民族啟蒙運動」，公演結束返回東京後，吳坤煌隨即以違反治安維持法遭到逮捕，《台灣文藝》也受到施壓而停刊。張深切曾回憶道，「自從文聯舉辦了崔小姐的舞蹈會之後，日本政府對我們更加壓迫」，亦導致東亞共榮協會及其機關誌《東亞新報》解體。崔承喜總計訪台三次，分別為1926、1936、1940年，然以此次最具政治性，象徵了被殖民者身體與藝術中暗藏的自由民主精神與抵抗法西斯主義之追求。此次公演事件蘊含著台灣人左翼運動連結日、朝進步團體的努力，該事件深刻的反抗與連結震驚殖民政府，其後引發的日本政府對台灣、朝鮮、中國旅日進步青年的一連串取締行動，也導致東京台灣人反抗運動與東亞左翼文化走廊跨國結盟的式微。（劉姵均）

台灣旅日作家之共產學者關係者取締事件

1936年，日本政府壓迫旅居東京的台灣進步作家。1936年9月1日，日本警視廳為掃蕩人民戰線運動下的「共產學者關係者」，以違反治安維持法嫌疑取締張文環、劉捷、蘇維熊等人。三人同日遭受檢舉，被留置於本鄉區本富士警察署。1935年後，張文環與雷石榆、駱駝生、武田麟太郎、平林彪吾等中國、「滿洲國」及日本的左翼作家有所交往，至1936年更與淺野次郎等人聯繫。在此案中，張文環和劉捷遭拘禁99日，蘇維熊牽涉較淺，拘禁數日。共產學者

關係者取締事件發生於1936年7月，在被取締的大批人士中，包含《ズドン》雜誌的核心人物淺野次郎及朝鮮藝術座負責人金斗鎔等，《ズドン》則被警方認定為「企圖重建普羅文學運動的非法性指導團體」。特高警察持續搜查關係者後，以張文環與淺野次郎有交往、接受金錢支助並持有《ズドン》為由加以取締。當時劉捷適巧遊歷東京，被以「閱讀非法刊物」之理由，在寄宿的張宅一起被捕。根據《特高月報》的調查紀錄，《ズドン》為東京江東地區以勞動者為中心的激進同人雜誌，除吸收該地原日本普羅作家同盟（NALP）的成員之外，也是江東讀書俱樂部、娛樂俱樂部等極左人士聯繫組織的預備刊物。該雜誌在淺野等人發展下，假借同人誌形式重建「非合法指導團體」，並接受共產主義學者山田盛太郎、平野義太郎、小林良正等人理論指導，積極與各民族左翼團體聯絡，譬如日本左翼作家秋田雨雀、朝鮮藝術座負責人金斗鎔等，甚至有透過江東地區戲劇運動重建共黨活動基地等企圖。劉捷晚年曾在其回憶錄《我的懺悔錄》中提起被捕原因；張文環在被拘期間透過閱讀魯迅小說《故鄉》，精神獲得支撐；東京帝大英文科畢業、已取得中等學校教員任用資格的蘇維熊，則因被取締的紀錄導致任教失利，只好轉往家族經營的商社服務。張文環、劉捷、蘇維熊三人獲釋後，有感於法西斯主義之壓制日益加強，在東京已難有作為，陸續結束旅日生涯返台。稍後吳坤煌也因另案遭到取締，被拘禁年餘後返台。上述四人皆為東京台灣人文化同好會、台灣藝術研究會、台灣文藝聯盟東京支部的骨幹分子，他們遭受壓迫離開日本後，為期四年、充滿批判精神的台灣旅日文藝運動就此畫上休止符。（柳書琴）

吳坤煌邀請崔承喜來台公演圖謀民族解放運動取締事件

1936年，日本政府壓迫旅居東京的台灣進步作家。1936年9月底，日本警視廳以吳坤煌邀請崔承喜來台公演，並與王白淵、金斗鎔等人聯繫，企圖從事民族解放運動為由，依違反治安維持法嫌疑進行

1937年3月12日《大阪朝日新聞 台灣版》頭版，以〈不穩な〝民族解放〞舞台から
呼びかく〉為標題，報導吳坤煌在東京違反治安維持法被留置一事。報導中提及吳
坤煌曾參與共產黨，組織具左翼色彩之演劇團體，並與朝鮮演劇團體聯繫，此次利用
邀請崔承喜來台公演進行左翼宣傳，已加以取締。（柳書琴提供、解說）

取締。這是吳坤煌第二次遭取締，被留置於本富士警察署，並罕見
地再次因「民族解放罪行」遭報紙大幅報導，可見其角色之重要
性。早在1932年9月25日，《台灣日日新報》即曾報導吳坤煌為台
灣人文化同好會「首謀」，「企圖赤化台灣」。1937年3月12日，
《大阪朝日新聞・台灣版》再度以〈不穩な「民族解放」／舞台から
呼びかく／崔承喜嬢等も利用／赤い本島人警視廳で取調〉為題，
細數這位「赤色黨人」的資歷。透過這則報導並輔以下村作次郎的
研究可知：吳坤煌的跨民族左翼文學與戲劇運動，從1933年2月參
與在日朝鮮人民族戲劇團體「三一劇場」的演出開始。1934年到
1935年間，吳坤煌參與了日本左翼劇團「新協劇團」演出，並與
「三一劇場」的後身「朝鮮藝術座」金斗鎔合作，企圖「通過階級
性的演劇，組織台灣、朝鮮、支那三民族解放運動的統一戰線」。
吳坤煌和「在上海的同志王白淵」亦有聯繫，以合法或非法方式，

利用舞台鼓動民眾，同時以北村敏夫、梧葉等筆名在《生きた新聞》、《時局新聞》頻繁投稿，「宣傳赤化思想屬實」。1935年到1936年間，吳坤煌積極參與日本「劇團メザマン隊」，也與中國旅日戲劇團體、日本和朝鮮的左翼劇團密切合作，參與演出、編導、翻譯，並在秋田雨雀主編的戲劇雜誌《テアトロ》上，以筆名撰寫戲劇通信和劇評，批判國民政府以「統整國產電影」為名的政治壓迫，並介紹南京、上海、濟南等地實驗性平民劇團，讚揚河北、廣西等地的農民劇、露天劇等。吳坤煌也關注蘇聯和英國的左翼戲劇，曾針對「統一戰線下的中國文學界」問題，以「國際連環性」（国際的の連環性）的概念，呼籲中日進步作家合作。在《テアトロ》上介紹朝鮮進步戲劇的主要執筆者，則是其好友金斗鎔。1936年6月30日起約莫二週，吳坤煌邀請「半島舞姬」之朝鮮人舞蹈家崔承喜來台公演。訪台前，吳坤煌先於2月召集文聯東京支部成員為她舉辦歡迎會，同人們在《台灣文藝》3卷4‧5號（1936年4月）和3卷7‧8號（1936年8月）發表了六篇介紹文章。接著，1936年6月7日，主辦單位台灣文藝聯盟代表張星建特別前往東京訪問支部成員。公演完成後，警方認定此次活動為「藉舞蹈策劃民族啟蒙運動」，對主辦單位施壓，導致《台灣文藝》停刊。吳氏9月16日離台，月底在東京被捕，10月朝鮮藝術座也遭到彈壓。吳坤煌經過8個多月的拘禁（1936.9-1937.6）後，仍不放棄與《星座》雜誌等日本左翼殘餘接觸，最後終因1937年10月人民戰線大檢舉，情勢嚴峻，而於1938年3、4月間返台。透過吳坤煌取締事件可見，1934年後上海、東京各民族進步人士之間形成的左翼文化走廊，以及台灣作家在其中扮演的積極角色。（柳書琴）

郁達夫訪台

1936年，中國作家訪台。1936年12月22日，時任福建省政府參議的郁達夫應台灣日日新報社之邀，來台進行為期八日的文化講座與

地方考察。在台北期間，與台北帝大教授神田喜一郎、台灣日日新報社魏清德會面。23日，出席台灣新民報社文藝座談會，以〈中國文學的變遷〉（支那文学の変遷）為題演說中國文學的形式發展。25日抵台中、嘉義，張星建、張深切來訪，受贈《台灣文藝》與《台灣新文學》雜誌。27、28日訪台南，與莊松林、林占鰲、趙櫪馬、吳新榮、郭水潭等人會面，討論中國文藝運動、大眾語及中國話問題。29日抵高雄，乘福建丸離台。訪台前，黃得時曾於《台灣新民報》撰寫隨筆〈達夫片片〉（達夫片々）介紹。訪台行程由總督府外事部長安排，備受各方款待，活動消息主要刊於《台灣日日新報》。其他訪台記載另見黃得時、郭水潭、莊松林、吳新榮、陳逸松等人文章。林呈祿曾以「魯迅逝後中國文壇之第一人」稱之。楊守愚在日記中肯定郁氏訪台帶給台灣文學新的活力與鼓勵，提振台灣的中文發展。郁氏訪台期間的文學講座和作家會談，不僅表現台灣知識分子對中國文壇的關注，亦反映中國新文學在殖民地台灣的閱讀影響。此次訪台係1935年10月，福建省政府主席陳儀考察

1936年12月24日台北帝國大學東洋文學會於台北鐵道飯店主辦「郁達夫訪台歡迎會」。在神田喜一郎教授、矢野峰人教授、島田謹二講師（前排左一、三、四）帶領下，田大熊（後排左一）、吳守禮（後排左二）與在學的學弟黃得時（後排左三）、稻田尹（後排左二）等人參與活動，並與郁達夫先生（前排左二）餐敘合影。（國立台灣文學館提供，柳書琴解說）

日本始政台灣四十週年的後續活動。郁達夫於1936年11月中旬，以福建省參議身分赴日採購印刷機器和講學，出席改造社、中國文學研究會、東京詩人俱樂部等歡迎會，並拜訪流亡日本的郭沫若，勸其回國效力，在歸國途中受邀訪台。根據戴國輝〈郁達夫與台灣〉一文，郁達夫於總督府監控下與台灣知識分子談論文學與文化議題。總督府希望透過郁氏訪台提升中日政經關係，台灣知識分子則視之為文化精神寄託，欲交流中國新文學和民族文化問題，官民兩方對此行的象徵意涵與政治意義有不同想像與期待。（羅詩雲）

漢文欄廢止

1937年，台灣總督府壓迫漢文媒體。1937年在皇民化運動與日本軍部介入之壓力下，《台南新報》、《台灣新聞》、《台灣日日新報》、

《大阪朝日新聞》台灣版1937年2月27日第五版，刊出台灣島內報紙將於3月1日發布漢文欄廢止聲明的消息。（高擇雨提供，柳書琴解說）

《台灣新民報》四大報在發表停刊共同告示後，於4月1日（《台灣新民報》至6月1日實施）全面停刊漢文欄的事件。日本殖民台灣初期，考量漢文之於殖民統治的便利性與有效性，對於官紳漢詩文交流，以及民間的漢文教育、書房設立都在有限度的管理下予以支持或編納。不過，誠如邱雅萍、陳培豐的研究指出，此時的台灣漢文面對新思潮、新文化與殖民情境，為承載各種詞彙與新觀念，已產生迥異於清代漢文之文體質變，形成古典漢文、台灣漢文、日本漢文、和製漢語彼此交混的形態。1920年代受到中國白話文中「文白一致」概念的影響，包括賴明弘、郭秋生、黃石輝、蔡培火等人開始思考並辯論台灣話文發展的各種可能性，於1930年代發生了鄉土文學／台灣話文論戰，加劇台灣特殊的「殖民地漢文」趨勢，並由於各類報章雜誌上的發表、印刷，逐漸形成一種帶有抵殖民性質的新詮釋共同體。但是，這種以殖民地漢文之姿現身的新詮釋共同體，卻超出了日本官方理解、監控與檢閱的範圍，是故官方於1937年中日關係緊張之際，進行對「殖民地漢文」文體實踐場域的壓制行動。根據中島利郎、河原功的研究指出，此措施並沒有出自官方法條

《大阪朝日新聞》台灣版1937年4月25日第五版，刊載地方長官會議中出現反對廢止漢文欄的意見。（高擇雨提供，柳書琴解說）

的命令，而是藉由官方對於民間的示意進行。另一方面，基於戰爭動員與侵略中國及南洋地區的需求，傳統古典漢文、古典漢詩，以及純粹中國白話文的發表與刊行並未受到禁止。因此在漢文欄廢止後，仍見刊有上述文類的《詩報》、《風月報》等雜誌持續發行，《台灣新民報》上也仍可刊登漢詩。《風月報》先於1941年改成《南方》半月刊，兼收漢詩，1944年改為《南方詩集》時，更全面成為漢詩雜誌，從誌面上的廣告可以發現其曾銷售到中國與南洋。漢文欄廢止後，整個戰爭期的台灣文藝刊物，諸如《文藝台灣》、《台灣文學》、《台灣文藝》等只能以日文發行，影響了原本以漢文為主要創作語言的台籍作家，楊守愚、蔡秋桐、廖漢臣、郭秋生、王詩琅、朱點人等諸人，幾乎都因此暫停創作，伴隨台灣新文學運動而生的批判精神，也在漢文欄廢止過程中逐漸萎縮。（徐淑賢）

企圖攪亂後方潛入內地之不法台灣人取締事件

1937年，日本政府壓迫旅居上海的台灣進步人士。1937年9月10日、11日，日本警視廳為掃蕩與共產國際、日共、中共聯繫之上海台灣人，以違反治安維持法嫌疑對賴貴富、王白淵、吳三連進行的取締。賴貴富，1926年8月起任職東京朝日新聞社多年，筆名陳鈍也，與王白淵、吳坤煌、張文環等旅日作家熟識。他長期訂閱並分析《上海新聞報》、《廣東群聲報》、《青年界》、《申報週刊》、《新宇宙》（廣東）、《三民月刊》等中國報刊雜誌及《上海日報》等日文報紙，是台灣文藝聯盟東京支部中少數活躍於報界、通曉中日局勢、行動激進的成員。1937年5月14日到6月15日《星座》雜誌主編矢崎彈訪問上海，與王統照主編的《文學》雜誌洽談合作計畫，因而密集拜會鹿地亙、胡風、茅盾、王統照、蕭軍、蕭紅、張天翼等上海左翼人士之際，賴貴富扮演了接待和穿針引線的工作。除此之外，依《特高月報》1939年4月的調查紀錄：1936年12月賴貴富辭職赴滬，進入「上海日本近代科學圖書館」任職，以館員身分作

掩護，實則與共產主義者王白淵、何連來等人同住，希望透過抗日民族統一戰線救國，解放台灣及關東州失土。1937年以後，三人為促進中國抗日民族統一戰線與日本反法西斯人民戰線運動合作，致力翻譯中國抗日情報，以匿名投稿《中央公論》、《改造》、《日本評論》，或發行單行本進行反日宣傳。中日事變爆發後更加積極，7月15日到8月16日期間，王白淵、何連來、張芳洲等人與中國共產黨員密集聚會。除了發文讚佩死守盧溝橋的吉星文武勇外，還基於「昂揚同人抗日意識」及「與人民戰線諸團體協力，擴大強化抗日戰線」等目的，計畫重建「華聯通訊社」、創刊《戰時週報》、對日軍散布反戰海報、援助農民軍的聯繫工作等。8月19日圖書館因戰爭擴大封館，25日賴貴富隨僑民撤回東京，王白淵則攜妻避入法租界。9月1日賴貴富抵達東京後，赴台灣新民報東京支社對吳三連支社長等幹部表示，「中國資源豐富，長期抗日必定勝利，『台灣民族』也將獲得解放。」9月10日賴貴富遭到逮捕，1938年4月以「違反治安維持法」及「意圖遂行共產國際、日共、中共之目的」等罪名提起公訴，拘禁時間不詳。9月11日，吳三連被逮捕，偵訊與拘禁情況不詳。王白淵也在上海遭逮捕，遣送回台後服刑至1943年獲釋。張芳洲是否被捕，情況不詳。9月底，吳坤煌也在東京遭到逮捕。這個檢舉事件證明，賴貴富（報人）、王白淵（教師）、何連來（演員）、張芳洲（不詳）等人確實在上海進行抗日宣傳工作，並與東京的吳坤煌、吳三連等人有所聯絡。（柳書琴）

文藝銃後運動演講

1940年，戰時台灣官方文藝統制活動。銃後，即戰場後方之意。文藝銃後運動演講，是在《文藝春秋》雜誌社社長兼日本文藝家協會會長菊池寬的呼籲與大力鼓吹下，召集文壇人士，從1940年5月起，於日本本土和各殖民地展開的後方文藝運動巡迴演講活動。1940年12月16日至24日，菊池寬、久米正雄、吉川英治、中野實、火野葦

日本小說家久米正雄（左）與龍瑛宗合影，時間不詳。（龍瑛
宗文學藝術教育基金會提供，柳書琴解說）

平在台灣總督府情報部的後援支持下，於台灣各地展開巡迴演講。
16日五人在台北公會堂分別以〈事變與武士道〉（事変と武士道）、
〈文藝的事變處理〉（文芸的事変処理）、〈覺悟之談〉（心構への
話）、〈宣傳戰與大後方〉（宣伝戦と銃後）、〈回到內地〉（內地へ帰
って）為題，談論武士道精神、日本傳統文學、物資不足、文藝宣
傳、戰地經驗等戰時文藝創作的思考面向。此行除公開演講外，作
家另有同鄉者座談會、文藝參訪、慰問行程等。譬如，菊池和中野
特別拜訪黃鳳姿，菊池稱讚其作品《七娘媽生》（七娘媽生）和《七
爺八爺》（七爺八爺），並將她譽為台灣的豐田正子。活動部分經費
則捐給台北州軍人遺族、陸軍醫院和新竹州軍事援護會。（高嘉勵）

大東亞文學者大會

1942、1943、1944年，戰時日本中央文壇的統制活動。由日本文學
報國會主辦，共三次。分別為：1942年11月3日至10日在東京、
大阪舉行，與會者來自「滿洲國」、華中、華北、蒙古、日本（含
台灣、朝鮮），台灣代表：西川滿、濱田隼雄、張文環、龍瑛宗；
1943年8月25日至27日東京的「大東亞文學者決戰會議」，台灣代

表：齋藤勇、長崎浩、周金波、楊雲萍；1944年11月南京大會，台灣與朝鮮未受邀。珍珠港事變後日本欲以「大東亞」概念動員亞洲各國，1942年5月日本文學報國會成立，宗旨為宣傳協助國策實施、召集大東亞各民族舉辦文學者大會。目的是宣揚皇道文化、建設大東亞、凝聚文化思想戰的協力者。第一次大會主題為文學家協力及文學建設，會中強調強化施行國語、設置「大東亞文學賞」。台灣代表返台後於12月2日展開「大東亞文藝講演會」，日人代表呼籲落實國語教育以建立皇國史觀。1943年1月《文藝台灣》製作「大東亞文學者大會特輯」、2月皇民奉公會設立台灣文化賞及舉辦文學報國演講會、4月成立日本文學報國會台灣支部、台灣文學奉公會。第二次大會主題為「決戰精神昂揚、擊滅美英文化、確立共榮圈文化」，並頒發第一回「大東亞文學賞」，會後台灣皇民奉公會主辦「台灣決戰文學會議」，西川滿倡議文學雜誌奉公並獻出《文藝台灣》，且於1944年5月與《台灣文學》併為《台灣文藝》。大會強調日本文學擴大論，「外地」文學被編入「日本」文學，據此矢野峰人、西川、濱田呼籲台灣作家反省地域本位思考、學習「大東亞文學精神」。1943年濱田、西川引發糞寫實主義論爭批判台人作家的現實主義文學無視時局動向。第一次大會時緬甸、菲律賓、印尼、法屬印度支那僅以電報致意，媒體仍以東亞共榮、國際會議等語報導。返台後，西川、濱田為文盛讚在滿白俄作家拜闊夫（Байков, Николай Аполлонович）、朝鮮代表李光洙（이광수）、俞

1942年11月1日《日本學藝新聞》142號第一版，刊載大東亞文學者大會台灣代表抵達東京的消息。（柳書琴提供、解說）

1942年11月7日，第一次東亞文學者大會代表參觀東寶映畫拍片場，與影劇界人士合影。前排：久米正雄（左一）、龍瑛宗（左二），後排張文環（右五）。（龍瑛宗文學藝術教育基金會提供，柳書琴解說）

鎮午（유진오）的發言展現強烈的日本精神，西川與俞鎮午更持續以書信交流日語創作問題。處於被動和壓力下的台灣作家，龍瑛宗自嘆不如朝鮮和滿系作家，張文環則反諷「希望這場大會不是政治和外交的集會」。根據柳書琴的研究指出，各地代表曾在訪日期間以小團體方式進行些微的跨民族互動。（楊智景）

台灣決戰文學會議

1943年，戰時台灣官方文藝統制活動。本會議以作家動員、文學報國和建立決戰文學體制為目的，1943年11月13日在台北公會堂召開。主辦者為台灣文學奉公會，協辦者有總督府情報課、皇民奉公會中央本部及日本文學報國會台灣支部。與會日本人作家共46名，台灣人作家11名。議題為「本島文學決戰態勢之確立」及「文學者的戰爭協力」。決議為「以皇道精神之神髓和文學經國之大志，全力建設台灣文學」。與會官員和作家都作了擁護國策的簡要發言，皇民奉公會山本真平會長強調文學者負有擴充生產昂揚戰志的使

命，應積極從事皇民文學。會議中，日籍作家響應國策，主導會議進行。西川滿提議將「文學雜誌納入戰鬥配置」，楊逵、黃得時則激烈反對，最後由張文環以「台灣沒有非皇民文學，若有寫非皇民文學的傢伙應予槍殺」一語，結束緊張態勢。1944年1月《文藝台灣》終刊號刊載了會議紀錄、宣誓、決議、會議員名簿，山本會長開幕辭，以及森田民夫、長崎浩、新垣宏一、神川清、今田喜翁、河野慶彥、西川滿、陳火泉、村田義清、高橋比呂美、小林一之、竹內實次、竹內治、濱田隼雄、齋藤勇等人的應和發言。從中可見，皇民文學、決戰文學再三被強調，譬如，神川清表示：「在此決戰態勢之下，我等思想決戰陣營的戰士，必須撲滅非皇民文學，揚棄非決戰文學不可。」另外，濱田隼雄也提到對本島文學革新的期待：本島文學應以「作為位居大東亞文學之指導位置的日本文學的一環」來發展和定位。台灣方面，除了陳火泉之外，黃得時、張文環、楊逵、楊雲萍、吳新榮、張星建、呂赫若、龍瑛宗、郭水潭、周金波等人的發言都未被選錄。會中「獻上文藝雜誌」的提案，對文壇影響最大。1943年12月13日《台灣文學》接獲當局停刊通知，1944年5月《文藝台灣》、《台灣文學》、《台灣》、《原生林》等被合併，改由台灣文學奉公會發行《台灣文藝》雜誌。文學雜誌納入一元統制，更加速了戰時文壇的式微。（柳書琴）

（二）文藝口號、運動

台灣世界語運動

文藝運動。エスペラント運動、ESP運動。文藝運動。世界語（Esperanto）在台灣的異稱又有エスペラント、國際語、裔須敝蘭士、愛斯不難讀、愛世語等。世界語由波蘭裔俄籍眼科醫師柴門霍甫（L.L. Zamenhof）於1887年公開後，一時風靡歐洲知識分子。

1906年二葉亭四迷的《世界語》一書在東京發行後，日本的世界語運動正式推展，台灣則因三井物產會社兒玉四郎任職台北支社而開始推展。此運動的影響範圍不僅在語言領域，還包含思想、文化、文學等各領域的討論與相關實踐。兒玉四郎於1913年在台開設世界語講座，同年成立日本世界語協會台灣支部。運動初時即受連溫卿、黃呈聰、張福興、謝文達等知識分子注目，短期內全島函授人數就超過70人。1915年台灣支部與橫濱支部合作發行當時世界最大部的世界語教科書《組織的研究：世界語講習書》（組織的研究：エスペラント講習書），卻因兒玉四郎回東京，以及西來庵事件爆發等原因，導致運動暫時停滯。1919年連溫卿、蘇璧輝等人為重振運動而創立台灣世界語學會並發行機關誌《La Verda Ombro》（綠蔭），台灣各地亦有支部成立，但因對於殖民地政策、國語教育，以及「世界語主義」的內涵之觀點不同，而導致學會內部分裂。多數在台日人另組「台北世界語會」並發行雜誌《La Formoso》（台灣）。1930年代為另一高峰期，分裂的諸團體合作召開台灣世界語大會，會後協議組成「台灣世界語聯盟」，卻仍因意識形態相異而未有實質行動。台灣世界語學會也響應日本內地風潮而揭舉「普羅世界語運動」的旗幟，不僅發行學會通訊及教科書，更於封面題名標誌世界語的《台灣新文學》中連載講座，試圖在知識分子之間推動世界語。而在日本擁有廣大信眾的大本教也在台發起「全島綠化」講座，「台南世界語會」即在此背景下成立的組織，曾發行雜誌《La Verda Insulo》（綠島）。戰前台灣世界語運動的重要旗手有連溫卿、蘇璧輝、黃呈聰、山口小靜、稻垣藤兵衛、武上耕一、杉本良、王雨卿、莊松林等人。當時在台灣發行的世界語雜誌，不僅介紹許多東西方文學作品，更將台灣民間故事、童話及原住民傳說介紹到外國，為台灣的翻譯文學史寫下特殊的一頁。台灣的世界語者透過學習世界語，迅速吸收西方思潮，也與日本、中國及歐美各國產生連帶。另外，左翼雜誌《朝鮮時論》曾刊載連溫卿信件，此亦源自於緊密的世界語網絡。（呂美親）

台灣文字改革運動

文藝運動。此運動為台灣新文學運動的一翼，論爭與實踐的重點集中於文字改革，極力主張把舊漢文改成白話文，也影響後來的台灣白話文各階段的文體面貌。1920年代是日本的言文一致運動高峰期，也是中國白話文運動發展的熱烈期。台灣新文學運動在觀點上受到日本的言文一致之影響，而形式上與中國白話文連結，即名義上為文學運動，實為文字的改革運動和一系列論爭。正如廖漢臣於〈台灣文字改革運動史略〉所謂：「自民國十一年起，至民國二十二年止，十年來之間，發生了一連串的文字改革運動，有的提倡『白話文』，有的提倡『羅馬字』，有的提倡『台灣話文』，甚至也有人提倡過『世界語』，各人的主張都不一致，但其企圖都是一樣想在異族的支配下，使全省民（當時稱台灣人），獲一識字的利器，以吸收新智識，新思想。」劉捷也在〈台灣文學的歷史考察〉（台湾文学の史的考察）文中，列舉黃呈聰〈論普及白話文的新使命〉、黃朝琴〈漢文改革論〉、蔡培火〈新台灣的建設與羅馬字〉（新台湾の建設と羅馬字）、張梗〈討論舊小說的改革問題〉、連溫卿〈將來之台灣話〉、張我軍〈新文學運動的意義〉等六篇，謂為1920年代初期新文學運動的導火線文章。這些在文學運動上的文字改革提案與爭議，深深影響台灣式的白話文書面文及口語文等寫作。黃朝琴、黃呈聰、張我軍、賴和、張梗、連溫卿、蔡培火等人都提出重要論說。即便1920年代台灣文字改革運動因為模仿中國白話文而發生「言文不一致」的現象，導致1930年代中國白話文與台灣話文的對峙與論戰，但此時期登場的台灣第一批現代文學作家與作品，畢竟成就了王錦江於《台灣新文學》所言「台灣話式的漢文」之白話文體。此時期中國白話文在台灣的傳播、擴散、演練、本土化，以及台灣話文文字化的討論與實踐，對台灣文學語文發展的影響也一直延續至今日。無論是中國白話文、台灣話文、羅馬字或世界語的主張，都與1920年代東亞各地的近代文體改革運動有著連帶關係。（呂美親）

外地文學

文藝口號。指寫作於日本本島外之帝國主權所及處的文學。概念上與「殖民地文學」、「南方文學」、「日本語文學」有部分交疊。「外地」是相對於「內地」的地理空間概念，泛指包括殖民地在內的日本帝國主權範圍，如殖民地台灣、朝鮮半島，委任統治的南洋群島，軍事占領區、租界，再加上日本軍部操縱成立的「滿洲國」等地，指涉範圍至 1940 年代「大東亞共榮圈」達至巔峰。因為日本帝國對這些地域的治理方式與法源不同，無法一併以「殖民地」稱之，從 1930 年代開始日本國內出現了「外地」的泛稱。日本帝國北向擴張如庫頁島、中國東北，因為「滿洲國」在 1930 年代的成立而大致底定；相對的南洋拓殖急速擴張，「南方」迥異於東北亞區域的風土人情，帶來多元主義式的想像。再加上南方領土多取自英、荷、法等西洋帝國的殖民地，甚能表現日本「和洋對立」的亞洲帝國思維，許多文學家在國內情勢推動下志願前往或被派駐占領地，寫出「南方徵用文學」。「外地」的創作者包括在地住民以及因為日本統治而前來的日本人。透過日語教育獲得讀寫能力的在地作家，與在外地開始創作生涯的日本人，雖都使用日文書寫，但有別於日本近現代文學史的「國文學」，而另稱為「日本語文學」。隨著日本戰敗、「大東亞共榮圈」消滅，外地文學轉而指向南美洲日裔移民的日語創作。直到 1990 年代冷戰結束、後殖民論述興起，日本學界之戰爭反省風潮熾烈，在批判日本亞洲侵略殖民的背景下，外地文學概念再度受到矚目。代表性的作家，如台灣的龍瑛宗、周金波、西川滿、濱田隼雄；朝鮮的張赫宙（장혁주）、金史良（김사량）、韓雪野（한설야）、田中英光、湯淺克衛；「滿洲國」的古丁、大內隆雄、北村謙次郎、山田清三郎等。「外地文學」是體現文藝與日本帝國主義之關聯性的重要文本群與批判概念，但以之從事跨域研究時必須留意，外地畢竟是以內地為中心所產生的擴張與自省概念，被稱為外地文學的文本，在當地可能並非邊緣，而是本國文學的精華。相關研究可參考神谷忠孝、木村一信編《「外地」日本語

文學論》（「外地」日本語文学論，京都：世界思想社，2007）。
（張文薰）

普羅文學

文藝口號。原指無產階級文學、普羅列塔利亞文學，譯自 Proletarian
literature 一詞，在台灣盛行於 1930 年代，又稱左翼文學，泛稱具有
社會主義色彩的文學。1917 年蘇聯革命成功後，為了與資產階級文
學進行鬥爭而提倡普羅文學。1920 年代起，日本的納普（全日本無
產階級藝術同盟，NAPE）吸收蘇聯的普羅文學理論，並在 1930 年
前後傳播到台灣。由於殖民地社會欠缺馬克思主義思想成長的政治
條件，無法公開組織共產黨及左派普羅團體，因此並未建構嚴謹的
普羅文學理論，普羅文學創作也受到限制。台灣普羅文學興起於
1931 年政治運動受挫後，失去政治運動舞台的知識分子轉而以文學
創作繼續理論的轉化與實踐，至 1937 年日本當局全面打壓為止。在
夾縫中成長的台灣普羅文學同時具有階級鬥爭、民族主義與同情弱
小者的重層立場，抗議日本帝國主義及殖民主義，形成了一種殖民
地型態的普羅文學，其素樸與泛化特徵與日本本土及蘇聯普羅文學
有所差異。殖民地時期台灣主要的普羅文學理論家及文論有楊逵
〈藝術是大眾的〉（芸術は大衆のものである，《台灣文藝》，1935
年 2 月）、劉捷〈創作方法的片段感想〉（創作方法に対する断想，
《台灣文藝》，1935 年 2 月）、吳坤煌〈台灣的鄉土文學論〉（台湾の
郷土文学を論ず，《フォルモサ》，1933 年 12 月）等。普羅文學代
表小說有楊逵〈送報伕〉（新聞配達夫，《文學評論》，1934 年 10
月）、呂赫若〈牛車〉（牛車，《文學評論》，1935 年 1 月）、吳希聖
〈豚〉（豚，《フォルモサ》，1934 年 7 月）、賴明弘〈魔力——或某
個時期〉（魔の力—或ひは一時期，《台灣新文學》，1936 年 8 月）
等，皆為日文小說。楊逵〈新聞配達夫〉暴露階級問題，倡議無產
階級跨民族戰線，使台灣社會受支配的問題串連到資本主義擴張的

國際性議題，受到中、日文壇注意，堪稱台灣普羅文學的代表作。1930年代台灣也產生了一些優秀的普羅詩歌，王白淵、吳坤煌、吳新榮等人為佼佼者。亦有少數以中文書寫的普羅文學，譬如王詩琅的小說〈沒落〉（《台灣文藝》，1935年8月）描寫台灣知識分子在社會運動挫敗後的自我放逐，類似日本的轉向文學。楊華〈一個勞働者的死〉（《台灣文藝》，1935年2月）書寫資本主義壓迫殖民地勞工的議題，也獲得楊逵等人高度評價。普羅文學風潮除了風靡文學界，也影響同時期台灣的演劇界，詩歌、小說與戲劇演出相互串連，為受到資本主義及帝國主義雙重壓迫的台灣社會留下尖銳的證言。（白春燕）

第三文學

文藝口號。1930年代鄉土文學／文藝大眾化論戰時期，由葉榮鐘所提出的文學理念。葉榮鐘主編《南音》時期發表了〈「大眾文藝」待望〉、〈「第三文學」提倡〉、〈再論「第三文學」〉等關於文藝大眾化與鄉土文學的評論文章。他指出：「文學已不是一部分特殊階級的專有物，若是對全體的社會與人生無所寄與就沒有意義」，藉此呼籲「通俗化的大眾文藝」。但葉榮鐘質疑「排些列寧、馬克思的空架子，抄些經濟恐慌資本主義第三期的新名詞」就算是「普羅文學」

1940年葉榮鐘被派任《台灣新民報》東京支局長，舉家遷居東京，1941年冬卸任返台。此為他東京時期留影，距其發表第三文學論已逾八年。（葉蔚南、徐秀慧提供，柳書琴解說）

的浮濫風氣，因此轉而提倡「立腳在全集團的特性去描寫現在的台灣人全體共通的生活、感情、要求和解放」的「第三文學」。他主張其內容須奠基於：「漢民族四千年的文化的遺產，培養於台灣特殊的境遇下，兼受了日本文化的洗禮」，強調「超越一切階級的羈絆，用我們的歷史、風土、人情來寫貴族與普羅以外的第三文學」。施淑在〈書齋、城市與鄉村：日據時代的左翼文學運動及小說中的左翼知識分子〉一文曾指出《南音》從「大眾文藝」風潮中獨樹一幟，轉而提出「第三文學」的立場變化與發生背景：「類似於1932年由中國社會主義文藝陣營分化出來，以『自由人』和『第三種人』的身分，與中國左翼作家聯盟對立，反對某一種文學把持文壇而掀起的那場有名的『文藝自由論戰』」，「不論是台灣的『第三文學』或是中國的『第三種人文學』，都是社會主義文藝運動內部矛盾的浮現」。（徐秀慧）

社會主義現實主義

文藝口號。1930年代蘇聯提出的一種文學藝術創作方法，經由日本傳播到台灣，被提倡為新文學的創作方案。社會主義現實主義在1932年5月由蘇聯作家協會提出，1934年蘇聯作家大會公認為文學藝術的創作方法之一，要求作家以真實、歷史的具體性來描寫革命發展歷程中的真實性。傳入日本後普羅作家在《文學評論》進行了關於社會主義現實主義的論爭，引起台灣作家關注，將它作為探究台灣新文學出路的方案之一。例如，林克夫在〈北部同好者座談會記錄〉（北部同好者座談会記録）（《台灣文藝》，1935年2月）主張以社會主義現實主義的手法進行創作，以克服當時台灣作家多寫心境小說的現況。劉捷在〈創作方法的片段感想〉（創作方法に対する断想，《台灣文藝》，1935年2月）也針對當時台灣文壇實況提出了五點創作建議，第一點即強調以唯物辯證法的世界觀將社會主義現實主義作為創作方法。不過前述諸人僅為片段評述，唯一完整

介紹並提出台灣文學創作應用者唯有楊逵一位。楊逵在〈新文學管見〉（新文学管見）（《台灣新聞》，1935年7月29日-8月14日）對於這個俄、日理論的思辨結論，是以「真實的現實主義」之名，站在無產階級的世界觀真實地描寫現實。社會主義現實主義源於蘇聯，經由日本傳播到台灣，深化了台灣普羅文學理論，促使文學家進行理論在地化的思考。該理論傳入時，台灣的左派政治運動已衰退，在不受政治運動策略及派系競逐影響的情況下，促使楊逵更能從文藝主體性的角度審酌適合台灣的創作法，因而參與了蘇聯、日本、中國文壇對於社會主義現實主義的討論。（白春燕）

真實的現實主義（真実なるリアリズム、真のリアリズム）

文藝口號。楊逵提出。主張真實的現實主義為一種素樸的現實主義，作家應站在無產階級的世界觀來真實地描寫現實。此係楊逵審酌日本的社會主義現實主義論爭所形成的論述。1935年，久保榮、中野重治、森山啟等人在《文學評論》上討論從蘇聯引進的「社會主義的現實主義」該用何種名稱，對於「現實主義」前面是否應加「社會主義」、「無產階級」，或加「否定的」、「革命的」等界定，爭論不休；而德永直等人又延伸出如何以社會主義現實主義作為創作方法論等問題。這個對殖民地文壇而言二度轉介的外來理論如何在地化，也引發楊逵思考。楊逵認為台灣文學仍處於自然主義末流，或以身邊事物為題材，或是頹廢虛偽的心境小說，故主張回歸到無產階級現實主義的原點，以無產階級的世界觀描寫社會現實。真實的現實主義原係藏原惟人於1928年提出的無產階級現實主義論，時至1935年早已被社會主義現實主義取代，但楊逵認為惟有它才真正符合殖民地台灣現況。楊逵在〈台灣文壇一九三四年的回顧〉（台湾文壇一九三四年の回顧）（《台灣文藝》，1935年1月）讚賞蘇聯作家馬卡里尤夫（エヌ・マカリョフ）採用社會主義現實主義手法的評論〈保持這種水準〉（この水準を守れ），並在〈新文

學管見〉（新文学管見）（《台灣新聞》，1935年7-8月）闡述對社會主義現實主義的看法。楊逵討論的馬卡里尤夫一文曾連載於《文學評論》，評論對象是蕭洛霍夫（Mikhail Aleksandrovich Sholokhov, 1905-1984）《被開墾的處女地》及《靜靜的頓河》。楊逵透過日本雜誌獲得蘇聯進步文藝訊息及日本最新的文藝論爭，快速將此動向引介並討論，讓台灣共享社會主義現實主義在蘇聯、日本的回響。真實的現實主義是楊逵對於俄、日理論思辨後的主張，也是台灣普羅文藝大眾化理論在地化接受與實踐的重要案例。（白春燕）

報導文學

又稱「報告文學」（Reportage）。文藝口號。對於社會事件進行客觀描述的文學作品。由鳥羽耕史的研究可知，報告文學約1920年在歐美確立為一種新的紀錄文學。在日本於1930至1950年代之間流行起來，普羅文學家的報告文學、記者的紀錄文學、隨軍作家的戰爭文學皆屬該範疇。台灣在楊逵的引介下，興起於1934至年1937年之間。楊逵〈小鎮剪影〉（町のプロフイル，《文學評論》，1934年12月號）是台灣最早的報告文學作品，其〈台灣震災地慰問踏查記〉（台湾震災地慰問踏査記，《社會評論》，1935年6月號）廣為人知。當時呂赫若、楊守愚、郭秋生、李禎祥等作家也曾創作報告文學。1930年代報告文學是在普羅階級意識下被提起的一種文學形式，屬於東亞文學跨域交涉的現象之一，從蘇聯、日本傳播到台灣。蘇聯作家高爾基（1868-1936）在1934年提倡集團式報告文學的作法。在高爾基啟發下，日本普羅文學家德永直在《文學評論》致力推廣報告文學，楊逵〈町のプロフイル〉即為該誌「村的生活・町的生活」徵選獲刊的作品。楊逵從日本接收到報告文學的思想與理論之後，在〈關於報告文學〉（報告文學に就て，《大阪朝日新聞》台灣版，1937年2月5日）、〈何謂報告文學〉（報告文學とは何か）、〈徵求報告文學〉（報告文學を募る）、〈報告文學問答〉

（報告文学問答）等論說文章中積極鼓吹，使報告文學以鄉土素
描、街頭寫真、街道速寫等形式，成為當時台灣文學界共有的新知
識訊息。他主張「報告文學可說是最簡單、最自由奔放的寫作方
式；其題材豐富多樣，能夠如實反映社會生活的豐富性與多樣性，
所以是最能反映時代的文學形式」（〈報告文学とは何か〉），提倡
以報告文學作為文藝的輕騎隊，為台灣文藝大眾化之實踐引入新的
創作理念與形式。（白春燕）

行動主義

文藝口號。為一種能動精神、行動的人道主義、藝術派的能動性、
文學的自由主義、新知識階級運動。楊逵提出。楊逵汲取日本行動
主義文學，將積極昂揚的能動精神納入普羅文藝大眾化論述。由於
普羅文學運動潰敗及九一八事變發生，1930年代的日本文壇籠罩於
時代暗影中。舟橋聖一等藝術派作家為突破困境，吸收1927年興起
於法國的行動主義，在1934年至1935年之間提倡行動主義文學，
強調知識分子應具備昂揚的能動精神，在以往只注重藝術性的文學
中加入思想性。但由於行動主義文學流於討論，未能實際付諸行
動，且理論過於抽象，也欠缺創作實踐，最終只曇花一現。身處台
灣的楊逵從日本文壇同步接收到行動主義文學，肯定其能動精神，
將之納入普羅文藝大眾化論述中。他欲藉由能動精神讓屬於藝術派
的小資產階級加入無產階級同盟，謀求反法西斯的統一戰線，但特
別強調行動主義應具備現實主義的社會性，使主義的性格具體化，
避免走向法西斯主義。楊逵在〈為了時代的前進〉（時代の前進の
為めに）（《行動》，1935年2月）首次提倡行動主義，並在〈新文
學管見〉（新文学管見）（《台灣新聞》，1935年7-8月）、〈擁護行
動主義〉（行動主義の擁護）（《行動》，1935年3月）、〈檢討行動
主義〉（行動主義檢討）（《台灣文藝》，1935年3月）、〈進步作家
與共同戰線〉（進步的作家と共同戦線）（《時局新聞》，1935年7

月29日）等文章，進一步闡述。楊逵分別以讀者及作家身分針對行動主義與普羅文學關係向日本文學家進行辯證和對話，曾因此帶出一場跨身分（作家／讀者）、跨文壇（台灣／日本）的文化交涉活動。楊逵是台灣最早的行動主義提倡者，企圖將它作為推行普羅文學運動的策略之一。他不但展現將行動主義納入普羅文藝理論的轉化能力，還嘗試了將台灣文壇與反法西斯統一戰線串連的實踐。（白春燕）

殖民地文學

文藝口號。楊逵提出。主張殖民地文學為不拘表現形式，以台灣式觀點描寫台灣真實面貌、為台灣人提供生活力量的文學。該詞原係日本文壇對於創作於殖民地的文學之總稱。1931年日本普羅作家同盟開始關注殖民地大眾的生活與文學，為支持殖民地發展具特色的文學和文化，在婦人委員會之下設置殖民地委員會（宮本百合子〈婦人作家〉、〈年譜〉）。1935年7月創刊的《文學案內》，基於無產階級國際主義連帶立場，積極介紹台灣、朝鮮等地作家並刊載其作品。同年12月《台灣新文學》創刊、主編楊逵也特別向日本進步作家徵詢「殖民地文學應走的道路」。針對殖民地文學，楊逵在〈對台灣新文學的期待〉（台湾新文学に所望すること）（《台灣新文學》卷頭言，1936年1月）提倡，在〈談藝術之「台灣味」〉（芸術における「台湾らしいもの」について，《大阪朝日新聞》台灣版，1937年2月21日）作出定義，並且在〈關於報告文學〉（報告文学に就て，《大阪朝日新聞》台灣版，1937年2月5日）檢討成敗。楊逵注意到日本左翼文壇興起的殖民地作家作品介紹風潮有可援引發揮之處，故而挪用日本文壇話語，以殖民地文學指稱台灣新文學，希望藉此促進日、台作家提攜合作，讓台灣作家透過日本文壇打開知名度，進而成為世界級作家。不過經一年半提倡後成效不彰，楊逵究其原因為台灣作家尚無法成功描繪殖民地現實，故退而

提倡形式簡約、明暢有力的報告文學，希望作家藉此獲得精巧農具、練就優良技術。楊逵的挪用提倡雖未獲廣泛響應，但日本左翼文藝社群在殖民地文學概念下的提攜實踐，卻曾促進殖民地與宗主國產生連結，為台灣、朝鮮作家提供登上日本文壇的管道，亦使以實體交流或讀寫翻譯的跨文化交涉形成。楊逵的殖民地文學說汲取論述資源於日本普羅文學界，其來源為高爾基倡議的「重視少數民族的文學創作」（〈關於蘇聯文學〉（ソヴィエト文學について），《第一回全蘇作家大會報告》，1934），而高爾基又根據列寧提出的普羅文化應融合民族文化之主張。因此楊逵此倡議還可上溯高爾基與列寧學說，是中日戰爭爆發前、台灣進步文藝受打壓之際，楊逵爭取國際連結的文學戰略之一。（白春燕）

地方文學

文藝口號。出自1941年1月大政翼贊會文化部頒布的〈地方文化建設的根本理念及當前對策〉（地方文化建設の根本理念及び当面の方策），為帶有納粹文化政策色彩的運動。皇民奉公會透過地方文化振興、戰時娛樂指導之名，積極推行文化統制，一方面使文化活動朝向國策方向納編而變質；另一方面則因重視文化的影響力，轉圜了先前一味的禁壓方針。除日本本土、殖民地及「滿洲國」之外，北平、天津、南京等占領區，也受到翼贊文化運動不同程度的影響。地方文化振興論擴及台灣後，由於官／民、日／台之立場與認同差異，產生了三種論述。一，以大政翼贊會文化部、台灣皇民奉公會文化部及與此附和的在台日人官僚、學者、文化人為主的「官製地方文化論述」。二，台／日自由主義學者、文化菁英建構，激發台灣文化甦生的「本土地方文化論述」。三，以在台日本人為主，基於在台日人社會意識、外地文化主體性建構、外地文化消費需求而形成的「外地文化論述」。官方論述與本土論述皆以「台灣地方文化論述」為表相，內涵卻有天壤之別。前者的宗旨為戰時國

民精神建設，指向「國民性」建立，譬如：中村哲〈外地文學的課題〉（外地文学の課題，《文藝台灣》，1940 年 7 月）。後者關切台灣文化的主體性與現代性問題，指向「台灣性」，譬如：黃得時〈台灣文壇建設論〉（台湾文壇建設論，《台灣文學》，1941 年 9 月）。最後的「外地文化論述」則介在「國民性」與「地方主體」兩端之間，譬如北原政吉等人在「新體制與文化」（新体制と文化）座談會中的發言（《文藝台灣》，1940 年 12 月）。1920 年代以來盛極一時的台灣新文學／文化論述，隨著新體制後的文化界一元統制，以及對思想、言論、語文（禁漢文）、出版檢閱的加強控制而沉寂。取而代之的是，1930 年中期後抬頭的在台日本人藝文活動，以及 1941 年後挪用地方文化振興論而復甦的本島人藝文活動。地方文學、地方文化論是促使戰爭期台灣文化復甦的破冰論述，對台灣文化的主體性建構產生了重要影響。（柳書琴）

皇民文學

文藝口號。1943 年 2 月長谷川清總督、山本真平皇民奉公會事務總長，藉由第一回「台灣文化賞」頒獎場合，公開要求台灣文藝配合高度國防國家之建設，推動文化報國、建立皇民文化、發揮文學奉公精神。此後，以皇民化及其衍生問題為主題的作品在此提倡下開始醞釀，但其發展卻有特定脈絡、特定對象（以改造台灣人作家為主要目的），且並未在台灣人作家間引發太大回響。譬如，以台灣人認同糾葛為主題的小說，1941 年周金波〈志願兵〉（志願兵）發表時皇民文學概念尚未出現，1943 年王昶雄發表的〈奔流〉（奔流）立場並不親日，不宜混為一談。二次大戰後，台、中、日三地一些採取廣義定義者，延續殖民者製造的「皇民文學」，泛指戰爭期特殊動員體制催迫下，一切觸及「大東亞戰爭」、「南進政策」、「增產報國」、「日台融合」或描述身分認同糾葛的作品，皆為「親日作品」或「皇民文學」，藉此羅織罪名、批判蔑視或特意除罪，均不

符合當時歷史現實。井手勇指出,「皇民文學」一詞出現於1943年
4、5月間,由日人作家田中保男、西川滿率先提出。起初概念籠
統,直到同年7月陳火泉小說〈道〉(道)發表以後,經由《文藝台
灣》集團的吹捧,其意義才逐漸固定化。同年8月《文藝台灣》集
團公開以「皇民文學」為新路線,並在早先設置的「文藝台灣賞」
中新增「建設本島皇民文學」為宗旨之一。1943年8月周金波被官
方派赴日本參與第二回「大東亞文學者大會」時,其致辭主題也是
〈皇民文學的樹立〉(皇民文学の樹立)。由此可見,產生自「大東
亞戰爭」背景的皇民文學口號,目的在生產一套符合日帝決戰時期
文藝體制的論述,藉此引導創作、改造作家。此一官方文藝策略導
致1990年代以後,皇民文學成為台灣文學史上的最大污名與爭議之
一。譬如,1998年2月張良澤在《聯合報》副刊上發表〈正視台灣
文學史上的難題:關於台灣「皇民文學」作品拾遺〉,呼籲以「愛
與同情」的態度予以正視。陳映真隨即在4月於《聯合報》副刊回
應〈精神的荒廢:張良澤皇民文學論的批評〉一文,批評不應為皇
民文學正當化,隨後更引發兩派支持者激烈論戰。足見此議題已脫
離歷史脈絡,成為台灣後殖民過程中,有關國族定位、文化認同問
題的重要戰場,同時亦受到中、日學者的關注和研究。(柳書琴)

辻小說

文藝口號、文類。日本文學極短篇小說中的一種體裁,太平洋戰爭
後期受官方提倡。「辻」本指十字路口,「辻小說」的構思來自13
世紀目蓮上人的「辻法」(街頭弘法),中文或譯成「街頭文學」。
1943年春,日本文學報國會會員自選小說,結集成書刊行,將版稅
捐作造艦資金,形成「辻小說」運動,以稿紙一張約400字的超短
篇小說於百貨公司等商店櫥窗展示,向民眾推廣造艦捐款運動,並
將發表於報章雜誌的稿費捐作戰艦資金。辻小說運動可說是後方作
家的首度職場奉公,針對戰爭主題進行目的性創作,為作家協力戰

爭的具體表現。1943年8月日本文學報國會出版《辻小說集》（辻小說集），收錄日本本土207篇名作家的超短篇小說，《台灣公論》8月號刊登了其中的五篇。為響應海軍紀念日活動，《文藝台灣》於1943年6月發行的6卷2號首次推出「辻小說特輯」，收錄河野慶彥、今田喜翁、新垣宏一、西川滿、大河原光廣、中島俊男、濱田隼雄、周金波、龍瑛宗共九位作家的辻小說，可視為「日本文學報國會台灣支部」與「台灣文學奉公會」對日本辻小說運動的呼應。同年8月發行的6卷4號再度以特輯方式刊載今田喜翁、周金波、小林井津志、相澤誠的四篇辻小說。1944年1月，皇民奉公會發行的《新建設》刊登以「決戰生活」為主題的辻文學，描寫配合戰爭的生活樣貌。同年10月至11月間，總督府《台灣新報・青年版》刊載了11篇辻小說，皆是鼓勵青年志願從軍的作品。同年12月，《台灣文藝》以「醜敵」為題，收錄濱田隼雄、新垣宏一、呂赫若、龍瑛宗、楊逵、葉石濤等14人的辻小說。不少日台作家皆曾以辻小說體裁進行創作，刊登在報章雜誌上，如龍瑛宗〈在街上〉（街にて，《台灣鐵道》，1943）、新垣宏一〈丸木橋〉（丸木橋，《いしずゑ》，1944）等。辻小說在文體上有篇幅限制，作者須在有限字數下表現出以小見大、平中見奇的效果，易有人物性格扁平、事件簡化的缺失。由於創作動機在於強化意識形態的傳達與教育，對戰爭進行正當性的訴說，以達成群眾動員的目的，戰爭文宣的工具性意義大於文學性。（林慧君）

（三）文藝論爭

新舊文學論戰

文藝論爭。新舊文學曾有兩次重要論戰，第一次發生在1924年至1926年，新文人批判舊文人媚日、保守、文體僵化，提倡中國白話

文；傳統文人則批判中國白話文，認為多數台灣人不熟悉北京話，
台灣缺乏推展中國白話的語文條件。第二次發生在1941年至1942
年。新舊文學論爭雖持續不斷，但在日本強權統治下不論傳統漢
文、中國白話文、台灣話文或教會羅馬字，都曾遭到統治者的打
壓，因此不同型態的台灣語文固然相互競爭，也經常在以大局為重
的前提下，出現相互包容的多元樣貌。譬如，1921年〈本島孔教振
興策〉主張為彰顯孔教宜創白話報；《台灣民報》曾鼓吹中國白話
文，批判傳統文學，後則兼容漢詩、新詩並存於文藝欄；1933年
《台灣新民報》社論甚至改為簡易文言。新舊文人的角色及對新舊
文學論爭的觀點，亦可能隨不同的文學環境而有所變化。譬如，
1926年賴和曾批判舊文學，1936年賴和在《台灣新文學》登舊詩反
被林克夫批評。第一次論戰，新文人有張我軍、賴和等，連雅堂、
鄭坤五等則支持傳統文學；第二次論戰，新文人有林荊南、林克
夫，傳統文人有鄭坤五、黃石輝。期間其他重要論議尚有：1920年
至1923年陳炘、陳端明、甘文芳、黃呈聰等對文體的反省，1929
年葉榮鐘與江肖梅的論爭、1930年黃得時與頑固生的論爭等。傳統
文人強調文以載道，希望維繫固有社會規範，新文人企圖藉新文學
普及文藝，注入新文化精神，新舊雙方秩序感不同是論爭的根源，
新舊文學論爭的研究宜超越新舊／優劣的二元窠臼，才能建立符合
實況的論戰史。受日本明治維新、晚清及中國五四影響的台灣知識
分子希望改善文學環境、促進文藝大眾化，進而達到文化啟蒙的目
的，台灣新舊文學論戰是影響深遠的文體、文學、文化論戰。在被
殖民者缺乏教育主導權之下，無論是傳統漢文、中國白話文、台灣
話文或教會羅馬字都無法勝出，最後仍以日文國語成為台灣文學最
主要的載體。相關文獻可參考：中島利郎、河原功、下村作次郎編
《日本統治期台湾文学文芸評論集》五卷（東京：綠蔭書房，
2001）；黃英哲編《日治時期台灣文藝評論集：雜誌篇》共四冊
（台南：國家台灣文學館籌備處，2006）等。（翁聖峰）

日治時期戲劇論爭

戲劇論爭。發生於1929年新舊文學陣營之間的筆仗及關於戲劇觀的對話。以新文人批判舊文人的劇本創作為導火線，在《台灣民報》及《台灣新聞》上展開。論爭開端於葉榮鐘（1900-1978）在1929年5月5日以〈為「劇」申冤─讀江肖梅氏的獨幕劇〉一文，批判江肖梅（1898-1966）劇作〈病魔〉兼及張淑子（1881-1945）劇作〈草索記〉。張淑子為文反駁，新舊文人分別聲援葉、張兩氏，形成新舊文學陣營對峙，但以情緒性的謾罵居多。另一方面，江肖梅接受批評並提出戲劇觀請教葉氏，兩人針對戲劇本質及劇作方法進行了理性探討。之後，紫鵑請教戲劇問題，葉氏答辯回應，論爭就此落幕。主要參與者葉榮鐘、江肖梅、張淑子皆兼具新舊學涵養，本論爭可視為他們對新學接受態度的表述。本論爭以往只被視為始於1924年新舊文學論戰的一環，但忽略其首次討論西方現代戲劇的特質。經筆者考察：葉榮鐘的發難是繼其在〈墮落的詩人〉（1929年1月8日）一文中批判舊文學陣營立場的延續，行文充滿嬉笑怒罵；但是待江肖梅虛心求教之後，葉榮鐘改以嚴肅態度面對，將論爭作為啟蒙策略，以〈戲曲成立的諸條件〉及〈戲曲與觀眾〉等長文引介西方現代戲劇知識以填補台灣戲劇界的不足。在論爭過程中，葉榮鐘、江肖梅、紫鵑以引用或挪用等手法，將由日本轉手而來的西方劇論及日本和中國在地化的戲劇觀轉述到台灣文壇，以另類的譯介行為積極參與了台灣新舊文藝過渡時期戲劇知識理論的建構工程。本論爭首次將西方現代戲劇知識、尤其是劇本創作理論完整地傳播到台灣，對於日治時期戲劇啟蒙的發軔有其重要意義。相關文獻可參考：中島利郎、河原功、下村作次郎編《日本統治期台灣文学文芸評論集》五卷（東京：綠蔭書房，2001）；黃英哲編《日治時期台灣文藝評論集：雜誌篇》共四冊（台南：國家台灣文學館籌備處，2006）等。（白春燕）

台灣鄉土文學‧話文論戰

文藝口號與論爭。1930年8月由黃石輝〈怎樣不提倡鄉土文學〉一文燃起，引爆了日後將近四年間關於建設台灣文學的內容與形式之論戰，討論議題之集中、參與人數之眾、涉及媒體之廣，都是罕見規模。論戰主要內容包括下列幾個方面：一、對「鄉土文學」定義的歧見；二、台灣文學應用「台灣話文」或「中國白話文」表現，亦即書寫工具的選擇問題；三、如何建設、表記台灣話文，屬於台灣話文支持者內部的辯論。論戰焦點集中在後兩部分，亦即著重形式上的文字論，至於文學論則相對當稀少。兩階段的論戰互有連接，卻又不完全相同，而主要論者大致重疊。台灣話文支持者包括黃石輝、郭秋生、賴和、莊遂性、鄭坤五、周定山、黃純青、黃春成、黃得時、何春喜、李獻璋等人。中國白話文支持者則有廖毓文、林克夫、朱點人、賴明弘、林越峰、趙櫪馬、邱春榮、陳臥薪、吳逸生等人。另外也有態度中立的張深切和主張用日文建設台灣文學的吳坤煌、劉捷、在台日人小野西洲等加入論戰。論戰持續四年有餘，雖然造成文壇對立分呈，但也因為論戰促成1933年台灣文藝協會以及1934年台灣文藝聯盟的成立。而1936年由李獻璋編輯的《台灣民間文學集》，更進一步匯流了論戰中不同立場論者的作品，在台灣文學史上深具意義。語言民族主義論者將這場論戰視為台灣主體意識的抬頭，或台灣與中國意識的較勁。也有論者試圖從近代化的觀點指出，相較於語言文字的爭辯，論戰的重點其實在於通過閱讀作為識字手段。這顯示台灣人強烈追求近代化的欲望，並使得強調近代化功能性的日文，得以取代漢字共同體下的台灣話文和中國白話文而後來居上。不同學者的詮釋框架儘管不同，但都足以顯示這場論戰在台灣文學用語建立與中國、日本、台灣跨文化交涉上的重要性。相關文獻可參考：中島利郎、河原功、下村作次郎編《日本統治期台湾文学文芸評論集》五卷（東京：綠蔭書房，2001）；中島利郎編《1930年代台灣鄉土文學論戰資料彙編》（高雄：春暉，2003）；黃英哲編《日治時期台灣文藝評論集：雜誌篇》

共四冊（台南：國家台灣文學館籌備處，2006）等。（陳淑容）

文藝大眾化論爭

文藝口號與論爭。又稱文學大眾化論爭、藝術大眾化論爭。本格期
台灣新文學運動中最響亮的口號。文藝大眾化是1920年代台灣新文
學運動搖籃期中出現的文藝平民化觀點，是在1920年代中、日左翼
思潮進入台灣後，台灣文學者朝大眾化方向行進所衍生的辯證爭
議。提倡者企圖將文學主體從作者端導向讀者端，論辯結果使得該
主張成為啟蒙殖民地大眾階級意識、民族意識的反殖文學運動之核
心主張與表徵。1930年8月，黃石輝在《伍人報》發表〈怎樣不提
倡鄉土文學〉，最早提出文藝大眾化一詞。1932年1月創辦的《南
音》以「第三文學」詮釋文藝大眾化；1934年5月召開的第一回全
島文藝大會，基調即文藝大眾化。12月，林克夫於《台灣文藝》主
張以「先覺覺後覺」的方式逐步推展文藝大眾化；張深切指出宜先
從演劇、文藝講演、改寫通俗歷史小說等著手；郭秋生呼籲重新思
考以說書、演義等親民的舊形式或創新形式來落實。1935年1月，
《第一線》推出「台灣民間故事特輯」。2月起文聯內部文藝大眾化
歧見頻生，12月楊逵另創《台灣新文學》，並不遺餘力促銷《台灣
民間文學集》。1936年2月，陳澄波、林錦鴻質疑文藝大眾化可能
帶來文藝倒退，陳逸松則反對藝術至上。3月，東方孝義提醒統治
當局注意文藝大眾化團體所使用語文的問題。5月，劉捷論述中國
古典小說已是台灣大眾文學無法切割的傳統，呼應張深切論點。9
月，中山侑指出內台一體與使用母語的文藝大眾化運動之間關係緊
張（台人母語不利以國語為載體的同化運動）。1937年4月，台灣
總督府禁漢文。7月中日戰爭爆發，皇民文學口號漸取代文藝大眾
化。從發展軌跡看，文藝大眾化是1930年代左翼運動受抑修正下，
台灣文壇左、右兩翼共同投射的文藝符碼，雙方各自表述、各取所
需。譬如，以楊逵與張深切兩人為代表的文藝大眾化之爭，在理念

上是修正左翼與修正右翼之爭，在實踐上則是對庸俗化、理想性失卻等現象的尺度之辯，映現出當時言論空間日益受抑的殖民地文壇困境。除了島內背景之外，台灣文藝大眾化及其爭議，也頗受第三國際聯合陣線戰略轉向、人民戰線、日本四次文藝大眾化論爭、中國三次文藝大眾化討論的影響，不宜孤立看待。相關文獻可參考：中島利郎、河原功、下村作次郎編《日本統治期台湾文学文芸評論集》五卷（東京：綠蔭書房，2001）；中島利郎編《1930年代台灣鄉土文學論戰資料彙編》（高雄：春暉，2003）；黃英哲編《日治時期台灣文藝評論集：雜誌篇》共四冊（台南：國家台灣文學館籌備處，2006）等。（郭誌光）

為人生而藝術，為藝術而藝術論爭

文藝口號與論爭。簡稱「為人生為藝術論爭」。發生於1931年至1937年間的本格期新文學路線論爭，係以左翼為中心，對右翼、藝術派及其內部修正派進行意識形態與文學觀的鬥爭。此一論爭雖以「為人生？為藝術？」之名行之，實際上卻包含文學任務、反殖戰略、主從關係、理想實際、抗爭姿態、偽裝程度等的多重較勁，而其本質則是文學上的左右傾辯、文壇領導權的角力。這場論爭包攝不少次級論爭，時爆火花，但大多時候是隔空對話，因此是屬於高層次、大結構式的隱性論爭，重要性常被輕忽。該論爭醞釀於1931年九一八事變前後，左右兩翼面對法西斯主義抬頭力圖思變之際。1932年1月《南音》創刊，編輯政策轉向折衷主義；4月《台灣新民報》發行日刊，發行策略趨向大眾化。兩刊風格走軟，旋即引發左翼不滿與挑戰，至1934年5月文聯成立以前，所生爭論即有賴明弘與《南音》的大眾與民眾之爭、《台灣文學》別所孝二與平山勳的路線分裂、郭水潭與新垣宏一的形式主義論爭、吳新榮與劉捷的「文學自殺論」筆仗、佐藤博起和楊熾昌的超現實主義之爭等。隨著論爭升溫，兼顧人生與藝術的「為人生的藝術」中間路線亦隨之

開展。逮文聯成立至1935年12月《台灣新文學》創刊期間，因文壇意識形態分裂使得論爭轉熾，例如張深切與李獻璋的民間故事整理論爭、楊逵與張星建的宗派化內訌，以及吳新榮與吳天賞、張深切與林茂生、吳新榮與新垣宏一的三場犀利論辯皆屬之。此一階段各派都從對方論述照見己方弱點而修正了極端主義，「為人生的藝術」愈趨主流。而在《台灣新文學》創刊後至1937年七七事變爆發之間，則主要有殖民地文學與歷史小說論爭、陳澄波等人的藝術大眾化論辯、翁鬧與賴貴富的「文學臉孔」辯爭等。此期間路線辯證論述數量驚人，其中尤以楊逵、呂赫若、張文環的文論最具代表性，顯示「為人生的藝術」之主流地位至遲在1936年中已確定。時至中日戰爭爆發後，論爭乃漸息。這場漫長且複雜的論爭，其文學史意涵在於標誌著本格期台灣新文學運動的文化轉向與文藝創新，以及台灣文學文學性和台灣文壇主體性的確立。論爭中可見葉榮鐘受中國文藝自由論戰的影響；吳坤煌、劉捷、郭秋生受蘇聯列寧、

1934至1935年為「為人生而藝術，為藝術而藝術論爭」高峰期，其中包括佐藤博起和楊熾昌的超現實主義之爭。圖為楊熾昌與風車詩社同人合照，前排左起：李張瑞、福井敬一、大田利一。後排左起：張良典、楊熾昌。（張正武提供，柳書琴解說）

拉普（RAPP）、日本青野季吉、藏原惟人影響；楊逵受德永直、貴司山治、舟橋聖一、橫光利一影響等，思潮來源多方且多所轉化。（郭誌光）

民間故事整理論爭

文藝論爭。泛稱「民間文學論爭」。在1935年1月《第一線》推出「台灣民間故事特輯」後，約莫七個月期間，因民間文學的範疇、價值、整理方法等諸問題，引起張深切、李獻璋、廖漢臣、劉捷等人在《台灣新民報》、《台灣文藝》、《台灣新聞》、《東亞新報》等媒體發文爭論。論爭由李獻璋〈故事整理談──評《第一線》的故事特輯〉一文引發，文中對林克夫〈傳說的取材及其描寫的諸問題〉一文和民間故事的寫作法有所商榷。不久，張深切（夜郎）發表〈談民間故事十篇〉、〈讀「第一線」小感〉等論說，後文批評《第一線》特輯藝術價值不高，有宣傳迷信之嫌，建議參照林克夫主張的歷史唯物論方法進行描寫和表現。4月，李獻璋發表〈整理民間故事是義務，還是反動──駁夜郎氏的愚言囈語〉，分就故事來源是否謠傳、怎樣處理材料、民間故事的用處、搜集者應有的態度、指摘的矛盾與說謊等五節，予以反駁。7月，劉捷發表〈民間文學的整理及其方法論〉（民間文學の整理及びその方法論），從遺產的再認識、各種方法論、民間文學的本質等三個面向回應李獻璋，暗中呼應張深切。此後雙方再無交鋒。而廖漢臣參與論爭的文章已佚，但依其1954年〈台灣文藝協會的回憶〉一文所述，得知論爭中他和李獻璋站在民俗學立場，張深切則是站在文學的立場。亦即，對於民間故事整理，張深切、劉捷一方主張「化用改寫」，但須去除迷信反動成分，賦予新時代的進步意義；而李獻璋、廖漢臣一方則認為應「忠實記錄」。事實上，主張以唯物史觀作為研究整理而非描寫表現方法的林克夫，成為兩造各自詮釋的對象。王美惠指出，這場爭議澄清了民間文學含有迷信的思想，同時肯定民間文

學在民俗學與文學上的價值,最後促成了《台灣民間文學集》的出版。論爭中,劉捷援引中國學者楊蔭深對於民間文學的分類、俄國普列漢諾夫(G.V. Plekhanov)的歷史唯物論觀點;引發爭議的林克夫論述則引用了中國茅盾的人類學派神話觀點,並挪用日本藏原惟人的新寫實主義描寫方法。整體論爭顯現民間文學整理理論最初引進台灣時引發的爭議,以及台灣向各國進行跨文化借鑑的情況。(郭誌光)

歷史小說論爭

文藝口號與論爭。又稱「歷史文學論爭」。發生於1936年1月至6月間的歷史小說存廢的論爭,正反雙方就歷史小說與本土普羅文學(殖民地文學),展開路線辯論。論爭由1936年1月平山勳發表〈「對於歷史小說的展望」之摘要──「敗北的理論」第三章〉(「歷史小說への待望」の拔萃─「敗北の理論」第三章)點燃。他從政治現實的考量出發,提倡歷史小說之必要,進而提出表面上「敗北」的論說。他主張歷史具有現實性,在歷史小說中可以尋求現實的隱喻,並為碰壁的現實尋找出路。他舉李獻璋編著的《台灣民間文學集》為例,鼓吹在既有的民間故事基礎上進一步創作歷史小說。此論一出,4月即引來夏川英的反論〈台灣文學所面臨的問題〉(台湾文学当面の問題),認為不應提倡向現實低頭的歷史小說,違反左翼精神與現實主義基本原則。5月,更多評論湧出。宮安中發表〈開刀〉(開刀),暗示台灣發展歷史小說諸要件已然成熟,婉轉支持平山勳。劉捷發表〈台灣文學的歷史考察〉(台湾文学の史的考察),跳過歷史小說的倡廢辯證,直接將其視為大眾文學的一環,著眼於如何挪用改寫中國古典通俗小說、歷史小說,以古喻今。《台灣新文學》編輯部則宣告,該誌將同時倡導描寫台灣歷史的歷史小說和描寫台灣現實的殖民地文學,將兩者共同納入編輯政策。6月,濱田隼雄發表第二波反論〈談「歷史文學」〉(「歷

史文学」について），譴責平山勳對歷史素材化過度評價，認為「把和現在沒有關聯的歷史硬塞給處在存亡關頭的台灣文學」是無恥知識分子危險又懦弱的退縮行徑。此文之後，無人對此議題再有回應。綜觀這場論爭，各方對歷史與現實的差異並非無知，真正的爭議點在如何因應台灣出版與言論壓制，繼續以文藝傳達殖民地現實。透過這場左翼對修正主義者的詰難爭論，台灣知識分子得以照見自己面對強權時的心靈：在理想與實際之間如何拿捏分寸？是選擇直面現實的殖民地文學或選擇立於歷史帷幕之後影射現實的歷史小說？此一論爭深遠影響了戰爭期風俗小說、戰後白色恐怖時期大河小說的發展，對台灣新文學運動的存續策略起了很大的啟示作用。而此論爭也明顯受到1934年至1935年日本第四次文藝大眾化論爭——貴司山治實錄文學與德永直普羅文學之爭的影響。相關文獻可參考：中島利郎、河原功、下村作次郎編《日本統治期台湾文学文芸評論集》五卷（東京：綠蔭書房，2001）；中島利郎編《1930年代台灣鄉土文學論戰資料彙編》（高雄：春暉，2003）；黃英哲編《日治時期台灣文藝評論集：雜誌篇》共四冊（台南：國家台灣文學館籌備處，2006）等。（郭誌光）

殖民地文學論爭

文藝口號與論爭。發生於1936年3月至1937年間的論爭。為求戰勝法西斯，1935年7月第三國際提出人民戰線，擎起殖民地內部共同戰線與外部跨國聯合陣線的旗幟，無異宣告了左翼所宗的世界主義向民族主義的靠攏修正。台灣的殖民地文學概念挪用自殖民地文學一詞，實則為反殖的本土普羅文學，就在這樣的全球氛圍下熟成。12月楊逵創立《台灣新文學》，創刊號廣邀台、日、鮮作家以書面討論台灣新文學的發展方向，回函作家除了新垣宏一之外，皆或顯或隱地支持殖民地文學，並從不同角度賦予其精神內涵。經此倡議，殖民地文學一詞終於移植到台灣，但因此詞內涵的爭議性隨即

引來質疑聲浪，直至1937年中日戰爭爆發，論爭才漸歇止，此即殖民地文學論爭。爭端伊始，首先是1936年3月至4月，楊熾昌連續發文懷疑日人藉此舉分化台人陣營；夏川英則表示有條件地支持。繼之，6月文聯東京支部亦開始回應：曾石火、翁鬧仍以帝國主義文化現象中的殖民地文學概念加以認知，未能掌握楊逵挪用意圖；劉捷企圖統攝左、右兩翼而提出「藝術皮‧人生底」之殖民地文學；郭明昆則另倡超殖民地文學。楊逵面對《台灣文藝》雜誌上述三種回應的挑戰，被迫再次在《台灣新文學》發文鞏固主張，並於1936年12月、1937年1月刊出林房雄、葉山嘉樹等人的聲援。2月，楊逵又發文總結他倡議的是兼具本土性與世界性的殖民地文學，並自剖此一挪用概念在台推廣失敗之因。參與這場論爭者橫跨日、台兩地，較具代表性的顯性支持者有貴司山治、廖漢臣、郭水潭、河崎寬康；隱性支持者有葉山嘉樹、守安理、高山望洋；反對或質疑者有新垣宏一、楊熾昌、文聯東京支部，其中尤以楊熾昌抨擊最力。它是左翼世界主義的普羅文學向右翼本土主義民族文學修正的結果，倡議者楊逵及《台灣新文學》上的贊同者實有團結台、日、鮮自由主義、民族主義作家與普羅作家共同創造批判性的殖民地文學，以統攝左、右翼路線達成聯合陣線之意。因這場論爭首開殖民地文學重估風氣，影響所及，啟示了1940年代的外地文學論、糞寫實主義論戰、台灣文壇建設論等，使島內不同文化群體進一步對外地文學與台灣文學展開歷史與定義之爭辯。對外，這場論爭同時也體現了楊逵等台灣作家與《文學案內》貴司山治等日本作家，在反法西斯國際統一戰線上最後的提攜與努力。（郭誌光）

糞現實主義論戰（糞リアリズム論争）

文藝論爭。浪漫主義與現實主義論爭。1943年第一屆皇民奉公會文學獎頒獎後引發的台灣文壇不同民族、立場作家，對台灣戰時文藝方向與流派的爭執。以台灣人作家得獎作遭在台日人作家批判為導

火線，在《台灣文學》、《文藝台灣》、《台灣新民報》、《台灣日日新報》等報紙雜誌上展開，為戰爭期最大的文藝論爭。戰時兩大文藝集團之意識形態競爭淵源久矣，1940年代初期的「外地文學」與「地方文學」等論述已有較勁之意。1943年2月文學獎評審帝大教授工藤好美對採取寫實主義的得獎者張文環多所讚美，引發另兩位得獎者西川滿、濱田隼雄異議。隨後西川、濱田、葉石濤等人先後撰文批判台灣作家的寫實主義為惡俗、扒糞式、帶有普羅文學遺風、無視時局動向的「投機文學」、「糞寫實主義」；反之極力提倡協力國策、回歸日本古典傳統的「皇國文學」、「皇民文學」。此舉引發楊逵、吳新榮等台籍作家反駁，他們認為台灣的外地文學及浪漫主義文學內容貧乏，反之寫實主義文學具有深厚的社會內涵。論爭雖環繞現實主義與浪漫主義、外地文學與台灣文學等議題，但討論不十分深入，爭執核心仍在於戰時文藝的指導原則為何，以及要求現實主義文學自我檢討朝向皇民文學轉換等方面。親官方立場的日籍文學者有意與台灣文學奉公會的文藝統制政策呼應，對本土文壇進行更徹底的統制，故導致本土作家反彈。該年4月到8月間，雙方人馬在《文藝台灣》、《台灣文學》、《台灣時報》、《台灣公論》、《興南新聞》文藝欄多處，展開激烈論辯。此後筆戰稍緩但對立仍在，反映於9月厚生演劇研究會與藝能文化研究會的拼台、陳火泉

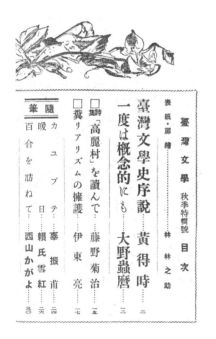

楊逵以筆名「伊東亮」發表的〈糞リアリズムの擁護〉一文，以糞便譬喻現實主義文藝的深層意義，批駁西川滿的浪漫主義，為論戰中的重要論稿。（蘇德昱提供，柳書琴解說）

〈道〉（道）與王昶雄〈奔流〉（奔流）之皇民文學競寫，11 月台灣決戰文學會議文學雜誌存廢問題的對立各方面。參與作家，上至工藤、西川、濱田、楊雲萍、張文環、呂赫若、楊逵、林精鏐、吳新榮等中壯代，下至新生代的葉石濤、世外民（一說邱永漢）、陳火泉、王昶雄，乃至若干演劇界人士，可謂牽連廣闊。此論戰可視為官方系列收編本土文壇的最後一役，12 月間《台灣文學》終於遭到停刊，被《文藝台灣》強行合併，並改由台灣文學奉公會發行。戰時兩大民間文藝誌雙雄並峙、相互競爭的文壇，因而風流雲散。這個帶有強烈政治性的論戰，造成了本土作家與在台日人作家雙方陣營的中挫。垂水千惠指出「糞 realism」一詞，原為林房雄等人攻擊「人民文庫」武田麟太郎等作家時使用的詞彙，因此此一論爭多少反映了「日本浪漫派」和「人民文庫」文藝立場及政治態度對立關係在台灣的延伸。相關文獻可參考：陳映真、曾健民編《噤啞的論爭》（台北：人間，1999）；中島利郎、河原功、下村作次郎編《日本統治期台湾文学文芸評論集》五卷（東京：綠蔭書房，2001）；中島利郎編《1930 年代台灣鄉土文學論戰資料彙編》（高雄：春暉，2003）；黃英哲編《日治時期台灣文藝評論集：雜誌篇》共四冊（台南：國家台灣文學館籌備處，2006）等。（柳書琴）

（四）重要文論

〈文學與職務〉

中文論說。陳炘著。刊載於 1920 年 7 月 16 日《台灣青年》1 卷 1 號漢文部。陳炘有感於台灣文化跟隨世界新思潮的腳步甚遲，指出舊文學承襲八股科舉文風，內容矯揉造作、只務末流，文字古奧難讀、拘泥法式，空有瑰麗外觀，無靈魂、無思想，自然造成文化停滯。他認為文學當以「傳播文明思想，警醒愚蒙，鼓吹人道之感

情，促進社會革新為己任」，行文上須有「真摯之感情，高遠之思想」之自覺；方法上雖台灣鄉音「有音無字者甚多，不可盡以文字音寫」，然應使用「言文一致體」，不拘泥形式，取字平凡，自由盡暢思想抱負，閱者能領略文章思想情感，方是有效用的文學。本文刊登於《台灣青年》創刊號，該刊創辦者為一群留日的台灣青年，敏銳地接受新時代潮流的洗禮，熱情又殷切地向故鄉引介世界思潮，希冀提升同胞的文化智識。身為編輯一員的陳炘，提出文學社會功能論及言文一致主張，希望藉由文學與文字的改革推進台灣啟蒙與現代化。（許雅筑）

〈現實社會與文學〉（実社会と文学）

日文論說。甘文芳著。原載於1921年9月15日《台灣青年》3卷3號和文部。此文旨在考察文學與現實生活的關係。首先，指出文學具有先鋒性：自19世紀以來人類一味偏重物質文明而導致世界大戰，當人們還沉醉於科學力量時，日本文壇已反省以科學為依據的自然主義文學，興起了反自然主義的新浪漫派，改以主觀態度探索神秘之境。此乃因為文學透過觀察現實察覺人類的內心煩悶和動向，因而能夠最早地洞察到世界的風潮。因此，文學的先鋒性來自於現實生活的反映。其次，討論文學的目的性：主張文學不應是「為文學而文學」或像日本「耽美派」（即新浪漫派）因厭世而熱愛文學，而應具備社會目的性，致力於描寫現實社會。第三，分析東西方文明的差異：提出西方重科學，東方重精神，應結合東西方文化以成大業。最後，認為台灣的舊文學不重視社會問題，只能成為茶餘飯後的消遣。為了改革台灣文學，必須接收西方重視科學性的自然主義（即劉捷在1936年4月〈台灣文學的歷史考察〉（台湾文學の史的考察）所言的「科學的自然主義」），以科學的態度客觀地描寫現實，使文學成為反映社會的利器。本文與陳炘〈文學與職務〉及陳端明〈日用文鼓吹論〉皆為《台灣青年》鼓吹文學改革的

重要文章，但後兩者關注語言問題，欲以白話文作為文學改革的工具，唯有甘文芳從創作手法的角度討論文學如何反映現實。本文在日本文壇的脈絡下討論台灣文學的問題。依九松潛一和河內光治等人的研究可知，以左拉的科學實證主義為主的自然主義被介紹到日本之初，具有關心社會不義的特質。後來日本發展出獨特的私小說，左拉小說的客觀性和結構已不復見，關懷社會的特質也逐漸消失。於是從明治末年到大正初年，日本文壇興起了新浪漫派，要以主觀視角來取代自然主義的客觀描寫。甘文芳以新浪漫派為例，指出文學具有洞察社會的先鋒性，但並不認同「耽美派」，主張科學的自然主義。以往研究認為甘文芳認同新浪漫派，應是未能細緻地參照新浪漫派及日本自然主義發展脈絡造成的誤讀。（白春燕）

〈日用文鼓吹論〉

中文論說。陳端明以漢文評論提出的文藝用語主張。原預刊於1921年12月15日《台灣青年》3卷6號被禁，後重刊於1922年1月20日《台灣青年》4卷1號漢文部。本文就文字必須語體化，確實與社會生活結合，提出興革意見。陳端明首先直言古典漢文並非不佳，然而發展千年以來越趨精緻化、形式化，不僅難學難懂、妨礙情感與思想傳遞，文化停滯的結果更使民族失去活力與希望。他認為西方國家的進步，得力於語體簡便與印刷媒體發達，文化智識迅速普及，帶動科技文明日新月異。準此，力倡言文一致的漢文改革，析論漢文實用性，認為採用簡易明白的文字，有利於意見互通、跟進西方思潮、啟蒙民智、培養民族國家觀念，更可藉由漢文於東亞的共通性開展國際交流。綜觀當時《台灣青年》可見不少論稿對殖民同化政策深具反思，並引進民族自決、議會政治與教育改革思潮，本文乃從漢文實用主義立場，鼓吹加速文化啟蒙、建構民族主體之論稿。（許雅筑）

〈近代文學的主潮〉（近代文学の主潮）

日文文藝評論。作者林南陽，係霧峰林家林獻堂長子林攀龍的筆名。原載於1922年8月《台灣》第三年第五號。內容說明浪漫主義、自然主義、新浪漫主義、大戰之後的文藝主潮，以四個部分介紹18世紀至第一次世界大戰後的文學思潮。林氏揭櫫18世紀末至19世紀前半興起的浪漫主義，具有回歸自然、中古主義、反動精神、神祕怪誕、主觀及個人本位主義的特色。自然主義強調知識的自然、事實的自然與客觀的自然，傾向冷靜、客觀的描寫。新浪漫主義則與舊浪漫主義有異，從自然主義而出，雖在主觀、精神的觀點上與自然主義相似，但在現實、科學的基調上有所不同。而新理想主義（即人道主義），是一次世界大戰後所產生的新文藝思潮，同時也出現了「為藝術而藝術」或是「為人生而藝術」的辯證。此篇論文從擬古主義—浪漫主義—自然主義—新浪漫主義（象徵主義、神祕主義、享樂主義）—新理想主義（人道主義）著眼，系統性詳述近代西方的文藝思潮，並舉哥德、易卜生、左拉、托爾斯泰及杜斯妥也夫斯基的作品為例說明，提供台灣讀者獲取世界文學養分的窗口。（鄧慧恩）

〈新台灣的建設與羅馬字〉（新台湾の建設と羅馬字）

日文論說。蔡培火著。原載於1922年9月8日《台灣》第3年6號，後重刊於1923年12月11日、21日《台灣民報》第13、14號。本文分成五段論述，開頭闡明所謂新台灣的建設，即讓台灣的社會生活得以順應新時代的新思潮。而新思潮乃象徵20世紀的文明思想，若欠缺精神生活則無法理解此文明的興起。作者認為普及較漢文易學的羅馬字，乃是建設台灣文化的基礎事業，也是啟發台灣人的精神層面以及建設文明最有效手段。文中更強調羅馬字的議論在日本內地也相當熱烈，因此普及對象不僅為本島人，也希望內地人能研究；如此，小者可促進內台人融合，大者可實現東洋和平。劉捷謂

1924年治警事件受難者蔡培火（前右）、陳逢源（前左）、蔣
渭水（後左），與為該案辯護來台的眾議員清瀬一郎法學博士
（前中）的合影。（蔣渭水文化基金會提供，柳書琴解說）

此文為台灣新文學運動的導火線之一。新文學運動的一大論議及實
踐重點即文字改革，此文提出了具體建議。作者不僅將羅馬字的推
廣對象從基督徒擴大到知識分子與社會大眾，更直接向官方呼籲在
學校教育上援用羅馬字。隨著文字改革論議與民族主義的連結更加
緊密，此羅馬字論也大大影響戰後的台語文學發展。台灣的羅馬字
雖源自西方傳教士，但蔡培火的羅馬字運動則起始於其留學日本期
間，受日本言文一致運動及羅馬字運動影響，更因思想家植村正久
與政治家田川大吉郎等人鼓勵，而在台灣積極推行普及運動。故此
羅馬字論，亦可謂當時響應東亞近代化文體改革運動的表徵之一。
（呂美親）

〈論普及白話文的使命〉

中文論說。黃呈聰著。原載於1923年1月1日《台灣》第4年第1
號。此文分為緒論、白話文之歷史考察、白話文和古文研究的難

易、白話文與台灣文化和日常生活的關係、文化普及上白話文的新
使命、結論等六段進行論述。文中提起台灣文化未能進步，原因在
於社會上無一種「普通的文」能提供民眾閱讀與書寫。作者批判古
文體難以應用之外，並強調語言的進化，即書寫口語得以促成言文
一致的國語。另也提出白話文初學者不要拘執中國那樣完全的白話
文，可加入我們平常的言語，作一種折衷的白話文，正如日本初時
提倡「言文一致體」的議論，至今也已普及。文中也呼籲當局應該
自小學起就用台灣話來教學生各種知識，並教授白話文至六年級。
而就此文文體來看，可謂進入白話前期的言文一致體，也是台灣白
話文初步演進階段的文體。劉捷謂此文為台灣新文學運動的導火線
之一。此文與黃朝琴〈漢文改革論〉等兩篇，被譽為開台灣白話文
運動之先河的文章。黃呈聰於1913年即透過函授向在台日人兒玉四
郎學習世界語，並加入日本世界語協會，留學早稻田大學期間也加
入橫濱的「國際商業語會」，且走訪中國。可以說，其身為世界語
者的背景，以及在日本見識到的言文一致運動，還有走訪中國所經
歷的白話文運動，都直接間接地影響了其有關台灣語文的改革思
考。（呂美親）

〈漢文改革論〉

中文論說。黃朝琴著。分兩期刊載於《台灣》1923年1月1日、2月
1日，第四年一、二號。本文主張改革漢文為簡易白話文，藉此廣
開民智，傳遞西方科學知識、人權思想，從而喚醒民族性，改革殖
民地政治與社會。他指出古典漢文無法與時俱進、晦澀難懂，對新
事物望文生義，不求甚解。知識不應是少數受教階層的專有物，智
識階級應肩負起改造語文和社會的使命，運用白話文普及教育，將
文明新知與社會主義思想傳遞給無產大眾。文中援引中國和日本的
言文一致運動，介紹中國鼓吹新體白話文、改繁易簡、創立音標，
日本以假名拼音速記速寫，快速啟蒙民眾、推進文明智識、確立民

族主體性，藉此力陳台灣以漢文改革普及教育的重要性。具體建議殖民政府應尊重殖民地的語言傳統，改革台灣漢文科的教育，維護漢文存續，在地知識分子更應責無旁貸擔負漢文革新運動宣傳與推動的責任。本文乃台灣現代語言改革論的先聲之一，登載於革新後的《台灣》，正值該刊由抽象理論走向台灣社會實際問題評議、呼應國際政治經濟與民族獨立風潮的階段。台灣知識分子在此背景下，藉由報紙引介各式思潮進入台灣。黃朝琴不僅為留日菁英，更親赴中國觀察，主張使用被中國普遍採用的中國白話文為共同語言，進行台灣漢文的改革與保存。此後他於擔任《台灣民報》編輯期間，也適時對民眾的白話文研究問題予以解惑，熱心支持文字改革與教育普及等民族運動的基礎工作。本文較之陳炘〈文學與職務〉與陳端明〈日用文鼓吹論〉提出更多漢文改革的具體提示，且儘管黃氏主張漢文改良卻肯定蔡培火提倡的羅馬字普及運動，表現出當時台灣知識界以改良共同語／推動文學現代化，建構文化民族主義、追求殖民地解放的精神。（許雅筑）

〈致台灣青年的一封信〉

中文論說。張我軍著。1924年4月21日《台灣民報》2卷7號刊載。本文表明台灣社會早需改造，台灣人的自由和幸福必須靠自己掙得，並引用馬克思的話：「人類一切的歷史，都是階級鬥爭的事蹟。」藉此激勵台灣青年以「團結、毅力、犧牲」三大武器進行鬥爭。文中譴責傳統文人：「諸君怎的不讀些有用的書，來實際應用於社會，而每日只知道做些似是而非的詩，來做詩韻合解的奴隸，或講什麼八股文章替先人保存臭味」，批評他們昧於世界新知，落伍於改造潮流之外。1924年1月張我軍赴北京求學，當時五四運動方興未艾，左翼思想亦席捲世界，受到多重風潮刺激的他，開始關注殖民地現實，提倡文學的社會改造功用。此文是他抨擊台灣傳統文學諸弊病的首篇作品。同年11月21日又於《台灣民報》2卷24號

發表〈糟糕的台灣文學界〉，繼續提示世界文藝動向與中、日文壇新氣象，攻擊「台灣的一班文士都戀著壟中的骷髏，情願做個守墓之犬，在那裡守著幾百年前的古典主義之墓。」次年1月起還有〈請合力拆下這座敗草叢中的破舊殿堂〉等膾炙人口的文論接踵而出。他的破舊立新論說，極盡鋒利與嘲諷，引發傳統文人強烈不滿，點燃了「新舊文學論爭」。據翁聖峰統計，該文發表後一年內就出現了90餘則新舊文學論爭的文章。張氏以本文為始的系列文論對舊文學摧枯拉朽，使台灣新文學運動豁然展開，在語言改革、內容議題與表現形式上出現各種新嘗試，堪稱台灣文學史上具有里程碑的文論。（許芳庭）

〈中國新文學概觀〉

中文論說。蔡孝乾著。原載於1925年4月1日至6月11日《台灣民報》3卷12至17號。本篇長文以「文學是人類社會的反映、是時代思潮的產物」為開場白，具體介紹「文學革命」後中國文壇的概況，包括胡適白話文運動的理論、新詩的理論與創作，以及短篇小說的成就。本文以大量引用作品並加以短評的方式呈現。在新詩理論方面，引介了劉半農〈詩與小說精神上之革新〉、胡適〈談新詩〉與康白情〈新詩的我見〉關於詩的新精神在於真、詩體解放與新詩的方法等論點。敘事詩介紹了玄盧〈十五娘〉，抒情詩則包括鄭伯奇〈別後〉、康白情〈乾燥〉、冰心〈春水十一、二三〉等偶感詩，俞平伯〈歡愁的歌〉與徐玉諾〈墓地之花〉的感境詩，以及梁宗岱〈太空〉與劉燧元〈夜懺〉的冥想詩。短篇小說方面，著重介紹魯迅〈孔乙己〉、雪邨的〈風〉、〈私逃的女兒〉與胡適〈終身大事〉。在台灣新舊文學論戰期間，蔡孝乾引進中國新文學運動的理論與實踐，聲援張我軍對台灣舊文學的批判，強調世界的文藝思潮已由「為藝術的藝術」變為「為人生的藝術」，又漸趨向「為新社會的藝術」。這篇論說以五四運動成果的引介顛覆舊文藝觀，為啟

動台灣新文學運動的重要文獻之一。廖漢臣認為此文:「對文學革命後中國文壇的創作活動,創作傾向,比前此許秀湖、張我軍的介紹,都較周詳。」陳昭瑛則指出:「在張我軍舉起文學革命的大旗之後不久,蔡孝乾便將左翼文學的幼苗引進台灣。」(徐秀慧)

〈怎樣不提倡鄉土文學〉

台灣話文論說。黃石輝著。原載於1930年8月16、17、18日《伍人報》第9、10、11號。此文發表後引發各種相關論爭,討論雖以「鄉土文學」之名展開,但因焦點為台灣話文的提倡與否,故又稱「台灣話文論戰」。此文分三段論述,首先提出台灣文學應以台灣話書寫、描寫台灣的事物,且要以廣大的勞苦群眾為對象,因此文意力求淺白。作者批判當前的新文學作品有許多地方無法了解或唸出,實為貴族式的文學;若要強調文藝大眾化,則應以不需太多解釋即能明瞭的台灣話來書寫。最後提出「用台灣話寫成各種文藝」、「增讀台灣音」、「描寫台灣的事物」等三點,來闡述並樹立台灣鄉土文學的具體意見。1920年代台灣新文學運動初期也提倡言文一致、書寫言文一致體,但因引進中國白話文而出現了言文不一致的困境。引爆鄉土文學論戰的此文,針對以上的困境而發,可謂台灣第二波言文一致運動的開端。此文雖引起當時眾多中國白話文支持者撻伐,卻也獲得不少台灣話文支持者響應,且帶動了台灣話文的更多論議與創作實踐。戰後的台語文學論述也經常引用此文的首段呼籲,來辯明台語文學創作的正當性。此文提倡以台灣話文書寫鄉土文學,除了是延續1920年代受日本影響的言文一致論述,以及對中國白話文書寫的反動之外,其書寫訴求的對象為勞苦大眾,此與作者的社會主義思想,以及1930年代普羅文學運動興盛亦有間接關聯。(呂美親)

〈建設「台灣話文」一提案〉

台灣話文論說。郭秋生著。原連載於《台灣新聞》，自1931年7月7日開始，共33回。此文分成：導言、文字成立的過程與身體表達、言語和文字的關係、言文乖離的歷史現象、特殊環境的台灣人、台灣話文等六段進行論述。明指文字可促進人類生活的提升，但現今言文乖離的現象有礙文化發展，故有建設台灣話文之必要。文中首先強調文字作為語言的表現之重要性，並以歷史觀點詳述自古以來語言與文字兩者之間的乖離或再相近等現象之演變，乃至近代以後新文學的文字改革。從台灣於歷史、語言與教育環境的特殊性指出「台灣語記號問題」；最後，實際提出台語文字化的建構工程之重點與要領，包括：考據符合言文一致的既有漢字、字義符合但音韻不符時取「字音（文音）」、一切盡從「語音（白音）」、為彌補字義及語義的歧異缺陷則應造新字等建議。作者另再發表一篇〈建設「台灣話文」一提案〉於《台灣新文學》連載二回（1931年8月29日、9月7日），就「建設」方面，呼籲文學創作者以台灣話文寫作。此文為繼引燃鄉土文學戰爭的黃石輝〈怎樣不提倡鄉土文學〉之後，首篇具體提出鄉土文學的語言方法論之論述文章，因標題的明確目標與實際討論內容皆在建設台灣話文，故「鄉土文學論戰」又名「台灣話文論戰」。鄉土文學的提倡，固然與1930年代的中、日普羅文學運動有間接關係，但台灣話文的具體倡議，則是延續1920年代新文學運動中受日本影響的言文一致論述；郭秋生文中關於台灣話文的用字建議，可謂對近代東亞語文改革運動的呼應。（呂美親）

〈對於台灣舊詩壇投下一巨大的炸彈〉

中文論說。陳逢源著。原載於《南音》1卷2、3號（1932年1月17日、2月1日）。文中抨擊當時傳統詩人「有的拿詩為交際上不可缺的手段，或可以發揮些名士氣，或可以滿足些功名慾」，同時批評

擊缽吟以及課題徵詩的入選之作往往矯揉做作或無病呻吟、詩人將詩當作應酬與頌揚的工具等現象。作者認為,「具有深情與天籟,才算是好詩」,詩要平易而率真、具有時代性與社會性、要能鼓舞民氣。台灣新舊文學論爭從1920年代開始如火如荼地進行,最膾炙人口的新文學陣營篇章有張我軍〈請合力拆下這座敗草叢中的破舊殿堂〉等,至1930年代則接續出現了陳氏此篇鏗鏘有力的評論,他繼承先前諸多新文學陣營作家提出的觀點,持續檢討了當時台灣舊詩壇諸多腐朽落後的現象,並且對於新時代的詩歌創作提出期許。全文綱舉目張,有破有立,曾被選入李南衡主編《日據下台灣新文學.明集5:文獻資料選集》(台北:明潭,1979)。本文徵引了中國現代文論家胡適、胡懷琛、楊鴻烈等人的論述,全文採用中國白話文撰寫,可看出作者頗受到五四新文學思潮影響。文中徵引的左翼詩人劉一聲詩作〈奴隸的宣言〉,出處標示為「東京現代評論社發行現代詩論集」,可見作者對於日本文學及進步出版品亦有所涉獵。(顧敏耀)

〈台灣的鄉土文學論〉(台湾の郷土文学を論ず)

日文論說。吳坤煌著。刊於1933年12月《フォルモサ》第二號。依據柳書琴論述,可知此文要旨包括:文學的性質、鄉土文學與當代社會的關係、作為資產階級文化的鄉土文學之偏頗、鄉土書寫須正視時代形塑故鄉變貌的作用力、須警覺潛藏於鄉土文學中的反動性、無產階級文化應如何汲取資產階級鄉土文化遺產、如何建立社會主義民族文化、如何調和左翼的國際主義與右翼的民族主義、如何發展兼具民族特色的文化與普世性的社會主義國際文化等。吳坤煌在該文中叩問鄉土文學的本質,指出喧騰多時的鄉土文學論爭必須回應此一命題並須有具體方針。吳氏領會民族的疆域性和階級的去疆域性,兩者存在著本質上的衝突矛盾而勢必面臨如何調和的問題。在此他認同列寧、藏原惟人的觀點,即民族性的鄉土主義與階

級性的國際主義相衝突時，反對以多數原則、國際主義圭臬生硬統一各民族文化，主張在多元民族主義的基礎上，各自發展，相互融合，逐漸形成跨越民族與階級的國際主義文化。準此，他提出台灣的無產階級鄉土文學論，主張帶有民族主義色彩的普羅文學。吳坤煌的鄉土文學論，理論上是以反殖民統攝階級與民族間的矛盾、貫通世界性與鄉土性的一種方案，但實質上更是左主右從的本土普羅文學構想，是受第三國際轉向聯合陣線戰略影響後審酌故鄉現實狀況而提出的主張。吳氏曾旅居日本，得以快速吸收第三國際向民族主義修正的調整戰略，同時觀察到台灣鄉土論爭中左翼視角之不足，故有此文。該文對藏原惟人、列寧、史達林言論頗多援引，主要論點傾向列寧的修正主義，其內涵與1935年12月《台灣新文學》揭櫫的殖民地文學概念近似，文中雖未明白揭示殖民地文學一詞，但實可視為台灣殖民地文學之先聲。吳坤煌敏銳審酌共產國際與日本左翼文壇理論動向，足與楊逵媲美，堪稱台灣左翼理論建構雙傑。（郭誌光）

〈絕對反對建設台灣話文摧翻一切邪說〉

中文論說。賴明弘著。刊於1934年2月2日至4月29日《新高新報》，連載八回。賴明弘在該文中認為文學內容與形式間須有對應，且應以內容為主、形式為從，形式須為內容服務。他據此批判黃石輝除指出「鄉土是台灣」以外，對鄉土文學其餘各面缺乏嚴謹界定；也批評郭秋生的台灣話文、民間文學論偏頗，認為兩人重形式而輕內容，且缺乏階級意識、無理論支撐、觀點浮動，無法為台灣文學指出正確方向。此文批評立場與意識形態傾向社會主義、民族主義混合的殖民地解放觀點。賴明弘基於聯絡中國普羅階級的工具性考量，主張使用中國話文創作普羅文學作為台灣文學的出路。該文為共產國際轉向聯合陣線戰略影響下的產物，此時賴明弘對語言的抉擇明顯側重工具性，在內容方面則浮現「台灣殖民地文學」

概念雛形，可視為中國話文派反對鄉土文學、台灣話文的集大成論述，亦是為期四年的鄉土文學、台灣話文論爭之終章論述。該文受到第三國際理論調整影響，亦回應胡適、章太炎等人論述，顯示其向日本、蘇聯、中國多方借鑑的軌跡。（郭誌光）

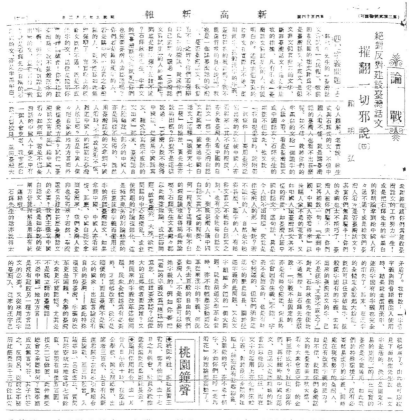

長篇論文〈絕對反對建設台灣話文摧翻一切邪說〉，1934年2月2日至4月29日於《新高新報》分八回連載。（蘇德昱提供，柳書琴解說）

〈賴懶雲論：台灣文壇人物論（四）〉（賴懶雲論：台灣文壇人物論（四））

日文文藝評論。王詩琅著。1936年8月發表於《台灣時報》第201期。根據《楊守愚日記》所載，1936年6月21日王詩琅曾去信楊守愚商借賴和文稿，但遭賴和拒絕，幾次接洽之後，24日賴和同意提供作品，26日回覆了生平、性格、代表作、雅號等問題。由此可知，賴和及其同時代彰化文人，亦參與了本文撰寫的過程。本文內容主要介紹賴和是「人道主義者」，並引用楊逵說法稱其為「台灣普羅文學的元老」，指出賴和是台灣的新文學「一方の育ての親」。此一評價於1979年被李南衡翻譯為「培育了台灣新文學的父親或母親」，由此確立了賴和是「台灣新文學之父」的說法。此外，王詩琅認為賴和小說〈惹事〉讀來可以感受到夏目漱石的幽默，加上些微的魯迅式辛辣，這亦使賴和作品的詮釋與批評首次與魯迅發生聯繫。1942年，黃得時承襲王詩琅觀點，於〈輓近台灣文學運動史〉（輓近の台湾文学運動史）一文稱賴和是「台灣的魯迅」。以上諸種稱譽表現了賴和義俠式的正義感，及其對於無產階級的同情。本文為確立台灣文學史敘事中賴和文學地位與作品特徵基本評價的重要文獻。（蔡明諺）

〈台灣的文學之過去、現在與未來〉（台湾の文学的過現未）

日文論說。島田謹二著。原載於1941年5月《文藝台灣》2卷2號。作為〈華麗島文學志〉系列的結論部分所撰寫的在台日本文學史。該文被分為（上）（下）兩部，（上）部將自1895年至1941年間，日本人在台灣的文學活動劃分成三期。（下）部則是1939年2月發表於《台灣時報》的〈在台灣的我國文學〉（台湾に於けるわが文学）修訂版，從印度支那半島的外地文學談起，抽出「鄉愁、異國情調、寫實主義」三個主題，提示了台灣外地文學該走的方向。該文中島田並未使用「台灣文學」一詞，因為他的研究對象乃是在台

灣的日本文學，即「外地文學」，而不是以台灣人為主的「台灣文學」。該文中所謂的「台灣的文學」也意謂著在台日本文學。然而，在1940年代台灣人與日本人開始共同從事文學活動，模糊了「台灣文學」與「外地文學」的界線，二者同時指涉台灣人與日本人的創作，因此使該文遭誤解為「忽視台灣人的台灣文學史」。該論文全面性整理領台以來的日本文學，也頗具史料價值。然而，避談台灣人文學活動的態度，則引發了台灣文壇的不滿，甚至促使黃得時書寫〈台灣文學史序說〉，藉以對抗島田將法國的殖民地文學研究應用於台灣所形成的文學史觀。（橋本恭子）

〈台灣文壇建設論〉（台湾文壇建設論）

日文論說。黃得時著。原刊於1941年9月《台灣文學》1卷2號。本文為黃得時受到大政翼贊會企劃局文化部1941年1月發布的〈地方文化建設的根本理念及當前對策〉（地方文化建設の根本理念及び当面の方策）一文刺激，以台灣文化界代表、《興南新聞》文藝欄編輯身分進行的對應。全文共七章。第一章指出，為了「大東亞共榮圈的確立與高度防衛國家的建設」，「文化機構的再編成」實屬必要，因此必須確立「地方文化」，亦即「提倡以作為地方文化一翼的台灣文壇的新建設」。第二章，將台灣文學者分為「中央文壇志向型」與「台灣文壇建設型」，肯定後者之於確立地方文化的重要性。第三、四章指出，為了有好作品產生、使文壇確立，強調台灣研究及批評精神的必要性。第五章，請求政府當局和社會對文學團體提供援助。第六章，主張島內的新聞、雜誌需給予在地作家執筆機會。最後第七章，呼籲作家們為了建設台灣文壇，集合於《台灣文學》旗幟下。另外，他亦曾在〈台灣文學史序說〉中主張台灣文學因種族、環境、歷史因素擁有與清朝文學或明治文學相異的特性，呼籲台灣作家必須對台灣文學的獨特性有信心，才能構想出正確的文壇建設方向、開創新格局。本論述隸屬其台灣文學史或文壇

建設論述之一，雖非特意為《台灣文學》量身定製，然而文中對中央方針提出的帶有主體性的回應與詮釋——「作為地方文化的台灣性」，卻為台灣現實主義文藝在總力戰時期找到了理論基礎，亦為創刊不久的《台灣文學》提供了延續地方主義的合理性。（張郁璟）

〈輓近台灣文學運動史〉（輓近の台灣文学運動史）

日文論說。黃得時著。原載於1942年10月19日《台灣文學》2卷4號。文分四小節，主要以文藝組織、刊物為中心，簡述1932年至1942年間的殖民地台灣文學之發展。在第一小節，介紹1933年的台灣藝術研究會、1934年的台灣文藝聯盟。第二小節，談及1937年戰事爆發至1940年台灣文藝家協會創立前，殖民地文壇活動相對零落之情況。第三小節，分別介紹《文藝台灣》、《台灣文學》兩份刊物各具代表性的作家及其特色。開頭總括兩誌特色，《文藝台灣》偏重追求美感的編輯並講究趣味性；而《台灣文學》則貫徹寫實主義、具有野性。《文藝台灣》方面，側重介紹了西川滿、濱田隼雄、龍瑛宗等人。《台灣文學》陣營則述及了張文環、中山侑、呂赫若、楊逵等人。第四小節，略述了當時四項值得慶賀的台灣文學事件，分別是台灣文藝家協會的成立與擴大規模；皇民奉公會新設文化部；本島人讀書風氣高升的現象；以及各界對於殖民地文學運動的積極贊助。此文上承1941年發表的〈台灣文壇建設論〉，下啟1943年的〈台灣文學史序說〉系列三文，可視為黃得時代表殖民地文學者立場的文學史觀之初步論述成果。如其文中所稱「《台灣文學》同人多是本島人，為了本島整個文化的向上也為了新人、毫不吝惜地開放園地，努力於成為真正的文學道場」，適可與當時由島田謹二倡導的外地文學論說，構成一組特殊的對照關係。目前所見文獻資料中，最早以「台灣的魯迅」描述賴和的說法，即出自此文。（藍建春）

〈台灣文學史序說〉（台湾文学史序説）

日文論說。黃得時著。原以日文書寫，刊登於1943年7月《台灣文學》3卷3號；戰後葉石濤將之譯為中文，先後登載於《文學台灣》21期（1997）、《台灣文學集2：日文作品選集》（高雄：春暉，1999），根據此稿，吳亦昕校訂後，收錄於《黃得時全集9論述卷三》（台南：國立台灣文學館，2012），其重要性可想而知。黃得時借用19世紀法國史家泰勒（Hippolyte Taine, 1828-1893）的理論，主張以種族（la race）、環境（le milieu）、時代（le moment）為文學形成的三大要素，並以此檢視清朝與日治的台灣文學，將文學史劃分為鄭氏時代、康熙—雍正時代、乾隆—嘉慶時代、道光—咸豐時代、同治—光緒時代、改隸以後等六個階段。此一史論，或有其時代的局限性，例如論述材料或沿襲自連橫，同時也是一部未完的論述。然而，它的開創性卻是毋庸置疑的，黃得時以場域思維、土著化觀點為演繹原則，以本土文人的書寫為主軸，強調「文學活動在台灣」，進行作家作品詮釋評價的修辭、敘事，展現一種具脈絡性的史觀，這樣的論述不只對台灣文學史的後繼者葉石濤產生重大的影響，也為所有台灣文學的研究者所遵循。（江寶釵）

關鍵字索引
（漢語拼音排序）

Ⅰ、辭目類

II、非辭目類

309, 317, 358, 368, 370, 371, 411, 425, 441, 445, 488, 492, 496, 508, 511, 512, 513, 514, 515, 516, 517, 518, 529, 530, 531, 532, 541, 542, 544, 546

36. shàng hǎi 上海／65, 70, 71, 72, 81, 87, 95, 99, 100, 101, 103, 108, 110, 112, 113, 118, 119, 122, 124, 126, 135, 137, 139, 144, 151, 155, 158, 162, 167, 169, 175, 177, 178, 179, 183, 184, 189, 191, 194, 205, 220, 221, 228, 281, 284, 287, 308, 310, 313, 316, 317, 322, 324, 331, 338, 359, 374, 379, 398, 402, 416, 417, 429, 445, 462, 464, 465, 467, 468, 469, 481, 484, 485, 490, 492, 497, 498, 502, 503

37. sū lián 蘇聯／135, 191, 367, 498, 511, 513, 514, 515, 518, 527, 545

38. tái běi dì guó dà xué 台北帝國大學（tái běi dì dà 台北帝大）／105, 136, 152, 161, 197, 228, 229, 230, 231, 233, 234, 238, 251, 255, 256, 305, 315, 326, 350, 381, 385, 415, 419, 426, 430, 432, 442, 459, 469, 473, 499

39. tái běi shī fàn xué xiào 台北師範學校／78, 81, 90, 103, 104, 133, 221, 249, 388

40. tái wān gòng chǎn dǎng 台灣共產黨（tái gong 台共）／89, 100, 107, 361, 363, 382, 402, 405, 410, 462, 467, 487, 488

41. tái wān huà wén 台灣話文／69, 77, 80, 81, 88, 89, 90, 93, 97, 107, 109, 110, 126, 131, 132, 140, 162, 168, 178, 184, 186, 193, 194, 206, 318, 411, 413, 414, 445, 478, 501, 509, 522, 524, 541, 542, 544, 545

42. tái wān mín zhòng dǎng 台灣民眾黨／65, 71, 72, 101, 102, 162, 168, 402, 408, 410, 461

43. tái wān wén huà xié huì 台灣文化協會（wén xié 文協）／65, 67, 69, 70, 71, 72, 74, 76, 78, 79, 80, 89, 92, 115, 131, 156, 168, 184, 269, 270, 287, 360, 363, 391, 392, 395, 401, 402, 408, 410, 462, 477, 486

44. tái wān xīn mín bào 台灣新民報／65, 69, 71, 72, 73, 79, 86, 92, 96, 97, 101, 103, 104, 105, 106, 108, 110, 112, 122, 126, 129, 135, 136, 137, 138, 139, 145, 150, 151, 153, 156, 159, 161, 164, 171, 175, 176, 178, 185, 186, 187, 196, 199, 200, 205, 213, 221, 222, 277, 280, 287, 290, 307, 312, 313, 315, 319, 321, 322, 323, 324, 325, 334, 372, 373, 394, 395, 408, 409, 444, 445, 446, 448, 449, 452, 465, 466, 477, 479, 480, 489, 499, 501, 502, 503, 512, 522, 526, 528, 532

45. tái wān xīn wén 台灣新聞／84, 103, 104, 109, 121, 175, 176, 181, 185, 186, 190, 193, 205, 213, 221, 226, 257, 261, 262, 263, 371, 403, 430, 439, 441, 442, 444, 450, 500, 514, 515, 516, 523, 528, 542

46. tái wān yì huì shè zhì qǐng yuàn yùn dòng 台灣議會設置請願運動／65, 72, 73, 92, 277, 390, 395, 477, 486

47. tái wān zǒng dū fǔ 台灣總督府／65, 67, 71, 99, 120, 122, 128, 136, 144, 147, 152, 188, 194, 206, 209, 210, 219, 220, 227, 228, 235, 236, 246, 247, 252, 259, 264, 268, 278, 279, 294, 302, 328, 329, 330, 343, 353, 360, 371, 373, 382, 383, 385, 396, 400,

辭目索引
（筆畫排序）

西曆、和曆、國曆對照表

西曆	和曆	中華民國曆
1895 年	明治 28 年	光緒 21 年
1896 年	明治 29 年	光緒 22 年
1897 年	明治 30 年	光緒 23 年
1898 年	明治 31 年	光緒 24 年
1899 年	明治 32 年	光緒 25 年
1900 年	明治 33 年	光緒 26 年
1901 年	明治 34 年	光緒 27 年
1902 年	明治 35 年	光緒 28 年
1903 年	明治 36 年	光緒 29 年
1904 年	明治 37 年	光緒 30 年
1905 年	明治 38 年	光緒 31 年
1906 年	明治 39 年	光緒 32 年
1907 年	明治 40 年	光緒 33 年
1908 年	明治 41 年	光緒 34 年
1909 年	明治 42 年	宣統元年
1910 年	明治 43 年	宣統 2 年
1911 年	明治 44 年	宣統 3 年
1912 年	大正元年	民國元年
1913 年	大正 2 年	民國 2 年
1914 年	大正 3 年	民國 3 年
1915 年	大正 4 年	民國 4 年
1916 年	大正 5 年	民國 5 年
1917 年	大正 6 年	民國 6 年
1918 年	大正 7 年	民國 7 年
1919 年	大正 8 年	民國 8 年
1920 年	大正 9 年	民國 9 年

西曆	和曆	中華民國曆
1921 年	大正 10 年	民國 10 年
1922 年	大正 11 年	民國 11 年
1923 年	大正 12 年	民國 12 年
1924 年	大正 13 年	民國 13 年
1925 年	大正 14 年	民國 14 年
1926 年	昭和元年	民國 15 年
1927 年	昭和 2 年	民國 16 年
1928 年	昭和 3 年	民國 17 年
1929 年	昭和 4 年	民國 18 年
1930 年	昭和 5 年	民國 19 年
1931 年	昭和 6 年	民國 20 年
1932 年	昭和 7 年	民國 21 年
1933 年	昭和 8 年	民國 22 年
1934 年	昭和 9 年	民國 23 年
1935 年	昭和 10 年	民國 24 年
1936 年	昭和 11 年	民國 25 年
1937 年	昭和 12 年	民國 26 年
1938 年	昭和 13 年	民國 27 年
1939 年	昭和 14 年	民國 28 年
1940 年	昭和 15 年	民國 29 年
1941 年	昭和 16 年	民國 30 年
1942 年	昭和 17 年	民國 31 年
1943 年	昭和 18 年	民國 32 年
1944 年	昭和 19 年	民國 33 年
1945 年	昭和 20 年	民國 34 年